"江苏高校品牌专业建设工程"资助项目
国家"双一流"建设学科"南京大学中国语言文学艺术"资助项目

汉语言文学本科专业核心课程
研 究 导 引 教 材

主编　徐兴无
　　　徐雁平

中国现当代文学

刘俊　傅元峰 等 编

南京大学出版社

图书在版编目(CIP)数据

中国现当代文学 / 刘俊等编. —南京：南京大学
出版社，2019.8(2024.9 重印)
汉语言文学本科专业核心课程研究导引教材 / 徐兴
无，徐雁平主编
ISBN 978 - 7 - 305 - 22207 - 8

Ⅰ. ①中… Ⅱ. ①刘… Ⅲ. ①中国文学－现代文学史
－高等学校－教材②中国文学－当代文学－文学史－高等
学校－教材 Ⅳ. ①I209.6

中国版本图书馆 CIP 数据核字(2019)第 098351 号

敬告作者

为编写《汉语言文学本科专业核心课程研究导引教材》，选编了一些优秀
作品，得到许多作者的大力支持，我们表示衷心感谢！由于地址不详等方面
的困难，未能与一些作者或译者取得联系，谨表歉意。敬请有著作权的作者
与我们联系，以便按国家有关规定支付稿酬并赠送样书。

出版发行　南京大学出版社
社　　址　南京市汉口路 22 号　　　　邮　编 210093

ZHONGGUO XIAN-DANGDAI WENXUE
书　　名　**中国现当代文学**
编　　者　刘　俊　傅元峰　等
责任编辑　谭　天
照　　排　南京紫藤制版印务中心
印　　刷　江苏凤凰通达印刷有限公司
开　　本　718×1000　1/16　印张 35.75　字数 585 千
版　　次　2019 年 8 月第 1 版　2024 年 9 月第 3 次印刷
ISBN　978 - 7 - 305 - 22207 - 8
定　　价　130.00 元

网　　址　http://www.njupco.com
官方微博　http://weibo.com/njupco
官方微信　njupress
销售热线　(025)83594756

汉语言文学本科专业核心课程研究导引教材

顾　问

[学校按汉语拼音顺序排列]

北京大学	陈晓明
北京师范大学	过常宝
复旦大学	陈引驰
华东师范大学	朱国华
吉林大学	张福贵
南开大学	沈立岩
武汉大学	涂险峰
中山大学	彭玉平

序

徐兴无

　　任何一所大学的本科课堂教学，都要随着知识内涵和教学手段的更新而不断地改进。课堂教学改进的途径是多种多样的，在当下中国高等教育"以本为本，植根课堂"，打造"金课"的基调中，中国的高校主要在三个方面下功夫：一是培育教学名师和优秀教学团队；二是变革教学方式，有所谓"线下课堂"、"线上课堂"、"线上线下混合课堂"；三是打造精品教材，"精品"是一个流行词汇，应该指有内涵、高等级的产品，包括文化产品。这三方面的核心是提高学生的知识积累和学习能力。

　　但是，不同的学科、不同的培养目标，其课堂教学的三个方面各有其规律与特点。汉语言文学是基础性人文学科，按照英国学者托尼·比彻和保罗·特罗勒尔所著《学术部落及其领地》中形象的学科分类，属于所谓的"纯软科学"，其知识带有整体性和有机性的特点，关注事物的特殊性和复杂性，包含着人的主观色彩以及价值观与信仰，本质上是人类对世界的理解或阐释，因而涉及的领域广，问题分散，甚至很难有共识。上述特点，决定了人文学科的主要传授方式就是讲学与讨论，古人叫做"讲习"、"讲论"或者"讲辩"。"讲"的本义，就是不同观点与思想的商议,《说文解字》曰:"讲,和解也。"段玉裁注曰:"不合者调和之,纷纠者解释之,是曰讲。"从孔子、苏格拉底这些人类文明"轴心时代"的思想家开始直到现代大学的人文学科教育,无不如此,既古老,又现代,即便线上课堂也应设计讨论的场域,但终究不如面对面,"见而知之"。这和具有普遍性、规律性、客观性的知识传授不同,后者主要通过验证事实、计算推理、技能训练等方式教学。

因此,尽管不需要很多物质条件的支撑,人文学科的教学永远是成本最高的教学,因为它对人力资源的要求最为苛刻,所以荀子在《劝学篇》中说:"学莫便乎近其人。学之经莫速乎好其人。"这里的人,指的是知识渊博、富有智慧而且能以人格和道德魅力影响学生的师长。人文学科的教学方式,绝不是一两本教材、一张嘴、一支笔、一块黑板或一个PPT、一教室的学生、一两张考试卷子。人文学科教学的第一步,就是要真正地将"一言堂"改进为"多言堂",由集中讲授与平行小班研讨共同构成课堂教学的实践过程。只有学会聆听不同的声音,才能提出问题;只有学会与他者对话,才能克服偏见;只有学会自我陈述,才能主动学习。需要特别指出的是:这样的理想绝不是什么先进的教学改革理念,而是大学人文学科教学方式的"题中之义"和"应然"的状态,只是当下的"实然"状态,与此相差甚远。作为研究型大学的人文学科,如果具备师资基础和教学投入能力,与其不断地创新教学方式,还不如让课堂教学回到其"应然"状态。

随着知识信息的网络化和云端化,人文学科的主要教学目标必须由获得与掌握系统化知识或纯粹的信息,转变为培养问题意识、提升理解与阐释能力。这就要求教师的教学水平要从讲授技巧的提升转变为讲授内容的提升:集中讲授讲得少,讲得精,讲成有新意有深度的学术讲座。还要求教师从一个讲授者转变为训练者与组织者:在平行小班研讨课上和助教一道,向学生抛出有启发性的问题,提供研习材料与书目,训练、督促学生开展阅读、讨论、报告,辅导课程论文、习题训练,管理学生的学习环节和评价环节;既要避免漫谈式的研讨,又要避免小班化的"一言堂"。

传统的中文本科专业,以通史、通论和作品选作为专业核心课程的教材形式,旨在传授系统的知识和经典作品的内容。现在看来,这些常识性的知识只能是工具性的,起到接引和背景坐标的作用,而不是教学内容的主体。如果以问题作为教学的核心内容,就要围绕问题设计一系列的研讨活动与研究课题,这就需要有面向"应然"的课堂教学,并为其提供示范的教材。早在 2006 年,南京大学就已经规划编纂文史哲等人文学科本科专业的"大学研究型课程专业系列教材",由周宪教授担任总主编,并出版了其中"中国语言文学类导引系列"8 种,部分教材如《中国古代文学研究导引》《文学理论研究导引》等已经在南京大学汉语言文学本科教学中使用,受到师生们的广泛好评,作为"中文本科专业研究型课程体系建设"的成果之一,荣获 2009 年国家优秀教学成果二等奖。随着一流学科建设的开展,创新型人才培养的教学改革逐步深化,南京大学文学院自 2018 年起,对汉语言文学本科和戏剧影视文学本科专业的核心课程实行全面提升计划,实施集中讲授与平行小班研讨教学,编纂了《核心课程助教手册》,各核心课程的任课教师也编纂了《小班研讨教学资料汇编》《学生研讨会论文集》等,边实践边总结,积累了一些经验。在此基础上,我们决定对 2006 版"中国语言文学类导引系列"8 种的内容进行改编,有的重新编纂,有的修订三分之一以上的内容并修改体例,经过各专业一年的努力,推出这套新编的"汉语言文学本科专业核心课程研究导引"教材。

这套教材的编纂思路体现在三个方面:

一、以问题建构教材的内容体系。在每门课程的知识领域内,结合本课程的教学实践与科研成果,提炼最主要的问题集群。这些问题既是本课程的核心知识集群,又是本学科基础性或前沿性乃至带有方法论启示性的科研课题。通过对问题的发现、分析和研究,培养学生的问题意识和科研能力。

二、围绕问题,选择具有权威性、文献性、可读性与引导性的经典学术文献。通过对这些典范性文献和研究方法的解析,训练学生把握或体会研究方法和理论。

三、设计研讨、研究和课外延展学习的方案。这些方案,既可以为平行小班研讨课程提供参考，又可以为本科生的学年论文与毕业论文写作提供前期训练，甚至对研究生的学习也具有参考价值。

梁启超先生说过："教科书死物，教员所讲则活物也。"在人文学科中，任何教材都是知识或学术的"导游图"，在使用时，既不能指定教材，也不能"照本宣科"，绝不能将"导游图"当成在场的体验。因此，我们将这套教材定义为一个开放的体系，它的目的只是"导引"而已，老师和学生可以参考教材的体例与功能，在具体的教学过程中，创造性地自行拓展问题，选择研讨文献，设计研究方案，深化、更新教学内容。我们衷心地希望这套教材能够帮助、启发师生进入学术对话的场域，变被动接受知识为主动探求知识，从而创新中文本科专业教材的形式。更希望广大师生在教学实践中对这套教材提出批评与建议。

前　言

　　中国现当代文学①作为一门独立的主干课程进入大学课堂是在 1949 年以后，它的昂然出现和蓬勃发展无疑与新中国的意识形态密切相关——对现当代文学进行历史梳理和价值评判，既可以从文学的角度历史地证明无产阶级革命的正确性和合法性，同时也可为随之而来的思想运动、思想管理提供有效的借鉴和掌控的手段（历次政治运动每每以当代文学为突破口就充分说明了这一点）。现当代文学所具有的这种与现当代历史和现当代政治密切相关的特性，使中国现当代文学在 1949 年以后受到了前所未有的高度重视，并迅速成为大学课程中的主要构成。

　　适应着中国现当代文学成为大学主干课程的新形势(1950 年 5 月，教育部规定全国各大学中文系都必须开设"新文学史"课程，1952 年北大中文系规定"五四"以后的中国文学史课程为必修课，所占学时与古典文学基

---

① 作为一个延续了半个多世纪的学科，现已由教育部统称为"中国现代文学"，但为了本教材编写的方便，我们仍沿用这一名称。

本持平①），现（当）代文学的教材编撰也在此时被提上议事日程（1951 年 5 月，老舍、蔡仪、王瑶、李何林受教育部委托，草拟《中国新文学史教学大纲》），1951 年 9 月，王瑶的《中国新文学史稿》（上册）出版，接着，蔡仪的《中国新文学史讲话》（1952）、王瑶的《中国新文学史稿》（下册，1953）、张毕来的《新文学史纲》（1955）、丁易的《中国现代文学史略》（1955）、刘绶松的《中国新文学史初稿》（上下卷，1956）等文学史论著纷纷问世，②其中许多都成为大学中文系中国现代（新）文学课程的教材，而王瑶的《中国新文学史稿》（上下册）因其写法新，水平高，在当时成就最大，影响也最为深远。③

《中国新文学史稿》的诞生，"奠基了现代文学作为一门学科的格局"④，同时也在某种程度上确立了中国现（当）代文学史撰写的模式，并产生过深远的影响。曾经或者现在仍被广泛使用的中国现代文学史教材，如唐弢、严家炎主编的《中国现代文学史》（一、二、三），黄修己独力撰写的《中国现代文学发展史》，钱理群、温儒敏、吴福辉等人合著的《中国现代文学三十年》，虽然在对中国现代文学的史料取舍、作家选择、视角立场、叙事形态、价值判断、组构方式等方面有所调整，形成了各自的特色，但在总体特征上，并未摆脱《中国新文学史稿》所铸就的基本范型，如以对文学发展过程的描述为基本追求，强调对文学史实的介绍，注重历史语境和文学流变的相互关系，力图以第一手材料和作品文本串联起对文学史的认识，等等。这样的文学史书写，不但逐渐形成了文学史认识的大致思路和潜在传统（大量的文学史著述都大同小异就是明证），而且还在根本上决定并规范了大学课堂中之中国现代文学的教学形态——教材的权威性一旦确立，文学

---

① 温儒敏《王瑶的〈中国新文学史稿〉与现代文学学科的建立》，《文学评论》2003 年第 1 期。

② 参见李杨《文学分期中的知识谱系学问题》，《文学评论》2003 年第 5 期。

③ 王瑶这部文学史教材的意义已越出教材本身，成为学术史研究的对象。由此足以证明其影响之大。

④ 温儒敏《王瑶的〈中国新文学史稿〉与现代文学学科的建立》，《文学评论》2003 年第 1 期。

史教学以它为指针也就不足为奇了。

中国现代文学模式化的教材编撰特点因其有效的可操作性，也对中国当代文学史的写作形成了巨大的场效应——众多的中国当代文学史在写法上基本沿袭了中国现代文学史的模式。

例外也有，如陈思和主编的《中国当代文学史教程》和洪子诚撰写的《中国当代文学史》，前者以具有典型意义的作品为引发问题的动力，通过对这些作品的深入分析，带动对体现在作品中的文学史问题的思考；后者则是作者对当代文学多年研究心得的浓缩，在结构当代文学史的角度和问题的提出方面，要言不烦，自成体系。这两部中国当代文学史，在编撰形态上都极富创意。

虽然以上提及的几部中国现当代文学史著作在几百部同类著作中属佼佼者，而且它们各有追求，性质有别，但就这几部文学史著作在建构文学史时所采取的基本方式和总体思路而言，它们还是结合社会历史背景，通过对作家、作品和文学现象的分析寻绎文学史发展的理路——这使它们在编撰形态上具有某种同构性，而它们的共同作用，不但对大学中文系中国现当代文学的教学模式产生了决定性的影响，而且由于它们的不断创新和日趋深刻，还使目前的中国现当代文学教学形态更加精致化、学理化、规范化和稳定化。

然而，对于中国现当代文学史的编撰和中国现当代文学的教学，是不是就没有其他的可能了呢？我们认为，完全可以有其他的文学史编撰方式和现当代文学的教学尝试。①

一般来讲，有什么样的文学史编撰理念，就会有什么样的文学史教材。过去众多的文学史提供的是一种对二十世纪中国文学条理清晰而又结论

---

① 北京大学出版社最近推出的"十五讲"系列，即一种用"问题"带动"史"的编撰的新尝试。其中《中国现当代文学名著十五讲》是陈思和撰写的。透过《中国当代文学史教程》和《中国现代文学十五讲》，可以清晰地看出陈思和对重建文学史叙述形态和叙述结构有着明确的意识和自觉的努力。

分明的认识,沿着这些文学史的指引,呈现在我们面前的百年中国文学是一个明了可辨、逻辑妥帖的文学图貌。这些文学史基本上都根据"第一手资料",提供了恒定的文学史线索,也试图给出自己的文学史解释。那么,能否进行一种新的文学史描述的尝试:不是从原始材料和作品文本的"第一手资料"出发,而是从现当代文学研究的相关论文"第二手资料"起步,对文学史进行重新编排和描述,这样的文学史撰写,不提供恒定的文学史线索,也不追寻最终的文学史解释,它注重的是对文学发展过程中具有典型意味的现象、作家和作品进行解析,在此过程中,呈现文学发展过程中必定存在过的具有关键意义的问题,并在对这些问题的解答中,求得对文学史的某种角度的说明。

应当说,这样的一种编撰文学史的思路是全新的。如果说现在大学中文系中国现当代文学的教学模式,很大程度上受到了来自文学史教材的规范,那么这种新的文学史编撰方式,也将在中国现当代文学的教学方式上,呈现一种新的样态,那就是文学史的基础知识(包括文学史所涉及的时代社会背景、文学语境、作家生平、作品阅读等"第一手资料"内容)化为课堂讲授的"虚景",由教师重新组织或者让学生自学。课堂上讲授的重点,以具有代表性的论文("第二手资料")为文本,以"问题"为核心,直接进入文学史的深层,注重和强调课堂讲授的"问题意识"和学术深度。由于所选"第二手资料"(论文)均为学术水准上乘,论及的议题为中国现当代文学中或典型或关键的问题,因此,通过对这些学术文本的讲授、分析和探讨,可以达到对现当代文学的深度理解,并能由这些问题,延伸和扩展到对整个中国现当代文学的总体认识。

正是基于这样的指导思想,我们编撰了这本文学史读本教材。我们希望这本教材可以作为教育部重点大学中文系中国现当代文学史的常用教材。这样的教材,不但一改过去文学史书写的程式,呈现了一种新的结构文学史的方式,而且可能会给中文系中国现当代文学史的教学带来一些新气象,能给愿意尝试此种授课方式的老师提供更大的讲授空间和学术发挥余地,同时,对不愿改动"传统"教学模式的学校和任课老师,也能提供一种新的辅助教材,帮助师生扩大学术视野,有利于他们更深入、更全面地理解和认识中国现当代文学。

基于这样的考虑,我们在选择论文时,遵循了这样的原则:(1) 以文学史所依持的知识点分布为前提,兼顾名家名篇;(2) 论文所涉及的议题,在中国现当代文学中均具有典型性或关键性;(3) 全书分四大部分,涵盖了中国现当代文学的核心内容,分别为文学史观照、作家作品解析(上、下)、思潮流派透视(上、下)、艺术形态流变;(4) 每一部分论文的编选本身即暗含着现当代文学历史发展的线索;(5) 论文选择范围和涉及的论题不限于大陆地区,也包括了中国台港地区和海外学界的一些重要成果。

为了便于教师的讲授和学生的学习,在四大部分的每一章(共六章)前面,都有一篇导论,简要介绍这一部分所涉及内容的大致脉络和发展理路,以及应该重点讲授、专门分析的主要问题,并对这一部分所选论文的学术特点和价值所在,予以简明扼要的说明。在每篇入选论文的前面,则有一篇导言,除了介绍作者,标明文章的出处外,着重对文章的论点进行阐释,对文章的视角、行文、思路、价值和意义进行剖析,使学生不但从文章具体的学术观点中受益,而且还能学到如何进行学术研究的方法。在每一部分的后面,还开列了延伸阅读的书目,学生如想进一步了解相关论题,可以按图索骥,寻找这些文献来看,以拓展和加深对论题的认识。此外,每一部分还根据具体情况,设计了问题与思考,启发学生在学完该部分的知识之后,能进一步深入探究相关问题。

本教材在四大部分的安排上,按照文学史观照、作家作品解析(上、下)、思潮流派透视(上、下)、艺术形态流变的顺序排列,是出于这样的设计思路:文学史观照打头,是要在宏观上首先让学生对中国现当代文学的发展概貌有一个总体的了解,对中国现当代文学研究界的文学史观的衍变有一个基本的认识。在此基础上,以作家作品解析承接,让学生通过学习具有代表性的研究作家作品的论文,带着问题意识和学术眼光,展开对作家作品的文本阅读,达到进入文学史基础构成的目的。有了作家作品解析的底子,再来看思潮和流派,就有了根基,也顺理成章。最后的艺术形态流变,是从艺术形态上,对中国现当代文学进行梳理和总结,使学生能对整个中国现当代文学的艺术发展,有一个总体性的认识。需要强调的是,虽然从四大部分的内容上看,既往的时间性纵向发展线索似乎被现在的空间性问题排列所取代,但实际上,在每一部分所选的论文中,对不同问题的涉及是隐含着历史的延续性的,因此,中国现当代文学的历史发展脉络仍然潜伏在本教材貌似空间并置的四大部分之中。

由于本教材在编写体例上迥异于以往的教材形态,所以在教学模式上,也会带来一些相应的变化。如果说过去的中国现当代文学教学对教材十分依赖,教材内容的丰富性和教材体系的完整性,使教师在课堂上可以按照教材进行充分的讲授和演绎的话,那么当使用这本教材的时候,沿用过去的教学方法可能就会有些困难。比如,本教材的编撰原则是四大部分并置、"问题"优先、讲究学术、论文为本,因此很多文学史的基本内容在本教材中就体现不出来,再加上本教材虽然内蕴着现当代文学发展的内在线索,但毕竟它没有显在的"史"的条理,这些都需要任课教师在讲授时,必须注入自己的中国现当代文学知识储备,将本教材的"空白"处用适当的方式填补起来。再比如,以往的教学由于教材本身内容就很"满",课堂教学很难有时间进行讨论和对话,现在的教材由于相对"空白"较多,加上本身就是由"问题"串联而成,因此很容易形成话题,展开课堂讨论,利于将启发式、自学式、对话讨论式的教学方式引入课堂,从而有益于培养学生独立思考、发现问题和解决问题的能力,而教材本身由具有较高学术水准的论文组成,也可使学生较早地受到学术熏陶和训练。

在课时安排上,我们的建议是:作家作品是基础,应占总课时的40%左右,其他部分,文学史总论占10%左右,思潮和流派占30%左右,艺术形态占15%左右,另有5%左右的时间灵活调度(补充知识、课堂讨论等)。

由于本教材"骨架"突出而"血肉"(文学史的基础知识)不够丰盈,因此在使用本教材的过程中,需要参看其他的文学史论著和教材,我们推荐的书目包括以下几种:《中国现代文学发展史》(黄修己)、《中国现代文学三十年》(钱理群、温儒敏、吴福辉)、《中国现当代文学专题研究》(温儒敏、赵祖谟)、《中国当代文学史教程》(陈思和)、《中国当代文学史》(洪子诚)。

本教材由南京大学中文系中国现当代文学教研室的几位教师集体编撰而成,参与者有丁帆、刘俊、倪婷婷、张光芒、潘志强、傅元峰、李章斌、刘阳扬。丁帆作为学科带头人,总揽其成。刘俊作为教研室主任兼专业负责人,提出最初的结构框架和入选篇目,并负责具体的组织工作。现在的结构框架和入选篇目,是在原有基础上吸纳了校外专家朱晓进、杨洪承、何言宏、沈义贞的宝贵意见之后,由参与编写者共同讨论决定。全书的前言由丁帆和刘俊撰写,其他各章的导论、导言、延伸阅读书目、问题与思考、研究实践分别由倪婷婷(第一章),刘俊、潘志强(第二章),丁帆、傅元峰(第三章),张光芒(第四章、第五章、第六章)提供。全书最后由丁帆、刘俊统稿。傅元峰除参与撰写外,还为本书做了大量事务性工作。

2018 年,本书进行了较大幅度的修订。各章选文有所增删,吸纳了各门类较新的研究成果;第六章增加了新诗形式讨论的内容。傅元峰、李章斌、刘阳扬参加了此次修订工作。

以论文选的方式编写文学史,是一种全新的尝试,不足之处,在所难免。我们自己意识到的欠缺就有:(1)半个世纪的长期积累使中国现当代文学史的编写体系和教学程序已经相当"成熟",相对而言,我们现在的章节选择和问题设置,就显得有些简约;(2)为了不致与过去的文学史撰写和教学"模式"完全"断裂",特别是为了能与教学的操作惯性相连接,我们在主体构架上沿用了通常的几大板块(文学史观、作家作品、思潮、流派、形式),可是与已有的现当代文学史比起来,本书的体例决定了它在每一板块下的不同问题之间,有着大量的空白——这在"史"所要求的连贯性上,似乎有所不足,并且,我们所强调和突出的问题,是不是就是现当代文学中最重要的问题,也有探讨的空间;(3)至于在选目的取舍上,我们相信一定还可以依凭其他的观念、视角作出不同的选择,"见仁见智",答案其实是多元的。本书所选的文献,基本上保留了其原有面貌,除少量错别字与格式体例之外,不做大的更改。

总之,我们期待着海内外同仁与广大师生的批评和指正,以帮助我们在今后的修订中,使本教材更趋完善。最后,也是最重要的,是要对入选本教材的论文作者,表示我们诚挚的谢意!

目 录

第一章　文学史观照

导　论

　　文学史研究涉及两大范畴的理论问题："文学"与"历史"。在文学史研究中，是强调"文学"从属于"历史"，将文学创作活动及作品看作"历史事件"来处理，是史学论述的一种分支呢？还是强调文学作品的文学性、审美性，立足于"文学"本身呢？或者简单地说，文学史究竟是"文学"，还是"历史"？这一文学史内部的基本的冲突和对立，贯穿、渗透于文学史研究和写作的观念形态、理论方法、操作过程乃至生产途径等多方面，由此形成了几对矛盾性："文化史（思想史、社会史）与诗学史之间的矛盾性；具体作家、作品的独创性和文学传统的持续性、稳定性之间的矛盾性，文学史作为研究对象的历史性和作为审美对象的'现时性'之间的矛盾性"①；或者还要包括"文学史著"与"文学史教科书"之间的矛盾性。这些矛盾性制约着文学史的分期断代及文学经典的建构、文学的价值判断，对这些问题的思考是进入文学、进入文学史研究所必需的。

　　韦勒克评述说，"多数文学史著作，要么是社会史，要么是文学中所阐述的思想史，要么只是写下对那些按编年顺序加以排列的具体文学作品的印象和评价"②。传统的泛历史主义文学史观，导致文学研究过程中的"文学性"基本被遮蔽在"历史性"的阴影下，"历史决定论""历史目的论"所要求的历史的

---

① 　郑家建《建立"文学史学"的思考》，《中国现代文学研究丛刊》2002 年第 1 期，第 27 页。
② 　韦勒克、沃伦《文学理论》，三联书店 1984 年版，第 290 页。

"真实性",成为压迫文学史写作和研究的最大的意识形态。中国现代文学史和当代文学史的写作将文学与政治相等同,历史的讲述和结构成为第一位,正是这种压迫的结果。而"新时期"以来对原有文学史解释结构的挑战,是试图以"现代性"的整合价值打破这种压迫,至于这种"现代性"是不是一种新的意识形态,就属于另一个层面的问题了。其实,新历史主义强调的历史的叙事性、虚构性,甚或历史惯有的反思,都能轻易瓦解历史的"真实性"的神话,但问题的关键是,我们真的可以在"历史性"之外来撰修文学史吗? 这在中国现当代文学具体的语境中,几乎是不可想象的。而那些试图把历史从与社会政治和意识形态的密切联系中剥离出来,加进文化或形式主义的因素,以强调文学作品的文学性的种种努力,真的"把文学史还给文学"了吗?"重写文学史"以后的文学史,原有的问题仍在一个可深入反思的维度上延续。当然,摆脱政治意识形态后的文学史描述,立足于"现代性"为参照的开放型、多元化的基点,激发了"文学史意识"基础上的创造性和想象力,诸多成果显然拓宽了文学史视野的整体思维。这在我们后面选取的论文中有着鲜明的体现。总而言之,我们从对文学史研究的本质性思考所形成的文学史视角,观照这种本质性在中国现当代文学研究中的表现,目的是对二十世纪以来诸多文学现象进行重新诠释和解读,这也有利于中国现当代文学学科所形成的诸多问题的厘清和对整个研究进程的宏观把握。

中国现当代文学实际上是中国现代文学和当代文学贯通整合后一个权宜的命名。作为一个独立的学科,它的研究对象是 1917 年文学革命以来直至当下近百年的文学发展史。采用这个概念的原因,不仅仅只是为了适应本学科的教学课程设置,也为了它还是一个把握近百年来中国文学状况的有效视角。尽管在时间段落上,中国现当代文学分别包括现代文学和当代文学两个历史叙述部分,但在整体性质上,这两个部分仍然以不同的面貌共同体现了近百年来中国文学现代化的历史进展。在中国现当代文学的整体研究格局中,现代文学的走向和当代文学的来源得到了清楚的说明。但这种"清楚的说明",也不回避由此造成的遮蔽,这就涉及现当代各自的界定问题、文学的"历史性"所带来的分期问题。这些界定和分期背后的历史语境,曾长时期造成对文学史叙述的禁锢,"新时期"以来的新的文学史观念,是怎样打破这种禁锢的呢? 由此形成的文学史研究体现了怎样的文学史思维呢? 这些新的文学史思维所廓清的文学史研究路径以怎样的方式解决文学史研究内在的冲突呢？不断开掘和创新的文学史思维怎样展现文学史研究的灵活多样性，昭示着怎样一种文学史思考的前景呢？这些就是本章"文学史观照"所关注的问题。

由于中国现当代文学概念中包含的现代文学和当代文学两个部分原本是意识形态性的分类结果，它们各自的"科学性"受到过某种程度的质疑。当中国现当代文学强调整体把握、强调两部分之间的连续性时，学科的外延和内涵如何确定，成为研究者必定面对的一个关键问题。二十世纪八十年代中期以后，现代文学和当代文学两分法的研究思路开始被突破，"文学"与"历史"的冲突及不平衡开始缓解，尽管其间具体设想各有区别，但重视整体性的倾向却基本一致。有人认为应该将1840年以来的近代文学也纳入中国现代文学的研究视野，有人提出建立1898年以来整个二十世纪文学史研究格局，有人建议直接打通现代文学和当代文学的界限，使之形成新的中国新文学史的研究框架。本章所选的八篇论文从不同的角度体现了作者各自的研究设想。此外，也仍然有相当一部分研究者继续使用现代文学、当代文学和中国现当代文学的名称，但是他们对这些名称的内涵也已经作出了不同以往的诠释。寻求另外的概念，或者继续沿用原有的名称却赋予了不同的含义，同时所带来的是新的文学史分期问题，不仅包括拟独立出来、作为有机整体来把握的这段文学史的上限和下限怎样确定，也包括文学史内部的各个阶段怎样进一步细分。当然，新的文学史分期不只是时间的重新组合，它更意味着研究思路的新变化。不同的研究设想取决于研究者对文学发展连续性和阶段性关系的认识差异，也取决于他们对推动文学发展的内外因素关系的理解差异。本章所选的后五篇文章就分别显示了作者对"五四"文学、三十年代文学、四十年代文学、五十至七十年代文学以及八九十年代文学的不同侧重。

研究格局的调整来自文学观念的变化，来自对一些文学现象的重新认识，其中关涉价值判断的标准和把握文学现象的理论框架。"二十世纪中国文学"概念和稍后"重写文学史"主张的提出，都可以看成是一种反对将文学视作政治话语翻版和延续的启蒙姿态，一种文学摆脱意识形态束缚的自由格局的倡导。借助于那一时期各种时尚的历史、社会、文化、哲学理论的推动，"现代性"成为中国现当代文学研究中最具活力的理论资源，成为研究者思考与探讨最重要的思想参照。九十年代中期以后，"全球化"笼罩下中国文化和文学自身的处境及发展问题愈益突出，中国现当代文学的研究也逐渐进入寻求学科内在规范的阶段。在对之前文学史研究中"现代性"概念的反思中,研究者深刻认识到文学的感觉方式与观念之间不平衡现象的客观存在,认识到文学的"现代性"因素中更包含着多种迂回曲折的成分,甚至还包括一些缠绕不清的悖论,它所具有的复杂性和丰富性,恰恰提供了在宏观历史背景下考察中国现当代文学对传统的革新、与世界文学的彼此关联以及内部各阶段之间冲突融合的理论视角,而绝不仅仅是一个单向度、单方面的价值尺度。至于作为文学史基本特征的"现代性"因素,研究者们已达成一定的共识,那就是"现代性"不只是反映在文学所表达的理想、信念、立场和态度中,更体现在文学独特的表达方式和记忆方式里。本章所选的洪子诚的文章在解读五十至七十年代文学的过程中,对中国现当代文学的"现代性"命题进行了深刻的反思,展示了有价值的学术探索。另外,一些学者对仅仅从"现代性"的角度把握现当代文学史,有不同的意见。他们认为"现代性"概念仍然是一种非文学的历史价值标准的预设,在此基础上展开的文学史分期的变化,并未摆脱旧有的文学史格局,也并不意味着真正摆脱了政治意识形态的缠绕与控制,恰恰相反,它受制于新的意识形态的实践,是新的意识形态的表述。这种异质的声音,试图揭示一种新的文学史思维,同样值得我们进一步思考。

寻求新的理论起点,同时意味着寻求文学史叙述形态和叙述方式的更新。在基本摆脱了单一的政治道德化的思维方式之后,中国现当代文学的历史叙述逐渐形成了开放的、多向多维的、整体性综合化的局面。本章所选的黄子平、陈平原、钱理群的论文以及陈思和的文章,集中代表了那个时期研究者对综合研究和文学史的研究方法的普遍热情。文学形态的丰富性和研究者理解历史的个性化,带来了多种文学史叙述存在的可能。新的理论视角和新的研究方法,让研究者在进入文学史之后获得某些新的发现和新的启示。即便当初曾一度热门现在已多受指摘的"文化研究",它对中国现当代文学研究界的冲击和影响,也是很难低估的。对于任何外来的理论和研究方法,只要不片面将其视为所谓的与国际接轨的学术新潮来追捧,而把它们当成实实在在的具有批评意义的实践精神和进入文学史的有效策略去加以运用,文学史的研究必将不断增添新的生机与活力。比如接受美学理论的视角,使研究者尤其关注读者对于文学的介入,关注"期待视野"的存在及其方式对于文学的导向作用。历史语境作为文学产生的文化空间,因而得以更为清晰的凸现。当然,对于一味沉迷于方法,无法走出理论怪圈的文学史研究,也有进行反思的必要。就中国现当代文学而言，毕竟研究的根本还是在文学本身，这也是中国现当代文学学科独立性和科学性的要求使然。

　　本章"文学史观照"，力图从方法论出发，为从文学史进入文学研究提供一种高屋建瓴的角度和丰富自由的视野。对于理解以后各章，"文学史观照"内在复杂的问题意识——而不是问题的解决，将起到一种启示性、引导性的作用。只有这样，中国现当代文学史的断代研究和专题研究才不会沦为孤立的堆积和封闭的自律。文学的历史演进被放在一个相互联系的关系网络中来加以叙述，其相互观照、相互阐释的价值渗透，必将使得历史个性和整体进化过程的系统性得到自由而深入的阐发。作为独立的学术对象，中国现当代文学史开始进入真正的理论反思和理论建构阶段，这也正是进一步的开放性多元化的文学史研究的坚实起点。

选　文

论"二十世纪中国文学"

黄子平　陈平原　钱理群

导言——

　　本文刊载于《文学评论》1985 年第 5 期。

　　黄子平，1949 年生，曾任北京大学出版社编辑，现为香港浸会大学中文系副教授。陈平原，1954 年生，北京大学中文系教授。钱理群，1939 年生，北京大学中文系教授。

　　这是一篇曾产生广泛影响的探讨中国近百年文学史研究格局的论文。1985 年 5 月，在北京现代文学馆召开的中国现代文学研究创新座谈会上，三位作者联名宣读了这篇论文。他们首次提出了"二十世纪中国文学"的概念，建议把二十世纪中国文学作为一个不可分割的有机整体来把握，从而建立起二十世纪中国文学史的新的研究格局。这一理论构想所依据的是把文学自身发生发展的阶段完整性作为研究对象的文学史观，所以，"二十世纪中国文学"的概念强调的是"二十世纪中国文学"的"总体特征",并以此来凸显能充分体现文学史规律的重要的文学现象。论文分别从四个角度诠释了"二十世纪中国文学"的内涵:(1)世界文学中的中国文学,(2)改造民族灵魂的总主题,(3)悲凉的美感特征,(4)艺术思维的现代化。最后,论文特别讨论了与基本构想相关的研究方法问题。"二十世纪中国文学"概念和研究思路的形成,对消解中国现当代文学长期固守的社会政治决定论研究模式起了极其重要的作用。

　　我们在各自的研究课题中不约而同地,逐渐形成了这么一个概念,叫作"二十世纪中国文学"。初步的讨论使我们意识到,这并不单是为了把目前存在的"近代文学""现代文学"和"当代文学"这样的研究格局加以打通,也不只是研究领域的扩大,而是要把二十世纪中国文学作为一个不可分割的有机整体来把握。

　　所谓"二十世纪中国文学",就是由上世纪末本世纪初开始的至今仍在继续的一个文学进程,一个由古代中国文学向现代中国文学转变、过渡并最终完成的进程,一个中国文学走向并汇入"世界文学"总体格局的进程,一个在东西方文化的大撞击、大交流中从文学方面(与政治、道德等诸多方面一道)形成现代民族意识(包括审美意识)的进程,一个通过语言的艺术来折射并表现古老的中华民族及其灵魂在新旧嬗替的大时代中获得新生并崛起的进程。

　　在进一步的研究工作展开之前,我们想侧重于"非历时性"即共时性方面,粗略地描述一下对这个概念的基本构想。历史分期从来都是历史哲学的重要范畴之一,文学史的分期也同样涉及文学史理论的根本问题。"二十世纪中国文学"这个概念所蕴含的内容远远超出了分期问题,由它引起的理论方面的兴趣,对我们来说,至少与史的方面引起的兴趣同样诱人。初步的描述将勾勒出基本的轮廓。从消极方面说,不这样就不能暴露出从总体构想到分析线索的许多矛盾、弱点和臆测。从积极方面说,问题的初步整理才能使新的研究前景真正从"迷雾"中显现出来。我们热切地希望从这两方面都引起讨论,得到指教。匆促的"全景镜头"的扫描难免要犯过分简化因而是武断的错误,必然忽略大量精彩的"特写镜头"而丧失对象的丰富性和具体性。不过,从战略上来考虑,起步的工作付出这样的代价或许是值得的。进一步的研究将还骨骼以血肉，用细节来补充梗概，在素描的基础上绘制大幅的油画，概念将得到丰富、完善、修正，甚至更改。

目前的基本构想大致有这样一些内容：走向"世界文学"的中国文学；以"改造民族的灵魂"为总主题的文学；以"悲凉"为基本核心的现代美感特征；由文学语言结构表现出来的艺术思维的现代化进程；最后，由这一概念涉及的文学史研究的方法论问题。

一

二十世纪是"世界文学"初步形成的时代。

1827 年，歌德曾经从普遍人性的观点出发，预言"世界文学的时代已快来临了"（有意思的是，这是歌德读了一部中国传奇——可能是《风月好逑传》的法译本——之后产生的想法）。整整二十年后，马克思和恩格斯在《共产党宣言》中指出，由于世界市场的开拓，一切国家的生产和消费都成为世界性的；物质的生产是如此，精神的生产也是如此，各民族的精神产品成了公共的财产；民族的片面性和局限性日益成为不可能，于是由许多种民族的和地方的文学形成了一种世界文学。历史业已雄辩地证明了这一论断的正确。到了二十世纪，已经不可能孤立地谈论某一国家的文学而不影响其叙述的科学性了。文学不再是在各自封闭的环境里自生自灭的自足体了。任何一个遥远的国度里发生的文学现象，或多或少地总要影响到我们这里的文学发展，使之在世界文学的总体格局中的位置发生哪怕是最微小的变化。甚至在我们对这些文学现象一无所知的情况下也是如此。国别文学纳入世界文学的大系统之后获得了一种"系统质"，即不是由实体本身而是由实体之间的关系来决定的一种质。

"世界文学"初步形成的大致上限，可以确定在上世纪末。各个民族的文学走向并汇入世界文学的路径有所不同。在十九世纪初陆续取得独立的拉丁美洲各国，是在当地的印地安文学传统受到灭绝性的摧残的情况下，寻求摆脱殖民主义的桎梏，创建属于南美大陆的文学。外来的西班牙语和葡萄牙语长期为宫廷和教会服务，词藻日趋矫揉造作，不能表现拉丁美洲的大自然与社会风貌。到了八十年代，拉丁美洲成了地球上最世界性的大陆，各种文化在这里互相排斥互相渗透。《马丁·菲耶罗》和《蓝》等优秀作品的出版，标志着"西班牙美洲终于有了它自己的诗歌，一种忠实于其文化的多方面性质的抒情表现"。(《拉美文学史》)这是由欧洲大陆文化、印地安人文化、黑人文化等相互撞击而产生的文学结晶,拉美文学以其独特的声音加入世界文学的大合唱之中。本土的古老文化传统极为雄厚的亚洲、非洲大陆则与它有所不同。"十九至二十世纪之交的非洲各国文学的特征是许多世纪以来几乎毫无变化的传统文学典范开始向现代型的新文学过渡,这是由于这些国家克服了闭关自守,开始接受——尽管是通过殖民制度下所采取的丑恶形式——技术文明和世界文化,接触现代社会的一整套复杂问题。"(《非洲现代文学史》)在亚洲,日本伴随着明治维新思想启蒙运动,接受西洋文学,于十九世纪八十年代开展了文学改良;印度伴随着 1857 年反对英国殖民统治的民族斗争,借助西方文化的刺激,民族文学开始复兴(第一个有世界性影响的大诗人泰戈尔,八十年代开始创作)。在欧洲大陆,对自己的文学传统开始了勇猛的反叛的现代主义先驱者们,敏锐地从东方文化、非洲黑人文化中汲取灵感,西欧文学因受到各大洲独立文化的迎拒、挑战、渗透而产生了深刻的变化。这些变化大都发生在十九世纪八十年代或更晚一些。

　　论述"世界文学"形成的复杂过程不是本文要承受的任务。我们只想指出,一种大体相同的趋势在中国也"同步"地进行着。中国人有意识地向西方学习,是从鸦片战争开始的。但从学"船坚炮利"到学政治、经济、法律,再到学习文学艺术,经过了漫长的历程。从 1840 到 1898 年这半个世纪中,业已衰颓的古典中国文学没有受到根本的触动,也未注入多少新鲜的生气。1895 年的甲午战争是中国近代史的一大转折,因太平天国失败而造成的相对稳定和长期沉闷萧条被打破了,"中学为体,西学为用"被证明不过是一种愚妄的"应变哲学"。1898 年发生了流产的戊戌变法。就在这一年,严复译的《天演论》刊行,第一次把先进的现代自然哲学系统地介绍进来,以一种前所未有的世界历史的眼光和自强精神,影响了中国好几代青年知识分子。同一年,梁启超作《译印政治小说序》(翌年林纾译《巴黎茶花女遗事》正式印行),西方文学开始大量地输入,小说的社会功能被抬到决定一切的地位。同一年,裘廷梁作《论白话文为维新之本》,文学媒介的问题被明确地提了出来。与古代中国文学全面的深刻的"断裂"开始了:从文学观念到作家地位,从表现手法到体裁、语言,变革的要求和实际的挑战都同时出现了。暴露旧世态,宣传新思想,改革诗文,提倡白话,看重小说,输入话剧。这是一次艰难而又漫长(将近历时五分之一个世纪)的"阵痛"。一直到 1919 年的"五四"运动,才最终完成了这一"断裂",使"二十世纪中国文学"越过了起飞的"临界速度",无可阻挡地汇入了世界文学的现代潮流。"五四"时期是"二十世纪中国文学"的第一个辉煌的高潮,"扎硬寨,打死战"的精神,彻底的不妥协的精神,是一种在推动历史发展的水平上敢于否定敢于追求的伟大精神,显示了一种能够把现实推向更高发展阶段的革命性力量。而"科学"与"民主",遂成为二十世纪政治、思想、文化(包括文学)孜孜追求的根本目标。

"二十世纪中国文学"是在一种充满了屈辱和痛苦的情势下走向世界文学的。它那灿烂的古代传统被证明除非用全新的眼光加以重构,则不但不能适应和表现当代世界潮流冲击下的中国社会,而且必然窒息了本民族的心灵、思维能力和创造性,而且也脱离了奔向觉醒和解放大道的人民大众的根本要求。因此,一方面,它如饥似渴地向那打开的外部世界去寻找、学习、引进,不管三七二十一"拿来"再说(试想想林纾所译的大量三流作品和"五四"时涌入的无数种"主义"和学说),开阔宽容的胸怀和顶礼膜拜的自卑常常纠缠不清被人混淆。另一方面,它必然以是否对本民族的大众有用有利并为他们所接受,作为一种对"舶来"之物进行鉴别、挑选、消化的庄严的标准,严肃负责的自尊和实用主义的褊狭便也常常纠缠不清令人困扰。中国文学的现代化同时展开为互相联系又互相对立的两个侧面:所谓"欧化"(其实是"世界文学化")和"民族化"。在这样一种相反相成的艰难行进中,正如鲁迅曾精辟地指出的,存在着内外两重桎梏亦即两重危险,这都是由于我们的"迟暮"(即落后)所引起的。当世界的文学艺术已经克服了"欧洲中心主义",开始用各民族的尺度来衡量各民族的艺术的时候,我们却可能误以为旧的就是好的,无法挣脱三千年陈旧的内部的桎梏。当欧洲的新艺术的创造者已开始了对他们自己的传统勇猛的反叛的时候,我们因为从前并未参与世界的文艺之业,只好对这些新的反叛"敬谨接收",便又成为可敬的身外的新桎梏。鲁迅指出,必须像陶元庆的绘画那样,"以新的形,尤其是新的色来写出他的世界,而其中仍有中国向来的魂灵","内外两面,都和世界的时代思潮合流,而又并未桎亡中国的民族性"。(《而已集》)实际上,存在着一个以"民族—世界"为横坐标,"个人—时代"为纵坐标的坐标系,"二十世纪中国文学"的每一个创造,都必须置于这样的坐标系中加以考察。

因此,"世界文学"中的中国文学,就超出了最初的"师夷长技以制夷"的狭隘眼界,意味着用当代的眼光、语言、技巧、形象,来表达本民族对当代世界独特的艺术认识和把握，提出并关注对一时代有重大意义的根本问题，从而自觉不自觉地，与整个当代人类的共同命运息息相通。从这样开阔的角度来看十九至二十世纪之交的文学上的"断裂"，就能理解：这一次的变革为什么大大不同于漫长的中国文学史上众多的诗文革新运动；落后的挨打的"学生"为什么会既满怀着屈辱感又满怀着自信"出而参与世界的文艺之业"；世界的每一个文学流派、思潮为什么无论怎样阻隔或迟或早地总会在这里产生"遥感"；貌似"强大"的陈旧的文学观念、语言、规范为什么会最终崩溃并被迅速取代；等等。在一个以"世界历史"为尺度的"竞技场"上，共同的崇高目标既是引起苛刻的淘汰又唤起最热烈的追求。任何苟且、停滞、自我安慰或自我吹嘘都只能是暂时的和显得可笑的。"世界文学"逼迫着每一个民族：不管你有多么辉煌的过去，请拿出当代最好的属于自己的文学来！

这是一个仍在继续的进程。中国文学将不仅以其灿烂的古代传统使世界惊异，而且正在世界的文艺之业中日益显示其自身的当代创造性。应该说，闭关自守是一项双向的消极政策，世界被拒之门外，自己被围于域中。因而，开放也总是双向的开放。按照"二十世纪中国文学"的概念看来，过去我们对中国文学如何受外国文学的影响而产生新变研究得较多，对"世界文学中的中国文学"研究甚少，对本世纪中国文学在世界上的地位和影响更是模模糊糊。实际上，国际汉学界已经出现这样一种趋向，即由对中国古代文学的浓厚兴趣逐渐转向对现代中国文学的研究。对我们来说，单向的"影响研究"亟需由双向的或立体交叉的总体研究所代替。

二

然而，二十世纪中国的文学进程绝不像以上所描述的那样"豪情满怀""乘风破浪"。因为事情是在列宁所说的"亚洲一个最落后的农民国家"中进行的，因为经历着的是一个危机四伏、激烈多变的时代，因为历史（即便只是文学史）毕竟是一场艰难地血战前行的搏斗（试想想本世纪中国作家所经历的那些劫难）。

因此，一方面，文学自觉地担负起"启蒙"的任务，用科学和民主来启封建之蒙，其中最深刻最坚韧的代表者是鲁迅："说到'为什么'做小说吧，我仍抱着十多年前的'启蒙主义'，以为必须是为'人生'，而且改良这人生。"（《南腔北调集》）另一方面，正如普列汉诺夫曾经说过，每个时代都有它自己中心的一环,都有这种为时代所规定的特色所在。现代民族的形成和崛起在世界范围内由西而东,这独具特色的一环曾分别体现为十八至十九世纪之交的德国古典哲学,十九世纪俄罗斯革命民主主义者的文学理论与批评,在二十世纪的中国,则是社会政治问题的激烈讨论和实践。政治压倒了一切,掩盖了一切,冲淡了一切。文学始终是围绕着这中心环节而展开的,经常服务于它,服从于它,自身的个性并未得到很好的实现。除了政治性思想之外,别的思想启蒙工作始终来不及开展。在二十世纪中国文学中,"为艺术而艺术"的口号始终不过是对现实积极的或消极的一种抗议而不可能是纯艺术的追求,文学在精神激励方面有所得,在多样化方面则有所失。"一切文艺固是宣传,而一切宣传并非全是文艺"。文学家与政治家对社会生活的关注,角度毕竟有所不同。梁启超是最早的"小说救国"论者,但他也强调:"今日之最重要者,则制造中国魂是也。"鲁迅则更进一步深化,提出"改造国民性"的历史要求,在文学创作中,以"立人"为目的,刻画四千年沉默的"国民的魂灵",以疗救病态的社会。这样的提法包含了比政治更广阔的内容,其中既包含了关心国家兴亡民族崛起的政治意识,又切合文学注重人的命运及其心灵的根本特性。通过"干预灵魂"来"干预生活",便成了二十世纪中国文学自觉的使命感,文学借此既走出了象牙之塔,与民族与大众的命运密切联系在一起,又总能挣脱"文以载道"的旧窠臼,沿着符合艺术规律的轨道艰难地发展。就这样,启蒙的基本任务和政治实践的时代中心环节,规定了二十世纪中国文学以"改造民族的灵魂"为自己的总主题,因而思想性始终是对文学最重要的要求,顺便也左右了对艺术形式、语言结构、表现手法的基本要求。

在本世纪初,鲁迅与许寿裳在东京讨论"改造国民性"问题的同时,就提出了"怎样才是理想的人性"和"中国国民性中最缺乏的是什么""她的病根何在"的问题。(《亡友鲁迅印象记》)实际上,在"改造民族的灵魂"这一总主题中,一直有着两个相反相成的分主题。一个是沿着否定的方向,以鲁迅式的批判精神,在文学中实施"文明批评"和"社会批评",深刻而尖锐地抨击由长期的封建统治造成的愚昧、落后、怯懦、麻木、自私、保守,并把"哀其不幸,怒其不争"的态度,凝聚到类似阿Q、福贵、陈奂生这样一些形象中去。另一个是沿着肯定的方向,以满腔的热忱挖掘"中国人的脊梁",呼唤一代新人的出现,或者塑造出理想化的英雄来作为全社会效法的楷模。如果说,在第一个分主题中,诞生了不朽的形象阿Q及其"精神胜利法",其艺术生命力和艺术魅力持久不衰,说明了对民族性格的挖掘在否定的方向上达到了难以企及的深度;那么,在第二个分主题中,理想人物却层出不穷,变幻不已,有时是激进而冷峻的革命者,有时却是野性的淳朴或古道侠肠,有时却又回到了"忠孝双全"或"温良恭俭让",有时则是不食人间烟火的"高、大、全"。这显示了探讨的多样性和阶段性,显示了在不同的文化背景和社会历史背景左右下对"理想人性"的不同理解。人性和民族性毕竟是具体的、丰富的,对其不同侧面的挖掘或强调,有时会因历史行程的制约而产生一种奇怪的现象:在前一阶段受到批判或质疑的那些品性,在后一阶段却受到普遍的褒扬和肯定。在历来作为理想的化身的女性形象身上,这种奇怪的位移甚至"对调"的状况表现得最为鲜明集中,"新女性"往往被"东方女性"不知不觉地挤到对面去了。这固然说明了铸造新的民族的灵魂的艰难,更说明了启蒙的工作,从否定方向清算封建主义的工作,一直进行得不够彻底。这可能是一个延续到下一个世纪去的根本任务,文学的总主题将沿着这个方向继续深化并且展开。

与"改造民族的灵魂"这一总主题相联系,在二十世纪中国文学中,两类形象始终受到密切的关注:农民和知识分子。在这两类形象之间,总主题得到了多种多样的变奏和展开:灵魂的沟通,灵魂的震醒,灵魂的高大与渺小,灵魂的教育与"再教育"的互相转化,等等。文学中表现了一种深刻的"自我启蒙"精神,那种苛酷的自责和虔诚的反省,是以往时代的文学和别一国度的文学中都没有的。在危机四伏的大时代中,责任如此重大,使命如此崇高,道德纯洁的标尺被毫不含糊地提高了,文学中充满了自我牺牲的圣洁情感。这种牺牲包括了人们受到的现代教育、某些志趣和内心生活。知识分子的自我启蒙是深刻的、真诚的,有时候又带有某种被扭曲,以至病态的成分,也使文学产生了放不开手脚的毛病,缺少伏尔泰式的犀利尖刻和卢梭式的坦率勇敢——"智慧的痛苦"常常压倒了理性的力量,文学显得豪迈不足而沮丧有余。

如果把"世界文学"作为参照系统,那么,除了个别优秀作品,从总体上来说,二十世纪中国文学对人性的挖掘显然缺乏哲学深度。陀斯妥也夫斯基式的对灵魂的"拷问"是几乎没有的。深层意识的剖析远远未得到个性化的生动表现。大奸大恶总是被漫画化而流于表面。真诚的自我反省本来有希望达到某种深度,可惜也往往停留在政治、伦理层次上的检视。所谓"普遍人性"的概念实际上从未被本世纪的中国文学真正接受。与其说这是一种局限,毋宁说这是一种特色。人性的弱点总是作为民族性格中的痼疾被认识被揭露,这说明对本民族的固有文化持有一种清醒严峻的批判意识。"立人"的目的是为了使"沙聚之邦,转成人国",更体现了文学总主题中强烈的民族意识:就其基本特质而言,二十世纪的中国文学乃是现代中国的民族文学。

　　一个古老的民族在现代争取新生、崛起的历史进程中,以"改造民族的灵魂"为总主题的文学是真挚的文学、热情的文学、沉痛的文学。顺理成章地,一种根源于民族危机感的"焦灼",便成为笼罩二十世纪中国文学的总体美感特征。

三

　　二十世纪是一个充满了危机和焦虑的时代。人类取得了空前的进展,也遭受了空前的挫折。惨绝人寰的两次大战、核军备竞赛、能源危机、环境污染和生态平衡破坏、人口爆炸……人类面临前所未有的严峻的挑战。二十世纪文学浸透了危机感和焦灼感,浸透了一种与十九世纪文学的理性、正义、浪漫激情或雍容华贵迥然相异的美感特征。二十世纪中国文学,从总体上看,它所内含的美感意识与本世纪世界文学有着深刻的相通之处。古典的"中和"之美被一种骚动不安的强烈的焦灼所冲击,所改变,所遮掩。只需把上世纪初的龚自珍的诗拿来比较一下就行了,尽管也是忧心忡忡,却仍不失其"亦剑亦箫"之美。半个多世纪之后,梁启超的《新中国未来记》尽管流畅却未免声嘶力竭,一大批"谴责小说"尽管文白夹杂却不留情面地揭破旧世态的脓疡,更不用说《狂人日记》这样的振聋发聩之作了。但是细究起来,东、西方文学中体现出来的危机感却有着基本的质的不同。在西方现代文学中,个人的自我丧失、自我异化、自我分裂直接与全人类的生存处境"焊接"在一起,其焦灼感、危机感一般体现在个人的生理、心理层次(如萨特的《恶心》)以及"形而上"的哲学层次(如贝克特的《等待戈多》)。这种焦灼感、危机感既极端具体琐碎,又极端抽象神秘,融合成一片模糊空泛的深刻,既令人困惑又令人震悚地揭示了现代人类在技术社会中面临的梦魇。在中国文学中,个人命运的焦虑总是很快就纳入全民族的危机感之中(最具代表性的,如郁达夫的《沉沦》)。"落后是要挨打的!"这句话有如一个长鸣的警报响彻本世纪的东方大陆,焦灼感和危机感主要体现在伦理层次和政治层次,介乎极端具体和极端抽象之间,而具有明晰的可感性。欧洲中心主义和个人主义意识,使得西方文学把自己的命运直接等同于人类的命运,把所处境遇的病态和不幸直接归结为世界本体的荒谬。而感时忧国的中国作家,则始终把民族的危难和落后，看作是世界文明进程中一个触目惊心的特例，鲁迅因此而发生"中国人要从'世界人'中挤出"的"大恐惧"（《热风·随感录第十六》）。在文学中就体现为一种恨铁不成钢的、充满了希望的焦灼。但是既然同为焦灼，便有其不容忽视的共同点。尤其是像鲁迅的《狂人日记》《野草》，或宗璞的《我是谁》《蜗居》，或北岛的《陌生的海滩》，或刘索拉的《你别无选择》这样的作品，从内容到语言结构，都具有与本世纪世界文学共通的美感特征，尽管其内心的焦灼彻头彻尾是中国的，然而却是"现代中国"的。

倘说"焦灼"是一个不规范的美感术语，我们可以进一步指出这一焦灼的核心部分是一种深刻的"现代的悲剧感"，在这个核心周围弥漫着其他一些美感氛围，时而明快，时而激昂，时而愤怒，时而感伤，时而热烈，时而迷惘。说中国古代文学中缺少悲剧感，这当然是一种偏颇，是"言必称希腊"，即把古希腊悲剧当作唯一尺度的结果。每一个民族都有各自的对悲和悲剧的特殊体验和理解。但是，说二十世纪中国文学中有了与古典悲剧感决然相异的现代悲剧感，则是铁铸般的事实。在封建社会的"超稳态结构"之中，"大团圆"结局体现了中国人对现世生活的执着和热爱，对"善有善报，恶有恶报"的良好愿望。在一个新旧交替的大碰撞大转折时代，对"大团圆"的抨击，则无疑是由于"睁了眼看"，直面惨淡的人生的结果。从王国维的《红楼梦评论》引入西方的现代悲剧观开始，中国文学迅速吸收并认同的，与其说是古希腊或莎士比亚的悲剧意识，不如说是由叔本华、尼采的"生命哲学"引发的人生根本痛苦，由易卜生所启发的个人面对着社会的无名愤激，由果戈里、契诃夫所启示的对日常的"几乎无事的悲剧"的异常关注。因而，试图到二十世纪中国文学中寻找古典的"崇高"是困难的。从鲁迅的《呐喊》《彷徨》，茅盾的《子夜》《霜叶红似二月花》，老舍的《骆驼祥子》《茶馆》，曹禺的《雷雨》《北京人》，巴金的《寒夜》，以及新时期文学中的《犯人李铜钟的故事》《人到中年》《李顺大造屋》《西望茅草地》《黑骏马》等一大批优秀作品中，你体验到的与其说是"悲壮"，不如说更是一种"悲凉"。"悲凉之雾，遍被华林"：一方面，是一个历史如此悠久的文化传统面临着最艰难的蜕旧变新，另一方面，是现代社会尚未诞生就暴露出前所未有的激烈冲突；一方面，"历史的必然要求"已急剧地敲打着古老中国的大门，另一方面，产生这一要求的历史条件与实现这一要求的历史条件却严重脱节，同时，意识到这一要求的先觉者则总在痛苦地孤寂地寻找实现这一要求的物质力量；一方面，历史目标的明确和迫切常常激起最巨大

的热情和不顾一切的投入，另一方面，历史障碍的模糊（"无物之阵"）和顽强
又常常使得这一热情和投入毫无效果……这样一种悲凉之感，是二十世纪中
国文学所特具的有着丰富社会历史蕴含的美感特征。它不同于欧洲文艺复
兴时冲破中世纪黑暗带来的解放的喜悦，也不同于启蒙运动所具备的坚定的
理性力量。在中国，个性解放带来的苦闷和彷徨总是多于喜悦；启蒙的工作
始终做得很差，理性的力量总是被非理性的狂热所打断和干扰；超出常轨的
历史运动带来了巨大的进步，同时也带来巨大的失误；灾难常常不单是邪恶
造成的，受害者们也往往难辞其咎；急速转换的快节奏与近乎凝固的缓慢并
存，尖锐对立的四分五裂与无个性的一片模糊同在。正是这一切，使得二十
世纪中国文学既具有与同时代的世界文学相通的现代悲剧感，又具有自身独
特的悲凉色彩。你感觉到，像"五四"时期"湖畔诗社"的诗，根据地孙犁的小
说以及五十年代的田园牧歌这样一些作品，在整个一部悲怆深沉的大型交响
乐中，是多么少见的明亮的音符。更多地回响着的，总是这块大地沉重地旋
转起来时苍凉沉郁的声响。

在二十世纪中国文学进展的各个阶段，人们不止一次地感觉到悲凉沉郁
之中缺少一点什么，因而呼唤"野性"，呼唤"力"，呼唤"阳刚之美"或"男子汉
风格"。这种呼唤总是因其含混和空泛，更因其与上述"意识到的历史内容"，
与艰难曲折、千回百转的历史行程不相切合，而无法内在地由文学创作中表
现出来，往往变为表面化的外加的风格色彩。尽管如此，这种呼唤毕竟体现
了对柔弱的田园诗传统的某种反感，体现了对大呼猛进的历史运动的一种向
往。因此，以"悲凉"为其核心为其深层结构的美感意识，经常包裹着两种绝
不相似的美感色彩：一种是理想化的激昂，一种却是"看透了造化的把戏"的
嘲讽。在二十世纪中国文学的发展行程中，这两种色彩，时而消长起伏，时而
交替相融，产生许多变体。大致是在变革的历史运动迈进比较顺利的时候，
或是在历史冲突比较尖锐而明朗化的时候，理想化的激昂成为主导的色彩；
在变革的步伐变慢或遭到逆转的时候，或是历史矛盾微妙地潜存而显得含混
的时候，洞察世事并洞察自身的一种冷嘲成为主导的色彩。也有这样的历史
时刻，那时冷嘲被"激昂化"而变成一种热讽，激昂被"冷潮化"而变成一种感
伤，于是两者相互削弱、冲淡，使得一种严肃板正的"正剧意识"浮现出来成为
美感色彩的主导。在二十世纪中国文学中，分别地象征着激昂和嘲讽这两种
美感色彩的，是郭沫若的《女神》和鲁迅的《呐喊》《彷徨》。一般地套用"浪漫

主义"或"现实主义"这样的术语很难说明问题。大致地说来,着眼于民族的新生的辉煌远景,着眼于历史目标的明确和迫切的作家,倾向于引发出一种理想化的激昂;着眼于民族灵魂再造的艰难任务,着眼于历史起点严峻的"先天不足"的作家,倾向于用冰一般的冷嘲来包裹火一般的忧愤。激昂和冷嘲同是一种令人不满的现实状况的产物,前者因其明亮和温暖常常得到一种鼓励,后者却因其严峻和清醒,往往更深刻地揭示了历史运动的本质。

内在地把握二十世纪中国文学的总体美感特征,实际上,就是从审美的角度来本质地揭示文学中"意识到的历史内容",就是把握一个古老的新生的民族对当代世界的艺术的和哲学的体验。即便最粗略地勾勒出一点线索,也能意识到,这方面认真而又扎实的研究一旦展开,就将在"深层"整体地揭示出一时代的文学横断面,使我们民族在近百年文学行程中的总体美感经验真切地凸现出来。

四

从"内部"来把握二十世纪中国文学的有机整体性,不容忽视的一项工作就是阐明艺术形式(文体)在整个文学进程中的辩证发展。在中国文学史上,从来未尝出现过像本世纪这样激烈的"形式大换班",以前那种"递增并存"式的兴衰变化被不妥协的"形式革命"所代替。古典诗、词、曲、文一下子失去了文学的正宗地位,文言小说基本消亡了,话剧、报告文学、散文诗、现代短篇小说这样一些全新的文体则是前所未见的。而且,几乎每一种艺术形式刚刚成熟,就立即面临更新的(即使是潜在的)挑战。中国文学一旦取得了与当代世界文学的内在的"共同语言",它就无法再关起门来从容地锻打精致的形式。伴随着新思想的传播和现代自然科学的引入,艺术思维的现代化也就开始了,艺术形式的兴废、探索、争论,只能被看作是这一内在的根本要求的外化。"语言是思维的直接现实"(马克思语),文学语言的变革理所当然地成为艺术思维变革的一个突破口。只有从这一角度,才能理解从"诗界革命"("我手写我口")直到白话文运动这些针对语言媒介而来的历史运动的根本意义,才能发现本世纪中国文学的每一次大的进展都是摆脱"八股"化语言模式(旧八股、新八股、洋八股、党八股、帮八股)的一场艰苦卓绝的搏斗。后世的人已经很难想象标点符号的使用在当时曾经历了怎样的鏖战,很难想象鲁迅何以称赞刘半农对于"'她'字和'牠'字的创造"是"五四"时期打的一次"大仗"。本世纪初文艺革新的先驱者们不止一次地提到文艺复兴时期的伟大范例——乔叟、但丁摒弃拉丁语，用本民族"活的语言"创造出"人的文学"。他们自觉地、深刻地意识到了，被后世文学史家轻描淡写地称为"形式主义"的这场语言革命，其实正是民族的文化再造的重大关键。

白话文运动中蕴含着两个互相联系着的根本意图：一是"传播"新思想，"开启民智，伸张民权"，必须使新思想"平民化"、通俗化，从形式上迁就普遍落后的文化水平的同时，也就隐伏着先进的思想内容被陈旧的形式肤浅化的危险；一是传播"新思想"，必须引进新术语、新句法，采用中国老百姓还很不习惯的新语言、新形象和新的表达方式，"信而不顺"，因而在传播上就存在着无法"译解"的困难。我们从这里不难看出，这两者之间是有矛盾的：雅俗之争，普及与提高之争，"主义"与"艺术"之争，宣传与娱乐之争，民族化与现代化之争，贯穿了近百年中国文学发展的每一个重要阶段。它们之间的张力也左右了本世纪文艺形式辩证发展的基本轨迹，各类文体的探索、实验、论争，基本上是在这一"张力场"中进行的。其中，散文小品最为幸运，小说次之，戏剧相当艰难，诗的道路最为坎坷不平。这主要由各类文体自身的本性、它们与传统与读者的关系等复杂因素所决定。

诗是文学中的艺术思维进行创新时最锐敏的尖兵。诗歌语言是一般文学语言的"高阶语言"，它从一般文学语言中升华又反过来影响一般文学语言，因而先天地具有某种"脱离群众"的"先锋性"。本世纪世界诗歌语言正发生着惊天动地的巨变（唯有物理学语言及绘画语言的变革可与之相比）。在这种情势下应运而生的中国新诗，不能不在一个古老的诗国中走着艰辛曲折的道路。新诗的每一步"尝试"都可能显得"古怪"，变得"不像诗"。好不容易摸索、锤炼，开始"像"诗的时候，又立即因人们群起效之而很快老化。在诗体上，这一过程表现为："自由化"和"格律化"在某种程度上的"轮流坐庄"。新诗的历程，始终像朱自清在《中国新文学大系·诗集·选诗杂记》里所说的，呈现为一种"怎样从旧镣铐里解放出来，怎样学习新语言，怎样寻找新世界"的坚韧努力。诗体的解放、复活、创新等复杂的运动，最鲜明、凝练、集中地体现了本世纪中国文学在艺术思维上的挣扎、挫折、进展和远景。而且，在各类文体中，新诗最敏感最密切地与当代世界文学保持着"同步"的联系。拜伦、雪莱、惠特曼、波特莱尔是与泰戈尔、瓦雷里、马拉美、凡尔哈仑、马雅可夫斯基、艾略特、奥登、里尔克、艾吕雅、聂鲁达等一起卷进中国诗坛来的。如果意识到诗是一种"无法翻译"的文学作品,这一"同步"所蕴含的深刻意义就很值得探究。

诗的思维的"先锋性"导致了新诗在形式上的探索走得最远,引起的论争也最激烈,其中,"矛盾的主要方面"应是诗自身的这种活跃的不安分的本性。与此相对的则是戏剧,它不但以"观众的接受"为其生存条件,而且直接受物质条件(舞台、演员、剧团组织、经济支持等)的制约,"矛盾的主要方面"不在戏剧本身的探索,而在观众素质的提高。洪深在《中国新文学大系·戏剧集·导言》中用了大量篇幅翔实地记载了话剧在本世纪初的萌发和初步进展,证明了离开上述条件的综合考察是无法说清楚戏剧文学的辩证发展的。如果说诗体的发展显示了最活跃的艺术神经锐敏的努力,那么,戏剧形式的发展则显示了现代艺术与大众最直接的"遭遇战"。它成为整个艺术形式队伍中缓慢,然而扎实前进的一个强大的"殿军"、后卫。但是,物质条件有其活跃的推动力的一面,不能低估现代物质文明对本世纪中国戏剧艺术的影响作用(包括电影、电视消极方面的压力和积极方面的启发)。戏剧艺术的创新一旦有所突破,常常得到巩固和持久的承认(试想想常演不衰的《雷雨》《茶馆》及其众多的仿作)。这与诗歌风格的迅速更替又成一对比。从二十世纪六十年代起,布莱希特的戏剧体系开始影响中国话剧,新时期以来,它与"斯坦尼"、与中国古典的写意戏剧体系开始形成多元发展和多元融合的趋势。这可能是考察中国话剧的未来发展的一个分析线索。

介乎诗和戏剧之间的,是本世纪中国文学中最重要的文学类型——小说。在研究这一类型的整体发展时,必须仔细地划分出长篇小说、中篇小说、短篇小说这样一些亚类型。短篇小说对现代生活的"截取方式"具有类似于新诗的某种"先锋性",这一亚类型在二十世纪的中国文学中因其短小快捷、形式灵活多变始终受到高度的重视。按照茅盾当时的说法,鲁迅的《呐喊》《彷徨》"一篇有一个新形式",尔后,张天翼、沈从文都在短篇体裁上有多样的试验。新时期以来,短篇小说的变化更是千姿百态。值得高度重视的是,从本世纪初鲁迅创作小说一开始就显示了与当代世界文学有着"共同的最新倾向"(普实克语),这一无可怀疑的"同步"现象,即自觉地打通诗、散文、政论、哲理与小说的界限的一种现代意识,使得抒情小说这一分支在鲁迅、郁达夫、废名、沈从文、肖红、孙犁、茹志鹃、汪曾祺、张洁、张承志等优秀作家手中得到充分的发展。显然,在中国小说现代化的过程中,民族的"抒情诗传统"(文人艺术)对"史诗传统"(民间艺术)的渗透起了决定性的推动作用。由赵树理所代表的以讲故事为主的叙事分支则显示了"史诗传统"的现代发展。在新时期,中篇小说的崛起越来越引人注目,对这一文学现象的理论总结也正在深化。被称为"重武器"的长篇小说是文学对一时代的历史内容具有"整体性理解"的产物。在矛盾极端复杂、极端多变的二十世纪的中国,由于值得探究的种种原因,试图从总体上把握这一时代的宏愿总是令人遗憾地未能实现(例如,茅盾、李劼人、柳青,等等)。如果作家还没有形成自己的历史哲学和"长篇小说美学",这些宏愿就仍然诱人地、一往情深地伫立在二十世纪中国文学的面前。

　　二十世纪中国文学中的散文、小品、杂文,由于与民族的散文传统最为接近(而且我们似乎也不要求它们为老百姓"喜闻乐见"),很快就达到极高的成就。叙事、抒情、说理、嘲讽,迅速打破了"白话不能写美文"的偏见,显示新文学的实绩。散文是作家个性最自然的流露,因而在个性得到大解放的时代,散文得以繁荣是毫不足奇的。本世纪第一流的散文家都有深厚的中国古典文学修养,都精通外国文学,受过现代高等教育,有丰富的人生阅历。如果说诗歌是一时代情感水平的标志,那么,散文则是一时代智慧水平(洞见、机智、幽默、情趣)的标志。散文的发展显示出一时代个性的发展程度和文化素养程度。值得注意的是,散文在体裁上有极大的"宽容性",在这一部类中的形式创新所遇阻力较小。但也由于缺少压力转化而来的动力,某些新的艺术形式(如《野草》式的散文诗)未能得到顽强坚韧的推进。成熟的甚至业已僵化的散文形式(如杨朔式的散文)也就较少遇到新旧嬗替的挑战。尽管偶尔在某些问题上(如"鲁迅风"的杂文是否过时)有一些争论,其着眼点却都落在"立场、态度"这些政治、伦理的层次上。但是,散文内部的各个亚类型(抒情散文、小品、杂文、报告文学),在二十世纪中国文学的发展进程中,有着微妙的消长起伏,其中的规律性值得总结。

　　二十世纪世界文学艺术的大趋势,是尽力寻找全新的思维方式、感觉方式和表达方式,以开掘现代人类丰富复杂的内心世界及其对外部世界的"掌握"。艺术形式的试验令人眼花缭乱,实在是文学的一种自觉意识的表现,与现代自然科学及现代社会生活的发展有着深刻的联系。二十世纪中国文学(当它开放的时候,从总体上说,它毕竟是开放的),在这一点上与世界文学是息息相通的。鲁迅就是一位对文学形式具有自觉意识的大师,他所创造的一些文学体裁(如《野草》和《故事新编》)几乎不但"前无古人",而且"后无来者"。在东、西方文化的碰撞、交流之中,一些崭新的、既是民族的又是现代的艺术形式,已经、正在和将要创造出来,显示出中华民族在世界历史的现代进程中,在艺术思维方面的主体创造性。但是,我们也看到,受制于社会物质文明水平和普遍落后的文化水平,以及因循守旧的价值取向和文化心理,我们的艺术探索是如此充满了艰辛曲折。贯穿近百年来无休止的、有时不得不借助于行政手段来下结论的艺术论争,不单说明了探索的艰难,也说明了探索的必要和势所必然。我们是否已经有了足够的理由和信心,来预期下一世纪到来时,这一探索必将更加自觉、更加活跃和更有成效呢?

五

概念的建立首先是方法更新的结果,概念的形成、修正和完善又要求着新的方法。

客观发生着的历史与对历史的描述毕竟不能等同。描述就是一种选择、取舍、删削、整理、组合、归纳和总结。任何历史的描述都依据一定的历史哲学,依据一定的参照系统和一定的价值标准,采取一定的方法。文学史的描述也是如此。"二十世纪中国文学"这一概念首先意味着文学史从社会政治史的简单比附中独立出来,意味着把文学自身发生发展的阶段完整性作为研究的主要对象。这一点将带来一系列问题的重新调整(问题的提法,问题的位置,问题的意义,等等),在当前的研究阶段,只需强调如下一点也就够了——在"二十世纪中国文学"这个概念中蕴含着的一个重要的方法论特征就是强烈的"整体意识"。一个宏观的时空尺度——世界历史的尺度,把我们的研究对象置于两个大背景之前:一个纵向的大背景是两千多年的中国古典文学传统,当我们论证那关键性的"断裂"时,断裂正是一种深刻的联系,类似脐带的一种联系,而没有断裂,也就不成其为背景;一个横向的大背景是本世纪的世界文学总体格局,不单是东、西方文化的互相撞击和交流,而且包括亚洲、非洲、拉丁美洲文学在本世纪的崛起。

在这一概念中蕴含的"整体意识"还意味着打破"文学理论、文学史、文学批评"三个部类的割裂。如前所述,文学史的新描述意味着文学理论的更新,也意味着新的评价标准。文学的有机整体性揭示出某种"共时性"结构,一件艺术品既是"历史的",又是"永恒的"。在我们的概念中渗透了"历史感"(深度)、"现实感"(介入)和"未来感"(预测)。既然我们的哲学不仅在于解释世界,而且在于改造世界,未来感对于每一门人文科学都是重要的。如果没有未来,也就没有真正的过去,也就没有有意义的现在。历史是由新的创造来证实、来评价的。文学传统是由文学变革的光芒来照亮的。我们的概念中蕴含了通往二十一世纪文学的一种信念、一种眼光和一种胸怀。文学史的研究者凭借这样一种使命感加入同时代人的文学发展中来,从而使文学史变为一门实践性的学科。

1985 年 5 至 7 月于北大

中国新文学史研究中的整体观(节选)

陈思和

导言——

本文选自陈思和《中国新文学整体观》(上海文艺出版社 1987 年)。

陈思和,1954 年生,广东番禺人。复旦大学中文系教授。

这是最早明确提出采用"整体观"的视角重新解释中国新文学史的一篇论文,体现了作者宏阔的学术视野和精细深切的文学感悟。论文首先结合作家、作品和读者三方面因素,具体考察了"五四"至新时期以来中国新文学作为一个整体以及整体中的每个阶段所具有的开放特性;接着论文重点讨论了新文学与世界文学共同建构起一个文学的整体框架,并在此框架下确定自身价值的意义;最后,论文辩证阐释了构成文学整体观两端的"传统"和"发展"的关系,因而整体观最具价值的方法论意义从中得以清晰的显现。作者提出整体观研究方法的用意,是为了打通一直被人为分割成两个领域的现代文学和当代文学之间的界限,而客观上,这篇论文不仅为拓展二十世纪八十年代中后期现当代文学的研究空间提供了理论依据,对九十年代中国现当代文学的学科建设也显示出相当的指导价值。

一、新文学是一个开放型的整体

源远流长的中国文学长河,至本世纪初发生了一次影响深远的变故。不仅时代的河床改变了它的流向和流速,而且,由于外来文学新源流的汇入使水质也有所改变。"五四"以后,中国文学传统的生命力以崭新的面貌开始了新的发展历程。到今天,又有了近七十年的历史。

"五四"以来,中国的政治生活发生了巨大的变化。人们习惯于以政治的标准对待文学,把新文学史拦腰截断,形成了"现代文学"与"当代文学"的概念。这实际上是一种人为的划分,它使两个阶段的文学都不能形成一个各自完整的整体,妨碍了人们对新文学史的进一步研究。

文学创作是人类的一种精神活动,它既来源于社会生活,是社会生活的反映,又具有相对独立的发展规律,有其自身的历史继承性与发展特点。根据社会发展史或者政治史来划分文学的时期,不能很好地体现文学发展规律。1949年标志着中国革命由新民主主义阶段进入社会主义阶段的伟大转变,但从文学史的角度来看,1949年召开的第一次全国文代会所做出的全部贡献,只是在于把毛泽东同志的《在延安文艺座谈会上的讲话》作为指导全国文艺工作的纲领性文件,并使解放区的文学运动经验推广到全国范围。1949年以后的文学,在其性质、指导纲领、作家队伍等方面基本上都延续了解放区文学的范围,在相当长一个时期内没有发生根本性变化。现代文学史的分期不一定要与现代革命史的分期相一致,文学有自己的道路,它的分期应该是对作家、作品、读者三个方面进行综合考察的结果。

如果我们不是专以作家的年龄或作品的类别为标准,而是将作家群与创作倾向综合起来作比较,"五四"以来的新文学史,可以划分为六个特征各异的文学层次。

第一个层次形成于"五四"初期。作家代表有鲁迅、郭沫若、沈雁冰、郁达夫、周作人、叶圣陶等,思想文化方面的代表有陈独秀、李大钊、胡适之、蔡元培等,他们生活在两个世纪之交,一方面看到了封建制度以及传统经济方式的式微,一方面又接受了外来文化的影响。社会生活的急剧变化,使他们离开了传统仕途,开始与社会发生较密切的直接联系。从辛亥革命到"五四"运动,他们都留下了积极行动的足迹。文化观念的急剧变化,使他们在接受传统文化熏陶的同时,也吸取了大量西方文化的营养,从而在知识结构上形成学贯中西、学识广博的特点。但是,在他们身上传统影响与外来影响的冲突也特别尖锐。大多数人对传统都持反对的态度,却又不可避免地在自身保留着传统的烙印;对外来文化的进入,他们是十分欢迎的,但又处处表现出精芜不分的弱点。他们的作品,在阅历与学识两方面都有着丰富的积累,一般都带有浓厚的启蒙主义的色彩。

第二个层次形成于三四十年代。主要作家代表有巴金、老舍、曹禺、胡风、艾青、丁玲、夏衍、沈从文等。他们中有不少人来自农村,但多数聚集在城市生活,直接接受了"五四"新思想的教育。他们一般都偏重于接受外来文化的影响,只有少数人才对传统文化中的某一部分感兴趣。抗战后期,他们中出现过一些努力将东、西方文化融会起来的迹象。与上一个层次相比,这一层次的创作没有那样渊博、恢宏和富有哲学气质,但却更富有感情的敏锐性与生活的具体可感性。作品的数量与质量都是可观的,由于能从作家的具体生活环境与特殊文化修养出发,他们的创作形成了独创的艺术风格与艺术流派,标志着"五四"文学的成熟。

第三个层次形成于抗战后期的解放区。主要的作家代表有赵树理、周立波、孙犁、柳青、李季等,他们大都生活在抗日民主根据地。有些来自白区的左翼文艺队伍,更多的来自抗日战争的第一线。毛泽东同志的《在延安文艺座谈会上的讲话》发表后,我们党对文艺工作的领导具备了系统的理论、方针、政策。这一代作家正是在党的领导下从事文学创作的,除个别人外,他们中的大多数人与中国传统的民间文化关系较密切,并能了解人民大众的欣赏水平与美学趣味。他们的创作成了文艺与工农大众之间的桥梁。他们的作品反映了无产阶级领导下的人民革命斗争,尤其是农民革命,因而弥补了"五四"新文学在表现工农群众方面的不足,开了社会主义文艺的先河。

第四个层次产生于五六十年代。主要作家代表有杜鹏程、郭小川、杨朔、梁斌、吴强、杨沫、茹志鹃等。他们都来自工厂、农村、部队等社会主义建设第一线,年龄差距很大。一些比较年长的作家在三十年代就发表过作品,而比较年轻的则是1949年以后才培养起来的,但是他们最成熟的作品都发表在五六十年代。他们主要师承苏联文学和中国传统的民间通俗文学,创作出一批质量较高的反映各个革命时期斗争生活的作品,为中国的社会主义文学奠定了基础。这些作品继承与发扬了解放区文艺的经验,在民族化、群众化的探索上取得了进一步的成就。

第五个层次形成于五十年代,但真正在文学史上发生影响却是在粉碎

"四人帮"以后。主要的作家代表有王蒙、流沙河、邓友梅、张弦、高晓声、陆文夫等。他们属于五十年代学生出身的知识分子群,与新中国同时成长。他们思想敏锐,富有理想,文学上的师承是多方面的,有苏联文艺的影响,也有其他西方文艺的影响。他们最早力图表现社会主义社会的内在矛盾,不幸的命运没有把他们压垮,反而加强了他们的社会责任感与根深蒂固的理想主义。他们的创作,包括那些重放的或迟放的鲜花,坚持"五四"新文学的基本精神传统,以丰富多彩的艺术表现手法,为开创社会主义的新时期文学做出了贡献。

第六个层次形成于七八十年代。主要作家代表有北岛、张承志、钟阿城、贾平凹、韩少功、王安忆、张辛欣、李杭育、舒婷等。他们大多数是从"文化大革命"的苦难中走过来的,经历了人生的种种教训,常常带着年轻的、尚未成型的人生观来思考那些严肃而重大的社会人生问题。他们虽然没有上一层次的作家那种坚定的理想主义,但思想活跃,感情真率,艺术追求也不拘一格。他们的创作还很难说都已拥有成熟的风格,但确已表现出相当扎实的生活积累与文化积累。在艺术师承上他们不仅对外来文化表示兴趣,而且也对民族文化抱有热情,表现出一种要把现代意识与民族文化融合起来的趋势。这一文学层次与我们的时代同步,显示了新时期文学发展的未来与希望。

这六个层次中间,前后跨越的作家为数不少。但一般来说,每一个层次都拥有自己的作家群。如果我们作进一步的观察的话,还可以发现每两个层次的作家群在素质上基本相近。第一、二层次的作家群主要构成是知识分子,他们在创作中表达了中国人民反帝反封建的新民主主义革命的要求和愿望。对黑暗现实的批判精神以及对光明理想的追求,都体现了我们党所领导的革命事业给予他们的直接与间接的影响。他们的不足之处主要在于对革命斗争实践比较生疏,对革命主体工农生活比较隔阂;由此构成了这一时期文学创作的内在矛盾:新民主主义文学的使命感与实际表达能力的不统一。第三、四层次的作家群主要来自革命实践,也有的直接来自工农队伍。他们是在《讲话》的指引下拿起笔来写作的,作品中常常表达了对党对社会主义事业的忠诚信念,对党的路线、方针、政策的满腔热情和对社会生活的崇高理想。这一时期的创作解决了前一时期创作的内在矛盾,在表现革命中心与革命主体方面取得了一定的成绩。但由于作家思想文化素养的差异,创作成就的不平衡,又加上各种"左"的干扰,使许多作家的创作才能无法充分发挥,这就构成了文学的社会功能与文学自身功能分离这样一个新的内在矛盾。第五、六层次的作家群都是经历了坎坷的命运打击，但仍然坚强地生存下来握笔写作的。他们的主要成分是受过革命教育，又经历了实际磨难的知识分子。他们的作品表达了中国人民经受灾难以后，对人生，对未来，对国家和人民命运的种种思索和追求；从各个侧面反映了社会主义社会中人们丰富复杂的精神面貌。在艺术上他们呈现出各种各样的个性，体现出在党的十一届三中全会以来正确路线指引下社会主义文艺繁荣昌盛的发展趋势。这一时期的创作以巨大的丰富性与生动性纠正了前一时期的不足，显示出更加灿烂的前景。它所存在的新的内在矛盾有待于这一阶段文学运动的进一步发展，和对它展开进一步的分析研究。

在作家与作品发生变化的同时，新文学的读者群也有着相应的变化。读者是文学的接受主体，在整个文学完成过程中，它不是消极被动地接受文学作品，而是以积极的创造性的参与，对文学发展进行反制约。这种反制约包括两层内容：其一，读者在接受文学作品的同时也作出积极的反应，以一般公众的思想认识水平与审美趣味，重新解释文学作品。这种公众的解释，往往与创作主体的本来意图不相符合，但由于它体现出某种社会要求与社会舆论力量，所以通常又反过来为创作者所追认，因之鼓励了创作者去适应乃至迎合某些社会要求（诸如鲁迅对《狂人日记》的反礼教内容的认可和曹禺对《雷雨》的反封建家庭罪恶的创作动机的追认①）。其二，读者群作为一个文学的接受群体，它的思想趣味与审美趣味一般反映了社会对文学的要求。在日趋商品化的社会里，文学创作往往是创作者赖以谋生的手段。不管创作者自觉与否，他（她）总要寻求以至投合属于其个人的读者群，并且接受他们的阅读检验。我们过去过多地强调了创作者是教育者，强调文学对读者的教化作用，却忽视了另一面，即读者是创作者的"上帝"，读者对文学有着更内在的制约作用。从新文学的发展来看，新文学的读者群就发生过相当明显的变化。

其第一、二文学层次的读者群，主要是在"五四"新思想影响下的小资产

---

① 关于曹禺的《雷雨》的解释，可参阅《雷雨·序》："《雷雨》是为什么写的，……有些人已经替我下了注释，这些注释有的我可以追认——譬如'暴露大家庭的罪恶'——但是很奇怪，现在回忆起三年前提笔的光景，我以为我不应该用欺骗来炫耀自己的见地，我并没有显明地意识着我是要匡正、讽刺或攻击什么。"——引自《曹禺研究专集》（上册），海峡文艺出版社 1985 年版，第 15—16 页。

阶级知识分子,包括青年学生和有一定文化程度的市民阶层。① 这些读者的意愿或多或少都反映出"五四"新时代的要求,他们从鸳鸯蝴蝶派的都市小说趣味里摆脱出来,渴望看到新的时代思潮在小说中的体现。他们在社会变动中大都处于彷徨、动摇之中,既不满于社会现状,又不敢在改变现状的斗争实践中有所行动(或是有所行动却找不到正确的行动方向);既反感于旧式家庭、封建婚姻制度的束缚,又不敢将它付诸行动(或是有所行动而得不到社会舆论的支持)。因此,他们对文学作品能够表现反抗封建传统、要求个性解放与恋爱自由的主题特别受欢迎。他们渴望英雄,尽管他们自己做不成英雄;他们渴望爱情,尽管他们自己得不到爱情。在审美趣味上,他们因为受过一些新文化教育而多少倾向于自觉的高雅,希望能更多地接收到西方文学的熏陶。这就是这一阶段新文学创作特点的客观构成基础。其第三、四文学层次,由于抗战爆发,读者群发生了重大变化。一方面是原有的读者群发生分化,一部分人成为这场民族战争的中坚力量,他们在现实斗争中找到了精神的依附力量,不再动摇彷徨,也不再需要从文学中求得安慰;另一方面是大量工农群众在战争中获得了进步,随着他们政治思想觉悟的提高,文化要求也相应强烈起来,尤其是四十年代抗日根据地内的"各种干部、部队的战士、工厂的工人、农村的农民,他们识了字,就要看书、看报,不识字的,也要看戏,看画,唱歌,听音乐,他们就是我们文艺作品的接受者"②。读者成分的改变,势必会要求文学作品从思想内容到审美趣味都发生相应的改变。1949 年以后,我们的文学对象被明确地规定为工农兵以及其他劳动人民。他们在新的政权建立之初,渴望了解新民主主义革命是怎样取得胜利的,以及自己如何投入新政权所领导的伟大事业中去。这就决定了这一阶段的文学作品所包容的教育作用特别强。"文化大革命"中把所谓"样板戏"当作革命文艺的典范,

---

① 我同意茅盾在《从牯岭到东京》一文中对当时文学对象的估价。他正确地指出,当时的新文艺对象不是工农劳苦群众,而是小资产阶级知识分子。他驳斥一些"革命文学"倡导者时说:"什么是我们革命文艺的读者对象? 或许有人要说:被压迫的劳苦群众。是的,我很愿意我很希望,被压迫的劳苦群众'能够'做革命文艺的读者对象。但是事实上怎样? 请恕我又要说不中听的话了……你的'为劳苦群众而作'的新文学是只有'不劳苦'的小资产阶级知识分子来阅读了。你的作品的对象是甲,而接受你的作品的不得不是乙。"——引自《小说月报》第 19 卷第 10 期。

② 毛泽东《在延安文艺座谈会上的讲话》,《毛泽东选集》(一卷本),人民出版社 1967 年版,第 807 页。

乃是这种倾向发展到极端而产生的畸形现象。在第五、六文学层次中，文学恢复了为人民服务的功能。它的对象又变得宽泛了，已经不单是狭义的工农兵，还包括各个阶层的人士。读者层次的复杂化必然带来文艺创作的多样化与不稳定性。原来长期为新文学排斥在外的通俗文学也昂然进入文学的殿堂，以适应读者群中的娱乐消遣的要求。文艺创作的百花齐放，也许正是在这种多层次、多方面的读者群及其审美趣味、习惯的影响与制约下，才可能真正得到实现。

由此可见，作家、作品、读者三位一体所构成的不同的文学层次，在不同的时间与空间中互相继承、补充、发展、更新，相成相依，形成了中国新文学史的开放型整体。各个文学层次的异同现象揭示了文学发展的客观规律：每两个层次构成文学史上的一个阶段，它们分别从 1917 年、1942 年、1978 年开始。这三个发展阶段，在中国思想文化史上，都产生过举足轻重的影响。正如周扬同志在 1979 年所作的一次学术报告中指出的："本世纪以来，中国人民经历了三次伟大的思想解放运动，'五四'运动是第一次①，延安整风是第二次，目前正在进行的思想解放运动是第三次。"②事实证明，每一次思想解放运动，必然会带来文学上的蓬勃发展，开创文学的新阶段。

六个文学层次、三个发展阶段，构成了一个开放型的整体。唯其是一个整体，它所经历的每个阶段都为解决前一阶段所存在的内在矛盾而产生，又都因为自身矛盾的新发展而被后一个阶段所取代。它们之间存在着固定的内在继承性，以不断的变化、更新来完成新文学自身的平衡。唯其是开放型的，这一整体还将在不断的发展中日益完善自身，使我们面对未来。因此研究新文学就既要总结过去所走过的道路，又要有开拓与发展未来的精神。

正因为新文学的整体是开放型的，它所隶属的每一个文学阶段，也同样具有开放的特性。我之所以只指出每一个文学阶段的上限年份，而不确定它们的下限年份，正是考虑到这个特性。任何一个文学阶段所包含的作家、作品、读者三个组成部分都不会简单地被否定、被淘汰、被消灭。即使在它逐渐

---

① 我对这里所指的"五四"运动的理解，不单是限指 1919 年爆发的"五四"爱国运动，而是泛指"五四"运动前后所发生的新文化运动。

② 《三次伟大的思想解放运动——在中国社会科学院召开的纪念"五四"运动六十周年学术讨论会上的报告》，载《人民日报》1979 年 5 月 7 日。

失去了时代的中心地位和社会影响以后，也还是能在一个较长的时期内作为一种文学思潮的余波而存在并发挥影响。而新的文学阶段的兴起，也绝不是以前一阶段的简单否定者的面貌出现的。它产生于前一阶段无法解决的内在矛盾之中，又作为前一阶段的合法继承者而执行自己的历史使命，使新文学的内在精神在发展中获得进一步的高扬。

二、新文学与世界文学的整体框架

二十世纪中国文学作为一个开放型整体的另一个基本特征，即它的发展运动不是一个封闭型的自身完善过程，它始终处于与世界性的社会思潮和文学思潮的不断交流之中。它的开放型意义，在纵向发展上表现为冲破人为割裂而自成一道长流，恰似后浪推涌前浪，生生不息，呼啸不已；在横向联系上则表现为时时呼吸着通向世界文学的气息，以不断撞击、对流以及互渗来丰富自身，推动本体趋向完善。它的整体性意义除了自身发展的传统力量以外，还在于它与世界文学共同建构起一个文学的整体框架，并在这样一个框架下，确定自身的位置。

文学的发展历史也许能够证明，文学在与外界生活的相互作用之下，有可能从无序状态进入有序状态，并自觉地趋向内在平衡。这在以往的中国文学中主要反映着国内经济生活与政治局势变化的制约，但自"五四"以后，由于中外文学的直接对话，横向性的影响也开始对这种推动文学的趋向发生影响。虽然它不是根本性的，但对于文学的表现运动方式提供了具体的样板。文学间的影响是一种很复杂的关系，似乎很难绝对地分清这样一些经常被人们用绝对化的语气说到的问题：究竟是接受者首先根据自身需要去选择外来影响？还是外来影响首先以自身的魅力对接受者作了某种改造？

接受者在文学交流互渗过程中无疑扮演了重要的角色。他们虽然从国外接受了各种各样的新文学营养，但潜伏于心底的生命之根依然是自己的民族性。这种民族性会不自觉地成为一把尺度，决定着接受主体的选择态度。小至个人、大至民族，似乎都离不开接受主体的生命之根。"五四"新文学开创以来，救国救民的社会责任与追求真理的渴望，使中国知识分子以异常积极的姿态面对西方思想学说与文学思潮，他们是有选择权力与选择能力的。二十世纪初的美国流行着各种文学潮流，胡适从美国诗坛上刚刚掀起的意象派作品中汲取了反传统的因素，作为向国内推广自由诗的武器；而几乎与胡适同时去美留学的梅光迪等人,则选择了态度更为保守,趣味更为高雅的白璧德人文主义作为追求目标,后来成为胡适提倡新文学的死敌。这种同一文化背景下的背道而驰,正说明了当时个人选择外来影响的绝对自由。以后,每一次外来文学影响的大规模传入中国,都是由于国内接受者出于某种需要而作出选择的结果。三十年代左翼文学的掀起与世界"红色三十年代"的关系,四十年代以后的革命文学与苏联社会主义文学的关系,以至新时期文学与西方现代主义文学的关系,简单地看就是这样:外来文学之所以在中国能寻到它的落脚地,是因为中国本身需要这些外来者的缘故。

可是我们如果换一个角度看,接受者在这场西学东渐的过程中也未必都是主动的,有时候的情况正相反:接受者在决定选择以前,很可能已经被选择者改造了面貌,所以他的这一表面主动的行为,实质上仍然是被动的和不得不然的。夏志清在《中国现代小说史》中曾举了一个十分有趣的例子。他指出:中国作家对世界文学的知识"由于他们所处的环境特殊,他们对西方文化的了解,也是片面的、不完整的,当时较有影响力的作家,几乎清一色的是留学生,他们的文章和见解,难免受到他们留学所在地的时髦的思想或偏见所感染。说真的,我们即使把自由派与激进派的纷争看作留美、留英学生与留日学生的纷争也不为过"[1]。这一看上去十分极端的论点,确实也说明了某些现象的真相。在第一次世界大战前后,英美国家秩序尚且稳定,尤其是美国的资本主义体制,正处于欣欣向上的阶段,表现出民主政体的某些优越之处,在这种环境下的中国求学者,很容易从欧美的民主政体中产生金黄色的梦象。而日本自"明治维新"以后,国内政治思想一直处于尖锐冲突之中,再加上俄国 1905 年革命失败以后许多革命者亡命日本,使得日本的社会主义思潮在中国留学生思想上深深地打下了烙印,在文学上相应的也发生了类似的状况。这似乎又表明,接受者个人的趣味在选择外来影响上并非绝对的自由任性,因为接受者总是在特定的环境、氛围、对象面前作选择,而所有这些传播主体和传播环境都可能会对接受者作出某种暗示、引导或者阻止,迫使选择者不知不觉地受其影响,去选择这种而不是那种思想或文学作为自己的榜样。

也许正因为难以分清接受主体与传播主体双方的作用过程中谁是主动

---

① 夏志清《中国现代小说史》,刘绍铭译,传记文学出版社 1979 年版,第 52 页。

的一方,我们似乎只能看重双方同时存在的一种关系。这种关系是客观存在的,传播主体——世界文学通过种种途径传播进中国,与本土的环境相结合以后,成为各种各样的变体;接受主体——中国知识分子通过种种选择接受了外国文学,并把它们移植到中国以后,使中国文学世界化。这双方的运动所构成的千经百纬的过程系统——它可以类推到任何国与国之间的文学思想的交流关系——成为世界文学整体框架中的体内经络与动脉。

认识这种关系在世界文学整体框架中的作用是十分重要的。长期以来,我们在研究二十世纪中外文学交流时,往往只强调一面,偏废另一面。当强调了传播主体的影响时,就容易把这种影响视为文学发生的根本动力,甚至得出“五四”新文学是外国文学在中国移植的结论;同样,当强调了接受主体的选择时,又往往夸大了民族性和自我选择标准,没有看到中国文学对世界文学的开放,不单单是“为我所用”的拿来主义,而且确实是在“拿来”的同时改变了自我的面貌。由于这是一种双方共存的关系,两者的比重不同,溶化度不同,都能够导致各种可能性。传播主体有时显得很强大,能够改变一个时代的文学,如“五四”许多文艺样式都学自西方,后来竟成为中国新文学的基本样式;也有时显得脆弱易变,具体表现在某些作家身上,它往往很快就败北于本土的传统力量。如何其芳,早年作为一个唯美抒情诗人受到过西方象征主义的深刻影响,但随后参加革命,这种影响不久就丧失殆尽了。同样,接受主体也有强弱差异,有的作家早年接受过的外来影响,可能到了中年以后随着选择标准的不同而被克服,如鲁迅身上的“进化论”和尼采思想的命运即如此。但也有不少作家,一生的创作都为某种外来影响所左右,无法摆脱。在研究中国新文学与世界文学的整体框架的关系中,我以为只能从整体上去把握两者的关系,把各种可能性都考虑进去,暂时无法从某一种可能性中引申出什么规律来。

如果我们进一步考察这种过程系统本身,就会发现有两个信号点是闪烁不定,又贯穿整个过程的。这就是中外文学关系中的同步态与错位态。它们或则同时闪示,或则交替出现,不断调节着中国新文学在世界文学整体框架下的位置。作为世界文学框架的同一性与整体性,它要求框架体内的各种组成部分都必须协调、和谐,互相能够感应来达到沟通,这就是文学的同步态;可是虽则各国文学在互相影响之下有趋向这种同步态的可能,但它的发生与生长又不能不受到本国政治、经济、民族等各方面力量的牵制而千变万化,造成不协调与不和谐,这就呈错位态。这两种信号各成一套系统,成为中国新文学与世界文学之间运动过程中的两大标记。

同步态是中外文学交流中最重要的标志之一。这个概念的出现,几乎与世界文学这个概念一样久远。当歌德在 1827 年 1 月 31 日与爱克曼的谈话中提出"世界文学"这一概念时,就曾注意到中国一部古典传奇与他自己的《赫尔曼与窦绿台》以及英国作家理查生的小说在创作情调上有许多类似的地方。二十年以后,马克思、恩格斯在《共产党宣言》中再度重申"世界文学"时,对各国文学的同步态作出了更科学的解释。他们指出:资产阶级由于开拓了世界市场,使一切国家的生产和消费都成为世界性时,"各民族的精神产品成了公共的财产。民族的片面性日益成为不可能,于是由许多民族的和地方的文学形成了一种世界的文学"①。随着人类科学事业的日愈发达,世界区域间的隔阂在日愈地缩小,不同国家与地区的人们在互相交往中惊异地发现:他们所面对的问题竟是那么的相同。二十世纪以来,世界性的战争造成了人的生命观念、生存观念、价值观念、道德观念等一系列的变化,法西斯细菌的灾难使人们产生了对专制的恐怖与厌恶,对民主、和平的渴望与追求,工业技术的高度发达带来人与自然、人与社会以及人与自我之间平衡关系的破坏,对天体宇宙奥秘的进一步揭示以及对人体生命奥秘的进一步探求动摇了固若金汤的几千年传统理性的地位……这些现象几乎是不分人种不分国度不分制度地同样困扰着人们的精神世界。这就使世界文学的同步态成为一种不可避免的现象。中国虽然经济上长期处于不发达状态,但自进入二十世纪以来,几乎也同样经受了世界性的灾难,随着工业建设的发展与现代化进程的加快,许多发达国家曾出现过的问题也同样会降临这块黄土地,而且由于渊源深长的东方文化的熏陶,当这种文化面临真正解体时会使人对一切陌生的现象抱有格外的敏感。这种同步态决定了"五四"时代中国知识分子与世界现代意识在精神上的相通,也决定了三十年代左翼文艺运动与世界反法西斯的民主倾向的精神相同,甚至也决定了"文化大革命"以后的中国青年知识分子与苏联"解冻文学",欧美等国经过"五月风暴""越南战争"以后出现的某些精神现象的相通。这种文学的同步态使中国新文学在发展中充满着现代意识的生机与力量,揭示着中国新文学发展的脚印。

---

① 《共产党宣言》,《马克思恩格斯选集》(第 1 卷),人民文学出版社 1972 年版,第 252 页。

　　错位态则相反。在中外文学交流中,错位是常见现象,而这种现象正是出于另一种原因:即中国社会条件的特殊性。封建主义的僵而不死与资本主义的姗姗来迟,给中国的现代文明建设制造了无数的巨大的障碍。这就使中国现代知识分子总是一代一代地去重复前辈的使命,对封建主义的文化遗产进行批判。一些老而又老的文学主题在中国作家的创作中始终常青——诸如婚姻问题上的反封建等。它在社会发展上是一个悲剧,在文学发展中也呈现出一种停滞状。它使文学主题总是粘在一个原点上,当世界文学反映出充满当代性的现代意识时,中国的新文学还只能从西方的古典文学中去汲取寻觅古老的武器。但是错位态又十分真实地表现出中国所走的独特道路,它总是与世界处于那么的不和谐之中:第一次世界大战给西方带来了传统观念的毁灭,继而促使了现代意识的生成;而在中国,战争却给人带来了"公理战胜强权"的希望,促使了个性的进一步发展。第二次世界大战以后,西方人从长期冷战中进一步失去理想的依附,转向个人的现代战斗意识,而中国,由于战争把几千年来压在生活底层的中国农民卷上了政治舞台,从而使农民意识在中国现代政治生活中产生了很大的影响。某种意义上说,错位构成了新文学的独特道路,虽然这是一种付出了沉重代价的独特道路。

　　回顾二十世纪中外文学交流史,有两个同步态达到最饱和的时期,一个是"五四"新文学初期,另一个是社会主义的新时期,这是中国新文学的两个黄金时代,也都是全方位地向世界文学汲取诗情,以改变自己、丰富自己的文学时期,但也不必讳言,即使在两个开放性的时期,中外文学的错位态仍然存在,并且也展示出独特性、民族性的魅力。任何民族的文学发展都需要有错位,唯有错位方有自己,关键在于错位的位置在哪儿。前置于位,即作为一种积极因素被储入世界文学整体框架,贡献则大,如后置于位,即不过是在世界文学整体框架中重复了一个以往出现过的信息,意义则小。

　　这就为我们对新时期文学在世界文学整体框架中的位置的研究提供了一个新的视角,在我们今天所出现的与世界文学的错位中,如何来确定它的位置?新时期作家们从马尔克斯的《百年孤独》等拉丁美洲文学中获得启示是不无道理的。虽然这里不能排斥作家的功利心,然而这也是企图为世界文学的整体框架做出新的独特贡献的功利心。一些寻根派作家都孜孜以求在创作中用现代意识来重新光大民族文化精神,使中国文学与世界文学在同步中求得别国文学所不能替代的独特性。也就是说,他们在世界文学整体框架下追求自觉的错位,并使这种错位取得趋前的优势。

我不能同意一位朋友在论述中外文学交流意义时所认为的:"东方文学对西方文学的影响主要地表现为东方封建文学对西方近现代文学的影响。这一影响趋势,则决定于西方文学向东方寻求新的题材,新的灵感,新的想象力和新的审美情趣的冲动和激情,而绝不意味着任何改变西方近代的文学观念和文学体系的意向。"①这个结论如果仅仅是指歌德与伏尔泰的时代,也许是这样,但是随着西方现代意识的形成,随着西方知识分子反传统反理性的需要,东方文化不再是像过去的瓷瓶一样仅仅为西方人提供一些可有可无的生活摆设。恰恰相反,西方人所掀起的"东方热",无论对中国还是对印度的古代文化的向往,都是怀着极为严肃的心情,抱着探求人生奥秘,以求解决西方社会在物质文明高度发展下不可避免地产生的种种精神危机。说近的,二十世纪的诗人庞德、罗威尔、叶芝,小说家乔伊斯,戏剧家布莱希特等人对中国古典文学的学习,直接帮助他们冲破了西方传统的文学观念以及表达方式,生成新的艺术语言与艺术形式;说远的,正如毛姆在《刀锋》中所描写的主人公拉里那样,他从古印度哲学中获取人生真谛,从而改变了他在现实生活中的处世行为。② 拉里这一形象的意义当然不在于他个人道德的完善,他代表着一种西方人的文化趋向:向东方文化的靠拢。这种靠拢的需要,已经为爱因斯坦、波尔等本世纪最杰出的科学家的学术研究所证实,③因之也反映着一种科学发展的趋向。

对于东方文化是否包含着许多今天尚未真正释放的热能,我们现在作此答案实在为时过早。但我总认为今人再学"五四"时代之舌,把中国文化与封建性等同起来加以轻薄的态度是不对的。我们今天面临的开放,应该是双向的:一方面向外国开放,不但吸取西方古典文化精髓,而且还要大量吸取西方现代文化,使现代意识成为今天人们的生活常识;另一方面向传统开放,破去封建主义对传统文化的长期禁锢与歪曲,使中国文化内核释放出真正的积极的热能,为现代意识所沟通而超越时空,弥布宇宙。它不仅对中国建设本民

---

① 　曾小逸《论世界文学时代》,《走向世界文学》,湖南人民出版社 1985 年版,第 15 页。
② 　参见毛姆《刀锋》第 6 章,周煦良译,上海译文出版社 1982 年版。
③ 　参见《现代物理学与东方神秘主义》,四川人民出版社 1985 年版。

族的现代化有极为重大的意义,对世界未来也将是一种贡献。文学作为文化意识的一支,将东西方文学融会而生成新的中国文学,也将会以真正的超前姿态置于世界文学整体框架之中,为世界文学做出积极的贡献。

………

辛亥革命时期至"五四"时期我国文学的变革(节选)

刘　纳

导言——

本文发表于《文学评论》1986年第3期。

刘纳,1944年生,北京人。曾任中国社会科学院文学所研究员,现为华南师范大学中文系教授。

作者对辛亥革命时期至"五四"时期的文学变革的研究用力颇巨,她所作的《嬗变——辛亥革命时期至"五四"时期的中国文学》(中国社会科学出版社1998年),是近年来有关这段时期文学研究最重要的成果之一。这篇论文专题讨论了辛亥革命至"五四"时期文学观念和精神意向的嬗变。文中作者细致解析了辛亥革命时期和"五四"时期的文学在共同的通向政治的途径中不同的选择,继而肯定了它们从各自的角度、以各自的艺术追求突破传统观念的束缚、构筑近代意识的历史价值,其间作者有关"国民"与"人"的论述精辟透彻,尤其发人深省;对于辛亥革命时期文学的缺陷,作者并未采取回避态度,论文在充分揭示它与"五四"时期文学客观存在的精神差异的同时,也指出了"五四"文学在新的基础上向辛亥革命时期文学传统"复归"的事实。论文有意识地把1912—1919年当作中国近现代文学发展进程中一个重要的历史时期来讨论,而不仅仅视作单纯的"过渡"阶段,从中可见作者独具慧眼。论题旨在近代文学与现代文学的沟通与贯串,突出辛亥革命至"五四"时期文学求新求变的精神实质,作者的探讨显示了填补空白的学术意义,而对于研究相对较多的"五四"文学来说,也因此可以获得新的认识和启示。

在二十世纪前叶的中国,以 1911 年 10 月 10 日的武昌起义与 1919 年 5 月 4 日的爱国反帝运动为中心,形成了两个时期:辛亥革命时期①和"五四"时期,这是两个永彪史册的"历史"时期,同时,也成为两个永放光辉的"文学"的时期。跨越这两个时期,我国文学完成了伟大的变革:从旧文学到新文学,从古代文学到近代文学的变革。

一

1917 年年初,《新青年》上腾起改革文学的呼声,一场新的文学运动由此发难。

当是时,外患日逼、内乱频仍、社会黑暗、时局险恶。紧接着辛亥革命那样喜出望外的胜利的,是二次革命那样无可挽回的失败,中国人民陷入了更加深重的苦难。中国的希望在哪里?已经不在曾经深孚众望的革命领袖孙中山,而在《新青年》。以陈独秀为代表的中国知识分子,担负起继续探索民族出路的历史责任。在对辛亥革命的沉重反思中,陈独秀进入了更深层的探求,他重新选择解决中国问题的突破口:首先是道德,②其次是文学。他把革新文学当作了"革新政治"的前提:"今欲革新政治,势不得不革新盘踞此政治者精神界之文学。"③

在此之前,1916 年,李大钊已经对新文学寄以热烈的期待:"由来新文明之诞生,必有新文艺为之先声,……而后当时有众之沉梦,赖以惊破。"(《〈晨钟〉之使命》)

在此之前,1915 年,著名报人黄远生已经指出:"致根本救济,远意当从提倡新文学入手。"④

陈独秀等人把文学问题庄严地提到了全民族面前。面对内忧外患的黑暗现实,他们期望以文学的力量去影响民族的精神生活,从而去推进民族历史的进程。这,对于作为一种艺术门类的文学来说,是怎样的倚重!是怎样

---

① 在本文中,辛亥革命的时间界限是 1902 年/1903 年间至 1912 年袁世凯夺得政权。

② 陈独秀当时认为:"伦理的觉悟,为吾人最后觉悟之最后觉悟。"(《吾人最后之觉悟》,《青年杂志》1 卷 6 号)"盖伦理问题不解决,则政治学术,皆枝节问题。"(《宪法与孔教》,《新青年》2 卷 3 号)

③ 参见《文学革命论》。

④ 致章士钊信,载《甲寅》1 卷 10 号,1915 年 10 月。

的抬举！

　　陈独秀号召"文学革命"时，他将"政治界虽经三次革命，而黑暗未尝稍减"的原因归结于"此单独政治革命所以于吾之社会，不生若何变化，不收若何效果也"。① 近七十年来，这一并不尽符合历史事实的概括不但被人们接受着，而且被发展了，学术界形成了相当普遍的看法：辛亥革命缺少思想运动以及文学运动的准备和配合，因而需要有"五四"新文化运动的补课。然而，事实上，在辛亥革命时期，中国资产阶级的代言人们②进行政治斗争和军事斗争的同时，曾经对封建主义思想堡垒发动猛烈的攻击，曾经发动过具有相当声势的思想启蒙运动。③ 正是在这个思想启蒙运动中，文学曾经被赋予"救国""兴邦"的神圣使命。其实，当陈独秀重新开辟思想战场，他所号召的"文学革命"，正与辛亥革命时期梁启超"小说界革命"的理想相呼应，与青年鲁迅"文学救国"的志愿相一致，与南社革命诗人"殷勤蓄电造风雷"④的抱负相映照，也与陈独秀本人曾经奋力从事的宣传启蒙工作和文学工作相衔接。

　　自十九、二十世纪交接的年代以来，每当变革封建专制制度的政治斗争、军事斗争遭失败、受挫折的时候，总有一些知识分子从精神的方面，从"民心""民气""民智"，从民族的历史负累去找原因。这方面的原因又极容易找到。启蒙宣传家和文学家们对欧美各国文学在社会变革中的作用，做过夸张的描

---

① 参见《文学革命论》。
② 在这里，我想说明："改良派"也要求变革封建专制制度。他们提出的君主立宪方案，是世界历史上有成功先例的资产阶级政治蓝图。他们所保的光绪帝载湉，确是满洲贵族集团中的思想开明者。"改良派"与"革命派"同为中国资产阶级的政治派别。
③ 这个思想启蒙运动不但有"政治思想"的启蒙，也包括提倡"道德革命""家庭革命""三纲革命""女权革命"等内容。近年来，我国史学界在这个问题上有很大进展。例如：有的同志在列举了本世纪最初几年进步报刊批判旧思想、旧道德、旧文化的大量材料之后，写道："把这些文字同新文化运动初期的《新青年》比较一下，不难发现它们之间是何等相似！我们甚至可以得到这样一个结论：初期新文化运动的那些基本特征……早在辛亥革命准备时期的最初阶段都已初见端倪了。"（胡绳武、金冲及《辛亥革命与初期的新文化运动》，收入《从辛亥革命到"五四"运动》，湖南人民出版社 1983 年版）著名历史学家蔡尚思指出："辛亥革命时期，在政治上是以进行民主革命为中心，在思想上是以反孔反封建传统思想为中心。就这个反孔反封建传统思想而论，是超过了戊戌变法时期，而为'五四'运动时期的前驱的。"（《辛亥革命时期的新思想运动》，收入《论清末民初中国社会》，复旦大学出版社 1983 年版）
④ 近代诗人马君武创作的一首七言律诗《寄南社同人》。

述和不恰当的估价。他们由衷羡慕西方各国"受赐于文学"①，于是，也期望依仗文学的力量。文学，就是这样被摆到"黄金黑铁""国会立宪"之上，②被放在政治斗争、军事斗争之前，③甚至被抬举到高于一切，先于一切的位置。④

事实上，所谓"彼美、英、德、法、奥、意、日本各国政界之日进，则政治小说为功最高焉"（梁启超《译印政治小说序》），所谓"昔者法之败于德也，法人设剧场于巴黎，演德兵入都时惨状，观者感泣，而法以复兴。美之与英战也，摄英人暴状于影戏，随到传观，而美以独立"（王无生《剧场之教育》），都不过是童话般神奇的想象。所谓"抗战不屈之德意志魂，非俾士麦、特赖克、白仓哈的之成绩，乃讴歌德意志文化先声之青年思想家、艺术家所造之基础也"（李大钊《〈晨钟〉之使命》），所谓"西洋所谓大文豪，所谓代表作家，非独以其文章卓越时流，乃以其思想左右一世"（陈独秀《现代欧洲文艺史谭》），也是相当偏执的看法。并没有一个西方国家以文学兴邦，同样，没有一个因文学丧邦。各国杰出的政治领袖们，无论英国的克伦威尔、法国的罗伯斯比尔，还是美国的华盛顿……，也未将文学置于自己的麾下。在中国，至今有人批评资产阶级革命派领袖孙中山不重视文学，在西方，人们却并不这样要求克伦威尔们。而且在西方，相当一部分文学家可以自外于"救世的疯狂"，他们可以认为："世界的得救并不能就救了我们；世界的失败也不见得就毁了我们。我们只应该照顾自己，这'安分守己的责任'中自有伟大的功绩！"⑤然而在中国，自十九、二十世纪之交以来，站在时代前列的思想先驱们、政治领袖们大都不希望甚至不允许文学家"安分守己"地尽自己对于文学的责任，他们要求文学成为民族复兴和社会变革的先导。

在辛亥革命时期和"五四"时期，在启蒙先驱们对文学的殷切期望中，包蕴着不同的内容。

辛亥革命时期，是中国资产阶级的代言人们为变革封建专制制度而斗争的年代，满怀政治激情的启蒙宣传家和进步文学作者要求文学为实际的政治斗争喝威助战，他们需要文学产生立竿见影的政治效果，他们也以为能够立

---

① ③ 参见《文学革命论》。

② 鲁迅："使知黄金黑铁，断不足以兴国家。"（《摩罗诗力说》）"奚事抱枝拾叶，徒金铁国会立宪之云乎？"（《文化偏至论》）

④ 例如，梁启超《小说与群治之关系》里的著名论述。

⑤ 嘉莱尔《英雄与英雄崇拜》，商务印书馆1933年版，第130页。

竿见影。那时代的人多么天真地相信自己文字的力量：有人幻想出现"每一书出而全国议论为之一变"（梁启超《译印政治小说序》）的局面，有人甚至打包票，"包管"读了他的文章，"马上能够做成朱太祖，能够做成汤武王，能够做岳飞、文天祥、郑成功、史可法"。（白话道人《做百姓的事业》）"改良派"抬高小说，是因为小说"入人心深"，有"无量不可思议之大势力"（夏曾佑《论小说之势力及其影响》）。革命派重视戏曲，决心使"美洲三色之旗，其飘飘出现于梨园革命军"（柳亚子《〈二十世纪大舞台〉发刊词》），是因为"其奏效之捷，必有过于劳心焦思，孜孜矻矻以作《革命军》《驳唐书》《黄帝魂》《落花梦》《自由血》者殆千百倍"。他们指望在演出当时就收到"入之易而出之神"（佩忍《论戏剧之有益》）的效果。背肩着启蒙先驱们过急、过殷、过高的期望，辛亥革命时期的我国文学，勉力分担了"救国"的使命。进步作者们无不十分自觉地追求文学的功利性。当时，有那么多人心甘情愿为大变革的时代做"马前卒"[①]，有那么多人"捧出了心肝，喊破了喉咙"[②]，为民族振兴奔走呼号。即使像李伯元、吴趼人那样思想比较保守的作者，也具有十分强烈的社会使命感："书生一掬伤时泪，誓洒大千救众生"（《〈活地狱〉楔子》），"改良社会之心，无一息敢自已焉"（《〈两晋演义〉自序》）。

　　"五四"文学运动的倡导者既然把文学当作解决中国问题的突破口，那么，文学依然通向政治，但通向政治的道路不再像辛亥革命时期那样直截，在"文学革命"与"政治革命"之间，有了一个特别强大的中介：道德革命。"五四"文学的倡导者依然重视文学的社会功利作用，但他们的着眼点已不在"速效"，而在"根本救济"。已不是期望煽动起读者（或听众、观众）立即诉诸行动的政治情绪，而是要凭借文学的力量，改变"阿谀、夸张、虚伪、迂阔之国民性"[③]，以为政治变革打下坚实的基础。不但如此，而且，在"五四"文学革命发难之始，就有"何谓文学之本义耶"的严肃探讨，陈独秀指出："其本义原非为载道有物而设，更无所谓限制作用。"陈独秀既将文学变革与民族命运相联

---

① 不但邹容自称"革命军中马前卒"，柳亚子亦以"马前卒"自励，王无生愿做"小说界中马前卒"……

② 《新年乐》，原载《杭州白话报》2 年 7 期，见《晚清文学丛钞·说唱文学卷》（上册），第 42 页。

③ 参见《文学革命论》。

系,又十分重视文学的"自身独立存在之价值"①,他的文学胸怀比前辈启蒙者宽广得多。如果说辛亥革命时期王国维反对载道文学、反对"铺馐"文学的呼声以及徐念慈、黄摩西等人关于文学的"美"的特性的见解都被强大的政治文学的潮流所淹没,那么,"五四"时期的文学观念确实实现了对政治功利性的某种挣脱。徘徊于"为人生"与"为艺术"之间的文学作者们,有过使文学回到它自身的渴望。郑振铎郑重提出"新文学观的建设问题",他认为:"如果作者以教导哲理,宣传主义,为他的目的,读者以取得教训,取得思想为他的目的,则文学也要有加上坚固的桎梏的危险了。……优美的传道文学可以算是文学,但决不是文学的全部。大部分的文学,纯正的文学,却是诗神的歌声,是孩童的、匹夫匹妇的哭声,是潺潺的人生之河的水声。"②冰心追求文学的"真"③。叶圣陶强调文学的"诚"④。王统照"憧憬着'美'和'爱'"(《〈霜痕〉叙言》)。《湖畔》"随意地放情地歌着"(汪静之《蕙的风·自序》)。《弥洒》"只知顺着我们的 Inspiration"(《弥洒宣言》),《浅草》"以为只有真诚的忠于艺术者,能够了解真的文艺作品"⑤。《创造》更是首先亮出了唯"全"唯"美"的艺术旗帜。……在二十世纪的前七十多年,只有在"五四"这个历史瞬间,我国文学以极其豁达的气度敞开胸襟,容许并且鼓励人们自由地从不同角度和不同层次反省文学的价值。"五四"时期的我国文学,实现了比辛亥革命时期深刻得多、全面得多的文学观念的变革。

不过,尽管"五四"时期的文学作者们曾经摆出了维护艺术独立价值的防卫姿态,也并未当真抵挡其他精神领域对文学的"侵袭"。在"五四"文学的行进中,作者们追求真理和"表现人生,指导人生"⑥的热情并不弱于文学自身的使命感。不同于辛亥革命时期进步文学皈依政治,"五四"文学靠拢哲学、注

---

① 《答曾毅》,《新青年》3 卷 2 号。
② 《新文学观的建设》,《文学旬刊》第 38 号。
③ 她说:"只听凭着此时此地的思潮,自由奔放,从脑中流到指上,从指上落到笔尖。微笑也好,深愁也好。洒洒落落自然然地画在纸上。"[《文艺丛谈(二)》,《小说月报》12卷 4 号]
④ 他说:"文艺家从事创作,不是要供人欣赏,他是所谓'无所为而为'。……只要他心以为然的,他就真诚地表现出来。"[《文艺谈(六)》,原载《晨报附刊》,见《叶圣陶论创作》,上海文艺出版社 1982 年版,第 11 页]
⑤ 林如稷《编辑缀话》,《浅草》1 卷 1 期。
⑥ 沈雁冰《新旧文学平议之评议》。

重思想。① "'注重思想'的倾向,压力是很大的。"②前面我说过,二十世纪以来,时代先驱们不希望、不允许文学家"安分守己"地尽对于文学的责任。在这里,我想说的是,面对伟大的历史转折,面对激烈动荡的社会变革和思想变革,中国文学家自己也终究不能"安分守己"。

在辛亥革命时期,"政治"是民族生活的中心一环,而"五四"时期的中心议题是"伦理"和"文学"。"道德革命"与"文学革命",成为"五四"新文化运动并立着的两面旗帜。"新文学的提倡差不多成为'五四'的主要口号。"(茅盾《读〈倪焕之〉》)文学,充当了思想革命的"第一线的冲锋队"(茅盾《"五四"运动的检讨》),它比当时的政治生活更深刻地表现了时代的灵魂。任何研究"五四"时期的历史学者,都不能绕过文学。辛亥革命时期的进步文学作者,曾经兴高采烈地接受了政治的统辖,他们以巨大的非文学的热情,掀起文学变革的滔滔浪潮,而当"五四"文学作者投入奔腾呼啸的历史洪流,则既挟带着非文学的热情,又保留着对文学本身的热情。与辛亥革命时期的进步文学作者相比,"五四"作者的审美心理开放得多。他们具有更细致的艺术感觉,更强烈的艺术反叛心理,也更有悟性。因而,他们的作品蒸腾着较多的人生气息,浸润着较浓的艺术气氛。辛亥革命时期进步文学造成了巨大的煽动性,"五四"文学则表现出深沉的启迪性和温暖的感染力。这些,并非全能用历史的规定性来解释,它包括两代中国知识分子在文学历史发展过程中的选择和意志。

…………

三

在中国文学与中国文明的漫长的历史发展过程里,"五四"是一块里程碑。"五四"文学的宽广的艺术胸襟和蓬勃的生命内容,它所昭示的人生理想和突入人的心灵的深度,它所反映的我国进步知识界伦理价值和审美价值标尺的变动,都表明了它的全新的文学素质。它根本地改变了我国文学的精神,全面地重建了我国文学的格局。无论在多少个世纪之后,无论文学历史

---

① 从皈依政治到注重思想,从反映社会矛盾到发掘精神矛盾,是辛亥革命时期至"五四"时期文学变革的重要方面,已在另文论及。

② 茅盾《中国新文学大系小说一集导言》。

的长河将怎样奔流,无论中国文学还会有我们今天难以预料的怎样的发展、变革、腾飞,"五四",也是一块巨大的里程碑。

然而,这块里程碑是从辛亥革命时期开始奠基的。作为中国文学变革过程中的一个阶段,辛亥革命时期也应在文学史上占有重要地位。但长期以来,这一时期文学没有得到公正评价。有人曾做出这样的论断:"没有独立的资产阶级文学队伍。没有独立的资产阶级思想的文学。作品中偶尔有一些反映资本主义要求的部分,它却只是这篇作品的封建思想内容的附庸……"①类似的看法渗透在一些文学史著作中,即使没有表述得这样明确。更多的,是犹犹豫豫地将这时期的文学称之为"一个过渡"。

是的,它是"一个过渡"。它为中国古代文学画了一个有力的句号,又为"五四"新文学的发生和发展开拓着道路。同时,它又不只是"一个过渡",它本身就是一个光辉的文学时期。它为风云变幻的历史时期留下了文学的记录。虽然旧的文学格局仍旧维持着,但在表层之下,已经汹涌着新的文学洪流。那一代文学作者给已趋僵化的艺术定型注入了生气,从"旧风格新意境"②到"须从旧锦翻新样"③,他们的艺术探索为我国文学提供了新经验。尽管"天朝上国"的文化优越感仍然相当普遍地存在着,通向世界文学的大门却已经打开了。

适应着新的社会审美需求,为传达亢奋的时代狂热,辛亥革命时期的进步文学建立起了新的审美规范。拿成就最高的诗歌创作④来说,便以那时代特有的力度和亮色为中国诗歌增添了新的姿态。辛亥革命时期的进步诗人不愿"规规于神味"⑤,他们追求"噌吰镗鞳"⑥"激烈铿锵"⑦"苍凉慷慨""绝足

① 张毕来《新文学史纲》(第1卷),作家出版社1956年版,第14页。
② 梁启超《饮冰室诗话》。
③ 马君武《寄南社同人》。
④ 在辛亥革命时期,有几部"谴责小说"取得了较高成就,但大多数小说作品描写粗糙、形象僵硬、篇章冗赘。而诗歌,不像小说那样忌讳宣传意图,只要这"宣传"中有真实的激情腾涌。因此,当多数小说由于粗浮显露的政治宣传意图而丢失其艺术价值的时候,在诗歌创作中,仍然保留着作者们良好的艺术素养,产生了大量优秀作品。
⑤ 周实《无尽庵遗集·诗话·卷一》。
⑥ 柳亚子《天潮阁集序》。
⑦ 周实《无尽庵遗集·诗话·卷一》。

奔放"①的诗风，"诗界革命一巨子"丘逢甲依然声情激越，"大风先生"于右任以满腔豪情呼唤"大风"②，道非（沈砺）唱出悲壮热烈的英雄战歌，灵石（顾忧庵、漱铁和尚）写下瑰丽恣肆的豪迈诗篇。周实，本"缠绵悱恻多情人"（柳亚子《周烈士实丹传》），却欣赏"一振柔软卑下之气"的"铮铮玲玲""淋漓慷慨之音"③。而梁启超的诗，"具有一种矫俊不屈之姿，也自有一种奔放浩莽、洪涛翻涌的气势"（郑振铎《梁任公先生》）。这是时代的姿态。这是时代的气势。那时代崇尚粗犷恣肆、咄咄逼人的风格，许多优秀作品的气魄、气概、气势都以"粗""直"为特色。大气磅礴的粗豪之中既包涵着不可摹拟的风采，又暴露着艺术情感的粗糙、艺术形态的粗粝和艺术构思的粗率。外在的气势压倒了内在的气韵，外在的强度超过了内在的深度。以传统的艺术眼光去打量，自然是难入眼的。中国诗学讲究含蓄、精警和深沉，它并不排斥"金刚怒目"式的作品，但要求外雄内浑，难以容忍这种"叫嚣亢厉"④的"粗"和"直"。然而，辛亥革命时期进步诗人们做出的审美选择是狭窄的、有很大欠缺的，却又是"新"的、不同凡响的，它为中国文学开拓了新的审美境界，一种单色的美：力的美。这一时期优秀的诗歌作品，裹挟着无比巨大的热力，将永远为自己的时代作证。

辛亥革命时期向我们民族奉献出一大批杰出的文学人物：梁启超、柳亚子、高旭、王国维、吴梅、曾朴、于右任、刘鹗、吴趼人、李伯元、周实、秋瑾、金松岑、宁调元……尽管囿于狭窄的文学观念和狭窄的审美选择，尽管时代没给他们提供尽展长才的时间和空间，他们仍然建立了永垂后世的文学业绩。例如柳亚子。对他，毛泽东有"卑视陈亮陆游"⑤的崇高评价。郭沫若称他"今屈原"。茅盾认为："清末民元以至解放，诗人如林，然可当此时代之殿军，将垂不朽者，推亚子先生为第一人。"⑥纵观柳亚子贯穿半个世纪的诗歌生涯，他最有魅力的作品写于辛亥革命时期，尤其是南社成立之前。他正当少年才俊，豪情盖世，1903 年，他十六岁时，就写下了著名的《放歌》，悲壮、雄健而宏肆。

---

① 江瑔《丘仓海传》，见《岭云海日楼诗钞·附录》，上海古籍出版社 1982 年版，第 428 页。
② 于右任《大风诗》"大风先生歌大风，云扬风起中原中……"载《民声丛报》第 1 期。
③ 周实《无尽庵遗集·诗话·卷一》。
④ 钱基博说，南社"多叫嚣亢厉之音"。（参见《现代中国文学史》）
⑤ 见《柳亚子诗词选》，人民文学出版社 1981 年版，第 131 页。
⑥ 《茅盾文艺书简》，《文艺研究》1981 年第 3 期。

之后,他以青春热血写下一首首气度凛然的壮歌和悲歌。他是当之无愧的"时代歌手"①。再如高旭,在辛亥革命时期,高旭的诗情比柳亚子更为澎湃。柳亚子有诗云"文采风流我愧卿"(《怀人诗十章·之五》),这是实情。高旭的优秀作品,神采飞扬,境界开阔,动人心魄:"文明有例购以血,头颅当砍休呶呶。多倡之者必多继,掷万髑髅剑花飘。中国侠风太冷落,自此激出千卢骚。"(《海上大风潮起作歌》)慷慨而雄猛。"火云烧天天色变为赤,朱霞片片飞散光熊熊。六鳌扬鬐怒触霹雳斧,血花喷吐五色虹。瞭望微茫一发白齿齿,海波照眼摇荡珊瑚红。"(《登富士山放歌》)绚丽而豪放。"砍头便砍头,男儿保国休。无魂人尽死,有血我须流。"(《读谭壮飞先生传感赋》)高朗而磊落。当我阅读高旭诗作的时候,感到它像一阵阵峭厉的劲风迎面扑来,它像一束束夺目的强光灿然眩眼。作者不但有沸腾涌溢的革命激情,而且有飞扬踔厉的才气。作品显示了生气勃勃的令人神往的艺术姿态。傅钝根评高诗"有太率易处",同时他指出:"盖君时方奔走革命,有不暇屑屑治章句者。然大叶粗枝,奇气横溢,一时无与抗手。"②此评十分确当。有人把辛亥革命时期的我国文坛比作天空:繁星丽天,却没有月亮。我们也可以把它比作海洋:一个虽不够深邃却广阔无垠的文学海洋。那时期的杰出的文学人物,一个个才能卓荦,然而,这才能带有相当的片面性。他们都是复杂的人物,然而,这复杂处于比较浅的层次上。他们的文化素养和艺术资质并不低于"五四"那一代作家,却集体地演出了悲剧。他们未能完成我国文学的变革,也未能实现自身的精神蜕变。一代杰出文学家中少有人能追随时代前进,他们的才能那么快就衰萎了,快得令人瞠目结舌,令人感到深深地惋惜。

作为近代性质的文学,辛亥革命时期文学留下了不少缺憾,其中十分重要的,是它几乎遗落了西方近代文学的精神旗帜——个性解放。

本来,个性解放的意识早就在我国文学中萌生着、积蓄着。我们可以追溯到十九世纪中叶,在开拓型文学人物龚自珍的诗文中,跳荡着急欲突破传统,渴望精神解放的强烈要求。我们还可以追溯到十八世纪中叶,《红楼梦》和《儒林外史》像明亮的双子星座,交相辉映在祖国文学天空。通过焕发着个性光彩的人物形象,作者肯定了与传统背道而驰的人生道路,显示了尚朦胧、

① 郭沫若《〈柳亚子诗词选〉序》。
② 参见《天梅遗集·卷三》。

尚迷惘的近代个性意识的端倪。我们甚至可以追溯到明朝嘉靖至万历年间，"异端"思想家、文学家李贽的出现，反复古、反道学的公安派、竟陵派的出现，透露着近代个性解放气息的《牡丹亭》的出现……然而，辛亥革命时期文学与此种精神意向是脱节的，被政治需要和被政治激情挤压着，个性解放的因素没有得到发展。大量表现在进步文学中的，是另一侧面的近代意识——群体意识。在中国，个性解放的精神旗帜是由"五四"新文学举起。周作人认为，清末进步文学的"基本观念是'载道'，新文学的基本观念是'言志'，二者根本上是立于反对地位的"，而"五四"文学运动，"和明末的一次，其根本方向是相同的"①。虽然在表述上有漏洞，这确是能给人相当启发的见解。

不过，还应该看到：个性解放只代表着"五四"文学的一部分精神意向，并非全部。这里，我想引用一段法国文学史家泰纳的话：

当文明发展进程中新的进步产生出一种新的艺术时，总会有几十个杰出人物以一两个天才人物为中心应运而生，几十个杰出人物只能把社会思想表现出一半，而一两个天才人物却能把这种思想完全表现出来。②

辛亥革命时期的我国文学没有产生这样的天才人物。"五四"却有自己的天才，这就是天才的、已经在沉默中深思了十年的鲁迅，以及天才的、正焕发着充沛的艺术创造力的郭沫若。于是，"五四"文学中，耸立起两座高峰：《呐喊》和《女神》。《呐喊》的思想的深度和《女神》的感情的强度，不但令同时代人无从步趋、无从仿效，而且，至今难说有人企及。鲁迅、郭沫若在与其他"五四"作者一起表现个性解放的主题的同时，又从不同角度突破着、扩展着这个主题。（并不是说其他作者无所突破、无所扩展，但与鲁迅、郭沫若相比，他们的突破和扩展就不足道了）他们"完全"地表现了自己时代的社会思想和艺术理想。

早在辛亥革命时期，面对成为民族精神生活主潮的群体意识，鲁迅呼唤

---

① 《中国新文学的源流》，人文书店1934年订正再版，第89和91页。
② 普列汉诺夫《论个人在历史上的作用问题》引，《英国文学史》，三联书店1965年版，第33—34页。

个性解放。当时,鲁迅不是"站在正面指导时代潮流"①的人物,他比"站在正面"的人物更清晰地意识到自己时代的欠缺,以更为深远的洞察力寻求着民族的内在力量。他那"尊个性而张精神"的主张,他那"举一切伪饰陋习,悉与荡涤"的号召,他那"精神界战士贵矣"的判断,如果鸣响在"五四"时期新文学倡导者的合奏中,该多么谐调!但是,在辛亥革命时期,鲁迅闪烁着真知灼见的《文化偏至论》《破恶声论》《摩罗诗力说》曲高和寡。他超越了时代,便不为自己的时代所赏识,更不会被拥戴为自己时代的精神向导。鲁迅,仿佛是辛亥革命时期的中国历史特意为下一个时期——"五四"准备的人物。

　　当"五四"文坛响彻个性解放的呼声,鲁迅却又开始了新的探索。"五四"新文学的倡导是从对辛亥革命的沉重反思开始,但是,大多数"五四"作者并没有以自己的创作加入先驱者的这种反思。我们阅读"五四"作品,会惊奇:作者们简直把相隔仅十年的那一幕伟大事件遗忘了。只有鲁迅,以强烈的批判意识表现着辛亥革命前后那段十分重要的民族历史。鲁迅的小说创作,以深沉、丰满、特点突出的艺术形象,反映了我国社会各阶层人们的精神特征和历史命运,探求着我们民族灾难深重的原因和我们人民的出路。在大多数"五四"作者收束社会视野,以精神矛盾排挤社会矛盾的时候,②鲁迅的社会使命感和作品的社会性显得格外突出。已有外国学者在分析鲁迅小说与辛亥革命时期的谴责小说的深刻差别的同时,指出了鲁迅小说"向谴责小说传统"的"在新的基础上的'复归'"③。

　　郭沫若诗歌的英雄主义气概,不也隐含着这样的"复归"吗?人们"常用'暴躁凌厉之气'来概说""'五四'战斗精神"④。"五四"需要力量,它渴望强健,它向往崇高。但是,被"非英雄"的创作意向追逐着,"五四"文学十分缺少"暴躁凌厉"的英风豪气,虽然我们或许也能举出李大钊的杂感、瞿秋白的散文以及几首激昂的短诗,如刘大白的《五一运动诗》、郑振铎的《我是少年》……但这些,太不足道了。只有郭沫若,以澎湃汹涌的激情,昂扬猛烈的格调,唱出嘹亮的时代赞歌。《女神》,特别是它第二辑作品所表现的英雄气

---

① 　毛泽东《纪念孙中山》。

② 　从皈依政治到注重思想,从反映社会矛盾到发掘精神矛盾,是辛亥革命时期至"五四"时期文学变革的重要方面,已在另文论及。

③ 　谢曼诺夫《鲁迅的创新》,《国外鲁迅研究论文集》,北京大学出版社 1981 年版。

④ 　周扬《郭沫若和他的〈女神〉》,《解放日报》1941 年 11 月 16 日。

质、男性音调、磅礴气魄,能使我们想起辛亥革命时期那一批英气勃勃的时代歌手。

鲁迅、郭沫若的作品,"完全"地表现了"五四"的时代主题,在这"完全"之中,显示着与辛亥革命时期文学的巨大精神差异,也是在这"完全"之中,隐伏着向辛亥革命时期文学传统的某种靠拢和复归,又正是这"在新的基础上的'复归'",预示了"五四"文学的发展趋向。

郑振铎想起了"武昌的枪声",他在盼望"革命之火"(《血和泪的文学》);郭沫若终于做出了辛亥革命时期进步作者曾经做出的"牺牲自己的自由,以为大众人请命"的抉择(《〈文艺论集〉序》);从蒋光慈的诗歌里,腾起了曾经喧腾在辛亥革命时期文学中的厉厉"杀"声(如《血花的爆裂》)……在经历了"五四"时期剧烈的精神震荡之后,在个性解放的主题继续得到发展的同时,我国文学的社会性与政治性重又增强,"作家的视线从狭小的学校生活以及私生活转移到广大的社会的动态"①。一部分激进的文学作者开始了个体意识向群体意识的转化(作为群体意识的核心的,已经是新的阶级意识),他们自觉地矫正着"五四"时期文学的偏颇,同时,又在文学历史上留下了新的缺憾,那是与辛亥革命时期文学颇有些相似的文学缺憾。如果我们以二十年代后期至四十年代走向进步政治的文学与辛亥革命时期文学做比较,能发现不少相似之处,例如:对文学社会功利作用的强调,对文学与群众的关系的重视,对民间通俗形式的采用,公式化、概念化的创作倾向,以及那些硬邦邦的形象和热腾腾的呼喊……这样,在盘旋上升的运动中,文学历史呈现出一个变革周期。"发展似乎是重复以往的阶段,但那是另一种重复,是在更高基础上的重复('否定的否定')"②。

最后,想说明的是:本文试图勾勒辛亥革命时期至"五四"时期文学变革的线索,并非对这两个时期的文学现象做全面评价。因此,我的注意力集中于求新求变的意向,而忽视了一些也有成就的作者。

在辛亥革命时期与"五四"时期之间,还隔着几年的时间。那是黑暗的、痛苦的年代,但那几年的中国文学并非一片坠落、一片空白,也并非只活跃着鸳鸯蝴蝶派加一个奇才苏曼殊。在本文的题目下,理应包括对那几年文学走

---

① 茅盾《中国新文学大系小说一集导言》。
② 《列宁选集》第 2 卷,第 584 页。

向的探讨,但限于篇幅,只能形诸另文了。同时,关于辛亥革命时期至"五四"时期文学艺术形式的变革以及外国文学对我国文学变革的影响等重要问题,也限于篇幅,未能论及。

诗的新向度:从传统到现代的转化(节选)

奚　密

导言——

奚密(1955—　　),学者、翻译家,毕业于中国台湾大学、南加州大学,现任加州大学戴维斯分校(UC,Davis)教授。著有《现代汉诗:1917 年以来的理论与实践》《从边缘出发》等。

此文是《现代汉诗:1917 年以来的理论与实践》(上海三联书店,2008 年)的第一章,作者从古今比较的角度,探讨了汉语诗歌在现代所经历的根本性的变化。奚密以具体的作品为例,分析了新诗在感性生发、世界观以及诗歌成规的运用等方面与传统诗歌的根本区别,进一步揭示出其中包含的"新的诗歌态度",并重新反思"有关诗歌和诗歌阅读的大前提"。奚密认为:"由于它摒弃了大多数的传统诗歌规范,现代汉诗很自然地、几乎是不可避免地会通过对基本命题的反思为诗重新定义,并尝试建立一套新的诗歌规范。"她观察到在这种诗歌规范的变迁背后有一些"不可控制的力量",包括诗歌地位与功能的边缘化、诗人与读者之间同质性文化共同体的丧失、诗人与读者之间关系的隔阂、公认的整体价值系统的缺席等。这也是现代的"纯诗"理念产生的根源。奚密还以朱光潜的"游戏"隐喻来说明新诗的几个基本问题:"什么是诗?""诗人对谁说话?"和"为什么写诗?"虽然这里对新诗本质的概括未必是全面的,但是不失为理解汉语诗歌的"古今之变"的一个有启发的视角,而且可以为新诗的形式问题、晦涩问题等议题提供更透彻的观察。

　　"在这新时代的文学动向,最值得揣摩的,是新诗的前途。"

　　　　　　　　　　　　　　　　　　——闻一多《文学的历史动向》

"我们现在写诗,不是个人娱乐的事,而是将来整个一个传统的奠基石。"

——吴兴华《现代的新诗》

废名在《街头》一诗中捕捉住现代汉诗的本质:

行到街头,乃有汽车驶过,
乃有邮筒寂寞。
邮筒 PO,
乃记不起汽车的号码 X,
乃有阿拉伯数字寂寞,
汽车寂寞,
大街寂寞,
人类寂寞。①

我相信谁也不会把它错认为一首传统诗;有几点显著的迹象标志其现代源起。首先,就诗在纸面上的排列而言,我们看到若干差异。中国古典诗歌不断行,分行排列是 20 世纪初期自西方引进的。现代标点也借自西方。在形式方面,逐行的字数有所变化,多可如第一行的十个字,少如第三、六、七、八行的四个字。诚然,《诗经》以降的某些古典诗歌形式,例如词和曲,行行的字数也有所变化,但通常都有固定的格式,而这首诗却没有。其次,虽然"过"和"寞"押韵,却没有规律的押韵格式。此外,在这首八行的诗中,"寂寞"一词重复五次之多。尽管在古典诗歌中,为了强调或达到其他效果,也可能有意识地运用重复(例如,罗隐的名句"今朝有酒今朝醉,明日伤悲明日悲"),但废名这首诗的重复使用频率及其结构位置,排除了将其归入传统的可能性。最后是意象的差异。汽车和邮筒、阿拉伯数字和罗马字母都来自现代科技、商业和跨文化交流的世界。

但是比形式和意象更重要的是感性,这种感性明显流露诗的现代气质。诗的起首漫不经意:诗人在街上散步,街头有一只邮筒。这时,一辆汽车从身边疾驰而过,他的心头突然袭上一种寂寞感。这首诗有一个自发的触机,几

---

① 原载《新诗》第 2 期(1937 年 7 月),引自《冯文炳选集》,冯健男编,人民文学出版社,1985 年版,第 303 页。

乎是即兴的。这个印象来自简单的语法和直截了当的陈述。诗人看来不是从一个预定的主题——诸如现代人的异化之类——出发，而是呈现寂寞形成的过程，而这个快节奏的感知过程，由三处"乃"字所标志：由汽车到它的疾速消逝，到默默伫立的邮筒，到诗人的无法记得汽车牌号，最后引到汽车和邮筒、汽车和街道，以及街道和诗人之间实质性联系的缺失。这种瞬间感知过程的展开赋予诗以生命；诗所传达的不是一种预设主题的蓄意呈现，而是一个直接而自发的感受过程。

这首发表于 1937 年 7 月 10 日的《新诗》，可以被视为对当时迅速变化的中国——诸如小汽车这样新奇的西方发明——的一种回应。诗中的寂寞可以被理解为一种衍生的感觉，它来自诗人对现代科技（汽车，一个快速得令他难以理解的怪物）难以言表的疏离；来自汽车消逝的速度和街头邮筒（也是诗人？）无助的静止之间的对比；更来自诗人突然意识到的现代生活的内在悖论：人类文明的"得"（就物质舒适和便利而言）与"失"（就联系和沟通而言）的同时存在。废名的寂寞和中国古典诗歌中一般抒发的寂寞迥然不同。古典诗歌中的寂寞来自人与人之间交流的匮乏，以及诗人对他是如何有别于其周围人群的强烈自觉。这种疏离常常被归结为精神癖好和道德信仰；因此，寂寞在传统意义上是诗人寻求知音而不得的结果。然而，就废名而言，寂寞源自他在现代物质条件下深陷于某种矛盾而感到的困惑，这种矛盾在于，外部世界的挤迫和喧嚣灌注于他的只是深深的孤独和无助而已。古典诗人之寂寞背后的宁静和自在，在这首现代诗中是看不到的。

把《街头》与唐代诗人李商隐的著名绝句《登乐游原》相对照，当可进一步看出现代与传统汉诗之间的差异：

向晚意不适，
驱车登古原。
夕阳无限好，
只是近黄昏。①

① 参考刘若愚(James J. Y. Liu)，*The Poetry of Li Shang-yin*，*Ninth-Century Baroque Chinese Poet*（《李商隐诗论，九世纪的中国巴洛克诗人》）(University of Chicago Press，1969)，第 160 页。

撇开形式上的差别不论,两首诗有某些相似之处。二者都可被称为即兴的,且都表达了某种感受或情绪:废名诗中的寂寞和李诗中的忧郁。叙述语言在两首诗中都为这种感受提供了适当的背景,但又都保持在最低限度。同时,如同《街头》一样,李诗中也呈现一展开过程,以表达无常的美所带来的悲哀。然而,从意象和诗歌规范的用法上,还是能见出微妙的差异。虽然两者都使用具体意象来表达情绪,但李诗中的"夕阳"是一个传统诗歌中频繁使用的自然象征。所谓"自然"象征,意指夕阳的内在特性——它的稍纵即逝的美——导致它成为一个象征符号。因此不难理解,夕阳适宜于表达悲哀、怀旧或类似的意绪。它往往被用来表达分离(如应场的:"朝云浮四海,日暮归故山")、老年(如杜甫的:"落日心犹壮,秋风病欲苏"),以及时光的迅速流逝(如刘琨的:"功业未及建,夕阳忽西流")。在每一种情况下,夕阳所内蕴的濒临结束的意味都由自然界转移到人生的层面。相较之下,废名诗中的意象——邮筒、汽车和阿拉伯数字——都不含寂寞的内在属性,不成其为自然象征。倒不如说,寂寞来自它们之间以及它们与诗人之间的关系。诗人在那一刻体验到的疏离感唤起无边寂寞;寂寞不源自任何客体固有的属性。

第二点区别在于诗歌成规的使用。和废名一样,李商隐描述了一种自发的外在和内在过程。然而,进一步的分析显示,李诗的自发性事实上根植于若干可以辨识的传统诗歌技巧之中。诗人起笔即表示他感到"意不适",尽管确切的原因仍然不明。第二行"登古原"的意象(乐游原在长安的东南方,是京城的最高处)是一个从《诗经》经魏晋到唐代的古典诗歌中反复出现的主题,用以表达沉思或悲伤的意绪。① 早在西汉时期,它就见于《汉书》:"登高能赋。"而正如傅汉思(Hans H. Frankel)所指出的,及至唐代,登高业已变成一个常用的公式。如果说在意象层面上,高处为诗人提供了一个空间的全景视野的话,那么在象征层面上,他拥有同样开阔的时间视野,对过去、现在、未来作宏观的描述。这样一种沉思,按照傅汉思的说法,常常是忧郁多于喜悦,哀挽多于赞美的,因为"现在"不可避免地被看作是"往日"辉煌的没落,而自

---

① 举例来说,《诗经·魏风》里的《陟岵》篇即以此母题起头:"陟彼岵兮,瞻望父兮。"在不同的语境里,王靖献(Ching-hsien Wang)在 *The Bell and the Drum: Shih Ching as Formulaic Poetry in an Oral Tradition*(《钟与鼓:〈诗经〉的套语与口传诗歌传统》)(University of California Press,1974)里也谈到登高的母题(第64页)。到魏晋时代这个意象已出现在许多诗人(如阮籍、张华、左思、陆机、谢灵运和谢朓)的作品里。

然的永恒则被看作对人世无常的深切暗示。①

因此,李诗中登高的传统意象不仅为读者预备了美之无常和人之有限这一主题的最终揭示,而且此意象的历史还启示了该诗的另一层面。当我们了解唐代诗人对历史的一贯关注时,除了读出这首诗的普遍意义外,我们还能读出诗人对大唐帝国衰落的悲叹。值得强调的是,这种诗歌典范的运用并不代表对李商隐的独创性的否定。李氏的前行诗人往往用登高来凸显对比,将自然的永恒(以高处——通常是山——为象征)与人世的无常对立起来。和他们不同,李诗暗示自然中同样充满了无常,并且同样难以超越。在这种语境下,悲哀并非来自人与自然的对比,而是来自两者的休戚相关。缘此,李诗把两个熟悉的传统主题——登高和夕阳——结合起来,并据此寄托他对广义的生命的深切同情。也因此,这首诗在运用了同样意象的众多诗篇中脱颖而出,赢得传世的不朽。

除了上述的意象和主题之外,李商隐还运用了另一个值得一提的诗歌成规。在领略了第一联的意绪后,读者期待在李诗的第二联里找到一个诗人情感的客观对应物,一个与其内心陈述相应的外在意象。这种"情景交融"的手法,在王夫之的《姜斋诗话》中有明晰的表达。但是,早在得到系统的阐发之前,这一诗学概念就见于诸如陆机的《文赋》和刘勰的《文心雕龙》等文学批评经典。换句话说,李诗表面上的自发性实则标示了诗人和同样具有高度文化素养的传统读者所接受认同的另一诗歌成规。

相比之下,可以辨识的传统诗歌成规在废名的《街头》中是看不到的;这点暗示了一种新的诗歌态度,一条写诗和读诗的新途径。古典和现代汉诗之间的重要区别超出了显而易见的形式和语言差异的范围;它迫使我们质疑有关诗歌和诗歌阅读的大前提。对废名来说,诗是一个认知的过程,一个辨别定义人与世界之间关系的过程,或者可以说,诗是一种发掘自我与世界的工

---

① 有关此传统在唐诗中的体现,参考 Hans H. Frankel,"The Contemplation of the Past in T'ang Poetry"(《论唐诗中的怀旧》),载 *Perspectives on the T'ang*(《唐代论文集》)(New Haven:Yale University Press,1973),第 345—366 页。关于该传统在唐代前后的发展,参考同作者的 *The Flowering Plum and the Palace Lady*:*Interpretations of Chinese Poetry*(《李花与宫女:中国诗歌论》)(New Haven:Yale University Press,1976),第 113—127 页。

具。诗歌创造新认知的前提对传统诗学来说是陌生的,后者往往强调人和宇宙之间的交融统一和直觉共鸣。其次,不具备传统诗歌知识就无法充分欣赏李商隐,而这种知识对了解废名的诗并不是必要的。事实上,废名的诗邀请甚至要求一种基本上迥异的读者参与,第一行("汽车驶过")到第二行("乃有邮筒寂寞")构成一个突兀的转折。"乃"是一指明结果的词,其原因却付阙未加解释。这就造成了一个必须由读者填充的逻辑空隙。出于同一原因,读者还必须从第一个"乃"到第二个"乃",再从第二个"乃"到第三个"乃"作概念的跳跃,以解释诗的意义。如果说诗中表现的经验是自发的话,那么读者的经验却不同。诗的非连续性语义结构吸引读者专注阅读过程的本身。相对来说,古典诗歌读者扮演的主要角色在于,他必须吸取丰富的文学知识(包括诗歌成规和传统象征)和其他文化领域的背景;而现代诗歌的读者则首先必须参与意义创造的过程,而不是被动地接受。

　　古典诗和现代诗在诗歌前提和表现方式上的区别并非仅限于个别的诗人;它暗示汉诗从传统向现代转化的本质。现代汉诗诞生于1917年的新文学运动。和其他文类相比较,现代汉诗一直走着一条曲折坎坷的道路。例如,相对于中国现代小说——后者或多或少地继承并汲取了传统白话小说,现代汉诗始终以一个反偶像崇拜者的姿态出现,和一位令人生畏的前辈——三千年的古典诗歌传统——进行针锋相对的斗争。现代汉诗的发展过程中一直是反对者多于拥护者,质疑多于信服,甚至在诗人中间有时也是如此。在世界文学史上,或许还没有哪一诗歌时期像现代汉诗这样,由于其诞生恰好与大规模的社会政治文化变革同时,而激起如此剧烈的论争。早在1870年,就出现了诗歌改革的呼声。其时一些年轻的知识分子如黄遵宪、谭嗣同、夏曾佑、梁启超等,倡导使用口语来代替僵化的文言。这种语言的变革后来成为1917年新文学运动的奠基石,现代汉诗即在此时应运而生。

　　1917年1月,胡适在他宣言式的《文学改良刍议》一文中提出了他所预期的"新诗"的八个要点。其中至少有四点涉及语言问题:须讲求语法;务去滥调套语;不用典;不避俗字俗语。① 胡氏提倡通俗易懂的口语,以区别于古典诗充满艰深文言和典故的修辞风格;他提倡自由体,反对因循传统诗歌关于

---

① 载《新青年》第2期5号(1917年1月),第1—11页。

格律和结构的成规。总之,新文学运动追求自由的、活生生的语言表达方式,以取代文言文的僵化的语言。

自然,这些革命性的主张遭到了激烈的反对。一般来说,抗拒来自两个方面。其一是以林纾(林琴南)为代表的守旧文人,他们视文学改革为阴谋推翻儒家道统的另一种借口。其二是诸如梅光迪、胡先骕和吴宓等倡导"复古"的新古典主义者,他们原则上赞同改革,却把古典散文视为楷模。① 他们的排斥抗拒最终是无济于事的;白话诗或新诗很快成了年轻一代的大本营。经由晚清白话文和白话诗的最初提倡,到 1920 年官方采用白话从事基础教育,作为"国语",白话文业已确立了其作为现代文学媒介的地位。

古典诗和白话诗之间的论争由于外国诗——主要是西方诗——的输入而更激烈化。因为几乎所有现代汉诗的先锋人物都曾在国外(日本或欧美)受过教育。对他们来说,向其他文化传统寻找新的文学典范是很自然的事。诸如浪漫主义、象征主义、写实主义、意象主义、超现实主义等西方思潮都曾被介绍到中国来,并激发起摹仿和转化的热情,从词汇和语法到象征和典故,都有外来影响或深或浅的痕迹。对现代汉诗来说,"西方"在很长时间内一直是"先进""现代"的同义词,并被视为主要的模式。最初在二三十年代的中国,其后是在五六十年代的台湾地区,最近则可见于八九十年代的中国大陆及其他汉语写作地区。追溯文学影响的根源和接受的来龙去脉,当然有其重要价值,但我们更应该关注那些使现代诗人开放接受外来影响的本土因素。换句话说,我们必须追问:在特定的中国文学语境中,哪些内在条件有利于哪些外来模式的输入? 为什么在那么多可能的外来模式里,有些落地生根,有些却昙花一现呢?

当我们试图理邝汉语诗歌来自中国文化内部的根本变化时,把本土和外国截然两分的思维模式就显得简单和可疑了。"五四"以来汉语诗歌的现代性应视为诗人在多种选择中探索不同形式和风格以表现复杂的现代经验的结果。尽管其中可能有来自外国文学的启发,甚至是直接对后者的模仿,更重要的是来自内在的要求和在叩应这些要求的过程中所从事的可能类似于外国的本土实验。以废名为例,虽然他在大学里学习英语文学,对诸如莎士

---

① 　参见陈敬之《新文学运动的阻力》,成文出版社,1980 年版,第 1—14 页。

比亚(William Shakespeare)、哈代(Thomas Hardy)等西方作家相当熟悉,但是他关于现代诗的观点却几乎全部来自对中国古典诗歌的参照。他的诗和诗评看不出他对外国文学有深厚的兴趣和知识,反而反映了道家和佛家(尤其是禅宗)的深刻影响,他本人也习禅打坐。① 但毋庸置疑的,他的诗是现代的。

为了理解汉语诗歌这一新开端的广度和深度,我们必须走出表面的影响研究,进一步考察 1917 年以来现代汉诗的主要前提和理论向度。由于它摒弃了大多数的传统诗歌规范,现代汉诗很自然地、几乎是不可避免地会通过对基本命题的反思来为诗重新定义,并尝试建立一套新的诗歌规范。废名曾注意到:"每一种新的文学形式来自一种内在的、不可控制的力量对某种变化的要求,甚至强求。这股力量是自觉还是不自觉的倒无关紧要……这种不可控制的力量不是别的,就是作家必须掌握的新文学的实质。新实质往往透过一种最自然合宜的形式来体现,因而一种新的文学得以无碍地走向繁荣。"②

我将尝试分析汉语诗歌规范根本变化背后的"不可控制的力量"。首先,我们考虑某些诗歌以外的因素,这可以从社会政治和教育这几个角度来进行讨论。随着 1912 年政治结构由君主制转向共和制,以及更早开始的由一个农业社会向普遍城市化、工业化、商业化社会的逐步演变,诗歌的角色也在变化。传统意义上的中国文人最推崇的文艺形式始终是诗。在一个儒家社会里,诗具有多种作用,其中最高的是作为个人道德修养的基石。这一作用在《论语》中已被经典化了;诗作为士必修课程之首,和礼、乐同被认为可导向道

---

① 有关废名的诗评,参考他的《谈新诗》(人民出版社,1984 年版)。有关他与道家和禅宗的因缘,参考《现代中国诗选 1917—1949》,第 287—290 页;李俊国《废名与禅》,《江汉论坛》(1988 年 6 月),第 56—88 页;奚密《废名的诗与诗观》,(台湾)《文讯》第 32 期(1987 年 10 月),第 182—187 页。关于废名的生平,参考《冯文炳选集》,冯健男编(人民文学出版社,1985 年版);郭济《梦的真与美——废名》(花山文艺出版社,1992 年版)。

② 废名"Oh Modern Chinese Poetry: A Dialogue"(《新诗对话》),载 Harold Acton and Shih-hsiang Ch'en(陈世骧)编译,*Modern Chinese Poetry*(《现代中国诗选》)(New York: Gordon Press, 1975),第 42 页。这篇采访不同于中文的《新诗问答》。后者原载《人间世》第 15 期(1934 年 11 月 15 日),《冯文炳研究资料》,陈振国编(海峡文艺出版社,1990 年版),第 135—140 页。

德完善。① 在传统政治领域里,诗具有进身的实际功能。文采本是通过科举考试的必要条件;而自七世纪初以来,两种形式的韵文——赋与诗—— 一直是考试的科目。② 天赋高妙的诗人常常得到权贵的垂青,甚至皇帝本人的恩赐。最后,在较为平实的层面上,诗作为一种读书人人际交往的普遍形式,被用来联系家人、朋友、同僚、长辈等;那些为了各种场合所写、不可胜数的古典诗,就是最好的例证。

随着 1905 年科举制度的废止,诗歌写作在政治上失去其原有的重要性。那些把科举制度当作进入官僚阶层之踏脚石的士绅在很大程度上失去了其精英地位。随之,曾经是传统治学的核心和治理国家的纲领的儒学也失去了其神圣性。更甚者,正如中国的现代化曾经(现在依旧)几乎被等同于对西方先进科技的学习,现代生活也变得越来越城市化。诗歌也不可避免地被视为一有别于其他现代领域的专门、狭窄、私人性质的活动。或许在中国历史上这是诗歌第一次必须证明其正当性,正因为其功能和价值已失去了共识,不再得到普遍承认。周期性爆发的"为艺术而艺术"和"为人生而艺术"之间的论争贯穿了现代汉诗八十年的历史:从二十世纪二十年代新月社和文学研究会之间的抗衡,到七十年代台湾的"现代派"和"乡土派"之间的对立,以至八十年代内地关于"朦胧诗"的论争,概莫能外。

现代知识分子普遍经历了失落和疏离。他们"发现他们不属于社会上的任何阶级……由于缺少一种共同的身份,他们中的许多人或倾向于自身,或只和有类似体验的人们联系"。③ 然而,与小说家相比,现代诗人经历了较为严重的认同危机和较大程度的疏离感。自晚清以来,小说被鼓吹为一种有用的"民族改良的工具",被认为具有一种"无法估计的力量",而诗歌的社会意义却仍有待证明。尽管诸如梁启超、夏曾佑、谭嗣同等人既倡导新诗,也倡导

---

① 参见 Donald Holzman,"Confucius and Ancient Chinese Literary Criticism"(《孔子与中国古典文论》),引自 *Chinese Approaches to Literature from Confucius to Liang Ch'i-ch'ao*(《中国文学思想:从孔子到梁启超》),Adele Rickett 编(Princeton University Press,1978),第 35 页。

② 参见 Hans H. Frankel,"T'ang Literati:A Composite Biography"(《唐代文人:一个综合性小传》),*Confucian Personalities*(《儒家人物志》),Arthur F. Wright & Denis Twitchett 编(Stanford University Press,1962),第 65—83 页。

③ Mau-sang Ng(吴茂生),*The Russian Hero in Modern Chinese Fiction*(《现代中国小说里的俄国英雄》)(Albany:State University of New York Press,1988),第 44 页。

新小说,他们仍指认小说为"社会和政治革新的有力手段"①,对诗则未能提出具体的理论。清末的"诗界革命"主张以白话作为诗歌的媒介,对中国现代汉诗的诞生做出了贡献;然而它既无法恢复诗歌过去所享有的崇高地位,也没有为未来诗歌的阅读和写作提供新的理论向度。早期的现代小说作家负有某种"自任为时代发言人的使命",②寻求改变国民意识,以建设富强中国。同时期的诗人则缺少明确的使命感和方向感。

现代汉诗这种暧昧不明的处境,某种程度上也和读者群的错位有关。中国传统诗歌的作者和读者基本上是一群具有高度文化素养的精英分子;他们学富五车、好整以暇、倾心于绝妙诗艺的探究。在创作群和诠释群之间——或简言之,诗人和读者之间——存在着一种相当密切的契合。正如诗人吴兴华所扼要指出的,古典诗歌"拥有着数目极广,而程度极齐的读者。他们对于诗的态度各有不同,而对于怎样解释一首诗的看法大致总是一样的。他们知道什么典故可以入诗,什么典故不可以。他们对于形式上的困难和利弊都是了如指掌的。总而言之,旧诗的读者和作者间的关系是极其密切的。他们互相了解。写诗的人不用时时想着别人懂不懂的问题。读诗的人,在另一方面,很容易地设想自己是写诗的,而从诗中得到最大量的愉快"③。

然而,对现代诗来说,这种诗人和读者的同质性(homogeneity),已不再是个可以成立的前提,十九世纪末开始的教育改革引进了西式学校("新学堂")和西方科目。其结果是,有机会接受教育的人较以往增加了,他们所受的教育也较以往多元化(中国古籍的分量随之降低),但是他们的文化水准缺少一致性。对现代诗人来说,"谁是我的读者?"这一问题的答案只能是个人的、主

---

①　C.T. Hsia(夏志清),"Yen Fu and Liang Ch'i-ch'ao as Advocates of New Fiction"(《新小说倡导者严复与梁启超》),《中国文学思想:从孔子到梁启超》,Adele Rickett 编(Princeton University Press,1978),第 221 页。

②　Mau-sang Ng(吴茂生),*The Russian Hero in Modern Chinese Fiction*(《现代中国小说里的俄国英雄》)(Albany:State University of New York Press,1988),第 54 页。参考Theodore E.Huters(胡志德),"A New Way of Writing:The Possibilities of Literature in Late Qing China"(《新的写作方式:晚清的文学可能性》),载 *Modern China* 第 14 卷第 3 期(1988 年 7 月),第 243—276 页。

③　梁文星:《现在的新诗》,《诗论》,夏济安编(文学杂志社,1959 年版),第 47 页。虽然该文以笔名发表,但是宋淇称,吴兴华从未用过这个笔名。可能是《文学杂志》的编辑考虑到当时台湾对大陆作家的书禁而加上去的。

观的。读者可能是大众(至少在理论上,"白话"是大众使用的口语,是新诗的载体),可能是少数有文学兴趣的现代知识分子,也可能是为数更少的诗人群。

现代诗人对读者的态度呈现为一条广阔的光谱。在光谱的一端,一些诗人坚持诗歌服务社会,这或可视为弥补现代文明里实用性和私人性彼此分裂的一种企图。为了重建诗的社会价值,这些诗人强调主题的关联性,并每每采用一种相当狭隘的文学定义,拒绝纯粹的美学考虑。这种态度可见于三四十年代的抗战诗歌和毛泽东时期的政治抒情诗。前者有一个明确的现实目标,那就是唤醒人民,抵抗日本侵略者,捍卫祖国。在后一种情况下,诗人为工农兵写作,通过创造正面的典型人物,向人民灌输正确的意识形态。陈世骧认为这样的诗人,"他的源泉显然是公众的,他的想象和视野绝对遵照官方认可的道德和美学……他的自我否定必须是完全的,以符合强大的集体主义,……。"①

具有讽刺意味的是,较之任何其他的现代文学理论,文学必须为意识形态服务的理念更多呼应了"文以载道"(文学作为一种道德的运载工具)和"文以贯道"(文学作为道德的体现)名下的儒家道德实用主义。正如汉学家哈特曼(Charles Hartman)所指出的,尽管韩愈关于"文"和"道"的整体概念,远比他的宋代追随者的诠释要复杂、精致,但对韩愈以及后代的儒者来说,文学的价值不仅取决于其反映道德的程度,而且要据其所反映的道德作出判断。②由于这种艺术臣服于政治和社会标准的状态倾向于压抑诗歌和美学理论方面的实验,我在本章中对这类诗观将搁置不论。

在光谱的另一端是"被误解的诗人",这显然是受法国象征主义影响而形成的文学原型。王独清早在 1926 年就宣称:"不但诗是最忌说明,诗人也是最忌求人了解! 求人了解的诗人,只是一种迎合妇孺的卖唱者,不能算是纯粹的诗人!"③纪弦在 1964 年的《狼之独步》一诗中,以其典型的尖锐风格表达了类似的观点:

①　Shih-hsiang Ch'eh(陈世骧),"Metaphor and the Conscious in Chinese Poetry under Communism"(New York & London:Frederick A. Praeger, 1963),第 41 页。

②　Charles Hartman, *Han Yu and the T'ang Search for Unity*(《韩愈与唐代的合一理想》)(Princeton University Press,1986),第 211—224 页。

③　王独清《谈诗——寄给木天,伯奇》,《独清诗选》(新宇宙出版社,1931 年版),第 76 页。

我乃旷野中独来独往的一匹狼。

不是先知，没有半个字的叹息。

而恒以数声凄厉已极的长嗥

摇撼彼空无一物之天地，

使天地战栗如同发了疟疾；

并刮起了凉风飒飒的，飒飒飒飒的：

这就是一种过瘾。①

诗人发现自己置身荒原，陷入完全的孤独。诗第二行否定当一个先知，这点听起来好像是对象征主义诗观的否定，但实际上是对与世界交流——即使是较高层次的交流——的断然拒绝。在这个意义上，这行诗暗示了一种甚至较之象征主义者的境遇更为孤绝的自我形象。象征主义式的先知虽被世俗误解，但仍为精选的少数读者作智慧的言说。相较之下，《狼之独步》里的诗人甚至不存在被误解的机会，他已完全放弃了寻求对话的努力。在他选择的孤独中，他享受某种苦涩，且因世界无力而怯懦的反应而感到一份近乎虐待狂的欣喜。第六行"飒飒"的重复使用拉开了"我"和读者既是时间（声音）也是空间（排列）上的距离——这就是肯定诗人独立存在的唯一方式。

　　我认为，在二十世纪二十年代由王独清和其他受法国象征主义影响的诗人首先予以表述，随后又由纪弦和他的台湾"现代派"同人于五六十年代重申的"纯诗"理论的背后，存在着诗人和读者之间的隔阂——无论是真实的或是想象的。为了证明疏离读者的诗有其存在的正当性，许多现代诗人一直表达这样一种信念，即诗为自身而存在。瓦雷里（Paul Valéry）的学生梁宗岱曾有如下一段代表性的论述："所谓纯诗，便是摒除一切客观的写景，叙事，说理以至感伤的情调，而纯粹凭借那构成它底形体的原素——音乐和色彩——产生一种符咒似的暗示力，以唤起我们感官与想象底感应……它自己成为一个绝对独立，绝对自由，比现世更纯粹，更不朽的宇宙。"②

　　然而，不仅是受象征主义影响的诗人和批评家，诗应当依据自身的条件得到理解和评判的看法是一直存在的。这一观点可以追溯到王国维，其著名

---

① 　纪弦《纪弦自选集》（黎明文化出版有限公司，1978年版），第312页。

② 　梁宗岱《谈诗》，《人间世》第5期（1934年11月）。

的"境界"说明显地吸收了传统诗评家,诸如王夫之、严羽,甚至司空图的直觉诗观。王国维通常被视作属于古典传统的批评家。然而,他对把文学用作道德说教工具的厌恶,以及他关于文学自主性、普遍性和永久性的基本设定,却使他成为现代汉诗的先驱者。在说到文学(包括艺术)与哲学的先天血缘关系时,王国维认为:"这个世界上最神圣、最宝贵但又最没有用处的就是哲学和艺术⋯⋯哲学和艺术的目标⋯⋯是宇宙的真理,而不是时代的真理。"①这句话令人想到瓦雷里所说的:"世界有着大骚动(我是指那充满最宝贵最无用之物的世界)。"②王国维显然是受了康德(Immanuel Kant)"无所为而为"(Zwecksigloskeit)观念的影响。他断言:"美的基本特征⋯⋯在于它可以被欣赏而不能被利用⋯⋯虽然我们偶然也会利用一样美的事物,但当一个人陷入对它的美学沉思,是绝不会将其有用性纳入考虑的。"③

属于同一条理路,朱光潜把"美感的态度"定义为"无所为而为的玩索",④它是实用和科学之外的独立存在。虽然朱氏首肯艺术和生活的关联,但他强调"美感的距离"即艺术创造,也是艺术欣赏的根本所在。诗人兼理论家宗白华表达了类似的见解。在发表于1934年的《略谈艺术的"价值结构"》一文中,他说:"美的形式的组织,使一片自然或人生的景象,自成一独立的有机体,自构一世界,从吾人实际生活之种种实用关系中,超脱自在。""美的形式之积极作用是组织、集合、配置。一言蔽之,是构图。诗片景孤境自织成一内在自足的境界。"⑤鲁迅尽管强调文学艺术和社会历史现实之间不可分割的联系,但仍承认美相对于政治的独立性,正如其所言:"一切文艺固是宣传,而一切宣传并非全是文艺;⋯⋯革命之所以于口号、标语、布告、电报、教科书⋯⋯之

---

① 王国维《论哲学家与美学家之天职》,《红楼梦评论》(黾勉出版社,1987年版),第65页。

② Pual Valéry, "Pure Poetry"(《纯诗》),载 *The Art of Poetry*(《诗艺》),Denise Folliot 译,T.S.Eliot 导言(New York:Vintage Books,1958),第184页。

③ 王国维《古雅之在美学上的位置》,《王观堂先生全集》(大同出版社,1970年版),第5卷,第1831页。参考 Joey Bonner,*Wang Kuo-wei:An Intellectual Biography*(《王国维思想传》)(Cambridge:Harvard University Press,1986);柯庆明《中国文学批评的两种倾向》,《现代中国文学批评论述》(大安出版社,1988年版),第169—274页。

④ 朱光潜《谈美》(德华出版社,1981年版),第147页、第13—31页。

⑤ 宗白华《美学与意境》(淑馨出版社,1989年版),第124—125页。

外,要用文艺者,就因为它是文艺。"①创造社主要的批评家成仿吾曾争辩说,文学的挑战并不逊于科学或哲学。他试图赋予文学比服务于社会更宽广的目标:"文学的美善超出了所有功利主义者的算计,它拥有我们毕生追求的潜在价值。即使它除了一种美学之外什么也没有教给我们,我们仍不能否认它向我们提供了快乐和慰藉,以及更新这种快乐和慰藉之于我们日常生活的影响。"②冯至则坚持:"一首诗就像一尊雕塑或一幅画那样,不需要超出它自身之外的任何解释。"③

认为诗是一个美学主体,只能据其自身内在条件予以评价的信念,由于译介英美现代主义而得到增援。三十年代至四十年代初的一些诗人,诸如卞之琳、施蛰存、袁可嘉、穆旦、郑敏和杜运燮等,先后向中国介绍了一批英美诗人和批评家,包括艾略特(T. S. Eliot)、奥登(W. H. Auden)、瑞恰慈(I. A. Richards)、燕卜荪(William Empson)等,并引进了强调诗作为一个有机整体的现代主义准则。这种诗歌应独立于非美学关怀的观点,发端于十九世纪下半叶的欧洲象征主义,而在二十世纪二十年代现代主义全盛期臻于成熟。它曾带给中国现代诗相当深远的影响,最早彰显于三十年代,随后,在五六十年代的台湾,经由当时诗歌刊物和文学杂志上数不胜数的关于波德莱尔(Charles Baudelaire)、马拉美(Stéphane Mallarmé)、魏尔伦(Paul Verlaine)、瓦雷里、兰波(Arthur Rimbaud)、里尔克(Rainer Maria Rilke)、艾略特、叶芝(William Butler Yeats)等人的翻译而得以充分展现。虽然1949年后现代主义诗歌在内地一度销声匿迹,但新时期即出现了猛烈的反弹。例如,裘小龙所译的艾略特的诗1985年第一版售罄后尚不足两个月,第二版又受到同样热烈的欢迎。艾略特只是当代中国先锋诗人所熟悉的西方诗人之一,其他还可以举惠特曼(Walt Whitman)、博尔赫斯(Luis Jorge Borges)、荷尔德林(Friedrich Hölderlin)、聂鲁达(Pablo Neruda)、埃利蒂斯(Odysseus Elytis)、金斯堡(Allen Ginsberg)等为例。

哲学取向上的基本差异使现代的"纯诗"观念有别于中国的传统诗学。

---

① 鲁迅《文艺与革命》,载《鲁迅全集》(人民文学出版社,1981年版),第4卷,第84页。

② 成仿吾《新文学之使命》,引自《新文学运动史资料》,张若英编(光明出版社,1934年版),第323页。

③ 冯至《十四行集》(明日出版社,1942年版),第3—4页。

现代"纯诗"观念不仅导源于同质性读者群的消失,而且甚至在更大程度上导源于公认的整体价值系统的缺席。根据刘若愚的概括,中国传统诗学跨越从偏重实效道德到美学表现的范围;然而即便是后一种观念,仍承认一种普遍的真理。不少传统批评家固然强调个人倾向,譬如司空图的《诗品》显示了一种个人癖好,他对"诗味"进行了分类,而"诗味"主要取决于个人的性情。此外,以袁宗道和袁宏道为首的"公安派"提倡个性表现,反对摹仿古人;清代诗人王士祯用"神韵"一词描述"直觉的领悟、直觉的艺术效果,和个人的语调";[①]袁枚强调提升自个性精神的"性灵"。所有这些批评家都相信,诗除了艺术表现外,还应表达某种个人品质。然而,尽管强调个性,他们却从不怀疑这样一种普遍的观点:诗作为人"文"的一种表现,与天"文"或"道"若合符契;诗是"诗人直观自然之道,与自然之道认同的体现"。[②] 事实上,这些批评家所称许的不可言喻的气质,总是直接或间接地依托于诗人与自然之间的共续性。真理所在历久不变,从未受到质疑。

这种预设的普遍性对现代诗人来说是不存在的。对比两首诗来说明这点。第一首是杜甫的《春夜喜雨》:

> 好雨知时节,当春乃发生。
> 随风潜入夜,润物细无声。
> 野径云俱黑,江船火独明。
> 晓看红湿处,花重锦官城。

春风春雨带来生机这一主题,可追溯到《易经》中对风的诠释。卦象"巽"是这样解释的:"风之又风,无微不入。"根据卫礼贤(Richard Wilhelm)的注释:"坚固的黑暗本原为渗透性的光明本原所融解,此乃以柔克刚。在自然界,驱散

---

① 参考刘若愚,*Chinese Theories of Literature*(《中国文学理论》)(University of Chicago Press,1975),第 44 页。
② 许慎《说文解字》(世纪出版社,1979 年版),第 297 页。有关"文"的字源,参考刘若愚 *Chinese Theories of Literature*(《中国文学理论》)(University of Chicago Press, 1975),第 7—8 页、第 36 页。

云团,使天空一派清朗宁静的是风。"①在诗中,春天的风雨"无声"地滋养着万物;风的谦逊("巽")和包容体现了"阴",但如同诗的下半阕所隐射的,它的效果是华丽的,一如"红"与"黑"、"花重锦官城"和"江船火独明"等意象所呈现的鲜明对比。诗人表达的喜悦反映了一场自然万物再生的庆典,宇宙秩序循环的庆典,而人类是这宇宙秩序必然的一部分。诗开头便道"好雨知时节",正是因为它又一次确证了中国"道"概念中万物体现的自然规律:生命无穷的循环与再生,昼夜、春秋的不断迭替,人类与宇宙的和谐统一。

与杜甫的诗形成强烈对比的是杨牧写于 1958 年的《黑衣人》:

> 飘来,飘去。在我眼睫之间
> 小立门外,忆忆涛声
> 黑衣人是云啊! 暴雨之前
>
> 我把挂在窗前的雨景取下
> 把苍老的梧桐影取下
> 把你取下②

如果说杜甫参与了赋予万物以意义的普遍范式,那么杨牧在此诗中创造了一个完全属于个人的、隐秘的世界。在诗的末三行,诗人吸纳和包容了一切,他重组了这个世界;波涛、雨和树木的客观世界与意愿和想象的主观世界之间的界线变得模糊不清。它似乎暗示,外在世界不过是心的屏幕上内在想象的一个投影,而这屏幕诗人可随意打开或关闭。诗人言及的波涛、云朵和其他的自然现象到底是真实地存在呢,还是仅仅存在于他的想象或苍茫的记忆之中?"你"究竟是指涉等同于"黑衣人"的云朵呢,还是诗人自己? 这种模棱两可的歧义性是迷人的,因为它在现实和想象之间,在具体、可辨识的客观世界和笼罩这个世界的主观面纱之间,摇摆不定。这种朦胧同样在诗和读者之间拉开了一段难以逾越的距离。对现代诗人来说,杜甫作品中那预设的、在诗

---

① Richard Wilhelm, *The I Ching*, *or Book of Changes*《易经》, Cary F. Baynes 英译 (Princeton University Press, 1950),第 220 页。

② 《杨牧诗集 I:1956—1974》(洪范书店,1978 年版),第 68 页。

的世界和读者的世界之间、诗和宇宙之间的共续性或同质性已不存在。现代作品的晦涩并非源自语言上的人为设计（例如倒装和省略句法，这些在古典诗中并不少见），或因为像古典诗歌那样采用深奥的典故。它更多的来自将外部世界转化为内在景观的内视镜。如果说传统汉诗体现人和自然之间的和谐的话，那么，现代诗则往往揭示出一种既被创造，又是创造性的自我认同。

以上讨论了现代汉诗建立新传统背后的某些外部因素，下面接着讨论驱使现代诗人去重新定义"诗"的内在动力。现代中国诗人拒绝了古典制约，包括语言、形式和韵律方面的成规。胡适的"八不"与其说是建设性的建议，不如说是对传统诗歌的批判；与其说是创造新传统的原则，不如说是对业已僵化衰微的传统的反动。他后来的一些主张，诸如"诗该怎么写，就怎么写"和"建设一种'文学的国语'和'国语的文学'"等，虽然吸引人却含糊不清，未能提出具体的方向。尽管他把白话想象成一种能表达"丰富的材料、精密的观察、高深的理想"和"复杂的感情"的优越载体，但事实上在他崇高的理念和当时白话诗所使用的语言之间存在着相当大的距离。

现代诗人面临的最大挑战，是如何回答这样一个迫切的问题：当现代诗抛弃了格律、文言文和辞藻，它如何被认可为诗？没有古典诗歌那些长久以来经典化的语言和形式特征，现代诗人如何证明自己的作品是诗？较之西方十九世纪以来的现代诗演变，现代汉诗代表了一种与传统更为戏剧性的决裂，因为中国古典诗和白话诗之间的差异比西方传统诗和自由诗之间的差异更大。如果现代诗采用白话的语法、说话的自然节奏和日常语言（允许口语，甚至俚语），它将如何与散文相区别？早在距新文学运动开始才两年的 1919年 10 月，先锋诗人俞平伯（他同时又是一位渊博的古典文学学者）就大声疾呼应注意诗的"质"的问题。在题为《社会上对于新诗的各种心理观》一文中，俞氏指出："白话诗的难处，正在它的自由上面……所以白话诗的难处，不在白话上面，而在诗上面；我们要紧记，做白话的诗不是专说白话。白话诗和白话分别，骨子里是有的，表面上却不很显明。"[1]俞氏对当时白话诗的质量甚为担忧。或许是由于他们过于刻板地追随胡适"经验主义"的主张，许多诗人将但

---

[1]　参考俞平伯《社会上对新诗的各种心理观》，原载《新潮》第 2 期第 1 号（1919 年 10 月），《中国现代诗论》，第 2 卷，杨匡汉、刘福春编（花城出版社，1986 年版），第 1 卷，第 25 页。

凡脑子里想到的统统写成分行文字,认为那就是诗。照俞氏的说法,这正是社会上对新诗感到不满的原因之一。

1930 年,翻译家、文学批评家兼散文家梁实秋表达了同样的忧虑:"新诗运动的起来,侧重白话一方面,而未曾注意到诗的艺术与原理一方面。"他进一步警告说:"诗先要是诗,然后才能谈到什么白话不白话。"[1]其他诗人们使用一些类似的术语来定义诗歌。例如宗白华的"诗质",徐志摩的"诗感",戴望舒的"诗情"等。这些观念代表了他们对诗之精髓的认识,而这一点被"五四"的大部分诗人给忽略了。正如杨牧多年后所观察的,许多早期实验不足的关键在于"那些诗人试图现代化的只是诗的用词,而不是诗"。[2]

对早期现代诗局限的忧虑,促使诗人和批评家思考现代汉诗之成其为诗的关键所在,尽管它缺少固定的形式和韵律这一类容易辨认的特征。这可能是中国历史上第一次形成了一种致力探究诗歌核心,在传统规范以外为诗定义的高度自觉。如果传统诗评对一首诗的价值高下可能持不同的看法,现代诗人就首先必须从根本上确定某作品究竟是不是一首诗。把握了这个历史语境,我们才能深入理解和欣赏过去八十年来有关现代汉诗的种种观点,虽然它们有时显得幼稚或粗糙。

尽管现代诗人没有一个普遍性的价值系统和一整齐同质的读者群,他们却拥有探索诗之内质的充分自由。悖谬的是,当现代诗在更大程度上具有个人意义和美学意涵的同时,它却失去了过去公认的社会道德意义。诗近乎个人宗教,或用马拉美的话来说,它是"危机状态的语"。徐玉诺写于 1921 年的《诗》具体而微地表现了这个理念:

> 轻轻地捧着那些奇怪的小诗,
> 慢慢的走入林去;
> 小鸟们默默的向我点头,
> 小虫儿向我瞥眼。

---

[1] 梁实秋《新诗的格调及其他》,原载《诗刊》,第 1 期 1 号(1931 年 1 月 20 日),引自《中国现代诗论》,同上,第 142 页。

[2] C.H.Wang(杨牧),"Poetry Ablaze, and Ambiguous"(《燃烧与晦涩的诗》),*Caliban*,第 1 期(1986):第 50—53 页。

　　我走入更阴森更深深的林中，

　　暗把那些奇怪东西放在湿漉漉的草上。

　　看啊，这个林中！

　　一个个小虫都张出他的面孔来，

　　一个个小叶都睁开他的眼睛来，

　　音乐是杂乱的美妙，

　　树林中，这里，那里

　　满满都是奇异的，神秘的诗丝织着。①

黑暗静僻的森林里充满了诗的奇妙音乐，它使阴森的氛围变得富有生机，甚至吸引了最渺小的造物的倾听。"轻轻地捧着那些奇怪的小诗"的诗人，正像是至高无上的艺术的祭司。这首诗流露出明显的象征主义的倾向，尽管这种影响既不能在诗人的整体作品中找到证明，也不为诗人所自觉。

　　林泠1956年的《林荫道》表现了现代诗人构想中的诗的复杂本质，它往往进入但又超越了象征主义的领域：

　　是谁安排我足下的风景

　　这平原的广袤，丘陵的无垠

　　哦，阳光铺满像荒草萋萋

　　我只爱林荫的小路

　　我只爱迂回幽曲和蔽天的覆盖

　　——诗是林荫的小路罢回忆也是

　　我常常留恋，虽然也常常厌倦②

如同杨牧的《黑衣人》和徐玉诺的《诗》，诗感与一种更高的、"安排"自然界、超

---

① 　徐玉诺《将来之花园》（商务印书馆，1923年版），第91—92页。又参见罗青对该诗的
　　分析，载《从徐志摩到余光中》（尔雅出版社，1978年版），第97—99页。
② 　林泠《琳泠诗集》（洪范书店，1982年版），第59—60页。

越客观世界的视境相等同。和徐诗不同的是,林泠以一种较为复杂矛盾,一种沉溺与背弃、依恋与厌倦同时并存的感受,取代了徐诗中的神秘感和宗教感,但是以上三首诗都可读作一首"ars poetica"(以诗论诗的作品),反映一种现代社会中高度个人化,甚至特立独行的诗观。

诗作为一个有机体,一直扮演着现代诗学典范的角色。在这一基本前提下,诗人在古典传统的范畴之外实验和探索诗的形式、意象、韵律等。传统诗歌较缺少的是"理论传统······一种对媒介的技术性探索,或强调想象凝视的无目的性纯美学的关注"。[①] 如同我前面已论及的,现代诗人,无论意识与否,致力于为诗歌重新定义的建构,包括回答"什么是诗?""诗人对谁说话?"和最根本的,"为什么写诗?"这样的关键问题。尽管在个别命题或重点上,它或与古典诗有神似之处,但两者的基本差异却更有力地表现了现代诗的特征;正是这些差异表明了二十世纪汉诗的新向度。

四十年代文艺研究散论

黄修己

导言——

本文刊载于《中国现代文学研究丛刊》1987 年第 4 期。

黄修己,1935 年生,福建人。中山大学中文系教授。

四十年代战争制约下不同政治区域的文学分割,致使这时期的文学在整体上呈现出多重复杂的形态,这些生动丰富的复杂性因素,在较长的时间段里却并未获得符合文学史本身的阐释,反而被轻易地简单化处置了。基于相关的忧虑和警醒,本文作者率先明确地提出必须"把这一时期的文艺研究引向深入",他强调研究者"需要重新占有材料,从事实出发",弄清具体问题,这

---

① Yi-tsi Mei(梅贻慈),"Tradition and Experiments in Modern Chinese Literature"(《现代中国文学的传统与实验》),载 *Indiana University Conference on Oriental-Western Literary Relations*(《印第安那大学东西文学关系研讨会论文集》),Horst Frenz & G. L. Anderson 编(Chapel Hill:North Carolina University Press,1955),第 114 页。

样才有助于对四十年代文学的准确把握。在尊重事实和真相的前提下,作者从"当代意识"的审视角度、"历史中间站"的多重背景及"自由讨论的学术气氛"三方面,着重论述了他"深入研究"的设想。其中有关"西部文学"概念的独到解释,文艺工具论观念的历史观照,解放区文艺"封闭性"问题的再次提出,无不发人深省,体现了作者身体力行去"接近历史的真实"的积极尝试。作为一篇短小精悍的学术随笔,它无意于对四十年代文学的发展轨迹进行全面的梳理评述,但作者从文学史立场出发,对国统区、解放区文学中一些大家司空见惯却认识模糊甚至偏颇的问题的尖锐揭示,显然具有振聋发聩的意义,为当时及以后的研究者拓宽研究思路并澄清四十年代文学的复杂性提供了可贵的借鉴。

　　我一直有一种感觉,研究现代文学的人,对自己的研究对象,自"五四"而二十年代,而三十年代,而四十年代,那兴趣和热情,是依次递减的。似乎越到后来就越没有什么话好说。海外某些学人,还把四十年代称为现代文学的"凋零期"。四十年代文学果真是"凋零"的,或者没有什么可值得深入研究的吗?我以为不然。事实是许多问题还缺乏研究,认识也颇不一致。

　　对国统区文艺的研究近年有所进展,但宏观研究还谈不上。总体上应该如何评价呢?过去说有"右倾"的错误。说过这话的同志,现在也认为这样说不妥当。与阶级斗争十分尖锐的三十年代不同,这时民族矛盾成为主要矛盾,同时又存在着尖锐的阶级摩擦。对这种特殊背景下的文艺,不做细致的、谨慎的分析,便难以有较准确的评断。当然,现在首先要把那一个个具体问题弄清楚。例如对"与抗战无关"论,现在有人认为批得不对,因为梁实秋并没有反对写与抗战有关的作品。这就需要重新占有材料,从事实出发,做出符合实际的评论。又如胡风问题也是始于四十年代的。究竟应如何科学地评价胡风的文艺观呢?当年邵荃麟、何其芳、林默涵、黄药眠等同胡风的论争,是马克思列宁主义的文艺观,与至少是小资产阶级文艺观间的论争吗?这一场四十年代重大的文艺论争,我们的研究还刚刚起步。我认为应先将这样的具体问题弄清了,才有助于对国统区文艺的总体认识。

　　至于对解放区文艺,似乎认识是比较一致的,要再深入一步已经很难。实际状况也并非如此。例如延安文艺座谈会,以前都认为是个划时代的伟大事件。前几年在一些学术讨论会上出现了不同的意见,而且分歧还是比较大的。这说明历来被认为最无可争论的问题,仍然有不同的认识,也就有认真研究之必要。

那么,如何把这一时期的文艺研究引向深入呢?我也拉杂地谈几点浅见。

第一,要用当代意识去审视那个阶段的各种文学现象。历史是已经发生过的事情,因而是不可改变的。整理历史事实,如果非常准确详尽,可能有一劳永逸的功效。但历史研究绝不会就此止步,因为人们对历史的认识不可能一劳永逸。不同时代的人总是用当代的意识去重新审视历史,并有新的发现。四十年代文艺受外来影响少,人们往往觉得它从内容到形式都比较"单纯",似乎比"五四"到三十年代的文艺要"简单",可做文章的东西不多。但随着社会的进步,对客观世界认识的深化,照样可能不断地从"简单"中发现新的因素。新的发现多了,可能导致对一整段文学的并不简单的新认识。

近年文艺创作中出现了一种"西部文学"。其中,我以为还是表现陕甘宁一带生活的成就较高。如小说《人生》、电影《黄土地》等。"西部文学"的内涵,绝不止是指一种地域的文学。我以为它的产生反映了一种当代意识——彻底摆脱旧传统,甩掉旧思想包袱,向现代化迈进的自觉。在对外开放使人们眼光更开阔的背景下,对自己落后的感受的加深,出于希望民族振兴的急切心情,便有改造国民性的重提,和对民族心理劣根的反思。这是较之对"文革"的反思更深了一层的。西北地区农村,由于其更为闭塞,生活变动的幅度更小,保存旧的生活形态和意识更多,加以经济、文化的落后,在开放改革中更容易发生新旧生活和观念的碰撞,由此而产生的矛盾,也更有时代特征和典型意义。那像黄土高原一样淳厚也一样混浊的人物、生活,便被文学所发现。如果不是用这当代意识的观照,那么即使写的是该地区的事,也不必称之为"西部文学"。用这样的观念去回顾,就会发现这种文学非自今日始,它的源头正在四十年代陕甘宁边区的文学。最负盛名的《黄土地》,是根据柯蓝的诗改编的。而柯蓝,请不要忘了,他正是延安时期成长的老作家,《乌鸦告状》的作者。而这,还不是最早的具有"西部文学"色彩的作品。

1941 年,丁玲写了《我在霞村的时候》。这篇小说给人最深的印象,不但是贞贞的不幸,更有她周围的环境。那些并不比贞贞有更好命运却鄙弃她的妇女,以未受日寇强奸而自傲者,那愚昧简直是令人吃惊的,然而又是可信的。因为这正是贫瘠的黄土地上开出的变了色的病态的花。1942 年,孔厥的

《受苦人》也有某种震撼人的力量。"丑相儿"的忠实淳厚,甘为一家子耗尽青春而无怨言,使人觉得他是天下第一可怜的人。即使他向不愿与其成亲的贵儿举起斧头时,他的面目也不是狰狞的,然而却的确是愚钝的。他的被摧残而致畸形的外相和被扭曲了的内心,都涂着浓浓的黄土地的色彩。革命队伍来到陕北,"太阳从这里升起",久久封闭的窑洞开始射进一抹晨曦。于是《凤仙花》《二娃子》(均孔厥所作)里那些给干部带孩子的娃儿们,最先感受了陌生然而全新的生活和观念的冲击,有的不习惯,有的被吸引走了。上述这些作品中的生活早已过去了。然而今天"西部文学"作品中,仍然有那些人物的面影,仍然摸得到他们的心跳。丁玲、孔厥可说是"西部文学"的最初开拓者。以后,欧阳山的《高干大》、柳青的《种谷记》等,以厚实的内容给"西部文学"以新的贡献。

过去对于这类作品,仅从其反映了工农兵生活去肯定,评论的角度比较狭窄。至于还把写农民的落后面,笼统地视为缺点或偏向,就更为片面了。由于"西部文学"这概念的提出,从这角度审视过去,我们发现了四十年代解放区文艺在创作上的一个开拓,这是过去未曾认识的。历史有时会有某些相似之处。四十年代一些受过现代文化浸润的作家来到黄土高原,他们的思想与黄土地上的新现实发生了碰撞,同样出于民族振兴的愿望,他们开辟了这文学的新天地。过了几十年,这个天地有幸被新的一代人重新发现并把它更加廓大了,这才引起我们对那一段文学史的新的思索。

还可以举一个例子。自从张洁的《爱,是不能忘记的》发表后,把爱情主题深化了一步。旧时代男女婚姻是由父母之命、媒妁之言决定的。反封建的"五四"新文学首先表现反对包办婚姻的主题,歌颂自由恋爱。但是,自主的结合却不一定都以爱情为基础,由此又引出某些家庭的痛苦。《芳草天涯》等已不同程度地涉及这个内容。等到人们普遍认识到这个问题,把恩格斯关于没有爱情的婚姻是不道德的名言高高举起,时间已经过去几十年了。今天这已是一种当代意识了。而在四十年代,就是在革命队伍中,由于战争的特殊环境,"组织包办"的事也不是个别的。马加的《间隔》,就写了工农出身的老干部追求不爱他的女知识青年的故事。组织上出面说服,理由是很充分的,老干部出身好,党性强,吃得开。然而这就是幸福婚姻的条件吗? 在这里,爱是被忘记了的。但这样的小说,当时很难被理解。用当代意识去读,就容易理解了。从过去看到今天,张洁似乎是在写续篇;然而她今天概括的命题,又帮助人们更深地认识过去。由于具体的历史条件的限制,有些有意义的问题,像流星般从天际一闪而过了。用当代意识加以照射,这些问题可能会闪耀出新的光芒。

也许有人说,这样会导致把历史现代化了。我认为不必担心,历史现代化在所必然。例如屈原,无论是今日教科书上的还是戏剧舞台上的,都已不全是两千多年前的屈原,而是现代化了的,也就是今人心目中的屈原了。马王堆汉墓中发现的女尸,千真万确是两千年前的。然而当她裸露着胳膊腿,躺在玻璃匣子中与参观者相见时,她又是千真万确的现代化了的。她的有些事情我们已无从知道;但就已被我们知道的而言,我们对她的认识,肯定比她的同时代人更科学,因而也更接近历史的真实。

第二,要把四十年代文艺看作一个历史的中间站,不要孤立地研究四十年代文艺中的各种问题。从"五四"至今的文学发展过程中,四十年代文艺的承上启下作用格外明显。承上,指它是二三十年代文艺发展到一定时期所结之果。启下,指它对1949年后社会主义文艺的开启作用,"文革"前的十七年文艺,就是解放区文艺在全国范围的推广和发展。要从这因果关系的连环套中去看四十年代文艺,特别是解放区文艺,才能得到恰如其分的认识。

例如要求文艺为政治之工具,这观点实非四十年代的创造。在二十年代初期,一些共产党人发表自己的文艺见解,一开始就要求"以文学为工具"。认为警醒革命自觉,鼓吹革命勇气,就要激发人们的感情,对此,"文学却是最有效用的工具"①。乃至于认为如不能为革命效力,则文学等于八股,是无用的。到了三十年代,文学是"政治的留声机"之说,在革命文艺战线上也很普遍。在那个特定历史条件下,许多同志是以能用文学做政治的工具,而感到光荣、自豪的。四十年代不过是这种观点更理论化、系统化的时期。归根到底,这是"五四"以来各种文艺思潮起伏消长、融化归并的结果。这样,我们就会从整个新文学发展的更广阔的背景来说明这个现象,而不至于把全部原因归之于四十年代文艺。如果说现代文学的发展真有什么"倾斜与断裂",其起点是"五四",而不是到了四十年代猝然断裂。

历史为什么是这样的,而不是那样的,为什么此时期是高峰,彼时期是低谷,都是由许多内外部条件所决定,因而都带有必然性的。历史研究应该超

---

① 邓中夏《贡献于新诗人之前》。

越单纯的褒贬臧否,把重心放在分析、探讨、总结之上。要求文艺为政治服务,成为革命斗争中的武器诸说,为什么到四十年代发展到高峰,……而不要停留在对这种观点的简单否定上。用同样的态度,对于曾经站在革命文学发展前列的作家,也要进行分析。他们也不是孤立的。中国社会为革命文艺准备的,只能是这样一些物质条件,这是无法超越的。否则,孤立地评论他们的缺点,就有可能因为这些缺点及其不良后果,而把他们看成是历史的负债者。反而一些站在潮流后边,甚至逆潮流的人,倒成了应予同情的受害者。我认为这一点在研究四十年代文艺时,应该特别注意。如果连简单的线性因果关系都不讲,剩下的便只有更简单的形而上学了。

第三,我特别希望创造一种自由讨论的学术气氛。由于四十年代文艺的研究比较薄弱,不少问题认识不一,就更需要自由讨论、相互切磋。但真正做到畅所欲言并不容易,过去的一些讨论,往往开头便是结尾。

在1982年的学会年会上,我曾提出解放区文艺整风是一次空前的思想统一等看法。我认为这在毛泽东同志《在延安文艺座谈会上的讲话》中,曾有明确的说明。当他列举了延安文艺界一些思想动向后(这些思想动向用今天的话来说,就是右的思想倾向的表现),认为这说明延安文艺界存在着严重的作风不正,"需要展开一个无产阶级对非无产阶级的思想斗争","使我们的整个队伍在思想上和组织上都真正统一起来"。这不是十分明白地说明了开展对"非无产阶级思想"的斗争,以达到思想统一吗?我提出这个问题,是为了说明思想运动的规律,是从思想解放,到思想统一,然后再解放,再统一,这样螺旋式地推进;并不总是"解放—解放—解放"。弄清这个问题,不仅可以准确地认识文艺整风运动,而且对从"五四"直至今日的整个文艺思想发展历程的宏观认识,也是有帮助的。我的意见曾引起反响,有赞成有反对,也有以"童言无忌"予以原谅的;就是很难展开认真的讨论,以至五年过去,我的认识没有长进,成了名副其实的"老童生"。又如去年一次学术讨论会上,有一位同志的论文提出解放区文艺的"封闭体系"的观点。我则认为四十年代解放区文艺带有"封闭性"。一些当年在延安工作、学习过的老同志,提出了反对的意见。讨论这个问题,对深化解放区文艺的认识,也有一定的作用。但这个讨论会上最大的学术见解的分歧,并没有得到报道,恐怕也将不了了之。

我们研究问题,目的不在重复而在发现,随着研究的深入,总会有新的见解产生。有时不免触犯人们头脑中已经形成的被认为绝对正确的观点。这时，往往习惯于把那新的见解简单地顶回去。如果没有一种开放的心态，那是很难发展为自由讨论的。这使我想起了五十年代的一件事。那时一位来华的苏联专家，对毛泽东《新民主主义论》中某观点表示了不同的意见。毛泽东同志知道后，写信给刘少奇、周恩来等。信中说："我认为这种自由谈论，不应当去禁止。这是对学术思想的不同意见，什么人都可以谈论，无所谓损害威信。"又说："如果国内对此类学术问题和任何领导人有不同意见，也不应加以禁止。如果企图禁止，那是完全错误的。"①我们希望生活中像毛泽东同志所说"完全错误"的事，能够不发生，或者少一些。这对于贯彻双百方针，对于这里谈论的活跃四十年代文艺研究，肯定大有好处。这种自由讨论可能产生较大的吸引力，使较多的人把兴趣和注意力转到这方面来。

关于五十至七十年代的中国文学

洪子诚

导言——

本文刊载于《文学评论》1996 年第 2 期。

洪子诚，1939 年生，广东人。北京大学中文系教授。

如果说八十年代现当代文学研究基本处于消解既有的思维定式、努力创新的状态，那么，九十年代已经开始进入寻找学科内在规范、期待超越的阶段。此文即一篇出色的重点探讨五十至七十年代中国文学"规范"问题的论文。作者认为：中国文学的形态和相应的规范（文学发展的方向、路线、创作、出版、阅读的规则等）在五十至七十年代凭借自身的影响及政治的力量，逐渐实现了"一体化"目标，成为控制全局的唯一合法的存在。论文分别从三个层面阐释了文学规范逐渐取得支配地位的过程，继而顺理成章地揭示了激进文学思潮最终形成的原因。值得注意的是：作者对五十至七十年代文学主体精神的把握是与他对中国新文学传统的深切认识相关联的，论文将五十至七十

---

① 《毛泽东书信选集》，第 510 页。

年代文学置于"五四"文学—左翼文学—延安文学的历史背景下予以考察,这充分凸显了作者丰富的历史感以及思考问题的深度和广度。论文值得称道的地方不仅在于高屋建瓴的宏观立论,也在于准确到位的微观探究。文中对主流文艺界内部围绕文学规范发生的争持与冲突的剖析,对文学真实性在文学与政治关系中的位置的审视,以及对文学规范挑战者悲剧命运的思考,均见出新意。显然,这篇论文对五十至七十年代文学主导精神和基本形态的研究,已经进入一个较高的学术层次。

　　在讨论二十世纪中国文学问题的时候,五十至七十年代常被作为一个相对独立的文学时期看待。[①] 不过,对这个时期的性质、特征的描述,在不同的研究者那里有时会出现很大的差异。一种颇有代表性的看法是,这三十年的中国文学使"五四"开启的新文学进程发生"逆转","五四"文学传统发生了"断裂",只是到了"新时期文学",这一传统才得以接续。[②]

　　这是个需要深入讨论的问题。这种说法有一定的道理,不过从另一方面看,这种"逆转"和"断裂"并不存在。这三十年的文学,从总体性质上看,仍属"新文学"的范畴。它是发生于二十世纪初的推动中国文学"现代化"运动的产物,是以现代白话文取代文言文作为运载工具,来表达二十世纪中国人在社会变革进程中的矛盾、焦虑和希冀的文学。五十至七十年代的文学,是"五四"诞生和孕育的充满浪漫情怀的知识者所作出的选择,它与"五四"新文学的精神,应该说具有一种深层的延续性。

　　当然,这样说并非想模糊这一时期文学的确具有的特殊性。但这种特殊性不是表现为文学精神、形态上的对立和变异,而是表现为新文学一开始就

---

① 朱寨主编的《中国当代文学思潮史》将1949至1978年的中国大陆文学命名为"当代文学",认为"它在中国新文学史和新文学思潮史上,都具有相对独立的阶段性和独立研究的意义"(人民文学出版社1987年版,第3页)。笔者在《当代中国文学的艺术问题》(北京大学出版社1986年版)中也持相同观点。

② 黄子平、陈平原、钱理群的《论"二十世纪中国文学"》在讨论二十世纪中国文学的总主题、现代美感特征等时,暗含着将五十至七十年代文学当作"异质"性的例外来对待的理解。如关于文学的"悲凉"的美感特征的举例,从鲁迅的小说、曹禺的剧作等,便跳至"新时期文学"的《人到中年》等。唯一例外的是老舍的《茶馆》。

存在的"选择"的结果和"选择"的方式。中国新文学主流作家,为一种至善、至美的社会和文学形态的目标所诱惑、驱使,在紧张冲突的寻求中,确信已到达"目的地"。他们参与创造了这样的文学局面:一个在思想和艺术上高度集中、高度组织化的文学世界。这个文学世界中的"文学事实"——作家的身份,文学在社会政治格局中的位置,写作的性质和方式,出版流通的状况,读者的阅读心理,批评的性质,题材、主题、风格的特征,——都实现了统一的"规范"。

在这篇文章里,我试图从新文学发展的背景上,来说明这种"当代文学"①规范的状况、性质、变化,以及其历史依据。

当代文学的"传统"

尽管有的人提醒我们要"走出'五四'的阴影",但直到现在,"五四"仍被描绘为令人神往的时期。从文学上说,它往往被作为文学异彩纷呈的"多元"局面的例证:对世界(其实主要是西方)近、现代各种哲学、文学思潮、流派的广泛介绍,众多的文学社团的成立,各具特色的文学流派的出现,以及一批诗人、作家横溢才华的展示……这种确实存在的现象,有时会引导我们对这个时期的"文学精神"产生误解。其实,"多元""共生"的"文学生态",并非是当时的许多作家所乐于接受的理想境界。对于"传统"、对于"封建复古派"的批判斗争不必说,在对待各种文学思潮、观念和文学流派的态度上,许多人并非持一种承认共生的宽容态度。对"五四"文化革命的"统一战线"的构成和"分化"的评述,虽说是后来出现的一种阐释,却明白无误地标志了从一开始就对"共生"状态的怀疑、破坏的趋向。对"五四"的许多作家而言,新文学不是意味着包容多种可能性的开放格局,而是意味着对多种可能性中偏离或悖逆理想形态的部分的挤压、剥夺,最终达到对最具价值的文学形态的确立。② 也就是说,"五四"时期并非文学百花园的实现,而是走向"一体化"的起点:不仅推动了新文学此后频繁、激烈的冲突,而且也确立了破坏、选择的尺度。正是在

---

① 本文依照《中国当代文学思潮史》称之为"当代文学"。

② 韩毓海在《新文学的本体与形式》中说:"他们的用意都不在于建立一种多元有机的文化秩序,而在于'冲破'一切有机的结构而走向一种文化的统一。"(辽宁教育出版社1993年版,第40页)

这一意义上,五十至七十年代的"当代文学"并不是"五四"新文学的背离和变异,而是它的发展的合乎逻辑的结果。

从"五四"开始的文学"一体化"的进程,到了四十年代后期,已经达到这样一种局面:如郭沫若所描述的,构成新文学主要矛盾一方的"代表软弱的自由资产阶级的所谓为艺术而艺术的路线",其文学理论"已经完全破产",作品也"已经丧失了群众",而"代表无产阶级和其他革命人民的为人民而艺术的路线",则已取得绝对的主导权。① 在当时,沈从文、朱光潜、萧乾等"自由资产阶级"作家,已被"斥"为"反动文艺"的代表②而失去他们的发言权。就这样,左翼文学在四五十年代之交的社会政治转折中,成为中国大陆唯一的文学,文学"一体化"目标得以实现。

"是经过了如此长期的苦痛,而又如此欢乐的诞生"③——这指的是新中国的成立,但文学也应包括在内。不过,"纯粹"和"完美"既然是带有先验性质的目标,这一自"五四"便开始的新文学的不断区分、排斥、选择的过程,必定不会终止。事实是,"左翼文学"(或"革命文学")从一开始,便不是一个在观念上和实践上一致的统一体。从二十年代末"革命文学"的争论,到四十年代对"论主观"的批判,都已是人所共知的事实:"左翼"内部争夺"正统"和纯粹的名分与地位的冲突的激烈程度,并不比与"自由资产阶级"的矛盾稍有逊色。随着中国革命取得胜利,左翼文学成为唯一合法的文学事实这一状态的到来,冲突便更呈紧张。核心问题则是为即将展开的"当代文学"建立怎样的文学规范。围绕这一问题,左翼文学的领导者和权威作家在四十年代和五十年代前期,主要关注两个方面的工作:一是对三十年代以来,尤其是四十年代的左翼文学理论和实践进行总结、检讨,在不同主张、路线之间判定正误和优劣。④ 二是关于"当代文学"的"传统"的争论,这既是各自主张的文学规范的

---

① 郭沫若在全国第一次文代会上的"总报告",《中华全国文学艺术工作者代表大会纪念文集》,新华书店 1950 年版,第 38—39 页。
② 郭沫若《斥"反动文艺"》,《大众文艺丛刊》(香港)第 1 辑,1948 年。
③ 何其芳《我们最伟大的节日》,写于 1949 年 10 月初。
④ 抗日战争结束之后到 1949 年前夕,系统阐述总结了革命文艺运动的理论和实践的文章、著作主要有:冯雪峰《论民主革命的文艺运动》(1946 年)、胡风《论现实主义的路》(1948 年)、邵荃麟《对于当前文艺运动的意见——检讨·批判·和今后的方向》(1948 年),以及茅盾、周扬在第一次文代会上的报告《在反动派压迫下斗争和发展的革命文艺》《新的人民的文艺》。

依据,同时也为规范的合法性、权威性提出说明。在这一方面,他们都无法回避二十世纪的两个历史时间(或事件),这就是已被"寓言化"了的"五四",和正在被"寓言化"的延安文艺整风(《讲话》)。在四五十年代之交,文学界对于"五四"和《讲话》所作的评述,都不是单纯的学术研究,而大体上是围绕这一现实问题所作的历史阐释。

左翼文学界的主要人物,无论是周扬、邵荃麟、林默涵,还是胡风、冯雪峰,都无例外地把新文学看作是"五四"新文化运动的产物,把即将展开的"当代文学"看作新文学的延伸和发展。与此同时,他们也都或积极、或有些不情愿地肯定了延安文艺整风和《讲话》在新文学历史上的重要性。将"五四"文学革命与《讲话》并举和联系在一起的这种态度,体现在当时两套大型文学丛书《新文学选集》(开明书店版)和《中国人民文艺丛书》(新华书店版)①的编辑和出版中。它们以1942年为界,分别向"当代文学"提供了有缺陷的成就("五四"新文学)和超越缺陷的榜样(根据地和解放区文学)的文学"资源"。

左翼文学界虽然有这样的一致态度,但在具体阐释、评价上,他们之间的分歧便十分明显。对于周扬来说,他在当时已确立了毛泽东文艺思想的权威阐释者和坚决贯彻者的形象。在一篇题为《坚决贯彻毛泽东文艺路线》的讲演中,他认为《讲话》"把新文艺推进到了一个新的历史阶段",认为比起"中国近代文学史的第一次文学革命"的"五四"来,《讲话》是"第二次更伟大、更深刻的文学革命",因而"成了新中国文艺运动的战斗的共同纲领"②。从这一立场出发,当周扬等回望"五四"时,他们觉得最为紧要的是确定这"第一次文学革命"的"性质"和"领导权"的问题,而这是为论证《讲话》及其在文艺上所引起的变革,是'五四'文学革命在新的历史条件下的继续和发展"③所必需。这里,周扬既强调《讲话》与"五四"新文学运动的联系("继续"),又强调它们之间的区别("发展")。就前者而言,通过指认"五四"文学运动的性质和领导权

---

① 赵树理是唯一同时进入这两套丛书的作家。将他列入《新文学选集》,显然与编辑方针收1942年以前的重要作品不符。这反映了当时一种矛盾态度:既想将解放区文艺作为榜样加以标举,又对其思想艺术水准缺乏充足的信心。

② 《光明日报》1951年5月17日。另见《周扬文集》(第二卷),人民文学出版社1985年版,第50—51页。这一观点在《在中国共产党第一次全国宣传工作会议上的报告》等文章中一再重申。见《周扬文集》(第二卷),第66页。

③ 周扬《发扬"五四"文学革命的战斗传统》,《人民文学》1954年5月号。

来达到(无产阶级思想领导,和"一开始就是向着社会主义现实主义发展")①;就后者而言,则通过指出"五四"文学运动的阙失(没能解决文学"与工农群众结合"这一"根本关键"问题),来确定它们之间的"等级"关系("更伟大、更深刻"),而使《讲话》及其在文学上产生的变革,成为当代文学直接的、更具"真理性"的"传统"。

在这一问题上,胡风、冯雪峰的看法有许多不同。他们虽也申明重视《讲话》在新文学历史上的意义,但并不把它看作是带有根本性质的转折。在他们看来,中国新文学传统,在"五四"时期,经由鲁迅为代表的作家的实践就早已确定了的。他们倒是忧虑过分宣扬、推行解放区文艺运动经验所产生的后果。胡风在《意见书》中指出,他1948年进入解放区以后的感觉是,"解放区以前和以外的文艺实际上是完全给否定了,'五四'文学是小资产阶级,不采用民间形式是小资产阶级","'五四'传统和鲁迅实际上是被否定了"②。以第一次文代会和以后几年的情况而言,说"完全给否定"恐怕不很符合实际,但"五四"文学与《讲话》影响下的"新的人民文艺"的等级关系,是明白无误的。因而,一批"五四"和三十年代著名作家在五十年代初,纷纷检讨过去创作的失误:"冒然以所谓'正义感'当作自己思想的支柱""是非常幼稚,非常荒谬"的(曹禺);"过分强调了悲观怀疑、颓废的倾向"(茅盾);"只表达了小资产阶级知识青年的一些稀薄的、廉价的哀愁"(冯至);"我几乎不敢看自己在解放前所发表过的作品"(老舍);……

以"保卫'五四'文学革命传统"作为文学理想和实践的中心问题的胡风、冯雪峰,他们对"五四"的历史阐释,也与周扬等不同。《论民族形式》(1940年)中的"以市民为盟主的中国人民大众底'五四'文学革命运动,正是市民社会突起了以后的、累积了几百年的、世界进步文艺传统底一个新拓的支流"③的提法,冯雪峰在《论民主革命的文艺运动》(1946年)中的"五四"新文艺运动"所根据和直接受影响的",是十九世纪批判现实主义和反抗的浪漫主义,

① 周扬《发扬"五四"文学革命的战斗传统》,《人民文学》1954年5月号。

② 《新文学史料》1988年第4期,第7页。

③ 《胡风评论集(中)》,人民文学出版社1984年版,第234页。1954年,在《关于解放以来的文艺实践情况的报告》(即《意见书》)中,胡风针对这一论述说,"今天看来,对于'五四'当时的领导思想的提法是错误的,是违反了毛主席的分析和结论的"。见《新文学史料》1988年第4期,第66页。

"'五四'是这近代资本主义的文学的一个最后的遥远的支流"的论断,在五十年代都被作为歪曲、篡改"五四"文学革命性质和领导思想受到反复批判。①从逻辑上推断,他们既不强调"五四"的新文学就是在无产阶级思想领导下、向着社会主义现实主义方向前进,又不突出《讲话》是"五四"传统的"最正确"的继承、发扬,并解决了"五四"没能解决的"根本性"问题,那么,这自然可以理解为"正是以'五四'文艺传统来对抗毛主席讲话的精神的"②。

通常我们会把"当代文学"的"渊源""追溯到 1919 年'五四'新文学运动的兴起",而它的"直接源头""则是 1942 年的延安文艺座谈会"③。其实,在用"渊源"和"直接源头"把两者加以连结的描述下面,掩盖着左翼文学领袖和权威作家在这一问题上的裂痕和冲突的历史。

文学规范的争持

对当代文学的"传统"所作的不同选择和阐释,是出于现实的需要,而中心问题是文学路线、文学规范的确立。

通过第一、第二次文代会的召开,通过对电影《武训传》、萧也牧的小说等的批判,通过五十年代文艺界的整风学习,也通过符合这一规范的创作的标举,在五十年代初的几年中,对当代文学所作的"规范",已有了清晰的轮廓和细致的细节:不仅明确规定了文学的社会政治功能,而且规定了理想的创作方法;不仅规定了"写什么"(题材、主题),而且规定了"怎么写"(方法、形式、风格)。

---

① 冯雪峰在《鲁迅和俄罗斯文学的关系及鲁迅创作的独立特色》一文中也说:"中国'五四'后的新文学,如果从近代资产阶级民主革命的世界文学范畴上说,那当然可以说是十八、十九世纪那以所谓批判的现实主义和否定的浪漫主义为其主流的世界资产阶级民主文学之一个最后的遥远的支流。"见《论文集》(第一卷),人民文学出版社1952 年版,第 124—125 页。在他 1952 年撰写的长文《中国文学从古典现实主义到无产阶级现实主义发展的一个轮廓》中,有了改变。

② 王瑶《关于现代文学史上几个重要问题的理解——评雪峰〈论民主革命的文艺运动〉及其他》,《文艺报》1958 年第 1 号。

③ 朱寨主编的《中国当代文学思潮史》将 1949 至 1978 年的中国大陆文学命名为"当代文学",认为"它在中国新文学史和新文学思潮史上,都具有相对独立的阶段性和独立研究的意义"(人民文学出版社 1987 年版,第 3 页)。笔者在《当代中国文学的艺术问题》(北京大学出版社 1986 年版)中也持相同观点。

　　但是,在 1957 年以前,这一统一的文学规范,也受到有力的,然而是悲剧性的挑战。其中重要的有两次:一是 1954 年胡风等以《意见书》的方式所作的冲击;二是 1956 至 1957 年间的"百花时代"秦兆阳等在理论和创作上的质疑。胡风在《意见书》中,曾把林默涵、何其芳对他的批评的主要观点,①概括为放在"读者和作家头上"的"五把'理论'刀子",认为当时文艺界的问题是"宗派主义统治,和作为这个统治武器的主观公式主义(庸俗机械论)的理论统治"。这大致勾勒了分歧的要点,可以作为冲突的线索来把握。而争论、冲突的中心问题,则是文学与政治这一困扰着二十世纪大部分时间的中国文学的基本问题。

　　文学与政治的密切关系,是近百年中国文学的重要特征,在某些阶段,甚至处于无法剥离的胶着状态。这都已是人们经常说到的。事实是,连那些"文艺自由""为艺术而艺术"的主张,也不同程度地折射着政治性的内容。胡风、冯雪峰、秦兆阳等,当然更绝对不是文学独立、艺术自足的艺术至上论者。在坚持文学是一种战斗的"武器",在抨击那些艺术超然于阶级政治之上的论者上,同样是坚定而毫不含糊的。② 但是,对于文学的政治目的、要求的性质,以及如何实现这一目的、要求的途径(方式)上,则与周扬等有着不同的理解。虽然胡风等并不认为文学应该独立于政治,但他们同样也不认为文学应该等同于政治,或被政治所淹没、取代。他们担心的是文学作为一种特殊的"意识形态",会失去其质的规定性,最终是失去了文学,也失去了文学作为一种"武器"的社会政治功能。从抗日战争开始,他们对左翼文学在创作上存在的"主观公式主义""概念化""标语口号倾向""将社会科学的概念或政治的概念加以演绎"的"反现实主义",对于理论批评上的"教条主义""庸俗机械论",便一再提醒,批评。③ 这正是根源于这种忧虑。在五十年代,他们看到创作和理论上的上述倾向,有增无减。他们认为,问题的症结是在于文艺界的领导者"对

---

① 林默涵《胡风的反马克思主义的文艺思想》、何其芳《现实主义的路,还是反现实主义的路》,分别载《文艺报》1953 年第 2 号和第 3 号。

② 胡风和冯雪峰都激烈地批评朱光潜等人的主张。参见胡风《关于抽骨留皮的文学论》,《胡风评论集》(中),第 302 页;冯雪峰《"高洁"与"低劣"》,《论文集》(第 1 卷),第 81 页。

③ 参见冯雪峰《论民主革命的文艺运动》《论艺术力及其他》《关于创作批评》,胡风《民族革命战争与文艺》《置身在为民主的斗争里面》《论现实主义的路》等。

待这个领域本身的任何"问题,"一切都简简单单依仗政治"的缘故:"完全否定了'没有个性就没有共性'这个唯物论的基本原则,完全忽视了文艺底专门特点,完全忽视了文艺实践是一种劳动,这种劳动有它的基本条件和特殊规律"①。

　　出于解决左翼文学长期存在的痼疾的动机,胡风、冯雪峰想从理论上来协调文学与政治之间的紧张关系,解开文学的政治性和艺术性关系这一几乎无法解开的"结"。他们对于将政治性和艺术性分开谈论、分别规定批评上的政治标准与艺术标准的做法表示异议,而试图将它们加以"整合",以保护文学应有的"特质"。1946年,冯雪峰在《题外的话》中就坚持认为,不应从艺术的价值和艺术的体现之外去看作品的政治意义和社会政治价值。在《论民主革命的文艺运动》中,也表达了相似的观点:"政治决定文艺的原则,是现实和人民的实践决定文艺实践的原则;这原则,在文艺的实践上,即实践政治的任务上,又须变为文艺决定政治的原则"。文学上的政治倾向问题,文学作品中的政治性,必须放在文学本身的基点上,作为文学的构成的因素来对待。这一观点,在1950年阿垅那篇受到批评的文章《论倾向性》②中,用了这样一个比喻来表述:"可以把文学比拟为一个蛋,而政治,是像蛋黄那样包含在里面的。"其后,胡风和秦兆阳在质疑"社会主义现实主义"这一口号时,③也都沿着这一相同的思路,即不应在"艺术"之外强加另外的要求和限制:"在科学的意义上说,犹如没有'无论怎样的'或'各种不同的'反映论一样,不能有'无论怎样的'或'各种不同的'现实主义"。"现实主义"的规律,在他们心目中也就是文学的规律,那是一贯的、恒定的,有了"追求生活的真实和艺术的真实"这一"根本性质的前提"就已足够,这就是冯雪峰所说的,"必须借艺术的方法、的机能、的力量所带来的",来考量政治价值和艺术价值等问题。

　　在五十年代,由于更加强调政治对文学的决定和文学对政治的配合,也由于在这一规范下出现所谓"粉饰生活"的创作倾向,文学的"真实性"这一经常被作为协调文学与政治关系的命题,被更为显要地提出来,并构成1956——

---

① 胡风《意见书》,《新文学史料》1988年第4期,第102页。
② 《文艺学习》(天津)1950年创刊号。
③ 参见胡风《意见书》和何直(秦兆阳)《现实主义——广阔的道路》,《人民文学》1956年第9期。

1957 年文学思潮的核心理论问题。阿垅的《论倾向性》,冯雪峰的《关于创作和批评》,胡风的《意见书》,秦兆阳的《现实主义——广阔的道路》,周勃的《现实主义在社会主义时代的发展》,陈涌的《为文学艺术的现实主义而斗争的鲁迅》,刘绍棠的《我对当前文艺问题的一些浅见》,都将重视"真实性"作为使文学摆脱困境的有效法宝。针对"艺术的真实性""在过去长久的革命文学的历史里""往往是被忽视的"这一情况,他们都用无可辩驳的语气作出类似于这样的宣告:"真实是艺术的生命,没有真实,便没有艺术的生命,艺术的政治价值和社会价值,都是不能离开艺术的真实而存在的。"①将"真实性"作为文学中心(或根本问题)来提出的做法,在六十年代初李何林那里得到再现。这一次他是从批评的角度提出问题。他声称"不存在思想性和艺术性不相一致的作品",因为"思想性的高低决定于作品'反映生活的真实与否';而'反映生活真实与否'也就是它的艺术性的高低"②。

在这里,"真实性"被作为统一、"整合"文学的政治性与艺术性的对立关系、消解其矛盾的支点,成为衡量文学的政治倾向性和艺术性的统一标尺。在"真实性"的维护者那里,现实主义文学的这一叙事成规,被看作是对文学的普遍性特质的概括:以真实反映生活作为根本性特征的现实主义传统,"经过长期的文学上的连续的、相互的影响和经验的积累","已经成为美学上的具有客观规律性的一种传统"③;也正如胡风所说的,"作为一个范畴,现实主义就是文艺上的唯物主义认识论(方法论)","真实性"的要求也就是文学的"客观规律"的要求。就这样,在五十年代,对文学的真实性的强调被作为试图将文学从政治的过度干预、控制中摆脱的策略。对这一"策略"的表达,同样也以一种"真理性"表述的方式来进行。

秦兆阳、陈涌等都充分地论述了文学的"真实性"的重要,论述"真实地反映现实的问题","应该成为文学艺术创作的第一个和基本的"问题。不过,他们都多少忽略或回避了"真实性"的内涵,忽略和回避对如何才能达到"真实地反映现实"进行解说。实际上,他们所理解的"真实"并不完全一致。对秦

---

① 陈涌《为文学艺术的现实主义而斗争的鲁迅》,《人民文学》1956 年第 10 期。

② 《十年来文学理论批评上的一个小问题》,《河北日报》1960 年 1 月 8 日,《文艺报》1960 年第 1 期加批判性的"编者按"后转载。

③ 冯雪峰《中国文学从古典现实主义到无产阶级现实主义发展的一个轮廓》,《文艺报》1952 年第 14、15、17、19、20 号。

兆阳等来说,他可能认为这指的是对客观生活的尊重,按照生活的本来样子来"反映"生活。而对胡风等来说,则认为是主客体的拥抱、肉搏,主体对客体突入中感觉、情绪的真实("文艺不能不是自身的东西")。"真实论"者在阐述中留下的空隙,也便是 1957 年下半年之后反右派斗争对他们展开反击时的论题:真实地反映生活并不错,但是,要的是什么样的"真实"? 怎样才能达到"真实"? 问题的前半部分,涉及衡量标准,以及有关现象与本质、细节与规律的区分;问题的后半部分,则又回到"真实论"者竭力想加以"掩埋"的世界观与创作方法的关系这一陈旧的话题上来。

批判者提出的这种驳诘并非没有道理。生活的"真实本质"既然不能自动呈现,创作又是一种"书写"行为,"真实"便是人的陈述和揭示,自然与创作主体的思想、心理、艺术能力等有关。不过,这也并不使"真实论"的批评者站到更有利的位置上。既然是否真实反映生活有赖(决定)于作家的思想立场、世界观的状况,那么,也就不可能确立一种"客观的""不依人的主观意志转移"的对"真实"的判断的尺度。因而,作家写作时就必然遇到"很难有信心地自以为已经能够正确地解决"的难题:"我所感觉到的是怎样的? 应该是怎样的? 实际是怎样的?"[1]有关某一作品是否真实反映现实的争论,因为无法确证而在当代文学过程中,演变为因人因时而异的无休止的争吵。

启蒙思想者的悲哀

实际上,"真实""真实性"在当代文学过程中,从来不是一个纯粹的理论问题。在这上面引发的争论,反映着左翼文学内部不同派别之间在文学理想、文学规范上积累已久的歧见。对他们来说,"真实性"是有特定含义的概念。在"真实论"的批判者看来,真实地反映生活,就是要充分地表现现实中的"光明面",肯定、歌颂工农群众及其英雄人物,并对生活、对未来,表现出一种乐观主义的态度。而对于秦兆阳等来说,"真实性",显然是他们反对"粉饰生活""无冲突论"的代称。"写真实",就是要表现生活的复杂性,"大胆干预生活",不回避现实生活中的阴暗面,揭露一切病态的、落后的现象。这就是发表刘宾雁的特写时,秦兆阳在"编者的话"中所说的:"我们期待这样尖锐提出问题的、批评性和讽刺性的特写已经很久了","我们应该像侦察兵一样,勇

---

① 茅盾《夜读偶记》,《文艺报》1958 年第 10 号。

敢地去探索现实生活里面的问题"①。这也是黄秋耘在他的一系列短论中所呼唤的："作为一个有着正直良心和清明理智的艺术家,是不应该在现实生活面前,在人民的疾苦面前心安理得地闭上眼睛保持缄默的。"②

　　五十年代文学规范的这些主要挑战者的理论主张和实践,所描绘出的是文学上的"启蒙主义者"的精神风貌。他们在文学思想和精神气质上,更多承接十九世纪西方,尤其是俄罗斯现实主义文学的"批判生活"的传统。他们耽爱沉郁、忧伤的美学风格。他们几乎无例外地将鲁迅作为自己的精神领袖,奉为思想和行动的楷模。他们当然是从自己的立场上去理解、亲近鲁迅的,从鲁迅身上得到的"启示"是,"缺少对人民命运的深切关心,缺少对生活的高度热情,缺少'已饥己溺,民胞物与'的人道主义精神,缺少'死守真理,以拒庸愚'的大勇主义精神,就没有崇高的人格,也没有真正的艺术"③。在对中国历史和现状的认识上,他们更多看到在前进过程中的沉重历史负累,而这主要表现为存在于民众生活和精神上的"创伤":一方面是韧性的生命力和战斗力,另一方面则是麻木、愚昧,奴性的卑贱和苟安。因而,一个革命作家,负有如冯雪峰讲过的"实际地媒介革命的新的思想和文化传统于大众"的责任,对大众讲出"真理"的责任。他们在被要求投身大众、转变思想感情和立足点的"苦难的历程"中,怀恋着"个人主义""个性主义"的立场,企图尽可能维护他们所珍惜的思想自由和个体的独立性,并在此基础上设计了他们理想的人性建设的前景。可以这样说,在五十至七十年代的三十年间,不同时期处在与确立了权威性的"文学规范"对立地位的文学力量,最主要体现为一批作家维护、修复其作为思想"启蒙者"和文学现实主义者的身份、精神地位和艺术品格所作的努力。这里面的两个要点是:文学上的批判精神的合理性,和对个体价值、个体精神自由的信仰。这也构成1956—1957年以"写真实"和"干预生活"为口号的创作的两大主题。一方面,是对于新社会肌体尚潜隐或已显露的疾患和危机的揭发;另一方面,是"觉醒"的、追求精神自由和个性发展的个人与"大众"及其代表力量之间的磨擦、对抗,以及"个体"的孤立无援的处境,揭示"启蒙者"在现代社会中的悲剧性命运。王蒙的《组织部新来的青年

①　《人民文学》1956年第4期。
②　黄秋耘《肯定生活和批判生活》,《苔花集》,新文艺出版社1957年版。
③　黄秋耘《启示》,《苔花集》,新文艺出版社1957年版。

人》，讲述知识者与大众、个体与群体之间的冲突的故事。从故事模式、叙事方式到主题类型，都不难找到与丁玲的《在医院中》的相似点，它是《在医院中》的"当代"续篇，只不过林震比起陆萍所面对的是更为"体制化"的力量，而作家在强加给他们乐观结局时，《组织部新来的青年人》则显得更缺乏信心。①这种相似，提示了问题的延续性，提示了中国现代文学的许多历史问题也是现实问题。因而，将发生在十五年前的延安的那批"毒草"（《野百合花》《三八节有感》）等拿出来，在《文艺报》上进行"再批判"，便是顺理成章的了。

在五十年代，围绕"文学规范"所出现的争持和冲突，既然是左翼文学历史上不同文学主张、理论派别的矛盾的继续，那么，伴随着一方取得的胜利，对历史加以"清算"也必然提上日程。1957 年下半年对丁玲、冯雪峰等所展开的声势浩大的斗争，1958 年年初以周扬的名义发表总结性长文《文艺战线上的一场大辩论》②，都是以现实问题为契机来"清算"历史旧案的例证。在座谈周扬文章的会议上，③邵荃麟、林默涵、袁水拍等也明白无误地说明这一意图：周扬文章不仅分析、总结了反右派斗争，而且分析了这场斗争的历史的、阶级的根源，"对长期以来我国左翼文艺运动中的分歧和争论，也提供了一个澄清和总结的基础"。"长期以来"，通过冲突、排斥以选择最具价值的文学形态的过程，似乎有了完满的结果，终于理清了这样一条线索：从二十年代到五十年代，存在一条由"混进"革命队伍的"资产阶级分子"组成的"资产阶级的文艺路线"，包括"托派分子"王独清、"第三种人"、胡风和冯雪峰，延安时期的王实味、丁玲、艾青、萧军，以及五十年代的秦兆阳、钟惦棐等。在清理斗争的"脉络"的基础上，进一步分析这条异端的文艺路线的思想、阶级根源，并开展了一场对"资产阶级个人主义"的批判。周扬在这篇文章中，作出了这样的著名的论断："个人主义，在社会主义社会，是万恶之源"。并把丁玲、冯雪峰之所以"堕落"为右派分子，归结为在思想根源上是对于"个人主义包袱"的坚持。

在当时被当作"癌症"④看待的"个人主义"的名目下，容纳了政治、哲学、

①　六十年代初又有一些批判性作品，如《陶渊明写"挽歌"》《广陵散》《杜子美还家》等历史题材小说，《海瑞罢官》《李慧娘》等戏剧，和邓拓等的杂文随笔。

②　《文艺报》1958 年第 5 号。文章由张光年、刘白羽、林默涵等执笔。

③　座谈会的发言载《文艺报》1958 年第 6 号。

④　张光年 1957 年发表了《个人主义和癌》《再论个人主义和癌》等文章，《文艺辩论集》，作家出版社 1958 年版。

伦理道德等不同范畴的认为需要批判的东西。如"自私自利,唯利是图",如"要名,要利,要权","想夺,想偷,想抢",如"培植自己的小圈子",企图实现"称霸文坛的野心",如精神上的空虚、寂寞、悲观,如"人格独立""个性解放"的要求和顾望,如"个人奋斗"的人生道路,等等。这些批判,看起来像是为个人道德的纯洁所作的努力,又像是对着制订个体与社会关系的规约。当然,也是一场想全面而彻底地摧毁强调个性、个体尊严与价值的人文思潮的运动。将道德上的利己主义与人文思潮的个人主义完全混同,这大概会加强批判上的感情憎恶,也更容易置"个人主义"于被审判的境地。不过,在根本目的上,批判所要达到的,不仅是针砭利己主义思想行为,最主要的是破坏、挤压个人的思想、精神"独立性",艺术创造的"自主性",取消人的生活和精神上的"个人空间",用"公共空间"来取代"个人空间"。这种批判,对大多数接受"五四"启蒙思想传统的作家来说,显然是令人惊惶不安的。这等于抢夺了他们的"财富",也剥夺了他们思考和运用知识的"特权"。这些投身革命运动的左翼作家,投身阶级和集体是否就意味着他们所理想化的"精神自由"和思想"自立性"的丧失? 如罗曼·罗兰那样,探索"个人主义"在无产阶级的集体的沃土中重新获得生命,是他们的永久,却无法实现的渴求。如今,这种"探索"也不再可能。启蒙思想者为认识和拥抱这个时代,而追求更充实的灵魂和更高的理想,高扬着"用他的内心的生命去肉搏"的愿望,并对于"更有思想能力的人"的知识分子"能够借对于历史的概括与透视而转移自己的地位加入民众的路线"的确信,以及他们"接近与深入历史的真理"①的责任的自觉承担,这一切,在对"个人主义"的批判中,都受到谴责和嘲笑。胡风、冯雪峰、丁玲、秦兆阳等自认为带有崇高、悲壮色彩的质疑和挑战,被相当程度地"丑角化"处理之后,宣布为非法。

周扬观点的"后退"

在经过毛泽东审阅修改的《文艺战线上的一场大辩论》中,毛泽东加上了这样一段文字:"在我国,1957 年才在全国范围内举行一次最彻底的思想战线上和政治战线上的社会主义大革命,给资产阶级反动思想以致命的打击,解放文学艺术界及其后备军的生产力,解放旧社会给他们带上的脚镣手铐,

---

① 冯雪峰《有进无退》,上海国际文化服务社 1945 年版,第 120—121 页。

免除反动空气的威胁,替无产阶级文学艺术开辟了一条广泛发展的道路。在这以前,这个历史任务是没有完成的。这个开辟道路的工作今后还要做,旧基地的清除不是一年工夫可以全部完成的。但是基本的道路算是开辟了,几十路、几百路纵队的无产阶级文学艺术战士可以在这条路上纵横驰骋了。文学艺术也要建军,也要练兵。一支完全新型的无产阶级文艺大军正在建成,它跟无产阶级知识分子大军的建成只能是同时的,其生产收获也大体上只能是同时的。这个道理只有不懂历史唯物主义的人才会认为不正确。"

对于这次"最彻底"的"社会主义大革命"的认识,对于当时文艺界形势的估计,周扬等应该也持有毛泽东这样的看法。但是,对待另一些问题,也可能会有不同。对于周扬等来说,这场斗争的最主要意义是在理清历史的原来纠缠不清的"疑团",是对左翼文学运动中冲突着的各种文学主张、理论派别的性质和功过作出结论,它解决的是"选择"的问题。而在毛泽东看来,这是"旧基地的清除",为"无产阶级文学艺术""开辟道路"的工作。这种估计上的差异,在当时并未显露出来,这要到六七年后开始的又一场"最彻底"的大革命中,才会充分暴露。

1958 年,在发动经济上的"大跃进"的同时,也掀起了文艺的"大跃进"。这一年,毛泽东指示要搜集民歌,他认为失败的新诗的出路一是民歌,二是古典,在这个基础上产生新诗。由此,全国出现了遍及城乡的"新民歌运动"。他提出"革命现实主义和革命浪漫主义相结合"的创作方法,来取代从苏联移植的"社会主义现实主义",将浪漫主义加以强调、突出。他号召工人农民破除各种"迷信",也破除对文艺的神秘性的迷信,而大胆进入文学创作和批评领域。他提出无产阶级要"抓到真理,就藐视古董","厚今薄古"。所有这些观点、措施,都有着"战略"性构思的性质。

我们无法清楚了解当时的文学界的主持者对这一切的全部真实看法。不过在这一年里和稍长一点的时间里,周扬、郭沫若、邵荃麟,以及茅盾等,都表现出积极响应与推动的态度。对于"两结合"创作方法所展开的讨论,对于新诗发展道路的讨论,《红旗歌谣》的编辑出版,"开一代诗风"的命题的提出,《文学工作大跃进 32 条(草案)》的制订,对"歌颂大跃进,回忆革命史"的创作题材、主题的肯定等,都说明了这一点。为了支持、证明毛泽东的"随着经济建设高潮的到来,不可避免地将要出现一个文化建设的高潮"的论断,《文艺报》发表文章,①认为马克思关于艺术生产与物质生产发展的不平衡"规律"在社会主义时代已经过时了,已经被艺术生产适应于物质生产的新现象所代替:在"质疑"马克思的"经典性"论断中,为"共产主义文学"在中国的必然繁荣、丰收的前景提供理论上的支持。

不过从 1958 年下半年,特别是 1959 年开始,我们就能从一些迹象中,觉察到周扬等的忧虑和不安。这些情况,有时存在于个别的作家身上,但也体现了文学界领导层的看法和心态。在新诗发展道路的讨论中,何其芳、卞之琳等,从对民歌形式局限性的提出上,来质疑新诗必须以民歌和古典作为基础的观点。有的读者在当时的政治和文化思潮的引领下,从抽象的理论命题出发来否定《青春之歌》和《锻炼锻炼》等作品时,茅盾、何其芳、马铁丁、王西彦等站出来为它们辩护,王西彦还声称要"充当一名保卫《锻炼锻炼》的战士"②。当有人以藐视古董的姿态,"漠视"托尔斯泰,声称"托尔斯泰没得用"的时候,当时的《文艺报》主编张光年反问道:"谁说'托尔斯泰没得用'?"并肯定地说:"不但我国古代的优秀遗产不容否定,而且外国古代的优秀遗产也不容否定;不但对自己民族的伟大先辈不容漠视,对别的民族的伟大先辈也不容漠视"。针对那种要"发动群众自己来写"才能反映我们的时代的说法,张光年以一种"诡辩"式的反驳,来拒绝精神产品主要创造权的"让渡":将文学创作的任务,"一古脑儿推给从事于紧张的生产劳动的工农兵群众","这不是要文艺为工农兵服务,而是要工农兵为文艺服务"。③ 对于"大跃进"的文艺运动,也开始提出问题:"革命浪漫主义精神固然很充分,革命现实主义,也就是对现实的科学分析,还嫌不足"④。

在一般的情况下,我们对中国左翼文学内部的矛盾冲突,常作出胡风、冯雪峰与周扬各代表不同"路线"的这种区分。从总体的情况而言,这是有根据

---

① 周来祥《马克思关于艺术生产与物质生产发展的不平衡规律是否适用社会主义文学》,《文艺报》1959 年第 2 号;张怀瑾《马克思关于艺术生产与物质生产发展不平衡规律是"过时了"吗?》的质疑文章,但也只是说,应该用"发展"来代替"过时",《文艺报》第 4 号。

② 茅盾《怎样评价〈青春之歌〉》,《中国青年》1959 年第 4 期;何其芳《〈青春之歌〉不可否定》,《中国青年》1959 年第 5 期;马铁丁《论〈青春之歌〉及其论争》,《文艺报》1959 年第 9 号;王西彦《〈锻炼锻炼〉和反映人民内部矛盾》,《文艺报》1959 年第 10 号。

③ 张光年《谁说"托尔斯泰没得用"?》,《文艺报》1959 年第 4 号。

④ 茅盾《创作问题漫谈》,《文艺报》1959 年第 5 号。

的。不过，并不是在任何情况下，在所有问题上，都可以使用这种简单明了的处理方法。一方面，他们之间的观点也有许多相似、重合之处；另一方面，在不同时间，由于情势的变易，自身的主张向着不同方向偏斜的现象，也很常见。而他们中一些人，文学家与文学官员、文学政策制定者和施行者的双重角色，也会造成思想行动上的复杂性。胡风、冯雪峰、秦兆阳，以至周扬，当他们在不同历史时间里被置于受批判的位置上时，总会受到在道德层面上的诸如"表里不一，言行不一"，"不老实"，"阴一面，阳一面"的指控。① 这种道德裁决虽说不见得妥当，但他们理论主张等的摇摆和变化，却并非都属虚构。

从大多数情况下看，周扬更重视、强调文学的政治目的、政治功利，强调创作过程中作家思想、世界观的决定性作用，也表现了一种有的研究者所说的对于"理论彻底性"的迷醉。但是，在某些时候，他的"指针"也会向另一侧面移动。特别是当不是处于派别论争、冲突，而是他主持着文学界而梦想着出现一种繁盛的局面的时候。他担任鲁艺早期领导工作时，显然是实行看重读书、提高艺术技巧和创作上扩大题材范围这一后来被批评为"关门提高"的方针。延安文艺整风之前他在《解放日报》上发表的《文学与生活漫谈》，批评了那种认为有生活就有文学的观点，强调的是文化积累和学习技巧，提出写作要"深历了'语言的痛苦'"这一左翼文学家很少触及的命题。对于创作过程，他运用了主体"突入"客体，主客体"融合""格斗"等胡风式的用语，并推崇了王国维所说的那种"意境两忘、物我一体"的创作境界。这些，都多少离开了他坚持的"反映论"和文学的"党性"原则。不过，在文艺整风之后，他的思想立场迅速转变，检讨鲁艺办学方针，撰文严厉批评王实味，积极强调并推动文艺对政治的配合，编纂《马克思主义与文艺》，以确立毛泽东文艺主张在马克思主义文艺理论体系中的地位。五六十年代，周扬以毛泽东文艺思想的权威阐释者和贯彻者面貌出现。他发表了《坚决贯彻毛泽东文艺路线》的文章，主持了对左翼文艺运动中的"异端"派别的批判，文学的政治目的、政治功效，始终是他所不愿或不敢稍有松懈的。但是，他也为当代文学的普遍公式化、

---

①　以群指出陈涌曾经批判胡风，可是到了 1956 年，他却成了"胡风文艺观点的化装宣传员了"（《谈陈涌的"真实"论》，《文艺报》1958 年第 11 号）。张光年指出，秦兆阳 1955 年也批判胡风，"事隔一年半"，"他的看法变了"，"今天说东，明天说西；正面一套，反面一套"（《应当老实些》，见《文艺辩论集》第 141 页）。姚文元批判周扬，文章题目就是《评反革命两面派周扬》（《红旗》1967 年第 1 期）。

概念化现象所困扰。① 他对毛泽东发动的一些批判运动,显然缺乏思想准备。五十年代中期,也曾在一定限度内首肯、支持文学革新力量的主张。在亲历了"大跃进"的文艺运动,看到这一激进的文学思潮对文学产生的损害之后,他也开始在矛盾之中来调整自己的观点。在 1960 年第三次文代会上依然表现了激烈的革命姿态,但在同时和之后,则和邵荃麟等一起,主持、推动了一系列的活动,来从五十年代后期的路线上"退却"。这包括召开多次的调整、纠正文艺工作"左倾"的会议,②发表题为《题材问题》③的《文艺报》专论,写作纪念《讲话》二十周年的《人民日报》社论:《为最广大的人民群众服务》④,制定最后由中央宣传部发布的《关于当前文学艺术工作若干问题的意见》的文件。

在这个时间里,五十年代胡风、秦兆阳等提出的若干基本问题,又再次提出。但这一回不是反对的派别从理论上以论辩、冲突的方式出现,而是文学界领导者从政策上以调整、反思的方式出现。周扬在 1961 年 6 月召开的文艺工作座谈会上,讲了这样一段话:"不注意文学特点,庸俗社会学就出来了。胡风对我们作了很恶毒的攻击,他是反革命。但是,经常记得他攻击我们什么,对我们也有好处。他有两句话是我不能忘记的。一句:'二十年的机械论统治',如果算到现在,就是三十年了。他所攻击的'机械论'就是马克思主义。我们是马克思主义领导文艺,而不是'统治'。然而,我们也可以认真考虑一下,在我们这里有没有教条主义,……胡风还有一句:反胡风以后中国文坛就要进入中世纪。我们当然不是中世纪。但是,如果我们搞成大大小小的'红衣大主教''修女''修士',思想僵化,言必称马列主义,言必称毛泽东思想,也是够叫人恼火的就是了。我一直记着胡风这两句话。"

在与胡风划清楚界限的前提下,来重提胡风对"主流"文论和文学政策批评的核心问题,并在一定程度上来肯定这种批评,这毕竟显示了周扬的胆量

---

① 1952 年为《人民日报》撰写的《毛泽东同志〈在延安文艺座谈会上的讲话〉发表十周年》的社论中,和 1953 年 9 月 24 日在第二次文代会的报告《为创造更多的优秀的文学艺术作品而奋斗》中,特别是 1956 年 2 月在中国作协第二次扩大理事会上的报告《建设社会主义文学的任务》中,都用许多篇幅谈到公式化、概念化的问题。

② 主要有 1961 年 6 月在北京召开的文艺工作座谈会,1962 年在广州召开的全国话剧、歌剧、儿童剧创作座谈会,1962 年 8 月在大连召开的农村题材创作座谈会等。

③ 《文艺报》1961 年第 3 号。

④ 社论为周扬执笔撰写。《人民日报》1962 年 5 月 23 日。

和气度。这段话,也提示了问题的两个重要方面。一是在文学与政治的关系中维护文学的"特质"。他所做的也是胡风、秦兆阳当年的试图阻挡"政治"对文学的淹没,并有限度地承认作家在题材、人物、风格、方法上的"自主性"和多样选择。用"最广大的人民群众"来替换"工农兵"概念,目的是模糊其阶级性的规定。另一方面,则是重新审度1958年以后成为文学思潮和创作方法中心的"浪漫主义",提出"现实主义深化"和重视体现复杂现实矛盾的"中间状态"人物的创造,来重提"真实性"。在对文学应有助于培养有复杂思想、丰富知识和独立思考的个性的提倡下,来"复活"在1958年被置于死地的"个人主义"。

周扬毕竟还是个文学家,有他的文学理想,有他所钟爱的俄国文学和俄国革命民主主义批评家。他受过"五四"新文学的精神的浸染,自觉对中国新文学的未来负有责任。人类历史上的精神财富,已经化入他的血液,对他来说已不可割断。西欧文艺复兴、启蒙主义和十九世纪现实主义,以及歌德、莎士比亚、托尔斯泰等巨匠是他经常仰慕的"高峰";也是他梦想"超越"的"高峰"。文学究竟能为革命、政治做些什么? 在政治的"神圣祭坛"上,文学又究竟应该"供献"出多少? 这是他紧张思虑的问题,也构成他内心矛盾的重要内容。他在这些关系上的不坚定的摇摆,尤其是六十年代初的"后退",埋下了后来悲剧命运的种子。不过,真正的悲剧意味在于,他当时并未能以一种超越的精神态度,来反思他长期陷于其中的这些"艺术难题"。精神态度上的"超越",在他经历了"炼狱"的考验折磨之后的晚年,才出现了这种可能性。

激进的文学思潮

二十世纪的中国文学,是否存在左翼的激进文学思潮(或派别)? 回答应该是肯定的。但是,在很长的时间里,它的表现是分散的、局部的,缺乏理论与实践的体系性的;它存在的同时,也存在对它制约、抗衡的力量。另外,这一思潮也并不总表现为有固定的代表人物的这种形态。

到了五十年代后期,情况发生了一些变化。尤其是1963年以后的十多年里,激进的文学思潮(或派别)成了控制全局的、唯一合法化的力量。

这里需要关注当时的社会政治和文化的背景。一是毛泽东文学思想发生的某种变化。1958年,毛泽东提出了"两结合"的口号。一般来说,人们都把它看成是与"社会主义现实主义"同属于一个体系,或称它为后者的"发展"。提出者本人对这一"创作方法"并未作出任何进一步的阐释，但最明显的特征是，不管是文字表述上，还是精神实质上，"浪漫主义"都被置于显著的，其或可以说是主导性的位置上。这一点，应该说是毛泽东的文学观点的合乎逻辑的发展。

有些研究者指出，《讲话》中强调作家深入生活，在生活中观察、分析、体验一切人、一切阶级，这是对文学真实反映生活的重视。他们还通过《讲话》不同版本的比较，来论证毛泽东把文艺创作的性质大体上理解为工匠对材料的加工；[①]因而，生活材料本身是至关重要的。这种说法有一定道理，或者说是毛泽东文艺观的一个方面。但另一方面，则是对"写实"的超越，对"浪漫主义"的重视，即《讲话》中所说的"文艺作品中反映出来的生活却可以而且应该比普通的实际生活更高，更强烈，更有集中性，更典型，更理想，因此就更带普遍性"。既然文学负有"帮助群众推动历史的前进"的使命，革命政治是文学的"终极性质"的目的，那么，仅仅反映生活又能给生活增加些什么？真实与理想、文学性与政治性、文学"规律"与政治目的、现实主义与浪漫主义等关系，本来就是左翼文学家一辈子都要处理的难题，毛泽东当然也不例外。在《讲话》里，我们至少在表面上看到保持着一种平衡关系。到了"两结合"的提出，文学目的性、浪漫主义、文学的主观性因素，就成为主导的、决定性的因素了。这加强了从政治意图和激情出发来"加工"生活材料的更大可能性。另外，六十年代，毛泽东在思想文化上对资产阶级的批判，发表的对文学艺术的两个批示以及他关于开展"文化大革命"所做的理论阐述，都为文学激进思潮提供了理论上的支持和依据。

这一思潮在六十年代，形成一个政治—文学派别。通过开展全面的文化批判运动（哲学、史学、经济学、文学艺术等），通过精心制作样板性作品，来逐步确立激进的、命名为"无产阶级文艺"的文学规范体系。这一派别在六十至七十年代的理论和实践中，表现出这样一些特征：

首先是政治的直接"美学化"。周扬和胡风之间虽然存在理论分歧，他们

---

① 1948 年东北书店版的《毛泽东选集》中的《讲话》，使用了"自然形态的文学艺术""加工形态的文学艺术""从此时此地的人民生活中的文学艺术加工成观念形态上的文学艺术作品""加工过程即创作过程""把原料与生产，把研究过程和创作过程统一起来""没有原料或半制品，你就无从加工"等概念和说法。《毛泽东选集》（第 3 卷），人民出版社 1954 年版，改为现在通行本。

在文学内部诸因素关系的理解上，却是一致的。这就是思想（政治性）—真实性（现实性）—艺术性的结构。他们的分歧，是在肯定这一基本格局之下产生的。而对于激进派来说，则表现了拆卸这一格局，从中清除"真实性"的趋向，而使这一结构，简化为政治—艺术的直接关系。这是为将政治目标、意图，更直接地转化为艺术作品。当然，"真实"的概念，六十至七十年代也一直在使用：既用来褒奖合乎规范的作品，也用来批判"歪曲现实"的创作。但"真实""真实性"的涵义已经不同。文学的真实性对周扬等来说，是在作家的感觉怎样、应该怎样和实际怎样之间的协调和平衡，而现在，"真实"已被等同于"应该怎样"——一种主观性的认定：在文艺实践中，其结果是政治与文学界限再难以划分。小说《刘志丹》、京剧《海瑞罢官》，被理解为既是文学文本，也被当作政治文本；而江青等在七十年代主持的小说、电影、戏剧的创作，本身便是政治行动。因而，后来的批判者既憎恶又不屑地称它们为"阴谋文艺"。这种政治和文学的难以剥离的情形，对激进派来说并非一种失误，而是自觉追求：打破日常生活与文艺的界限。

其实，这种追求一直广泛地存在于二十世纪的文艺实验中，并不仅限于无产阶级文艺范畴。在创造上，强调文学写作对观念、经验、情感的直接提升（借助形象化或象征等手段），而排除沉思、淘洗和转化的过程，以创造更富于教诲、宣谕色彩的文学；在阅读、接受上，努力破坏传统的习惯（在阅读和欣赏中与日常生活暂时脱离，退后一步与"艺术"对话），而是将文艺"欣赏"拉回日常生活中来。苏联二三十年代的"理性电影"和马雅可夫斯基的罗斯塔之窗的"广告诗"，中国战争年代的街头活报剧、诗传单都表现这种趋向。不过，中国文学激进派显然已扩大了范围，不把它们只作为适合特定历史时间和特定文艺样式来理解。五十年代后期，姚文元曾发表一组谈美学的文章，①主张美学应"来一番马克思主义的大革新"，"面向生活"，"首先研究什么是生活中的美与丑的问题"，研究诸如环境布置、生活趣味、衣裳打扮、节日游行以至挑选爱人的问题。王子野在与他"商榷"的文章中批评这种观点是"落后于车尔尼

---

① 《照相馆里出美学——建议美学界来一场马克思主义的革命》，《文汇报》1958 年 5 月 3 日。另外，1961 至 1963 年间，他还在《文汇报》《学术月刊》《上海文学》《新建设》等报刊上，发表了七篇谈美学的文章。

雪夫斯基",说"忘了前人的理论遗产总是不好的"。① 也许姚文元确实有对前人的研究成果知之不多的情况,但也许是想对"遗产"的"革新"。这种思路,与他们后来的文艺实践,倒是一脉相承的。

文学激进派的理论和实践的另一重要特征,是对文化遗产所表现的"决裂"和彻底批判的姿态。实际上,当时开展的"文化大革命",便在"破四旧"(旧思想、旧文化、旧风俗、旧习惯)的名义下,广泛攻击中外文化遗产。在《部队文艺工作座谈会纪要》中,明确提出,"只有无产阶级的社会主义革命,才是最后消灭一切剥削阶级的革命,因此,绝不能把任何一个资产阶级革命家的思想,当成我们无产阶级思想运动、文艺运动的指导思想"。被《纪要》列入要破除迷信的名单中的,有"中外古典文学",有"十月革命后出现的一批比较优秀的苏联革命文艺作品",有"三十年代文艺"(即三十年代中国左翼文艺)。后来,在一篇批判周扬"吹捧资产阶级'文艺复兴''启蒙运动''批判现实主义'的反动理论"并阐述激进派关于文学遗产问题观点的权威性文章里,②认为"古的和洋的艺术,就其思想内容来说,是古代和外国的剥削阶级的政治愿望和思想感情的表现,是必须彻底批判和与之彻底决裂的东西,至于其中少数作品的艺术形式的某些方面,也是需要用毛泽东思想为武器来进行批判和改造,才能推陈出新,使它为创造无产阶级文艺服务"。文章还说,"资产阶级在思想文化上向无产阶级进攻的方式",一是用"现代派文艺",另一是"利用所谓古典文艺"。二十世纪三十年代,卢卡契在与布莱希特的论争中,表示了捍卫现实主义传统而批评、反对"现代主义"的态度。这种态度,也基本上为中国左翼文学家(胡风、周扬、茅盾等)所接纳。与斯大林—日丹诺夫时代的文艺方针相似,现代主义在当代中国也是被当作颓废、没落、色情、荒诞的同义词。但到了激进派这里,则一切古典文化,都在被"彻底批判"之列。周扬在六十年代初说,"批判地继承","批判"是副词,"继承"是动词,不能以副词为主,应以动词为主,指出"社会主义文化艺术","不是在空地上发展出来的"。这是两种对立的态度。为建立"真正的"无产阶级文艺的冲动所支配,以纯粹的无产阶级思想、感情的这一虚拟标尺去度量既往的文化产品,激进

---

① 《和姚文元同志商榷美学上的几个问题》,《文艺报》1961 年第 5 号。

② 上海革命大批判写作小组《鼓吹资产阶级文艺就是复辟资本主义》,《红旗》1970 年第 4 期。

派发现,不仅"古的和洋的"剥削阶级的文艺应该与之决裂,苏联革命文艺、中国三十年代左翼文艺和五十年代以后的"社会主义文学",也远远不够纯粹。因此,发动了对萧洛霍夫的批判,对斯坦尼斯拉夫斯基的批判,也曾酝酿对高尔基的批判。基于这种阶级意识和精神的纯粹性标尺的审度,遂有了"从《国际歌》到革命样板戏,这中间一百多年是一个空白"和"过去的十年,可以说是无产阶级文艺的创业期"的论断。① 六十年代后期,一种流传很广、反映了江青等观点的《六十部小说毒在哪里?》的小册子中,列入了包括《保卫延安》《三里湾》《山乡巨变》《红日》《青春之歌》《苦斗》等"十七年"间几乎全部的有影响的小说。这是一种类似于苏联"无产阶级文化派"的主张:"无产阶级的精神发展的基础首先是在精神上同过去决裂",无产阶级必须在清理好地基之后,建造"真正自己的房子"。

第三,文学激进派提出了"重新组织文艺队伍"的问题,也就是毛泽东在1958年提出的要"建军",要"练兵"。虽然在《纪要》中,并不全盘否定专业作家、批评家的地位和作用,但从工农兵中建立真正无产阶级文艺队伍,包括"把文艺批评的武器交给广大工农兵群众去掌握",却是一个"战略性"的措施。于是,在"文革"期间,标以工农兵创作小组名义的写作组织如雨后春笋,集体创作成为最被提倡的写作方式。为了达到"工农兵""占领文艺阵地"的目的,与1958年一样,破除文艺的"神秘性""特殊性"是十分必要的。在创作上,对直觉、艺术天赋、灵感、感悟等非理性的成分在理论上加以批判,加以最大限度地缩减,使写作、阅读、观赏都成为一种有"理"可循的"透明化"行为,成为可以分解、按部就班进行操作的过程。这方面的理论努力,是对强调文艺"特质",强调文艺创作有特殊的思维方式的理论的批评。五十年代,关于文艺特征,关于形象思维,就有过许多争论。这在当时就不被看作纯粹的学术问题。到了六十年代,则更不是。郑季翘在他的批判"形象思维"的文章中,将经过他描述的"形象思维",称为"直觉主义因而也是神秘主义的体系"。"直觉"导致"神秘",而"神秘"阻碍了工农兵对文艺创作批评的掌握,也阻碍了政治美学化的这种转化,也显然违反了无产阶级文艺的清晰和透明的美感规范。他由此提出了一种创作的思维过程公式:"表象(事物的直接映象)—概念(思想)—表象(新创造的形象),也就是个别(众多的)— 一般典型"。这

---

① 前一句出自张春桥,后一句参见初澜《京剧革命十年》,《红旗》1974 年第 4 期。

既不是一种需要特别肯定推广(在"文革"期间),也不是需要特别否定消灭(在"文革"结束后)的"公式",它描述的不过是一种创作路线(或公式)。依循这一"公式"而创造的"产品"的思想、艺术价值,并非与这一"公式"本身有必然的关系。但这个"公式"却是引向一种更具教谕性和寓言性的创作通道。它也许可以产生有一定观赏性和"艺术魅力"的作品(如"样板戏"中的《红色娘子军》《沙家浜》等),也可以产生写满大量政治文件、毛泽东语录的论证式的文本(如《虹南作战史》)。当然,类似《虹南作战史》的写作,也不见得完全是因为缺乏艺术基本训练。想破坏固定的(资产阶级的?)文学修辞和审美惯例的意图,也是可以考虑的因素。这其实也可以看作七十年代的"实验小说"。

　　在表达、修辞方式上,或者说文学风格上,体现文学激进思潮的创作,表现了一种从"写实"向"象征"的转移的趋向。1958 年,以及后来在对开展"文化大革命"所作的动机的说明中,我们都可以感知到一种对人类的"理想社会"的富于浪漫色彩的构想。对于这一主观构想的社会形态的表现,对其中的人与人关系,以及构成这一社会性质的新人("无产阶级英雄人物")的思想情感状态和行为方式的描绘,最合适的表现方式,是一种象征性的(伴随着激情的)"虚构"。"革命"所激发的"幻想",产生的观念和激情,需要靠"不是明确的概念或系统的学说,而是意象、象征、习惯、仪式和神话"来维持,把日常生活中并不存在或无法解决的矛盾,在象征方式中解决。"文化大革命"期间产生的文艺"范本"(即合乎激进派的文学规范的作品),无不具有鲜明"象征"特征,不仅是"样板戏",而且是《金光大道》等小说和大量诗歌创作。对过去的文学文本的改写(重写),也表现出一种削弱"写实"性而加强"象征"性,加强"理想"色彩的倾向。《白毛女》从歌剧到芭蕾舞,《红色娘子军》从电影到芭蕾舞,从小说《林海雪原》到京剧《智取威虎山》,从五十年代的《骑马挂枪走天下》(张永枚)到七十年代的《骑马挂枪走天下》,从五十年代的《南征北战》到七十年代的《南征北战》,都可以看到"写实"倾向朝"象征"倾向变易的状况。

　　"无产阶级"文学激进派在十多年间所进行的实验,尽管他们自己宣称"取得了伟大胜利"[1],其实是不断陷入困境。它所遇到的难题、矛盾,一点也不比过去的左翼文化运动所遇到的少,至少是同样多。对文化遗产和遗产继承者(知识分子、专业人员)的批判,使他们创造更多的样板经典的宏图受到

---

[1]　初澜《京剧革命十年》,《红旗》1974 年第 4 期。

严重打击。对"精英文化"的敌视,却并未促使他们愿意转而创作更具娱乐性、消遣性的"大众文化"(虽然芭蕾舞《红色娘子军》等有许多提高观赏娱乐性的成分),因为这会带来对政治性、政治目的的削弱。这是一个"中世纪式"的悖论:政治、宗教教谕需要借助文艺来"形象地""感情地"表现,但"审美"也会转而对政治和宗教产生"消解""破坏"的作用。另外,在"样板戏"等作品中,也许能看到人类追求精神净化的崇高冲动,一种将人从物质欲望的禁锢中解脱的渴望。这种反对物质主义的道德理想,是开展革命运动的主导意识形态。与此同时,在这种宗教色彩的信仰和禁欲式的道德规范中,在忍受(自觉地)施加的折磨(通过外来力量)和自虐式的自我完善(通过内心冲突)中,也能看到激进派本来所要"彻底否定"的思想观念、感情模式。著名的"三突出",对于激进的文学思潮来说,既是一种结构方法、人物安排的规则(类似于卢卡契所说的小说中人物的等级),但也是社会政治等级在文艺形式上的体现。这种等级,是与生俱来的,无法由自己选择的,也就可以表述为"封建主义"的。因而,从激进派所领导及受其思潮影响的文艺创作中,我们似乎窥见了相似于二十世纪人文思潮中对人类抵抗物质主义,寻找精神出路的努力,也能发现人类精神遗产中残酷和落后的沉积物。他们既无法离开现实,也无法割断历史。

新旧文学的分水岭

丁 帆

导言——

本文刊载于《江苏社会科学》2011 年第 1 期。

丁帆,1952 年生,南京大学文学院教授。

关于中国现代文学史的边界问题一直存有多种不同的切分法,本文提出将 1912 年视为现代文学的起点,为文学史断代提供了一种新的方法和思路。本文首先对现存的几种现代文学史断代方法进行总结和评述,并提出,狭义上的中国现代文学史应该以 1912 年的民国元年作为中国现代文学的起点。为此,作者提出了以下几点理由:(1)中国现代文学史的断代标准应该与整个中国文学史的断代分期的逻辑理念和体例相一致,1912 年中华民国成立既是封建社会的终结,也应被视为新文学发端的起点;(2) 以"三民主义"为代表的资产阶级民主核心价值理念对二十世纪中国文学产生了重要影响;(3) 中华民国作为一个资产阶级民主共和国,在政策和法规层面为新文学在形式和内容上提供了政治基础和法律保障。论文概括、总结和评价了现有的几种文学史分期,提出以 1912 年为现代文学起点的重要观点,并以此为基础,呼吁学界重视 1912 至 1919 年这七年的文学史意义,研究在此期间发生的文学思潮、文学现象和作家作品,并厘清其与五四新文学之间的重要关系。

一

中国现代文学史的边界问题已经成为困扰了中国现代文学史学界近百年的纠结,尤其是因为《新民主主义革命论》对五四新文化运动的定性,六十余年来,我们的教科书独尊新文学起点为五四之说。虽然近年来在学术界有不同的观点出现,但是鲜有进入教科书序列之例,直到最近严家炎先生在其主编的《二十世纪中国文学史》中,才正式在教科书中将中国现代文学史推至十九世纪八十年代末至九十年代初,应该说是一个新的创举。中国现代文学的时间段从三十年上推至五十年,其中可以发掘出的值得研究的文学史内容可谓难以计数。但是,我以为,即便是如此的创新也不能改变我们持续近百年来对文学史断代起点的一些偏见。

对文学史边界不同的划分,其背后一定会隐藏着巨大而深邃的学术和学理内涵,一定有充分的理论支持。翻开一部中国文学史,从古到今,其文学史的断代分期基本上是遵循一个内在的价值标准体系——以国体和政体的更迭来切割其时段,亦即依照政治史和社会史的改朝换代作为标尺来划分历史的边界,而唯独是在新旧文学的断代分期上,却产生了巨大的分歧意见,现在应该是重新定位的时候了。

董乃斌先生认为:"有各种断代法,或按王朝更替,或按公元整切,均曾有人尝试,各有利弊。有的方法已约定俗成,形成惯性,如古代文学史中按王朝断代(如唐、宋、明、清)或几个王朝连写(如秦汉、魏晋南北朝、宋元之类)的做法。这种方法用得久了,暴露出种种不足,受到许多非难,然而又有相当的合理性和方便之处,一时还难以全盘否定,至于彻底抛弃,恐怕更不可能。""中国文学史的断代,又有古代、近代、现代、当代的习惯分法,但争议更大:最根本而经常发生的是各段与下一段的分界问题。古代到何时为止?近代之首理应紧接古代之尾,倘古代止于何时不明,则近代的起点又如何确定?事实上,这里正是观点各异,或云止于清亡(1911),或云应止于鸦片战争爆发(清道光二十年,1840),亦有说应止于晚明至明中叶者,说法很多,各有理由,很难归于统一,也很难说谁是谁非。"①我同意董先生对中国文学史约定俗成的断代方法,但是,却不同意他和许多历史学家和文学史家将"古代"和"现代"之间嵌入一个所谓的"近代"的楔子。杨联芬先生也认为:几十年来"为突出并促使'现代文学'作为一门独立学科存在,中国现代文学最终被固定为以五四为起点,而晚清则作为古典文学的尾声、现代文学的背景,长期以来以'近代文学'的身份,处于被古典文学和现代文学'悬空'的孤立研究状态"②。的确,应该给这段历史一个说法了。我认为,晚清应该归入古典文学的研究范畴,它的下限不应该止于五四,而是 1911 年辛亥革命之后的民国元年1912 年。

我以为,无论是中国的政治史还是社会史,抑或是文学史,只存在着"古代"与"现代"之分。其实这是一个常识性的问题。也就是说,中国几千年的封建制度的终结(1911 年 10 月 10 日的武昌起义),一个新的具有现代意义的民主共和国体与政体的诞生(1912 年 1 月 1 日),成为中国历史上将"古代"与"现代"断然切开的具有标志性意义的大断代——与长达几千年的封建制度的国体和政体告别。因而,从此断开,既合乎中国历史(包括文学史)切分法的惯例,同时又照应了中国文学史"现代性"演变的史实内涵。

迄今为止,一部中国现代文学史的断代分期就有着多种不同的切分法,主要有以下几种:"1919 说"是以五四新文化运动为起点的正统切分法,此说已经哺育了几代中国人文知识分子,成为延时最长,至今仍然在教科书中使用的断代说;"1917 说"显然是以"文学革命"为发轫,虽然连许多五四时期的学者也都认同这种从形式主义开始的"文学革命"的说法,但是,随着三十年代以后"拉普"文学思潮进入中国文坛,它也就暗含了对苏联"十月革命"影响

---

① 董乃斌《文学史研究的贯通与分治(提纲)》,《中国文学史古今演变研究论集》,上海古籍出版社 2002 年版,第 104 页。

② 杨联芬《晚清至五四:中国文学现代性的发生》,北京大学出版社 2003 年版,第 13 页。

的接受,因为"十月革命一声炮响,给我们送来了马克思主义",此说表面上似乎是遵循了文学的内在规律,然而骨子里却更多地暗合了左倾的文化和文学思潮,仔细考察三十年代以来左倾文艺理论的接受史就可证明;"1915 说"是以《新青年》杂志诞生来划界的,它对一个杂志作用的夸张与放大可见一斑,但这毕竟不是一种历史主义的划分;"1900 说"是近年来的一种新切割法,这种世纪之交切分虽简单明了,但终究不能解决历史环链中尚还紧紧相连着的许多东西;"1898 说"是强调"戊戌变法"的"现代性",它力图将改良主义的历史作用提升到一个新的高度,将中国的"现代性"转型提前到这个时间的节点上,看似有很充分的理论依据,但并没有在国体和政体上撼动封建体制的根基,因此,即使有再多的理由,它在巨大的历史变迁的环节中只是一段前奏曲,以此作为断代显得有些牵强;"1892 说"是以《海上花列传》的发表为界,范伯群先生在其《中国现代通俗文学史》中阐明,通俗文学此时已经具备了现代启蒙意识。此说甚有道理。从文学的本体进行考察,不管它是什么样式和内涵的文学,其合理性是毋庸置疑的。但是从文学史,乃至文学史与文化史的关联性上考查,可能就缺乏更多的理论支持了。现在,严家炎先生也在纯文学史的教材中沿此说法,并且找出了更多的论据,也是令人欣喜的。毕竟,他们把现代文学三十年的僵死格局打破了,还文学史研究一个多元的格局,因此,我才敢于做进一步的思考和推论。

我要强调的问题是,在这些切分法当中,恰恰被遗忘的是"1912 说"这个不该被忘却的历史节点！寻找这个被中国现代文学史遗忘和遮蔽了的七年,是我近几年来的一个学术心结。其实,这一文学史切分法的萌动肇始于 1984年那场关于五四新文学领导权问题的讨论。时至今日,严家炎先生提出了新文学起点不在五四的主张是有学术贡献的:"像过去那样,现代文学史就从五四文学革命写起,如今的学者恐怕已多不赞成。相当多的学者认为:中国现代文学史或二十世纪文学史,应该从戊戌变法也就是十九世纪末年写起。但实际上,这些年陆续发现的一些史料证明,现代文学的源头,似乎还应该从戊戌变法向前推进十年,即从十九世纪八十年代末、九十年代初算起。"①其理由就是近年发现的三个方面的史实可以支撑这个理论推演:一是"五四倡导白话文所依据的'言文合一'(书面语和口头语相一致)说,早在黄遵宪(1848——

---

① 严家炎《二十世纪中国文学史》,高等教育出版社 2010 年版,第 7—12 页。

1905)1887年定稿的《日本国志》中就已提出,它比胡适的《文学改良刍议》《建设的文学革命论》等同类论述,足足早了三十年"。二是陈季同通过八本法文著作以及给他的学生、《孽海花》作者曾朴讲课的若干中文材料,提出了"小说戏剧亦中国文学之正宗""世界文学用中国文学之参照""提倡大规模的双向的翻译"等主张,打破了千年来某些根深蒂固的陈腐保守、妄自尊大的观念,对中国文学现代化起到了重要的推动作用。三是"继陈季同1890年在法国出版第一部现代意义上的中长篇小说《黄衫客传奇》之后,1892年,韩邦庆的《海上花列传》也在上海《申报》附出的刊物《海上奇书》上连载"①。严家炎先生认为,上述三项史实可成为中国现代文学源头考证的三个标志性成果,以此而推出中国现代文学的发轫应该是从十九世纪八十年代末或九十年代初的结论。显然,这一论断迎合了前些年一批学者,尤其是从事通俗文学研究者的文学史理论主张,这不能不说是文学史断代的又一次突破。由此,我们可以看出的一个端倪是,文学史的断代分期已经有了一个基本的共识——不能再沿用近百年来,尤其是近六十年来对"由无产阶级领导的五四新文化运动"而产生的中国新文学,铁定将1919年作为它的发轫期的说法了。提出中国现代文学断代分期否定五四起源说的这一具有挑战性的回答,得到了普遍的认同,应该是无可非议的学理性和学术性结论,是中国现代文学史学界的一件大事。

　　但是如何给中国现代文学史一个准确的断代分期呢？这恐怕是一个更加艰难的命题。我个人是不同意将中国现代文学的断代由十九世纪末向前进行延伸的,尤其是将它无限延伸到鸦片战争时期。我不否认,所有这些断代分期的节点,都是有其内在学理性的,但是,这些切分的理由似乎都是站在局部的视点上来考虑问题的。我以为,我们的学术视野应该站得更高更广阔一些,其重要的因素就是我们要与整个已经约定俗成的中国文学史的断代分期体例相一致,既定的统一标准是不宜破坏的；更要从其所倡导的人文理念的角度去进行分析和考察。既然否定了"1919说",那么,就似乎更有理由在"1912"这个历史的节点上找回那个更合乎历史逻辑的答案,因为作为上层建筑的一个组成部分,它最具备历史分水岭的意义,不仅中国现代社会史、政治史和文化史应如此划界,而且中国现代文学史亦理应如此切分,否则,它将会

---

①　严家炎《二十世纪中国文学史》,高等教育出版社2010年版,第7—12页。

成为一个违反历史划界的常识性错误。

二

查阅五四以后二十年间的文学史资料，我发现这样一个事实，即已有多位学者承认（尚不算隐含承认者）中国新文学（或曰中国现代文学）应该从1912年的民国算起：

赵祖抃《中国文学沿革一瞥》一书的第二十六章为"民国成立以来之文学"（上海光华书局1928年［民国十七年］版），其划界的意识无论是在"有以后注意"还是"无以后注意"的心理层面，都是一个较早成书的论断。

周群玉在其《白话文学史大纲》中专设了"中华民国文学"（上海群学社，1928年［民国十七年］版）一章，显然，作者是有意识地将民国文学作为新文学的起点，虽然书中的分析和举证尚不够清晰宏阔，但是毕竟成为一家之说。

钱基博在其《现代中国文学史长编》一书中明确将"现代"划至中华民国初年以后，他在"绪论"的第三节中曰："民国肇造，国体更新；而文学亦言革命，与之俱新。""吾书之所为题现代，详于民国以来而略推迹往古者，此物此志也，然不题民国而曰现代，何也？曰：维我民国，肇造日浅，而一时所推文学家者，皆早崭然露头角于让清之末年；甚者遗老自居，不愿奉民国之正朔；宁可以民国概之！而别张一军，翘然特起于民国纪元之后，独章士钊之逻辑文学，胡适之白话文学耳！然则生今之世，言文学而必限于民国，斯亦廑矣！治国闻者，傥有取焉！"[①]应该说，钱基博先生道出了民国与"现代"的微妙之关系。

---

① 钱基博《现代中国文学史长编》，无锡协成公司，1932年（民国二十一年）版，第5—6页。此书另有傅道彬点校的《现代中国文学史》版本，其文为："民国肇造，国体更新；而文学亦言革命与之具新。""吾书之所为题'现代'，详于民国以来而略推迹往古者，此物此志也。然不题'民国'而曰'现代'何也，曰：维我民国肇造日浅，而一时所推文学家者，皆早崭露头角于让清之末年；甚者遗老自居，不愿奉民国之正朔；宁可以民国概之？而别张一军，翘然特起民国纪元之后，独章士钊之逻辑文学，胡适之白话文学耳。然则生今之世，言文学而必限于民国，斯亦廑矣。治国闻者，傥有取焉。"（中国人民大学出版社，2004年版）笔者查阅和校勘了南京大学文学院图书馆的"三十年代特藏书库"其初版本中的文字表述基本相同，所不同的是书名，点校本少了"长编"二字，且文中的现代和民国之引号为傅道彬点校本所加，另，其中脱漏两字和改变标点五处。特此说明。

王羽在其《中国文学提要》(上海世界书局,1930 年[民国十九年]版)中也设有"民国的文学"专章,虽为片言只语之说,但是亦可见之一斑——以民国起点的文学似乎为理所当然的划界。

陆侃如、冯沅君在其《中国文学史简编》第二十讲"文学与革命"中有一段非常精妙的话,当为最早的"没有民国,何来五四"的逻辑源头:"一九一一年十月十日,武昌的革命军爆发了。无论从那一点上来看,这总是件中国史上划时代的大事。过了五年,便有白话文学运动。又过了十年,便有了无产文学运动(着重号为笔者所加)。前者革了文学形式之命,后者革了文学内容之命。到了这个时代,中国文学史方大大地变了色,而跨入了另一个新的时代。"①其言是非常典型的民国文学为新文学起源之说。

胡云翼在其《新著中国文学史》(上海北新书局,1932 年[民国二十一年]版)一书第二十八章"最近十年的中国文学"中开章明义地直陈:"最近十年来中国新文学进展的历史,虽为时甚暂,但在文学史上实是一个很重大的转变。由这个转变,简直把旧的文学史截至清末民国初年为止,宣告了它的死刑;从最近十年起,文学界的一切都呈变异之色,又是一部新时代文学史的开场了。"作者将民初作为"旧的时代是死了"为前提来阐释新文学发端,可谓旗帜鲜明地将新旧文学的分水岭划为两截,颇有西方文学史以但丁的作品来划分新旧文学时代的大气象。

容肇祖在其《中国文学史大纲》(朴社出版社,1935 年[民国二十四年]版)一书的第四十七章"民国的文学及新文学运动"里,明确将民国初年的文学作为新文学发轫,似乎没有任何商量的余地。

王哲甫在其《中国新文学运动史》一书中有着非同一般的表述:"新文学的前前后后——新文学运动,虽然发动于民国五六年,但它已经有很久的来源,在上章已经说过了。在清末民国初年的中国文坛,文学已呈现着五光十色的花样,一部分人正在那里模仿桐城的古文,如林纾便是服膺桐城派的一人;也有一部分人,如王闿运、章太炎之流,从事古文的复兴运动,极力做些周秦以上的古文,能懂得的读者,自然是更少了。梁启超在日本办《新民丛报》《新小说》则极力解放文体,掺用白话文和日本名词,他的文笔常带感情,已趋向于白话文的途径。民国成立以后,章士钊一派的谨严精密的政论文亦盛行

---

① 陆侃如,冯沅君《中国文学简史》,上海大江书铺 1932 年版,第227 页。

一时，但不能普及通俗，所以对于民众没有很大的影响。"①这样的观点在钱基博的《现代中国文学史长编》中也同样呈现了。也就是说，如果我们将古文运动思潮、现象和作品在此时段的发展也纳入中国现代文学研究的视野（近年来，也有学者力主将现代文学时段中的古典文学创作和研究也纳入中国现代文学史研究领域），那么，上述民国初期的这些思潮与现象将成为中国现代文学史研究的重要领域，但是，这些现象不在本文中做论证，因为它不是本文阐释的主旨内容。

我曾经也十分推崇文学的划界要遵循自身的内在规律，还文学自身的独立性。但是，和西方文学史的发展规律不尽相同，就中国古今文学史的内在规律而言，它没有，也不可能与它所处时代的政治和文化发展的历史语境相剥离，如果强行剥离，那肯定是生硬的、牵强的，甚至是无视中国文学与历朝历代的社会政治有着水乳交融之关联的铁的事实存在，中国现代文学史亦更是如此。因此，我要强调的是：狭义的中国现代文学史（不含1949年以后的所谓"中国当代文学史"）不是"中国现代文学三十年"，而应该是"中国现代文学三十七年"！之所以考虑将1912年的民国元年作为中国现代文学的起点，其理由就在于：

1. 如前所述，中国现代文学史的断代标准应该与整个中国文学史的断代分期的逻辑理念和体例相一致，既定的，也是约定俗成的统一标准不宜因某一主导性理论而遭到破坏。那么，为什么这个既定的中国文学史划界标准会轻而易举地就被抛弃了呢？仔细考证，这一法则的运用是从五四以后的一些曾经"文学革命"的先驱者们的文章开始的。当然，我们可以清楚地看到，1917年开始的"文学革命"之口号，从形式到内容都为文学史的划界提供了可靠的理论依据。那么，如果谈到这样的"文学革命"，黄遵宪的"诗界革命"则更有理由作为"现代"和"古代"间的区分，这一论点似乎早已成为许多学者创新理论之共识。显然，从文学的内在规律开始到后来这一理论的演化、蜕变，尤其是1949年后对它革命性内涵的阈定和强调，逐渐就演变成一种意识形态要求的必然结果。倘若我们打破这种思维定式，回到历史切分法的原点来考虑问题的话，那么，1912年将成为一个封建社会终结的改朝换代节点，无疑，

① 王哲甫《中国新文学运动史》，该书有1986年版上海书店影印本和1996年上海书店影印本，两本所依版本均为北平杰成印书局1933年版，第32页。

它也就同时成为新文学发端的起点所在。

诚然,它也会带来一个同样难以回避的问题,即既然新旧文学的分水岭定在 1912 年,既然中国现代文学史和中国当代文学史必须打通,那么,这样的切分是否也有按照政治标准来切割的嫌疑呢? 中国现当代文学不是又得重新进行二次性分割而陷入一种逻辑的悖论了吗? 所以,我在下面要强调的恰恰是由此而带来的对民国核心人文理念与价值内涵的重新阐释,因为从今后长远的历史眼光来看,中国的所谓现当代文学终究是要合流的——它的"现代性"毕竟会最后将它们融为一体。

2. 1912 年中华民国成立时,以孙中山为代表的资产阶级民主核心价值理念——"三民主义"——就开始渗透在其执政的国体和政体的纲领之中,其"自由、平等、博爱"已然成为这个新生的共和国国体,乃至于整个民族和每一个公民所支撑和依赖的精神支柱。显然,这样的价值观念是引进西方启蒙时代以后,尤其是法国大革命所倡导的具有世界性意义的普遍价值理念,它不仅从国家政治的层面确定了对公民与人权的承诺,同时它也是在民族精神的层面倡导了对大写的人的尊重。所以,才有了后来的所谓五四"人的文学"的诞生;才有了中国现代文学史上二十年代和三十年代文学的大繁荣。我们不老是说中国现代文学三十年的成就远远超过了后来的七十年吗(其实我并不完全同意这一观点)? 然而,我们却没有想到的问题是:正是由于"自由、平等、博爱"的价值理念统摄和笼罩着中国现代文学史,它才有可能产生五四前后的大作家和大作品,才会出现如雨后春笋一般的文学社团和流派。其实,这样的理念也始终盘桓在包括 1949 年以后的二十世纪中国文学史的上空,即使是在"文革"时期,这样的人文理念也仍然存活在那些呼吸过民国和五四文化和文学新鲜空气的知识分子作家脑际中。换言之,"自由、平等、博爱"的价值理念从来就没有离开过中国作家作品,直到新世纪的今天亦是如此,尽管在二十世纪后半叶,它往往是在或隐或现的状态中闪现,但是,它毕竟成为中国作家头顶上永远挥之不去的那片灿烂星空。

3. 1912 年为中华民国元年,它标志着一个资产阶级民主共和政体的诞生! 帝制被推翻,也就断然在形式上宣告了与延续了几千年的封建古代国体、政体与意识形态进行了形式上和法律上的切割(虽然,它在意识形态内容上还不能进行精神脐带上的完全剥离)。这就在政策和法规的层面为新文学在形式(从文言向白话转型)和内容("人的文学")上奠定了稳固的政治基础,并提供了可靠的法律保障。经过资产阶级武装斗争的辛亥革命而成立的共和政府,创建了第一部具有民主意识的《临时约法》:"首先是确定了中国的国体,确认以'国民革命'的手段推翻清王朝,代之以'自由、平等、博爱'的资产阶级民主共和制度,从而肯定了资产阶级民主共和的国家性质和主权在民的原则,从根本上否定了封建君主专制制度。""最后,《临时约法》不仅以根本大法的形式彻底否决了封建专制制度,确定了资产阶级共和国的国体和政体,还规定中华民国人民一律平等,享有人身、财产、营业、言论、出版、集会、结社、通讯、居住、迁徙、信仰等自由,享有请愿、陈诉、考试、选举和被选举等民主权利。"①"南京临时政府的建立,是近代中国人民艰苦奋斗的伟大成果,它虽然存在时间短暂,但却在中国近代史上做出了卓越的贡献,具有重要的地位。它建构了中国现代国家的雏形,展示了未来的图景,开辟了中国历史的新纪元。它最大的特点,是历史的首创性。"②"《临时约法》反映了革命党人对民主共和国的基本构想,他们汲取了近代西方国家资产阶级民主政治的基本原则,把这些原则在中国第一次以根本大法的形式肯定下来,具有划时代的意义。"《中华民国开国法制史——辛亥革命法律制度研究》一书中指出《临时约法》的历史意义,主要有以下几点:(1) 在政治上,它不仅是宣判了清王朝封建专制统治的死刑,而且以根本法的形式废除了在中国延续了两千年的封建君主专制制度,确立起资产阶级民主共和国的政治体制。(2) 在思想上,它改变了人们的是非观念,使民主共和的观念深入人心,树立了帝制自为非法,民主共和合法的观念。(3) 在经济上,确认资本主义生产关系为合法,在当时的历史条件下,符合中国社会经济发展的趋势,客观上有利于中国民族资本主义经济的发展和社会生产力水平的提高。(4) 在文化上,《临时约法》颁布后,资产阶级、小资产阶级知识分子便利用《临时约法》规定的集会、结社、言论、出版自由,纷纷组织党团和创办报刊,大量介绍西方资本主义国家的政治、经济、法律、文教情况,为新文化运动创造了条件。(5) 在对外上,《临时约法》强调中国是一个领土完整、主权独立、统一的多民族国家,具有启发人民爱国主义的民族感情,防止帝国主义侵略的意义。(6) 在国际上,《临时约法》在亚洲

---

① 　王文泉,刘天路《中国近代史:1840—1949》,高等教育出版社 2001 年版,第 200—
　　201 页。
② 　张宪文等《中华民国史》(第一卷),南京大学出版社 2006 年版,第 100 页。

民主运动宪政史上也占有重要的历史地位,在二十世纪初年的亚洲各国当中,是一部最民主、最有影响的民权宪章①。

我们的历史教科书都不否认其合理的存在——它是中国封建王朝在政体和国体上的最终解钮,我们还有什么理由不承认它对新文学的发生所产生的巨大的决定性影响和深远的历史作用呢? 还有什么理由不承认其所涵盖下的文学存在于特殊历史时段的合理性呢? 虽然,孙中山的临时政府遭遇了袁世凯的帝制复辟,充分暴露出了辛亥革命的不彻底性,被鲁迅那样的五四新文化运动的先驱者们所诟病,然而,新文化运动不是一日兴起、一蹴而就的,从发生学的角度来考察,没有辛亥革命的推动,没有中华民国的政策与法律法规的保障,没有引进西方民主自由的国体和政体的先进理念,没有"自由、平等、博爱"的启蒙精神理念作先导,新文化运动是不可能发生的;没有资产阶级共和的政体与国体的保障(即便它是短命的,即便它有许许多多的不足),也不可能在哪怕是袁世凯复辟帝制统治时期还保有民主宪法的形式,以及出版、言论、结社的自由,其间的"二次革命"和"三次革命"都是遵循了对这种精神理念的追寻——这就是民国政府《临时约法》所产生的巨大"现代性"的连锁效应。

倘若我们进一步追问下去,其答案是显而易见的:辛亥革命的不彻底性,五四新文化运动解决了吗? 五四新文化运动以后解决了吗? 鲁迅死后解决了吗? 鲁迅没有看见的人民共和国又解决了吗?! 百年后的今天,当我们回眸这场资产阶级共和理想给中国一个世纪的意识形态留下的诸多思考,我们在不得不扼腕叹息其短命之余,恐怕更要看到它对历史的深远影响。因此,我的论证结果就是——我们既然承认 1949 年以后的人民共和国的文学史,我们也就应该有气量和胆识承认和容忍那个资产阶级民主共和国的文学史的客观存在!

三

如果真正从"文学革命"的形式上来考察的话,显然,"白话文运动"、通俗文学和"文明戏"的发生与发展应该是新旧文学划界的一些重要元素,那我们

---

① 邱远猷,张希坡《中华民国开国法制史——辛亥革命法律制度研究》,首都师范大学出版社 1997 年版,第 373 页。

就来看看这些文学元素在民国初年所呈现出来的具体状态。

首先,倡白话、开报禁,言论出版自由的启蒙意识被法律法规的形式所阈定和保护,民声民言的畅达促进了新文化和新文学运动的萌动进入了一个自由发展之空间,为提升新文学的数量与质量打下了基础。民国初年,言论广开,新闻通讯社有了发展,1912—1918 年,新创办的通讯社达 20 余家,这就大大地保障了言论的自由。民国初年,从南方到北京,由于言论出版的自由,人们思想活跃,代表着各种文化和政治利益的组织也如雨后春笋般成长起来。我以为,正是因为资产阶级民主共和的思想被规约和融化为一种法律法规的形式,这就为中国新文学的发生和发展奠定了坚实的基础。没有这样一个思想基础和法律形式的保证和保护,中国现代文学,尤其是二十至三十年代文学是不可能产生文学大家和传世经典之作的,也不可能产生出像鲁迅这样的与旧世界和旧文化彻底决裂的"叛臣逆子"来的,更何谈产生出那么多文学社团和流派来?

中华民国《临时约法》中规定的言论出版自由等条款,为白话文的开展提供了便利,倘若没有这一前提,"文学革命"的"白话文运动"是不可能发展得如此迅猛的,其实,白话文兴起的源头是在晚清,这已经成为学界之共识。黄修己先生认为:"早在十九世纪后半期,提倡白话,要求改革文字、改良文学的呼声就已经此起彼伏,形成了一定的声势。语言的变革也有自己的规律,但社会发展的需要更是巨大的推动力。"[1]没有"推动力"的根本原因就在于:"新文学运动以前,国内文坛的趋势,已倾向于白话文学,但是没有一个人出来高举义旗,提倡文学革命,这是什么缘故呢? 这是因为这十余年来,虽然有提倡白话报的,有提倡白话书的,有提倡官话字母的,有提倡简字字母的,他们虽说也是有意的主张,但他们可以说是'有意主张白话',却不可以说是'有意主张白话文学'。因为他们始终以为白话文不过是一般平民阶级的便利,而在他们自己却仍然保持着古文古诗为文学的正宗,这么一来,把他们自己与平民阶级分成两个阶段了。"[2]其实,夏志清先生也认为:"事实上,远在胡适先生

---

[1] 黄修己《中国现代文学发展史》,中国青年出版社 2008 年版,"引言"第 2 页。

[2] 黄修己《中国现代文学发展史》,中国青年出版社 2008 年版,"引言"第 2 页。其中引文中的所引为郭箴一:《中国小说史》(下),长沙商务印书馆,1939 年版(民国二十八年初版),第 589 页。其中脱漏了两个"的"字。特此说明。

提倡白话文以前,中国已经有不少流行小说是用白话文写成的了。像《老残游记》和《官场现形记》这种晚清小说,不但说明了一般人对白话文学的兴趣愈来愈广,而作者也越来越依靠白话文来讽刺和暴露当时的政治和社会的弱点了。另一方面,报业兴起,积极提倡使用白话文,因此,白话文除了小说外,多了一个派用场的地方。""在胡适以前,白话文、新文言体和汉字拉丁化的运用,主要是为了适应政治上和教育上的需要而已。"①无疑,这些论者都在说明一个道理,即所谓"白话文运动"的起源并不在五四。

　　我尚未对民国至五四时期的白话文推广的情形做细致的调查和统计,不能得到其确切的进展状况,但有一点是可以肯定的,那就是这一时期的白话文已经开始流行,其最重要的原因就在于由出版和言论自由法律规约下的报纸和刊物在民国初期的发展。尤其是"在文化上,《临时约法》颁布后,资产阶级、小资产阶级知识分子便利用《临时约法》规定的集会、结社、言论、出版自由,纷纷组织党团和创办报刊,大量介绍西方资本主义国家的政治、经济、法律、文教情况,为新文化运动创造了条件"②。毋庸置疑,这些优越的政治条件为文学的素材——社会新闻的广泛流传提供了舞台,它不仅促进了通俗文学的发展,而且成为中国报告文学与小说混成杂交的最早的"纪实文学"之雏形,换言之,它就是中国现代"纪实文学"文体的源头所在,它与中国古代"笔记小说"的根本区别就在于它的现代人文精神的批判性开始显现,以及文体形式上的真实与虚构的交融性大大扩展了它的受众面,更重要的是它所释放出来的巨大信息量为现代性的文化发展提供了空间。

　　再来看通俗文学。通俗文学在民国初期得到了长足的发展,这不仅是在法律形式上保障了白话通俗小说发表的自由,而且从创作和接受两个层面,使陈旧的封建文学形式解体而走向平民化。从另一个维度为新文学的启蒙迅猛发展提供了可靠的场域。

　　民国初年,文坛上鸳鸯蝴蝶派小说、黑幕小说及侦探、武打小说的发行量猛增,其"鸳蝴派"小说是创作之重镇,民国初年成为它的极盛时代。其阵地除报纸副刊外,还创办了不少刊物,如《中华小说界》《小说丛报》《礼拜六》《眉

---

① 夏志清《中国现代小说史》,刘绍铭等译,香港中文大学出版社 2001 年版,第 4 页。
② 邱远猷,张希坡《中华民国开国法制史——辛亥革命法律制度研究》,首都师范大学出版社 1997 年版,第 373 页。

语》等,总共不下二十余种。如果我们把通俗文学也作为中国新文学不可分割的重要一支,无条件地让其入正史的话,那么,有一个现象是需要注意的——民国初期的通俗小说已经开始从晚清的谴责与黑幕的体式向社会小说转型。① 也就是说,民国开始的民众对文学的接受在很大程度上是一种社会政治的参与,这就是梁启超们之所以总结出"小说的群治关系"的缘由。也正是在这一点上,我们看到了五四以后的小说为什么会首先定位在"社会小说"和"问题小说"上,以至于到后来为什么会形成"为人生"的写实主义小说创作大潮,甚至找到了为什么会在以后近百年的各种文学潮流中凸显现实主义思潮的真正缘由。

我非常同意范伯群先生关于纯文学和通俗文学的"双翼说";也同意他认为中国现代文学史由于没有通俗文学的植入是一部"残缺"的文学史的观点;更同意他一再强调中国现代通俗文学对启蒙运动的贡献,他认为:"中国现代通俗文学作家在十九世纪末到'五四'之前是中国启蒙主义的先行者。在中国,文学的现代化之路是与启蒙主义有着内在联系的。将通俗文学与启蒙主义联系起来,乍听似乎是一种'痴人说梦'。但是我们认为中国早期社会通俗小说——谴责小说就已经有了启蒙的因素。"②同样的观点还来自杨联芬先生:"晚清新小说的'新民'理念,意味着用小说塑造读者,叙述者遂成为启蒙者。"③当然,范先生和杨先生将启蒙元素在通俗文学中的显现推及之清末是有道理的,但是,我们不能忽略的是,民国的建立,对巩固和保障这一元素的延展是起着至关重要作用的。之所以此时的"文以载道"能够大行其道,民众可以在小说中找到对社会政治的宣泄,无疑,通俗小说起到了表达民声的桥梁作用。所以,我既不同意将通俗文学史向前推至十九世纪八九十年代,也更不同意有些学者将通俗文学史在与纯文学史的合并中,将其开端置于1919年的框架体系中。

杨联芬认为:"晚清新小说运动大致可以1900年为界分为两个阶段:1900年前(实是戊戌变法失败前),维新知识分子对小说的倡导,基本上是属于思

---

① 范伯群《中国近现代通俗文学史》,江苏教育出版社2000年版,第100页。
② 范伯群《中国现代通俗文学史》(插图本),北京大学出版社2007年版,第6页,第184页,第230—235页。
③ 杨联芬《晚清至五四:中国文学现代性的发生》,北京大学出版社2003年版,第74页。

想界发现和论述小说重要性的理论呼吁阶段,小说只是作为抽象概念被置于配合政治改革的思想启蒙位置,也就是说处于维新运动'外围'之意识形态方面,还没有被视为文学,所以关于小说创作和具体形式的探讨,在那时几乎没有涉及。1900 年后,维新派知识分子参与政治改革的可能性丧失,伴随着梁启超身份和事业的转移,这种情形也才发生了改变。"①这样的情形到了民国初年又有所变化,也就是此时的文学创作巩固了小说开发民智和启蒙教化作用,并且也突出了小说的文学地位。我以为,其实所谓的新文学并无雅俗之分,只有好坏之分,至于人为地将两者分为雅和俗、纯与杂,是不符合文学史研究的学术性和学理性的人为切割行为。民国的这些新小说的理念和手法不是都一一渗透在后来的中国现代文学史林林总总的作家作品之中了吗?

"我们发现一个非常重要的现象:围绕着政治、文化、教育、女权等话题而展开的中国社会现代化的讨论,晚清一直持续到五四;而这些讨论,在民初至五四主要是通过杂志的社评、杂说、游记、通讯、随笔等报刊文章进行的,如《东方杂志》《妇女杂志》《新中国》《新教育》《新青年》等。"②杨先生发现了民国初年至五四这些属于"大散文"文类的文章对中国现代化的讨论所起到的重要作用,这就从另一个侧面反映了由于宪法的保证,才得以使启蒙主义思想得到广泛而良好的传播。

更重要的是,"民国初年,在刊物上掀起了一股宫闱笔记、历史演义和反映称帝、复辟事件的小说热。在辛亥革命前后,许多历史性的政治事件频频爆发,而由于清廷倾覆,使众多历史内幕得以'解密',人们可以无所顾忌地发表过去讳莫如深,只能在私下里口口相传的宫廷、官场秘闻,窃窃私语的时代已经过去,人们可以将真相公之于众,能'写的'就将过去的积累和盘托出,喜'读的'更是乐此不疲,于是激发人们再去向纵深开掘,形成了出版物中一道新的风景线、编辑与书商的一个'大卖点'。在清末民初的几个大刊上,如《小说时报》《小说月报》《小说大观》和《中华小说界》等刊均有笔记文学的一块地盘"③。由此可见,民国小说的发展不仅是继承了晚清谴责小说的批判遗风,而且更是开创了小说的"写实性"风格,为五四小说现实主义批判主潮奠定了

---

① 杨联芬《晚清至五四:中国文学现代性的发生》,北京大学出版社 2003 年版,第 22 页。
② 杨联芬《晚清至五四:中国文学现代性的发生》,北京大学出版社 2003 年版,第 77 页。
③ 范伯群《中国现代通俗文学史》(插图本),北京大学出版社 2007 年版,第 184 页。

牢固的基础。同时，它也是中国小说文体变革的源头所在——将"纪实与虚构"的文学样式推上了历史的舞台。这不能不说是民国初年小说的一大进步。这样的风格一直延续到五四前夕，其中经过的"揭黑小说"风潮，还不能简单地与晚清时期的"黑幕小说"相类比，因为它所接受的西方文化与文明的理念是不可忽视的，而参照同时期的欧美文学创作元素也是不容小视的。①所有这些，都有力地证明了民国文学的开放性是与其政治文化的制度保障背景分不开的。

自民国初年开始的"文明戏"运动，也是我们考察中国现代文学史断代的一个重要依据。虽然"文明戏"有着"文以载道"的理念，虽然其在艺术上也显得较为粗糙，但是，它所持有的核心价值理念却是全新的——以弘扬启蒙主义的"个性"特征为旨归；它所把握的形式也是与中国古代戏曲截然不同的——以白话语的话剧舞台形式传播"自由、平等、博爱"的文明理念。倡导中国"文明戏"的许多中坚人物，后来都成为革命党的核心力量："辛亥革命前后，原在日本的春柳社成员陆续回国。不少人投身于革命，有人还做了官如陆镜若做过都督府的秘书，马绛士担任过实业厅的科长。"②最典型的就是王钟声："1911年，王钟声因演革命戏被清政府拘捕，押回原籍。辛亥革命爆发以后，充满激情的王钟声舍弃粉墨生涯，投身革命。""于1911年12月3日被直隶总督杀害。在为中国革命事业流血牺牲的话剧人中，王钟声应是最早的一位可歌可泣的代表人物了。"③尤其值得注意的是，"辛亥革命前后，全国涌现出众多与进化团风格相似的文明戏团体④。他们"在思想内容上普遍具有强烈的时代感和鲜明的政治倾向性，比较符合国情民心，在艺术上较多地吸收了传统戏曲的特点，为一般百姓所喜闻乐见"⑤。更须强调的是，在民国元年（1912年），陆镜若编剧的七幕话剧《家庭恩仇记》的上演，标志着中国文明戏向现代话剧的转型；而"1913年8月，沉寂一时的上海文明戏剧坛开始出现了活跃的迹象，率先打破这一沉寂的是被时人称为'新剧中兴功臣'的郑正

① 范伯群《中国现代通俗文学史》（插图本），北京大学出版社2007年版，第230—235页。
② 丁罗男《上海话剧百年史述》，广西师范大学出版社2008年版，第28页。
③ 丁罗男《上海话剧百年史述》，广西师范大学出版社2008年版，第21页。
④ 丁罗男《上海话剧百年史述》，广西师范大学出版社2008年版，第25页。
⑤ 丁罗男《上海话剧百年史述》，广西师范大学出版社2008年版，第26页。

秋"。他所组织的"新民社就成为我国第一个商业化的话剧团体"①。所以,我以为不管人们对这些社团与个人的戏剧行为怎样看待,但是,有两点足以证明了从民国开始的文明戏完成了它的"现代性"的转型:一个是戏剧的内容触及了现实生活和社会政治的关系,而非古代戏曲只停留在"过去式"的内容叙述和表现上;二是渗透和融入了商业化的元素,作为"现代性"的标志,这是表演艺术的必然结果。仅凭这两点就可以说,民国初期的文明戏的转型才是中国现代戏剧史的真正开端。

综上所述,我想强调的是,中国现代文学史不是三十年,而是三十七年!我们不仅要找回这被遗忘和遮蔽的七年,而且更重要的是,研究这七年文学的作家作品、文学现象和文学思潮,并且厘清它们与五四新文学直接和间接的内在关联性。这应该是一些不可回避和刻不容缓的研究课题了。

"新世纪文学"与当代文学史(节选)

程光炜

导言——

本文刊载于《文艺争鸣》2005 年第 6 期。

程光炜,1956 年生,中国人民大学教授。

本文对"新世纪文学"的概念、界定及其文学史地位做出了相应的分析和解释。文章提出,"新世纪文学"已经成为一个文学批评的术语,并已初步具有了文学史概念的含义,虽然意义尚不完全明确,但是已经具有了讨论空间。文章首先分析了"新世纪文学"与"新时期文学"之间的关系。作者认为,"新时期文学"浓烈的意识形态含义已经不适用于今天的文学环境,但是"新世纪文学"依然保留了与"新时期文学"间的历史联系,二者之间的缠绕关系值得注意,不能简单地用"断裂"一词将二者截然分开。随后,文章分析了"新世纪文学"的"多元化"和文学作品出版的"多层化"现象,指出文学杂志已经不再居于中心位置,当代文学的生产关系和既定程序开始被打破。文章还注意

---

① 丁罗男《上海话剧百年史述》,广西师范大学出版社 2008 年版,第 33 页。

到,"新世纪文学"的作家构成也呈现出混杂性和多重性的状态,专业作家、业余作家和自由写手并存,表现出回到市场、回到文学圈子之中的历史的特点。最后,文章提出,"新世纪文学"冲破了当代文学的现有的尺度与规则,但其评价标准还存在模糊与不确定性,因而如何界定"新世纪文学"的概念,如何辨析"新世纪文学"与当代文学的关系,以及如何在"新世纪文学"的立场上讨论文学史遗留问题都是现在的研究者所面临的挑战。

2005 年 6 月,沈阳师范大学中国文化与文学研究所与《文艺争鸣》杂志联合召开的"文学新世纪与新世纪文学五年"的研讨会上,我曾说过,"文学新世纪"是一个文学批评的术语,而"新世纪文学五年"已初步具有了文学史概念的含义,只不过现在就明确地指认它恐怕还为时尚早。但这样的提问方式说明,它有了一定的讨论空间。例如,"新世纪文学"与"新时期文学"的区别,相对于"新时期文学""十七年文学""文革文学"即"当代文学"来说,"新世纪文学"的环境、体制、作家身份和生存方式出现了哪些变化? 哪些变化带有自身的异质性? 哪些变化与前者仍然存在着一种"明修栈道、暗度陈仓"的延续性关系? 另外,当人们提出"新世纪文学"的概念时,这一概念又将对"当代文学"的文学史构成产生什么样的影响? 也就是说,"当代文学"还是我们所理解的那种"当代文学"吗? 如此等等,我觉得实在有进一步探讨的必要。

一、"新世纪文学"与"新时期文学"

鉴于电视、网络和报纸等大众传媒对国家具有更直接的形象包装和塑造作用,主流叙述对文学的明显松绑是一个谁都无法否认的事实。"新时期文学"那种浓烈的意识形态色彩,在"新世纪文学"中似乎变成了一个渐行渐远的踪影,一个无足轻重的历史档案。在当前,它很自然成为文学评论家建构"新世纪文学"概念的一个重要理论出发点。他们非常确信地认为,"这里的新的历史对于过去历史的超越其实是空间的支配作用的结果","五四"对"世界史"思考所设定的目标已经落空,而中外资本转移所产生的消费刺激则进一步耗散了文学的精英意识和历史功能,因此,"这种变化使得'新时期'和'后新时期'的文化转向了'新世纪文化'。这种'新世纪文化'完全超越了'新时期'对于今天的想像"。①

　　确实,稍有文学史常识的人都不会怀疑上述判断。因为二十世纪七十年代末以后,对"新时期文学"目标的设定、艺术"创新"和文学生产,曾经被理解为"改革开放"这一政治框架中"合理"的文学要求。② 即使是某些新锐作家和理论家也都持这种看法,"我们生活在一个伟大的转折时代里。这决定我们的文学必定要有一个很大的发展","我们需要'现代派',是指社会和时代的需要,即当代社会的需要"。③ 而"主体性""向内转"所主张的文学的"自主性",也都与"思想解放""振兴中华"等民族国家的现实目标发生着十分紧密的联系。"在这种探索过程中,文学始终透露出一种喷薄欲发的改革精神。这就是新时期里我国人民所走过的心路历程,也就是我国文学在新时期里留下的历史轨迹。"于是,他问:"谁能够说,我们'向内转'的文学不是属于我们这个时代的社会生活的呢?"在那个年代,没有任何人会把"自我""文学的根""艺术探索"放在与国家紧张对立的位置上。相反,他们会把对"新时期文学"的认同,看作是对"新时期"国家的认同。

　　但是,"新世纪文学"在对文学松绑的过程中,它乐意回到"寻常百姓家",写一些家长里短,"闲聊"些乡村女界秘闻,或将大"秦腔"分散为一些无足轻重和琐碎的个人记忆,并称之为"边缘性写作"。它更愿意建构一个纯粹属于观念形态上的文学的"公共空间"(当然随时可能被取消),而不想再受到任何意识、行情的干扰、威胁和改写。它显然隐隐担心并意识到,在"国家生活"中,当你被宣布"重要"和居以较高的文化等级时,那么就意味着要拿相当一部分文学的"纯粹性""文学性"或"自主性"与之去交换。正如有的评论家敏锐观察到的那样:"现在的平静是文学回到自身的平静,所有关于文学的事件、事物基本上可以说是文学本身的,而且社会呈现多元化,文化也多极化,

---

① 张颐武《大历史下的文学想像——新世纪文化与新世纪文学》,《文艺争鸣》2005 年第 2 期。

② "伤痕"作家无需说明。即使是后来的"现代派"作家、"寻根"作家、"先锋"作家和"新写实"作家,尽管都主张文学的"自主性",当时也没有人怀疑政治框架对作家"社会身份"颇具权威的认可标准。所以在成名后,大多数作家都先后加入"中国作家协会"和各省市"作家协会",其中一些人还成为在这些机构拿国家工资的"专业作家",担任了"主席""副主席"的职务。

③ 冯骥才,李陀,刘心武《关于"现代派"的通信》,《上海文学》,1982 年第 8 期。

表达途径和对现实的关注方式也多样化,天下兴亡不要文学承载所有的义务和责任。"①多年前,用抗议、争辩苦苦索求而无法求得的"主体性"和"向内转",经过"市场化""全球化"的"经济杠杆"这么一撬——当然主要是主流叙述失去了兴趣,不都在缺乏"轰动效应"的背景下毫无戏剧性地——落实了吗?在文学平静的"转型"中,人们更希望看到经济高速增长,媒体、全球化、消费、后现代、超级女声等"扭转乾坤"的作用,事实上这只是"新世纪文学"取代"新时期文学"之浮现今天的表面叙事,根本意义却是文学在国家对"新世纪文化"的重新规划中半个身子的出局。"新世纪文学"实际处在"新世纪文化"这一庞大文化加工厂"边角料"的历史位置上。

这样,当"新世纪文学"进入当代文学史的叙述时,它的"不重要性"与"新时期文学"的"重要性"就形成一个有趣的对比。不过,它们之间的"缠绕性"仍然是值得注意的。"松绑"是有条件和策略性的。因此,当人们试图从"文学史"的角度接纳这位新伙伴时,会发现它与"新时期"依然留着的历史、血缘联系。在"新世纪文学"与"新时期文学"的联系上,"断裂"将是一个难以立足的文学史概念。

二、改刊、杂志位置与绕过"杂志"的出品

1998 年前后,"新世纪文学"第一场激动而不安的骚动,莫过于当红文学杂志《作家》《天涯》《山花》和《大家》等的"改刊"。随后,"权威"的《人民文学》《诗刊》等也纷纷效仿,对杂志与经济提供方的关系作了较大的改制和调整。所谓"骚动",一定程度是指当代文学的生产关系、协约、程序和方式将会被打破,从而动摇当代文学史的认知和叙述基础。

据有人研究,这次改刊,是对传统文学杂志办刊方针、历史位置和文化身份的"脱胎换骨"式的改造:《作家》"起初曾尝试过以'俗刊'养'正刊'的路子,但并不成功。为展露面向市场的面容,该刊继而推出'70 年代出生女作家专号'以号召读者,引起了热烈反应,尝到了与媒体共享市场的滋味";《天涯》"突然大幅度'改刊',变成了一个以历史掌故为特色的'综合'杂志。小说、诗歌、评论栏目只占四分之一不到,其余皆为'红卫兵日记'、'知青日记'、某某'档案'、'披露'等内容所占据。据说《天涯》一时间订户大增,不仅成为书商、

---

① 陈晓明《多极化与文学伸展的力量》,《文艺争鸣》2005 年第 4 期。

报摊的'抢手货',而且在各种严肃的书店中也'大行其道',大有人手一册,不能不读的意味"。①

在当代文学建构和生产的历史中,"文学杂志"据以"中心"位置是历史所赋予的。在当代文学的"经典"理念中,文学杂志扮演着"思想传播"作用,所以,它理应具有代表国家以文学的特殊方式对人民进行"教育"的功能,这是"新的人民的文艺"——也即后来的"当代文学"之诞生的思想资源和基本出发点。在这个意义上,国家—杂志—读者联盟关系的解体,可以理解为国家在对舆论市场的控制中,会优先考虑使用"新闻联播"或"JDP"等一些对读者更领先也更重要的媒体的"教育"功能,也可以理解为文学杂志为求生存只能降低文学尊严向"周末版"等大众文化示好的一种无奈之举。当然,由此而来的杂志"转轨"还有,在作家过去那种靠杂志成名或借此保持影响力的传统文学生产方式之外,书商直接出书也能获取同样的"文学声誉"。

在"新世纪文学"新添的人事档案中,借助书商等非国家力量出名的"80后作家"作品可说是绕过杂志这个环节的一次"成功"的文学史"突围"。由于对文学的松绑,"80后作家"人格世界中的"国家理念"远要比上一代作家稀薄。而国家意识由以文学为阵地向媒体为阵地的文化定位的大幅度转移,客观上则使他们与书商联手打造了主流文坛之外的另一个"文坛"(包括一整套"市场化"的文学作品出版体制、受雇型的批评"枪手"),他们对文学杂志——作协——"茅盾文学奖"这最后一条"当代文学"生产线的漠视、冷淡和偏离态度给人留下极深的印象。他们宣称,"在文集出版之先",已成为各种媒体关注的"焦点","人民网、新华网、光明网、中华读书网、中国作家网、新浪网、搜狐网、天涯、《中国青年报》、《北京日报》、《新京报》"等五十多家网站和报纸纷纷作为专题予以报道。对为什么没有经过作协和主流批评家的"评审"机制而径直走上"文坛","自我"成名,他们的解释是:"80后"的写作已经"成为一种价值观、立场和信念","言论自由、价值多元、独立思考和坚守理想,是'80后'的根本精神"。② 于是人们发现,当代文学生产"改制"的结果是,精英作家

---

① 孟繁华,程光炜《中国当代文学发展史》第238、239页,人民文学出版社2004年版。
② 参见何睿,刘一寒《我们,我们——80后的盛宴·编后记》,中国文联出版社2004年版。

开始被迫与"80后"作家分享文学的"天下"。① 而杂志"改刊"在剥离作家"社会精英"的显赫包装的同时，又还其以"普通人"的真实身份。"文坛"不再是"精英论坛"，它恍然变成了向任何普通"写家"都可以开放的都市的"休闲空间"。

不过，以上现象并不表明当代文学的"重大变化"。它只是表明了将"养作家""养杂志"的经济风险和社会压力转移、分化到"民间"的临时策略。作协仍在主导着众目睽睽的"文学评奖"，精英作家仍是各种大众媒体追捧的"明星"，而杂志"改刊"剥去的只是"当代文学"的外壳，一切并没有"伤筋动骨"。在我看来，最为困难的倒是对这一切如何进行比较贴近而非剥离和超越的"文学史叙述"。需要注意的还有，与不同时期的当代文学"生产"相比，杂志"改制"的哪些部分表明了"断裂"？哪些部分只是意味着另一种形式的"延续"和"补充"？哪些对"经典理论"构成了威胁？或者表面上是"威胁"而实质上却是"激活"和"发展"？

当然，值得了解的还有这样的一些愿望：默许文坛"多元化"和文学作品出版的"多层化"的存在，那也就是允许"畅销"文坛对"精英"文坛起着一种分化、冲淡的作用；强调"和谐"共存确实能满足这个时期文学批判意识疲软后的精神状况，从而剪除"不安定因素"。

…………

五、一些值得关注的问题

最近几年，部分意见通过比较而对"新世纪文学"的"定位"性探讨，是根据如今的文学史需要而做的一些努力。它充分调动对当前某些文学创作现象的想象，依据新出现的文学事实对当代文学史图景展开新的书写，对把握、概括"新世纪"以来的文学状况有积极的价值。

一些新的问题就在讨论中产生，留下尚需进一步商榷、反诘、研究的空间。

首先，"新世纪文学"究竟是一个"文学"命题还是一个"历史"命题。在一

---

① 据笔者目击，去年在北京现代文学馆举行的2004年度"华语媒体文学大奖"共有格非、林白、多多、南帆和张悦然等六位作家获奖。在主持人宣布最后一名获奖作家张悦然的名字时，全场掌声雷动，可见"天下形势"已变，"80后"作家成为一股不可忽视的"文学势力"。

些批评者那里,"新世纪文学"具有与"新世纪历史"的"同步性",因此,在"入世""奥运""信息时代"这座新的历史"讲述"平台上,"新世纪文学"必然地产生了一种与"新时期文学"断裂的全新姿态。这样的命题不是没有商榷余地的。在当代文学史上,"文学"与"历史"经常会有的差异性,在不同的时期都曾出现过。存在争议的还有,在"向世界开放"的历史进程中,"历史"并不像想象的是一个整体,而常常被分解成"经济""科技""政治文化"和"文学"等不同层面,故而"经济"和"科技"的与"西方接轨",并不就等于允许其他层面的接轨。这就使表面的"改制"与实质上的"不改制",经常处在不透明的状态——例如,"改刊""发行二渠道""80后文学生产"和"作家身份"等现象所潜藏的认识上的迷惑性。在这种情况下,就容易以"历史事实"替代"文学事实",或是以"历史"变迁为绝对前提,于是文学的个别情况就难以在这样事先预设好的叙述中得以充分彰显和展开。

其次,对文学现象的处理方式问题。在文学史叙述中,"新世纪文学"作为一个整体的文学概念使用起来的确比较方便。不过,这也容易导致一种"本质化"的处理,而压抑、忽视对多层结构的注意。从历史的角度看,"新世纪文学"与"新时期文学"确实存在着发展上的"阶段性",有不完全相同的文学目标和文学环境。但"新时期"与"文学"之间"体制性"矛盾在那时并没有解决,有一些问题被推迟、积压和转移到"新世纪文学"中来,又成为文学的"结构"性矛盾。我们不得不承认,文学史叙述,不可能只是"异端"和"接轨"的文学史,也不只是"主旋律""大众文化"的文学史,"共生"和"共存"的现象将会在相当长的一个历史时期里存在。因此,不能采取"剔除"的方式将问题交给未来的年代去认识——这都是"新世纪文学"中存在的诸多问题之一部分。

最后,如何在"新世纪文学"的图景上,认识和解读过去文学史遗留的一些问题。例如,八十年代文学中伤痕文学、寻根文学和先锋文学的"成规"问题,"改革文学""革命文学"究竟丧失了它的叙述活力没有? 是在什么情况,什么时候丧失的? 某一种文学现象是为什么被认为妨碍了"艺术创新"的? 后者的"创新"是否也意味着阻碍了前一种文学现象的"充分"发展? 另外,有一种说法认为"新世纪文学"从文学面貌上看,与二十世纪"二三十年代文学"有某些似曾相似之处,而这一说法正好印证了"新世纪文学"之独特性的判断。某种程度上,这都是让文学"重返"历史之中的重审的做法。不过,对历史的"重返"都是在"互动"中进行的,而"成规""妨碍创新"或"自由表述""文学与市场"也并不是只有在二三十年代和八十年代才出现过。事实上,当我们通过"叙述"的方式探讨"新世纪文学"的各种"新现象"时,其中已包含了对文学"成规"的固执寻求,对排斥性因素的偏爱或坚持,以及对市场制约的不满和警惕,等等。对上述文学时期的"重返",却从另一方面显示出"新世纪文学"的今天和明天可能比人们所想象得远为复杂。

如此一来,躲开当代文学史或直接从中"抽出"的做法,已经表明了在目前"新世纪文学"讨论中的真实状况。也许,它反映了在进入新的历史场域里重新"规划"新的文学地图的想法。在这一过程中,恐怕同时也需注意文学史的"局部"与"整体"的关系问题,需要注意"喜欢"的文学史和"不喜欢"的文学史这一颇费心思也难以处理的问题。应当在肯定某一种文学态势的时候,尽可能去呈现在对这一态势的认识上的不同,甚至分歧很大的看法,当然,也不是说对当代文学史的冷淡、疏离就不是一种有意思的"讲述"文学史故事的做法。只不过无法回避的问题是:这种讲述在什么意义上能够成立? 它希望产生怎样的历史的效果?

♀ 延伸阅读 ♀

1. 谭桂林:《"二十世纪文学"概念性质与意义的质疑》,《海南师院学报》1999 年第 1 期。

2. 李怡:《"重估现代性"思潮与中国现代文学传统的再认识》,《文学评论》2002 年第 4 期。

3. 魏建:《调整与选择——"戊戌维新"到"五四"文学革命》,朱德发主编《跨进新世纪的历程——中国文学由古代向现代转换》,明天出版社 2000 年版。

4. 旷新年:《1928 年的文学生产》,《1928 年革命文学》,山东教育出版社 1998 年版。

5. 李扬:《当代文学史的写作:原则、方法与可能性》,《文学评论》2000 年第 3 期。

6. 陈晓明:《"历史终结"之后——九十年代文学虚构的危机》,《文学评论》1999 年第 5 期。

7. 丁帆:《中国现代文学史的断代与当下文学的现状》,《文艺争鸣》2016年第 6 期。

8. 陈思和:《有关 20 世纪中国文学史研究的几个问题》,《文学评论》2016年第 6 期。

9. 孟繁华:《新世纪:文学经典的终结》,《文艺争鸣》2005 年第 5 期。

10. 张颐武:《新世纪文学:跨出新文学之后的思考》,《文艺争鸣》2005 年第 4 期。

11. 威·休·奥登:《〈牛津轻体诗选〉导言》,《读诗的艺术》,王敖译,南京大学出版社 2010 年版。

另可参考洪子诚的《中国当代文学史》、陈思和的《中国当代文学史教程》以及董健、丁帆、王彬彬的《中国当代文学史新稿》等文学史里关于中国现代文学分期的表述。

♀ 问题与思考 ♀

1.“二十世纪中国文学”的四项内涵是否已全面准确地反映出中国现当代文学的总体特征? 试说明理由。

2. 如何确定中国现当代文学的起止及其中的阶段,依据是什么?

3. 请解释中国现当代文学史中的“现代”和“当代”概念。

4. 你认为中国现代文学史采用哪种断代方式比较合适? 切分的标准是什么?

5.“新世纪文学”作为一个文学批评概念是否能够存在?“新世纪文学”与“新时期文学”加以区分的意义是什么?

6. 作者—读者关系的变化,为什么会导致诗歌规范的变迁?

♀ 研究实践 ♀

1.“编写某一时期的文学史首先遇到的问题是关于叙述的问题:我们需要辨出一种传统惯例的衰退和另一种传统惯例的兴起。为什么这一传统惯例的变化会在某一特定的时刻发生是一个历史的问题,用一般的术语是不能解释的。有人提出过一种解答,假定在文学的发展过程中,一旦达到了某种枯竭的阶段时,就会要求产生一种新的准则。……有一种解释把这种变化的原因归之于外在的干预和社会环境的压力。每一次文学传统的变革总是由想要创造他们自己艺术的一个新阶级或至少一批崛起的新人所引起的。"

（韦勒克《文学理论》）

2.“‘二十世纪中国文学’这一概念首先意味着文学史从社会政治史的简单比附中独立出来，意味着把文学自身发生发展的阶段完整性作为研究的主要对象。”

“‘从内部’来把握二十世纪中国文学的有机整体性，不容忽视的一项工作就是阐明艺术形式（文体）在整个文学过程中的辩证发展。”

（黄子平 陈平原 钱理群《论“二十世纪中国文学”》）

“它并不是对一些具体作家作品的评价问题，具体地说，‘重写文学史’首先要解决的，不是要在现有的现代文学史著作行列里多出几种新的文学史，也不是在现有的文学史基础上再加上几个作家的专论，而是要改变这门学科原有的性质，使之从属于整个革命史的传统教育的状态下摆脱出来，成为一门独立的、审美的文学史学科。”

（陈思和《关于“重写文学史”》）

3.“实际上，八十年代的‘重写文学史’从根本上是通过也许是有意识地、策略性地误读，引入‘现代化’的评价标准，来突破新民主主义的评价标准，扩大和拓展现代文学的范畴，实际上，我们可以看到，当‘二十世纪中国文学’‘打通’了近代、现代、当代文学史之后，近代、现代、当代文学史内部的分期结构并没有改变。而近代、现代、当代文学史由‘二十世纪中国文学’所取代，则是‘新民主主义’和‘社会主义’的文学实践被‘现代化’的文学实践所取代的结果。正是因为‘现代化’的概念，才产生了‘中国新文学的整体观’，使曾经分裂的现代（新民主主义）文学史和当代（社会主义）文学史在‘现代化’这一新的意识形态之下得到了重新整合。……但是，文学史分期的变化，从根本上来说却并不意味着摆脱了旧有的文学史格局，更重要的是，并不意味着真正摆脱了政治意识形态的缠绕与控制，而是相反，它受制于新的意识形态的实践，是新的意识形态的表述。”

（旷新年《中国现代文学史分期的政治学和文学》）

结合以上材料，并联系相应的文学史写作，考察“新时期”以来文学史叙述观念变化的原因及其内在的本质，思考这种内在的本质性与历史叙述尤其是文学的历史叙述的本质性特征之间的关系,借此深化对"文学史"自身的理解和对现当代文学史研究演化发展的认知。

可采取学术札记的形式,把对以上问题的思考结构成篇,更为成熟的思考可以写成论文;也可以采取学术讨论的形式,组织老师、同学共同参与论争,有助于问题的深入思考和学术氛围的形成。

第二章　作家作品解析（上）

导　论

　　文学史构成的最基本因素是作品。由作品可追溯创作作品的作家，一些作家文学观念相近，同声相应，结为组织，就有了社团，广为宣扬并以作品实践相似的文学观念，就形成了思潮，而文学史在某种意义上讲，就是不同时期作品—作家—社团—思潮所形成的文学风貌和流变过程的组构形态。毫无疑问，没有了作家和作品，文学史就无从谈起。

　　因了作品和作家的重要性，作家作品研究向来在文学研究中占据着重要地位——它不但构成了文学研究的基础，而且还常常从一个方面代表着文学研究的水准和品质。在中国现当代文学研究中，许多杰出成果都体现为作家作品研究，像周作人对《沉沦》、李健吾（刘西渭）对《边城》的评论、茅盾的《冰心论》《落花生论》、傅雷的张爱玲研究等，均为作家作品研究中的经典。

　　当作家作品是构成文学风貌的基本元素的时候，中国现当代文学的发展，无疑是伴随着不同时期杰出作家作品的出现而不断丰富的。"五四"时期鲁迅的小说以及文学研究会、创造社、语丝社诸多作家的创作，为现代文学的第一个十年贡献了令人瞩目的实绩；二十年代后期左翼与非左翼的文学分野，虽然在意识形态上有着不同的坚持，但在文学作品的贡献上，却各有千秋，均有成就，左翼的茅盾、丁玲、张天翼，非左翼的巴金、老舍、沈从文、京派、海派（现代派），他们的许多作品即使在今天看来，也堪称经典。抗战爆发以后，文学界的格局有了新的变化，一方面，左翼与非左翼在表面上形成了"统一战线"，另一方面，随着抗战的深入，中国的政治区域（也导致了文学区域）

出现了三区——国统区(国民党统治区)、解放区(共产党统治区)和沦陷区(日伪统治区)——共存的局面。在不同的区域,文学形态各具特色:国统区的诗歌、历史剧和长篇小说成果丰硕;解放区的通俗文学(民歌和长、短篇小说)显著发达;沦陷区带有浓厚市井意味的小说和颇具名士风的小品则相对兴盛。这种三分天下的文学蓝图在1949年以后发生了重大变化:中国大陆地区的文学就成为文学史惯称的中国当代文学(它是解放区文学的扩大),台、澎、金、马地区的文学则成为中国文学中的一个特殊的区域文学——台湾文学(它是国统区文学的缩小),香港、澳门由于历史的原因就成为中国文学中的另一个特殊的区域性文学。至此,中国现代文学中的"老三区"(国统区、解放区、沦陷区)就转换成中国当代文学中的"新三区":国民党统治的台、澎、金、马地区,大陆地区和香港、澳门地区。进入二十世纪九十年代后期,台、澎、金、马地区和香港、澳门地区相继发生了变化(国民党丧失了对台、澎、金、马地区的统治权,而香港、澳门也回归了祖国),但这两个区域的政治形态的改变并不影响这两个地区的文学的根本性质——它们都是中国当代文学的有机组成。

　　1949年以后的中国文学不但在区域分布上呈现出新的格局,而且不同区域的文学风貌也各有不同。中国大陆一波又一波的文学(批判)运动和书写革命历史、表现火热现实形成了整个五十年代至"文革"前(1949—1966)的文学姿态,"文革"十年(1966—1976)受到支持和弘扬的主流文学(以"样板戏"和浩然作品为主)与地下民间书写的并存构成了这一时期文学的存在事实,1976年以后开始的"新时期",则意味着中国大陆文学的全面复苏并呈现出多元发展的走向。在台湾,为了政治目的而提倡的"反共文学"以及它的衍生物思乡怀旧文学在五十年代的台湾文坛蔚为大观,现代主义文学则在五十年代兴起而到六十年代达到高潮,乡土文学和多元共生(乡土、现代、后现代)的复合性文学则分别成为七八十年代台湾文学的代表。在香港、澳门,文学的总体走向是从对峙(因意识形态和文学观念的不同而导致的文学分立)走向融合("左""右"融合;雅俗融合)。如果说大陆1949年以后的文学体现了"五四"新文学"一体化"趋向从"全面实现"到"逐步解体"的过程(洪子诚语),那么同期的台湾文学则呈现出相对于主流文学的民间文学对台湾文坛的全面占领,至于香港、澳门文学,突出的表现则在于各种政治、文化因素共同作用所导致的文学的无中心化。

　　在有着近百年历史的中国现当代文学的研究中,对作家作品的剖析可以说既是这一研究的起点,同时也伴随这种研究的全过程。在中国现代文学的早期,作家作品研究大都为印象式的赏析、点评和联系社会实际、结合人文思潮的社会批评,周作人、茅盾可视为这一时期这种类型的作家作品研究的代表。随着阶级、革命等因素在现代文学中的逐步彰显,用阶级的观点来分析作家的创作和研判作品的成就也就逐步成为风气,茅盾、瞿秋白、胡风、周扬应当是实践这种批评的佼佼者。与此同时,李健吾注重艺术感悟的印象式批评、傅雷对作家创作应自觉经营整体和谐的强调、苏雪林擅长从创作心理和文化视角来观照作家作品,则形成了中国现代文学中的另一种作家作品研究的传统。1949 年以后至"新时期"之前,大陆文学中的作家作品研究,奉行的是以马列文论、毛泽东《在延安文艺座谈会上的讲话》精神为指导的文艺社会学、文学政治化的批评路线,其间虽有茅盾、严家炎、叶子铭、范伯群、曾华鹏等人注重作品艺术分析的评论文章,但引领风气的是李希凡、蓝翎、姚文元等人所代表的政治挂帅、无限上纲的作家作品研究方式。"新时期"之后,大陆的作家作品研究开始了从政治化回归文学化的艰难历程,其间各种西方的文艺理论和"新三论"(信息论、控制论、系统论)成为作家作品研究的理论工具,近三十年来运用各种理论从各种角度对作家作品展开深入研究的代表人物主要有王瑶、樊骏、严家炎、刘再复、叶子铭、孙玉石、董健、林兴宅、范伯群、曾华鹏、汪晖、王富仁、钱理群、陈平原、赵园、陈思和、王晓明、许子东、黄子平、凌宇、温儒敏、吴福辉、杨义、蓝棣之、朱栋霖、南帆、宋永毅、曾镇南、孟繁华、陈晓明、丁帆、解志熙、谢有顺、朱晓进、吴俊、胡河清、李杨等。从他们有关作家作品的研究成果中,可以清晰地看出中国大陆现当代文学中的作家作品研究经过过去近三十年的努力,已经形成了今天众声喧哗、多元呈现的局面。

　　台湾的作家作品研究由于向西方开放早、政治的影响力相对薄弱等因素的作用,从一开始就比较注重对文本的艺术分析,并且,由于台湾文坛与海外学界联系紧密,所以许多海外学者的成果也参与了台湾文学中的作家作品研究的累积。从五六十年代的夏济安、夏志清、姚一苇、颜元叔,到后来的刘绍铭、叶维廉、欧阳子、尉天骢、李欧梵、郑树森、齐邦媛、郑明娳、吕正惠、王德威、张小虹、林耀德、李瑞腾、梁秉钧、龚鹏程等,他们对于作家作品的众多研究成果,体现了从语言美学、新批评到心理分析学等各类西方文艺理论与中文文学作品的有机融合。在香港、澳门,也斯、黄维樑、陈炳良、小思等人的作家作品研究,既注重香港本地的文学成就,又兼顾台湾、大陆的创作历史,既引进西方文艺理论的观点,又结合中国文学的实际,在整个中国现当代文学的作家作品研究中,占据着重要的地位。

这里所选的八篇文章,体现了近百年来中国现当代文学研究中作家作品研究的代表性成果。从总体上看,这些文章具有如下特点:(1)研究对象和研究本身双"突出"。文章所涉及的作家和作品,皆为名家名篇,而研究文章,也全都角度新颖,视野开阔,见解独到,富有原创性。(2)论及的议题在现当代文学中具有典型性。举凡新文学诞生时的复杂态势、作家创作的思想根源以及独特性、社会历史对作家文化心理的影响、政治环境对作家的"干预"、女性立场与传统文化及左翼意识形态之间的纠葛、艺术形式的生成原因及成败得失等现当代文学中的重要问题,这些文章均有涉及。(3)抽象理论和具体文本有机结合。这些文章的立论,各有不同的理论依凭,但在将理论代入研究对象的时候,都能将理论资源和文本分析圆融地整合起来,借助理论提升了认识的深度,而没有让理论的抽象性损害文本的丰富性。(4)在方法论上具有启发性。所选文章,除了结论的精彩令人备受启发外,思维方式、论题选择、思路流程、理论运用、书写形态上的深具用心和姿态各异,也使后来者能从中获得学术研究方法的良多启迪。

在中国现当代文学的现有成果中,关于作家作品的研究可谓汗牛充栋,选择具有如上特点的这八篇文章,是希望通过对不同时代、不同区域、不同类型、不同侧重的作家作品的分析,达致如下目的:(1)涉及中国现当代文学中的关键问题;(2)涵盖中国现当代文学发展的主要方面;(3)构成对社团、流派、文体、文学史等研究的支撑;(4)在某种意义上实现对中国现当代文学发展历史的勾勒;(5)提供关于作家作品研究的典范。应该说,所选的八篇文章,都具有这样或者那样的"典型性",整合起来,基本上实现了希冀的构想。

作家作品研究在文学研究中属于弹性较大的一种研究类型,往"内"掘进,它可以微观地论述作品中的一个人物、一个意象乃至一个细节,分析作家的一段经历、一种感受和一种心理对他创作的影响;往"外"拓展,它可以宏观地展示某个作品在整个文学史中的地位,探讨作家一生的创作以及与时代、社会、历史、政治的复杂关系。在研究方式上,它可以联系和运用各种关乎文学的理论、观点和学说,将之渗透进自己的研究中。在具体的展开过程中,实证式的客观铺陈为其主要形态,代入生命式的激情言说却也同样重要。在写作形态上,理性的思辨和学院式的学术论证固然是其常态,感性的体悟和随笔小品式的直陈卓识照样能成为它的有效方式。在学术成就上,关乎作家作品的"本体"研究当然值得肯定,而以具体的作家作品为基底,由小及大,见微知著,推衍和生发出不限于特定作家作品的结论同样受欢迎(或许更受欢迎)。看上去作家作品研究的范围似乎"有限",可是巨大的弹性空间却使它能够进行"无限"的研究并得出深刻的结论,而许多深刻的文学理论观点的形成和重大的理论发现,正是依凭了对作家作品细致深入的分析和探讨—— 一切就看怎么做了。

选 文

读《呐喊》

雁 冰

导言——

本文原载 1923 年 10 月 8 日《文学周报》第 91 期。

雁冰(1896—1981),浙江桐乡人,原名沈德鸿,字雁冰,曾用笔名茅盾、玄珠等。毕业于北京大学预科。曾任全国文联副主席、中国作家协会主席、文化部部长、《人民文学》主编等职。

论文发表于 1923 年。论文对鲁迅小说的经典性评论不仅代表了当时人们对鲁迅小说的认识水平,而且至今仍是鲁迅研究的经典之作。论文第一次从思想和艺术两方面对鲁迅《狂人日记》《阿 Q 正传》等小说作了详尽的分析,首次从鲁迅小说结构形式的创新及对中国现代小说的影响方面作出评价,并全面论述了鲁迅的人格、思想特征及其小说创作的总体风格。在对鲁迅小说思想和艺术分析方面,论文关于鲁迅小说对中国民族精神以及现实人生的批判,"阿 Q 相"的普遍性质,鲁迅小说在艺术上是创造"新形式"的先锋等论述,都为后来的鲁迅研究所吸纳。论文还深刻地指出鲁迅精神上的悲观主义,并进而说明鲁迅小说文明批判和现实讽刺的原因来自鲁迅对生活的忠实描写,而非来源于这种悲观。论文以批判和悲哀两个方面作为鲁迅认识的基础,就准确地概括出了鲁迅小说的基本风格:"冷隽的句子,挺拔的文调","含蓄半吐的意义,和淡淡的象征主义的色彩,便构成了异样的风格,使人一见就感着不可言喻的悲哀的愉快。"作为与鲁迅作品同时代的小说评论,论文虽然篇幅短小,但上述判断的建立,已经奠定了鲁迅小说乃至鲁迅研究的基础,使后来的鲁迅研究在某种意义上只是对这些判断的精细化努力。

1918 年 4 月的《新青年》上登载了一篇小说模样的文章,它的题目、体裁、风格,乃至里面的思想,都是极新奇可怪的:这便是鲁迅君的第一篇创作《狂人日记》,现在编在这《呐喊》里的。那时《新青年》方在提倡"文学革命",方在无情地猛攻中国的传统思想,在一般社会看来,那一百多面的一本《新青年》几乎是无句不狂,有字皆怪的,所以可怪的《狂人日记》夹在里面,便也不见得怎样怪,而曾未能邀国粹家之一斥。前无古人的文艺作品《狂人日记》于是遂悄悄地闪了过去,不曾在"文坛"上掀起了显著的风波。

但是鲁迅君的名字以后再在《新青年》上出现时,便每每令人回忆到《狂人日记》了;至少,总会想起"这就是狂人日记的作者"罢。别人我不知道,我自己确在这样的心理下,读了鲁迅君的许多《随感录》和以后的创作。

那时我对于这古怪的《狂人日记》起了怎样的感想呢,现在已经不大记得了;大概当时亦未必发生了如何明确的印象,只觉得受着一种痛快的刺戟,犹如久处黑暗的人们骤然看见了绚丽的阳光。这奇文中的冷隽的句子,挺峭的文调,对照着那含蓄半吐的意义,和淡淡的象征主义的色彩,便构成了异样的风格,使人一见就感着不可言喻的悲哀的愉快。这种快感正像爱吃辣子的人所感到的"愈辣愈爽快"的感觉。我想当日如果竟有若干国粹派读者把这《狂人日记》反复读至五六遍之多,那我就敢断定他们(国粹派)一定不会默默地看它(《狂人日记》)产生,而要把恶骂来欢迎它(《狂人日记》)的生辰了。因为这篇文章,除了古怪而不足为训的体式外,还颇有些"离经叛道"的思想。传统的旧礼教,在这里受着最刻薄的攻击,蒙上了"吃人"罪名了。在下列的几句话里:

凡事总须研究,总会明白。古来时常吃人,我也是还记得,可是不甚清楚。我翻开历史一查，这历史没有年代，歪歪斜斜的每叶上都写着"仁义道德"几个字。我横竖睡不着，仔细看了半夜，才从字缝里看出字来，满本都写着两个字是"吃人"！

中国人一向自诩的精神文明第一次受到了最"无赖"的怒骂；然而当时未闻国粹家惶骇相告，大概总是因为《狂人日记》只是一篇不通的小说曾未注意，始终没有看见罢了。

至于在青年方面，《狂人日记》的最大影响却在体裁上；因为这分明给青年们一个暗示，使他们抛弃了"旧酒瓶"，努力用新形式，来表现自己的思想。

继《狂人日记》来的，是笑中含泪的短篇讽刺《孔乙己》；于此，我们第一次遇到了鲁迅君爱用的背景——鲁镇和咸亨酒店。这和《药》《明天》《风波》《阿Q正传》等篇，都是旧中国的灰色人生的写照。尤其是出世在后的长篇《阿Q正传》给读者难以磨灭的印象。现在差不多没有一个爱好文艺的青年口里不曾说过"阿Q"这两个字。我们几乎到处应用这两个字，在接触灰色人物的时候，或听得了他们的什么"故事"的时候，《阿Q正传》里的片段的图画，便浮现在脑前了。我们不断地在社会的各方面遇见"阿Q相"的人物：我们有时自己反省，常常疑惑自己身中也免不了带着一些"阿Q相"的分子。但或者是由于怠于饰非的心理，我又觉得"阿Q相"未必全然是中国民族所特具，似乎这也是人类的普通弱点的一种。至少，在"色厉而内荏"这一点上，作者写出了人性的普遍弱点来了。

中国历史上的一件大事，辛亥革命，反映在《阿Q正传》里的，是怎样的叫人短气呀！乐观的读者，或不免要非难作者的形容过甚，近乎故意轻薄"神圣的革命"，但是谁曾亲身在"县里"遇到这大事的，一定觉得《阿Q正传》里的描写是写实的。我们现在看了这里的七八两章，大概会仿佛醒悟似的知道十二年来政乱的根因罢！鲁迅君或者是个悲观主义者，在《自序》内，他对劝他做文章的朋友说道：

> 假如一间铁屋子，是绝无窗户而万难破毁的，里面有许多熟睡的人们，不久都要闷死了，然而是从昏睡入死灭，并不感到就死的悲哀。现在你大嚷起来，惊起了较为清醒的几个人，使这不幸的少数者来受无可挽救的临终的苦楚，你倒以为对得起他们么？

> 朋友回答他道："然而几个人既然起来，你不能说决没有毁坏这铁屋的希望。"

因为"说到希望，是不能抹杀的"，所以鲁迅君便答应他朋友做文章了，这便是最初的一篇《狂人日记》。但是他的悲观以后似乎并不消灭，在《头发的故事》里，他又说：

> 现在你们这些理想家，又在那里嚷什么女子剪发了，又要造出许多毫无所得而痛苦的人！
>
> 现在不是已经有剪掉头发的女人，因此考不进学校去，或者被学校除了名么？
>
> 改革么，武器在那里？工读么，工厂在那里？
>
> 仍然留起，嫁给人家做媳妇去：忘却了一切还是幸福，倘使伊记着些平等自由的话便要苦痛一生世！
>
> 我要借了阿尔志跋绥夫的话问你们，你们将黄金时代的出现预约给这些人们的子孙了，但有什么给这些人们自己呢？

这不是和《自序》中铁屋之喻是一种悲观而沉痛的话么？后来，在《故乡》中，他又明白地说出他对于"希望"的怀疑：

> 我想到希望，忽然害怕起来了。闰土要香炉和烛台的时候，我暗地里笑他，以为他总是崇拜偶像，什么时候都不忘却。现在我所谓希望，不也是我自己手制的偶像么？只是他的愿望切近，我的愿望茫远罢了。
>
> 我在朦胧中，眼前展开一片海边碧绿的沙地来，上面深蓝的天空中挂着一轮金黄的圆月。我想：希望本无所谓有，无所谓无的。这正如地上的路；其实地上本没有路，走的人多了，也便成了路。

至于比较的隐藏的悲观，是在《端午节》里。"差不多说"就是作者所以始终悲观的根由。而且他对于"希望"的怀疑也更深了一层。

　　但是《阿Q正传》对于辛亥革命之侧面的讽刺，我觉得并不是因为作者是抱悲观主义的缘故。这正是一幅极忠实的写照，极准确地依着当时的印象写出来的。作者不会把最近的感想加进他的回忆里去，他绝不是因为感慨目前的时局而带了悲观主义的眼镜去写他的回忆；作者的主意，似乎只在刻画出隐伏在中华民族骨髓里的不长进的性质，——"阿Q相"，我以为这就是《阿Q正传》之所以可贵，恐怕也就是《阿Q正传》流行极广的主要原因。不过同时也不免有许多人因为刻画"阿Q相"过甚而不满意这篇小说，这正如俄国人之非难梭罗古勃的《小鬼》里的"丕垒陀诺夫相"，不足为盛名之累。

　　在中国新文坛上，鲁迅君常常是创造"新形式"的先锋；《呐喊》里的十多篇小说几乎一篇有一篇新形式，而这些新形式又莫不给青年作者以极大的影响，欣然有多数人跟上去试验。丹麦的大批评家布兰兑斯曾说："有天才的人，应该也有勇气。他必须敢于自信他的灵感，他必须自信，凡在他脑膜上闪过的幻想都是健全的，而那些自然而然来到的形式，即使是新形式，都有要求被承认的权利。"这位大批评家这几句话，我们在《呐喊》中得了具体的证明。除了欣赏惊叹而外，我们对于鲁迅的作品，还有什么可说呢？

两个鬼的文章（节选）
——周作人的散文艺术

舒　芜

导言——

　　本文选自舒芜《周作人的是非功过》（辽宁教育出版社2000年9月增订本），原题《周作人的散文艺术》（连载于《文艺研究》1988年第4—5期）。

　　舒芜，1922年生，原名方珪德，安徽桐城人。曾任人民文学出版社编审、中国社会科学院《中国社会科学》主编。

　　这是一篇以文本分析为基础的作品研究论文。论文从周作人的散文艺术的特色、作者的知识和思想背景两方面论述了周作人散文的基本特色和艺术成就。论文首先从文本分析出发，显示了论文作者对文本和作家的熟悉与理解。论文大量引述原作片段，并进行精细的文本解读，以显示周作人散文的基本面貌。譬如：论文对某一问题的讨论多时可引述七八条例文，细则可以分析到字句;再如,在论文的某些论述部分将周作人散文与周作人日记和周作人散文所引述的古代笔记比较,以说明周作人散文对中国古代思想的选择与会通等等。论文丰富的文本材料及其分析又被放置在严密的论述框架中,全文十一节,除第一节引论外,第二至六节和第七至十一节被分为两个部分,前者论述周作人散文冲淡平和的特色,后者分析周作人的知识背景和审美特征。而在前一部分中又细分为周作人散文的平淡、腴润、平淡与腴润的统一三个部分,再进而分析周作人平淡风格之外激愤直陈的散文创作,以及这种直白散文与冲淡平和风格的内在关系,显得丝丝入扣。在第七至十一节中,也同样分为周作人的知识背景、常识、"文抄公"、坚持"人文的全体"和中庸美学理论等几个方面加以阐述。这种严密的论述逻辑一方面有效地组织了丰富的文本分析,另一方面也将这种分析引向一定的理论深度。丰富而绵密的特点,使本文成为周作人散文研究中的一篇重要论文。

一

　　周作人是中国新文学史上最大的散文家,这是鲁迅的评价。① 鲁迅作出这个评价,是在向国际友人介绍中国新文学的情况的时候,是郑重的;当时他同周作人决裂已久,而且正在和周作人、林语堂一派的文学主张进行激烈的论争,但是他丝毫不抹杀对手的成就,这种态度是大公无私的,是唯物主义的。

　　但是,我们很可能首先同周作人自己发生矛盾。因为,我们读了周作人的散文,会觉得它的艺术特色是和平冲淡,而周作人自己恰好不同意这个看法。早在 1925 年,他就说过:"我近来作文极慕平淡自然的境地,但是看古代或外国文学才有此种作品,自己还梦想不到有能做的一天,因为这有气质境地与年龄的关系,不可勉强。像我这样褊急的脾气的人,生在中国这个时代,

---

① 　1936 年 5 月,鲁迅答美国记者埃德加·斯诺之问,关于"中国新文学运动以来最优秀的杂文作家是谁"的问题,鲁迅举出的名单是:周作人、林语堂、周树人(鲁迅)、陈独秀、梁启超。(见斯诺整理、安危译《鲁迅同斯诺谈话整理稿》,载《新文学史料》1987年第 3 期)此所谓杂文是最广义的,包括目下流行的狭义的杂文和狭义的散文两类。鲁迅把他自己列在第三位,当然是自谦。参见路元《鲁迅同斯诺谈了些什么——访鲁迅与斯诺谈话录的发现者安危》(载《中国记者》1987 年第 1 期),那里面即译作"最好的散文杂文作家",名单是"周作人、林语堂、陈独秀、梁启超",没有鲁迅自己。不知何故。

实在难望能够从容镇静地做出平和冲淡的文章来。"①过了十年,到了1936年,他更以总结的口气详细说明道:"有人好意地说我的文章写得平淡,我听了很觉得喜欢,但也很惶恐。平淡,这是我所最缺少的,虽然也原是我的理想,而事实上绝没有能够做到一分毫,盖凡理想本来即其所最缺少而不能做到者也。现在写文章自然不能再讲什么义法格调,思想实在是很重要的,思想要充实已难,要表现得好更大难了,我所有的只有焦躁,这说得好听一点是积极,但其不能写成好文章来反正总是一样。……孔子曰,鸟兽不可与同群,吾非斯人之徒而谁与。中国是我的本国,是我歌于斯哭于斯的地方,可是眼见得那么不成样子,大事且莫谈,只一出去就看见女人的扎缚的小脚,又如此刻在写字耳边就满是后面人家所收广播的怪声的报告与旧戏,真不禁令人怒从心上起也。在这种情形里平淡的文章那里会出来,手底下永远是没有,只在心目中尚存在耳,所以我的说平淡乃是跛者之不忘履也,诸公同情遂以为真是能履,跛者固不敢承受,诸公殆亦难免有失眼之讥矣。"②又云:"又或有人改换名目称之曰闲适,意思是表示不赞成,其实在这里也是说得不对的。热心社会改革的朋友痛恨闲适,以为这是布耳乔亚的快乐,差不多就是饱暖懒惰而已。然而不然。闲适是一种很难得的态度,不问苦乐贫富都可以如此,可是又并不是容易学得会的。"③以下分闲适为小大两种,小闲适如流连光景之类,大闲适则在严重的生死关头仍能保持婉而趣的态度,尤为难能可贵。"总之闲适不是一件容易学的事情,不佞安得混冒,自己查看文章,即流连光景且不易得,文章底下的焦躁总要露出头来,然而闲适亦只是我的一理想而已,而理想之不能做到如上文所说又是当然的事也。"④他断然作结论道:"看自己的文章,假如这里边有一点好处,我想只可以说在于未能平淡闲适处,即其文字多是道德的。……至于文章自己承认未能写得好,朋友们称之曰平淡或闲适而赐以称许或嘲骂,原是随意,但都不很对,盖不佞以为自己的文章好处或不好处全不在此也。"⑤

周作人有时又宣称:平淡,闲适,他已经做到了,但只是一件外衣而已。1944年他写道:"鄙人执笔为文已阅四十年,文章尚无成就,思想则可云已定。

---

① 《雨天的书·自序二》。
②③ 《瓜豆集·自己的文章》。
④⑤ 《瓜豆集·自己的文章》。

大致由草木虫鱼,窥知人类之事,未敢云嘉孺子而哀妇人,亦尝用心于此,结果但有畏天悯人,虑非世俗之所乐闻,故披中庸之衣,着平淡之裳,时作游行,此亦鄙人之消遣法也。本书中诸文颇多闲适题目,能达到此目的,虽亦不免有芒角者,究不甚多。"①

1945 年,周作人又把平生的文章分作两大类:"我的确写了些闲适文章,但同时也写正经文章,而这正经文章里面更多地含有我的思想和意见,在自己更觉得有意义。……我写闲适文章,确是吃茶喝酒似的,正经文章则仿佛是馒头或大米饭。……至于闲适的小品我未尝不写,却不是我主要的工作,如上文说过,只是为消遣或调剂之用,偶尔涉笔而已。……那种平淡而有情的小品文我是向来仰慕,至今爱读,也是极想仿做的,可是如上文所述实力不够,一直未能写出一篇满意的东西来。以此与正经文章相比,那些文章也是同样写不好,但是原来不以文章为重,多少总已说得出我的思想来了,在我自己可以聊自满足的了。"②

二十年间,说法屡变,其实说的也都是事实。综观周作人平生文章,可分正经的与闲适的两大类,这是事实;主要的是正经文章,其次是闲适文章,这是事实;两类文章的审美追求的目标都是和平冲淡,这是事实;闲适文章更多地体现他的审美追求,正经文章更多地表现他的思想,这是事实;不少闲适文章里面也寄寓着正经的思想,并非一味闲适,这是事实;不少正经文章,内容严重尖锐,而文章风格仍力求和平冲淡,也是事实。总之,他自己的表白都是可信的,我们不应该轻易怀疑否定。他和大家的不一致之处,不过是大家看到他已经达到的和平冲淡,他自己却着眼于他尚未达到的更高更理想的和平冲淡。此外,他也是对于二三十年代相当流行的一种对他的评论很不满,那种评论是把他在艺术上对和平冲淡的追求和他在政治上的脱离现实斗争直接联系起来,又把艺术上的和平冲淡同内容上的正经严肃对立起来,他认为都是误解,所以那么再三再四地申辩。

今天,误解不该有了,读者的印象和作家的自评应该得到统一了。我们分析周作人这个中国新文学史上最大的散文家的艺术成就,可以从和平冲淡这个特色入手,深入不和平不冲淡之处,更深入和平冲淡与不和平冲淡二者

---

① 《立春以前·几篇题跋·秉烛后谈序》。
② 《过去的工作·两个鬼的文章》。

终于统一之处。

二

　　周作人散文的平淡,首先是感情上的淡化。关于初恋的回忆,通常总是浓的,描写初恋的姑娘总是美的,周作人回忆他的初恋却要说"自己的情绪大约只是淡淡的一种恋慕",他回忆初恋的姑娘时却要说"仿佛是一个尖面庞,乌眼睛,瘦小的身材,而且有尖小的脚的少女,并没有什么殊胜的地方",结尾说到突然意外地听到那个姑娘死于霍乱的噩耗:

　　　　我那时也觉得不快,想象他的悲惨的死相,但同时却又似乎很是安静,仿佛心里有一块大石头已经放下了。①

《故乡的野菜》②是他早期的一篇名文,全文充满了对故乡怀念的深情,开头一段却极力申说对故乡并无特别的情分:

　　　　我的故乡不止一个,凡我住过的地方都是故乡。故乡对于我并没有什么特别的情分,只因钓于斯游于斯的关系,朝夕会面,遂成相识,正如乡村里的邻居一样,虽然不是亲属,别后有时也要想念到他。我在浙东住过十几年,南京东京都住过六年,这都是我的故乡;现在住在北京,于是北京就成了我的家乡了。

《唁辞》③也是他早期的一篇名文,所吊唁的是一个普普通通的十九岁的女学生,与作者并无深切的关系,只是作者的儿女们的同学,作者的儿女们平日很受她的大姊一般的照管而已。文中有云:

　　　　我们哀悼死者,并不一定是在体察他灭亡之苦痛与悲哀,实在多是引动追怀,痛切地发生今昔存殁之感。无论怎样地相信神灭,或是厌世,这种感伤终不易摆脱。

---

① 《雨天的书·初恋》。
②③ 收入《雨天的书》。

又有云：

> 齐女士在世十九年，在家庭学校，亲族女朋之间，当然留下许多不可磨灭的印象，随在足以引起悲哀，我们体念这些人的心情，实在不胜同情，虽然别无劝慰的话可说。

这是平凡人的淡淡的同情。更进一步又有云：

> 我不知人有没有灵魂，而且恐怕以后也永不会知道，但我对于希冀死后生活之心情觉得很能了解。……这于死者的家人亲友是怎样好的一种慰藉，倘若他们相信——只要能够相信，百岁之后，或者乃至梦中夜里，仍得与已死的亲爱者相聚，相见，然而，可惜我们不相应地受到了科学的灌洗，既失却先人的可祝福的愚蒙，又没有养成画廊派哲人（Stocics）的超绝的坚忍，其结果是恰如牙根里露出的神经，因了冷风热气随时益增其痛楚。对于幻灭的现代人之遭逢不幸，我们于此更不得不特别表示同情之意。

这是智者对于平凡的人间的淡而深的悲悯了。周作人在文章里如此极力淡化感情，是根于他整个的人生审美标准。他说过："人的脸上固然不可没有表情，但我想只要淡淡地表示就好，譬如微微一笑，或者在眼光中露出一种感情，——自然，恋爱与死等可以算是例外，无妨有较强烈的表示，但也似乎不必那样掀起鼻子露出牙齿，仿佛是要咬人的样子，这种嘴脸只好放到影戏里去，反正与我没有关系，因为二十年来我不曾看电影。"[1]

这样的审美标准，表现在文学艺术上，就是爱好天然，崇尚简素。周作人说，他欣赏日本人"在生活上的爱好天然，与崇尚简素"[2]，这八个字也正是他自己在文学艺术上的理想。这里面有许多内容，如不求华绮，不施脂粉，本色天然。又如不夸张，不作态，不哗众取宠。又如不谈深奥理论，只说平常道理，而有平易宽阔气象。又如不求细纹密理，不用细针密线，只要大裁大剪，

---

① 《看云集·金鱼》。
② 《知堂回想录》六六节。

粗枝大叶，却又疏劲有致。凡此皆是周作人主张的天然简素之美。他又把这一切概括之曰："写文章没有别的诀窍，只有一个字曰简单。"①又曰："简单是文章的最高标准。"②这个"简单"，首先是指简短，而又不仅是简短。周作人起先写过较长的论文如《人的文学》，但自约 1924 年起，把写作的重点转向小品文，1926 年他正式宣布不再写长篇论文，"我以后只想作随笔了"③。这个转变有思想上的深刻原因，本书第一篇《以愤火照出他的战绩——周作人概观》里面探讨过。在艺术上，简短的小文，更易于达到平淡之美，例如著名的《雨天的书·自序一》，就是以极短之文达到极淡之美的典型。平淡不等于枯槁，相反地倒是要腴润。周作人赞美日本作家森鸥外和夏目漱石两家之文"清淡而腴润"，有"低徊趣味"，④这也是他在艺术上极力追求的。周作人最短的一篇文章是《知堂说》⑤，全文云：

> 孔子曰，知之为知之，不知为不知，是知也。荀子曰，言而当，知也；默而当，亦知也。此言甚妙，以名吾堂。昔杨伯起不受暮夜赠金，有四知之说，后人钦其高节，以为堂名，由来旧矣。吾堂后起，或当作新四知堂耳。虽然，孔荀二君生于周季，不新矣，且知亦不必以四限之，因截取其半，名曰知堂云尔。

全文连标点符号在内还不到一百四十字，主意正文只是自开头至"以名吾堂"这三句，在全文中只占八分之三；自"昔杨伯起"以下至末尾，八分之五的篇幅，全是游词余韵，空际翻腾，几乎一句一个转折，这就是低徊趣味，这就是简短而不窘局，平淡而不枯槁。周作人自己特别看重这篇文章，不是没有道理的。

周作人文章的清淡而腴润，还表现在雍容淡雅的丰神上。举其最浅显易见者而言，他有一个特点，就是文章好用长句子，说理之文尤多。例子举不胜

---

① 《风雨谈·本色》。
② 《希腊的神与英雄与人》译后附记。
③ 《艺术与生活·自序一》。
④ 《谈龙集·森鸥外博士》。
⑤ 收入《知堂文集》。

举,随便举一个看看：

> 性教育的实施方法,诚然还未能够决定,但理论是大抵确实了；教育界尚须从事筹备,在科学与文艺上总可以自由地发表了。然而世界各国的道学家误认人生里有丑恶的部分,可以做而不能说的,又固持"臭东西上加盖子"的主义,以为隐藏是最好的方法,因此发生许多反对与冲突,其实性的事情确是一个极为纤细复杂的问题,不能够完全解决的,正如一条险峻的山路,在黑暗里走去固然人人难免跌倒,即使在光明中也难说没有跌倒的人,——不过可以免避的总免避过去了。道学家的意见,却以为在黑暗中跌倒,总比在光明中为好,甚至于觉得光明中的不跌倒还不及黑暗中的跌倒之合于习惯,那更是可笑了。①

这一大段,长达二百七十多字,只有三个句号,第二个句号那一句尤其长,竟达一百五十多字。还有叙志述怀之文中的长句子,例如《雨天的书·自序二》：

> 我从小知道"病从口入,祸从口出"的古训,后来又想溷迹于绅士淑女之林,更努力学为周慎,无如秉性难移,燕尾之服终不能掩羊脚,检阅旧作,满口柴胡,殊少敦厚温和之气；呜呼,我其终为"师爷派"矣乎？虽然,此亦属没有法子,我不必因自以为是越人而故意如此,亦不必因其为学士大夫所不喜而故意不如此；我有志为京兆人,而自然乃不容我不为浙人,则我亦随便而已耳。

这类长句子,结构松散,若断若连,很像日本语文的句式,而不是德国语文中的长句子那样结构严密得像一架精密仪器。这种长句子最能表达委宛曲折的语气,纡徐荡漾的意境,雍容淡雅的丰神。换了别的作家,也可以断开为好几个短句。标点习惯原是与作家文章的特色不可分的。鲁迅曾不止一次赞

---

① 《谈龙集·森鸥外博士》。

美日本语的优婉，不止一次慨叹"中国文是急促的文，话也是急促的话"，用来翻译日本文学作品时最有困难。① 深通并热爱日本文学的周作人，当然会有相同的感受，所以如果说他这种长句子是力图克服中国语文急促的缺点，吸收日文优婉的优点，大约是可以成立的。日本文章的标点符号，本来也就习惯于每段之内逗号到底，段末才有一个句号，于是一段成为一个长句子了。

清淡和腴润是对立的统一，是清淡而不寡淡，腴润而不肥腻。周作人特别欣赏日本生活中衣食住行各方面，都是着眼于清淡和腴润统一之美。关于日本的食物，他说道："谷崎润一郎在《忆东京》一文中很批评东京的食物，他举出鲫鱼的雀烧与叠鳎来作代表，以为显出脆薄贫弱，寒乞相，无丰腴的气象，这是东京人的缺点，其影响于现今以东京为中心的文学美术之产生者甚大。他所说的话自然也有一理。但是我觉得这些食物之有意思也就是这地方，换句话说可以说是清淡质素，他没有富家厨房的多油多团粉，其用盐与清汤处却与吾乡寻常民家相近，在我个人是很以为好的。"② 他又说他自己的口味：

> 假如有人请吃酒，无论鱼翅燕窝以至熊掌我都会吃，正如大葱卵蒜我也会吃一样，但没得吃时决不想吃，或看了人家吃便害馋，我所想吃的如奢侈一点还是白鲞汤一类，其次是鳖鱼鲞汤，还有一种用挤了虾仁的大虾壳，砸碎了的鞭笋的不能吃的老头，再加干菜而蒸成的不知名叫什么的汤，这实在是寒乞相极了，但越人喝得滋滋有味，而其有味也就在这寒乞即清淡质素之中，殆可勉强称之曰俳味也。③

此可见清淡和腴润的对立统一，是统一于清淡质素，而不是统一于腴润，宁可失之寒乞相，而不可失之多油与团粉。顺带说一下，这一句长达一百八十字，又是描状之文中的长句子一例。

　　…………

---

① 《〈池边〉译后附记》，《〈鱼的悲哀〉译后附记》，《〈桃色的云〉序》，《将译〈桃色的云〉以前的几句话》。

② 《药味集·日本之再认识》。

③ 《药味集·日本之再认识》。

《子夜》的结构艺术

叶子铭

导言——

本文选自《江海学刊》1962 年第 11 期。

叶子铭(1935—2005),福建泉州人。南京大学中文系研究生提前毕业。南京大学中文系教授。

叶子铭的茅盾研究专著《论茅盾四十年的文学道路》,是现代文学研究界最早收获的茅盾研究的重要成果之一,也由此奠定了叶子铭茅盾研究专家的学术地位。在这篇《〈子夜〉的结构艺术》中,叶子铭对茅盾的代表作《子夜》的结构艺术进行了深入的探讨。文章将《子夜》分为三个部分:开头部分(第一章至第三章)、主体部分(第四章至第十六章)和结尾部分(第十七章至第十九章)。在此基础上,文章认为:《子夜》开头部分的结构,是紧紧围绕作品的主题,运用借题牵线、烘托对照的手法,把小说里的主要人物和主要线索都提了出来,为矛盾冲突的迅速展开打开局面;同时,又以主角吴荪甫为中心,把各类人物、各种矛盾、各条线索串连起来,形成一个严密的结构。而《子夜》主体部分的结构,则是采用多线交叉发展,然后两条重要线索(一条为吴荪甫与赵伯韬的矛盾冲突,一条为裕华丝厂女工的罢工斗争)先后发展的结构方法,并运用虚实处理、烘托对比等手法来安排情节场面。到了《子夜》的结尾部分,其结构方式则较多地采用前后照应的布局方法。《子夜》这三个部分的结构方式虽略有不同,但它们的合成从总体上达到了"立主脑""密针线""脱窠白"(李渔语)的艺术效果。

《〈子夜〉的结构艺术》是一篇着重探讨艺术形式(结构)的论文,在二十世纪六十年代的学术语境中,专门探讨艺术形式的文章并不多见。叶子铭的这篇文章不但显示了他对《子夜》结构艺术的独到见解,而且还体现了他在学术研究上独立思考的创新精神。

在文学创作中,作品的结构是一项具有重要意义的工作。清代戏剧理论家李渔,曾经把文学作品的结构工作,比成工匠之建宅,裁缝之缝衣。一个杰出的建筑师,善于把散乱的钢筋、木材、砖瓦、水泥等建筑材料,结构成一座宏伟的建筑物;一个精巧的裁缝,善于把各种颜色的布料剪裁、缝织成一件美丽的衣裳;一个优秀的艺术家,也善于把各种人物事件、矛盾冲突、环境场面组成一幅生动的人生图画。在艺术创作中,结构是表现作品主题、展示人物性格的重要艺术手段,是构成作品形式美的重要因素之一。结构的好坏,直接影响作品主题的表达和人物性格的刻画,影响作品的艺术感染力量。因此,历来的优秀艺术家都十分重视作品的结构工作。他们在长期的创作实践中,积累了许多丰富的经验。研究、总结这些经验,对于探索作家的艺术风格,提高艺术组织的能力和促进文学创作的发展,都会有一定的帮助。在这方面,我国"五四"以来许多优秀作家的创作,也有许多宝贵的经验,值得我们研究和吸收。茅盾的《子夜》,就是一个比较突出的例子。

《子夜》是茅盾的代表作,也是我国现代革命文学的一部重要著作。这部作品无论在内容或形式方面,都有许多显著的特色,这里想专门就其结构艺术方面,谈一点自己的看法。

当你读完《子夜》这部作品,必然会发现这样一个特点:在这部作品中,先后出现的大大小小的人物有八九十个,线索纷繁、矛盾复杂,反映的生活面十分广阔。这里既描写了投机市场瞬息万变的斗争,民族工业的暗淡前景,都市资产阶级社会醉生梦死的生活,也描写了工人阶级的罢工斗争,农民的暴动,等等。但是,所有这些复杂的生活内容,都集中在两个月的时间内表现出来。换句话说,作者不是在一个较长的历史时期内来展示这些复杂的生活内容,而是截取社会发展过程中的一个"横断面",集中地来加以表现。这一特点(时间短、容量大),就给《子夜》的结构工作提出十分艰巨的任务。摆在作者面前的,至少有这么两个问题:其一,如何在短时间内把矛盾冲突迅速地展开;其二,如何把众多的人物事件、复杂的矛盾冲突联结成一个完整、和谐的统一体。可以说,小说对这两个问题的处理是相当成功的。作者表现了他的高度的艺术组织的才能,巧妙地把这些复杂的人物事件、矛盾冲突,连接、组成了一幅三十年代初期半殖民地半封建社会的中国都市生活的图画。

那么,人们不禁要问,它的成功秘密究竟在哪里呢?要回答这个问题,我们还得沿着作品所展示的内容,先来具体地研究一下作者是怎样来进行布局工作的。

　　首先,在典型环境的安排上,作者抓住了时代的主要特征,根据生活的真实和主题的需要,创造了一个适宜于人物活动和矛盾展开的典型环境。作者把小说的背景安排在 1930 年 5—7 月这两个多月的时间内。这正是中国社会危机日趋严重,各种矛盾冲突表现得最为集中、尖锐的时期。从国际上看,1929 年年底资本主义世界爆发的空前规模的经济危机,也于 1930 年春迅速地波及中国。以英、美、日为首的各帝国主义国家,为了摆脱自身的危机,加紧对中国进行经济侵略,使得中国人民与帝国主义的矛盾更趋尖锐化。从国内看,1930 年 4 月,冯玉祥、阎锡山与蒋介石之间爆发了大规模的军阀内战。帝国主义的侵略与军阀内战,促使中国民族工业和农村经济的破产,加速了都市和农村阶级斗争的发展,使国内的阶级矛盾更趋尖锐。《子夜》的故事,就是在这样的环境下展示的。作者选择了上海这一典型的大都会,作为人物活动的具体环境。他以民族工业资本家吴荪甫为中心,安排了三个展开矛盾冲突的主要场所:① 吴公馆;② 交易所;③ 裕华丝厂。这三个主要场所的安排,一方面是基于作者的生活经验,一方面也是适应着艺术表现的要求。例如,交易所的特点是大起大落、瞬息万变,它有利于迅速地展开矛盾斗争,有利于表现吴荪甫的思想性格,有利于表现各种错综复杂的关系,如军阀混战与投机市场的微妙关系,民族工业资本家与买办金融资本家的矛盾斗争,农村阶级斗争与都市金融市场的曲折关系,等等。作者为什么要选择丝厂作为民族资产阶级与工人阶级的矛盾斗争的主要场所呢? 这就与作者的生活经验、作品主人公的安排有密切的关系。关于这一点,茅盾自己曾经作过解释。他说:“本书为什么要以丝厂老板作为民族资本家的代表呢? 这是受了实际材料的束缚,一来因为我对丝厂的情形比较熟悉,二来丝厂可以联系农村与都市。1928—1929 年丝价大跌,因之影响到茧价。都市与农村均遭受到经济的危机。”[①]当然,这一点后来在《子夜》中并没有得到充分的表现。但如果我们把《子夜》与“农村三部曲”联系起来读,就可以看得很清楚。《子夜》里的吴荪甫与《春蚕》里的老通宝,这两个不同阶级的人物之间,有着密切的联系:吴荪甫的丝厂倒闭了,老通宝的“蚕花”再好,茧子终归还是卖不出去。就这个意义上说,我们可以把“农村三部曲”看成是《子夜》的姊妹篇。它比《多角关系》更能生动、有力地表现出三十年代初期都市与农村之间的联系。以上是

---

① 《〈子夜〉是怎样写成的》。

就作品的典型环境的安排,来看作者是怎样进行作品的总布局的。

其次,我们着重地来分析一下《子夜》的情节安排。

我们知道,在叙事性的作品中,作品结构的主要工作,就表现在情节的安排上。古希腊的文艺评论家亚里士多德在谈到悲剧的结构时,把它分为头、身、尾,即开头、中间、结尾三个部分。"所谓头,指事之不上承他事,但引起他事发生;所谓尾,恰与此相反,指事之必然的或然的上承某事,但无他事继其后;所谓身,指事之承前启后者。"①这样一种划分,基本上也符合一般叙事性作品的情况。就《子夜》看,序幕、开端、发展、高潮、结局,情节的各个构成部分都具备。在结构上,也可以把它分成三个基本部分,即开头、中间(或称主体)、结尾。下面我们分别就《子夜》的开头、主体、结尾三个部分的结构,做些具体分析。

《子夜》开头部分的结构,包括序幕和开端,即第一至第三章。在进行具体分析之前,我们还得回到前面提出的两个问题:① 如何迅速地把矛盾冲突展开;② 如何把各方面的人物事件、矛盾冲突联接起来。《子夜》开头的结构,首先就碰到这两个问题。小说一开始,作者就紧紧抓住这两个关系到整个故事展开的关键性问题。他在全书的矛盾冲突展开之前,巧妙地安排了一个戏剧性的序幕——吴老太爷的死。这个人物本身与小说所要表现的内容并没有什么直接的关系,但他的出现却对以后矛盾冲突的展开起着重要的作用。这种作用,主要表现在两个方面。第一,点明时代的特点。作者通过吴老太爷的出走,侧面地反映了三十年代初期农村革命风暴的到来;通过吴老太爷的暴卒,象征着老朽的封建势力——尘封的"古老僵尸"进入现代的大都会就"风化"了。第二,引出小说的矛盾冲突。作者借吴老太爷死后的丧事,把小说里的主要人物、主要矛盾迅速地引了出来。

紧接着序幕之后的开端(第二、三章),主要就担负着提出矛盾的作用。这个部分的结构,是相当巧妙的。作者借吴老太爷的丧事,安排了一个特定的环境——灵堂。这种环境的安排,在艺术表现上起了两个很显著的作用。第一,正是借助于这样一种环境,作者才有可能迅速而自然地把《子夜》里的主要人物都集中在一起,并通过他们的言谈、举动,通过他们之间的错综复杂的关系,把小说里的几个重要线索都提了出来,为以后矛盾冲突的迅速展开

---

① 《诗学》,《文艺理论译丛》1958 年第 2 期,第 9 页。

埋下伏线。在这一点上,作者是费过一番心思的。作者说过:"第二章(其实第三章也应包括在内——笔者注)是热闹场面。借了吴老太爷的丧事,把《子夜》里面的重要人物都露了面。这时把好几个线索的头,同时提出然后来交错地发展下去……在结构技巧上要竭力避免平淡。……"①在第二章、第三章里,作者就集中地描写一群军、政、工、商等界的吊客在吴府灵堂上的活动。他们带来了各个方面的消息,表现了都市生活中的种种矛盾。作者通过他们的活动,把小说里的三条主要线索的线头都提了出来。其一,通过赵伯韬组织秘密"公债多头公司"和吴荪甫、孙吉人、王和甫等组织企业界联合银团这两件事,把民族资产阶级与帝国主义、买办资产阶级之间的矛盾斗争的线索提了出来,它成为以后故事发展中的一条贯串始终的主线。其二,通过账房莫干丞报告工人怠工情况,点出了民族工业资本家吴荪甫与裕华丝厂女工的矛盾斗争的线索。其三,通过费小胡子的电报,埋下了双桥镇农民暴动的线索。此外,小说中的一些次要线索,如吴荪甫与朱吟秋的矛盾,吴少奶奶与雷参谋、林佩珊与范博文等的恋爱线索,也同时露了头。在所有这些线索当中,作者又通过吴荪甫这个中心人物,把其他各类人物、各种矛盾、各条线索都联接起来,形成了一个严密的结构。第二,灵堂这一特定环境的安排,在艺术上还产生一种效果。即借灵堂的悲凉气氛,烘托出中国民族工业的暗淡前景,为小说定下了基调。作者正是通过这群吊客的言谈举止,表现出他们内心的矛盾、苦闷,表现出民族工业的暗淡景象。摆在这群企业家面前的,也是一个"死"或"活"的问题;在帝国主义经济侵略和内战的破坏下,他们也面临着如吴老太爷一样的命运——被"破产"和"死亡"的阴影笼罩着,只不过是各人的程度略有不同而已。在小说里,作者抓住了这一特点,着意地刻画这群人物的心理状态。弹子房的活剧,可以说是他们的没落、颓唐的心理状态的集中表现。作者借范博文的口说道:"你知道么? 这是他们的'死的跳舞'呀! 农村愈破产,都市的畸形发展愈猛烈,金价愈涨,米价愈贵,内战的炮火愈厉害,农民的骚动愈普遍,那么,他们——这些有钱人的'死的跳舞'就愈加疯狂。"这种没落、颓唐的心情,与整个灵堂的气氛相互映照,一明一暗,烘托出民族工业的暗淡前景。

从以上的分析,可以得出这样的结论:《子夜》开头部分的结构,是紧紧

---

① 《〈子夜〉是怎样写成的》。

围绕作品的主题，运用借题牵线、烘托对照的手法，把小说里的主要人物和主要线索都提了出来，为矛盾冲突的迅速展开打开局面；同时，又以主角吴荪甫为中心，把各类人物、各种矛盾、各条线索串连起来，形成一个严密的结构。

主要人物、主要线索提出以后，如何把矛盾冲突进一步展开呢？从结构上考虑，可以有如下的方法：① 以一条线索为中心，三条线索同时交叉发展（我们不妨称之为"网状的结构"）；② 以一条线索为中心，先后展开其他线索，或者说，以一条线索为中心，其他线索平行发展（我们不妨称之为"连环式的结构"。在我国古典章回小说中，常常采用这种结构方法）。在《子夜》里，作者是把两种方法交叉起来运用的。下面，我们再来具体地研究一下《子夜》主体部分的结构。

《子夜》主体部分的结构，包括第四至第十六章。小说里的矛盾冲突，基本上都在这个部分展开。由于它的内容复杂、线索纷繁，所以结构上更需要做细致、妥帖的安排。在这方面，作者有得有失，但基本上还是处理得相当成功的。从第四至第十六章，是情节的发展部分，从结构上看，基本上可以分为两个部分。第一部分，包括第四至第八章，是承开端之后矛盾冲突的发展，在结构上采用三条线索交叉发展的方法。第二部分，包括第九至第十六章，是矛盾冲突逐步发展到高潮前的阶段，在结构上则改用两条重要线索先后发展的方法（其中农村的一条线，因作者中途改变了计划而没能得到发展）。前者可以说是一种"网状的结构"，后者可以说是一种"连环式的结构"。作者之所以要采用这种结构方法，是有一定的道理的。因为，如果单纯采用多线交叉发展的方法，则各方面的矛盾不可能得到充分的展开；同样的，如果单纯采用多线先后发展的方法，则不可能把开端里所提出的几条线索迅速展开，前后势必要拉长，结构容易松散。因此，作者把两种方法结合起来运用，在开端之后就用多线交叉的方法，使各方面的矛盾冲突发展到一定程度；然后再采用两条重要线索先后发展的方法，把小说中的两个主要矛盾（民族资产阶级与帝国主义、买办资产阶级的矛盾，民族资产阶级与工人阶级的矛盾）集中地、深入地展开，使作品的主题和主要人物的性格得到充分的表现。

在第一部分里，作者把开端里所提出的三条线索明朗化，并以吴荪甫与赵伯韬的矛盾冲突为主线，把其他两条线索交错起来写。这部分的中心内容是，描写吴荪甫与赵伯韬的初次交锋：民族工业资本家吴荪甫等组成益中信托公司,企图以此为大本营来实现他们的发展中国民族工业的计划;而买办金融资本家赵伯韬在美国金融资本的支持下,则企图通过"公债多头公司"的阴谋,实现对民族工业的支配。结果,当吴荪甫发现这一阴谋以后,就凭着他那果断、灵活的手腕,跳出了赵伯韬的圈套,取得暂时的胜利。这一矛盾冲突,就构成第一部分结构的主干。与此同时,作者又展开了其他两条线索:(1)民族工业与农村经济、民族资产阶级与封建地主阶级、与农民的关系。在第四章里,作者就是通过双桥镇的农民暴动来展现这些错综复杂的关系的。(2)通过裕华丝厂女工的怠工,表现了民族资产阶级与工人阶级之间的矛盾斗争。作者就这样把吴荪甫放在三条线索的中心,表现他在半殖民地半封建社会错综复杂的矛盾斗争中的奋斗、挣扎,从而显现其性格特点。此外,小说还穿插了两条次要线索:一是围绕在吴府周围的一群资产阶级青年男女的生活和爱情纠葛;二是公债市场的投机者、土财主冯云卿的悲剧。通过这两条线索,展示了都市社会的种种丑剧。由于作者能紧紧抓住作品的中心,围绕着中心人物来安排情节,所以虽然线索纷繁交错,却仍然能形成一个统一的结构。但是,在这部分里,结构上也有一个缺点。由于作者中途改变计划,放弃了农村的一条线,而又舍不得把已写成的描写双桥镇农民暴动的第四章删掉,结果,虽然后来作者也曾用虚线的处理(借费小胡子的报告和电报,交代双桥镇形势的发展),来补救这个缺陷,但从全书的结构上看,第四章就显得很突出,成为一个可离可合的部分。

在第二部分里,作者改用两条重要线索先后发展的方法:第九至第十二章吴荪甫与赵伯韬的矛盾冲突这一主线进一步展开;第十三至第十六章则集中地描写裕华丝厂女工的罢工斗争。作者围绕着作品的主题安排故事情节,一环紧扣一环,一浪接着一浪,层层推进,步步进逼,把中心人物吴荪甫逐步推向矛盾斗争的顶点。从结构上看,这两个部分是一前一后,相互勾连,形成两个连环式的结构。

第九至第十二章里,集中地描写吴荪甫在赵伯韬的层层包围下,遭到了第一次沉重打击。作者抓住了两条线索,描写吴荪甫与赵伯韬、吴荪甫与朱吟秋的连锁矛盾:"吴荪甫扼住了朱吟秋的咽喉,赵伯韬又从后面抓住了吴荪甫的头发",形成了一幅"大鱼吃小鱼,小鱼吃虾米"的图画。作者就通过吴荪甫在这一尖锐的矛盾冲突中的种种表现,进一步揭示了中国民族资产阶级的软弱性和利己主义本性。在这一斗争中,吴荪甫这一人物形象的刻画逐步加深,性格上开始发生了很大的变化——由冷静果断、刚愎自用变得暴躁犹疑、丧失信心。

这里,我们还可以发现《子夜》结构艺术的另一重要的特点,即作者善于运用虚实处理的方法,来展开故事情节。比如,蒋、冯、阎的南北大战的发展变化,就是用暗(虚)线的方法,由作品中人物的对话和叙述人的语言表现出来的。我们虽然看不到军阀混战的直接描写,却能够感觉到它对小说中的矛盾冲突和吴荪甫的命运起着重要的影响。又如以吴荪甫为中心的一条线,作者多用明(实)线、直写;而以赵伯韬为中心的一条线,则常用暗线、曲写(赵伯韬的后台老板、美国金融资本家始终没有出场)。在线索比较复杂的叙事性作品中,如能恰当地运用这种结构方法,不仅不会影响主题的表达,而且可以减头绪、省笔墨。

从第十三章起,作者暂时抛开了吴荪甫与赵伯韬的矛盾冲突这条线,把笔头转向另一方面。他通过吴荪甫为了弥补自己在公债市场上所遭受的损失,增加工时,削减工资,加紧对工人群众的压榨,重新引出了第二条线索:裕华丝厂女工的罢工斗争。第十三至第十五章,就集中地描写吴荪甫如何通过屠维岳,先软后硬地破坏、镇压裕华丝厂工人群众的罢工斗争,进一步揭示了吴荪甫性格狠毒的一面,表现出民族资产阶级的两面性。这部分的线索比较复杂,但主要有两条:一是以屠维岳为首的吴荪甫部属破坏罢工运动的活动;一是以张阿新、何秀妹、陈月娥为首的共产党员,在地下党的领导下如何团结女工,掀起了以裕华丝厂为中心的闸北丝厂总同盟罢工的斗争。在前一条线索当中,作者还表现了黄色工会内部的桂长林派与钱葆生派的钩心斗角;在后一条线索当中,还表现了共产党员玛金与克佐甫为代表的"左"倾路线的斗争。此外,在第十六章里,作者还安排了一个小插曲,描写火柴厂工人与资本家周仲伟的斗争,表现了罢工运动中的另一种类型的斗争情况。但总的说来,在《子夜》里,这是一个比较薄弱的环节。

从以上的分析,我们又可以得出这样的结论:《子夜》主体部分的结构,是采用多线交叉发展,然后两条重要线索先后发展的结构方法,并运用虚实处理、烘托对比等手法来安排情节场面,从复杂、尖锐的矛盾冲突中,进一步展示吴荪甫性格的特点。

从第十七至第十九章,是《子夜》的结尾部分,包括高潮和结局。在这三章里,集中地描写吴荪甫所苦心经营的事业最后总崩溃,两个多月前的发展民族工业的雄图终于成了泡影。作者根据吴荪甫性格发展的逻辑，把小说里的主要矛盾冲突推向高潮：吴荪甫在孙吉人的鼓动下，倾尽家产，投入公债市场，与赵伯韬作"背水之战"，企图作垂死挣扎。但最后在势均力敌、两相对峙的情况下，由于杜竹斋的"背盟反叛"而宣告彻底破产。结尾部分的结构，有一个较突出的特点，即作者运用了前后照应的手法安排情节、场面，与开头部分相呼应，造成强烈的艺术效果。例如，第十七章"黄浦江夜游"的场面，描写吴荪甫等在公债市场上惨败之后，在黄浦江上寻欢作乐，发泄他们的没落颓唐的情感，它恰好与开头第三章"弹子房的活剧"前后照应，形成强烈的对比，突出地表现吴荪甫的悲剧和民族工业的暗淡前景。又如第十七章里，吴荪甫与赵伯韬在夜总会里的会谈，同第二章里"金融界三巨头"在吴府花园假山的会谈，这两个场面，也是一前一后、一头一尾，形成强烈的对照。这两个场面的安排，对于矛盾冲突的展开和吴荪甫性格的刻画，起了很大的作用。此外，如开头写吴老太爷的死与结尾写吴荪甫的出走，也是一个明显的例子。总之，作者在结尾部分比较多地采用这种前后照应的布局方法，在艺术上产生了很好的效果。从全书的结构看，可以说是开得好，收得好，起得好，落得好。这样一开一阖、一放一收，就使得全书波澜起伏而又有条不紊，形成一个完整、统一的结构。

通过以上对《子夜》各个部分的结构作了具体分析之后，我们就可以来回答前面所提出的问题：《子夜》这样一部人物众多、线索纷繁、内容复杂的作品，为什么能组织得有条不紊、浑然一体，其成功的秘密究竟在哪里呢？我认为，主要就在于作者能严格地遵循着结构艺术的一条最基本的规律，即根据主题的需要，根据中心人物性格发展的逻辑，来安排各种人物事件、矛盾冲突和环境场面，因而能从复杂的内容里突出中心，从纷繁的线索中见出主次，做到波澜起伏而有条不紊。同时，作者又善于根据矛盾冲突的各种不同发展阶段的情况，运用借题牵线、烘托对比、虚实处理、前后照应等艺术手法，来巧妙地安排故事情节，做到引人入胜而不落陈套。如果借用李渔的话说，就是做到了"立主脑""密针线""脱窠臼"。我想，这就是《子夜》结构艺术上的最主要的成功经验。

边　城
——沈从文先生作
刘西渭

导言——

　　本文选自刘西渭《咀华集》（人民文学出版社 2001 年），原题《〈边城〉与〈八骏图〉》（载 1935 年 9 月 16 日《文学季刊》第 2 卷第 3 期），后以现题收入刘西渭《咀华集》（文化生活出版社 1936 年）。

　　刘西渭（1906—1982），原名李健吾，山西运城人。早年毕业于清华大学西洋文学系，留学法国。曾任上海暨南大学文学院教授、上海戏剧专科学校戏剧文学系教授、北京大学文学研究所研究员、中国社会科学院外国文学研究所研究员等。

　　论文作于 1935 年。是一种文艺小品随笔类的印象鉴赏式批评。论文篇幅短小，结构简洁明快，行文自由随意。论文先提出印象式批评的前提和批评标准，即对人性和人类自由的认识和同情：这种批评之所以是印象的，不是因为排斥正当的理论态度，而在于"用自我的存在印证别人一个更深更大的存在"，批评的本质是自我的发现，因而批评本身也是艺术创造的组成部分，而艺术价值的判断标准在于"比照人类已往所有的杰作"而确证的艺术自觉。论文依照上述原则分别讨论了《边城》作者的艺术气质，《边城》中的生活场景、人物性格、心理描写和故事的悲剧性。最后，还比较了《边城》和沈从文同期创作的小说《八骏图》。本文印象式批评的特点，首先是作者的判断不依赖逻辑推论和举证而直接依据作者的主观阅读经验，作者在文中毫不掩饰自己的审美主观、阅读感性经验和体验，以及对作者的同情和称赞。行文往往随意自由，时常运用比喻和比较等方法，譬如：论及作者与作品人物的关系、作者的抒情与说教的关系时，分别将沈从文与司汤达和乔治·桑比较；而《边城》与《八骏图》则分别被喻为"一首诗"和"一首绝句"。在另外的例子中，直接用四组八个反义词对举赞美沈从文创作的艺术性。这既是作者"同情""比照杰作"等批评标准的实践，又可见出中国传统诗文批评方法的某些特点。

　　我不大相信批评是一种判断。一个批评家,与其说是法庭的审判,不如说是一个科学的分析者。科学的,我是说公正的。分析者,我是说要独具只眼,一直剔爬到作者和作品的灵魂的深处。一个作者不是一个罪人,而他的作品更不是一片罪状。把对手看作罪人,即使无辜,尊严的审判也必须收回他的同情,因为同情和法律是不相容的。欧阳修以为王法不外乎人情,实际属于一个常人的看法,不是一个真正法家的态度。但是,在文学上,在性灵的开花结实上,谁给我们一种绝对的权威,掌握无上的生死? 因为,一个批评家,第一先得承认一切人性的存在,接受一切灵性活动的可能,所有人类最可贵的自由,然后才有完成一个批评家的使命的机会。

　　他永久在搜集材料,永久在证明或者修正自己的解释。他要公正,同时一种富有人性的同情,时时润泽他的智慧,不致公正陷于过分的干枯。他不仅仅是印象的,因为他解释的根据,是用自我的存在印证别人一个更深更大的存在,所谓灵魂的冒险者;他不仅仅在经验,而且要综合自己所有的观察和体会,来鉴定一部作品和作者隐秘的关系。他不应当尽用他自己来解释,因为自己不是最可靠的尺度;最可靠的尺度,在比照人类已往所有的杰作,用作者来解释他的出产。

　　所以,在我们没有了解一个作者以前,我们往往流于偏见——一种自命正统然而顽固的议论。这些高谈阔论和作者作品完全不生关联,因为作者创造他的作品,倾全灵魂以赴之,往往不是为了证明一种抽象的假定。一个批评家应当有理论(他合起学问与人生而思维的结果)。但是理论,是一种强有力的佐证,而不是唯一无二的标准;一个批评家应当从中衡的人性追求高深,却不应当凭空架高,把一个不相干的同类硬扯上去。普通却是最坏而且相反的例子,把一个作者由较高的地方揪下来,揪到批评者自己的淤泥坑里。他不奢求,也不妄许。在批评上,尤其甚于在财务上,他要明白人我之分。

　　这就是为什么,稍不加意,一个批评者反而批评的是自己,指摘的是自己,暴露的是自己,一切不过是绊了自己的脚,丢了自己的丑,返本还原而已。有人问他朋友,"我最大的奸细是谁?"朋友答道:"最大的奸细是你自己。"

　　我不得不在正文以前唱两句加官,唯其眼前论列的不仅仅是一个小说家,而且是一个艺术家。在今日小说独尊的时代,小说家其多如鲫的现代,我们不得不稍示区别,表示各个作家的造诣。这不是好坏的问题,而是性质的不同,例如巴尔扎克(Balzac)是个小说家,伟大的小说家,然而严格而论,不是一个艺术家，更遑论乎伟大的艺术家。为方便起见，我们甚至于可以说巴尔扎克是人的小说家，然而福楼拜，却是艺术家的小说家。前者是天真的，后者是自觉的。同是小说家，然而不属于同一的来源。他们的性格全然不同，而一切完成这性格的也各各不同。

　　沈从文先生便是这样一个渐渐走向自觉的艺术的小说家。有些人的作品叫我们看，想，了解；然而沈从文先生一类的小说，是叫我们感觉，想，回味；想是不可避免的步骤。废名先生的小说似乎可以归入后者，然而他根本上就和沈从文先生不一样。废名先生仿佛一个修士，一切是向内的；他追求一种超脱的意境，意境的本身，一种交织在文字上的思维者的美化的境界，而不是美丽自身。沈从文先生不是一个修士。他热情地崇拜美。在他艺术的制作里，他表现一段具体的生命，而这生命是美化了的，经过他的热情再现的。大多数人可以欣赏他的作品，因为他所涵有的理想，是人人可以接受，融化在各自的生命里的。但是废名先生的作品，一种具体化的抽象的意境，仅仅限于少数的读者。他永久是孤独的，简直是孤洁的。他那少数的读者，虽然少数，却是有了福的（耶稣对他的门徒这样说）。

　　沈从文先生从来不分析。一个认真的热情人，有了过多的同情给他所要创造的人物，是难以冷眼观世的。他晓得怎样揶揄，犹如在《边城》里，他揶揄那赤子之心的老船夫，或者在《八骏图》里，他揶揄他的主人公达士先生；在这里，揶揄不是一种智慧的游戏，而是一种造化小儿的不意的转变（命运）。司汤达（Stendhal）是一个热情人，然而他的智慧（狡猾）知道撒诳，甚至于取笑自己。桑乔治是一个热情人，然而博爱为怀，不唯抒情，而且说教。沈从文先生是热情的，然而他不说教；是抒情的，然而更是诗的。（沈从文先生文章的情趣和细致不管写到怎样粗野的生活，能够有力量叫你信服他那玲珑无比的灵魂！）《边城》是一首诗，是二佬唱给翠翠的情歌。《八骏图》是一首绝句，犹如那女教员留在沙滩上神秘的绝句。然而与其说是诗人，作者才更是艺术家，因为说实话，在他制作之中，艺术家的自觉心是那真正的统治者。诗意来自材料或者作者的本质，而调理材料的，不是诗人，却是艺术家！

　　他知道怎样调理他需要的分量。他能把丑恶的材料提炼成功一篇无瑕的玉石。他有美的感觉，可以从乱石堆发现可能的美丽。这也就是为什么——他的小说具有一种特殊的空气，现今中国任何作家所缺乏的一种舒适的呼吸。

在《边城》的开端,他把湘西一个叫作茶峒的地方写给我们,自然轻盈,那样富有中世纪而现代化,那样富有清中叶的传奇小说而又风物化的开展。他不分析,他画画,这里是山水,是小县,是商业,是种种人,是风俗,是历史而又是背景。在这真纯的地方,请问,能有一个坏人吗?在这光明的性格,请问,能留一丝阴影吗?"由于边地的风俗淳朴,便是做妓女,也永远那么浑厚……"我必须邀请读者自己看下去,没有再比那样的生活和描写可爱了。

可爱!这是沈从文先生小说的另一个特征。他所有的人物全可爱。仿佛有意,其实无意,他要读者抛下各自的烦恼,走进他理想的世界,一个肝胆相见的真情实意的世界。人世坏吗?不!还有好的,未曾被近代文明沾染了的,看,这角落不是!——这些可爱的人物,各自有一个厚道然而简单的灵魂,生息在田野晨阳的空气里。他们心口相应,行为思想一致。他们是壮实的,冲动的,然而有的是向上的情感,挣扎而且克服了私欲的情感。对于生活没有过分的奢望,他们的心力全用在别人身上:成人之美。老船夫为他的孙女,大佬为他的兄弟,然后倒过来看,孙女为她的祖父,兄弟为他的哥哥,无不先有人而后——无己。这些人都有一颗伟大的心。父亲听见儿子死了,居然定下心,捺住自己的痛苦,体贴到别人的不安:"船总顺顺像知道他的心中不安处,说,'伯伯,一切是天,算了罢。我这里有大兴场送来的好烧酒,你拿一点喝去罢'。一个伙计用竹筒上一筒酒,用新桐木叶蒙着筒口,交给了老船夫。"是的,这些人都认命,安于命。翠翠还痴心等着二佬回来要她哪,可怜的好孩子!

沈从文先生描写少女思春,最是天真烂漫。我们不妨参看他往年一篇《三三》的短篇小说。他好像生来具有一个少女的灵魂,观察的不是别人,而是自己。这种内心现象的描写是沈从文先生的另一个特征。

我们现在可以看出,这些人物属于一个共同类型,不是个个分明,各自具有一个深刻的独立的存在。沈从文先生在画画,不在雕刻;他对于美的感觉叫他不忍心分析,因为他怕揭露人性的丑恶。

《边城》便是这样一部 idyllic 杰作。这里一切是谐和,光与影的适度配置,什么样人生活在什么样空气里,一件艺术作品,正要叫人看不出是艺术的。一切准乎自然,而我们明白,在这种自然的气势之下,藏着一个艺术家的心力。细致,然而绝不琐碎;真实,然而绝不教训;风韵,然而绝不弄姿;美丽,然而绝不做作。这不是一个大东西,然而这是一颗千古不磨的珠玉。在现代大都市病了的男女，我保险这是一副可口的良药。

作者的人物虽说全部良善，本身却含有悲剧的成分。唯其良善，我们才更易于感到悲哀的分量。这种悲哀，不仅仅由于情节的演进，而是自来带在人物的气质里的。自然越是平静，"自然人"越显得悲哀：一个更大的命运影罩住他们的生存。这几乎是自然一个永久的原则：悲哀。

这一切，作者全叫读者自己去感觉。他不破口道出，却无微不入地写出。他连读者也放在作品所需要的一种空气里，在这里读者不仅用眼睛，而且五官一齐用——灵魂微微一颤，好像水面粼粼一动，于是读者打进作品，成为一团无间隔的谐和，或者随便你，一种吸引作用。

《八骏图》具有同样的效果。没有一篇海滨小说写海写得像这篇少了，也没有像这篇写得多了。海是青岛唯一的特色，也是《八骏图》汪洋的背景。作者的职志并不在海，却在借海增浓悲哀的分量。他在写一个文人学者内心的情态，犹如在《边城》之中，不是分析出来的，而是四面八方烘染出来的。他的巧妙全在利用过去反衬现时，而现时只为推陈出新，仿佛剥笋，直到最后，裸露一个无常的人性。"这世界没有新"，新却不速而至。真是新的吗？达士先生勿需往这里想，因为他已经不是主子，而是自己的奴隶。利用外在烘染内在，是作者一种本领，《边城》和《八骏图》同样得到完美的使用。

环境和命运在嘲笑达士先生，而作者也在捉弄他这位知识阶级人物。"这自以为医治人类灵魂的医生（他是一个小说家），以为自己心身健康，写过了一种病（传奇式的性的追求），就永远不至于再传染了！"就在他讥诮命运的时光，命运揭开他的癞疤，让他重新发现他的伤口—— 一个永久治愈不了的伤口，灵魂的伤口。这种藏在暗地嘲弄的心情，主宰《八骏图》整个地进行，却不是《边城》的主调。作者爱他《边城》的人物，至于达士先生，不过同情而已。

如若有人问我，"你欢喜《边城》，还是《八骏图》，如若不得不选择的时候？"我会脱口而出，同时把"欢喜"改作"爱"："我爱《边城》！"或许因为我是一个城市人，一个知识分子，然而实际是，《八骏图》不如《边城》丰盈，完美，更能透示作者怎样用他艺术的心灵来体味一个更其真淳的生活。

廿四年八月七夕

认识老舍（节选）

樊　骏

导言——

　　本文分上、下篇刊载于《文学评论》1996 年第 5 期和第 6 期。

　　樊骏，1930 年生，上海人。中国社会科学院文学研究所研究员。

　　这是一篇发人深省的全面评述老舍创作的论文。为了澄清半个多世纪以来老舍研究中普遍而顽固的成见，作者从思想启蒙的题旨、文化批判的视角、重在道德判断的人物刻画、朴素本色的现实主义创作方法、蕴含悲剧意味的幽默艺术等方面，细致而深入地分析并阐释了老舍创作的独特性和丰富内涵，并对老舍在文学史上的突出贡献给予了公正的评价。论文的学术意义显然不仅限于个别作家作品的考察，作者的用意更在于以老舍为个案，探讨涉及现当代文学研究的一些重大问题。论文第一节，作者梳理了老舍的创作历程，总结出老舍的创作个性和艺术风格，质疑了过去关于老舍的一些偏见，并从整体上确认了老舍的文学成就和文学史地位；论文第二节，作者肯定了老舍创作始终如一的思想启蒙价值，更对"五四"以后现代文学唾弃思想启蒙主题引发的后果进行了反思；论文第七节，作者着重讨论了老舍创作幽默艺术的严肃命意和悲剧色调，也对一些研究者由于未能充分领会幽默的深层含义予以简单粗暴的责难提出了批评。作者竭力引导读者思考的，与其说是"究竟应该怎样认识老舍"的课题，不如说是更深广意义上的"究竟应该怎样认识现当代文学"的命题。全文思路开阔，见解精深，析疑求是，持论有据，不仅显示了老舍研究领域的新高度，也显示了现当代文学史研究的新的学术水准。

一

　　老舍具有极其鲜明的创作个性与十分独特的艺术风格，在若干重要的方面为现代文学的发展成长做出了突出的建树，丰富了中国文学的宝库；其中，有的是别人难以比拟或者无法替代的，有的对当前的文学创作仍然产生着深远的影响。尽管他也有明显的弱点，却无疑是中国现当代文学史上一位不可多得的大家。

老舍于 1926 年正式登上文坛。① 1928 年商务印书馆出版他的《老张的哲学》《赵子曰》两书时，在《时事新报》刊登的两则广告中，着重提到了"著者讽刺的情调，轻松的文笔""幽默""叙述一班北平闲民的可笑的生活"等。朱自清认为这"虽然是广告，说得很是切实，可作两则短评看"②。所谓"很是切实"之处，正在于抓住了这位文学新人的一些基本特点。可见，对于老舍的艺术独创性以及由此取得的杰出成就，人们从一开始就是有所认识的。三十年代中期，老舍进入创作高潮。《离婚》《骆驼祥子》等的相继问世，标志着作家已经形成自己的艺术风格。李长之、赵少侯、常风等人纷纷撰写评论，称赞他的幽默艺术及其审美价值。他也因此而确立了在中国文坛的重要位置。抗日战争爆发后不久，老舍被推举为"全国文协"的实际负责人，并担任此职直到抗战胜利，足以表明他的崇高的文学地位与社会地位，是得到了文艺界以至于社会各界的普遍认可与充分肯定的。而这一工作岗位以及他在这一岗位上的热诚服务，又进一步扩大了他的声望与影响。1944 年 4 月，为纪念老舍创作二十周年，③文艺界开展过颇有声势的祝贺活动。④ 在高度评价他为文艺界的团结抗日所做出的贡献的同时，也推崇他的文学业绩为"我们新文艺的一座丰碑"，并将"永垂不朽"。⑤ 中华人民共和国成立后，老舍怀着由衷的热情，歌颂新生的北京与社会主义的祖国。《龙须沟》《茶馆》等作品的成功，证明他步入又一个创作高潮，而且他是二三十年代开始创作的老作家中，到五六十年代能够依然保持艺术活力、继续取得新的进展的最为突出的一位。他在文学艺术、对外文化交流、政治、社会等机构，担任多种领导职务，还先后

---

① 这是指《老张的哲学》，他的第一部长篇小说 1926 年 7 月在《小说月报》上连载而言的。此前，他已发表过一些习作性质的作品。

② 《〈老张的哲学〉与〈赵子曰〉》，收入《朱自清文集》第 2 卷，开明书店 1953 年版。上述商务印书馆的广告词，也引自该文。

③ 把 1944 年定为老舍创作二十周年，是把他在英国开始创作《老张的哲学》定为 1924 年推算出来的。其实不一定准确。

④ 在整个抗战期间，文艺界这样的祝贺（寿）活动，只有三次。即 1941 年 11 月，纪念郭沫若五十诞辰与创作生活二十五周年；1944 年 4 月，祝贺老舍创作生活二十周年；1945 年 6 月，纪念茅盾五十寿辰与创作活动二十五周年。这些活动，显然都是由中国共产党发起组织的。重庆《新华日报》每次都发表社评，出版特刊。周恩来对郭沫若、王若飞对茅盾还发表了祝贺的讲话文章。

⑤ 邵力子、张道藩、郭沫若、沈雁冰等二十九人《老舍先生创作生活二十周年纪念缘起》，载《新蜀报：蜀道》1944 年 4 月 17 日第 1120 期。

获得"人民艺术家""语言艺术大师"等称号,在政治上、艺术上都得到极大的荣誉。自六十年代初期起,现代文学研究界逐渐流传所谓"鲁(迅)、郭(沫若)、茅(盾);巴(金)、老(舍)、曹(禺)"的提法,说明文学史家明确地把他置于现代中国作家的最前列,更是一种显赫的历史评价。

　　不过,以上种种只是事情的一个方面。另一方面却是他的创作的深广含义与突出成就,特别是老舍之所以是老舍的创作个性与艺术风格,他对于中国现当代文学的独特贡献,在很长的时期里,并没有为人们所普遍认识,得到应有的评价;相反的,还不时受到这样那样,或隐或显的贬低指责。在灾难深重的二三十年代,他那"一半恨一半笑地去看世界"的人生态度,追求幽默的喜剧效果的艺术取向,都难以为日渐激进的文坛所认可。鲁迅在 1934 年的一封信中说到林语堂热衷于提倡幽默小品,担心他"如此下去,恐将与老舍半农,归于一丘"①。鲁迅这时对林语堂已多有不满;相比之下,显然对老舍是更不以为然的了。茅盾在四十年代中期回忆二十年代末最初读到《赵子曰》时的感触:"那时候,从热烈的斗争生活中体验过来的作家们笔下的人物和《赵子曰》是有不小的距离的。说起来,那时候我个人也正取材于小市民知识分子而开始写作,可是对于《赵子曰》作者对生活所取观察的角度,个人私意也不能尽同。"②即使说得相当委婉,仍然清楚地表达了对这部作品的保留态度。巴人在 1939—1940 年所写的《文学读本》中,把祥子视为"从自然主义的,现象学的方法来描写人物"的代表,只是"一个世俗的类型"。"由这人物而展开的故事,也是这现实社会的'浮光掠影'的事件,很少本质的意义",又"没有和其他社会作有机的连系",作家只"给他穿上了衣帽",却没有"给他灵魂",因而"不是典型",艺术上评价不高。同时指出作家对于革命的认识也是"世俗的",而巴人认为"这种'世俗'的看法,本质上是反动的。《骆驼祥子》被批评家所称道,但没有从这种思想本质上的反动性予以批判,实在是怪事"③。老舍诚然有"世俗"的一面,二三十年代他对于政治、对于革命的认识,也带有过"世俗"的偏见,但断定"这种'世俗'的看法,本质上是反动的",却是政治上的

---

① 《致台静农(1934 年 6 月 18 日)》。
② 《光辉工作二十年的老舍先生》,载《新华日报》1944 年 4 月 17 日。
③ 《文学读本》由珠林书店 1940 年 10 月出版。此书现在已不易找到。引文出自该书的改版本《文学初步》(海燕书店 1950 年 1 月出版)。从"再版后记"看来,改名再版时,没有什么改动。

严厉斥责,否定了作品的思想倾向。1950年,《四世同堂》第三部《饥荒》在《小说》杂志上连载,到八十七段就结束了。直到八十年代初,找到1951年在美国出版的四十年代后半期作家本人旅美期间亲自参与翻译的《四世同堂》英文译本 *The Yellow Storm*,才知道他是按计划写完一百段的。① 至于为什么不将早已写好的作品全部发表出来,不作任何解释就中断了,《饥荒》也没有像前两部(《惶惑》《偷生》)那样,在报刊上连载后出版单行本,除了因为觉得内容不合时宜,还能有什么别的难言之隐呢?② 1951年上半年,沉浸于《龙须沟》获得成功的极大喜悦中,老舍奉命写作以知识分子思想改造为题旨的电影剧本《人同此心》③,完稿后送请有关部门审查时,因为有人认为"老舍自己就是个没有经过改造的知识分子。他哪能写好符合我们要求的电影剧本?怎么改也改不好",把剧本"枪毙"了。④ 问题自然不在于如何评价这部作品——任何作家都难免写出失败的作品;而在于如何看待老舍:所谓"没有经过改造的知识分子","哪能写好符合我们要求"的作品,"怎么改也改不好"云云,都超出评价作品本身,而从根本上否定了这位作家! 六十年代初期动笔的自传体小说《正红旗下》,老舍酝酿了数十年,⑤本来会是又一部传世之作,却因为有悖于所谓"大写十三年"(即以新中国的社会现实为题材)的号召,⑥写了八万多字又不得不搁笔了,给世人留下一个灿烂的开头与无穷的遗憾。

---

① 老舍在1945年4月1日所写的《〈四世同堂〉序》中宣布全书分三部,一百段。

② 正当《饥荒》在《小说》连载时(1950年5—11月),老舍编成他新中国成立前的作品的选集,对有些作品作了修改。他在8月20日《人民日报》发表的该书自序中,全面回顾了自己的创作生涯,第一次作了"自我检讨",还特别为自己在《猫城记》中"讽刺了前进的人物",表示"很后悔我曾写过那样的讽刺,并决定不再重印那本书"。《饥荒》最后十三段里,并不存在类似《猫城记》的笔墨。不过这种"自我检讨"的心态,有助于我们理解他中止连载《饥荒》的动机。

③ 编写这样一个电影剧本,是毛泽东提出的;请老舍承担,则由电影局提名,得到周恩来的同意后,确定下来的。有关情况参见齐锡宝《回忆老舍先生奉命写〈人同此心〉的前前后后》(载《电影创作》1994年第1期)。

④ "有人"指江青,当时她刚就任中宣部电影处处长之职。有关情况,参见齐锡宝文。

⑤ 老舍一直有这样的创作计划。1944年他的好友罗常培提到,十年前他就想……写一部家传性质的历史小说(《我与老舍——为老舍创作二十周年作》)。事实上抗战前夕他已动笔了,那就是发表在1937年8月《方舟》第39期上的长篇小说《小人物自述》;因为战争爆发,只发表了一万多字就中断了。

⑥ 这个号召是由柯庆施、张春桥提出的。

即使是得到热烈赞扬的作品,像《龙须沟》,改编成电影时,由别人作了不符合作家原意的改动,致使同一个剧本先后有内容不尽相同的三个版本;①像《茶馆》,受到过为旧中国唱"挽歌",缺少反映革命力量的"红线"等指责,五十年代末与六十年代初的两次演出,都以引起轰动开始,以悄悄收场了事,②以致亲身经历了这些(先后担任这两出话剧与电影的主要角色)的于是之,至今仍然感到愤然:"这样两篇难得的好作品,居然有人就能不叫它跟群众见面,或者非经过一个什么白痴扭曲一下才叫它跟群众见面。这是不公平的。"③所有这些,与前面的肯定赞美分明是尖锐地对立着的,却又是并存着的;有时,还是它们更起了实际的作用,产生更为广泛的影响。这种矛盾的状况,几乎伴随了作家一生。老舍自然并非完美无缺,作家也需要文学批评的及时提示。有些指责,孤立地看不能说毫无道理。但它们都不仅仅是一时一地,个别人对个别作品的评价,而往往包含着文学观念上的深刻分歧。把它们串连起来考察,可以清楚地看到,对于老舍,半个多世纪来,一直有相当普遍又相当顽固的成见,至少是认识上存在不少偏颇与谬误。

对于这些,局外人可能不甚了然,有的实情也是后来才陆续披露出来的;即使知道了,也不一定在意。而作为当事者,作者本人是不可能不立刻直接得知或者间接觉察到的。除了多次提及幽默的得失外,他好像没有对这些作过任何公开的解释辩驳。相反的,有时为了适应不一定恰当的客观要求,或者迎合一时不一定正确的风尚,还不惜写一些失去了"自我"的作品;哪怕是根据多方意见,不厌其烦地反复修改,仍然无法避免艺术上的失败,如话剧《春华秋实》。④ 五六十年代之交,相继出版了中国现代作家卷帙众多的文集、全集。鲁、郭、茅、巴、老、曹六位大家中,唯独没有出版老舍的。据说是作家自己谢绝了出版文集的建议。对此,我们不能也不应该简单地用作家本人谦虚之类的理由来解释;那只能将认识引入歧途。四十年代中期,老舍明确表示过,"我对已发表过的作品是不愿再加修改的"⑤。五十年代重新出版《骆驼

---

① 有关情况,参见于是之《老舍先生和他的两出戏》,载《北京文学》1994 年第 8 期。
② 关于这类指责可参见胡絜青的回忆文章《巨人的风格》《关于老舍的〈茶馆〉》,与于是之的《老舍先生和他的两出戏》。
③ 《关于〈龙须沟〉和〈茶馆〉》,载《中国现代文学研究丛刊》1996 年第 4 期。
④ 关于这个问题,笔者在《老舍的"寻找"》(载《文史哲》1987 年第 4 期)中作过具体分析。
⑤ 《我怎样写〈骆驼祥子〉》,载 1945 年 7 月《青年知识》第 1 卷第 2 期。

祥子》《离婚》等作品时，却都作了重要的（并非如作家所说的仅仅"删去了不大洁净的语言和枝冗的叙述"①）改动。老舍去世后，家属整理遗稿时发现他曾经对《四世同堂》作过一些修改，但没有改动几章就又中止了。修改，显然是为了重新出版；中断，想必是意识到难以或者不愿意那样修改下去。面对上述种种误解与非难，让他如何修改，又怎样才能达到重新出版的要求呢？恐怕这才是他谢绝出版文集的根本原因。从不改到修改，再到不改或者不知道如何修改才是的蛛丝马迹的轨迹中，不难触摸到他内心深处因为不被人们理解所产生的压抑与困惑——看来，他始终没有从这样的苦恼中摆脱出来。这对于一位具有鲜明的创作个性与自觉的艺术追求，并且已经取得光辉成就的作家说来，该是何等痛苦的折磨！其中又包含了多少值得好好总结的经验教训。老舍自沉于太平湖自然是个巨大的悲剧，几乎贯串于他的整个创作生涯的这类惶惑苦闷，难道不也具有深刻的悲剧意味吗？究竟应该怎样认识老舍，就这样地成为一个有待认真探讨的课题。

进入新时期以来，原先存在过的偏见逐步消解，人们对于老舍表现出前所未有的兴趣与热情：他的作品新的版本的繁杂，②改编成影视剧数量之众多，③以及读者观众反响之强烈（形成了所谓"老舍热"），在现当代作家中都是少见的。与此同时，研究者对他的创作个性与艺术风格，他的创作的丰富内涵，他在文学史上的杰出贡献等，也多有新的发现与比过去高得多的评价。这十多年来，老舍研究在现代作家研究中可能是最为活跃，进展最大的。人们从不同方式贴近老舍，进入他的艺术世界，品味感悟他的艺术独创性；也就是说，正在全面深入地重新认识这位作家。而通过今昔评价的对比，可以清晰地看到彼此间观念上分歧之所在，以及产生那些偏颇的主客观原因。如今已经是可以较为正确地认识老舍，总结这个问题上的经验教训的时候了。

---

① 《〈骆驼祥子〉（修订版）后记》（1954 年 9 月）。

② 仅以《四世同堂》为例，在短短几年里，就出版了天津百花出版社、四川人民出版社两种单行本，北京出版社的缩写本，人民文学出版社的《文集》本。

③ 新时期拍摄成影视剧的有《骆驼祥子》《离婚》《四世同堂》《月牙儿》《鼓书艺人》与《茶馆》，加上五十年代拍摄的《龙须沟》《我这一辈子》，共八部。

二

老舍反复强调过："感谢'五四'，它叫我变成了作家"①，点明了他与"五四"的密切的内在联系。他的确在很多方面是"五四"文学革命的产儿，并一直忠诚地继承发扬它的优良传统。比如反帝反封建的精神，"感时忧国"的情思，"为人生"的平民文学的宗旨等。他还以直接来自生活、来自口头又经过锤炼加工，生动悦耳，简明有力，富有魅力而又深入浅出的文字，把"五四"白话文学所要求的语言革新，推向新的高度。不过，这里要着重分析的，是他始终坚持了"五四"的思想启蒙的传统；这可能是正确认识老舍，与解开过去那些分歧的死结的关键所在。

在正式开始文学创作之前，老舍就申述过这样的心愿："我们每个人须负起两个十字架……为破坏、铲除旧的恶习、积蔽，与像大烟瘾那样有毒的文化，我们须预备牺牲，负起一架十字架。同时，因为创造新的社会与文化，我们也须准备牺牲，再负起一架十字架。"②表明他最关注的是民族的文化心态精神面貌，包括它的落后与新生。随后在谈到自己的创作时又说：自己选择了"对人与事的一种惋惜，一种规劝"的态度。并且解释说：社会众多成员的"糟糕是无可否认的。我之揭露他们的坏处原是出于爱他们也是无可否认的"③。作为一位爱国主义者，他深知民族精神上的种种痼疾的严重危害，并把对于民族成员进行广泛的思想启蒙教育，作为自己创作的根本任务。他说《二马》"是在比较中国人与英国人的不同处"，对于小说中的不同人物"我不能完全忽略了他们的个性，可是我更注意他们所代表的民族性"④。寓言体小说《猫城记》，以猫人象征古老衰败的中华民族，大声疾呼国人在民族生死关头快快猛醒过来。《二马》容易使人联想到鲁迅的《阿Q正传》，《猫城记》则与沈从文的《阿丽思中国游记》、张天翼的《鬼土日记》相似——它们都是以"改造国民性"为题旨的代表作。《离婚》《牛天赐传》《四世同堂》中的这一题旨虽然不像前两者那么集中专一，仍然以重笔浓彩描绘并鞭挞民族心态中的种种

---

① 《"五四"给了我什么》。
② 转引自老舍1944年10月所写的《双十》。文中提到"记得二十多年前，在南开中学教书的时候，我曾在校中国庆纪念会上说过"本文所引的上述这段话，这里所说的"二十多年前"，是指1922年10月，当时他在南开中学教书。
③ 《我怎样写〈猫城记〉》。
④ 《我怎样写〈二马〉》。

弊端。作家还借《四世同堂》中一位在敌伪统治下从事抗日活动的志士之口，陈述这样的愿望："这次的抗战应当是中华民族的大扫除，一方面须赶走敌人，一方面也该扫除清了自己的垃圾。我们的传统的升官发财的观念，封建的思想——就是一方面想作高官，一方面又甘心作奴隶——家庭制度，教育方法，和苟且偷安的习惯，都是民族的遗传病。这些病，在国家太平的时候，会使历史无声无色的，平凡的，像一条老牛似的往前慢慢地蹭；……及至国家遇到危难，这些病就像三期梅毒似的，一下子溃烂到底。"①这是他在国难当头之际，反省中华民族衰微积弱的主观原因时得出的结论。所以投身全民抗战洪流的同时，他依然高举思想启蒙的旗帜。即使像《骆驼祥子》那样直接抨击社会不公的作品，也没有放松对于祥子身上由小生产方式培育起来的"个人主义"的针砭，与他从"人"到"野兽"的精神堕落的刻画。晚年那些正面歌颂新社会的剧作，在渲染社会主义新人的精神风貌的同时，仍然注意描写旧式北京市民笑着向昨天告别的心灵历程。《正红旗下》那段经常为人们提及的历史感叹："二百多年积下的历史尘垢，使一般的旗人既忘了自谴，也忘了自励。我们创造了一种独具风格的生活方式：有钱的真讲究，没钱的穷讲究。生命就这么沉浮在有讲究的一汪死水里。"虽然其中叙说的是一个早已过去的故事，但袒露在读者面前的，仍然是启蒙主义特有的沉重胸怀，呼唤人们共同唾弃那种"沉浮在有讲究的一汪死水里"的"生命"！这种被作家称为"怜惜""规劝"与"爱"的思想启蒙与人文关怀，作为思想基调，贯串于他的全部创作，构成老舍艺术世界一个鲜明的思想特征。

在现代中国，是新民主主义革命从根本上改变了社会性质与历史命运；而拉开这场革命序幕的"五四"新文化运动，其自身就是一场民主主义的思想启蒙运动。"当时，以反对旧道德提倡新道德，反对旧文学提倡新文学，为文化革命的两大旗帜，立下了伟大的功劳。"②可见，思想启蒙与文学革命是紧密地结合在一起的；"五四"新文学的根本任务正在于批判旧思想旧道德，鼓吹新思想新道德，肩负起思想启蒙的历史使命；而且是当时与随后实践这一使命的，最为活跃也最有成绩的手段与方式。这些基本事实，在新文学奠基者鲁迅身上，表现得极为突出，而且十分自觉。还在二十世纪初，他就说出了

---

① 见该书第五十段，是钱默吟与祁瑞宣久别重逢、纵论天下大事时的一段话。

② 毛泽东《新民主主义论》。

"我们的第一要著,是在改变他们(指'愚弱的国民')的精神,而善于改变精神的是,我那时以为当然要推文艺"①——已经特别推崇文艺"改造国民性"的社会功能。"五四"前夕,鲁迅又正是出于唤醒在"绝无窗户"的"铁屋子"里"不久都要闷死"的沉睡者,快快奋起"毁坏这铁屋的希望"②,才投身文学革命的。而第一声呐喊"救救孩子",与最主要的代表作《阿 Q 正传》,都是启蒙主义文学的典范。这些,既是鲁迅最初的杰出业绩,也成为"五四"新文学的启蒙主义传统的光辉起点。老舍的情况与鲁迅颇有一些相似之处:鲁迅是在日本留学期间,开始思考"国民性"的课题,并从医学转向文艺的。老舍也是在旅居英国期间,开始文学创作,并关注"民族性"的革新的。他们都是作为爱国青年,切身感受到现代国家的公民与古老中国的臣民间的差异,怀着忧虑与希望,开始探索"国民性""民族性"的课题,进而萌发促进人——民族的现代化的思想启蒙的使命感,并且把文艺作为自己这种深沉灼热的人文关怀的主要载体的。在中国现代文学史上,老舍是继鲁迅之后,又一位始终怀着这样的信念,自觉地履行这一历史使命的作家。

但当老舍开始创作时,中国文坛正酝酿着从文学革命到革命文学的转换;当他开始成名时,无产阶级革命文学已经成为汹涌的潮流,迅速在文坛取得主导的位置。革命文学自然是对文学革命的重大发展;而要发展,又必然包含着对"五四"新文学传统的某些批判以至于否定。比如在无产阶级革命文学大步登上文坛时,一位左翼批评家指出:"现代的中国农民第一是不像阿Q 时代的幼稚,他们大都有了很严密的组织,而且对于政治也有了相当的认识;第二是中国农民的革命性已经充分地表现了出来,他们反抗地主,参加革命,近且表现了原始的 Baudon(暴动)的形式,自己实行革起命来,绝没有像阿Q 那样屈服于豪绅的精神;第三是中国的农民智识已不像阿 Q 时代农民的单弱,他们不是莫明其妙的阿 Q 式的蠢动,他们是有意义的,有目的的,不是泄愤的,而是一种政治的斗争了。"他并不否认《阿 Q 正传》表现了"中国人的病态性格的最重要的部分","是鲁迅创作中最可纪念的一篇",但大声宣告"阿 Q时代"已经"死去了",③这位批评家还说"在'五四'运动的初期,他(指鲁迅)实

---

①② 《〈呐喊〉自序》。

③④ 钱杏邨《死去了的阿 Q 时代》,分节连载于《太阳》(月刊)1928 年 3 月号、1928 年 5 月号、《我们》(月刊)创刊号。

在是尽了不少的力量的,新文艺的推进他也是很重要的人,不过他的贡献只是小说的技巧,而不是作品的思想"④。很显然,这不仅仅限于嘲笑鲁迅与《阿Q正传》是"时代的落伍者",更在广泛意义上完全抹煞了以鲁迅为代表的新文学思想启蒙传统及其积极意义。面对如这位批评家所形容的已经觉醒了的、站立起来战斗的、成为自己命运的主人的工农群众,还需要什么思想启蒙呢? 随之而来的,三十年代的以"无产阶级的'五四'"取代"资产阶级的'五四'"的号召,用"大众化"取代"化大众"的主张,四十年代开始的知识分子向工农兵学习,甘当他们的小学生的时尚,无不包含着同样的思想命题与价值判断;思想启蒙的题旨也就越来越遭到冷落,以至于为人们所唾弃了。① 这也就决定了始终忠诚于这一思想传统的老舍命途多舛了。

当启蒙主义把理性与科学视为人的觉醒、人类进步的主要动力时,常常会夸大精神因素在社会生活中的作用,有时还会自觉不自觉地离开物质世界,将这些因素与作用孤立化、绝对化,甚至把思想启蒙置于整个社会革命之上,似乎有了它,什么问题都可以迎刃而解。这在认识上诚然有片面性的弊病。② 包括前期鲁迅的"我们的第一要著,是在改变他们的精神"③"必须先改造了自己,再改造社会,改造世界"④那样的看法,也带有明显的幻想色彩。这些,都是毋庸讳言的。问题在于:任何一场真正的社会革命,完全意义上的社会革命,除了夺取政权,改变原有的经济制度、生产方式以外,还包括思想革命的任务——彼此之间又是相辅相成,不可或缺的。无视思想启蒙的工作,忽略人民群众精神领域的变革,势必陷入另一种偏颇。后期的鲁迅,接受马克思主义的社会革命学说,克服了上述的唯心主义倾向,在与帝国主义、反动派进行斗争的同时,仍然在社会批判、文化批判的杂文中剖析、鞭挞民族的劣

---

① 尽管《阿Q正传》在有人宣布阿Q时代已经死去以后,仍然得到很高的评价,但可以看出:肯定的重心已经从它创造了阿Q的典型形象,揭示"精神胜利法"之类的国民劣根性,转而为它批判了辛亥革命没有发动阿Q这样的基本群众导致失败。其中的变化,同样反映出对思想启蒙的忽略与贬低。

② 关于这一点,恩格斯有过明确的论述:"一切社会变迁和政治变革的终极原因,不应当在人们的头脑中,在人们对永恒的真理和正义的日益增进的认识中去寻找,而应当在生产方式和交换方式的变更中去寻找;不应当在有关的时代的哲学中去寻找,而应当在有关的时代的经济学中去寻找。"(《反杜林论》)

③ 《〈呐喊〉自序》。

④ 《热风·六十二·恨恨而死》。

根性。他还专门撰文,赞同列宁的"将'风俗'和'习惯',都包括在'文化'之内的,并且以为这些改革,很是困难"的理论主张,并发挥说"我想,但倘不将这些改革,则这革命即等于无成,如沙上建塔,顷刻倒坏",进而号召人们"深入民众的大层中,于他们的风俗习惯,加以研究,解剖",还要有正视其中的"黑暗面的勇猛和毅力。因为倘不看清,就无从改革。仅大叫未来的光明,其实是欺骗怠慢的自己和怠慢的听众的"①。这些话,好像是对两年前所谓阿Q时代已经死去的论断的反批评,同时也是在明确地卫护"五四"新文学的思想启蒙的传统。这样的理解才符合社会发展的辩证法,也才是马克思主义的观点。可惜在很长的时期里,能够这样清醒地看待问题的,不占多数。以致经历了几十年天翻地覆的社会变革,我们国家在政治、经济等方面"旧貌换新颜",而鲁迅、老舍等人描绘过、鞭挞过的那些病态心理、精神痼疾,仍然相当普遍地存在于人们的心灵深处,阻碍着前进的步伐。社会的现代化,离不开人的现代化。旨在唤醒人们摆脱封建宗法观念、小生产意识的羁绊的启蒙教育,反而成了尚未完成的历史任务。"五四"新文学这一传统的可贵之处在于此,老舍创作的思想价值首先也在于此。

何况,文学作品本来只有深入开掘人物的心灵世界,才能塑造出丰富生动的艺术形象;作品也总是通过思想感情的交流共鸣,才会充分发挥感染、熏陶、教化的作用——无论创作过程还是接受过程,都是在精神领域进行的。把"团结人民,教育人民"确定为文艺的首要任务,自然不会局限于为配合一时一地的某个具体任务,起些政治鼓动的作用,而把帮助人们卸下精神负累的思想启蒙的功能排除在外。即使主要出于政治宣传的需要,如果不深入作品人物与读者观众的灵魂,不充分体现作家对于人民群众、国家民族的命运,对于生活真挚的人文关怀,作品也难以具有震撼人心的艺术力量与持久的思想价值。至于把作家誉为"人类灵魂的工程师",灵魂重塑的工程不首先就是思想的启蒙与精神的新生吗?所以,把文学作品作为思想启蒙的载体,符合文学创作的艺术特征与艺术规律。从广义上说,文学作品都具有这样的功

---

① 《二心集·习惯与改革》。文中提到的列宁的主张,据《鲁迅全集》的注释,是指《共产主义运动中的"左派"幼稚病》中的一段话:"无产阶级专政是对旧社会的势力和传统进行的顽强斗争,流血的和不流血的,暴力的和和平,军事的和经济的,教育的和行政的斗争。千百万人的习惯势力是最可怕的势力。"

能；在社会转型期，尤其是在现代化的进程中，更是如此。结合老舍的创作实践来看：如果没有对于祥子这个来自农村的个体劳动者的小生产意识的真实描绘与深入剖析，没有作家对这些精神弱点充满同情焦虑的批判，他的悲剧不会有如此强烈的力量。如果不是着力写出祁老人一家与大杂院里众多城市贫民那些根深蒂固的传统观念与国破家亡的残酷现实的剧烈碰撞，他们的"惶惑""偷生""饥荒"，也就无法产生这般激动人心的效果。思想启蒙的题旨深化了作品的思想内涵，也强化了作品的艺术力量。经历了"文化大革命"的疯狂岁月，人们会重新记起：早在二三十年代，老舍已经在《赵子曰》《猫城记》等作品中，写到过诸如"造反"的学生砸学校、打校长之类的狂暴行径与混乱场景。如果说过去读到这里，会不以为然，至少认为太言过其实了，那么在亲身经历了类似的狂暴混乱之后，不得不承认这是严酷的事实。老舍早已清醒地看到了而且真实地写出了：在权威力量的严格管制下的循规蹈矩的臣民，当这种管制一旦失去了绝对的权威性，就会变得蔑视任何权威与规矩，甚至丧失理智与人性，成为极大的破坏力量。这正是尚未摆脱封建宗法观念与小生产意识的群众相当普遍的精神弱点。鲁迅曾经不无恐怖地叹息过："暴君治下的臣民，大抵比暴君更暴。"[①]怀着同样忧虑的老舍，在作品中淋漓尽致地描绘了陷入盲动中的"臣民"的"暴行"。启蒙主义的题旨使这些作品闪耀着发人深思的思想光彩。

老舍当然不是什么预言家，而是对于民族命运的真切关怀，对于群众病态心理的深入理解，特别是对于文学创作的思想启蒙任务的自觉认同，使作品具有深刻的思想内涵与持久的思想价值。循着这样的思路，进入他创造的艺术世界，就会对其中丰富的含义有更多的认识。

…………

七

老舍最为突出的特点、最为重要的成就，也是别人最难以企及之处，是他的幽默艺术。这在他的创作个性与艺术风格中，在他的整个创作中，起了画龙点睛的作用，一切都因此获得蓬勃的生机。上述的那些特点与成就，大多也是由他的幽默的心态与笔墨完成的。幽默还往往是老舍创作特有的情趣

---

① 《热风·六十五·暴君的臣民》。

与诗意,给人以愉悦与美感的思想艺术之源。在某种意义上可以说,失去了幽默,就没有了老舍,更谈不上他在文学史上取得那样的成就与地位。然而,也正是在幽默问题上,老舍遭到最为广泛最为持久的不满与责难。本文一开始提到的包括鲁迅、茅盾等人在内的,对他的保留与批评,也大多集中于此。

毋庸讳言,老舍的幽默笔墨在一段时期里,的确有过明显的缺陷。"我初写小说,只为写着玩"①,有的作品"是我写着玩的",是作为"笑话"来写的。②自然不能完全相信这些自白,以此概括他创作的初衷;它们更多的是作家的自嘲。但过多地追求好玩可笑,的确使他"信口开河,抓住一点,死不放手,夸大了还要夸大,而且津津自喜,以为自己的笔下跳脱畅肆";艺术上不加节制,思想上缺少分寸,所取得的反而是"并不幽默,而是讨厌"的效果。③ 早期作品中因为过于热衷逗乐,"在调侃中,有时罪恶像是仅仅缘于无聊,丑行则只令人感到滑稽"④,也势必削弱幽默的思想力量与艺术效果。至于像《二马》一开始时描写的伦敦街头不同政治派别进行宣传鼓动的场景:"打着红旗的工人,……扯着小阌雷似的嗓子喊'打倒资本阶级'。把天下所有的坏事全加在资本家的身上,连昨儿晚上没睡好觉,也是资本家闹的","打着(英)国旗的守旧党,……拼着命喊:'打倒社会党''打倒不爱国的奸细'。把天下所有的罪恶都撂在工人的肩膀上,连今天早晨下雨,和早饭的时候煮了一个臭鸡蛋,全是工人捣乱的结果",还有《猫城记》里把政党称为"哄",即把"大家联合到一块拥护某种政治主张与政策"一概视为胡闹瞎起哄——这样的逗趣,不仅失之庸俗无聊,而且在表明对政治厌恶的同时,暴露出对政治的无知。这些都是败笔。而从根本意义上说:一方面,除了《西游记》等个别作品穿插的一些幽默文字外,中国文学历来缺少幽默的传统,外来的英国绅士式的幽默虽然在诙谐俏皮中有时也显露出尖刻的思想锋芒,但追求闲适、超然、"费厄泼赖"的取向,又无法照搬过来,也难以为中国读者所理解接受。另一方面,幽默艺术如何为现代中国灾难深重、斗争激烈的社会现实服务,如何与严肃的文学题旨结合得好,更是决定它能否存在的首先需要解决的课题。鲁迅就是以

---

① 《我怎样写〈老张的哲学〉》。
② 《我怎样写短篇小说》。
③ 《我怎样写〈老张的哲学〉》。
④ 赵园《北京:城与人》,上海人民出版社 1991 年版。

"'幽默'既非国产,中国也不是长于'幽默'的人民,而现在又实在是难以幽默的时候"为前提,对当时提倡幽默表示很深的怀疑。① 这也是他对老舍的幽默持保留态度的主要依据。所以幽默作为这样一个全新的艺术课题,对中国现代作家来说,无论在理论上还是创作实践上,比之悲剧艺术、正剧艺术与同属喜剧范畴的讽刺艺术,都要困难得多。现代中国作家很少涉足这一艺术领域,更少取得成功,幽默艺术在中国现代文学中也的确没有得到长足的发展,原因都在于此。这也决定了献身幽默艺术的老舍,不可能一帆风顺,而需要为之付出艰巨的努力。早在二十年代末,朱自清敏锐地觉察到老舍的幽默笔墨与作品的内容题旨不够协调,指出《老张的哲学》和《赵子曰》"都有一个严肃的悲惨的收场,但上文都有不少的游戏的调子",两部小说"没有一贯的态度";在他看来,"'发笑'与'悲愤'这两种情调,足以相消,而不足以相成"②,已经触及问题的症结。三十年代中期,随着社会形势的日趋严重,自身对于幽默艺术作了反复的探索与实践,又总结了《猫城记》的得失,作家自己也意识到其中的矛盾:"时局如此,而我又非幽默不可,真是心与手违;含着泪还要笑,笑得出吗? 不笑,我又不足得胜!"③面对这样的两难境地,他也有点不知所措了。所以,从深层的意义上考虑,他的一些失误是可以理解的,人们的一些批评也并非完全没有根据。

需要辨析的是,上述的那些弊端绝非老舍幽默的全部内容,更不是它的主体与精华之所在;它们大多是些外在的现象与枝节性的问题,并且逐渐得到纠正克服。当年的不少批评,连同作家的一些自嘲自责,多有片面性与简单化的毛病。老舍的幽默,不仅仅是制造些笑料,更不仅仅是为了逗乐;这些都不过是手段而不是目的,主要是方式和形式而不是精神与实质。他明确说过:"不管别的,只管逗笑","是滑稽",是"闹戏";"假若幽默也可以分等的话,这是最下级的幽默",因为它"只为逗笑,而忽略了——或根本缺乏——那'笑的哲人'的态度"。④ 前面提到的那些,大多不妨归入"最下级的幽默",而他所追求的则无疑是这种"'笑的哲人'的态度",即相当于"哲人"的含有深意的

---

① 《伪自由书·从讽刺到幽默》。
② 《〈老张的哲学〉与〈赵子曰〉》,收入《朱自清文集》第 2 卷,开明书店 1953 年版。
③ 《致赵家璧信(1933 年 2 月 6 日)》,收入孔另境编《现代作家书简》,花城出版社 1982 年版。
④ 《谈幽默》,《宇宙风》第 23 期 1936 年 8 月 16 日。

"笑"的那种高级的幽默。在为幽默作出理论的界定时,老舍强调它"首要的是一种心态"。具体地说,幽默的人"由事事中看出可笑之点":"往大处一想,人寿百年,而企图无限,根本矛盾可笑,于是笑里带着同情,而幽默乃通于深奥"。这也就是上述的"'笑的哲人'的态度"。从这样的基本人生观念出发,处处都会发现"世人的愚笨可怜,……世上最伟大的人,最有理想的人,也许正是最愚而可笑的人";同时懂得作为人类的一分子,"他自己也非例外"。[①] "看透宇宙间的种种可笑的要素,而后用强烈的手段写画出来"而能"引人发笑"者,为幽默。[②] 所以,老舍认为"嬉皮笑脸,并非幽默;和颜悦色,心宽气朗,才是幽默",幽默的心态应该是"一视同仁的好笑的心态"。[③] 总之,他把幽默视为"看透宇宙间的种种可笑"的人生哲学的艺术表现。不管这样的诠释是否完全科学,能否普遍适用于古今中外的其他幽默作品,但毫无疑问是关于他自己的幽默的最具权威性的说明,揭示了它的真谛之所在。这样的思路与界定,可以帮助我们更好地理解他的幽默艺术。

老舍在谈论自己的创作时,喜欢同时提及自己的生活阅历,并且以后者来解释前者。"我自幼贫穷,作事又很早","在写'老张'(指《老张的哲学》)以前,我已经工作过六年。"在这个过程中,"碰的钉子就特别的多,就成了中年人的样子"。[④] 开始创作时,他觉得从生活磨炼中得到的这些"经验自然是极有用的"[⑤],那些"初期的作品……写出(了)我自己的一点点社会经验"[⑥]。这些生活阅历与社会经验确实深深地影响了他的创作取向,包括从一开始就倾心幽默的选择。"自幼贫穷",使他深切体会到生活的艰辛与世态的炎凉,当他从社会底层深处打量整个世界,更能看到其中的黑暗与不公,包括可笑与矛盾。"作事又很早"——1918 年他还不到二十岁,就走上社会,先是小学校长,1920 年擢升为北郊劝学员,管理整个北郊地区的小学与私塾。以世俗的标准衡量,这可以说是平步青云,少年得志。迅速改善的物质生活,使他从原

---

① 《谈幽默》,《宇宙风》第 23 期 1936 年 8 月 16 日。
② 转引自王晓琴《笑:生命的交响》,收入《老舍幽默小品精粹》,作家出版社 1992 年版。
③ 《谈幽默》,《宇宙风》第 23 期 1936 年 8 月 16 日。
④ 《我怎样写〈赵子曰〉》。
⑤ 《我怎样写〈赵子曰〉》。
⑥ 《〈老舍选集〉自序》,收入《老舍选集》,开明书店 1951 年版。

先的生活重压下松了口气。① 但对于这位来自社会底层、血气方刚的青年说来，一方面工作不断碰钉子，又耳闻目睹了更多的丑行与黑幕，精神上感到前所未有的苦恼。另一方面每月"有百十块的进项而工作又十分清闲"，又为了摆脱内心苦闷，学会了"烟、酒、麻雀（麻将）"，不知不觉地开始陷入周围那种庸俗生活的泥潭。1922 年经过大病中的严肃反思，他毅然辞去劝学员的职务。这既反映出他极端厌恶原先的工作与生活，也表明了他渴望有一个充实完好的人生。在随后的两三年间，他到南开中学等新式学校任教与北京教育会这样的革新机构工作；一度信仰过基督教，热心于中国教会的自主活动；业余努力学习英文；到英国教书；直到开始文学创作，一步一步地留下了紧张寻找新的人生的坚实脚印。六年里这些既有成功也有挫折的经历，使这个涉世不深的年轻人，于喜怒哀乐的浮沉中，饱尝生活的甜酸苦辣，洞察人情世故的方方面面，即"看透"了一切，已经相当通达而且圆熟，形成外圆内方的性格。当他用现代理性观照检验自己和周围的生活，更是"由事事中看出了可笑之点"——在开始创作之前，他比实际年龄更早地进入"中年人"的阶段，对于生活已经抱着"'笑的哲人'的态度"，形成"和颜悦色，心宽气朗""一视同仁的好笑的心态"了。第一部长篇《老张的哲学》，写的正是他担任劝学员期间那段早已令他极端厌恶的生活经历与社会经验；紧接着的《赵子曰》是作家在"五四"以后的一些时代青年身上"找到了笑料，看出了缝子"后的作品。② 其后的《二马》《猫城记》《离婚》《牛天赐传》，直到晚年的《茶馆》《正红旗下》等最富有幽默情趣的作品，无一不是在表现与调侃那些"愚笨可怜""可笑"的众生相。即使是《老字号》《断魂枪》《黑白李》那样的幽默情趣不浓的作品，也仍然是描绘在他看来不无"可笑"之处的世态。马克思认为："我把可笑的事物看成是可笑的，这就是对它采用严肃的态度"③。这些作品，这样的幽默，正是如此。因此不能笼统地用庸俗无聊、"言不及义"来概括，而是像作家所说的，往往"通于深奥"，具有严肃的命意和值得深思的含义。这是老舍的幽默艺术的主

---

① 老舍回忆说："当我由师范毕业而被派为小学校长，母亲与我都一夜不曾合眼。我只说了句：'今后，您可以歇一歇了！'她的回答只有一串串的眼泪。"（《我的母亲》）关于他的这段比较宽裕的生活，还可参见《小型的复活——自传之一章》等。

② 《我怎样写〈赵子曰〉》。

③ 《评普鲁士最近的书报检查令》，《马克思恩格斯全集》第 1 卷。

要价值所在。它们虽然不是从政治的角度切入生活,具有鲜明的战斗性,或者直接配合革命斗争的作用,但同样触及客观存在的一些社会矛盾与人们普遍存在的一些精神弱点,同样是在催促旧的灭亡与新的诞生,因而与民族解放、现代化的时代要求相一致。加上这些作品大多具有寓庄于谐、深入浅出、雅俗共赏的功能,更容易受到不同阶层读者的欢迎,进而扩大了新文学的阵地与影响。联系这些事实,再来回顾当年的批评,不难发现它们大多没有充分领会老舍幽默艺术这些深层内涵,而失之简单粗暴了。此外,也正因为在进入创作之前,老舍对于社会人生已经抱有幽默的态度,他首先是个"幽默的人",写作出幽默作品应该说是十分自然,甚至势所必然的。这也就是为什么尽管受到那么多的误解与指摘,自己也曾多次放弃过,却又总是很快"返归幽默",孜孜不倦地耕耘于这个艺术领域,并以《离婚》《正红旗下》等佳作,为开拓提高现代中国的喜剧艺术,做出至今仍然无人能够比拟的重要贡献。

所谓"人寿百年,而企图无限",如果指个人的愿望认识与客观世界的实际之间的矛盾,是有道理的,世上恐怕没有一个人能够完全实现自己的所有"企图"。但将个体生命融入社会群体与整个历史,他们的"企图"只要是正确的,终究会在人类发展的进程中逐步实现,因而并不总是"根本矛盾可笑"。从这个意义上说,"世上最伟大的人,最有理想的人"同样不会是"最愚而可笑的人"。所以,认为世人都"愚笨可怜",有很大的片面性,这种认识绝对化了,以致"看透"整个人生,还会趋向悲观。老舍并不否认这一点:"您看我挺爱笑不是? 因为我悲观";"幽默的人只会悲观,因为他最后的领悟是人生的矛盾"。① 在介绍英国作家沃波尔的"幽默者'看'事,悲剧家'觉'之"的论断时,又发挥说:"我们细心'看'事物,总可以发现些缺欠可笑之处;及至钉着坑儿去哑摸,便要悲观了。"②在他看来,不只他个人如此,而是幽默与悲观之间普遍存在着内在联系。他把幽默视为悲观的产物,是它的一种审美方式。他的作品也清楚地表现出两者之间的密切关系。像短篇小说《开市大吉》和《抱孙》:前者描写几个江湖医生合伙开办医院,不择手段地欺骗病人,一些病人也心甘情愿地接受他们实为敲诈的所谓治疗,双方都把人命视同儿戏。后者

---

① 转引自王晓琴《笑:生命的交响》,收入《老舍幽默小品精粹》,作家出版社 1992 年版。
② 《谈幽默》,《宇宙风》第 23 期 1936 年 8 月 16 日。

叙述急于抱孙的婆婆和亲家妈根本不懂科学常识，一味给怀孕的儿媳（女儿）增加营养，又把给新生婴儿"洗三"的习俗视为不可或缺的大事，结果将母子两人折腾致死。有声有色的文字和热闹有趣的情节，使两篇小说如同相声、闹剧般引人捧腹大笑。但前一篇提示贪婪与愚昧正在杀人，后一篇写出愚昧无知如何吃人，触及的都是极其严峻沉痛的题旨。这些作品，不只是所写到的那些"愚笨可怜"的具体事例，更在于看不到任何改变这些状况的可能性的黯淡前景，使人感到可怕甚至恐怖。"热"中透出彻骨的"冷"！短篇小说《柳家大院》写的是大杂院里的一出悲剧：公公、小姑、丈夫三人活活将"长得像搁陈了的窝窝头"的小媳妇折磨得上吊自尽。与涉笔成趣的幽默相伴的是"看透"世间一切的沉痛诅咒，使人深感生活之阴冷。晚年的《正红旗下》，因为作家思想认识的进展，塑造了福海这样很有活力的新人形象。与那些硬塞进作品的外在的积极因素不同，他是作家从生活深处挖掘出来的，成了老舍作品中少有的亮点。但就整体而言，小说中的旗人社会仍然是"一汪死水"，看不到任何前途，仍然是在"强颜为笑，以笑当哭"。从世界文艺史的实例来看，幽默诚然往往与哀怜、悲观相伴。契诃夫最初以安东沙·契洪特的笔名写过不少幽默故事，后来的作品也多幽默的情趣。他所描绘的小市民的卑微心理与庸俗习气，以及周围恶浊的生活氛围，除了令人发笑，更多的还是让人感到压抑，字里行间迷漫着淡淡的悲剧意味。鲁迅曾经指出过马克·吐温的作品"在幽默中又含着哀怨"[①]。另一位幽默艺术大师卓别林的影片，可以令观众从头笑到尾，却又始终看不到那个逗人发笑的主人公有改变不幸处境的任何希望，从而使人们感到悲哀。不过相比之下，老舍作品中的悲观绝望的色彩最为浓厚，他的幽默始终抹不掉苦涩辛酸的味道，不管如何逗笑，实际却很沉重。这是现代中国多灾多难的社会现实决定的，也是老舍个人艰辛痛苦的生活经历决定的，是他的幽默的一个特色。我们自然可以不赞成老舍的这种悲观情绪。但他不仅是认真严肃的，而且往往是极其沉痛的。如果把这样的幽默视为浅薄，浅薄的倒是我们自己了。

他的幽默所蕴含的悲剧意味，与他的现实主义所塑造的悲惨世界，源于他认知生活的同一结论。他那本色朴素的、冷峻严酷的现实主义，竭力剖示

---

① 《二心集·〈夏娃日记〉小引》。

血泪人生,暴露黑暗现实,把一切都不加涂饰地呈现在读者眼前。而幽默的情况则较为复杂些。一方面通过幽默的夸张笔墨,可以集中凸现生活中的矛盾破绽,让人们体察得更为清楚,起到警醒的作用。一方面借用这种喜剧艺术调节自己的思想情绪,缓解冲淡作品中的悲剧基调。他说:"假若我专靠着感情,也许我能写出有相当伟大的悲剧,可是我不彻底,我一方面用感情咂摸世事的滋味,一方面我又管束着感情,不完全以自己的爱憎判断。"又说:"我要笑骂,而又不赶尽杀绝",是"一半恨一半笑地去看世界",于是"失了讽刺,而得到幽默"①。他以此告白了幽默的后一种作用与他倾向幽默艺术的良苦用心。他不愿"专靠着感情"创作,既不由着感情一味"咂摸世事的滋味",也"不完全以自己的爱憎判断"是非;那将会是激愤的讽刺,甚至"相当伟大的悲剧"。他要"管束"这样的"感情"与"爱憎",不仅以"恨",同时也以"笑"去"看世界",做到"要笑骂,而又不赶尽杀绝"。他舍弃讽刺而力求以"和颜悦色,心宽气朗","一视同仁的好笑"的幽默心态,看待世事与写作作品,正是这种"管束"的具体实践。为的是能够较为委婉较为温和地写出他所咂摸到的世事的滋味,表达自己的爱憎判断——"看透宇宙间的种种可笑"以后的悲观与恐怖。鲁迅多次提到"我的灵魂里有毒气和鬼气,……虽然竭力遮蔽着,总还是恐怕传染给别人",把自己的奋进抗争称为"绝望中的抗战"②。在一定意义上说,老舍正是以幽默"遮蔽",冲淡他郁积于内心深处的悲观情绪。而且与鲁迅一样,不管世事如何令人悲哀,早年就立下的"为破坏、铲除旧的恶习、积蔽"与"制造新的社会与文化"而"负起两个十字架"的誓言,使老舍也坚持着自己的"绝望中的抗战",幽默艺术又正好成为进行思想启蒙、文化批判的主要手段。只有如此,才能充分认识老舍的幽默的全部价值及其内在意义。

…………

---

① 《我怎样写〈老张的哲学〉》。
② 《致李秉中信(1923年9月24日)》。此外在《致许广平信(1925年5月30日)》《写在〈坟〉后面》(1926年11月11日)等文中,也谈到过类似的想法。

论张爱玲的小说

迅　雨

导言——

本文原刊 1944 年 5 月 1 日《万象》第 3 卷第 11 期,现选自钱理群编《二十世纪中国小说理论资料·第四卷》(北京大学出版社 1997 年)。

迅雨(1908—1966),本名傅雷,上海人。曾留学法国巴黎大学。著名翻译家。

当张爱玲在四十年代初的上海文坛"窜红"的时候,包围着她的是一片赞扬之声。能获得赞扬当然是因为她值得赞扬,可是她的小说就没有需要留心乃至改进的地方了吗?本文对张爱玲的小说是有所批评的,不过在这种批评的背后,深蕴着作者对张爱玲的喜爱和肯定——批评其实是为了让张爱玲能写得更好。

文章首先是肯定《金锁记》的,特别提到了三个方面:心理分析、节略法、作者的风格,并认为《金锁记》是文坛最美的收获之一。能写出《金锁记》这样作品的作家是有才华的,可是她会不会炫耀自己的才华,逞才使气呢?本文认为这种情形是有的,并且已经对创作造成了损害。过度沉迷于趣味、局部和技巧,而忘记了这些趣味、局部和技巧本来应该是作品的有机组成,使张爱玲的一些作品出现了"突兀之外还要突兀,刺激之外还要刺激"的气象——在喜爱的地方过于停留和过度经营,反而破坏了作品的整体性。"才华最爱出卖人",如果说张爱玲的作品有什么不足,那就是她在能显示自己才华的地方有点任性。

这当然与文学观念的差异性有关。本文作者坚信文学作品应该有一种整体的和谐,局部出彩却整体失衡,不能算好作品,从另一方面讲,精彩的连缀即使导致某种不和谐,却也可能是一种创新——这就难怪张爱玲在《自己的文章》中含蓄地回应了对她的批评。不管怎样,本文的出现,对张爱玲至少是个提醒,使她不致在炫才上走得失去分寸。

本文也写得才情并茂(无论是见识还是文字),令人有和张爱玲比"才"的感觉。张爱玲不一定把本文作者视为知音,可是本文作者却自觉是在对"知音"说话——所以话说得直。

前　言

在一个低气压的时代,水土特别不相宜的地方,谁也不存什么幻象,期待文艺园地里有奇花异卉探出头来。然而天下比较重要一些的事故,往往在你冷不防的时候出现。史家或社会学家,会用逻辑来证明,偶发的事故实在是酝酿已久的结果。但没有这种分析头脑的大众,总觉得世界上真有魔术棒似的东西在指挥着,每件新事故都像从天而降,教人无论悲喜都有些措手不及。张爱玲女士的作品给予读者的第一个印象,便有这情形。"这太突兀了,太像奇迹了。"除了这类不着边际的话以外,读者从没切实表示过意见。也许真是过于意外怔住了。也许人总是胆怯的动物,在明确的舆论未成立以前,明哲的办法是含糊一下再说。但舆论还得大众去培植;而且文艺的长成,急需社会的批评,而非谨虑的或冷淡的缄默。是非好恶,不妨直说。说错了看错了,自有人指正。——无所谓尊严问题。

我们的作家一向对技巧抱着鄙夷的态度。"五四"以后,消耗了无数笔墨的是关于主义的论战。仿佛一有准确的意识就能立地成佛似的,区区艺术更是不成问题。其实,几条抽象的原则只能给大中学生应付会考。哪一种主义也好,倘没有深刻的人生观,真实的生活体验,迅速而犀利的观察,熟练的文字技能,活泼丰富的想象,绝不能产生一件像样的作品。而且这一切都得经过长期艰苦的训练。《战争与和平》的原稿修改过七遍;大家可只知道托尔斯泰是个多产的作家。(仿佛多产便是滥造似的)巴尔扎克一部小说前前后后的修改稿,要装订成十余巨册,像百科辞典般排成一长队。然而大家以为巴尔扎克写作时有债主逼着,定是匆匆忙忙赶起来的。忽视这样显著的历史教训,便是使我们许多作品流产的主因。

譬如,斗争是我们最感兴趣的题材。对。人生一切都是斗争。但第一是斗争的范围,过去并没包括全部人生。作家的对象,多半是外界的敌人:宗法社会,旧礼教,资本主义……可是人类最大的悲剧往往是内在的外来的苦难,至少有客观的原因可得诅咒,反抗,攻击;且还有赚取同情的机会。至于个人在情欲主宰之下所招致的祸害,非但失去了泄忿的目标,且更遭到"自作自受"一类的谴责。第二是斗争的表现。人的活动脱不了情欲的因素;斗争是活动的尖端,更其是情欲的舞台。去掉了情欲,斗争便失去活力。情欲而无深刻的勾勒,便失掉它的活力,同时把作品变成了空的僵壳。

在此我并没意思铸造什么尺度,也不想清算过去的文坛;只是把已往的主张缺陷回顾一下，瞧瞧我们的新作家为它们填补了多少。

一、金锁记

　　由于上述的观点，我先讨论《金锁记》。它是一个最圆满肯定的答复。情欲（Passion）的作用，很少像在这件作品里那么重要。从表面看，曹七巧不过是遗老家庭里一种牺牲品，没落的宗法社会里微末不足道的渣滓。但命运偏偏要教渣滓当续命汤，不但要做儿女的母亲，还要做她媳妇的婆婆，——把旁人的命运交在她手里。以一个小家碧玉而高攀簪缨望族，门户的错配已经种下了悲剧的第一个远因。原来当残废公子的姨奶奶的角色，由于老太太一念之善（或一念之差），抬高了她的身份，做了正室；于是造成了她悲剧的第二个远因。在姜家的环境里，固然当姨奶奶也未必有好收场，但黄金欲不致被刺激得那么高涨，恋爱欲也就不致压得那么厉害。她的心理变态，即使有，也不致病入膏肓，扯上那么多的人替她殉葬。然而最基本的悲剧因素还不在此。她是担当不起情欲的人，情欲在她心中偏偏来得嚣张。已经把一种情欲压倒了，缠死心地来服侍病人，偏偏那情欲死灰复燃，要求它的那份权利。爱情在一个人身上不得满足，便需要三四个人的幸福与生命来抵偿。可怕的报复！

　　可怕的报复把她压瘪了。"儿子女儿恨毒了她"，至亲骨肉都给"她沉重的枷角劈杀了"，连她心爱的男人也跟她"仇人似的"；她的惨史写成故事时，也还得给不相干的群众义愤填胸地咒骂几句。悲剧变成了丑史，血泪变成了罪状；还有什么更悲惨的？

　　当七巧回想着早年当曹大姑娘时代，和肉店里的朝禄打情骂俏时，"一阵温风直扑到她脸上，腻滞的死去的肉体的气味……她皱紧了眉毛。床上睡着她的丈夫，那没有生命的肉体……"当年的肉腥虽然教她皱眉，究竟是美妙的憧憬，充满了希望。眼前的肉腥，却是刽子手刀上的气味。——这刽子手是谁？黄金。——黄金的情欲。为了黄金，她在焦灼期待，"啃不到"黄金的边的时代，嫉妒妯娌，跟兄嫂闹架。为了黄金，她只能"低声"对小叔嚷着："我有什么地方不如人？我有什么地方不好？"为了黄金，她十年后甘心把最后一个满足爱情的希望吹肥皂泡似的吹破了。当季泽站在她面前，小声叫道："二嫂！……七巧！"接着诉说了（终于！）隐藏十年的爱以后：

　　　　七巧低着头，沐浴在光辉里，细细的喜悦……这些年了，她跟他迷藏似的，只是近不得身，原来，还有今天！

"沐浴在光辉里"，一生仅仅这一次，主角蒙受到神的恩宠。好似项勃朗笔下的肖像，整个的人都沉没在阴暗里，只有脸上极小的一角沾着些光亮。即这些少的光亮直透入我们的内心。

> 季泽立在她眼前，两手合在她扇子上，面颊贴在她扇子上。他也老了十年了。然而人究竟还是那个人呵！他难道是哄她么？他想她的钱——她卖掉她的一生换来的几个钱？仅仅这一念便使她暴怒起来了……

这一转念赛如一个闷雷，一片浓重的乌云，立刻掩盖了一刹那的光辉；"细细的音乐，细细的喜悦"，被暴风雨无情地扫荡了。雷雨过后，一切都已过去，一切都已晚了。"一滴，一滴，……一更，二更，……一年，一百年……"完了，永久的完了。剩下的只有无穷的悔恨。"她要在楼上的窗户里再看他一眼。无论如何，她从前爱过他。她的爱给了她无穷的痛苦。单只这一点，就使她值得留恋。"留恋的对象消灭了，只有留恋往日的痛苦。就在一个出身低微的轻狂女子身上，爱情也不曾减少圣洁。

> 七巧眼前仿佛挂了冰冷的珍珠帘，一阵热风来了，把那帘子紧紧贴在她脸上，风去了，又把帘子吸了回去，气还没透过来，风又来了，没头没脸包住她——一阵凉，一阵热，她只是淌着眼泪。

她的痛苦到了顶点，（作品的美也到了顶）可是没完，只换了方向，从心头沉到心底，越来越无名。忿懑变成尖刻的怨毒，莫名其妙的只想发泄，不择对象。她眯缝着眼望着儿子，"这些年来她的生命里只有这一个男人。只有他，她不怕他想她的钱——横竖钱都是他的。可是，因为他是她的儿子，他这一个人还抵不了半个……"多怆痛的呼声！"……现在，就连这半个人她也保留不住——他娶了亲。"于是儿子的幸福，媳妇的幸福，在她眼里全变作恶毒的嘲笑，好比公牛面前的红旗。歇斯底里变得比疯狂还可怕，因为"她还有一个疯子的审慎与机智"。凭了这，她把他们一起断送了。这也不足为奇。炼狱的一端紧接着地狱,殉体者不肯忘记把最亲近的人带进去的。

最初她把黄金锁住了爱情,结果却锁住了自己。爱情磨折了她一世和一家。她战败了,她是弱者。但因为是弱者,她就没有被同情的资格了吗?弱者做了情欲的俘虏,代情欲做了刽子手,我们便有理由恨她吗?作者不这么想。在上面所引的几段里,显然有作者深切的怜悯,唤引着读者的怜悯。这有:"多少回了,为了要按捺她自己,她进得全身的筋骨与牙根都酸楚了。""十八九岁姑娘的时候……喜欢她的有……如果她挑中了他们之中的一个,往后日子久了,生了孩子,男人多少对她有点真心。七巧挪了挪头底下的荷落边洋枕,凑上脸去揉擦一下,那一面的一滴眼泪,她也就懒怠去揩拭,由它挂在腮上,渐渐自己干了。"这些淡淡的朴素的句子,也许为粗忽的读者不曾注意的,有如一阵温暖的微风,抚弄着七巧墓上的野草。

和主角的悲剧相比之下,几个配角的显然缓和多了。长安姊弟都不是有情欲的人。幸福的得失,对他们还没有对他们的母亲那么重要。长白尽往陷坑里沉,早已失去了知觉,也许从来就不曾有过知觉。长安有过两次快乐的日子,但都用"一个美丽而苍凉的手势"自愿舍弃了。便是这个手势使她的命运虽不像七巧的那样阴森可怕,影响深远,却令人觉得另一股惆怅与凄凉的滋味。Long Long Ago 的曲调所引起的无名的悲哀,将永远留在读者心坎。

结构,节奏,色彩,在这件作品里不用说有了最幸运的成就。特别值得一提的,还有下列几点——

第一是作者的心理分析,并不采用冗长的独白或枯索繁琐的解剖,她利用暗示,把动作、言语、心理三者打成一片。七巧、季泽、长安、童世舫、芝寿,都没有专写他们内心的篇幅;但他们每一个举动,每一缕思维,每一段谈话,都反映出心理的进展。两次叔嫂调情的场面,不光是那种造型美显得动人,却还综合着含蓄、细腻、朴素、强烈、抑止、大胆,这许多似乎相反的优点。每句说话都是动作,每个动作都是说话,即使在没有动作没有言语的场合,情绪的波动也不曾减弱分毫。例如,童世舫与长安订婚以后:

> ……两人并排在公园里走着,很少说话,眼角里带着一点对方的衣裙与移动着的脚,女子的粉香,男子的淡巴菰气,这单纯而可爱的印象,便是他们的阑干,阑干把他们与大众隔开了。空旷的绿草地上,许多人跑着,笑着谈着,可是他们走的是寂寂的绮丽的回

廊，——走不完的寂寂的回廊。不说话，长安并不感到任何缺陷。

还有什么描写，能表达这一对不调和的男女的调和呢？能写出这种微妙的心理呢？和七巧的爱情比照起来，这是平淡多了，恬静多了，正如散文、牧歌之于戏剧。两代的爱，两种的情调。相同的是温暖。

至于七巧磨折长安的几幕，以及最后在童世舫前毁谤女儿来离间他们的一段，对病态心理的刻画，更是令人"毛骨悚然"的精彩文章。

第二是作者的节略法（racconrci）的运用：

> 风从窗子进来，对面挂着的回文雕漆长镜被吹得摇摇晃晃。磕托磕托敲着墙。七巧双手按住了镜子。镜子里反映着翠竹帘和一幅金绿山水屏条依旧在风中来回荡漾着，望久了，便有一种晕船的感觉。再定睛看时，翠竹帘已经罢色了，金绿山水换了一张丈夫的遗像，镜子里的也老了十年。

这是电影的手法：空间与时间，模模糊糊淡下去了，又隐隐约约浮上来了。巧妙的转调技术！

第三是作者的风格。这原是首先引起读者注意和赞美的部分。外表的美永远比内在的美容易发现。何况是那么色彩鲜明，收得住，泼得出的文章！新旧文字的揉和，新旧意境的交错，在本篇里正是恰到好处。仿佛这俐落痛快的文字是天造地设的一般，老早摆在那里，预备来叙述这幕悲剧的。譬喻的巧妙，形象的入画，固是作者风格的特色，但在完成整个作品上，从没像在这篇里那样的尽其效用。例如："三十年前的上海，一个有月亮的晚上……年青的人想着三十年前的月亮，该是铜钱大的一个红黄的湿晕，像朵云轩信笺上落了一滴泪珠，陈旧而迷惘。老年人回忆中的三十年前的月亮是欢愉的，比眼前的月亮大，圆，白，然而隔着三十年的辛苦路望回看，再好的月色也不免带些凄凉。"这一段引子，不但月的描写是那么新颖，不但心理的观察那么深入，而且轻描淡写地呵成了一片苍凉的气氛，从开场起就罩住了全篇的故事人物。假如风格没有这综合的效果，也就失掉它的价值了。

毫无疑问，《金锁记》是张女士截至目前的最完满之作，颇有《猎人日记》中某些故事的风味。至少也该列为我们文坛最美的收获之一。没有《金锁记》，本文作者绝不在下文把《连环套》批评得那么严厉，而且根本也不会写这篇文字。

二、倾城之恋

一个"破落户"家的离婚女儿，被穷酸兄嫂的冷嘲热讽撵出母家，跟一个饱经世故、狡猾精刮的老留学生谈恋爱。正要陷在泥淖里时，一件突然震动世界的变故把她救了出来，得到一个平凡的归宿。——整篇故事可以用这一两行包括。因为是传奇（正如作者所说），没有悲剧的严肃、崇高和宿命性；光暗的对照也不强烈。因为是传奇，情欲没有惊心动魄的表现。几乎占到二分之一篇幅的调情，尽是些玩世不恭的享乐主义者的精神游戏；尽管那么机巧，文雅，风趣，终究是精炼到近乎病态的社会的产物。好似六朝的骈体，虽然珠光宝气，内里却空空洞洞，既没有真正的欢畅，也没有刻骨的悲哀。《倾城之恋》给人家的印象，仿佛是一座雕刻精工的翡翠宝塔，而非哥特式大寺的一角。美丽的对话，真真假假的捉迷藏，都在心的浮面飘滑；吸引，挑逗，无伤大体的攻守战，遮饰着虚伪。男人是一片空虚的心，不想真正找着落的心，把恋爱看作高尔夫与威士忌中间的调剂。女人，整日担忧着最后一些资本——三十岁左右的青春——再另一次倒账；物质生活的迫切需求，使她无暇顾到心灵。这样的一幕喜剧，骨子里的贫血，充满了死气，当然不能有好结果。疲乏，厚倦，苟且，浑身小智小慧的人，担当不了悲剧的角色。麻痹的神经偶尔抖动一下，居然探头瞥见了一角未来的历史。病态的人有他特别敏锐的感觉：

> ……从浅水湾饭店过去一截子路，空中飞跨着一座桥梁，桥那边是山，桥这边是一块灰砖砌成的墙壁，拦住了这边的……柳原看着她道："这堵墙，不知为什么使我想起地老天荒那一类的话……有一天，我们的文明整个的毁掉了，什么都完了——烧完了，炸完了，坍完了，也许还剩下这堵墙。流苏，如果我们那时候再在这墙根底下遇见了……流苏，也许我会对你有一点真心。"

好一个天际辽阔、胸襟浩荡的境界！在这中篇里，无异平凡的田野中忽然现出一片无垠的流沙。但也像流沙一样，不过动荡着显现了一刹那。等到预感的毁灭真正临到了，完成了，柳原的神经却只在麻痹之上多加了一些疲倦。从前一刹那的觉醒早已忘记了。他从没再加思索。连终于实现了的"一点真心"也不见得如何可靠。只有流苏，劫后舒了一口气，淡淡地浮起一些感想：

> 流苏拥被坐着，听着那悲凉的风。她确实知道浅水湾附近，灰砖砌的一面墙，一定还屹然站在那里……她仿佛做梦似的，又来到墙根下，迎面来了柳原……在这动荡的世界里，钱财，地产，天长地久的一切，全不可靠了。靠得住的只有她腔子里的这口气，还有睡在她身边的这个人。她突然移到柳原身边，隔着他的棉被拥抱着他。他从被窝里伸出手来握住她的手。他们把彼此看得透明透亮，仅仅是一刹那澈底的谅解，然而这一刹那够他们在一起和谐地活个十年八年。

两人的心理变化，就只这一些。方舟上的一对可怜虫，只有"天长地久的一切全不可靠了"这样淡漠的惆怅。倾城大祸（给予他们的痛苦实在太少，作者不曾尽量利用对比），不过替他们收拾了残局；共患难的果实，"仅仅是一刹那澈底的谅解"，仅仅是"活个十年八年"的念头。笼统地感慨，不澈底地反省。病态文明培植了他们的轻佻，残酷的毁灭使他们感到虚无，幻灭。同样没有深刻的反应。

而且范柳原真是一个这么枯涸的（Fade）人吗？关于他，作者为何从头至尾只写侧面？在小说中他不是应该和流苏占着同等地位，是第二主题吗？他上英国的用意，始终暧昧不明；流苏隔被扑抱他的时候，当他说"那时候太忙着谈恋爱了，哪里还有工夫恋爱"的时候，他竟没进一步吐露真正切实的心腹。"把彼此看得透明透亮"，未免太速写式地轻轻带过了。可是这里正该是强有力的转捩点，应该由作者全副精神去对付的啊！错过了这最后一个高峰，便只有平凡的、庸碌鄙俗的下山路了。柳原宣布登报结婚的消息，使流苏快活得一忽儿哭一忽儿笑，柳原还有那种 Cynical 的闲适去"羞她的脸"；到上海以后，"他把他的俏皮话省下来说给旁的女人听"；由此看来，他只是一个暂时收了心的唐·裘安，或是伊林华斯勋爵一流的人物。

"他不过是一个自私的男子，她不过是一个自私的女人。"但他们连自私也没有迹象可寻。"在这兵荒马乱的时代，个人主义者是无处容身的。可是总有地方容得下一对平凡的夫妻。"世界上有的是平凡,我不抱怨作者多写了一对平凡的人。但战争使范柳原恢复一些人性,使把婚姻当职业看的流苏有一些转变(光是觉得靠得住的只有腔子里的这口气和身边的这个人,是不够说明她的转变的),也不能算是怎样的不平凡。平凡并非没有深度的意思。并且人物的平凡,只应该使作品不平凡。显然,作者把她的人物过于匆促地送走了。

勾勒得不够深刻,是因为对人物思索得不够深刻,生活得不够深刻;并且作品的重心过于偏向顽皮而风雅的调情,倘再从小节上检视一下的话,那么,流苏"没念过两句书"而居然够得上和柳原针锋相对,未免是个大漏洞。离婚以前的生活经验毫无追叙,使她离家以前和以后的思想引动显得不可解。这些都减少了人物的现实性。

总之,《倾城之恋》的华彩胜过了骨干:两个主角的缺陷,也就是作品本身的缺陷。

三、短篇和长篇

恋爱与婚姻,是作者至此为止的中心题材;长长短短六七件作品,只是Variations upon a theme。遗老遗少和小资产阶级,全都为男女问题这恶梦所苦。恶梦中老是淫雨连绵的秋天,潮腻腻,灰暗,肮脏,窒息的腐烂的气味,像是病人临终的房间。烦恼,焦急,挣扎,全无结果,恶梦没有边际,也就无从逃避。零星的磨折,生死的苦难,在此只是无名的浪费。青春,热情,幻想,希望,都没有存身的地方。川嫦的卧房,姚先生的家,封锁期的电车车厢,扩大起来便是整个社会。一切之上,还有一只瞧不及的巨手张开着,不知从哪儿重重地压下来,压痛每个人的心房。这样一幅图画印在劣质的报纸上,线条和黑白的对照迷糊一些,就该和张女士的短篇气息差不多。

为什么要用这个譬喻?因为她阴沉的篇幅里,时时渗入轻松的笔调,俏皮的口吻,好比一些闪烁的燐火,教人分不清这微光是黄昏还是曙色。有时幽默的分量过了分,悲喜剧变成了趣剧。趣剧不打紧,但若沾上了轻薄味(如《琉璃瓦》),艺术给摧残了。

明知挣扎无益,便不挣扎了。执着也是徒然,便舍弃了。这是道地的东方精神。明哲与解脱;可同时是卑怯,懦弱,懒惰,虚无。反映到艺术品上,便是没有波澜的寂寂的死气,不一定有美丽而苍凉的手势来点缀。川嫦没有和病魔奋斗,没有丝毫意志的努力。除了向世界遗憾地投射一眼之外,她连抓住世界的念头都没有。不经战斗的投降。自己的父母与爱人对她没有深切的留恋。读者更容易忘记她。而她还是许多短篇中①刻画得最深的人物!

微妙尴尬的局面,始终是作者最擅长的一手。时代,阶级,教育,利害观念完全不同的人相处在一块时所有暧昧含糊的情景,没有人比她传达得更真切。各种心理互相摸索,摩擦,进攻,闪避,显得那么自然而风趣,好似古典舞中一边摆着架式(Figure)一边交换舞伴那样轻盈,潇洒,熨帖。这种境界稍有过火或稍有不及,《封锁》与《年青的时候》中细腻娇嫩的气息就要给破坏,从而带走了作品全部的魅力,然而这巧妙的技术,本身不过是一种迷人的奢侈;倘使不把它当作完成主题的手段(如《金锁记》中这些技术的作用),那么,充其量也只能制造一些小古董。

在作者第一个长篇只发表了一部分的时候来批评,当然是不免唐突的。但其中暴露的缺陷的严重,使我不能保持谨慈的缄默。

《连环套》的主要弊病是内容的贫乏。已经刊布了四期,还没有中心思想显露。霓喜和两个丈夫的历史,仿佛是一串五花八门、西洋镜式的小故事杂凑而成的。没有心理的进展,因此也看不见潜在的逻辑,一切穿插都失掉了意义。雅赫雅是印度人,霓喜是广东养女:就这两点似乎应该是第一环的主题所在。半世纪前印度商人对中国女子的看法,即使逃不出"玩物"二字,难道没有旁的特殊心理? 他是殖民地种族,但在香港和中国人的地位不同,再加是大绸缎铺子的主人。可是《连环套》中并无这二三个因素错杂的作用。养女(而且是广东的养女)该有养女的心理,对她一生都有影响。一朝移植之后,势必有一个演化蜕变的过程;绝不会像作者所写的,她一进绸缎店,仿佛从小就在绸缎店里长大的样子。我们既不觉得雅赫雅买的是一个广东养女,也不觉得广东养女嫁的是一个印度富商。两个典型的人物都给中和了。

错失了最有意义的主题,丢开了作者最擅长的心理刻画,单凭着丰富的想象,逞着一支流转如踢跶舞似的笔,不知不觉走上了纯粹趣味性的路。除

---

① 《心经》一篇只读到上半篇,九月期《万象》遍觅不得,故本文特置不论。好在这儿不是写的评传,挂漏也不妨。

开最初一段,越往后越着重情节:一套又一套的戏法,(我几乎要说是噱头)突兀之外还要突兀,刺激之外还要刺激,仿佛作者跟自己比赛似的,每次都要打破上一次的记录,像流行的剧本一样,也像歌舞团的接一连二的节目一样,教读者眼花缭乱,应接不暇。描写色情的地方(多的是!),简直用起旧小说和京戏——尤其是梆子戏——中最要不得而最叫座的镜头!《金锁记》的作者不惜用这种技术来给大众消闲和打哈哈,未免太出人意外了。

至于人物的缺少真实性,全都弥漫着恶俗的漫画气息,更是把 taste"看成了脚下的泥"。西班牙女修士的行为,简直和中国从前的三姑六婆一模一样。我不知半世纪前香港女修院的清规如何,不知作者在史实上有何根据,但她所写的,倒更近于欧洲中世纪的丑史,而非她这部小说里应有的现实。其次,她的人物不是外国人,便是广东人。即使地方色彩在用语上无法积极地标识出来,至少也不该把纯粹《金瓶梅》《红楼梦》的用语,硬嵌入西方人和广东人嘴里。这种错乱得可笑的化装,真乃不可思议。风格也从没像在《连环套》中那样自贬得厉害。节奏,风味,品格,全不讲了。措词用语,处处显出"信笔所之"的神气,甚至往腐化的路上走。《倾城之恋》的前半篇,偶尔已看到"为了宝络这头亲,却忙得鸦飞雀乱,人仰马翻"的套语;幸而那时还有节制,不过小疵而已。但到了《连环套》,这小疵竟越来越多,像流行病的细菌一样了:——"两个嘲戏做一堆","是那个贼囚根子在他跟前……","一路上凤尾森森,香尘细细","青山绿水,观之不足,看之有余","三人分花拂柳","衔恨于心,不在话下","见了这等人物,如何不喜","……暗暗点头,自去报信不提","他触动前情,放出风流债主的手段","有话即长,无话即短","那内侄如同箭穿雁嘴,钩搭鱼腮,做声不得"……这样的滥调,旧小说的渣滓,连现在的鸳鸯蝴蝶派和黑幕小说家也觉得恶俗而不用了,而居然在这里出现。岂不也太像奇迹了吗?

在扯了满帆,顺流而下的情势中,作者的笔锋"熟极而流",再也把不住舵。《连环套》逃不过刚下地就夭折的命运。

四、结　论

我们在篇首举出一般创作的缺陷,张女士究竟填补了多少呢? 一大部分,也是一小部分。心理观察,文字技巧,想象力,在她都已不成问题。这些优点对作品真有贡献的,却只《金锁记》一部。我们固不能要求一个作家只产生杰作,但也不能坐视她的优点把她引入危险的歧途,更不能听让新的缺陷去填补旧的缺陷。

《金锁记》和《倾城之恋》,以题材而论似乎前者更难处理,而成功的却是那更难处理的。在此见出作者的天分和功力。并且她的态度,也显见对前者更严肃,作品留在工场里的时期也更长久。《金锁记》的材料大部分是间接得来的;人物和作者之间,时代,环境,心理,都距离甚远,使她不得不丢开自己,努力去生活在人物身上,顺着情欲发展的逻辑,尽往第三者的个性里钻。于是她触及了鲜血淋漓的现实。至于《倾城之恋》,也许因为作者身经危城劫难的印象太强烈了,自己的感觉不知不觉过量地移注在人物身上,减少客观探索的机会。她和她的人物同一时代,更易混入主观的情操。还有那漂亮的对话,似乎把作者首先迷住了:过度地注意局部,妨害了全体的完成。只要作者不去生活在人物身上,不跟着人物走,就免不了肤浅之病。

小说家最大的秘密,在能跟着创造的人物同时演化。生活经验是无穷的。作家的生活经验怎样才算丰富是没有标准的。人寿有限,活动的环境有限;单凭外界的材料来求生活的丰富,绝不够成为艺术家。唯有在众生身上去体验人生,才会使作者和人物同时进步,而且渐渐超过自己。巴尔扎克不是在第一部小说成功的时候,就把人生了解得那么深,那么广的。他也不是对贵族,平民,劳工,富商,律师,诗人,画家,荡妇,老处女,军人……那些种类万千的心理,分门别类的一下子都研究明白,了如指掌之后,然后动笔写作的。现实世界所有的不过是片段的材料,片段的暗示;经小说家用心理学家的眼光,科学家的耐心,宗教家的热诚,依照严密的逻辑推索下去,忘记了自我,化身为故事中的角色(还要走多少回头路,白化多少心力),陪着他们身心的探险,陪他们笑,陪他们哭,才能获得作者实际未曾经历的经历。一切的大艺术家就是这样一面工作,一面学习的。这些平凡的老话,张女士当然知道。不过作家所遇到的诱惑特别多,也许旁的更悦耳的声音,在她耳畔盖住了老生常谈的单调的声音。

技巧对张女士是最危险的诱惑。无论哪一部门的艺术家,等到技巧成熟过度,成了格式,就不免要重复他自己。在下意识中,技能像旁的本能一样时时骚动着,要求一显身手的机会,不问主人胸中有没有东西需要它表现。结果变成了文字游戏。写作的目的和趣味,仿佛就在花花絮絮的方块字的堆砌上。任何细胞过度的膨胀,都会变成癌。其实,澈底地说,技巧也没有止境。

一种题材,一种内容,需要一种特殊的技巧去适应。所以真正的艺术家,他的心灵探险史,往往就是和技巧的战斗史。人生形相之多,岂有一二套衣装就够穿戴之理?把握住了这一点,技巧永久不会成癌,也就无所谓危险了。

文学遗产记忆过于清楚,是作者另一危机。把旧小说的文体运用到创作上来,虽在适当的限度内不无情趣,究竟近于玩火,一不留神,艺术会给它烧毁的。旧文体的不能直接搬过来,正如不能把西洋的文法和修词直接搬用一样。何况俗套滥调,在任何文字里都是毒素!希望作者从此和它们隔离起来。她自有她净化的文体。《金锁记》的作者没有理由往后退。

聪明机智成了习气,也是一块绊脚石。王尔德派的人生观,和东方式的"人生朝露"的腔调混合起来,是没有前程的。它只能使心灵从洒脱而空虚而枯涸,使作者离开艺术,离开人,埋葬在沙龙里。

我不责备作者的题材只限于男女问题,但除了男女以外,世界究竟还辽阔得很。人类的情欲也不仅仅限于一二种。假如作者的视线改换一下角度的话,也许会摆脱那种淡漠的贫血的感伤情调;或者痛快成为一个澈底的悲观主义者,把人生剥出一个血淋淋的面目来。我不是鼓励悲观。但心灵的窗子不会嫌开得太多,因为可以免除单调与闭塞。

总而言之:才华最爱出卖人!像张女士般有多面的修养而能充分运用的作家(绘画,音乐,历史的运用,使她的文体特别富丽动人),单从《金锁记》到《封锁》,不过如一杯沏过几次开水的龙井,味道淡了些。即使如此,也嫌太奢侈,太浪费了。但若取悦大众(或只是取悦自己来满足技巧欲,——因为作者可能谦抑说:我不过写着玩儿的)到写日报连载小说(feuilleton)和所谓fiction 的地步那样的倒车开下去,老实说,有些不堪设想。

宝石镶嵌的图画被人欣赏,并非为了宝石的彩色。少一些光芒,多一些深度,少一些词藻,多一些实质:作品只会有更完满的收获,多写,少发表,尤其是服侍艺术最忠实的态度。(我知道作者发表的绝非她的处女作,但有些大作家早年废弃的习作,有三四十部小说从未问世的记录)文艺女神的贞洁是最宝贵的,也是最容易被污辱的。爱护她就是爱护自己。

一位旅华数十年的外侨和我闲谈时说起:"奇迹在中国不算稀奇,可是都没有好收场。"但愿这两句话永远扯不到张爱玲女士身上!

人生的困境与存在的勇气
——论《围城》的现代性

解志熙

导言——

本文选自《文学评论》1989 年第 5 期。

解志熙,1961 年生,甘肃环县人。北京大学文学博士,清华大学中文系教授。

钱钟书的长篇小说《围城》,因其内涵、形式、语言的丰富和复杂,给人们提供了多种解读的可能。解志熙的这篇文章,从阅读经验和审美感受入手,首先得出两点印象:凌厉的讽刺—批判意向和强烈的否定—怀疑精神,而这两点的精神实质其实是一个:讽刺—批判即否定—怀疑。在此基础上,文章接着分析:《围城》的讽刺—批判和否定—怀疑的"个性"(独特性)在于,它是一种全面的、无保留的、普遍的、整体的讽刺—批判和否定—怀疑,而这既是《围城》的总体特征和主导风格,又是根本的艺术思维和艺术表现方式,还是基本的情感态度和哲学态度。

对于钱钟书为什么会在《围城》中如此表现,解志熙给出的答案是:这是与钱钟书关于人的本性、人的存在的价值和意义、人的出路等问题的思考密切相关的。钱钟书在《围城》中所创造的"围城世界"和"围城人生",其意旨在于揭示人生是一个"一无可进的进口,一无可去的去处",而这种人生的状态不仅属于《围城》中的人物,它还属于整个人类——《围城》所昭示的这种现代文明中的现代人生,充分体现了人生的困境。

解志熙的这篇文章,从文本阅读和审美体验出发,探寻《围城》的主题意旨,在确立了小说的主题之后,又追踪形成《围城》主题意旨和形式结构(这两者本身就有一种互动的关系)的内在原因。文章不空谈理论,不乱发议论,而是将深刻的结论建立在对文本的细致解读上,使这篇文章的意义超出了文章具体见解本身,而具有一种学术方法论的意义。

凡读过《围城》的人,其阅读体会和艺术感受尽管千差万别,但我想有两点总体印象恐怕是人们的共同感受，这就是它所表现出的那种凌厉的讽刺—批判意向和强烈的否定—怀疑精神。这二者其实是一点：讽刺—批判，即否定—怀疑。

这种感受虽然不错，但还嫌笼统和一般化，因而我们还需要进一步澄清：钱钟书在《围城》中的讽刺—批判和否定—怀疑的真正与众不同的个性特点是什么？这只有在比较中才能见出。我们读《围城》时，借助那无所不在的讽刺之光，看到的是一个无所肯定的世界，毫无前途的阶层以及盲目地生存在其中的一些空虚无聊的人物，过着一种荒谬无意义的生活；我们感受最深切的是一种无所不讽而毫不留情的讽刺意向，一种全面否定而一无保留的否定精神，一种普遍怀疑而又无所适从的悲凉心态，一种整体批判而又不给出路的厌憎情绪。（虽然它也不乏一念温柔，片刻欢笑和刹那的幻想，而且极富喜剧性的谐谑，但这说到底又不过是一种向着痛苦的微笑）最终作者讽刺—批判和否定—怀疑的笔触超越了特定的历史对象而指向了整个人类存在和人生这个庄严的题目本身，从而对几个世纪以来占支配地位的理性—乐观主义、英雄—浪漫主义的人生观念提出了质疑和挑战。因此讽刺—批判和否定—怀疑在钱钟书的《围城》中，既是总体特征和主导风格，又是根本的艺术思维和艺术表现方式，还是基本的情感态度和哲学态度。这种特点使《围城》既无法与鲁迅、茅盾、张天翼等人的革命现实主义作品相提并论，也与欧洲的批判现实主义作品和中国现代文学中巴金、老舍、曹禺等人的批判现实主义作品相去甚远，更难与《儒林外史》那样的古典讽刺小说视为一体。且不说革命现实主义作品的理想色彩和积极意义，即使是最残酷无情的批判现实主义作品也总有所肯定、有所保留、有所理想以至于幻想，但是我们在《围城》中却找不到任何肯定性价值、积极的意义以及值得追求的理想之类东西的蛛丝马迹。

确认上述事实，就意味着我们不能袭用革命现实主义和批判现实主义的观念去规范《围城》——不管你把它说成是革命现实主义的或批判现实主义的杰作，都因不合它的总体特征和根本精神而变成了一种歪曲，也不必用政治信仰和阶级分析方法去评价《围城》，因为《围城》的讽刺和批判是基于一种文化哲学和人的存在哲学而非某一确定的政治信仰和阶级观念。但这并不是说《围城》不是现实的产物，可以超越历史的评判，更无意否认它的叙述方式的写实性，而是要求我们针对它的总体特征和主导风格作出真正合乎实际的分析。

《围城》当然是钱钟书对特定的社会人生和历史文化反思的艺术结晶,只不过这种现实人生和文化土壤与大多数现代中国作家的所见有所不同。我们都知道,在半殖民地半封建的现代中国社会中确实存在着几块在当时已畸形繁荣的资本主义土壤——上海、香港等世界性大都市,以及生活在其中的现代人,尤其是一些不但在生活方式而且在思想方式上也相当欧化了的知识分子。现代中国的这几块现代化文明的土壤及生活在其中的现代人当然不是一个孤立的存在,而是与整个现代化资本主义世界联系在一起的,而《围城》正是钱钟书立足中国的这几块现代化文明的土壤而又放眼世界,对整个现代化文明、现代人生进行整体反思和审美观照的艺术结晶,它所要反映和揭示的是整个现代文明的危机和现代人生的困境。因此,从根本上说《围城》不是一部专注于中国的社会政治的讽刺小说,更不是一部"地地道道的爱情小说"——虽然它并不缺乏这些因素,但这些因素在《围城》中并不是主导的独立的因素,而是全书整体否定、全面讽刺和普遍怀疑倾向的一种表现和组成部分而已。更值得注意的是,作者在《围城》中进一步把思想批判意向和审美观照方向指向了整个人类存在——人类历史、人类文化以及人的基本根性等,从而在现代文明的基础上和现代意识的高度上又一次提出了一些关于人的古老而常新的问题,即人的本性、人的存在的价值和意义、人的出路等问题。对这样一些人类自身永远为之困惑的问题当然不可能有终极答案,但它们却值得人类永远探索。而人类对它们的每一次探索则逐步深入,触及其中的一个层面。当然这些探索都难免有历史的片面性,但应该说都是其题中应有之义,并且每一次探索都必然地铭刻着探索者所处的特定历史文化阶段的特定色彩。钱钟书的《围城》则以否定和怀疑代替了前此持续几个世纪之久的理性主义、乐观主义、英雄主义的回答,从而表现出真正深刻的现代性,并与整个二十世纪现代哲学思潮和现代文艺思潮相适应。当然,这不是一个简单的影响和模仿问题,而是同步思考的结果,更无所谓"超前"或"落后"的问题,而是现代文明的普遍规定性和现代思潮的世界共通性在世界不同地区此起彼伏、彼此呼应的表现。钱钟书游学欧洲有年,又长期生活在古老中国的洋场中,对现代思潮的感应,对现代文明和现代人生的感受和观察,自不待言。这一切可说是他创作《围城》的基础。但我以为更重要的还在于,在二十世纪,现代文明的扩张使整个世界真正联为一体,世界各民族不仅面临着各自特有的民族问题，而且也面对着人类共同的问题，而相同的或类似的境遇就迫使世界各民族的先锋思想家、文学家和艺术家几乎进行着同时和同步的思考，并得出相近的思想结论和艺术果实来，如果《围城》的思想倾向和根本精神以至于艺术风格与二十世纪现代思潮和现代文艺有相近之处，其根本原因盖在于此。这是同步思考的结晶。而《围城》的价值既在其同，更在其异：这是同中之异，因而更为难得。比起二十世纪其他民族的现代性文学，尤其是欧美的现代主义文学来，《围城》的现代性主要还不在于艺术手法的反传统和标新立异，而在于它所创造的"围城世界"和"围城人生"之典型性和深刻性。

《围城》的题旨何在？作者曾借方鸿渐之口点明它不仅喻指爱情纠葛，而且象征着"人生万事"，亦即和后文中那扇破门的象征同义，都隐喻人生是一个"一无可进的进口，一无可去的去处"般的绝境。借用一位西方批评家论现代主义文化的人生观念来概括《围城》的题旨是再恰当不过了："这是一种末日启示般的绝境，在其中合目的论的结局和世俗的进步都受到怀疑，或者说是陈旧过时了"[①]，这就是《围城》的题旨和主题。这一主题在钱钟书来说是明确的思想意向和审美追求。在《围城》的初版序言中，钱钟书就提醒读者："在这本书里，我想写现代中国某一部分社会，某一类人们。写这类人，我没忘记他们是人类，只是人类，具有无毛两足动物的基本根性"。这个郑重其事的点题暗示了《围城》全书的思想倾向和美学追求，即《围城》的思想批判意向最终是指向整个人类存在的，它的审美概括是涵盖整个人生——当然事实上主要是现代文明中的现代人生。而在《围城》故事快近尾声时，作者又有意借孙柔嘉对方鸿渐的埋怨——"好好地讲咱们两个人的故事，为什么要扯到全船的人，整个人类？"再次提醒读者回味他的这一思想意向和美学追求。可惜的是，不少人对此熟视无睹，轻轻放过了。

显然，这样的主题和美学目标，单靠涉及虽广却零散的随笔讽刺是难以完成的，也很难设想类似于流浪汉冒险小说中的那种见闻随感能真正开拓它的广度并增加它的深度。我基本上同意夏志清在《中国现代小说史》中说的：《围城》的中心主题主要（不是如夏志清所说的"全部"）是主人公方鸿渐的个人戏剧表现出来的。

这应该从《围城》的故事情节及其结构方式谈起。《围城》的主要情节是

---

① lrving Hawe. The Culture of Modernism Decline of the Nen.

男主人公方鸿渐个人命运的戏剧构成,这一情节采用了西方流浪汉冒险小说的结构方式。已有不少人指出《围城》和菲尔丁的《汤姆·琼斯》在情节结构方式上的相似性,对此我也有同感:它们都不仅实写了旅行,而且备述主人公在其人生旅途上的精神艰辛,揭示了主人公与社会环境的种种矛盾冲突,并以此暴露整个社会的种种弊端和主人公性格上的弱点。但不同的是弃儿汤姆·琼斯总是良心不泯,如有神祐,逢凶化吉,最后终成正果,全书洋溢着对人的乐观信念,而留学生方鸿渐的人生旅途或人生冒险却是一个逐渐失败以至于全部人生价值彻底破坏的过程——不仅是人身上的失败,而且更重要的是精神上的彻底萎缩和人生信念的空无所有,因此两者有着明显的时代差异和本质的不同。在《围城》中方鸿渐的人生旅途或人生冒险先后(当然在某些部分也有交叉)经过了教育、爱情、事业和婚姻(家庭)这四大阶段。《围城》全书层次清晰又生动地展现了这最基本的人生四大阶段和人生支柱,是如何必然地在方鸿渐这个典型的现代人身上逐步破灭以至于彻底崩溃的。就大致情形而言,第一、第二章主要以方鸿渐归国回乡这段历程为序;回溯和补叙了他过去的大学、留学生活,深刻地揭示了现代教育的危机及其破产的必然性:这不仅是因为它不能给人以知识,而且更重要的是它不能给人以生活所必需的理性、理想、信仰和力量。第三、第四章紧接着以现代都市上海为背景,精彩地描写了方鸿渐等几个现代知识分子的情场角逐及其幻灭。作者之所以如此精细地描绘这几个知识分子在情场上的种种喜剧性遭遇、焦虑和困境以及难以预料的错失,难以打破的心理隔阂,难以沟通的情愫,难以把握的命运,实际上不仅是要以此揭示现代人在灵肉两面难以统一的矛盾困境,更重要的命意是想以此对诸如人心是否可以沟通,理性是否可以把握生活,人是否可以主宰自己的命运以及情欲本身的价值(它到底是快乐之源,还是痛苦之源)和个性自由本身的意义等人生的根本问题提出质疑。我们应该注意到方鸿渐和唐晓芙都对对方有真诚的感情,而且他们都是有个人自主权利的现代人,因此造成他们之间"爱情悲剧"的就不是来自世俗社会的金钱利害、门第观念以及旧式礼教,而恰恰是他们自身。试想连情人之间都难以沟通和彼此信赖,那么他人岂非高墙和地狱?连自身的命运都难以主宰的人是否还有改造社会的力量?个人自由假如不能使人幸福,那它的价值岂不让人怀疑?于是从第五至第七章主要以三间大学为舞台,顺理成章地描写了方鸿渐难以对付复杂矛盾的人事纠葛所导致的事业上的失败,从而将人与社会环境的尖锐对立,人的工作与人本身相背反的异己性这种现代人普遍的存在状况和生存危机,真实地呈现在读者面前。在这样接二连三地碰壁和幻灭之后,面临生存的危机,面对异己的社会,方鸿渐只有家庭这一道防线、婚姻这一条纽带了。然而,"一向和家庭习而相忘,不觉得它藏有多少仇嫉卑鄙"的方鸿渐在重回上海之后,"现在为了柔嘉,稍能从局外人的立场来观察,才恍然明白这几年来兄弟妯娌甚至父子之间的真情实相,自己有如蒙在鼓里"。旧式大家庭使他觉得格格不入,而他的以情感婚姻为纽带的小家庭也不是什么安乐窝和避风港,反而成了新的战场——这是第八、第九章的主要情节。这最后两章不但具体地展现了方鸿渐和大家庭的疏离以及他和孙柔嘉的小家庭解体的必然趋势,而且从根本上对以性爱为基础的现代婚姻本身的意义提出了质疑。请听在小家庭尚保留一个形式时,方鸿渐对他的妻子孙柔嘉所发的幻灭般的感慨:"现在想想结婚以前把恋爱看得那样郑重,真是幼稚。老实说,不管你跟谁结婚,结婚以后,你总发现你娶的不是原来的人,换了另外一个。早知道这样,结婚以前那种追求、恋爱等等,全可以省掉。谈恋爱的时候,双方本相全收敛起来,到结婚还没有彼此认清,倒是老式婚姻干脆,索性结婚以前,谁也不认得谁。"请注意,这不仅是方鸿渐的个人经验,而且也如他自己所说是"泛论"。至此,方鸿渐的人生四部曲以全部失败和完全的幻灭而告终。由此看来,方鸿渐的人生经历不是快乐的历险而是痛苦的历程;不是成功的收获而是失败的总和;不是理想的实现而是对最起码的人生价值的彻底幻灭;不是自我力量的焕发,而是自我的迷失和发自本性的怯懦;不是有目的的理性凯旋,而是盲目的本能受挫。这种人生历程和生存状况完全与理性主义、英雄主义精神相背反,从而把现代文明的危机和现代人生的困境作了极为真实、极为深刻的揭示,具有震撼人心、发人深省的思想力量和艺术力量。特别值得一提的是,由于作者并未赋予方鸿渐的人生旅程以任何可称为崇高的理想追求和伟大的价值目标,而只是具体生动地展现了最起码的人生四种价值和四项内容在一个普通人身上的例行过程,从而就使方鸿渐这样一个普通的现代人和平凡的生命历程具有了极大的普遍概括性和高度的本体象征性,不但概括了整个现代人的生存困境,而且也象征着整个人类的基本存在状况,《围城》也因此不但成了整个现代人生的反映,并且也成了整个人类状况的写照。在这一点上,惯于胡扯的方鸿渐本人倒说对头了:即《围城》并不仅仅是他和孙柔嘉"两个人的故事",而确乎是牵扯到"整个人类"的。西方批评家曾这样评论乔伊斯的《尤里西斯》：虽然只写了都柏林三个人物一天的活动，但它却因此而"成了最大可能地向个人经验开放而结构又最为严谨的小说；成了最狭窄但又最具普遍性的小说"①。这是一切大艺术的秘密，对《围城》亦当作如是观。

　　钱钟书的思想和艺术有其自身的发展路径。他在三十年代写的一些散文后来结集为《写在人生边上》，于四十年代初出版。如题所示，这些文章大半都是谈"人生"这个大题目的，虽然作者谦称为"写在人生边上"之作。在这些早期之作中他就对整个现代文明的弊病和现代人的精神危机提出了尖锐的批评，这是借魔鬼之口说出来的——

　　　　你知道，我是做灵魂生意的。人类的灵魂一部分由上帝挑去，此外全归我。谁料这几十年来，生意清淡得只好喝阴风。一向灵魂有好坏之分。好的归上帝存，坏的由我买卖。到了十九世纪中叶，忽然来了个大变动。除了极少数外，人类几乎全无灵魂。有的灵魂，又都是好人，该归上帝掌管。……近代心理学者提倡的"没有灵魂的心理学"，这种学说在人各有灵魂的古代，绝不会发生。到了现在，即使有一两个上帝所剩下的灵魂，往往又臭又脏，不是带着实验室里的药味，就是罩了一层旧书的灰尘，再不然还有刺鼻的铜臭，你说我这样爱洁的脾气会要它们么？近代当然也有坏人，但是他们坏得没有性灵，没有人格，不动声色像无机体，富有效率像机械。就是诗人之类，也很使我失望；他们常说表现灵魂，把灵魂全部表现完了，更不留一点给我。他们自己还得别寻出路。你说我忙，你怎知道我的空闲！我也是近代物质机械文明的牺牲品，一个失败者……②

有对快乐主义或乐观主义人生观的攻击，对人生是痛苦的确认，以及对时间威权的感慨——

---

① Bernan Bergongi. The Novel No Longer Novel, The Situation of Novel.
② 《魔鬼夜访钱钟书先生》，《写在人生边上》，开明书店 1941 年版。

"永远快乐"这句话,不但渺茫得不能实现,并且荒谬得不能成立,快乐过的绝不会永久……在高兴的时候我们的生命加添进了速度,增进了油滑。跟浮士德一样,我们空对瞬息即逝的时间喊着说:逗留一会儿罢! 你太美了! 那有什么用? 你要永久,你该向痛苦里去找……人生的刺,就在这里,留恋着不肯走的,偏是你所不留恋的东西……

在我们追求和等待的时候,生命又不知不觉地偷渡过去,也许我们只是时间消费的筹码,活了一世不过是跟那一世的岁月做殉葬品,根本不会享到快乐? 但是我们到死也不明白上了当,我们还理想死后有天堂——谢上帝,也有这一天!①

还有借读寓言而表述的一种悖论式的历史观、价值观,对庸俗的进步观念的反讽,②以及对那些以救世主自居者的虚妄及其隐秘动机的揭发,③等等,这些早期思路进一步发展和升华,其结晶便是《围城》。

但是,正如《围城》虽是"忧世伤生"④之作,极富悲剧意识,但不是悲观主义的作品一样,钱钟书在《写在人生边上》中也强调说:"人生虽然痛苦,但并不悲观"⑤,而且钱钟书虽然在《围城》中对现有的一切提出了质疑,但他并不像卢梭那样主张抛弃文明而回归原始,相反的他声明自己"是相信进步的人"⑥,虽然他并不知道进步将走向何方。

是的,这有点矛盾。但正如钱钟书所说:"矛盾是智慧的代价,这是人生对于人生观开的玩笑。"⑦如果说《围城》中存在某些难以自释的矛盾的话,那归根结底是人生本身矛盾的反映,是一位智者面对现实的人生矛盾和永恒的人生困境而不能不有的困惑的必然表现。每个严肃思考人生的人都不能不有类似的困惑和矛盾。

---

① 《论快乐》,《写在人生边上》。
②③ 《读伊索寓言》《谈教训》,《写在人生边上》。
④ 《围城·新版序》。
⑤ 《论快乐》,《写在人生边上》。
⑥ 《读伊索寓言》,《写在人生边上》。
⑦ 《论快乐》,《写在人生边上》。

论近年来乡土小说审美品格的嬗变

贺仲明

导言——

本文刊载于《文学评论》2014 年第 3 期。

贺仲明,1966 年生,暨南大学文学院教授。

本文主要探讨二十世纪九十年代中期以来中国乡土小说的审美嬗变。文章认为,九十年代中期以后,随着中国社会城市化进程的加快,乡村社会的现实和文化形态发生了变迁,影响了乡土小说的审美样貌。在审美风格上,乡土地域色彩显著弱化,无论是乡土自然风景、乡村生活场景还是地方方言,在九十年代中期以后的乡土小说中都显著减少。此外,乡土审美的内涵也呈现出空心化的状况,作家不再关心乡村现实生活问题,而更加关注乡村伦理、乡村文化等精神层面。此外,审美艺术上的情绪化和碎片化使得乡村叙事呈现出骚动和不安的色彩。审美嬗变给乡土小说带来了一些新风貌和新气象,但它背后隐藏的"内伤"也制约了乡土小说的创作质量。作者表示,审美品格是乡土小说的存在基础,对此,研究者们需要在理论上进行深化和拓展,作家们也需进行必要的调整。如何处理好乡土小说概念拓展与基本内涵之间的关系,处理好乡土地域性特征与乡土精神之间的关系,是当前的乡土小说创作的迫切问题。

一

乡土小说作为一种与地域现实关联密切的文学类型,其审美品格不是固定不变,而是具有一定流动性的,不同的乡村社会形态和政治、经济、文化背景,都会对之产生影响。二十世纪九十年代中期以来,随着中国社会全方位地进入城市化进程中,乡村社会的现实和文化形态都发生了巨大变迁。这些方面,深刻地影响到乡土小说审美品格的状貌。具体说,近年来①乡土小说的

---

① 本文的"近年来"主要指二十世纪九十年代中期以来,也就是大致近 20 年。1992 年开始实施市场经济后,中国的社会文化发生了重大变化,乡土小说审美品格(包括整个文学面貌)的变化略微滞后,但大体同时。

审美嬗变主要有以下体现：

首先，在审美风貌上，乡土地域色彩显著弱化。乡土地域色彩是乡土小说最重要的审美品格，周作人当年所强调的"地方色彩""乡土趣味"①，茅盾之"特殊的风土人情"②，以及鲁迅《呐喊》所表现出来的"浓厚的地方色彩"，都与之密切相关。《简明不列颠百科全书》对"乡土小说"的界定："它着重描绘某一地区的特色，介绍其方言土语，社会风尚，民间传说，以及该地区的独特景色"③，也明确以地域特色为中心。一般而言，乡土地域色彩主要包括自然风景、生活场景（特别是劳作场景）和地方方言等几个方面。近年来乡土小说中，这几方面都有明显弱化的趋势。

其一，也是最引人关注的，是乡土自然风景。风景作为乡土小说最外在也最醒目的审美风貌，曾经受到众多乡土小说作家的青睐。但二十世纪九十年代中期以来，也许受社会文化世俗化的影响（"新写实小说"是这一影响的典型产物），作家们的兴趣点普遍转移到故事性等方面，叙事内容也往社会、政治方面倾斜，"严肃的社会主题冲淡了地域色彩的表现"④，风景描绘显著淡化——当然，淡化并不意味着消失。近年来乡土小说中，还是有一些作家在坚持比较细致地描画乡土自然风情。最突出的是来自西北边陲地区的作家，如陕西的红柯、宁夏的石舒清、新疆的刘亮程和黑龙江的迟子建等。然而，从这些执着地展示乡土风景作家们创作上的变化，也许能够更充分地呈现出乡土小说自然风景从丰富到衰微的过程。比如红柯，从其早期的《美丽奴羊》《吹牛》，到近年来的《跃马天山》《西去的骑手》等作品，可以清晰地看到其创作重心的转移：对草原风景和人情的细致描摹，逐步变成了传奇和曲折的故事。同样，迟子建虽然一直没有放弃对乡村风景细腻温婉的刻画，但随着她将笔触深入城乡之间的生活，如《踏着月光的行板》《泥霞地》等作品中，风景

---

① 周作人《〈旧梦〉序》，载 1923 年 4 月 12 日《晨报副镌》，收入《自己的园地》，岳麓书社 1987 年版；《地方与文艺》，收入《谈龙集》，开明书店 1927 年初版，十月文艺出版社 2011 年版。

② 茅盾《关于乡土文学》，《文学》6 卷 2 号，1936 年，收入《茅盾全集》第 21 卷，人民文学出版社 1984 年版。

③ 中国大百科全书出版社《简明不列颠百科全书》编辑部译编《简明不列颠百科全书》第 8 卷，第 540 页，中国大百科全书出版社 1986 年版。

④ 丁帆《中国乡土小说史》，第 345 页，北京大学出版社 2007 年版。

画色彩也有明显削弱。

其二,是乡村生活场景。生活场景是比自然风景更内在也更深刻的地域个性,农民们的衣食住行、生活习俗,包括他们的日常生产劳作,都具有很典型的地域色彩,更蕴含着独特的地域文化个性。虽然宽泛说来,乡土小说只要表现乡村生活,就自然会表现出一定的乡村生活场景,但是,真正细致地将生活场景展现出来,呈现出其充分的地域个性,则需要作家多方面的努力。它需要艺术的锤炼,更需要丰富的生活细节。在这些方面,近年来乡土小说都有明显的匮乏。以乡村民俗而论,近年来倒不乏表现乡村民俗的作品,如贾平凹《高老庄》《秦腔》等对地方碑文、民间戏曲的展现;韩少功《山歌天上来》、肖江虹《百鸟朝凤》、关仁山《醉鼓》、刘庆邦《响器》等对乡村音乐的关注,等等。不过这些作品表达的,主要是对民俗所面临没落命运的悲叹,民俗的具体细节往往被情绪色彩所遮盖,没有得到充分的显现。比乡村民俗更加缺乏的是乡村劳作场景。劳作是农民日常生活的最基本组成部分,也是乡村生活世界不可缺少的重要内容,但近年来,除了李伯勇、李一清、罗伟章等少数与现实乡村关系比较密切的作家作品中,对现实乡村劳作场景作了一定展现外,绝大多数乡土小说作品都缺席了这一内容。

其三,是地方方言和人物口语。关于地方方言与文学创作的关系,一直存在着较为激烈的论争,而现实中,在越来越规范化的教育背景下,文学创作与地方方言之间的总体趋势是越来越疏离,这也直接影响到人物口语的呈现。最典型的是,近年来小说创作流行对人物对话的间接叙述,这就自然过滤了人物语言的方言属性和口语色彩。这一点对于乡土小说创作的影响是最大的。因为在乡村生活中,方言口语最为丰富多样,也最能体现乡土小说的审美魅力。事实上,在近年来小说中,部分城市小说倒呈现了较显著地域色彩的方言口语叙述(如何顿浓郁长沙话色彩的小说,以及金宇澄完全用上海方言叙述的《繁花》),反而在乡土小说领域,很少能看到鲜活生动的人物口语和具有地方气息的方言,以往乡土小说中个性化的人物语言和地方方言已经基本绝迹——当然,这里需要特别指出的是,方言口语不是简单的人物语言实录,而应该是将它们融入生活叙述之中。所以,像林白《妇女闲聊录》这样完全舍弃作家提炼、没有与生活叙述相融合的作品,很难进入优秀的乡土小说之列。

其次,是审美内涵的空心化。所谓空心化,最直观的表现是在题材内容上。近年来乡土小说中,以纯粹的农民和乡村生活为叙述对象的作品已经为数不多,更多作品展示的是在城乡之间徘徊游弋的农民工生活,其中不乏作品甚至完全舍弃了传统乡村生活场景、只以城市生活为背景(关于这些作品是否归属于乡土小说,学术界存在一定争议,但越来越多的学者已经接纳它们进入乡土小说阵营。有关争议将在后文论述)。这样,按照传统意义的乡土小说概念来理解,"乡土"内涵呈现出的自然是"空心"的态势。不过,审美内涵的"空心化"特征更内在的表现还在乡土小说创作上。也就是说,近年来乡土小说对乡村的书写已经呈现出明确的"虚化"和"空洞"特征。表现之一,是作家们的关注点普遍集中于对乡村伦理和乡村文化等精神层面,较少着力于乡村的现实生活问题。"就中国发展阶段而言,乡土中国及其在之中生存的八亿农民仍是最底层的存在,生存问题,身份问题,现代与传统的冲突问题,社会转型过程中的挤压与不公正等等,都是目前中国最重大的问题"①,其中的生存、身份、挤压和不公正等主要关联现实生活层面,也更与农民们的生活息息相关,但很少有作家们将创作重点定位于此,很少直面乡村现实矛盾和冲突的作品。其中可作代表的,是近年来在乡土小说中颇为流行文化抒怀和哲学思辨型创作,作家们对乡土进行抽象的哲理探究,思考自我、乡土和文化的命运,现实的农民和乡土被抽象为文化哲学的背景符号;表现之二,是作家较少致力于刻画乡村人物。这并非说作家们完全不写乡村人物,而是在书写这些人物时,作家们的兴趣点主要集中在人物身上所发生的故事、在各种传奇或苦难经历,却很少关注他们的心理世界、现实欲求和精神特征,这样,我们很难从中见到那种立足于现实乡村的、个性鲜明的农民形象。对于乡村来说,现实的日常生活和人(农民)是最基本的内涵,它们的缺席,就使近年来乡土小说展现的文学世界难以丰富、饱满,而是显得虚幻和空洞,呈现空心化的内在特征。

第三,审美艺术上的情绪化和碎片化。情绪化是近年来乡土小说一个醒目的艺术特征。就像我们很少能够在近年乡土小说中见到宁静的乡村风景图画,我们也很少看到平静客观的乡村叙事,作家们多带着比较激烈的情绪,叙述往往充斥着骚动和不安的色彩。其主要表现在两个方面:一是感伤乃至

---

① 梁鸿《现实的超越与回归——论〈丁庄梦〉兼谈乡土小说审美精神的困境》,《平顶山学院学报》2008 年 6 期。

虚无的情绪。典型如贾平凹的许多作品都充斥着强烈的颓废和虚无色彩（当然，近作《带灯》另当别论）。此外，张炜、迟子建、孙惠芬等作家作品中也常见感伤情绪。魏微、徐则臣、鲁敏等"70后作家"乡土作品中，更是普遍充满着对往昔的怀念和对现实的排斥所导致的浓郁感伤气息[①]。二是愤激和怨愤的情绪。如罗伟章《我们的路》、鬼子《被雨淋湿的河》、陈应松《马嘶岭血案》和《望粮山》、尤凤伟《泥鳅》、胡学文《一个谜面有几个谜底》等作品，都通过主人公的苦难遭遇或极端行为，传达出对现实的强烈不满，乃至充满愤激和仇恨，主人公们最终也往往以报复社会或戕害自己的方式来宣泄这种情绪。

碎片化也有两方面的表现：其一，个人化的、片段式的叙述方式。除了极个别作品（如李一清的《农民》），作家们很少从整体时空上全局性地把握和书写乡村，他们更愿意采取个人化的较狭窄视角，融入个人的情绪和感性色彩，描画个人视野和情感世界中的乡村。这样，他们笔下的乡村自然是局部的而非全面的，碎片的而非整体的。其二，小说文体上，碎片化叙述成为时尚。九十年代韩少功的《马桥词典》、王安忆的《姊妹们》算是这种碎片化文体的开端，此后，林白《妇女闲聊录》对此有所承续。此外，孙慧芬《上塘村》采用的"民族志"形式，刘亮程《虚土》和《凿空》采用抽象和象征的方式，都具有碎片化的特征——它们最大的共同特征，就是以零散的、碎片的、外部的书写方式，以片段化的故事来建构起他们文学中的乡村世界。

通常而言，文学审美的变异是一个渐进的过程，而且，作家创作个性的差异使这一变异具有纠缠和颉颃的特点。近年来的乡土小说审美变异当然也不例外，它也不完全典型地体现在每一个乡土作家和每一部作品之上。然而，审视近年来乡土小说的发展轨迹，确实可以发现这种变异的清晰态势，而且，这种变异呈现出愈演愈烈、加速度般的格局，其时代特征也越来越显明。

二

近年来乡土小说审美品格发生如此显著的嬗变，与多方面因素相关，其中既有时代社会整体变化的客观现实因素，也与作家主体的精神、文化和情感因素，以及文学创作观念和方法上的变化有密切关系。

---

① 参见拙文《怀旧·成长·发展——关于"70后作家"的乡土小说》，《暨南学报》2013年1期。

从现实层面看,乡村现实的变异是最直观的因素。九十年代以来,中国社会开始大规模的城市化进程,大批乡村、耕地被融入城市当中,更有数量巨大的农民离开乡村进入城市,成为栖居于城乡两地的"农民工"。这极大地影响和改变了乡村的现实和文化生活。从现实层面说,青壮年农民的大量离乡,日常乡村只剩下老人、妇女和儿童,乡间的农村劳作数量大幅减少,自然不再有以往劳动过程中的喧哗和热闹,甚至使劳作不再成为乡村生活的重要组成部分。而且,尽管乡村生活水平总的来说是在改善和提高,但其中也存在着不少问题,比如在城乡之间辗转奔波的农民日常生活中的困顿,比如留守在乡村的妇女、儿童和老人的艰难,比如乡村政治和经济生活中的权力侵扰和不公正因素,以及拆迁、医疗、食品安全、环境污染等问题对农民生活的严重困扰,等等。从文化层面来说,乡村现实的变化,特别是随着城市文化观念的迅速融入农村,传统的乡村价值观念和伦理文化受到根本性的冲击。与城市一样,以物质利益为主体的伦理思想成为主导乡村世界的基本伦理,甚至由于城乡之间颇为显著的贫富差距,以及农民们相对较低的文化教育等因素,乡村文化的混乱和衰微显得更为突出。因此,近年来的乡村不但在现实面貌和生活方式上呈现多层面的杂乱局面,也从根本上失去了传统乡村的温情和宁静特征。

乡村现实的变化直接影响到作家对待乡村的态度和关系。在中国,绝大部分乡土小说作家都出自乡村(除了比较独特的、有过短暂乡村生活的知青作家群体之外),都有着密切的乡村血缘关系和深刻的情感记忆。并且,乡村对于作家们还有很强的情感抚慰作用。因为他们虽然依靠种种机缘离开乡村来到城市生活,但始终怀有对乡村的关注,美好的乡村记忆因为时空的距离而显得更加感人,宁静的乡村伦理因为城市的喧闹而显得更加温馨,特别是当他们面对城市纷扰和不公对待时,对乡村生活的美好回忆,往往成为慰藉他们失意和寂寞的精神滋养。

所以,近年来乡村现实和文化上的巨大变异,肯定会影响到作家与乡村的现实关系。比如说,正如贾平凹的自白:"故乡是以父母的存在而存在的,现在的故乡对于我越来越成为一种概念。"①在乡村被拉入城市化的发展步调之后,传统的乡村氛围不复存在,留在乡村的农民越来越少,作家们与乡村之

---

① 贾平凹《秦腔·后记》,作家出版社 2005 年版。

间的现实联系也随之减少,他们与乡村现实生活之间也会越来越隔。特别是由于现实社会中乡村伦理的迅速颓败,作家们不得不无奈地放弃对乡村的情感依赖和文化认同感,他们对现实乡村虽然不乏关怀,却更多精神上的反感和拒斥。换句话说,作家们对现实的乡村可能越来越厌恶、拒绝和远离,但又不可能真正放弃对乡村的关注。他们更普遍的情感,则是对正在走向没落和消逝的乡村伦理的强烈怀念和无奈感伤——在这个意义上说,乡村现实的变化,并不是真正隔断了乡土小说作家与乡村的关系,他们的关系依然深刻,只是态度和表现方式有所变异而已。

　　现实与作家关系的复杂变化,推动了乡土小说审美品格的变异。一方面,无论从所拥有的乡村现实生活积累,还是遵从自己内心的愿望,作家们都难以进入乡村现实和农民的内部世界,像以往一样以熟稔和亲切的姿态来书写乡村,他们只能书写一些对他们有所触动的乡村故事,展现一些与他们心灵相通的文化衰败状貌,借乡村书写来抒发自己的文化怀念和感伤的悲悼之情。他们最深切的关注点必然放在乡村文化上,并以强烈的批判姿态来看待这一文化的巨大变化:"应该说,中国的城乡差距从来没有现在这么大,城乡的交织也从来没有现在这么杂而乱,一切人为了生存各尽其能,抗争,落寞,自卑,愤怒,巨大的失衡和强劲的嫉恨,人的心态在扭曲着,性格在变异着,使这个社会美善着美善,丑恶着丑恶,人性的激活也激活着社会的发展。"①这当中尤为突出的,是年轻的、出生于二十世纪七十年代和八十年代后的作家们。由于年龄的关系,他们最初的乡村记忆还基本保持着传统伦理的状态,但现实乡村已经与这种记忆形成了巨大反差。记忆的温馨与现实的陌生和冷酷,使这些作家更难熟悉和融入现实乡村,只能在感伤的回忆中去寻找昔日的乡村面貌。另一方面,它也决定了作家们难以以平静的情绪来书写现实,急切、躁动和迷茫成为他们作品的内在精神特征。贾平凹的倾诉可以代表许多作家的心声:"我的写作充满了矛盾和痛苦,我不知道该赞歌现实还是诅咒现实,是为棣花街的父老乡亲庆幸还是为他们悲哀。"②因为现实的失落、文化的无所皈依,作家们自然会陷入痛苦、感伤和虚无之中。也有部分作家会以更强烈的情绪来表达他们的现实态度。陈应松的话表现得非常充分:"经过了

---

① 贾平凹《我熟悉阿吉》,《中篇小说选刊》2001 年 5 期。

② 贾平凹《秦腔·后记》,作家出版社 2005 年版。

大量时间的深入生活和田野调查，我抓到的第一手资料让我时时愤怒，恨不得杀了那些乡村坏人，当然也有更多的感动"，"这些唤起了你的冲动，引起了你的思索，是装作没见到呢，还是决定要把它写出来？是以平静的心态写，还是以激烈的心态写？以及分寸感的把握等等，这都有斗争，这是一个漫长的艺术处理和思想搏斗的过程，会让人痛不欲生，会让人夜不能寐，会让人心如刀割"①。处于这样的创作准备和创作心态，空心化、情绪化、碎片化成为时代乡土小说的典型审美品格就自然而然了。

　　乡土小说的审美变异，还蕴含着乡土小说作家的思想发展和创新愿望。一方面，剧变着的乡村社会也期待着新的书写方式，对作家们提出了新的要求。这一点，就如贾平凹的感慨："原来我们那个村子，我在的时候很有人气，民风民俗也特别醇厚，现在'气'散了，起码我记忆中的那个故乡的形状在现实中没有了，消亡了。农民离开土地，那和土地联系在一起的生活方式，将无法继续。解放以来，农村的那种基本形态也已经没有了。解放以来所形成的农村题材的写法，也不适合了。"②另一方面，在二十世纪九十年代以来社会文化背景下成长起来的作家，更多独立意识和自由思想的空间。面对中国乡土小说虽不乏璀璨却略欠丰富的创作传统，许多优秀作家很自然拥有突破传统创作方式的愿望，力图求变和创新。比如阎连科曾说过："文学是经过九十年代的各种借鉴、融合之后到了二十一世纪，'乡土写作'应该走出鲁迅、沈从文之外的'第三条路'来。这'第三条路'是什么样子我们不知道。但你必须要一步一步去摸索，去探索；一步一步去思考"，"我们不能摆脱对沈从文和鲁迅的喜爱，也无法摆脱他们对我们的影响。每个作家都无法摆脱文学史对你的影响。但我真的希望看到与他们完全不同的乡土写作，看到那种全新的'第三种写作'"③。《寻找妻子古菜花》的作者北北也说："当下生活如此纷纭复杂，即使相同的素材在手，如果想要有另一层面的表述，也必定需要各异的方式来承载"，"'变'是冒险也是进取，少重复多变化的过程，至少有更多的乐趣充斥其中"④。作家主体与现实客体的双重要求，刺激了乡土小说审美品格的

---

①　陈应松《非文学时代的文学痛苦》，《上海文学》2009 年 2 期。

②　贾平凹、郜元宝《关于〈秦腔〉和乡土文学的对话》，载郜元宝、张冉冉编《贾平凹研究资料》，第 1 页，天津人民出版社 2005 年版。

③　张学昕、阎连科《现实、存在与现实主义》，《当代作家评论》2008 年 2 期。

④　林那北、马季《林那北：看似平常也曲折》，《大家》2008 年 5 期。

变异。

比如,对于在乡土小说创作中长期很盛行的现实主义创作方法,许多作家都表达了质疑。阎连科就认为:"真实并不存在于生活之中,更不在火热的现实之中。真实只存在于某些作家的内心。来自内心的、灵魂的一切,都是真实的、强大的、现实主义的。"①林白也对传统小说的整体性价值观有所针砭:"是谁确立了这样一种价值观的呢?只有完整的、有头有尾的、有呼应、有高潮的东西才是好的,整体性高于一切,碎片微不足道","在我看来,片段离生活更近。生活已经是碎片,人更是。每个人都有破碎之处,每颗心也如此"②。更年轻的"70后"作家在逃离意识形态的大背景下开始创作,自然会寻求更加个人化的表现方式。如魏微就表示:"我喜欢写日常生活,它代表了小说的细部,小说这东西,说到底还是具体的、可触摸的,所以细部的描写就显得格外重要","我只写我愿意看到的'日常',那就是人物身上的诗性、丰富性、复杂性,它们通过'日常'绽放出光彩"③。

作家们创新愿望的典型结果,是当前乡土小说中普遍存在的那种强烈个人色彩的、碎片式的乡土小说形式。这种形式的产生和盛行,虽然也许与作家们对现实乡村的了解不够充分、难以支撑他们对乡村全面完整的书写有关,但更重要的,是它蕴含着作家们艺术追求上的创新愿望,可以看作是对追求完整、全面的传统现实主义的反叛。

三

审美品格的嬗变,对乡土小说创作产生了很大影响。一方面,它使近年来的创作呈现出了一些新的气象和新的风貌,对传统乡土小说有所发展和开拓。较突出的有两个方面:其一,审美上的个人性、丰富性和复杂性,带来了思想方面的相应深入。近年乡土小说在审美上、意蕴上更加丰富,作家们大多立足于个人感知角度来思考和表现乡村,艺术表现角度和方法更为多元,这也导致了作品思想内涵更为复杂和深刻。比如迟子建《额尔古纳河右岸》、北北《寻找妻子古菜花》、白连春《拯救父亲》、孙慧芬《歇马山庄的两个女人》、

---

① 阎连科《寻找超越主义的现实》,《受活·代后记》,春风文艺出版社 2004 年版。

② 林白《生命热情何在——与我创作有关的一些词》,《当代作家评论》2005 年 4 期。

③ 《魏微:让"日常"绽放光彩》,《信息时报》2005 年 2 月 28 日。

魏微《大老郑的女人》等作品,作家们立足于不同的个体身份特征(包括年龄、性别、生活经历等)来感知乡村,在个人的乡村记忆中传达对乡村世界不同的美学理解,也蕴含了对爱、温情等人性问题和人与自然关系问题的深刻思考,赋予了乡土小说比"乡土"本身更丰富的内涵和深度,是传统乡土小说所不具备的。再如近年来乡土小说对"国民性批判"主题的表现,无论是叙述方法还是内涵探索上都有所深入。如东西《没有语言的生活》、李洱《石榴树上结樱桃》、李佩甫《羊的门》、阎连科《黑猪毛白猪毛》等作品,都将国民性问题的思考超越了民族文化层面,与更普泛的人性、制度等问题进行勾连,作家们的立场也不仅仅是对民族性格的简单否定和批判,而是寄予更复杂的认识和感情,显然是对此问题的深化和提高。其二,在乡土小说艺术上有一定发展。近年来乡土小说不再秉持传统现实主义手法,而是充分展现出艺术表现上的探索性和多元性,发展和丰富了乡土小说艺术。典型如阎连科《受活》对写实手法和寓言手法进行了巧妙嫁接,将荒诞与现实熔为一炉,是对传统现实主义的明显突破。贾平凹《秦腔》《带灯》等作品,借鉴了中国传统话本小说的特点,将传统因素融入现代生活之中;同样,韩少功《马桥词典》、孙慧芬《上塘村》等民俗生活体例小说,对《呼兰河传》《果园城记》的创作传统有所继承和发展。特别是在中短篇小说领域,毕飞宇《地球上的王家庄》、李洱《石榴树上结樱桃》、北北《寻找妻子古菜花》、白连春《拯救父亲》、魏微《大老郑的女人》、石舒清《清水洗尘》等作品,在立足于个人内心感受的基础上,对小说的想象力、艺术表现和艺术形式等方面做出了有深度的探索,达到了精致、深刻而富有创造性的高度。

但是,从另一方面说,近年来乡土小说审美嬗变背后也隐藏着一定问题,或者说,它潜藏着近年来乡土小说创作上的某些缺陷,伴生着某些内伤,对乡土小说的总体成就构成了一定制约,甚至对其现实生存和未来发展构成了严重影响。

首先,是作家与乡村现实的遥远和隔膜。这一点较集中体现在乡土小说"空心化"审美特征背后。虽然很多人(包括一些乡土小说作家)将乡土小说的"空心化"完全归因于乡村本身的变迁,但我却认为,问题并不这么简单。在乡村本身的变异之外,作家与乡村现实的遥远和隔膜也应该承担一定责任。因为一方面,虽然空心化是中国乡村现实的总体特征,但并不是一概如此,依然存在较好保持传统生活形态的乡村世界;另一方面,也是更重要的,即使是在变化剧烈的、受到城市化严重挤压的乡村社会,乡村生活形态并没有完全消失,它依然存在着一定的丰富性和复杂性。即使是那些进入城市打工的农民,并没有完全脱离与传统乡村生活的联系,更没有真正摆脱乡村现实带给他们的困扰。换句话说,现实的乡村虽然有所凋敝,但并非完全丧失基本生活形态和内在生命力,只不过被扭曲、掩盖和变形而已。优秀的乡土小说应该能够在琐屑的生活细节中把握乡村的律动,在农民的日常生计中感受乡村的沉重,在以不同形态存在的乡村劳作、乡村风习中传达乡村的生活状貌,从而实现对当下乡村社会更充实、具体的把握和表现,而不是仅仅只是展现较"虚"的乡村文化一面——当然,这绝非说乡村文化不值得关注,乡村文化的没落完全值得作家们深入地歌吟和悲叹,但这却不能够成为忽略乡村"实"的一面的理由,而且,对乡村文化的表现也需要以实在和具体为基础。

这当中,特别值得提出乡村人物问题。近20年乡村变迁,对农民生活和精神的改变绝对是巨大的,也成长出了与传统农民完全不一样的新型农民,他们的生活或者依然沉重,或者有大的改变,他们的灵魂或者被污染,也或者在升华,但他们绝对呈现了丰富的生活活力和新的个性特征,是值得乡土小说挖掘的深厚文学资源。对这些方面表现的严重匮乏,空心化特征的普遍存在,不能不说源于作家们与乡村现实的过于遥远,以及心灵上的过于隔膜。而这些匮乏,除了影响到乡土小说表现乡村的丰富性和全面性,也影响到其真实性和客观性。当前许多作品(甚至不乏一些获得好评甚至得奖的作品)存在粗糙编造故事情节、让读者倍感虚假的情形,牵强的传奇故事更是很流行。其中,前面提到的文化抒怀和哲理思辨小说也存在可反思之处。不是说小说只能写实、不能进入哲学思辨层面,但这种思辨应该是建立在与乡村大地和农民们切身关联的基础上,只有这样,它才能传达出乡村大地的真实声音和深沉呼吸,否则很容易陷入自我情绪的无病呻吟。

其次,是作家们思想高度的匮乏。这一典型的表现是乡土小说的情绪化特征。对于近年来社会(包括乡村社会)的剧烈变化,情绪化是普通大众的基本反应,然而,如果一名作家也停留在这一层面,则显然存在较大的不足。它既会局限其作品的思想艺术高度,也会让读者对文学感到失望,丧失信赖和信心。好的作家应该具有比一般大众更高远、更理性的思想,对社会做出更深邃、更透彻的认识,并以这种思想感动和引领大众。就当前乡土小说而言,强烈的情绪化色彩,不只是已经严重影响到其思想和艺术高度,甚至出现了一些思想的偏差，可能对大众思想形成某些误导。其一是一些作品中存在对极端负面情感和恶俗场景的渲染，某些内容甚至违背社会的普遍伦理和人文道德。比如，不少作品没有节制地渲染和肯定仇恨和暴力，甚至对报复仇杀行为给予宽容和溢美。尤凤伟《泥鳅》、陈应松《马嘶岭血案》等作品不同程度存在这样的缺陷①。还有一些作品在民俗描写中，对低俗内容予以大力渲染，甚至将变态行为和性描写作为吸引读者的噱头。其二是艺术上缺乏精致、沉静和大气之作。近年来乡土小说中并非没有佳作，但为数却很有限，普遍存在的是低水平作品。其中充满着粗糙编造乃至虚假的故事情节，却很少平静客观的叙述和理性冷静的思索，更缺乏思想和精神的超越高度。体现在小说体裁上，是中短篇小说领域优秀作品较多，具有丰富历史文化含量的长篇小说则很匮乏。其三是在表现内容和叙述方法上存在模式化的缺陷。近年来乡土小说数量虽丰富，却颇多雷同感。无论是创作题材、故事类型，还是情感基调、叙述方法，都局限在大体上的几种模式之内，少见具有创新和创造性的作品。

最后，但也许是更重要的，是地域性审美特征的淡化，使乡土小说失去了它最独特、也最富魅力的审美个性，影响到乡土小说在当代社会的生存和发展。在这方面，学者们已有所关注，视野主要集中在自然风景方面。这一关注有其道理，因为正如美国学者皮尔斯·刘易斯所说："我们人类的风景是我们无意为之，却可触知可看见的自传，反映出我们的趣味、我们的价值、我们的渴望乃至我们的恐惧。"②对于乡土小说来说，风景远不只是意味着风景本身，它还体现着人对自我生活审美层面的发现，一种自我价值的确认，它可以赋予乡土小说更丰富的内涵特征。不过我这里更想强调的不是风景，而是乡村生活。因为在乡土小说研究界，一些学者严重忽视乡土生活的意义，甚至因此将赵树理和"十七年"乡土小说排斥于外。这其实是对乡土小说本质的严重误解。最直接地说，既然以"乡土小说"命名，没有"乡土"又何以名之？正像海德格尔谈到凡·高的名画《鞋》，如果这鞋不属于乡村，没有乡土的内涵，就难以被赋予那么深刻丰富的哲学内涵。乡村生活既蕴含着独特地方的

① 周保欣《乡土叙述的"冲突"美学与道德难度》，《人文杂志》2008年5期。
② 转引自温迪·J.达比《风景与认同》"译后记"，张箭飞、赵红英译，第361页，译林出版社2011年版。

民风民俗,又像地方方言一样,浸润了深厚的文化历史,与乡村、大地、泥土之间不可分割,已经成为人们的乡土记忆和乡土文化的重要组成部分。在某种意义上,乡村生活的审美意义甚至比乡土风景更为重要,因为生活更富有生命气息,地域的色彩也更内在和全面。

地域个性特征的淡出,导致乡土小说的"乡土"特征变淡,必然影响到乡土小说在社会中的形象和影响力,也会影响创作者们对它的信心。比如,近年来就有学者认为,随着乡村社会的逐渐城市化,乡土小说已经丧失了存在的前提,面临着消亡的命运("生态小说""乡村小说"等概念的出现并产生影响,说明"乡土小说"正受到巨大的质疑和挑战)。一些乡土小说作家也对乡土小说的前景持悲观态度,不少作家在逐渐淡出乡土这一领域,其中不乏成就和影响很大的作家。特别是在年轻的"70后"和"80后"作家中,真正坚持在乡土领域开拓的作家越来越少,许多曾经在乡土小说创作取得一定影响的青年作家,如徐则臣、魏微、刘玉栋等,都尝试着在新的都市生活领域中发展。显然,随着乡土小说审美品格的嬗变,乡土小说创作的萎缩正在成为事实。

乡土小说的审美变异背后具有某些时代性的必然因素,对此问题,当然不可能完全在文学内部解决,但作为乡土小说创作者和研究者,却很有必要严肃地对待、思考和探讨这一问题。其中,承担乡土小说理性思考任务的学者们尤需要进行理论上的深入和拓展。比如关于乡土小说的概念内涵、审美特征,我们不应该总是停留在鲁迅、周作人和茅盾的思想理念中,在新的时代背景下,乡土小说理论需要更新和发展。只有建构起更丰富、更科学、更系统的理论,乡土小说才可望维持自己的完整特征,才能在新的时代变化中顺利地发展。作为乡土小说创作者们来说,既应该坚持近年来所作出的创新和发展(典型如个人化的方向),也需要根据乡土小说的内在要求作出适当的调整,特别是增强对乡土小说的信心,以更积极的姿态投身其中。具体说,我认为,以下两方面的关系是当前乡土小说界亟待思考和调整的:

一是乡土小说概念拓展与基本内涵之间的关系。如前所述,近年来,传统的、以乡村生活为基本内容的乡土小说创作相当衰微,已经难以支撑起乡土小说这面旗帜,如果再坚持传统意义来界定乡土小说,会导致乡土小说的萎缩甚至消亡。所以,与时俱进地对乡土小说内涵予以拓展,为它补充新鲜血液,势在必行。正是在这一前提上,我赞同许多学者提出的将部分城市农民工生活题材作品接纳到乡土小说中来。但我以为,这种拓展和接纳不是完全的,而是应该遵循一定的原则,那就是必须葆有部分的乡村生活内涵。也就是说,至少在目前情况下,"乡土小说"的范围不能完全脱离其命名,乡土生活背景是一部作品被纳入"乡土小说"的重要前提——它必须部分地写到乡村、田园、农民,与乡村没有完全分割。如果作品完全与乡村生活无涉,只是书写在城市中的农民工生活,就不能被看作是乡土小说。也许有人会认为这样的标准太机械、单调,但任何标准都有它的机械性,只有这种必要的限定,才能保证概念的完整和清晰。否则,概念的外延无限扩展,也就失去了概念本身的意义。

　　二是乡土地域性特征与乡土精神之间的关系。地域性特征于乡土小说的意义前面已经多次阐释。如果丧失了地域性审美特征,乡土小说也许会沦落到只是题材上的差异,也就是说,它的内涵就会与"农村题材"或"乡村题材"没有什么两样,也完全可以与工业题材、教育题材并列。这显然构不成"乡土小说"作为独特文学类型的充分理由。所以,坚持和强化地域性特征是当前乡土小说的重要要求。但是,一个不容忽略的现实是,随着城市化的拓展,乡村生活肯定会进一步萎缩,乡土小说的地域性审美品格(特别是日常生活层面的地域性)就很难得到永久的延续,这势必影响到乡土小说在未来的生存和发展。在这种情况下,我以为,作为一个对未来乡土小说的延伸性思考,可以考虑引入"乡土精神"这个概念。所谓乡土精神,主要内涵是对乡土的关注和热爱,对农业文明生活方式和核心价值观的向往与认同,以及对部分具有深远生命力的乡土文化价值观的揭示和展示——其中包括对自然的尊重和热爱,认同人类质朴的人性和价值,以及对人情、人伦的强调等。乡土精神不完全是一种题材范围(当然它在内容上也应该部分地关系到乡土),主要是在审美上与自然、生命、乡土文化等因素构成密切联系。也许随着人类社会的不断往工业化方向发展,乡土生活会逐渐淡出,但是,正如人类的乡土梦不会泯灭,乡土精神也可以永存[1]。乡土精神将与乡土风景一道,共同构成未来乡土小说的独特审美质素,维持其作为一种独特小说类型所必要的基本特征。

---

① 　参见拙文《乡土精神:乡土文学的未来灵魂》,《时代文学》2011年9期。

⚲ 延伸阅读 ⚲

1. 梁启超《论小说与群治之关系》,《新小说》1902 年第 1 号。

2. 夏志清《新小说的提倡者:严复与梁启超》,收入《人的文学》,辽宁教育出版社 1998 年版。

3. 王德威《被压抑的现代性——没有晚清,何来"五四"?》,收入《想像中国的方法》,三联书店 1998 年版。

4. 王德威《文学地理与国族想像:台湾的鲁迅,南洋的张爱玲》,《扬子江评论》2013 年第 3 期。

5. 温儒敏《王国维文学批评的现代性》,收入《二十世纪中国文学史论》,东方出版中心 1997 年版。

6. 李欧梵《来自铁屋子的声音》,收入《现代性的追求》,三联书店 2000 年版。

7. 王富仁《中国反封建思想革命的一面镜子——〈呐喊〉、〈彷徨〉综论》,北京师范大学出版社 1986 年版。

8. 汪晖《反抗绝望——鲁迅及其文学世界》,河北教育出版社 2000 年版。

9. 严家炎《复调小说:鲁迅的突出贡献》,《中国现代文学研究丛刊》2001 年第 3 期。

10. 钱理群《心灵的探寻》,北京大学出版社 1999 年版。

11. 李欧梵《铁屋中的呐喊》,河北教育出版社 2001 年版。

12. 夏济安《鲁迅作品的黑暗面》,收入《夏济安选集》,辽宁教育出版社 2001 年版。

13. 张梦阳《阿 Q 与中国当代文学的典型问题》,《文学评论》2000 年第 3 期。

14. 钱理群《动荡时代人生路的追寻与困惑——周作人、鲁迅人生哲学的比较》,收入《周作人论》,上海人民出版社 1991 年版。

15. 陈平原《论苏曼殊、许地山小说的宗教色彩》,《中国现代文学研究丛刊》1984 年第 3 期。

16. 刘西渭《爱情三部曲》,收入《咀华集》,人民文学出版社 2001 年版。

17. 董炳月《卢梭与老舍的小说创作》,《中国现代文学研究丛刊》1996 年第 1 期。

18. 田本相《曹禺剧作论》，中国戏剧出版社 1981 年版。

19. 钱理群《曹禺戏剧生命的创造与流程》，收入陈平原、陈国球主编《文学史》第一辑，北京大学出版社 1993 年版。

20. 凌宇《从边城走向世界》，三联书店 1985 年版。

21. 黄子平《病的隐喻与文学生产——丁玲的〈在医院中〉及其他》，收入《批评空间的开创》，东方出版中心 1998 年版。

22. 杨义《张恨水：热闹中的寂寞》，《文学评论》1995 年第 5 期。

23. 刘勇强《吴组缃小说的艺术个性》，《文学评论》1996 年第 1 期。

24. 龙泉明《艾青四十年代诗歌创作论》，《文学评论》1998 年第 5 期。

25. 罗振亚《“反传统”的歌唱——卞之琳诗歌的艺术新质》，《文学评论》1999 年第 6 期。

26. 李怡《论穆旦与中国新诗的现代特征》，《文学评论》1997 年第 5 期。

27. 周扬《论赵树理的创作》，《解放日报》1946 年 8 月 26 日。

28. 吴晓东《意念与心象——废名小说〈桥〉的诗学研读》，《文学评论》2001 年第 2 期。

29. 孟悦《中国文学“现代性”与张爱玲》，收入《批评空间的开创》，东方出版中心 1998 年版。

30. 夏仲翼《戴望舒：中国化的象征主义》，收入曾小逸主编《走向世界文学》，湖南人民出版社 1985 年版。

31. 宋永毅《李金发：历史毁誉中的存在》，收入曾小逸主编《走向世界文学》，湖南人民出版社 1985 年版。

32. 王晓明《“乡下人”的文体和城里人的理想——论沈从文的小说创作》，《文学评论》1988 年第 3 期。

33. 刘俊《“华语语系文学”的生成、发展与批判——以史书美、王德威为中心》，《文艺研究》2015 年第 11 期。

34. 刘小新《乡愁、华语文学与中华性》，《福建论坛（人文社会科学版）》2016 年第 12 期。

35. 丁帆、李兴阳《中国乡土小说：世纪之交的转型》，《学术月刊》2010 年第 1 期。

♀ 问题与思考 ♀

1. 中国文学从古典形态向现代形态转变的过程中,小说受到了前所未有的重视,请结合具体作品,分析在这种重视的背后,体现了一种什么样的文学观?

2. 晚清的文学观念对"五四"新文学的产生起了怎样的作用? 请联系具体作品,分析两者的内在关系。

3. 鲁迅的精神世界是个复杂的混合体,请通过对鲁迅作品的分析,探寻鲁迅精神的核心内容。

4. 鲁迅小说的艺术形态有何特点? 请结合具体作品进行分析。

5. 结合作品,分析周作人散文前后期的变化及其特征。

6. 在丁玲的身上,体现着多重身份:女性、知识分子、革命者、作家。这些身份是如何作用于丁玲的创作的? 在这些作用的背后,有着怎样的时代、社会和思想的印记?

7. 对张爱玲的"好"已有充分的论述,对张爱玲的"不好"则鲜有议论。除了傅雷谈到的一些"不好"之外,还能发现张爱玲文学世界中的其他"不好"吗? 如有,请结合作品分析原因。

8. "家"在中国现当代文学中是个重要的书写对象,巴金、曹禺、路翎、张炜均曾在作品中写到"家",请结合具体作家、作品,分析作家们是如何表现"家"的,从中可以看出中国社会历史、作家观念、艺术形态发生了怎样的变化?

9. 女作家是中国现当代文学中的重要存在,请通过作品,对女作家进行分类(依据不同的角度和标准),并对其成败得失、价值高低进行评判。

10. 现代主义在中国现当代文学中有过几次起落,请联系作家作品,分析现代主义在中国的生存形态和历史命运。

11. 通俗文学在中国现当代文学中时隐时现,但从未绝迹。从现代文学中的鸳鸯蝴蝶派、民国旧武侠、"革命加恋爱",到当代文学中的红色战争传奇,台港文学中的言情、新武侠,通俗文学可以说伴随了中国现当代文学的全过程。请结合具体作家作品,分析通俗文学的发展过程、形态变迁、文学成就。如觉得通俗文学有缺陷和不足,也请以作品为基础,进行具体分析。

12. "京派"与"海派"的异同何在? 请以作家作品为例,具体分析之。

13. 历史题材的作品在中国现当代文学中数量众多,请对这些作品进行特征分析和价值评判。

14. 农民和知识分子这两类人物形象占据了中国现当代文学的中心,请以具体作品为例,分析这两种人物形象各自的流变历程以及在这种流变背后的社会文化心理、意识形态内容。

15. 中国现当代文学中有许多作品都写到了上海,请结合具体作家作品,分析这种独特的文学现象。(为什么写上海? 如何写上海? 上海这座城市在其中起了什么作用?)

16. 中国现当代文学受外国文学影响不言而喻,请结合具体作家作品,谈谈外国文学(英美、俄国、苏联、东欧、北欧、日本、印度、拉美)对中国文学的影响。

17. 如何理解中国文学、海外华文文学、华语语系文学之间的关系?

18. 史书美为何提出"华语语系文学"的概念? 这一概念有何缺陷?

19. 现实主义创作方法是否适宜于当今的乡土小说创作? 为什么?

📍 研究实践 📍

(一)研究课题

印象式批评与理论研究的关系如何? 现代学术和批评方法与中国传统诗文批评方法的关系如何?

背景材料:

(1)刘西渭《咀华集》《咀华二集》

(2)韦勒克、沃伦《文学理论》

(3)张伯伟《中国古代文学批评方法研究》

(4)张首映《西方二十世纪文论史》

方法提示:

阅读以上文献,并鼓励学生自己寻找相关文献,在消化文献的基础上,进行思考。

参考议题:

(1)为何文学研究中会出现印象式批评?

(2)何谓理论? 理论在认识文学的过程中作用为何?

(3)理论、批评、方法在认识文学的过程中,属于认识论范畴,还是本体论范畴? 应怎样摆正它们与文学之间的关系?

（4）现代学术和批评方法与中国传统诗文批评方法在认识文学的角度、立场、方法、观念等方面有何异同？ 其各自的优势和不足在哪里？

呈现形式：

（1）小论文，题目自拟。老师可拟出几个题目供学生参考。

（2）课堂学术讨论。老师可引导并安排若干学生主题发言。

（二）研究课题

文学研究中如何以坚实的文本分析为基础？ 文学研究者应如何建立自己在文本分析基础上的历史感和艺术感受能力？

背景材料：

（1）佛克马、易布思《二十世纪文学理论》

（2）赵毅衡《新批评文集》

（3）欧阳子《王谢堂前的燕子——〈台北人〉的研析与索隐》

（4）陈思和《中国当代文学关键词十讲》

方法提示：

阅读以上文献，并鼓励学生自己寻找相关文献，在消化文献的基础上，进行思考。

参考议题：

（1）文本分析在文学研究中占据怎样的地位？

（2）当进行具体的作品分析时，需要具备哪些基本素质？ 注重对文本的分析，是否意味着对文学的认识停留在感性层面和缺乏理论深度？

（3）具体分析鲁迅的小说《狂人日记》《阿Q正传》等。

（4）"新批评"理论的基本观点，以及它的优势与不足。

呈现形式：

（1）小论文，题目自拟。老师可拟出几个题目供学生参考。

（2）课堂学术讨论。老师可引导并安排若干学生主题发言。

（三）研究课题

文艺社会学的研究方法对认识中国现当代文学起到了怎样的作用？ 如何正确地用文艺社会学来研究中国现当代文学？

背景材料：

（1）马克思、恩格斯《马克思、恩格斯论文学与艺术》

（2）普列汉诺夫《普列汉诺夫美学论文集》

（3）丹纳《艺术哲学》

（4）毛泽东《毛泽东著作选读》

方法提示：

阅读以上文献，并鼓励学生自己寻找相关文献，在消化文献的基础上，进行思考。

参考议题：

（1）文艺社会学与马克思文艺理论的关系。

（2）文艺社会学在中国现当代文学研究中的运用（教师要提示范例）。

（3）毛泽东《在延安文艺座谈会上的讲话》对中国现当代文学的影响，以及对当代中国文学研究的影响。

（4）用文艺社会学的理论、观点具体分析一部（篇）中国现当代文学作品。

呈现形式：

（1）小论文，题目自拟。老师可拟出几个题目供学生参考。

（2）课堂学术讨论。老师可引导并安排若干学生主题发言。

（四）研究课题

中国现当代文学中有许多具有先锋色彩的小说作家及小说批评，他们普遍受到西方小说创作及叙事学等多种理论的深刻影响，如何看待西方批评理论方法与中国文学实践的关系？

背景材料：

（1）华莱士·马丁《当代叙事学》

（2）热拉尔·热奈特《叙事话语，新叙事话语》

（3）布斯《小说修辞学》

（4）罗钢《叙事学导论》

方法提示：

阅读以上文献，并鼓励学生自己寻找相关文献，在消化文献的基础上，进行思考。

参考议题：

（1）用产生于西方的叙事学理论研究中国现当代文学（汉语言文学）的优势及局限。

（2）叙事学理论在中国现当代文学研究中是否有使用过度的问题？

（3）如果没有叙事学理论，文学研究（中国现当代文学研究）还能否继续？

如继续,会是怎样的情形?

（4）用叙事学的理论、观点具体分析一部（篇）中国现当代文学作品。

呈现形式：

（1）小论文,题目自拟。老师可拟出几个题目供学生参考。

（2）课堂学术讨论。老师可引导并安排若干学生主题发言。

第三章　作家作品解析（下）

导　论

　　本专题着重对中国二十世纪后半叶的作家作品及相关文学现象进行探讨。1949 年成立的中华人民共和国政府的文化政策放大了它此前创造的延安文学模式，与此同时，国民党退居台湾，将它的文化运作特性移植到这个相对局促的空间，并与地域性的文化构成形成冲撞。政治格局的改变深刻影响了作家们的生存空间和写作空间，中国现代文学的状貌随之改变。在此后半个世纪的文学运演中，不同空间、不同时段的作家精神生态和作品诗性含量差别很大，形成了丰富多样的文学景观。因而，对此段文学中的作家作品及相关文学现象列专章研读是必要的，也是可行的。

　　在台湾，带有政治烙印的"战斗文学"和带有怀乡情绪的"乡愁文学"同时产生。《城南旧事》（林海音）是"乡愁文学"的代表作之一。此外，梁实秋的散文小品、钟理和的乡土文学创作、孟瑶等的纯情主题小说、钟鼎文的诗歌等也较有名。六十年代中期以后的台湾文学经历了传统、现代与本土三种思想的对峙消长和融合共存的发展历程，台湾文学也进入了新的拓展期。其间产生的作品主要有小说《家变》（王文兴）、《浊流三部曲》（钟肇政）、《台北人》（白先勇）、《嫁妆一牛车》（王祯和）、《夜行货车》（陈映真）等，洛夫、余光中、痖弦、林亨泰等的诗作较为有名。在"五四"新文学影响下萌生的香港文学也经历了近一个世纪的艰难发展，逐步走向繁荣。刘以鬯、金庸等作家的作品反映出香港文学的创作实绩。

　　从宏观看来，二十世纪后半期中国大陆作家经历了两个主体困境，即前三十年"红色"文学系统中的写作困境,以及后二十年物质主义与主流意识形态合力影响中的精神困境。与此相呼应,中国大陆的文学作品也在文学史认证中形成了两个明显特征,即标本性和经典性。

从 1949 年到 20 世纪 80 年代中期文学的文化及人性追寻行动开始以前,中国大陆作家和他们的生产基本处于"红色"文学系统的强力控制之内,形成一条明显的主流文学生产的轨迹。这是一个长达三十多年的文学阶段,对其中的作家作品进行历史性考察,其主要目标应当是确立三种典范的文学考察标本,即文本标本和作家的精神标本,以及文学在政治计划内生产和流通的状貌,即一种动态的文学接受标本。这个时段与整个中国现代文学一样,处于历史沉淀期,对于研究者来说,具有更大的现实相关性,而历史语境还没有赋予他们充分的话语权。因此,在文学的历史性考察中,以标本认证代替鉴赏性的经典认证,能在最大程度上实现历史感和现实感的辩证统一,是文学临场治史的策略性选择。

在反映了主流意识形态的政策调控中,中国大陆作家继续在身份确认与立场确认的焦虑中写作。他们有不同的确认向度,不同的文化经验和写作个性,不同的文学天分和写作代际,因而在客观上形成了创作差异性。新生的政府表现出对这些差异性进行整合的强烈欲望,它着意建立一支作家"队伍",一套文学流通机制。在第一次全国文学工作者代表大会以后,中共最高领导人毛泽东领导着他的文化机构,从一位作家、一部作品入手,发起了数次批判运动。这些运动显示了一个尚未获得充分自信的新生政府飘摇不定的施政逻辑,它是阵歇式的,试验式的,钟摆式的,带有随意性。政策导向在三十年"红色"文学中留下了鲜明印记,因而,追索三十年"红色"文学的作家作品,选择"红色"文学考察的标本,往往需要政治运动史的互证,以确认作家作品所显现的诗性在党性规定中的受难状况。

受难性的文学标本大致可分以下几类:

其一,政治觉醒期的作品:在三十年"红色"文学运演中,在两个明显的政治调整期出现了一些稍具个性意识和现实主义品性的作品,即 1956 年"双百方针"后的"百花文学",以及二十世纪七十年代末政治调控下的思想运动后产生的所谓的"伤痕文学"和"反思文学"。"百花文学"的代表作品有《组织部新来的年轻人》(王蒙)、《改选》(李国文)、《红豆》(宗璞)、《在悬崖上》(邓友梅)、《小巷深处》(陆文夫)、《美丽》(丰村)、《田野落霞》(刘绍棠)、《爬在旗杆上的人》(耿简)、《灰色的帆蓬》(李准)等。"伤痕"和"反思"期的代表作品有《班主任》(刘心武)、《伤痕》(卢新华)、《剪辑错了的故事》(茹志鹃)、《犯人李铜钟的故事》(张一弓)、《蝴蝶》(王蒙)、《大墙下的红玉兰》(从维熙)、《内奸》(方之)、《西望茅草地》(韩少功)等。

其二,政治迷狂期的作品:主要体现为二十世纪五十年代的"新民歌运动"中出现的"诗歌",以及六十年代"大写社会主义"中出现的一些叙事性文字,后来有"写作组"炮制的一些小说,如《虹南作战史》《牛田洋》,浩然写作的《金光大道》《西沙儿女》,以及系列"样板戏"等等。

其三,一些相对中性的主流文学作品,它们在不同程度上进入了文学和政治的双重经典认证,主要包括一些产生于二十世纪五六十年代的长篇小说,包括《红旗谱》(梁斌)、《红岩》(罗广斌、杨益言)、《红日》(吴强)、《青春之歌》(杨沫)、《山乡巨变》(周立波)、《保卫延安》(杜鹏程)、《林海雪原》(曲波),以及以赵树理为代表的"山药蛋派"的作品和以孙犁为代表的"荷花淀派"的作品,等等。

有些研究者尝试进行换视角的研究,以期发掘上述部分文本在审美、人性甚至思想方面的现代性,试图寻找它们作为文学经典的价值。客观地看,由于明显的政治烙印,以上文本在更长的文学沉积中成为经典的可能性较小。不可否认,其中一部分文本在文学史的特定阶段具有相对的审美价值和历史体认价值,但是,这些价值不足以体现它们超越历史时空的经典性。在"红色"文化系统内文学受难和人性受难以及审美异变的考察中,它们具有标本的真实性。三十年"红色"文学中产生的文学现象往往和政治有关,和政治缠绕在一起,文学事件往往是政治事件的一部分。在"红色"文学逐渐退场之后的二十世纪末,它们又引发过不同的文学现象,其中,较为突出的有"浩然现象",《上海文论》"重写文学史"的讨论,以及"红色经典"的改编现象,等等。

在三十年"红色"文学之后,主流文学并没有消隐,但存在方式发生了巨大变化,比较明显的主流文学现象体现在类似于"五个一工程"的政府文化规划中,也体现在类似于"茅盾文学奖"等文学奖项的政府介入行为中。另外,二十世纪九十年代初的文学转型也和政治具有极其明显的相关性。在所谓"现实主义冲击波"和所谓"官场文学"(比较政治化的命名是"反腐倡廉"文学)等文学潮流中,主流文学的写作模式依然十分明显。由于商业文化的介入改变了"红色"文学生存中相对比较单纯的政治气候,"红色"文学消退期主流文学的存在方式变得十分复杂。

二十世纪八十年代中期,文学在作家们集体无意识的文化、诗性和人性的追寻行动中发生了裂变,中国文学从那时起,逐渐实现了作家主体精神和作品的个体诗性在政治战车上的解绑。社会转型期宽松的政治环境,以及作家的自觉探索和域外文学的译介形成的文学环境,共同促成了这次重要的文学转型。在所谓的"伤痕"文学和"反思"文学中,一些人性色彩浓重,实现了对历史进行现代性反思的作家作品成为这次文学转型的重要过渡。获得文学史"寻根"命名的大量文学作品成为文学写作路向转变的路标,中国大陆文学在这次文学行动中,获得了一种以地域文化为表征的集体个性,寻回了较为健康的人性感知与审美感知。当然,转型期前的铺垫十分重要。值得一提的是,在三十年"红色"文学最后十年中出现的个体写作和民间写作行动,对这些现象进行考察,发掘它们在中国现代文学史中的重要意义,是文学研究不可忽视的课题。文学转型期作为铺垫和过渡的作家作品,在文学的历史性认证中,体现为文学的标本性阅读和经典性阅读的交集。"白洋淀诗群"等诗歌写作群落,以及后来以民刊《今天》为主要依据的文学现象,催生了汉语诗歌的重要群体——朦胧诗人。朦胧诗大多采用心灵独白的方式,采用曲折的象征、暗示和隐喻等方式来揭示时代悲剧给人造成的精神创伤,语言有强烈的"陌生化"效果。代表诗人有北岛、顾城、舒婷、食指、芒克、江河、杨炼等。随着朦胧诗人的衰微,"新生代"诗人走上历史舞台。新生代诗的整体特色是对朦胧诗建立的审美风格的反拨,他们普遍坚持平民主义的审美态度,语言戏谑。在散文创作方面,巴金的五集《随想录》所取得的成就最为瞩目,被评论界誉为"情透纸背、热透纸背、力透纸背"的一本"讲真话的大书"。《随想录》所开启的散文的审美个性和知识分子的反思行为,在文学史和知识分子思想史考察中都有重要意义。

由于"红色"系统中的文学受难是全面的,"红色"文学之后的诗性复苏发生在文学的各个方面。王蒙、宗璞、茹志鹃、谌容等作家在形式方面的探索显示了作家们在形式方面的自觉。随后,刘索拉的《你别无选择》、徐星的《无主题变奏》拉开了"先锋试验"的序幕,到马原、扎西达娃、格非、孙甘露等作家推演到极致。国外现代主义作品及理论的大量译介,形式革命和文学个性、人性以及诗性的追寻行为与艺术领域的相关现象一起,影响了二十世纪八十年代的文学创作气候。余华、苏童的作品，以及稍后出现的所谓"新写实"小说，是文学的文化追寻和先锋试验两种行动的必然成果。二十世纪八十年代末，强烈的外力作用抑制了两种行为的辩证式互融，逆转了这次包含了无限可能性的文学行动。

在二十世纪九十年代后的愈演愈烈的商品化潮流中，物质主义侵袭了作家们对世界的观照方式，作家存在方式个体化、边缘化，主体精神进入新的困惑期，与此同时，商品运行机制导致了文学接受方式的改变。特殊的文化土壤滋生了特殊的文学现象，如"王朔现象"，"陕军东征"中的"废都现象"，"金庸现象"，"余秋雨现象"，以"身体写作"为主要特征的"美女作家"现象，以及"红色经典"的改编现象等，显示出文坛的另一种喧嚣场景。文学遭受了主流话语的放逐和物质主义文化语境的侵蚀，同时，也获得了相对比较自由的生存空间，受压抑的个性和人性在不同的审美品性中表现出来，显示出繁华与荒芜共存，嬗变与迂回交互的复杂局面。主要作品有《废都》（贾平凹）、《白鹿原》（陈忠实）、《活着》（余华）、《檀香刑》（莫言）、《心灵史》（张承志）、《长恨歌》（王安忆）、《坚硬如水》（阎连科）、《玉米》（毕飞宇）等。这一阶段文学作品的经典性还需要一段历史沉积才能确认。

对比上半世纪而言，后半世纪文学的研究相对比较活跃，已经有多部文学史及专著从不同角度，采用不同策略描述和解析过这些作家作品及文学现象，单篇论文更是不计其数，它们与近距离观照中的作家作品一样芜杂。对这些研究成果进行筛选和甄别，业已成为文学史沉积的组成部分。本专题选取的若干文章都较为集中地谈到了一位作家、一部作品或相关文学现象，在研究中能够以点带面，引导我们进行拓展。这些文章的主要功能并非在于提供完备而正确的知识体系，而在于在研读中激发问题意识，启动文本阅读，引导相关研究资料的收集，启发思考路向，为研究提供一个示例。

选　文

关于"赵树理方向"的再认识（节选）

戴光中

导言——

本文原刊《上海文论》1988 年第 4 期。

戴光中，1949 年生，浙江鄞县人。华东师范大学文学硕士，宁波师范学院中文系教授。

戴光中的《关于"赵树理方向"的再认识》是 1988 年《上海文论》"重写文学史"专栏的一篇文章，从新的视角评价了赵树理在当代文学中的地位。文章以文学史实为依据，既能切入作家作品的历史语境进行知人论世的分析，又能超拔于那个时代，对现象进行反思，作出比较客观、公允的评价。文章着力澄清赵树理方向的内涵，认识中国新文学的发展轨迹，以扫清文学进一步发展的障碍。文章认为，以"问题小说论"和"民间文学正统论"为主要特点的"赵树理方向"只在特定历史时期有其合理性，在其他时期继续推行这种创作理念，就会妨碍甚至扭曲当代文学的正常发展。文章对这一方向产生的历史渊源进行了追溯，分析了它的时代处境和最终命运。在相关事实的陈述之后，对其实质进行了界定，指出了"赵树理方向"中"民间文学正统论"的缺陷：它是一种常识性的错误观念，反映出赵树理内心强烈的农民意识和艺术上的民族保守性，暴露出文学界、文艺理论界的精神萎缩。

"向赵树理方向迈进"，这是我们曾经非常熟悉的一句话。不但早在 1947 年，晋冀鲁豫边区文联就已经提出了这个口号，就是到了八十年代以后，也还有人继续重复这个口号。① 从一般的意义上讲，把一个作家定为"方向"，让大家都向他看齐，跟着他的脚步走，这总有点违反艺术创作的规律，仿佛是把步

---

① 　参见《向赵树理创作方向迈进》，《人民日报》1983 年 8 月 23 日。

兵操练的规矩错搬到了文学世界里来。何况"赵树理方向"又是那种相当特别的现象，它对我国四十年代以后的文学产生了深刻的影响，就更值得我们注意。甚至可以说，如果我们不能澄清这一"方向"的实际内涵，那就非但无法正确认识中国新文学的发展轨迹，而且也会妨碍新时期文学的进一步发展。

赵树理的创作之所以独树一帜，在我看来，关键在于他的文学观与众不同，在内容上提倡"问题小说论"，艺术上则主张"民间文学正统论"。当然也还因为他以山里人特有的倔犟劲儿，始终坚持实践自己的创作主张。

赵树理是个农民化的知识分子，他同农民的关系的亲密，对农村的感情之深厚，在新文学作家中，恐怕是无人能与之匹敌的。他给人的最深印象，就是"把农村实在已提到了第一件最重大的、随时随地都无微不至关心的位置"①。于是在文学上，赵树理自然地成为一个不折不扣的功利主义者。他是为了搞好农村工作才去从事文学创作的，他的艺术见解常常等同于政治见解；他不认为文学是人学，不认为文学的崇高使命是研究人、表现人，从审美的角度通过艺术形象去陶冶读者的心灵，而是把文学当作一种为农村现实政治服务的特殊工具。他要求自己的作品必须"配合当前政治宣传任务，而且要求速效"②。风花雪月，绝不沾边，甚至革命历史题材似乎也大可不写，因为"写出来也许还能'动人'，但我觉得即使'动'过了'人'，给人的感染力也不一定有教育意义"③。所以在总结创作经验时，赵树理明白无误地说："我在做群众工作的过程中，遇到非解决不可而又不是轻易能解决了的问题，往往就变成所要写的主题，这在我写的几个小册子中，除了《孟祥英翻身》与《庞如林》之外，还没有例外。……在工作中找到的主题，容易产生指导现实的意义。"④十年后，他又再次重申："我的作品，我自己常常叫它是'问题小说'。为什么叫这个名字，就是因为我写的小说，都是我下乡工作时在工作中碰到的问题，感到那个问题不解决，会妨碍我们工作的进展，应该把它提出来。"⑤

正是基于这样的内容规范，为了寓教于乐，老妪能解，赵树理在艺术追求上确立了一条坚定不移的法则——照顾农民群众的欣赏习惯。然而中国的

---

① 康濯《根深土厚——忆赵树理同志》。
② 《赵树理文集》第 4 卷，第 1491 页。
③ 《赵树理文集》第 4 卷，第 1507 页。
④ 《赵树理文集》第 4 卷，第 1398 页。
⑤ 《赵树理文集》第 4 卷，第 1651 页。

农民,乃是一种非常特殊的文艺对象,他们大都处于文盲状态,很少接触文学作品,又有根深蒂固的排外情绪,欣赏习惯上的民族保守性极为强烈。因此,赵树理势必要在西风欧雨的新文学天地中另辟蹊径,走"下里巴人"的道路,向不登大雅之堂却为农民喜爱的民间文学吸取营养。当年力主把民间文学作为民族形式"中心源泉"的向林冰,曾指出民间文学的优点在于故事性、直叙性和口头告白性,倘若以此来说明赵树理小说的艺术特征,显然是相当恰切的。而赵树理在中国新文学史上的地位,也正是因此而变得突出,似乎他通过这些努力,第一次使新文学透出土气,解决了长期悬而未决的文艺大众化、通俗化的问题。但是,也许是惑于这一贡献之重要罢,他从此对民间文学钟爱至极,甚至把它同"五四"新文学对立起来,颇有取而代之、作为文学正统来发展的想法,正如孙犁所指出的:"赵树理对民间文艺形式,热爱到了近于偏执的程度。对于'五四'以后发展起来的各种新的文学形式,他好像有比一比看的想法。"①

毫无疑问,赵树理的文学理论及其作品,在政治需要重于艺术需要的战争年代,确乎是切合时宜的,犹如雪中送炭,正好满足了当时根据地人民群众的精神要求。但是,人的精神与审美要求是随着社会的发展而不断变化的,借用普列汉诺夫的话来说就是,"任何一个阶级都有它自己的历史:它发展起来,达到鼎盛时期和统治地位,最后则趋于衰亡。它的文学观点和美学概念,也与此相应地发生变化。因此,我们在历史上见到各种不同的美学概念,在一个时期占统治地位的概念和观点,到另一个时代就变为陈旧的了"②。所以,当中国的历史翻开全新的一页,由动乱的战争年代进入和平建设时期时,"赵树理方向"就渐渐地不合时宜了。在这个时候还要一味地坚持向它"迈进",自然就会妨碍甚至扭曲当代文学的正常发展。

纵观中国新文学的历史,可以看到一条十分鲜明的观念线索,这就是与生俱来地厌憎"为艺术而艺术",由自觉地把文学看作"改良社会"的利器,发展到完全彻底地"为政治服务"。导致这一轨迹的,固然有民族命运的社会客观原因和作家忧患意识的主观原因,但对这一发展过程起举足轻重的推动和强化作用的,实在应推《在延安文艺座谈会上的讲话》。而赵树理的创作,众

---

① 孙犁《谈赵树理》。

② 普列汉诺夫《尼·加·车尔尼雪夫斯基》,第 204 页。

所周知,正是首先实践了《讲话》精神的结果(因而也才有"向赵树理方向迈进"的口号)。再加上当时文艺界一些权威人士的高度赞扬,他的"问题小说论",便顺理成章地被看作是对文学为政治服务这一基本方向的典范性理解,成为五十年代带有支配性质的创作理论,影响颇为深广。可以说,"十七年文学"中先后出现的"赶任务""干预生活""写中心"等口号,其背后都有赵树理或隐或显的影子。他对不愿"赶任务"的作家曾表示很不满意,说:"这种错误观点的产生基本上就是因为生活与政治不能密切配合,政治水平还不够高,所以当上级已将任务总结提出以后,应该是感激才对。"①而"干预生活"的口号,尽管跟当时苏联的文学思潮和创作主张直接有关,但其实质与"问题小说论"大同小异,也无非是关注现实的重大社会问题、政治问题,旗帜鲜明地表现作家的政治评价和道德倾向。实际上,连七十年代后期的"问题小说",也和赵树理的同名理论有渊源关系,虽然它的倡导者不愿认同,反倒硬要跟"五四"时期的"问题小说"攀亲。

当然,文学为政治服务这一观念之不正确,文学干预生活、解决具体问题之不可能,现在都已经无须赘论,它对当代文学造成的苦涩的后果,也是毋庸置疑的了。赵树理的小说,尤其是中后期作品,常常使富有教养的艺术家微笑摇头,被精于鉴赏的审美家视为"小儿科",已很难再在读者心中激起长久的兴趣。这里的症结,以我看来,就在于即事名篇,就事论事,只重眼前暂时的社会功利,企求立竿见影的宣传效果。一方面,他虽然善于刻画农村的小人物,塑造了一群既没有被拔高也没有被歪曲的生动的人物形象,但由于作家"重事轻人",这些人物往往得不到最充分的重视、最精细的雕琢,大都缺乏高度的概括性,未能给文学之林增添不朽的形象。另一方面,他虽然出色地描绘了一幅幅色彩浓郁的农村风土人情画,但由于过分注意现实政治意义,重在表现一些随形势的发展而纷至沓来的细小矛盾,致使画面长度有余而深度和广度均嫌不足,很容易蒙上时间的灰尘,逐渐地失去艺术魅力。幸好他有难能可贵的胆识和赤子之心,敢于为人民仗义执言,卓然独立于瞒和骗的大泽之上,以真诚的现实主义态度反映农村的真实生活,因而不少作品至今仍有一定的认识价值。可是跟随他"迈进"的许多人,却难免滑进阐释或图解政策的岔道,甚至揣摩领导意图、凭空杜撰故事。而这类作品的生命力,自然

① 《赵树理文集》第 4 卷,第 1881 页。

更其可怜,因为政策多变、问题迭出,一旦时过境迁,它们立刻就失去了赖以立足的基础。

…………

白先勇的小说世界(节选)
——《台北人》之主题探讨

[美] 欧阳子

导言——

本文原刊 1974 年 8 月 21—23 日《中国时报》"人间"副刊,现选自欧阳子著《王谢堂前的燕子——〈台北人〉的研析与索隐》(花城出版社 2000 年)。

欧阳子,1939 年生,本名洪智惠,台湾南投人。美国爱荷华大学硕士,著名小说家。

白先勇的小说已经成为二十世纪华文文学中的经典,《台北人》则集中地体现了白先勇在小说艺术上所取得的巨大成就。这部由十四篇短篇小说组成的小说集,由于其主题内涵的复杂、人物形象的多样、艺术手法的新颖、意象语言的繁复,历来为学术界所关注。在众多的研究成果中,欧阳子的《王谢堂前的燕子——〈台北人〉的研析与索隐》成就突出,作者运用新批评理论,结合社会学和心理分析学理论,对《台北人》中的十四篇小说逐一进行"细读"式分析,得出了许多精彩的结论。

本文是分析小说之前的一个"总论",从总体上对《台北人》进行了全面的论述,根据白先勇小说的特点,把《台北人》的主题归结为"今昔之比""灵肉之争"和"生死之谜"。"今昔之比"是指《台北人》中的时空隐现着一种对立:"过去"和"现在","过去"与光荣相连,而"现在"却只有衰败。"灵肉之争"是指《台北人》中的人物在情欲沉迷与精神提升之间苦苦挣扎。"生死之谜"则体现了白先勇在《台北人》中传达出的人生观:生死同构。而在这三个方面,实际还存在着两种潜在的对应关系,即"昔—灵—生"相对应,"今—肉—死"相对应。三个方面和两种对应之间的交织纠结,构成了《台北人》主题的丰富复杂。

本文归纳精当,分析深入,注重从作品的细节入手,寻获具有概括性的结论,也就是说,带有抽象性的结论,是在充分尊重研究对象艺术丰富性的前提下获得的。这样的结论,令人信服。

白先勇的《台北人》,是一本深具复杂性的作品。此书由十四个短篇小说构成,写作技巧各篇不同,长短也相异,每篇都能独立存在,而称得上是一流的短篇小说。但这十四篇聚合在一起,串联成一体,则效果遽然增加:不但小说之幅面变广,使我们看到社会之"众生相",更重要的,由于主题命意之一再重复,与互相陪衬辅佐,使我们能更进一步深入了解作品之含义,并使我们得以一窥隐藏在作品内的作者之人生观与宇宙观。

先就《台北人》的表面观之,我们发现这十四个短篇里,主要角色有两大共同点:

一、他们都出身中国大陆,都是随着国民政府撤退来台湾这一小岛的。离开大陆时,他们或是年轻人,或是壮年人,而十五、二十年后在台湾,他们若非中年人,便是老年人。

二、他们都有过一段难忘的"过去",而这"过去"之重负,直接影响到他们目前的现实生活。这两个共同点,便是将十四篇串联在一起的表层锁链。

然而,除此两点相共外,《台北人》之人物,可以说囊括了台北都市社会之各阶层:从年迈挺拔的儒将朴公(《梁父吟》)到退休了的女仆顺恩嫂(《思旧赋》),从上流社会的窦夫人(《游园惊梦》)到下流社会的"总司令"(《孤恋花》)。有知识分子,如《冬夜》之余钦磊教授;有商人,如《花桥荣记》之老板娘;有帮佣工人,如《那片血一般红的杜鹃花》之王雄;有军队里的人,如《岁除》之赖鸣升;有社交界名女,如尹雪艳;有低级舞女,如金大班。这些"大"人物、"中"人物与"小"人物,来自中国大陆不同的省籍或都市(上海、南京、四川、湖南、桂林、北平等),他们贫富悬殊,行业各异,但没有一个不背负着一段沉重的、斩不断的往事。而这份"过去",这份"记忆",或多或少与中华民国成立到迁台的那段"忧患重重的时代",有直接的关系。

夏志清先生在《白先勇论》一文中提道:"《台北人》甚至可以说是部民国史,因为《梁父吟》中的主角在辛亥革命时就有一度显赫的历史。"说得不错:民国成立之后的重要历史事件,我们好像都可在《台北人》中找到:辛亥革命

《梁父吟》），"五四"运动（《冬夜》），北伐（《岁除》《梁父吟》），抗日（《岁除》《秋思》），国共内战（《一把青》）。而最后一篇《国葬》中之李浩然将军，则集中华民国之史迹于一身：

> 桓桓上将。时维鹰扬。致身革命。韬略堂堂。
> 北伐云从。帷幄疆场。同仇抗日。筹笔赞襄。

在此"祭文"中没提到，而我们从文中追叙之对话里得知的，是李将军最后与共军作战，退到广东，原拟背水一战，挽回颓势，不料一败涂地，而使十几万广东子弟尽丧的无限悲痛。而他之不服老，对肉身不支的事实不肯降服的傲气，又是多么的令人心恸！

诚如颜元叔先生在《白先勇的语言》一文中提到，白先勇是一位时空意识、社会意识极强的作家。《台北人》确实以写实手法，捕捉了各阶级各行业的大陆人在来台后二十年间的生活面貌。但如果说《台北人》止于写实，止于众生相之嘲讽，而喻之为以改革社会为最终目的的维多利亚时期之小说，我觉得却是完全忽略了《台北人》的底意。

潜藏在《台北人》表层面下的义涵，即《台北人》之主题，是非常复杂的。企图探讨，并进一步窥测作者对人生对宇宙的看法，是件相当困难而冒险的工作。大概就因如此，虽然《台北人》出版已逾三年，印了将近十版，而白先勇也已被公认为当代中国极有才气与成就的短篇小说作家，却好像还没一个文学评论者，认真分析过这一问题。我说这项工作困难，是因《台北人》充满含义，充满意象，这里一闪，那里一烁，像满天里亮晶晶的星星，遗下遍处"印象"，却仿佛不能让人用文字捉捕。现在，我愿接受这项"挑衅"，尝试捕捉、探讨《台北人》的主题命意，并予以系统化、条理化。我拟在个人理解范围内，凭着《台北人》之内涵，尝试界定白先勇对人生的看法，并勾绘他视野中的世界之轮廓。

我愿将《台北人》的主题命意分三节来讨论，即"今昔之比""灵肉之争"与"生死之谜"。实际上，这种分法相当武断，不很恰当，因为这三个主题，互相关联，互相环抱，其实是一体，共同构成串联这十四个短篇的内层锁链。我这样划分，完全是为了讨论比较方便。

今 昔 之 比

　　我们读《台北人》,不论一篇一篇抽出来看,或将十四篇视为一体来欣赏,我们必都感受到"今"与"昔"之强烈对比。白先勇在书前引录的刘禹锡《乌衣巷》(朱雀桥边野草花,乌衣巷口夕阳斜。旧时王谢堂前燕,飞入寻常百姓家),就点出了《台北人》这一主题,传达出作者不胜今昔之怆然感。事实上,我们几乎可以说,《台北人》一书只有两个主角,一个是"过去",一个是"现在"。笼统而言,《台北人》中之"过去",代表青春、纯洁、敏锐、秩序、传统、精神、爱情、灵魂、成功、荣耀、希望、美、理想与生命。而"现在",代表年衰、腐朽、麻木、混乱、西化、物质、色欲、肉体、失败、委琐、绝望、丑、现实与死亡。

　　"过去"是中国旧式单纯、讲究秩序、以人情为主的农业社会;"现在"是复杂的,以利害关系为重的,追求物质享受的工商业社会。(作者之社会观)

　　"过去"是大气派的,辉煌灿烂的中国传统精神文化;"现在"是失去灵性,斤斤计较于物质得失的西洋机器文明。(作者之文化观)

　　"过去"是纯洁灵活的青春;"现在"是遭受时间污染腐蚀而趋于朽烂的肉身。(作者之个人观)

　　贯穿《台北人》各篇的今昔对比之主题,或多或少,或显或隐,都可从上列国家、社会、文化、个人这四个观点来阐释。而潜流于这十四篇中的撼人心魂之失落感,则源于作者对国家兴衰、社会剧变之感慨,对面临危机的传统中国文化之乡愁,而最基本的,是作者对人类生命之"有限",对人类永远无法长葆青春,停止时间激流的万古怅恨。

　　难怪《台北人》之主要角色全是中年人或老年人。而他们光荣的或难忘的过去,不但与中华民国的历史有关,不但与传统社会文化有关,最根本的,与他们个人之青春年华有绝对不可分离的关系。曾经叱咤风云的人物,如朴公或李浩然将军,创立轰轰烈烈的史迹,固然在他们年轻时,或壮年时,其他小人物如卢先生(《花桥荣记》)或王雄(《那片血一般红的杜鹃花》),所珍贵而不能摆脱的过去,亦与他们的"青春"攸关:卢先生少年时与罗家姑娘的恋爱,王雄对他年少时在湖南乡下定了亲的"小妹仔"之不自觉的怀念。(他们的悲剧,当然,在表面上,也是实际上,导源于民国之战乱)这些小人物的"过去",异于朴公、李将军,在别人眼中,毫无历史价值,但对他们本人,却同样是生命的全部意义。

　　《台北人》中的许多人物,不但"不能"摆脱过去,更令人怜悯的,他们"不肯"放弃过去。他们死命攀住"现在仍是过去"的幻觉,企图在"抓回了过去"的自欺中,寻得生活的意义。如此,我们在《台北人》诸篇中,到处可以找到表面看似相同,但实质迥异的布设与场景。这种"外表"与"实质"之间的差异,是《台北人》一书中最主要的反讽(irony),却也是白先勇最寄予同情,而使读者油然生起恻怜之心的所在。

首先,白先勇称这些中国大陆人为"台北人",就是很有含义的。这些大陆人,撤退来台多年,客居台北,看起来像台北人,其实并不是。台北的花桥荣记,虽然同样是小食店,却非桂林水东门外花桥头的花桥荣记。金大班最后搂着跳舞的青年,虽然同样是个眉清目秀、腼腆羞赧的男学生,却不是当年她痴恋过的月如。《一把青》的叙述者迁居台北后,所住眷属区"碰巧又叫做仁爱东村,可是和我在南京住的那个却毫不相干"。尹雪艳从来"不肯"把她公馆的势派降低于上海霞飞路的排场,但她的公馆明明在台北,而非上海。《岁除》的赖鸣升,在追忆往日国军之光荣战迹时,听得"窗外一声划空的爆响,窗上闪了两下强烈的白光",却不是"台儿庄"之炮火冲天,而是除夕夜人们戏放之孔明灯。《孤恋花》之娟娟,是五宝,又非五宝。《秋思》之华夫人,花园里种有几十株白茸茸的"一捧雪",却非抗日胜利那年秋天在她南京住宅园中盛开的百多株"一捧雪"。《冬夜》里余教授的儿子俊彦,长得和父亲年轻时一模一样,但他不是当年满怀浪漫精神的余钦磊,却是个一心想去美国大学念物理的男学生。窦夫人的游园宴会,使钱夫人一时跃过时间的界限,回到自己在南京梅园新村公馆替桂枝香请三十岁生日酒的情景。但程参谋毕竟不是郑彦青,而她自己,年华已逝,身份下降,也不再是往日享尽荣华富贵的钱将军夫人。

白先勇对这些大陆人之"不肯"放弃过去,虽然有一点嘲讽的味道,但我认为却是同情远超过批评,怜悯远超过讥诮。所以,我觉得,颜元叔在《白先勇的语言》一文中,说白先勇"是一位嘲讽作家",容易引起误解;而他说白先勇"冷酷分析……一个已经枯萎腐蚀而不自知的社会",这"冷酷"二字,实在用词不当。当然,白先勇并不似颜先生所说,只处理上流社会(白先勇笔下的下流社会,真正"下流"得惊人)。但就是在处理上流社会时,他对其中人物之不能面对现实,怀着一种怜惜,一种同情,有时甚至一种敬仰之意。譬如《梁父吟》。我觉得,白先勇虽然刻画出朴公与现实脱节的生活面貌,他对朴公却是肃然起敬的。叶维廉先生在《激流怎能为倒影造像》一文中,论白先勇的小

说,写道:

> 《梁父吟》里的革命元老,叱咤风云的朴公,现在已惺忪入暮年,
> 他和雷委员对弈不到一个钟头就"垂着头,已经曚然睡去了"。不但
> 是革命的元气完全消失了,而且还斤斤计较王孟养(另一革命元老)
> 后事的礼俗,而且迷信;合于朴公那一代的格调已不知不觉地被淹
> 没……

我细读《梁父吟》,却和叶维廉有些不同的感受。如果我没错解,我想白
先勇主要想表达的,是朴公择善固执、坚持传统的孤傲与尊严。从一开头,白
先勇描写朴公之外貌,戴紫貂方帽,穿黑缎长袍,"身材硕大,走动起来,胸前
银髯,临风飘然……脸上的神色却是十分的庄凝",就使我们看到朴公的高贵
气质与凛然之威严。而朴公事实上之"脱离现实",恰好给予这篇小说适度之
反讽,却不伤害作者对主角的同情与敬意。朴公与雷委员对弈,"曚然睡去"
之前,却先将雷委员的一角"打围起来,勒死了"。而他被唤醒后,知道身体不
支,却不肯轻易放弃。他说:

> 也好,那么你把今天的谱子记住。改日你来,我们再收拾这盘
> 残局吧。

此篇最末一段,白先勇描写朴公住宅院子里的景色:"……兰花已经盛开
过了,一些枯褐的茎梗上,只剩下三五朵残苞在幽幽地发着一丝冷香。可是
那些叶子却一条条的发得十分苍碧。"盛开过的兰花与残苞,显然影射朴公老
朽的肉身。而"一条条的发得十分苍碧"的叶子,应该就是朴公用以创建民国
的那种不屈不挠,贯彻始终的精神吧!

《台北人》中之人物,我们大约可分为三类:

一、完全或几乎完全活在"过去"的人。

《台北人》之主要角色,多半属于这一型,明显的如尹雪艳、赖鸣升、顺恩
嫂、朴公、卢先生、华夫人、"教主"、钱夫人、秦义方等人;不明显而以变型行态
表征的,如《一把青》之朱青与《那片血一般红的杜鹃花》之王雄。这两人都
"停滞"在他们的生活惨变(朱青之丧夫,王雄之被人截去打日本鬼)发生之前,

于是朱青变得"爱吃'童子鸡',专喜欢空军里的小伙子";而王雄对丽儿之痴恋，却是他不自觉中对过去那好吃懒做，长得白白胖胖的湖南"小妹仔"之追寻。

白先勇冷静刻画这些不能或不肯面对现实的人之与现世脱节，并明示或暗示他们必将败亡。但他对这类型的人，给予最多的同情与悲悯。

二、保持对"过去"之记忆，却能接受"现在"的人。

《台北人》角色中，能不完全放弃过去而接受现实的，有刘营长夫妇《岁除》，金大班，《一把青》之"师娘"，《花桥荣记》之老板娘，《冬夜》之余钦磊与吴柱国等。他们也各有一段难忘的过去，但被现实所逼，而放弃大部分过去、大部分理想，剩下的只是偶然的回忆。如此，负担既减轻，他们乃有余力挑起"现实"的担子，虽然有时绊脚，至少还能慢步在现实世界中前行。这些角色对于自己被迫舍弃"过去"之事实，自觉程度各有不同，像"师娘"，就没有自觉之怅恨，但余钦磊与吴柱国，却对自己为了生存不得不采的态度，怀着一种说不出的无可奈何之惆怅。这份无限的感伤，反映在《冬夜》之结语中：

> 台北的冬夜愈来愈深了，窗外的冷雨，却仍旧绵绵不绝地下着。

白先勇对于这类型的人，也是深具同情之心的。而且，他的笔触传达出发自他本人内心之无限感慨：要在我们现今世界活下去，我们最大的奢侈，大概也只是对"过去"的偶然回顾吧！

三、没有"过去"，或完全斩断"过去"的人。

《台北人》中的这型人物，又可分两类，其一是年轻的一辈，也就是出生在台湾，或幼年时就来到台湾，而没有真正接触过或认识过中国大陆的外省青年男女。他们是没有"根"，没有"过去"的中国人。例如《冬夜》中的俊彦，《岁除》中的骊珠和俞欣，即属于此类。他们因为没能亲眼看到国家之兴衰，未曾亲身体验联带之个人悲欢，对于前一辈人的感触与行为，他们或漠然，或不解，或缺乏同情，永远隔着一段不可逾越的距离。

另一类是"斩断过去"的人。例如《冬夜》中的邵子奇，《秋思》中之万吕如珠，《梁父吟》之王家骥，就属此类。他们之斩断过去，不是像朱青（《一把青》）那样，"回顾"过于痛苦（朱青其实没能真正斩断），却是因为他们的"理性"（rationality），促使他们全面接受现实，并为了加速脚步，赶上时代，毫不顾惜完全丢弃了"传统之包袱"。

　　唯独对于这种为了"今"而完全抛弃"昔"的人,白先勇有那么一点儿责备的味道。但是责备之中,又混杂着了解,好像不得不承认他们有道理:"当然,当然,分析起来,还是你对。"也可以说,白先勇的"头脑"赞成他们的作风,但他的"心",却显然与抱住"过去"的众生同在。

　　让我们比较一下《台北人》中两个都是从外国回来的中年人:《梁父吟》之王家骥,和《思旧赋》之李家少爷。前者显然是个很有理性,完全洋化,抛弃了中国传统的人。他的父亲王孟养(革命元老)去世,他从美国回来办丧事,却对中国人的人情礼俗非常不耐烦,也不了解,把治丧委员会的人和他商量的事情,"一件件都给驳了回来"。王家骥舍弃了传统,失去了中国人的精神,但在现实世界中,他却能成功,跟上时代潮流,不被淘汰。

　　李家少爷却正相反:他也是中国旧式贵族家庭出身,父亲当年也是轰轰烈烈的大将军。他出国后,显然因为突然离了"根",不能适应外界环境,终于变成了一个白痴。我们不清楚他在国外,是否遇到什么特别事故,引发导致他的精神崩溃。但我们却知,他之所以退缩到痴癫世界,根本原因还是他不能接受现实,只肯回顾,不能前瞻。

　　一个作家,无论怎样客观地写小说,他对自己笔下人物所怀的态度(同情或不同情,喜欢或不喜欢),却都从他作品之"语气"(tone)泄露出来。我们读《思旧赋》,可从其"语气"感觉出白先勇对李少爷怀着无限怜惜之情。这使我联想起美国文豪威廉·福克纳(William Faulkner)在其巨作《声音与愤怒》(*The Sound and the Fury*)中,他对坎普生家庭(The Compsons)的那个白痴男子宾居(Benjy),也寄予同样深厚的怜悯。事实上,虽然白先勇和福克纳的作品,有很多不同处(譬如作品之"语气",白先勇冷静,福克纳激昂),我却觉得此两位作家有几点相似:其一,他们都偏爱回顾,有"情",但逃避现实的失败者。在《声音与愤怒》中,福克纳怜爱宾居,也怜惜蔑视肉体"贞操"的凯蒂(Caddy),更悲悯与死神恋爱,对妹妹怀着某种乱伦感情而最后自杀的宽丁(Quentin)。但他对坎普生家庭的兄弟姐妹中,唯一神经正常,有理性,抱现实主义的杰生(Jason),不但不同情,而且极端鄙视(白先勇对王家骥,倒无鄙视之意)。其二,他们都采用痴狂、堕落、死亡等现象,影射一个上流社会大家庭之崩溃,更进而影射一个文化之逐渐解体。福克纳所影射的,是美国南北战争之后衰微下去的"南方文化"(Southern Culture)。这"南方文化"之精神,颇有点像中国旧社会文化:农业的,尊重传统与荣誉的,讲究人情的,绅士派头的。福克纳对这被时代潮流所卷没的旧文化旧秩序,也满怀惦缅与乡愁。所不同的,美国南方文化,不过一二百年的历史。而白先勇所背负的,却是个五千年的重荷!

…………

孤独的巴金

摩 罗

导言——

本文原刊《当代作家评论》1996 年第 6 期。

摩罗,1961 年生,江西都昌人。华东师范大学中文系研究生毕业。

巴金 1978 年 12 月 1 日开始在香港《大公报》上开设"随想录"专栏,后结集为《随想录》出版。摩罗的《孤独的巴金》一文以独具性灵的文字界说了一位他所理解的巴金。他的批评语言清新流畅,其生动活泼的文风和沉潜而富有逻辑性的思维融合在一起,写出了巴金的孤独、困惑和自我挽救,是对巴金的文学道路的崭新维度的思考。作者认为,"巴金的道德自期比他的道德实践更见光彩,他的精神人格比他的文学作品更具魅力,他的随笔和他的译作比他的小说更值得品味"。在此立场上,摩罗认为当代学界误读了巴金,而巴金也缺少攻击力和自卫能力,因而,巴金是孤独的。在"文学大师"的普泛评价中,摩罗发出了自己的声音。文章没有非常严谨的论证,没有刻板的体系,但作者显示出独特的批评理念和独立思考的品质,因而具有思想穿透力,读来有新意,有启发性。

在享有盛誉的诸多中国作家中,巴金是最受我尊敬的几个人之一。然而,当我和朋友们列举二十世纪优秀作家时,我竟没有将巴金列入。近年来,除了他翻译的赫尔岑《往事与随想》,我也一直没有兴致去重读他别的著作。这似乎有点奇怪,我究竟是在什么意义上尊敬巴金的呢?

巴金是携着小说《灭亡》步入文坛的,后来以《家》奠定了今天所云文学大师的地位。但像二十世纪大多数中国作家一样,巴金也一直站在表达社会思想、宣泄社会情愫的立场上写作,而且,巴金以其热情天真的气质,有时将小说写成了童话。到他被剥夺创作权利的那一天为止,他一直没有写出一部自成世界、耐品耐读的作品,甚至可以说,他与文学还隔着一层什么。今天许多人为巴金那一代人所留下的文学的遗憾而遗憾,乃是颇有道理的。

也许巴金更适于写散文?至少可以用《随想录》的大获成功作为佐证。然而,不。他的散文也与文学隔着一层什么。文学之成为文学,总得有点"文"可言。无论是小说还是散文、诗歌,气氛的营造、意象的提炼、语言的锻冶等等总是必不可少的。然而巴金的散文基本上没有这些。青年巴金爱讲大白话,是那种热情太甚未及修炼一吐无遗的大白话,很难让人从中品出文学修养之类。晚年的随想录依然如此。他似乎永远是一个不能已于言的少年,永远不加修饰地平铺直叙。更奇怪的恐怕还是这一点:那些饱经沧桑同时又饱读诗书的文化老人,一旦下笔,几乎无一例外地充满了书卷气,充满了来自千古经典中的厚实和深邃。然而巴金偏偏成了这样一个例外,他似乎决意要跟其他人不同。

他跟其他人的确很有些不同,却不是因了"决意",而是因了气质和精神品位。巴金是一个具有大热情的人,他虽然不得不以文字方式度其生涯,但他的自期与自许却绝非如此。《灭亡》中最引人注目的就是那支代表着正义和力量的手枪。杜大心为巴金的化身,代巴金操持着那支枪,而且时刻将手指按压在扳机上。巴金的深层动机不在于为业已存在的文学长河添加一件杰作,而只是要找这样几个充满叛逆意味和摧毁力的符号,来演绎他改天换地重整河山的巨大热情。他青年时代内心最认同的形象不是小说家文化人之类,而是赫尔岑、克鲁泡特金、巴枯宁、司特普尼亚克、凡宰地等这样的革命家和革命理论家。他不辞辛劳地翻译他们的著作,不是出于文学的需要,而是为建设自己的精神人格开掘资源。他以这种方式与他们趋同。

然而巴金是一个纤细、斯文甚至有点怯弱的人,他缺少行动者的果敢和狠毒。而且,他所信奉的安那琪主义是那样纯洁、渺远和高贵,而与他同时代的行动者却难免污浊、卑俗、凶残。就这样,怯弱与自洁使得他孤立无援,一筹莫展。写作几乎是乘虚而入地成为他唯一的代偿性行为。当他拿起笔,那种改造世界的巨大热情,那种对于天地人间的博大的爱,那种欲爱不能的受挫感和义愤感,全都无可遏止地奔涌而来。强烈的表现欲使他来不及营造空灵的结构和精雅的文字来含蓄、包裹这种热情,而只能急不择辞地直抒胸臆。结果,"文学性"被他的热情严重烧伤,透过星散在文字之间的"心灵的残骸",我们不难感到一个文弱书生的"呼吸宇宙吞吐河山"的伟大胸襟。而当人们将这些"心灵的残骸"误读作文学时,不可能不意识到文学的缺憾。

撇开文学不谈,热情本身有没有价值? 这让我想起了拜伦、雪莱,想起了托尔斯泰和别林斯基,当然还有克鲁泡特金和马克思。然而我联想得更多的还是圣西门。圣西门像大多数心怀壮志的人那样,一时没有投身于伟大事业的经济条件,他不得不首先投身于商界。中国人爱说人到三十万事休,圣西门却在垂垂老矣的四十二岁才脱出商界,几乎是从零开始地从事政治学、经济学、社会学的研究和著述。这从零开始需要多大的人生热情? 与那些命中注定一直自然而然地从事精神文化创造的人(如马克思、黑格尔、尼采等)相比,圣西门更叫我折服。我对他的学说了解很少,他的热情本身即成为人类历史上永恒的遗产,叫世世代代享用不尽。作为这种热情的承载者,圣西门的人格永远具有审美价值。

巴金的人格也具有这样的审美价值。年轻的时候,他无暇像别的作家那样刻意营造艺术殿堂,进入老年,他也无意像别的文化老人那样引经据典掉书袋。他永远写得比别人真切而又真率,永远是那样无可遏止地一倾无遗。巴金一直有这种自觉,所以他不断表白自己不是一位作家,声明自己没有研究过文学和艺术。前几年,四川省有关部门郑重要求以他的名字命名一个文学奖,巴金以那种颤巍巍的笔调,坦诚谢绝了。如果将此看作是他的谦虚,那至少有一半误解。巴金实际上是在拒绝世人以一个作家的形象给他定位。他的理想一直是做一个顶天立地改天换地的巨人,做一个以正义原则和自由精神重整地球秩序的英雄,而不是做一个文字匠。

不幸他偏偏只做成了一个文字匠。垂垂暮年,心底的宏愿再也无法施展,连一个起点也终生未能找到。面对一生的失败,也许他应该仰天长啸、号啕一哭,然而世人的恭维却叫他哭也不是,笑也不是。不管他接受不接受这种恭维,内心都只有苍凉与孤独。几乎所有白发长髯、备受天下爱戴的老人都会多少滋生一点功德圆满的欣慰感,巴金又一次成了例外,因为他的功德一直没有开始,永远不会开始。不知为什么,我对老年巴金的文字情有独钟。从那极尽坦诚而又终究有点虚怯有点吞吞吐吐的文字中,我深重地感应着一颗心灵的痉挛。那种饱经患难后不堪回首的创痛，那种自抑自辱一生、至今仍余悸难消的颤巍巍的恐惧感，那种自认为无所建树、有负于世的空虚感，都迫不及待地直奔笔底。哪里来得及谋篇布局、修辞炼句，哪里来得及引经据典、广征博采。他只能尽可能地敞开自己，平实写来。这样的文字确实不够文学化，然而这样的文字却直通天地之灵，以及人类之灵。

也许有人想说，有了暮年的幻灭感之后，巴金倒是可能成为一个好的小说家，可惜天不假年。然而不。能够创造文学之梦的人，既要站在梦中，又要时常站到梦外，对那梦戳上几戳，这就需要一种特殊的刻毒，而巴金却永远是一个善良到底的绅士，永远无力刻毒一下，他即使愤恨得龇牙咧嘴，也是充满正义与庄严，而与刻毒无缘。也许有人想说，如果二十世纪的中国少一点丑恶与黑暗，巴金就有条件成为一个克鲁泡特金。然而也不。他是一个纯洁得没有一丝攻击力的人，投身行动永远只能是他的向往。即使让他重新生活一次，他也只能成为这样的人：一个大气磅礴、热情澎湃的文弱书生，一个感伤型、倾诉型的梦想家。

也许上述一切都不是他最重要的品性，他的最重要的品性在于他是一个有耻辱感的人，至少是一个懂得害羞的人。这样说并不是因为他比别人有更多的过错，而是因为他的内在的道德自期中有一种高贵的倾向。虽然他著译等身，但与他的自期相比，这不过是他怯于行动、借文字以偷安的明证。文字越多，越让他感到沉重，何况他认为其中有一半是假话。老年巴金不厌其烦地告诫自己要讲真话，其心理症结何在？他既然无力行动，既然退守到文字之中，至少应把文字写作看成是一种代偿性的道德实践。可正是这种写作使他的人生彻底失败，因为他不但没有实现他的自期，而且常常放弃了起码的操守，讲了那么多假话。他之鄙薄自己的文字，他之害羞感，原因都在这里。虽然他比大多数同代人都更有理由自认清白，但由于他的道德自期高于任何别的同类，所以他成了唯一的害羞者。害羞是从心理上进行道德自救的一种方式。他直到无力说话时，还在近乎自虐地要求自己讲真话，乃是企图以此对自己的失败和耻辱作最后一次挽救。

巴金的自我挽救基本上是成功的。借着这个世纪这个民族灰暗而又卑琐的精神底色，这个本来很难说有多么辉煌多么高大的人，却显得格外辉煌、格外高大。中国人过分地老成持重、过分地缺乏想象力，久而久之普遍地患有冷漠症——没有热情、没有正义感、没有自尊心和自信心，最后普遍失去了对自己的要求,也就是没有道德情操。然而,巴金却是一个在精神上全面觉醒的人,他知道一个完美的人应该具有什么品性,他终其一生都在努力拥有这些,实践这些。他不但一定程度地拥有圣西门式的热情,同时还一定程度地拥有卢梭式的正义感,克鲁泡特金式的想象力,雪莱式的纯洁,托尔斯泰式的善良与高贵。敢于拥有这些品性中的任何一种,在中国都是极为难能可贵的,巴金却同时拥有这一切,堪称奇人了。也许有人要批评巴金没有在实践中坚守这一切。巴金自己也深知这一点,所以他羞愧不已。一个人的羞愧感,不足以补偿他在道德实践上的缺憾,然而巴金式的羞愧除外。需知五千年来,无论是政治家、文学家还是道德家,怀着有负于世、有负于己的羞耻感告别这个世界的,实在千年难于一见。单就二十世纪而言,那么多犯有过错或罪恶的人,有谁曾怀着诚惶诚恐的忏悔心和愧疚感担当过一丝责任?在这样的背景下,一个著作等身的人要说出他的羞愧和耻辱,需要多么高贵的精神追求和多么坚强的心理力量?在我看来,巴金的那种并不十分深刻的自忏自省,足可成为他的道德实践的一部分。面对这样一个人,面对这样一份精神遗产,我们还有必要因他没有写出更好的小说而遗憾吗?

应该从这种文学的遗憾中摆脱出来,以便重新给巴金定位。就文学史和思想史而言,巴金可能确实难于占有显赫的地位。但是在精神史上,也许有一天他会被看作一座重镇,不只是就二十世纪而言,而是就五千年的精神史而言。他的道德自期比他的道德实践更见光彩,他的精神人格比他的文学作品更具魅力,他的随笔和他的译作比他的小说更值得品味。这一切都是精神已经觉醒,而且是刚刚觉醒的人的特征。也许我们可以要求巴金更加完美一些,至少在精神上更加有力一些,譬如在社会运作中不要老是谦恭退让,面对强权应该少一点顺从,"文化大革命"中不要太取消自己,至少"文化大革命"后写《随想录》的那一阵,应该多一点深刻和尖刻。巴金爱说卢梭是十八世纪世界的良心,托尔斯泰是十九世纪世界的良心。在中国,也许可以说鲁迅是二十世纪上半期的良心。如果巴金能够多一点自卫意识(仅仅自洁是不够的,虽然这已不易),多一点拒绝的力量,或者哪怕出现一次拍案而起赤膊上阵,也许他就可以被称作二十世纪下半期的中国良心。然而这一切他都无法做到。他是最初的精神觉醒者,在打开自己的心灵、打开自己的感觉时,他消耗了太多的力气。打开之后,他几乎全力观察、体会着自己的感觉和心灵,他由此成了一个感觉纤细而明敏、心灵温爱而仁厚的人,一个不断在想象中升华自己拥抱世界的人,却也同时因此成了一个缺乏攻击力和自卫力的人,一个没法在任何一个文化领域入痴入迷地积累知识、操练技术、创造成果、建立功勋的人。他不得不忍受最初的觉醒者所难免的怯弱和空疏,以及由此带来的羞愧与痛悔。

令人遗憾的是,世人不但难于理解巴金的缺陷,更难于洞见他的意义所在。只有一个觉醒的民族,才能正确地阐释最初的觉醒者的意义和价值。时至今日,巴金仍然以一个作家的身份受到恭维和颂扬。他一遍又一遍地解说自己依然无济于事。这位孤独的文化老人正在等待着一个古老民族对他的理解,然而在他的有生之年,这种理解是不可能真正到来的。

最后再回到"作家"上来作结。我一直以为,在"创作心理学"之前,应该有一个"精神素质学"或者叫"前创作心理学"。一个作家究竟是一个普通作家还是一个伟大作家,实际上在他下笔创作之前即成定数,这个决定因素就是他的精神素质。没有起码的思维力和操作力成不了作家,没有优秀的文学天赋成不了优秀作家,没有大热情、大痛苦、大慈悲和高贵的道德追求则成不了伟大作家。在二十世纪中国作家中,也许只有鲁迅和巴金这么两个人具备这样的精神素质。虽然他们未能写出本来可能写出的伟大作品,却因此留给我们更丰富的精神遗产和启示。企图在文学上建功立业的人,应该首先在精神上成为鲁迅和巴金的传人。在文坛出现大面积精神死亡的今天,我更是情不自禁地频频将目光投向那位孤独的巴金。看来,我还是应该回过头去认真读读巴金,为着精神上的需要。

1996 年 6 月 12 日写于上海丽娃河边

最初的契约①

黄灿然

导言——

　　黄灿然(1963—　),诗人、翻译家、批评家。本文原题《多多:直取诗歌的核心》(刊《天涯》1998 年第 6 期),后收入《多多诗选》(花城出版社,2005 年)。

---

① 　原载《天涯》1998 年第 6 期,原题《多多:直取诗歌的核心》。

　　黄灿然认为,当代诗坛中的各种主义、流派和标签会进一步迷惑那些提出者本身,而又会吸引一部分人慢慢接近诗歌的核心,与那些原本就不为主义和流派所迷惑的人一起形成一股潜流,过十年便会有一次总结和清理。而多多就是一位"直取诗歌的核心"的诗人,这体现于其诗歌语言的感性,尤其是其音乐性上。黄灿然指出,多多善于"用音乐来结构他的诗",这不仅包括以修辞手段来实现的"普遍性的音乐",还包括"独特性的音乐"——这两者的区别有待在理论上进一步明确。由于多多直取诗歌的核心,他真正地接续上了汉语诗歌的血脉,同时又具有新鲜的现代感性。因此,黄灿然认为多多的写作"提供了一条对当代诗人来说可能更有效的继承传统的途径"。黄灿然敏锐地抓住了多多诗歌的音乐性特质,也提供了不少鲜活的案例;不过,多多诗歌的音乐性具体如何构造,又该如何分析,依然需要进一步思考。

　　诗歌像其他文学体裁和其他艺术形式一样,大约十年就会有一次总结,突出好的,顺便清除坏的。因为在十年期间,会出现很多诗歌现象,而诗歌现象跟社会现象一样,容易吸引人和迷惑人,也容易挑起参与其中的成员的极大兴致。诗歌中的现象,主要体现于各种主义、流派和标签。这些现象并非完全一无是处,其中一个好处是:它们会进一步迷惑那些迷惑人的人,也即使那些主义、流派和标签的提出者、形成者和高举者陷入他们自己的圈套;又会进一步吸引那些被吸引的人——把他们吸引到诗歌的核心里去,例如一些人被吸引了,可能变成诗人。这些可能的诗人有一部分又会被卷入主义、流派和标签的再循环,另一部分却会慢慢培养出自己的品位,进而与那些原来就不为主义和流派所迷惑,不为标签所规限的诗人形成一股力量,一股潜流,比较诚实地对待和比较准确地判断诗歌。这样一个过程,大约需要十年时间。这种总结是自动的、自发的,并且几乎是同时的:不同地方、不同年龄的诗人会同时谈论同一个或多个诗人,并且首先主要都是私底下谈论了两三年才逐渐公开,而被谈论者可能一点也不知道。如果这股力量和潜流够大的话,甚至会形成一股潮流,把坏的以至可有可无的东西全部消除掉。这种总结或梳理,无论以何种形式出现,都只有一个标准,这就是直取诗歌的核心,而诗歌的核心又无可避免地包含着传统。

　　近几年来,中国诗歌的核心回响着一个声音:多多的诗,多多的诗。这是一个迟到的声音,因为多多的诗,已经存在超过三个十年。这种迟到,可能是一件好事:它可能意味着巨大的后劲。如果对多多这三十多年来的诗歌作一次小小的抽样回顾,相信任何直取诗歌核心的诗人和读者都会像触电一样,被震退好几步——怎么可以想象他在写诗的第一年,也即 1972 年就写出《蜜周》这首无论语言或形式都奇特无比的诗,次年又写出《手艺》这首其节奏的安排一再出人意表的诗?

他从一开始就直取诗歌的核心。

一

诗歌的核心之一,是诗人与语言,在这里就是诗人与汉语的关系,也就是他如何与汉语打交道,进而如何处理汉语。

从朦胧诗开始,当代诗人开始关注诗歌中语言的感性,尤其是张力。从翻译的角度看,就更加明显,它就是那可译的部分。这方面多多不仅不缺乏,而且是重量级的,令人触目惊心,例如:

　　他的体内已全部都是死亡的荣耀

又如:

　　是我的翅膀使我出名,是英格兰
　　使我到达我被失去的地点

再如:

　　风暴掀起大地的四角
　　大地有着被狼吃掉最后一个孩子后的寂静

这是属于语言中宇宙性或普遍性的部分,只要通过稍具质量的翻译,任何其他语种的诗人都可欣赏。

但那独特的部分,那源自汉语血缘关系的部分,却是不可译的,也是目前中国诗歌最缺乏的。目前汉语诗歌受到各种严厉的指责,这些指责有一半是错的,原因在于批评者本身对于当代汉语诗歌的敏锐性缺乏足够的感悟,被诗人远远抛离;但另一半却是对的,也即当代诗歌对汉语的建设几乎被它对汉语的破坏或漠视所抵消,诗人自己远远被抛离了他们原应一步步靠近的对汉语的感悟。传统诗歌中可贵的,甚至可歌可泣的语言魅力,在当代诗歌中几乎灭绝。美妙的双声、象声、双关等等技巧,如今哪里去了——那是我们最可继承和保留的部分,也是诗歌核心中的重要一层——乐趣——最可发挥的。在现当代外国尤其是我所能直接阅读的英语诗歌中,诗人们在这方面的业绩,是与他们的祖先一脉相承的。但是,这部分又是不能翻译的,只能在原文中品尝。中国当代诗人基本上只读到并实践了那可译的部分,另外要他们自己在汉语中去寻找和创造的那部分,他们好像还没有余力去做。这,似乎在某种程度上反证了,中国当代诗歌基本上还是模仿品,尽管我愿意把模仿视为一个中性词,甚至是一个积极词。多多诗歌命途的多舛(也可以说是幸运),正在于他是不可译的,他的英译作品多灾多难,直到最近在加拿大出版的、由女诗人李·罗宾逊翻译的诗集《过海》,才开始露出曙光——但那关键的部分仍然没有译出来,也是不可能译出来的。

> 在马眼中溅起了波涛

马眼深而暗,仿如一个大海(多多在另一首诗中有一句"从马眼中我望到整个大海");马眼周围的睫毛,一眨,便溅起了波涛。这溅、波、涛,尤其是"溅"字那三点水,既突出"溅"这个动作,也模拟了马的睫毛,便是汉语独有的。它翻译成英文仍然会是一个好句子,但是它那个象形的形象,是译不出的。

不妨拿莎士比亚《麦克白》的著名片段作个比较:

> Out,out,brief candle!
> Life's but a walking shadow.

卞之琳中译:

> 熄了吧,熄了吧,短蜡烛!
> 人生无非是个走影。

读译文,仍然是好诗。但是,原文的声音、节奏、韵脚,以及文字的象形性,在译文中基本上丧失,尽管译者的功夫已经非常高超并且挽回了不少。那 Out,out,读起来和看起来就如同一阵风在吹并且在一步步逼近;而且第一个 Out 第一个字母的大写又加强了吹出去的动作。brief 既形容蜡烛体积的短小,也形容时间上的短暂,在声音上更是"吹";candle! 中,d,l 两个字母加上感叹号,多像蜡烛,而感叹号看上去恰像摇摇欲坠的烛火。这两行诗,有一半是译不出的。

再如美国诗人弗洛斯特的一行诗:

> Thrush music——hark!
> 鸫鸟的音乐——听呀!

hark 既是"请听"的意思,又是鸫鸟的叫声。译文中"呀"字虽然亦有拟声成分,但始终不如原文般无懈可击。杜甫"自在娇莺恰恰啼"一句中的"恰恰"有异曲同工之妙:既是恰巧的意思,又是娇莺啼叫的拟声。

这是被认为运用英语之出神入化,已远远超出英美任何同行的加勒比海诗人沃尔科特的句子:

> a moon ballooned up from the Wireless Station, O mirror,
> 一个月亮气球般从无线电站鼓起,啊
> 镜子,

这里译文的效果当然达不到原文的五分之一。沃尔科特用气球作动词来形容月亮升起,并且充分利用月亮和气球所包含的象形字母 O。第一行结尾那个大写的 O,既是月亮,又是气球。又是感叹词,又是一个张开的口(张开口感叹);接下来是 mirror(镜子),这个张开的口原来是一面镜子! 沃尔科特把 mirror 跨到下一行,你没有读到镜子之前,上一行的 O 是一个张开的口(感叹),一读到 mirror,它立即变成一面镜子。O 字扮演了何等灵活的角色。

中国当代诗人只回到语言自身,而未回到汉语自身。回到语言自身,说明已现代化了;但没有回到汉语自身,说明现代与传统脱钩,而与传统脱钩的东西,怎么说都还算不上成熟。也许我们可以更现实一点,不提那使我们不胜负荷的传统汉语诗歌,而只局限于回到汉语自身:注意发掘汉语的各种潜在功能,写出具有汉语性的诗歌,而不仅仅是写出具有中国性的诗歌或一般意义上的当代性的诗歌。汉语的各种妙处,一般古典诗歌研究者都十分清楚。中国当代诗人面临的困境是,西方诗歌中无法翻译的那一半他们欣赏不到也借鉴不到,中国古典诗歌中足以启迪和丰富他们的技巧的那一半他们也没有继承下来。其实也有一些诗人在做这些功夫,不过这些诗人却是另一路人,他们完全在一个很传统很说教的诗歌表层上行走,他们写出来的诗毫无价值,继承下来反而成为负累,令人觉得是在玩弄肤浅的文字游戏——就像英语诗人中也有大批这样的货色。而写得最好的那一批接受西方诗歌影响的青年诗人,如果他们也把汉语这份财富发掘出来,或者如果能够通过阅读外国诗歌原文来借鉴,定会迸发璀璨的光芒。

而多多在这方面提供的例子,不亚于他的名字。例如:

从牧场背后一齐抬起了悲哀的牛头

一个神奇的句子,尤其是对于在农村生活过的人来说,它已超出可能分析的范围。我只能说,我分明看到一双悲哀的牛眼,但它为什么是用"抬起悲哀的牛头"传达的呢? 这一行诗与其说是用汉字写成的,不如说是用汉字的文化基因写成的。同样神奇的句子还有很多,例如:

五月麦浪的翻译声,已是这般久远

和

第一次太阳在很近的地方阅读他的双眼

再如:

大船,满载黄金般平稳

你看过满载黄金的大船没有? 当然没有,但为什么这个句子如此真实,好像"平稳"这个词是为了形容满载黄金的大船而诞生的。再看：

> 我听到滴水声,一阵化雪的激动:
> 太阳的光芒像出炉的钢水倒进田野
> 它的光线从巨鸟展开双翼的方向投来
>
> 巨蟒,在卵石堆上摔打肉体

　　我见过化雪,也知道激动,但我没看过也没听过化雪的激动,这个句子却真实得超乎想象,好像化雪是为激动而产生的,或者相反:激动是为化雪来产生的;接下去的两句也是这样。至于巨蟒在卵石堆上摔打肉体,我从未见过,但为什么这个句子让我觉得我已经见过并且肯定地相信这就是我见过的样子!①

---

①　在本文发表之后,我想起多多这些"神奇"的句子,与杜甫一些名句,例如"星垂平野阔,月涌大江流""无边落木萧萧下,不尽长江滚滚来""乾坤日夜浮""日脚下平地"等,有相通之处。如果就"通感"一词的字面意义而言,这些句子就是通感。但钱钟书先生《通感》一文所谈的,主要是感觉之挪移与置换,尤指"在日常经验里,视觉、听觉、触觉、嗅觉、味觉往往可以彼此打通和交通,眼、耳、舌、鼻、身五个官能的领域可以不分界限"。(见钱钟书《七缀集》,上海古籍出版社,1985年12月)而杜甫和多多这些神奇句子,主要涉及视觉和声音与心理、记忆、想象、文化和历史的互相打通与交通,尤其是涉及文字的象形性。读者不是通过修辞方面的鉴赏来理解和感受这些句子,而是凭直觉就立即看见并感受一幅生动的画面。一般诗人也无法通过对修辞技法的研究,来模仿或写出这种句子。即使写出这种句子的诗人,一生也只有机会写出几句。奥登的诗中也有这种句子,例如《罗马的灭亡》最后一节:

> Altogether elsewhere, vast
> Herds of reindeer move across
> Miles and miles of golden moss,
> Silently and very fast.

　　完全是一幅大群驯鹿无声而快速地穿越苔藓地的生动画面,move across 以声音启动奔跑之势,Miles and miles 则以字形显示群鹿奔跑之势,大写字母 M 恰好是领头之鹿,最后一行恰好是群鹿奔跑的节奏,Silently 的声音带出一种起伏的、蓄势以加快的效果,very fast 则是加快,整幅画面仿似一个无声的电影镜头。我暂时把这种句子称为神奇或"通神",将来有机会再作分析与探讨。

如果上面所举的例子太玄的话,不妨看一些较平凡的例子,如复叠,或近似英语头韵的句子,像

死人死前死去已久的寂静

或

……一个酷似人而又被人所唾弃的
像人的阴影,被人走过

和

对岸的树像性交中的人
代替海星、海贝和海葵

海滩上散落着针头、药棉

以及

满山的红辣椒都在激动我
满手的石子洒向大地
满树,都是我的回忆……

这些"雕虫小技",孤立起来看好像微不足道,但若纳入一首诗的整体经营中,将立刻变得很可观。

多多与传统的关系,主要不是通过阅读古典诗歌实现的,他书架上可能没有一本中国古典诗集;就像一个泡在传统诗歌里的当代诗人,也可能写出最没有汉语味甚至最残害汉语的诗——事实上这样的例子不是很多吗?多多是通过直取诗歌核心来与传统的血脉接上的,因为一个诗人,一旦进入语言的核心(诗歌)之核心,他便会碰上他的命运——他的母语的多功能镜子。反过来说,泡在汉语传统诗歌里而又写糟蹋汉语诗的诗人,问题便出在他们

不是直取诗歌的核心，而是走上歧途或使用旁门左道，或根本还没有上路，此外，还可以反证，当代诗歌与传统的割裂，问题正在于诗人偏离诗歌的核心，使用公共技术，分享公共美学，进而将诗歌变成公共的技术美学。

二

我在这里引用的大多数是孤立的句子，而这正好是多多的特点，也是他的优点。他把每个句子甚至每一行作为独立的部分来经营，并且是投入了经营一首诗的精力和带着经营一首诗的苛刻。如果拿阿什伯利衡量一首诗的好坏的标准，也即每一行至少要有两个"兴趣点"，则中国当代诗人在质量和数量上最靠近这个标准的，要算多多。但是，以行为单位，如何成篇，也即这样一来，他的诗岂不是缺乏结构感？换上另一个诗人，很可能就是如此。但多多轻易解决了这个问题，而且是用一种匠心独运的办法解决的——它刚好是诗歌的核心之二：音乐。他用音乐来结构他的诗。

可是，问题又来了：音乐刚好又是不能译的，至少是非常难译的。例如，奥登《悼念叶芝》一诗，那些具有普遍性的好句子对很多中文读者来说已耳熟能详，像"他身体的各省都背叛了"和"土地啊，请接纳一位贵宾"。但是还有一个经常被英美诗人援引的句子，中文读者却好像没读过似的，原因是它的所有美妙都在于它的音韵：

> Follow, poet, follow right
> to the bottom of the night.

这里要谈的音乐，跟上述语言的普遍性和汉语的独特性一样，也可划分为两种。一种是普遍性的音乐，它又可分为两类，一类基本上是说话式的，也即谈不上音乐，而是涉及个人语调；另一类是利用一些修辞手段，例如排比、重复、押韵等等，它很像我们一般意义上的音乐，例如，流行音乐或民歌。另一种是独特性的音乐，它产生于词语，不依赖或很少依赖修辞手段。关于普遍性的音乐，我想引用我在另一篇文章《诗歌音乐与诗歌中的音乐》中所作的界定："那些看似有音乐或看似注重音乐的诗人的作品，其实是在模仿音乐，尤其是模仿流行音乐。他们注重的其实是词语、意象，而音乐只是用来支撑、维持和串连词语和意象的工具。"

多多两方面都运用了,但在普遍性方面,他出色得接近于独特性;在独特性方面,则是他自己的专利。前者例如:

> 他的体内已全部都是死亡的荣耀
> 全部都是,一个故事中有他全部的过去

再如:

> 我关上窗户,也没有用
> 河流倒流,也没有用
> 那镶满珍珠的太阳,升起来了
>
> 也没有用

再如:

> 记忆,但不再留下犁沟
> 耻辱,那是我的地址
> 整个英格兰,没有一个女人不会亲嘴
> 整个英格兰,容不下我的骄傲

后者例如:

> 树木
> 我听到你嘹亮的声音

又如:

> 一种危险吸引着我——我信

再如:

　　十一月入夜的城市
　　唯有阿姆斯特丹的河流

　　突然

　　我家树上的橘子
　　在秋风中晃动

　　关于独特性的音乐，我想再引用我那篇文章的一句片段作补充："多多的激进不但在于意象的组织、词语的磨炼上，而且还在于他力图挖掘诗歌自身的音乐，赋予诗歌音乐独立的生命。'树木／我听到你嘹亮的声音'，这个句子的强烈音乐是独立的，它不是以任何修辞手段或借助一般意义上的音乐形式达成的。它除了有不模仿别的音乐的特性外，还有一种不被模仿性……使用的技巧不是大家都可以拥有的修辞手段。"

　　这种独特性的音乐又会衍生很多意料不到的效果，譬如在上述最后一个例子中，"突然"独立于上下两诗节，其效果除了令人感到突然之外，事实上这两个字也就是两棵橘子树站立在一片旷地，而读者看见"突然"跟诗人看见橘子树是同时的。

　　但是最神奇也最具悖论意味的是《居民》一诗第二、三节中的音乐：

　　　在没有时间的睡眠里
　　　他们刮脸，我们就听到提琴声
　　　他们划桨，地球就停转
　　　他们不划，他们不划

　　　我们就没有醒来的可能

　　这首诗的中心意象是河流，诗的音乐就是在河上划船的节奏。当诗人说"他们划桨，地球就停转"时，那节奏就使我们看见(是看见)那桨划了一下，又停了一下；接着"他们不划，他们不划"，事实上我们从这个节奏里看见的却是他们用力连划了两下。在用力连划了两下之后，划船者把桨停下，让船自己行驶,而"我们就没有醒来的可能"的空行及其带来的节奏刚好就是那只船自己在行驶。真神哪!

多多诗歌中强烈又独特的音乐感,又使他跟传统诗歌接上血脉——这就是诗歌的可吟可诵和可记。诗歌的可吟可诵和可记在当代欧美诗歌中也越来越少,但是一些现当代大诗人的作品,仍然保有这个美德。布罗茨基脑中装满历代诗人的诗篇,他的诗歌课最著名的内容,便是要求学生背诗。毕晓普可以背诵几十首史蒂文斯的诗,威尔伯可以背诵几乎所有弗洛斯特的诗。叶芝、奥登和狄伦·托马斯等人的作品,也是以可吟可诵和可记闻名的。沃尔科特曾在不同场合里感叹当代诗歌在这方面的残缺,并坚持认为"诗歌的功能就是朗诵"。读多多的诗,便想大声朗诵出来。就在我写这篇文章期间的一个周末下午,有几个年轻诗人到我家来,我诵读多多的作品和我译的两首奥登的诗给他们听,他们的反应是既震撼又兴奋,好像第一次懂得什么是诗。类似的情况已发生了好几次。有一次一位新认识的年轻诗人到我家,表示他很喜欢多多的一位同代人。我跟他说,你读读多多,就会觉得那个人没意思。我读多多的《一个故事中有他全部的过去》给他听,结果是,他说他整整一星期陷入那首诗所带来的激动中。

就连多多不少诗作的标题,也是可吟可诵和可记的,例如《北方闲置的田野有一张犁让我疼痛》《当我爱人走进一片红雾避雨》《一个故事中有他全部的过去》《被俘的野蛮的心永远向着太阳》《我始终欣喜有一道光在黑夜里》和《什么时候我知道铃声是绿色的》等等。

现代诗的一些核心技巧,例如反讽和悖论,在多多诗中也表现得非常出色,并且俯拾皆是,例如"指甲被拔出来了,被手"和"死亡模拟它们,死亡的理由也是"。还有一种我更愿意称它为"冷幽默"的元素,例如"大约还要八年……还来得及得一次阑尾炎"和"我们过海,而那条该死的河,该往何处流?"

多多另一个直取诗歌核心并且再次跟传统的血脉连接的美德是,他的句子总是能够超越词语的表层意义,邀请我们更深地进入文化、历史、心理、记忆和现实的上下文。这方面的例子不胜枚举,包括前面援引的那些"神奇"的句子,它们都有赖于读者自己在整首诗中去感受和领悟。

三

我多次提到多多与传统的关系,但他诗中即使不是更具爆炸力至少也是同样重要的,是他那令人怵目的现代感性,尤其是那耀眼的超现实主义。值得一提的是,他在 1988 年获得诗歌奖,授奖词最后一句,即"他以近乎疯狂的对文化和语言的挑战,丰富了中国当代诗歌的内涵和表现力。"这句话如果不是暗示他反传统,至少也暗示他是极其现代的。但他在两者之间取得几乎是天赐的成就:他的成就不仅在于他结合了现代与传统,而且在于他来自现代,又向传统的精神靠近,而这正是他对于当代青年诗人的意义之所在:他的实践提供了一条对当代诗人来说可能更有效的继承传统的途径。

当代诗歌可能真的遇到了危机,其中一个最令人担忧的现象是:好诗与坏诗的界线已经模糊到了你可以把好诗当成坏诗,或把坏诗当成好诗的地步。这个时候回到诗歌的核心就显得特别有意义,因为它有助于恢复诗歌的秩序,以及恢复诗人和读者对自己和对诗歌的信心——在某种程度上也是恢复他们对诗歌的最初记忆。多多的意义就在于,他忠于他与诗歌之间那个最初的契约,直取并牢牢抓住诗歌的核心。当我们阅读他的作品,我们也就是在履行我们最初向诗歌许下的诺言,剥掉我们身上的一切伪装,赤裸裸地接受诗歌的核心给予我们的那份尖锐和刺痛。

陈染:个人和女性的书写

戴锦华

导言——

本文原刊《当代作家评论》1996 年第 3 期。

戴锦华,1959 年生,山东人。北京大学比较文学与比较文化研究所教授。

在女性意识觉醒的二十世纪八十年代,出现了一些较有影响的女作家,她们表现出不同的写作个性,成为中国现代文学的一道风景。这个写作群落在不同时期有不同的审美性格,陈染即其中一位。戴锦华在这篇论文中,将陈染的写作特征概括为一种"个人和女性的书写",并对这种写作特征进行了具体分析。文章认为,陈染一直是一种带有性别写作色彩的个案,以个体的体验触摸着一个群体的生存体验,而她的性别复苏于"直视自我""背对历史、社会、人群"的姿态,体现为以女性体验质疑性别秩序、性别规范与道德原则。

戴锦华从不同文本的解析中探及了陈染叙事中恋父与弑父共存的父亲情结，并推论为女人在男性社会中的文化宿命。戴锦华能够在评论中捕捉到一些很好的切入视角，结论新颖，富有创见。她的语言跳脱，富有灵性，显示出一位女性批评者的个性追求。

个案与个人

在她登场之初①时，陈染是一个个案。而在"女性写作"多少成了一种时尚、一种可供选择与指认的文化角色的今天，她仍是一个个案。她始终只是某一个人，经由她个人的心路与身路，经由她绵长而纤柔的作品序列走向我们又远离着我们。以一种并不激烈但执拗的拒绝的姿态，陈染固守着她的"城堡"，一处空荡、迷乱、梦魇萦绕、回声碰撞的城堡，一幢富足且荒芜、密闭且开敞的玻璃屋。那与其说是一处精神家园，不如说只是一处对社会无从认同、无从加入的孤岛。

从某种意义上说，陈染并非一位"小说家"——说书人，她并不试图娓娓动听地讲述故事，这当然不是说她缺乏叙事才能，无论是凄清怪诞的《纸片儿》，哀婉舒曼的《与往事干杯》，诙谐温情的《角色累赘》，还是机智巧妙的《沙漏街的卜语》，都证明着她的才情与潜能；她也不是哲学迷或辨析者，然而她又始终在辨析，始终在独白——自我对话与内省间、在意义与语言的迷宫中沉迷，但她所辨析的，只是自己的心之旅，只是她自己的丰富而单薄的际遇、梦想、思索与绝望。所谓"我从不为心外之事绝望，只有我自己才能把我的精神逼到这种极端孤独与绝望的边缘"②。似乎作为某种"断代"（？）的标识，对于六十年代生长的一代人说来，他们在拒绝意义与传统的写作者的社会使命的同时，写作成了写作行为目的的动因与支撑物。而对于陈染，写作不仅缘于某种不能自已的渴求与驱动，而且出自一种无人倾诉的愿望；一种在迷惘困惑中自我确认的方式与途径。因此，她直觉而清醒地拒斥寓言，在描述一种自我精神状态的同时，规避对某些似无可规避的社会状态的记叙与描摹。

---

① 陈染的小说处女作是《嘿，别那么丧气》，发表于《青年文学》1985 年第 11 期。第一部小说集《纸片儿》，《新星丛书》第 5 辑，作家出版社 1989 年 2 月第 1 版。

② 陈染《一封信》，《断片残简》第 26 页。

她仅仅在讲述自己，仅仅在记叙着自己不轨而迷茫的心路，仅仅是在面世中逃离：凭借写作，逃离都市的喧嚣、杀机，逃离"稠密的人群"这一"软性杀手"。写作之于她，既是"潜在自杀者的迷失地"，又是活着的重要的（如果不说是唯一的）理由，是写作为她营造着一种"需要围墙的绿屋顶"，一个中心处的边缘。

　　或许可以说，八十年代中后期，陈染获得机遇是由于一种必然的指认（误识）方式：陈染由于她选题与书写方式的别致，由于其作品的非道德化的取向而获得指认、赞美或质询。于彼时的社会文化语境中，个人、个人化写作意味着一种无言的、对同心圆式社会建构的反抗，意味着一种"现代社会""现代化前景"的先声；而非道德化的故事，不仅伸展着个性解放的自由之翼，而且被潜在地指认为对伦理化的主流话语的颠覆，至少是震动。的确，个人，或曰个人化，是陈染小说序列中一个极为引人瞩目的特征。我们间或可以将陈染的作品，以及围绕着她作品的喧闹与沉寂，视为某种考察中国社会变迁的标示与度量。然而，这种寓言式解读的先在预期，不仅有意、无意地忽略了陈染小说之为个案的丰富性，同时无疑遮蔽了陈染小说中从一开始便极为浓重的性别写作色彩。一个个人，但不是一个无性或中性的个人；一个个案，却从一个都市少女的个人体验中伸展出对无语性别群体的及其生存体验的触摸。

复苏的性别

　　陈染，作为生长于六十年代中的一个，幸运地或不幸地成了"后革命"的一代。尽管"革命之后"的时候，仍会出产寓言家或"后先知"，尽管陈染的记忆库中仍会有着"尼克松访华"或"红小兵大队长"之类的片段，但那与其说是大时代的记忆，不如说更像是彼时日常生活的残章；诸如彼时"不卑不亢"的"政治口径"只因成了少女时代的自指、自怜之镜而留存在记忆之中。相对于"69 届初中生"或"57 女儿"①，对于陈染，童年时代的政治与社会底景，远不及父母间的婚变、破败的尼姑庵中的夏日，更为巨大、真切地横亘在她的人生之旅上。相对大时代、社会舞台，陈染所经历的只是某种小世界，某种心的帷幕之内或曰玻璃屋中岁月。在一种别无选择的孤独与自我关注之中，陈染以对

---

① 王安忆早期的长篇小说为《69 届初中生》，并曾与青年学者陈思和发表名为《两个 69 届初中生的对话》。铁凝则在其散文中接受了作家古华对她的称谓，"57 女儿"。

写作自身的固恋和某种少女的青春自怜踏上文坛。间或可以视为某种社会症候：尽管包含着误读的因素在其中，陈染式写作获得有保留的接纳，仍意味着剧烈的社会变动毕竟呈现一些空间裂隙，一种个人化的写作，已毋须经过意义的放大与社会剧的化妆便可出演。当然，这无疑是某种"小剧场戏剧"。设若我们将"个人化"定义在个体经验与体验的探究、表达，由个人视角切入历史与时代，而不仅是艺术风格，那么，这一久已被视为中国文坛内在匮乏的写作方式，是由一个富于才情的少女而不是她同时代的才华横溢的男性作家来开始，便无疑成为一个颇为有趣的事实。

从某种意义上说，陈染的作品序列从一开始，便呈现了某种直视自我，背对历史、社会、人群的姿态。或许正是由于这种极度的自我关注与写作行为的个人化，陈染的写作在其起始处便具有一种极为明确的性别意识。作为某种必然或偶合，陈染似乎第一个豁免于新中国女作家难于逃离的性别疑惑：作为一个准男人或"女人"？抑或作为"人"？尽管陈染最初的作品无疑带有《百年孤独》（深刻影响了中国新时期文学写作的若干本翻译作品之一）的印记，但即使在她的"乱流镇"或"罗古镇"传奇中，呈现的亦非民族历史或文化寓言，而是某个"古怪女人"故事。如果我们一定要为陈染寻找外国文学的源流，那么它会是尤瑟纳尔、弗吉尼亚·伍尔芙、玛格丽特·杜拉斯，而不是加西亚·马尔克斯或米兰·昆德拉。作为一个无法，也拒绝认同任何集团、群体的个人，她自己的生命体验无疑成了她最重要的写作思考对象。她无法或不屑于在作品中遮蔽自己的性别身份。似乎十分自然地，陈染作为一个女人而书写女人；作为一个都市现代女性来书写现代都市女性的故事。几乎她所有重要作品，大都有着第一人称的女性叙事人，[①]而且大都以当代都市青年女性为主人公。如果说陈染的作品仍是某种人物的假面舞会，那么她披挂的是一张几近透明的面具。裸脸面世，与其说意味着某种"暴露"，不如说更像一次无遮拦的凝视。不是男人对女人的凝视，不是潜在欲望视域中的窥视，而是有自恋、有自审、有迷惘、有确认。在镜象中迷失，在镜象中穿行，在绝望的碎镜之旅中逃亡。在经历了漫长的历史地表之下的生存，经历了短暂的浮现，以及在平等、取消差异——"男女都一样"的时代于地平线上迷失之后，这

---

① 在笔者所读到的陈染作品中，《空心人的诞生》似乎是唯一的例外，但仍是一个男孩子的视点中呈现的两个女人的故事。

是又一次痛楚而柔韧的性别的复苏。如果说，新时期中国女性再次面临着继续花木兰——化妆为男人而追求平等，与要求"做女人"的权力而臣服于传统的性别秩序的两难处境，那么陈染的作品序列及"陈染式写作"标示着诸多第三种选择中的一种。固执并认可自己的性别身份，力不胜任但顽强地撑起一线自己——女人的天空；逃离男性话语无所不在的网罗，逃离、反思男性文化内在化的阴影，努力地书写或曰记录自己的一份真实，一己体验，一段困窘、纷繁的心路；做女人，同时通过对女性体验的书写，质疑性别秩序、性别规范与道德原则。

始自父亲场景

在陈染的作品序列中，她从那个十六岁时的、胡同深处破败的尼姑庵向我们走来。如同一个鲜红的印记，如同一段复沓回旋的低吟，一个梦魇或一份"不能忘记"的爱。它不断浮现、不断被书写。如果我们加上一原型场景的变奏："九月"或"秃头女"或父恋的意象，那么我们极易发现一个鲜明的序列：从《纸片儿》到《与往事干杯》；从《无处告别》《嘴唇里的阳光》到《私人生活》；从《站在无人的风口》到《巫女与她的梦中之门》《秃头女走不出来的九月》。经历了八十年代原旨弗洛依德的冲击与教化的人们，不难对其做一次完满的精神分析操练。

事实上，在九十年代的文化语境中，精神分析为陈染的写作提供了一种最直接而有效的指认方式。人们不难从上述作品序列中，发现一个深刻的创伤性情境：童年——少女时代的家庭的破裂，父爱的匮乏，使她未曾顺利地完成一个女性的成长；不难从中找到一个典型的心理情结：厄勒克特拉情结，或曰女性的俄狄浦斯情结——恋父。一个因创伤、匮乏而产生的某种心理固置：永远迷恋着种种父亲形象，以其成为代偿；不断地在对年长者（父亲形象）、对他人之夫（父亲位置的重视）与男性的权威者（诸如医生）的迷恋中，在寻找心理补偿的同时，下意识地强制重视被弃的创伤情境。事实上，陈染八九十年代之交的写作与其说是提供某种精神分析的素材，不如说是在其作品中进行着某种精神分析的实践；与其说她的作品充满了丰富的潜意识流露，是某种梦或白日梦，不如说那是相当清醒而理智的释梦行为与自我剖析。如果说，她在自己的作品中出演了一个类似少女杜拉的角色，那么她同时扮演自己的医生。事实上，陈染本人确实是"以善于出色的心理描写和精神分析的作家身份,参加国际精神科学协会"①。如果我们将《纸片儿》视为一个原型情景,将忧伤、温婉的《与往事干杯》视为一次原画复现,那么《巫女与她的梦中之门》便是一次自我分析与释梦,篇章中甚至有主人公这样明确的诗句:"父亲们/ 你挡住了我 // ……即使/ 我已一百次长大成人/ 我的眼眸仍然无法迈过/ 你那阴影"②。

然而,使用精神分析的"套路"无疑可以使分析者获得完整的对陈染叙事的叙事,同时可以陶醉于弗洛依德的无往不利;但在必然会削足适履,会损失一个文化个案的丰富性的同时,精神分析作为一种再经典不过的男性的、关于男性的话语,必然使陈染的"父亲场景"隐含的(此后愈加清晰而强烈的)复杂的女性表述继续成为盲点。不仅在《巫女与她的梦中之门》里,早在《纸片儿》中已存在着双重"父亲"形象:单腿人乌克和祖父。其中所包含的不仅是关于女性欲望的话语,而且潜藏着对父亲——男性权力的直觉表达。在那首给"父亲们"的诗句中,接下来是:"你要我仰起多少次毁掉了的头颅/ 才能真正看见男人/ 你要我抬起多少次失去窗棂的目光/ 才能望见有绿树苍空/ 你要我走出多少无路可走的路程/ 才能迈出健康女人的不再鲜血淋漓的脚步"。"父亲"的阻隔,不仅是心理成长意义的,而且是在男性权力的意义上。在陈染的作品序列中,自我精神分析必然地延伸为对性别、对自己的女性身份的思考。如果说陈染曾将某种"恋父情结"书写为心灵的创痛,那么继而它便成了女性自我书写的、自认为异类的红字—— 一种抗议,一份自决。事实上,一如弗洛依德所无从阐释的母女之情(这无疑是陈染作品中同样丰富的表达之一),在《巫女与她的梦中之门》中,所谓"恋父"的情境,已被一个弗洛依德理论所无法完满的女性的复仇心理与"弑父愿望"所取代;其中那位"替代性的父亲"已堕落为一个性变态者并在叙事情境中为死亡所放逐,而"我"终于充满快感地将一个"光芒四射的耳光"还给了"替代性的父亲"。从某种意义上说,陈染确实曾将精神分析的阐释接受为一种自我指认,极为痛楚地表达着"真正看见男人",成长为一个"健康女人"的渴望。在《嘴唇里的阳光》中,她让她心爱的人物黛二小姐终于找到了一个温情而权威的男人,一位医生的爱,作为"一个驯顺而温存的合作者",她"坦然地承受那只具有象征意义的针

① 陈染《没结局·补记》,《断片残简》第 10 页。
② 陈染《巫女与她的梦中之门》,《红罂粟丛书·潜性逸事》第 130 页。

头"，在拔掉两只坏死的智齿的同时，根除"深匿在久远岁月之中的隐痛"。但在此前后，在《无处告别》中，她却让黛二的情感旅行，让她无保留地接受一个有权威感的男性之诱导，成就了另一位医生的不无无耻的实验，于是她只能在绝望的想象中"看到多年以后的一个凄凉的清晨场景：上早班的路人围在街角隐蔽处的一株高大苍老、绽满粉红色花朵的榕树旁，人们看到黛二小姐把自己安详地吊挂在树枝上，她那瘦瘦的肢体看上去只剩下裹在身上的黑风衣在晨风里摇摇飘荡……那是最后的充满尊严的逃亡地"①。（当然，我们无疑可以对陈染所谓"反'胡同情结'"②，对胡同、榕树、悬在繁花灿烂的大树上的黛二小姐进行恰如其分的精神分析，但这并非笔者所关注的）这不仅是在文学创作中常见的作家对同一素材、记忆的二度处理——以充分发掘其中丰富而彼此悖反的意义；不仅是一种女性经验中的挫败与梦想；不仅是如男性的恋母般的恋父者爱恨交织的情感；陈染对一己经验的真实写作与理智内省，必然在成就某种分析的叙事的同时，以经验及体验自身的诸多歧义裂解这一男性元话语的权威。

有趣的是，在不断地勾勒又不断地裂解这一"父亲场景"之后，在渐次清晰而有力地获得了女性的立场与表达之后，陈染仍固执地宣称："我热爱父亲般的拥有足够的思想和能力'覆盖'我的男人，这几乎是到目前为止我生命中一个最致命的缺残。我就是想要一个我爱恋的父亲！他拥有与我共通的关于人类普遍事物的思考，我只是他主体上的不同性别延伸，在他的性别停止的地方，我继续思考。"③换言之陈染并未被"治愈"，或者说，她拒绝被治愈；因为在女性的"父亲情结"之中，潜藏着的不仅是潜意识、欲望的诡计，而且是女性的现实困境与生存困境。一如对"父亲"的憎恶与固恋，本身便是对父权、男权社会的抗议、修订与剪不断理还乱的复杂联系，个案中的父亲场景必然伸延至更为广阔的性别场景中去。

性别场景、拒绝与逃亡

陈染在其作品中的双重角色：精神分析者与分析对象，或曰弗洛依德与

---

① 　陈染《无处告别》，《嘴唇里的阳光》第 113 页。
② 　陈染散文《反"胡同情结"》提到《无处告别》中自杀想象的原型记忆，《断片残简》第 109 页。
③ 　陈染、萧钢对话录《另一扇开启的门》。承蒙陈染寄赠初稿。

少女杜拉,使她实际置身于某种镜式情境——在镜前或在两面相向而立的镜之间。陈染始终着魔般的凝视着自我,在孤独与挫败中与自己面面相觑,她所书写的始终是"私人生活"①。于是,她不得不直面的事实之一是,尽管她难于舍弃在一个理想的、父亲样男人处获救的梦想,而她在现实与文化意义上遭遇到的却只能是失落与挫败。一如萧钢在与陈染的对话《另一扇开启的门》中指出:

> 你的恋父情结和弑父情结在你早期作品里反复表现过,当你认为要信赖和依恋的东西变得大大可疑的时候,一个成熟和孤独的女性的困境就更加清晰可感了。在《麦穗女和守寡人》中你有一句话:"无论在哪儿,我都已经是失去笼子的囚徒了。"失去笼子的囚徒成了所有觉醒女性的新问题。这是一个具有毁灭性和再生的思辨。新的价值观尚在无序状态之中,往前行的摸索像自我一样变化无常,无限伸延。这是特别痛苦的经历。

事实上,在她的尼姑庵故事的多重复沓中,父亲场景已然开始转换为性别场景。到了《站在无人的风口》,已是女人占据了舞台。男人的"表演"成了其中挥之不去的梦魇,"我"与无名老妇间的对视无疑只是她着魔的自我凝望中的一种。两把狰狞的彼此格斗的高背扶手椅的梦魇,红色与白色的两件男人长袍间厮杀的幻象,伴着老妇的注释:"男人";并行于"我"必须记熟的英国历史上王位之争的"玫瑰之战",使这一故事成了一个陈染小说中为数不多的寓言:关于性别,关于男性的文明与历史,遍布阴森杀气的历史,被血污所浸染的历史,如同特洛伊之战或"不可见的城市"②。这些因女人而生的争斗,或为女人而建的文明,无视女人的存在,忽略女人的愿望,以女人的"缺席"为前提。在"特例"《沙漏街的卜语》中,陈染第一次显现了她的幽默和结构故事的才能。这个类似侦探故事中,陈染涉及了权力的争斗和黑幕、欲望的游戏、个

---

① 陈染的最新作品,也是她的第一部长篇名,作家出版社出版。
② 在荷马史诗《伊利亚特》中,特洛伊之战因争夺美女海伦而起。而在意大利作家卡尔维诺的小说《看不见的城市》中,一些男人为了寻找并留住一个梦中女人,建立了一座城市。

人"推理"与相互揭发;其中不无妙处的是"枉担虚名"的女资料员小花及郎内局长的欲望表演。当故事在一个超现实场景中解决之时,陈染却笔锋一转,以"我"——昔日的受害者、今日的远离权力构造的隐居者的身份揭秘,为这一滑稽模仿的故事赋予了性别色彩:一个女人冷眼中的权力丑剧,一个以牺牲无名女人为背面、为秘密的丑剧。

　　一个有趣的文化悖论在于,激烈的反叛者常是那些曾将既存秩序深刻内在化的人们,他们常比某些"顺民"更为紧密而痛楚地联系着权力结构;他们在反叛秩序与主流社群的同时,是在与自己厮杀拼搏。如果说,激进的抗议者常是某种至纯的理想主义者,是形形色色的战风车的堂·吉诃德,那么反抗之舞,同时也是镣铐之舞。从某种意义上说,陈染的恋父与弒父故事的复沓,正是由于她比他人更为深刻地将理想之父内在化,始终生活并挣扎在其硕大阴影之下。不仅是《与往事干杯》等作品系列中的弗洛依德式的恋父,不仅是她在与萧钢对话中直白表露的对理想之父的渴望,而且是《沙漏街的卜语》中执掌正义的"上帝"。因此,在陈染的作品中另一个突出的意象群便是逃亡。所谓"我最大的本领就是逃跑,而且此本领有发扬开去的趋势"。"然而每一次我都发现那不是真正的我,我都以逃跑告终。我耗尽了心力与体力。每次逃跑,我都加倍感到我与世界之间的障碍"[1],从此地到彼地,从此角色到彼角色,从黑衣到"秃头女",从孩子气地试图隐遁到"疯人院",到不断徘徊在"潜在自杀者的迷失地",从隐遁在写作之中,到逃入为盲目所庇护的想象里。陈染试图在那阴影笼罩中逃离"不安分"的自我,但一个女人的生命经历必然地使她发现,她不仅无处告别,而且无处可逃。逃亡,是某种无力而有效的拒绝。她必须逃离的角色累赘,不仅是社会的伪善与假面,事实上,她不断逃离的是女性的社会"角色"——如果不是"规范、驯顺"的,便是暧昧不明的。然而,她和她的女主角的逃亡之行,同时是某种投奔,在逃离女性的"规范"角色时,也是在逃离一个"不轨"女人的命运。如果说,逃离成就了一个多重拒绝的姿态,但它无疑不能给陈染一处没有角色累赘的纯净处。陈染始终在为自己构想或追寻一个"家",从体验的母亲怀抱的天顶,到对一个理想的父亲的庇护,从"自己的一间屋",到她对姐妹情谊欲行还止的渴求。她始终

---

[1]　陈染《一封信》,《断片残简》第29—30页。

在逃离与投奔间往复,一如她曾往返于"阿尔小屋"与母亲之家,①于是,陈染渐次用"出走"字样取代了"逃亡"。她说:"也许正是这种离家在外的漂泊感,迎合了我内心始终'无家可归'的感觉。"②如果拒绝或不安分于一个传统的女性角色,那么"无家可归"便成为她必然的"宿命"。在另一层面上,无家可归正是女人——失去或未曾失去笼子的"囚徒"——在男性社会中的文化"宿命"。

舒婷曾写下这样的诗句:"大道扭动触手高声叫嚷:不能通过/泉水纵横的土地却把路标交给了花朵"③。从某种意义上说,陈染的写作始终是个人的,而她由个人化而女性书写的过程,使她及其作品的位置变得愈加难于指认与辨识。在已颓破但仍巍然伟大的叙事传统面前,类似作品毕竟难免其暧昧与微末之感。这间或是些脆弱的"花朵",但它或许会在大道阻断的地方成为九十年代的女性写作的路标之一。

寻根文学中的贾平凹和阿城(节选)

许子东

导言——

本文刊载于《文艺争鸣》2014 年第 11 期。

许子东,1954 年生,香港岭南大学中文系教授。

本文重回八十年代语境,讨论在当时文坛引起热烈讨论的寻根文学思潮。寻根文学在当时乃至现在的文学发展历程中都具有特殊意义。就八十年代的寻根文学思潮而言,大致有三个不同的路向:一是重新认识、整理和反思民族文化,代表作家是贾平凹和钟阿城。二是挖掘政治动乱在传统文化民族心理上的深层根源,典型的作品是韩少功的《爸爸爸》和王安忆的《小鲍

---

① 陈染《阿尔小屋》《这个人原来就是那个人》,《断片残简》。
② 陈染《写作与逃避》,《断片残简》。
③ 舒婷《会唱歌的鸢尾花》,《舒婷的诗》,人民文学出版社 1994 年 11 月第 1 版,第 86 页。

庄》。三是在现代化的"危机"中寻找民族的"根",以解救当代人的精神价值困境,代表作家有郑万隆、李杭育以及某种程度上的莫言、张承志等。

本文认为,寻根文学的第一个路向,即贾平凹、阿城的"文化再认识"的寻根,没有能够引起足够的重视。文章指出,贾平凹"寻根"的特点,在于从正面的意义上发掘乡情与儒风之间的联系,他的目标读者是处在浮躁动乱之中的都市人。以《浮躁》为代表小说,体现了贾平凹"寻根"尝试的文体意义,即纠正当时文学创作"翻译腔"的倾向,呈现出平实自然的叙述特色。阿城的小说关心"文革"对中国文化的伤害,希望能够探究社会变动与整个汉文化自然生态的关系,呈现出古拙淡泊的语言风格。

文章提到,虽然在当时,以韩少功、王安忆为代表的寻找革命病根的作品声势最大,但贾平凹和阿城做出的"文化寻根"的实践影响更为深远,应当给予足够的重视。

1985 年前后出现的"寻根文学",在中国现当代文学发展中有着很特殊的转折意义。因为在二十世纪五十年代后(或者说是在 1942 年后),中国作家逐渐丧失了用自己的文学干预社会政治的权利,也逐渐丧失了在文学中讨论文化课题并探索文学形式的兴趣。"文革"后的"伤痕文学",标志前一种以文学干预社会政治的三十年代传统的局部恢复(于是出现了"新时期文学"这个过于乐观的概念)。但真正文学意义上的新局面是直到 1985 年才出现的。不少学者(如李陀等)后来都认为 1984 年 11 月在杭州 128 陆军疗养院所召开的一次小型文学讨论会,是导致"寻根文学"出现的重要契机。① 一些后来成为"寻根派"主力的作家如阿城、韩少功、王安忆、郑万隆、李杭育等都是这次会议上的活跃的发言者。有份与会的一些青年评论家如吴亮、黄子平、许子东、陈思和、蔡翔、季红真等后来也都介入了有关"寻根文学"的批评。1985 年后的诸多热门话题,比如"语言"问题、相对主义、道与禅(文化传统)、现代主义等,都在会上有所涉及。只是讨论者并不曾意识到,他们当时探索的问题、探讨的作品,会成为"文化大革命"以后中国最重要的文学现象。

关于"寻根文学"的重要性,十年以后的批评是似已公认。但有关"寻根

---

① 李陀《一九八五年》,《今天》1993 年第 3 期。

文学"当初的阵容、路向、定义、内涵,学术性的研讨似乎刚刚开始。这种情况鼓舞了我,来重读十年前的作品。

"寻根文学"大致有三个不同路向:一是在"文革"后重新认识和整理民族文化支柱或检讨当代革命对中国传统文化的伤害,代表作家是贾平凹和钟阿城。二是挖掘当代政治动乱在传统文化民族心理上的深层根源,最典型的作品是韩少功的《爸爸爸》和王安忆的《小鲍庄》。三是在社会现代化的"危机"中寻找"种族之根"或"道德之气",以解救当代(城市)文化的堕落及人的精神价值困境,郑万隆、李杭育以及某种程度上的莫言、张承志等,都比较接近于这个倾向。

本文主要讨论上述第一类的寻根文学。这也是开始得最早的一种"寻根文学"。

"寻根"这个概念是因为韩少功在 1985 年第四期《作家》上发表了他的短文《文学的"根"》而开始引人注目的。但"寻根"的作品却至少可以上溯到1983 年《钟山》第四期上的贾平凹的《商州初录》。《商州初录》由一组散文体小说(或称笔记小说)所组成,题材并不醒目,情节也不奇特。最初发表时读者不多,却在杭州的讨论会上由于阿城、李陀的大力推荐而成为同行们关注的中心。不过要讨论《商州初录》,则有必要先回顾贾平凹从起步到 1983 年写《商州初录》的创作发展轨迹。

《商州初录》由引言及十三个既似散文又像小说,也可以说是采风笔记的短篇组成。其中《引言》述作者大写商州之用心立意,《黑龙江》是初入商州的游记,《莽岭一条沟》《桃冲》《龙驹寨》《棣花》《白浪街》诸篇均从容铺开某乡镇的地理风貌民俗野趣,间或夹入人情奇事,合成一种古朴淳厚的气氛,是《初录》中最佳的几篇,令人想到周作人的《乌篷船》或郁达夫的《浙西游记》。其余各篇则偏重写人写事,《一对情人》《石头沟里一位退伍军人》《屠夫刘川海》的反礼教内涵并没超越二十年代"乡土派"与沈从文《萧萧》的水准,《刘家兄弟》以传奇形式表达一种善恶观,《小白菜》《一对恩爱夫妻》则又写了两个现实社会悲剧。写人情最出色的,当属《摸鱼捉鳖的人》,尽管其间"我"的文人腔感慨显得多余,而某些细节也似曾相识。

比方说八十年代初的中国文坛像个新兴(或复兴)的都市,满街舞厅咖啡座酒家迪斯科争奇斗艳,其间却也有家青年人新开的茶馆——大众或许一时还不注意,细心人却立刻从中感受到那一份沉静从容,那一股清淡隽秀。说《商州初录》有意无意间开辟了"寻根"之路并不为过,这种开辟工作主要表现在两个方面：其一，《初录》提醒"文革"后的青年不要一味陷在"我不相信"的愤怒反叛颓放伤感的情绪之中，而应回头看看朴素平实的民间，也回头看看沉静中和的文化传统；其二，《初录》也提醒当代文学的"先锋派"（大都是青年作家），不要一味只沿着"五四"以来的小说模式西方化的方向去"探索"，不要一味只学步卡夫卡、福克纳的奇技异彩，还应回过头重新审视从《世说新语》到明清笔记再到三十年代散文的脉络线索，在语言和文体的意义上重新注意汉文学传统的魅力。

《莽岭一条沟》大致可代表《商州初录》的基本倾向。开篇先从容展开地理风貌，写沟里如何山深林茂，岭隔洛南丹凤两县，水分黄河长江两域，然后叙述和欣赏沟里人的"生态"——十六个人家如何联姻一派友爱和平，如何靠山吃山广种薄收自给自足，如何善良好客免费为路人提供草鞋茶水，如何自有一套文明和人道的秩序，如抬路人出山"……抬者行走如飞，躺者便腾云驾雾。你不要觉得让人抬着太残酷了，而他们从沟里往外交售肥猪，也总是以此为工具"。作品后半部慢慢引出一个足以体现"沟里文化"的神医老汉的传奇：老汉医术高明，想为山民造福，却也引来恶狼求医，半是害怕半是同情，老汉竟为一老狼施术。一月以后，狼叼来一堆孩童脖颈饰物回报老汉看病之恩，老汉痛疚自己的罪恶，疯跑跳崖而死。沟里人三月后追杀那狼，以狼油点灯祭神医老汉……这个有点"魔幻现实主义色彩"的传奇，不妨视为"莽岭一条沟文化"的戏剧性总结：你看，这里的狼也有它的仁义，人当然更有良心。总而言之，与动乱喧闹现实相隔绝的山沟里，仍有着淳厚悠然的文明存在。（更进一步的潜台词是：和这样淳厚悠然的文化相比，沟外那些动乱和喧闹，又有多少意义呢？）

我一直认为，贾平凹"寻根"，其文体意义大于其思想意义。早在 1982 年发表的《文物》等作品里，他就显示了超越（或至少是大异其趣于）同时代人的青涩平和的文笔品味。《初录》则将这种远承明清笔记，近袭知堂废名的笔趣情致进一步文体化格式化了。虽然当时的文学界领导一时并未特别留意《商州初录》的悠然出现，但一些真正有心于文体、文字探索且不满于伤了汉语的风骨只学得海明威、福克纳的翻译腔的作家，很快就发现并发展了贾平凹文体实验的影响。1984 年秋，在杭州会议上阿城津津乐道谈论《商州初录》的原因，便是这一种笔记文体可能有纠正当代汉语文学的"翻译腔"倾向。倘若没有阿城的"三王"，《商州初录》在当代文学史上也不会像现在这么重要。阿城当时感兴趣的,自然一是对文化传统的重新观照,二是文体、语言的"复古"实验。不过在后者他是沿着贾平凹的方向继续跨步,在前者他们虽然做同一件事,却走了不同的路径。

阿城的文笔比贾平凹更瘦,更拙,更质白淡泊,也更精致用力。同样写悲愤,平凹是白描:"大来脸色暗下来,不说话了,开始合上眼睛抽烟,抬起头来的时候,眼里噙着泪水。"①阿城则进一步制成版画:"萧疙瘩不看支书,脸一会儿大了,一会儿小了,额头渗出寒光,那光沿着鼻梁漫开,眉头急急一颤,眼角抖起来,慢慢有一滴亮。"②同样写情爱,平凹是全不着色:"她低着头,小伙背着身,似乎漫不经心地看别的地方,但嘴在一张一合说着,我叫她一声,她慌手慌脚起来,将那包鞋的包儿放在地上,站起来拉我往人窝里走。我回头看,那小伙子已拾了鞋,塞在怀里。"③而阿城则每每于调侃中留空白:"又想一想来娣,觉得太胖,量一量自己的手脚,有些惭愧,于是慢慢数数儿,渐渐睡着。"④如《桃冲》《黑龙江》般从容舒展地写景,在阿城笔下是很少的。像"把笑容硬在脸上""喝得满屋喉咙响"之类的刻意考究的句子,在贾平凹那里也难寻找。乍一看,在文体上,平凹擅写散文,阿城长于讲"故事"。但实际上平凹的散文里颇多传奇故事,只是奇事淡写而已,淡写中有一种韵味贯穿始终;而阿城的故事则多述俗人事,如何"吃",如何磨刀,如何吸烟瘙痒等(奇人异事只在高潮处偶现),事虽细碎,讲得却有板眼,不慌不忙,有声有色,可谓"俗事奇说",整个叙述过程皆充满张力。所以同样有意以传统笔趣来一洗"五四"小说语言,平凹近于文人写野史小品,阿城更像民间的说书艺人。从语言、文体追求看,小品笔记,再清再淡也讲究色调韵味,如龙井,有流动着的微碧微涩;而阿城说书,却是节拍顿挫,一字一斧,如砍削一块质地粗糙的树桩。

但精彩的是(当代中国文学常不乏这样的精彩),有文人视角的笔记小品出于乡村才子贾平凹之手,作民间说书状的阿城,却有着典型的"士"的家庭文化背景。著名电影评论家钟惦棐在1957年成为"右派"以后,其子钟阿城也受连累进入社会底层。"文革"前后,在北京、云南,阿城吃尽千辛万苦恐怕真

① 《商州初录·一对恩爱夫妻》,《钟山》1983年第5期。
② 《树王》,《中国作家》1985年第1期。
③ 《商州初录·屠夫刘川海》,《钟山》1983年第5期。
④ 《孩子王》,《人民文学》1985年第2期。

的"什么事也干过"。这些事虽不以"士"的身份干的，最大差异就在于，后者是从农村风土人情角度来关心中国文化传统的现实命运，而前者则是从"士"于乱世如何自处的角度，来考察"动乱"（何止"文革"）与中国文化的关系问题。如果说当代青年小说有城里人下乡和乡下人进城两大基本倾向，我以为贾平凹"寻根"，当是乡下人进城后重新看乡村（莫言亦然，这个传统可上溯至沈从文），而阿城骨子里却和韩少功他们一样是城里人下乡。不过一般知青作家多是"学生下乡"，而阿城有点"士"泊江湖的味道。

严格说来，阿城小说是观念的产物，是文化之梦的产物。文字功力加艺术控制感加乡土素材，使"梦"变得像真的一样。其实奇人异事不是"士"在乡间碰到，而是"士"太想看到——就像"三王"不是海外华人偶然叫好，而是他们自己正想看到一样。八十年代中期不少评论家激赏阿城，多称道其小说中的道家气味，欣赏（也有指责）王一生如何处乱世却独善其身。但"我"在《树王》中的愤怒旁观，何止是"独善其身"？在《孩子王》中的知青教师"我"宁可丢饭碗也要教学生懂得汉字的纯洁，这种以捍卫汉文字（汉文化的形式与精神）来抗衡动乱的态度，简直有点像勇猛的儒将。这也可以见出中国的读书人，身上其实都有些"儒气"——甚至飘然虚无如阿城如王一生，亦不例外。

贾平凹和阿城，是1985年"寻根文学"的最初发动者，虽然平凹比较关注传统儒家伦理——心理观念的现实命运，阿城更想探究社会动乱与包括道家在内的整个汉文化自然生态的关系，但他们依赖、寻求和拯救传统精神文化支柱的出发点是相通的。所以简而言之，他们是想"寻中国文化之根"。

但贾平凹和阿城所尝试的这一种"寻文化之根"的文学，当时并未成为八十年代寻根文学之主流。影响最大的寻根作品稍后出自韩少功、王安忆、郑义、莫言、张承志、郑万隆等作家之手。《爸爸爸》《女女女》《小鲍庄》是在挖掘社会动乱在传统文化心理及民族素质上的深层根源。贾平凹和阿城有着超越"五四"的某种倾向（在文体语言上，也在文学与国家的关系上），但1985年，"寻根文学"之主要倾向却仍然沿着"五四"的方向发展，仍是感时忧民批判社会并关心"国民性"问题。而莫言、张承志的创作，则倾向于在城市异化、现代文明膨胀面前寻乡土道德之根以解脱精神价值危机，这时的"根"可以说是被理想化（甚至西洋化、拉美化）的家乡地域文化，也可以是包含性心理因素的草原情结、母爱意象甚至异族宗教或其他种种山水图腾……"寻道德之根"的目的，实在是想救当前中华之病患。

在整个寻根文学中,上述第二类寻革命病根的作品当时声势最大,第三类解救道德危机的创作,牵涉作家最多。而贾平凹、阿城所实践的"文化再认识"的寻根,起步最早,影响深远,但学步者甚少。

莫言小说与中国叙事传统(节选)

季红真

导言——

本文刊载于《文学评论》2014 年第 2 期。

季红真,1955 年生,沈阳师范大学教授。

一般认为,域外的小说和理论,对莫言艺术创作的自我确立具有重要的影响。川端康成启发了莫言创作的高度感觉化与画面感,福克纳帮助莫言确立了乡土之子的叙事立场,而马尔克斯则启发了莫言神话思维的艺术创作方式。本文认为,除了上述作家,莫言也深受中国传统叙述方式的影响,并最终形成了其独具特色的艺术思维方式、叙述方式以及语言表达方式,并帮助其形成一种整体美学风格。

文章指出,六朝志怪和《聊斋志异》影响莫言的取材向度,深入生活、沉入民间,并通过创造新的神话叙事类型,展现出莫言对自然的敬畏和对生命的神秘感悟。唐传奇决定了莫言质朴又瑰丽的文风,激发了他绮丽诡谲的想象力。宋代话本影响了莫言长篇小说的叙事方式,尤其是说书人的形象,成为莫言表达民间价值观念的极佳方式。明清小说则直接影响了莫言创作的取材,形成了其以民间历史演义为中心的叙事自觉。而元曲、明清传奇、民间说唱艺术,则从人物形象、故事架构、语言表达和叙事策略等多方面造就了莫言的小说文体。

莫言的小说有着广阔的泛文本背景,勾连着多个叙事文学的源头,所有的叙事样式(包括非文字的图像与雕塑)都以混融的方式影响着他的创作,形成他独一无二的叙事风格。但是每一种叙事样式、每一个成功作家,对他文本世界形成的具体功能是不一样的。东西方二十世纪的现代小说家形成了广阔的参照系，启示着他对小说艺术的高度自觉，而中国丰富的叙事传统则为他提供了取之不竭的文化资源，也是源自血液、深入骨髓的不可抗拒的文化基因。最终是中国悠久的叙事传统决定了他基本的艺术思维方式、选材的特征、叙述方式与语义结构，还有居于整体美学风格中心的宗教信仰。

…………

二

莫言所谓的"强大的本我"，除了作家生活的经验世界之外，还有对于民族语言形式感悟中的主观抉择。而这种感悟中的主观抉择常常是非理性的，是来自遗传基因一样的文化心理的传承密码，只要用母语写作，谁也不要想摆脱这些密码的终极制约，这是一个作家的宿命，也是探讨莫言与中国叙事传统关系的基本前提。因为所有的叙事传统都是建立在博大的汉语体系中，承载着整个民族的精神情感，以及沉入广大无意识领域中的种族记忆。

莫言曾多次谈起，在被迫辍学的少年时代，他就以换工的方式，读完了周围村子的十几本书。他提到的书目中，次数最多的是被鲁迅称之为拟晋唐小说的蒲松龄的《聊斋志异》，且一再把蒲松龄作为同乡故里的前辈大师加以推崇，几乎成为他主要的"乡学"。鲁迅归入神魔小说的《封神演义》也是其中的一部："这套书好像是在讲述三千年前的中国历史，但实际上讲述的是许多超人的故事"①。这十几本文学启蒙的小说中，还有革命历史题材的《苦菜花》，究其根本，其源头也通往中国古代重要的叙事文学样式传奇，只是内容属于革命历史的范畴，不过以新文学的外来形式取代了诗文与戏剧。至少触动他的是两性之爱的内容，"《苦菜花》里面的爱情描写我看了很难过"，他罗列了八路军排长选择为自己牺牲了的战友的带孩子的寡妇为妻，而放弃年轻貌美的女卫生队长，长工与地主太太、麻脸男人与自己的病弱妻子、革命青年与地主女儿（实际是长工的女儿）种种两性情爱的故事，"我觉得《苦菜花》写革命战争年代里的爱情已经高出了当时小说很多"②。

中国古代的叙事文学基本是按照内容分类的，甚至由此而跨越不同的艺

---

① 《看莫言》，华中科技出版社，2013 年，第 5 页。
② 《说莫言》，辽宁人民出版社，2013 年，第 78—79 页。

术样式,比如唐传奇是第一个文人自觉创作的成熟小说样式,而明清传奇则是指戏剧,它们都具有内容的传奇性的特点;作为表演艺术的宋人平话所依赖的底本,加工润色之后就变成了独立的阅读艺术。同一个故事也由于艺术形式的改变而不断被改写,形成了叙事文学错综复杂、彼此渗透勾连,如江河改道一样的源流关系。相对于诗文的正宗地位,以表演为主的戏剧艺术,剧目整理为定型的剧本之后,实际上就转入了阅读艺术的范畴,也应该属于广义的叙事传统。

莫言在多年的濡染中显然对此有着高度的自觉,特别是在长篇创作中,"我想恢复古典小说'说书人'的传统,也希望读者通过阅读它(指《生死疲劳》)怀念中国古典小说"①。这不仅是艺术形式的抉择,也是叙事立场的宣示,他阐释"作为老百姓"的写作者,"与社会上的民间工匠没有本质的区别"。并且以阿炳为例,"请想想《二泉映月》的旋律吧,那是非沉浸到苦难深渊的人写不出来的。所以,真正伟大的作品必定是'作为老百姓的创作',是可遇不可求的,是凤毛麟角的"②。正是中国叙事文学的传统,开启了他文学才华的同时,也帮助他确立了边缘性、民间性与世俗性的叙事立场。这也是他与世界文学巨匠们心灵相通的基点,究其根本,无论中外,小说这个文体都是起源于人类叙事的本性,而且是起于反抗官方元叙事的自由言说本性。

尽管莫言对叙事传统有着深深的敬意与广泛的涉猎,但是每一种叙事样式在他的小说世界中所承担的功能却不一样。中国叙事传统源流错杂,但也大致可以辨析出莫言基本的承袭理路。一般来说,他承袭了自神话开始的,富于主观想象、被排斥在正统诗文之外、沉入民间的一脉叙事传统:六朝志怪、唐传奇,从元曲到明清传奇以及近代兴起的民间戏剧,包括民间的说唱艺术。当然,还有更直接的四部古典名著的影响,《西游记》作为神魔小说接续着志怪的传统,英雄故事《水浒传》和历史演义《三国演义》都经由宋人说话,而接续着《史记》所开创的史传文学的古老叙事传统,《红楼梦》"盖叙述皆存本真,闻见悉所亲历,正因写实,转成新鲜"③,对他小说的影响也深入骨髓。而对于一向正宗的诗文传统则多有鄙夷,"其实几千年的文学史,很像一部失

---

① 《看莫言》,华中科技出版社,2013年,第86页。
② 《看莫言》,华中科技出版社,2013年,第26页。
③ 鲁迅《中国小说史略》,《鲁迅全集》,人民文学出版社,2005年,第9卷,第242页。

意官僚的牢骚史"①。

鲁迅所谓"事体情理",其实是宋代高度成熟的说话艺术开创的世俗精神之延续。陈寅恪以为"华夏民族之文化,历数千年之演进,造极于赵宋之世"。叙事文学也是在这个时代进入高度成熟,体现为内容的鼎革与分类的稳定性,志怪与传奇呈颓势,"而市井间则有艺文兴起。即以俚语著书,叙述故事。谓之'平话',即今所谓'白话小说,是也'"②。尽管当时的分类颇有差别,但都是以内容为边界,诸如:

且"小说"名"银字儿",如烟粉灵怪传奇公案朴刀杆棒发迹变态之事。……谈论古今,如水之流。

"谈经"者,谓演说佛书,"说参请"者,谓宾主参禅悟道等事……

"讲史书"者,谓讲说《通鉴》汉唐历代书史文传兴废战争之事。③

赵宋也是世俗精神艺术化的时代,说话人对于技艺的磨练以及表演的娱乐性质一直寄寓在不同题材分类的小说文体之中,而延续到明清的多部古典名著。一如鲁迅所评点的《西游记》"忘怀得失,独存鉴赏","《聊斋志异》独于详尽之外,示以平常,使花妖狐媚,多具人情,和易可亲,忘为异类,而又偶见鹘突,知复非人"。而《红楼梦》作为文人创作,则是将世俗精神更高程度地诗意化,借助普遍的"事体人情",结合中国文化的博大体系,在"遍被华林"的末世悲凉中,升华出至情至性的人生哲学,这显然是莫言小说一以贯之的文学精神,只是世俗精神更为民间化,而诗意也更加质朴。连从宋到明之人情小说"离合悲欢及发迹变态之事",在他的小说中也比比皆是,只是因果逻辑的内容与形式都带有现代心理学的特征。比如,他阐释《四十一炮》的主人公罗小通,"身体已经长得很大,但他的精神还没有长大"。他对少年时代的诉说则是源自拒绝成长的心理动机,而且"源于对成人世界的恐惧,源于对衰老的恐惧,源于对死亡的恐惧,源于对时间流逝的恐惧"④。而《丰乳肥臀》中"上官

① 《说莫言》,辽宁人民出版社,2013 年,第 41 页。
② 鲁迅《中国小说史略》,《鲁迅全集》,人民文学出版社,2005 年,第 9 卷,第 115 页。
③ 鲁迅《中国小说史略》,《鲁迅全集》,人民文学出版社,2005 年,第 9 卷,第 117 页。
④ 《说莫言》,辽宁人民出版社,2013 年,第 51 页。

金童的恋乳症,实际上是一种'老小孩'心态,是一种精神上的侏儒症。……他是一个灵魂的侏儒"①。

三

　　神话无疑是人类第一个叙事样式,尽管认识的发展改变了原有的解释,但是想象力形成的心理基础并没有消逝,而是随着历史时间的推移、文化形态的转型,创造出新的神话叙事类型。而原有文化资源中的神话则被排斥到边缘,成为民间信仰的一部分。而且,以口耳相传的方式世代在民众的生活世界中传承,成为乡土人生重要的文化艺术土壤。在乡间度过青少年时代的莫言,在《用耳朵阅读》一文中,介绍了自己家族长辈讲述过的神奇故事,祖父祖母讲述的大都是神话故事,父亲一辈则主要是历史故事,但是思维方式大致都属于广义的原始思维方式的神话范畴。根据结构主义的观点,民间故事就是世俗的神话。而且他谈到自己成年阅读《聊斋志异》的时候,发现其中的不少故事都曾听过,这是民间神话传承的方式之一,由口头而书面再回到口头,也是民间思想与文人创作的互动关系。这些故事不少成为他小说的素材,比如《罪过》中的鳖精,特别是精怪的狐狸等等。有些故事则变形出现在小说的情节中,比如《金发婴儿》中孤身女人与公鸡的亲昵,就可以追溯到他童年听到的一个美丽而悲惨的故事,一个村女幽会的华服青年居然是公鸡变幻而成,谜底揭穿之后,以公鸡的赤裸死亡为悲剧的结局。尽管他几乎没有写过鬼怪故事,"但我还是要承认少时听过的这些故事对我产生的深刻影响,培养了我对大自然的敬畏"②。

　　这些沉入民间的故事带有万物有灵的泛神论特征,是从神话到六朝志怪,一直到明清神魔小说与拟晋唐小说共同的想象方式形成的知识基础,区别于科学理性的世界观,体现着基本的神话思维方式。这使莫言在处理现代生命故事的时候,明显区别于现代教育背景中的知青作家。譬如,人畜交合的情节,在阿城的小说《大胃》中呈现为负面的价值,饭量奇大的大胃拒绝去粮库工作的原因:"没有女人要嫁大胃,因此大胃离不开他的母牛。县里有不

---

① 《看莫言》,华中科技出版社,2013年,第89页。

② 《说莫言》,辽宁人民出版社,2013年,第97页。

会嫁他的女人，但是没有母牛"①。但在莫言的《红蝗》中，他则以诗一样的语言对此激情赞美。在《十三步》中，还以原型反衬的形式，专门叙述了一个赶考的落魄书生被母猴救助且生子的故事。这可以追溯到六朝志怪中大禹治水的神话传说，继而发展为汉焦延寿《易林·坤之剥》的爻辞，所谓"南山大玃，盗我媚妾"，延续至唐代传奇的谤毁小说《补江总白猿传》。至于《酒国》中的红衣小儿，更是从哪吒到红孩儿的民间儿童灵异的信仰，以至于无法确定其神仙谱系和起源。一直到《生死疲劳》中西门闹六道轮回的投胎转世，也以从人到兽生命形态的不断转换，结构出史诗一样的鸿篇巨著。这也是一个在外来文化参照之下，对传统不断发现的过程："魔幻是西方的资源，佛教是东方的魔幻资源，六道轮回是中国的魔幻资源，我们应该写一部有中国特色的魔幻小说。""六道轮回是一种无形但巨大的道德力量，社会还能比较安定，就是因为老百姓的内心里有这样一种天然的自律。"②他显然注意到了原始信仰中民族文化心理的集体无意识形式，以及价值观念与思维方式的联系。直至民间的器物灵性信仰，也都成为他小说重要的资源，比如《拇指铐》《月光斩》（剑）。

这样的泛神信仰中，蕴含着对自然的敬畏和对生命的神秘感悟，以及物我合一的认知方式。一如《晋书·干宝传》说他有感于生死之事，"遂撰集古今神祇灵异人物变化，名为《搜神记》"。这使莫言的小说一开始就进入了人类永恒的文学主题，且顺应了二十世纪人类的生态意识。选择接受这样的思维方式来自他早年乡土生活深刻的生命体验："儿时那种对生命和大自然和动植物的敏感，对生命的丰富的感受，比如我能嗅到别人嗅不到的气味，听到别人听不到的声音，发现比大家更加丰富的色彩，这些因素一旦移植到我的小说中，我的小说就会跟别人不一样。"③

借助非理性的神话思维方式，莫言由此走向人类更加博大的宗教情怀，他在《丰乳肥臀·解》中写到，作为母性崇拜的文化记忆，古人类生殖崇拜的女神像，"乍一看这雕像又粗糙又丑陋：两只硕大的乳房宛若两只水罐，还有

---

① 阿城《遍地风流》，作家出版社，1998 年，第 133 页。
② 《看莫言》，华中科技出版社，2013 年，第 87 页。
③ 《说莫言》，辽宁人民出版社，2013 年，第 61 页。

丰肥的腹与臀,图片的面部模糊不清,但她立在那简直稳如泰山"①。《红高粱》对父系图腾的祭奠,《蛙》对民间远古生殖图腾的推崇,都是他的艺术世界中带有宗教意义的表现。原始宗教体现着民族和人类的集体无意识,是埋藏在历史岩层之底的文化精神的基因,对于现代文明的质疑以返璞归真的方式建立起朴素的信仰。他以这样的信仰支撑起历史叙事的骨骼,《丰乳肥臀》最直接地体现着这一意图:"丰乳与肥臀是大地乃至宇宙中最美丽、最神圣、最庄严,当然也是最朴素的物质形态,她产生于大地,又象征着大地"②。由原始艺术的神圣轴心辐射开去,他借助霍去病墓前的石虎和故乡聂家庄的泥老虎,升华出自己的美学理想:"那感动着我冲动着我给我力量的是一种庄严的朴素。这实际上也是伟大艺术的魂魄;庄严朴素的创造者不接受任何'艺术原则'的指导,不被任何清规戒律束缚。他们是大河源头最清纯的水。在雕刻'老母亲'的时代,一切几乎都没被道德包装"③。应该纠正一下,种族—人类的延续是最基本的道德,是一切伦理精神的核心,原始艺术只是没有被各种父权制的道德规范所包装。从宗教的母体到艺术的理想,莫言以神话这个最古老的叙事样式,逐渐建立起自己质朴而瑰丽的大地诗学。

四

　　神话铸造了莫言的思维方式,六朝志怪影响了他取材的向度,唐传奇则激发了他奇诡的想象力。因为是第一个成熟的文人叙述样式,如鲁迅引用胡应麟所说:"凡变异之说,富于六朝,然多是传承舛讹,未必尽幻设语。至唐人,乃作意好奇,假小说以寄笔端。……宋人所记,乃多有近实者,而文采无足观。"以为"其言盖几是也,胲于诗赋,旁求新涂,薄思横流,小说斯灿"④。人物反知性的性格与传奇性的经历是莫言小说的共同特点,从《透明的红萝卜》《红高粱家族》到《冰雪美人》,都是以异于常人和违背社会规范的人物为主人公。而且,唐传奇"叙述宛转,文辞华艳",鲁迅解释胡应麟所谓"作意"与"设幻","则意识之创造矣"⑤。放纵想象力,是莫言小说叙事方式的一大特点,运

---

① 《看莫言》,华中科技出版社,2013 年,第 15 页。
② 《看莫言》,华中科技出版社,2013 年,第 15 页。
③ 《看莫言》,华中科技出版社,2013 年,第 15 页。
④ 鲁迅《唐宋传奇集·序例》,《鲁迅全集》,人民文学出版社,2005 年,第 10 卷,第 87 页。
⑤ 鲁迅《中国小说史略》,《鲁迅全集》,人民文学出版社,2005 年,第 9 卷,第 73 页。

用通感的修辞特征使语言华美,枝蔓横生而又蓬蓬勃勃,都可以追寻到唐传奇的风格,其感觉之丰沛、文辞之华美尤以早期小说为盛。甚至,连词语也多有借鉴,《罪过》用了"俄顷"这一被遗忘的时间副词,乃出自《柳毅传书》。正是唐传奇的影响,使莫言的小说类似于拉美的新巴洛克小说,想象奇诡、语言华丽、内容丰富、结构复杂又开门见山。

宋代的话本,对莫言的影响主要在叙事方式,而且是长篇小说的叙事方式。说书人无疑是中古叙事文学的重要标志,综合了民间的立场、民间的价值观念与民间的记忆传承方式。在《天堂蒜薹之歌》中,莫言塑造了一个承担着这些功能的说唱艺人,并且以他的死亡隐喻民间社会的失语。而至《生死疲劳》,则干脆借助说书人的视角,演述故事。只是这个说书人是隐身的,西门闹借助六道轮回不断转世,隐蔽在各种生命形态中。

明清小说的影响则从始至终决定了他的取材,《红高粱》《丰乳肥臀》也可以看作民间的历史演义,他小说中所有民间本色的英雄多可以追溯到《水浒传》的英雄系谱,并且可以上溯到《史记》。《西游记》一类神魔小说对他的影响,主要是艺术自我的确立。莫言小说中大量的顽童形象,都可以追溯到孙悟空的原型,而且成为叙述演进的推动力。《四十一炮》是集中的体现,"炮孩子"接续起《天堂蒜薹之歌》中的说唱艺人的功能,成为民间话语的承载者,也重合着《酒国》中的红衣小儿,作为反抗者的化身。而《红楼梦》则主要是启发了他表现男女之爱的绝对价值,《蛙》中多男恋着一女的情感纠葛,是反写的宝玉与黛玉、宝钗、湘云等的爱情故事。至于"草蛇灰线"的叙事技巧,更是他心领神会的小说艺术之遗产。

元代的古典戏剧,更是他心仪且自觉借鉴的叙事传统。早期小说的一些片段可以看到元杂剧直接与间接的影响,譬如,《红高粱》中二奶奶仪式感极强的超拔死亡方式,《红蝗》中四老妈挂着破鞋骑驴游街,几乎就是元曲中的场景。而《檀香刑》中的媚娘,名字就取自志怪中"南山之蘷,盗我媚妾",几乎就是从苏三到李香君的所有风尘女子的变体,是这个系谱中的人物在近代的转身。莫言坦言:"在很长的一段时间里,我对元曲非常入迷,迷恋那种一韵到底的语言气势。"①

明清传奇本身就是元曲形式变异的结果,这种变异随着历史文化的变

① 《说莫言》,辽宁人民出版社,2013年,第101页。

迁,进一步发展为近代民间新兴的戏剧形式,被称为"胶东之花"的茂腔(猫腔)作为莫言故乡的戏剧形式,"唱腔凄切,表演独特,简直就是高密东北乡人民苦难生活的写照"。《透明的红萝卜》中菊子姑娘和小铁匠两情相悦走进桥洞的瞬间,老铁匠突然唱起的戏文,当为茂腔的唱段。而《四十一炮》中虚拟的新创剧目《肉孩成仙记》,更是形象地演绎着民间戏剧内在的创造活力。而且,茂腔的历史可以和国剧京剧比肩,却是纯粹民间的戏剧,有自己的剧目、表演方式,甚至锣鼓经。莫言浸润其间,童年就登台演出,参与了一些独创剧目的编写。和所有近代兴起的民间戏剧一样,独特的剧目总是取自当地传奇化了的历史故事和现实事件,以近代反殖民运动为题材的孙丙抗德的故事,是茂腔独有的剧目,莫言少年时代就开始参与创作,《檀香刑》则是将这个题材成功地转换为小说的文体形式,大量的独白和戏剧场景连接着民间场景,借助檀香刑的想象,整合出民族民间的狂欢节形式:"酷刑的设立,是统治阶级为震慑老百姓,但事实上,老百姓却把这当成了自己的狂欢节"①。

所有的古典叙事的元素,最终都是要借助语言的形式达到整体的效果。其实应该反过来说,所有叙事传统都是建立在民族语言的独特性之上,是语言提供了叙事形式的可能,而叙事只是提炼语言的言语创造。莫言叙事的语言自觉,是他对叙事传统感悟的一个重要组成部分。他几乎是上下求索般寻找陌生化的语言资源,"《檀香刑》在结构上下了很大的功夫。在语言方面也做了一些努力,具体地说就是借助了我故乡那种猫腔的小戏,试图锻炼出一种比较民间、比较陌生的语言"②。他特别推崇白描的叙事技巧,"因为白描是要通过对话和动作把人物的性格表现出来。……我认为学习我们的古典小说主要的就是学习写对话,扩大点说就是学习白描的功夫"。这和他对民间语言的发掘与提炼高度统一,他强调由此出发的陌生化语言,"应该是一种基本驯化的语言,不是故意采用方言土语制造阅读困难。……把方言土语融入叙述语言,才是对小说语言的真正贡献"③。他理想的长篇小说应该有"密集的思想,是指多种思想的冲突与绞杀。……好的长篇应该是'众声喧哗',应

---

① 《看莫言》,华中科技出版社,2013年,第26页。
② 《说莫言》,辽宁人民出版社,2013年,第76页。
③ 《说莫言》,辽宁人民出版社,2013年,第37页。

该是多义多解，很多情况下应该与作家的主观意图背道而驰"①。这已经和巴赫金的小说理论混溶一体，所谓的主体间性、复调结构、狂欢美学，都以莫言的方式重新演示，媒介则是中国叙事悠久丰富的伟大传统。这是莫言小说如暗河汹涌般汇入二十世纪的美学潮流，为域外读者所接受的重要原因。

而且，莫言对叙事传统的敬仰与语言的自觉，都上升到了处于全球化语境的文化生态的高度，以绝望而顽强的姿态抵抗。"抵抗的是什么呢？抵抗的就是全球经济一体化背景下的全球文化趋同化……全球有七千种语言，但正以每两个星期一种的速度消亡……用不了多少年，地球上大概就没有多少种语言了。从经济发展的角度看，这应该是件好事，但从文化艺术的角度看，这是巨大的悲哀。……绝对不是人类的福音。"这简直是文化的末日谶语，而且是知其不可为而为之的宣言："在这样的情况下，以个性而存在的文学艺术，面临着巨大的挑战。因此，我们要抵抗，但这抵抗是没有结果的，就像各国政府抛出的救市招数并不能遏制股市的下跌一样，……也不能阻止越来越多的艺术克隆和近亲繁殖。"②这实在很悲壮，他以捍卫长篇小说的尊严抵抗文学的时尚，以对民族语言的创造性发展抵抗近亲繁殖的文化趋同。他的小说和中国叙事传统的关系，也就是和民族文化精神与命运的关系，是民族集体无意识的遗传密码像核裂变一样的轰然巨响。

支撑着莫言所有叙事传统的是最古老的、边缘化的、非理性的、民间的神话想象力，无论是"神话的历史化"，还是"历史人物的神话化"，都是这一思维方式推动之下，从内容到形式的演变。莫言所接续的这一脉叙事传统，经历着不断世俗化的过程，而又生机勃勃，随着时间之流的奔涌而潮头迭起。莫言的小说从神话开始，经历了一再的嬗变，重回更古老的神话源头，从父系的图腾（《红高粱》）到母系的图腾（《丰乳肥臀》），直至上溯到更古老的生殖图腾（《蛙》），以庄严的朴素建立起质朴而瑰丽的大地诗学，成为民族民间神话的艺术思维最杰出的当代传人，既是民族精神顽强的自我巩固，也是人类抵抗文化趋同的悲壮征战。

---

① 《说莫言》，辽宁人民出版社，2013 年，第 36 页。
② 《说莫言》，辽宁人民出版社，2013 年，第 3 页。

毕飞宇小说修辞艺术片论

王彬彬

导言——

本文刊载于《文学评论》2006 年第 6 期。

王彬彬,1962 年生,南京大学文学院教授。

本文从修辞学的角度探讨毕飞宇小说的写作变化。文中的"修辞"概念来自美国文学批评家布斯的《小说修辞学》,指文学表达的手段、方法和技巧。小说的修辞,指的是通过对文学方法和技巧的选择和应用,展现小说人物之间的种种关系,表达作者和叙述者、人物和读者之间的复杂联系。文章认为,可以将毕飞宇 2000 年发表的中篇小说《青衣》视为其修辞艺术转变的分界线。在《青衣》之前,毕飞宇小说的叙述语言典雅整饬而又不失清纯流丽,叙述语调则显得庄严端重。从《青衣》开始,毕飞宇小说的故事性明显增强,人物形象也更加立体可感,叙述语言则向粗实豪放转变,口语色彩大大加强,修辞上的幽默也明显增多。文章选取了毕飞宇 2000 年以后的多篇重要小说的部分情节,细致入微地说明其小说叙述的几个重要特点:描述准确、贴近人物、分析严密。不仅如此,毕飞宇对比喻的妙用也使小说的艺术性进一步增强。

1996 年,毕飞宇在《作家》杂志上发表了短篇小说《哺乳期的女人》,引起广泛注意,收获了如潮的好评。于是,作为小说家的毕飞宇广为人知,《哺乳期的女人》也被视作是毕飞宇的"成名作"。但在此之前,毕飞宇已有很优秀的作品发表。1993 年同样发表于《作家》杂志的短篇小说《那个男孩是我》,已是相当精美和富有意味的。它与《哺乳期的女人》某种意义上属同一类型,都写了孩子的难以被大人所理解的心事,写了孩子的孤独、寂寞和忧伤,写了孩子的尊严被大人残酷地蹂躏,写了孩子心中神圣的东西被大人们所误解、所亵渎。或者说,这两个短篇,都写了孩子精神上的"孤苦无告"。而较之《哺乳期的女人》,《那个男孩是我》的内涵似乎更丰富些。就我来说,更愿意把《那个男孩是我》看作是毕飞宇的"成名作",尽管他并未因此而成名。1994 年,毕飞宇在《青年文学》上发表了中篇小说《雨天的棉花糖》。这部作品也是颇为独特和圆熟的。个体生命与社会意识的紧张关系在小说中有着撼人心魄的表现。1995 年,毕飞宇在《人民文学》上发表了短篇小说《是谁在深夜说话》,十分机智地表达了对历史中不可避免地存在着的神秘性的理解,而且通过对几次"偷情"的描写,让历史的神秘性与人生的神秘性形成某种对照,很是耐人寻味。《那个男孩是我》《雨天的棉花糖》《是谁在深夜说话》,都有资格成为毕飞宇的"成名作"。但实际上它们问世之初都悄无声息。直到《哺乳期的女人》出现,人们才知道,在写小说的人中,多了一个叫毕飞宇的年轻人。

大体可以 2000 年发表的中篇小说《青衣》为界,将毕飞宇迄今为止的小说创作分为两个阶段。在修辞方式上,前后两阶段的差别是很明显的。前期小说的叙述语言,一般说来典雅整饬而又不失清纯流丽,叙述语调则总是那么庄严端重,是一种"书生气"很重的话语方式。在写小说之前,毕飞宇曾迷恋于诗歌。在前期小说中,偶尔有些句子还让人想到他从诗人到小说家的"身份转型"。例如,"我站在大街上,路灯一拳头把我的影子撂倒在水泥地面"(《叙事》)。这样的句子让人觉得它像是从哪首诗中开了小差,混进了小说里,于是便如一碗绿豆中的一粒红豆,过于显眼。毕飞宇开始写小说的时候,被称作"先锋作家"的那个群体,正在文坛上大红大紫,毕飞宇多多少少地、有意无意地,有着对他们的模仿,即便在叙述语言上,也能隐约看出其时的所谓"先锋小说"的影响。《青衣》在修辞方式上有点突变的意味。较之此前的作品,《青衣》的故事性明显增强了,人物形象也更加具有立体感。叙述语言则向粗实豪放转变,口语的色彩大大加强,并且时有苦心经营的凌乱和芜杂。如果说,在前期小说中,叙述者基本上只有一种很"书生气"的声调,那从《青衣》开始,叙述者的声调变得多样化了:时而一本正经,时而插科打诨;时而温文尔雅,时而夹枪带棒、捉鸡骂狗。如果说前期小说中的叙述者像一个严肃的教师,总用一种规范而考究的语言说话,那从《青衣》开始,叙述者变成了一个高明的说书艺人,他的语言随着叙述对象的变化而变化着,说曹操不同于说刘备,说关公不同于说张飞。修辞方式的这种变化,无疑意味着作者创作观念的变化,意味着作者对文学与现实之关系的重新认识。通过修辞方式的大幅度调整,毕飞宇大幅度地调整了与现实的关系,从而也大幅度地调整了与读者的关系。当然,反过来说也许更易理解:首先是作为小说家的毕飞宇大幅度地调整了自身与现实的关系,然后是大幅度地调整了小说的修辞方式,而修辞方式的大幅度调整,便使得毕飞宇与读者的关系也被大幅度地调整了。

《青衣》以后的小说，引人注目的变化之一，是具有了一种幽默的品格。说到幽默，其实应是小说的一种重要品格。昆德拉甚至说："小说的智慧跟哲学的智慧截然不同。小说的母亲不是穷尽理性，而是幽默。"①昆德拉的小说，的确具有强烈的幽默感，他惯以幽默的方式展示着极权政治下人性的种种表现。以幽默的方式表现悲剧，往往比涕泪交加的控诉更具有艺术效果。昆德拉之所以为昆德拉，很大程度上取决于那种"昆德拉式的幽默"。幽默，在毕飞宇《青衣》以前的作品中，不能说绝对没有，但的确不很多见。要举例的话，可举发表于1998年的《男人还剩下什么》。这个短篇中的有些叙述，是颇为幽默的："住在办公室没有什么不好。唯一不适应的只是一些生理反应，我想刚离婚的男人多多少少会有一些不适应，一到晚上体内会平白无故地蹿出一些火苗，蓝花花的，舌头一样这儿舔一下，那儿舔一下。我曾经打算'亲手解决'这些火苗，还是忍住了。我决定戒，就像戒烟那样，往死里忍。像我们这些犯过生活错误的人，对自己就不能太心软。就应该狠。"主人公"我"一再煞有介事地说自己"犯过生活错误"，而我们知道，他的全部"错误"不过是与一个大学时代的女同学有过一次短暂的拥抱。他实际所做的事，与他自认为所做的事之间，有了一种距离，幽默由此而生。我们在品味着这幽默的同时，不禁对主人公的遭遇有了更深的同情。这种艺术效果的取得，当然与修辞上的幽默有关。

从《青衣》开始，这种修辞上的幽默明显增多。到了2001年的《玉米》和《玉秀》，幽默性的叙述甚至成为一种基调。《玉米》和《玉秀》的故事背景是"文革"时期的农村。那是一个政治全能的时代，政治性话语满天飞。而毕飞宇往往通过对那时代所流行的政治性话语的戏仿和挪用，使叙述幽默化。《玉米》在说到支部书记王连方利用权力公然奸淫村里的许多有夫之妇时，有这样的叙述："关于王连方的斗争历史，这里头还有一个外部因素不能不涉及。十几年来，王连方的老婆施桂芳一直在怀孕，她一怀孕王连方只能'不了'。施桂芳动不动就要站在一棵树的下面，一手扶着树干，一手捂着腹部，把她不知好歹的干呕声传遍全村。施桂芳十几年都这样，王连方听都听烦了。施桂芳呕得很丑，她干呕的声音是那样的空洞，没有观点，没有立场，咋

---

① 昆德拉《人们一思索，上帝就发笑》，《生命中不能承受之轻·附录》，作家出版社1991年版。

咋呼呼，肆无忌惮，每一次都那样，所以有了八股腔。这是王连方极其不喜欢的。她的任务是赶紧生下一个儿子，又生不出来。光喊不干，扯他娘的淡。王连方不喜欢听施桂芳的干呕，她一呕王连方就要批评她：'又来作报告了。'"把王连方对村中妇女的奸淫说成是"斗争"，把施桂芳的干呕说成是"没有观点，没有立场"的"八股腔"，把王连方对老婆的讥讽说成是"批评"，通过王连方的口把施桂芳的干呕说成是"作报告"，这都是在用那时所流行的庄严的政治性话语来说明奸淫和妊娠反应一类的生理现象，让人忍俊不禁。《玉秀》这样叙说公社革委会副主任郭家兴的儿子郭左："郭家兴玉米他们一下班，郭左又沉默了。像他的老子一样，一脸的方针，一脸的政策，一脸的组织性、纪律性，一脸的会议精神，难得开一次口。"用"方针""政策""组织性""纪律性""会议精神"等来形容郭左的表情，也让人哑然失笑。这种对那时代流行性政治话语的巧妙"挪用"，在产生幽默感的同时，也让人感到强烈的"时代气息"。毕飞宇小说在运用这类政治话语时，语气里有着明显的调侃。毕飞宇以对那个时代流行性政治话语的妙用，调侃了那个时代的得势者，更以对那个时代流行性政治话语的妙用，调侃了那个时代。

毕飞宇小说在修辞上的幽默，不仅体现在语言选择上，也体现在情节设计上，或者说，也有着一种情节性的幽默。《玉米》中的王连方，因为"破坏军婚"而被开除党籍、撤销职务，沦为"一介草民"。他决定外出学漆匠。离开家乡前，仗着酒劲，他想与有庆的老婆再鬼混一次，遭到拒绝。王连方这时的表现，大出读者意料，却又让人击节叹赏：

王连方一直听不到动静，只好提着裤子，到堂屋里找。有庆家的早已经不在了。王连方再也没有料到这样的结果，两只手拎着裤带，酒也消了，心里滚过的却是世态炎凉。王连方想，你还在我这里立牌坊，早不立，晚不立，偏偏在这个时候立，你行。王连方一阵冷笑，自语说："妈个巴子的！"回到西厢房，再一次扒光了，王连方重新爬进被窝，突然扯开了嗓子。王连方睡在床上，一个人扮演起阿庆嫂、胡传魁和刁德一。他的嗓门那么大，那么粗，而他在扮演阿庆嫂的时候嗓子居然捏得那么尖，那么细，直到很高的高音，实在爬不上

去了,又恢复到胡传魁的嗓音。王连方的演唱响遍了全村,所有的
人都听到了,但是没有一个人过来,好像谁也没有听见。王连方把
《智斗》这场戏原封不动地搬到了有庆的床上,一字不差,一句不漏。
唱完了,王连方用嘴巴敲了一阵锣鼓,穿好衣裳,走人。

王连方的举动令人发笑,同时又令人发指,或者说,正因为令人发笑,所
以令人发指。这个情节因其具有幽默性,所以具有极大的表现力。一场《沙
家浜》唱下来,王连方把自己作为一个乡村地痞的无赖本性表现得淋漓尽致。
地痞,自古是中国乡村的一种不可忽视的存在。历史上许多赫赫有名的大人
物,从江洋大盗到帝王将相,原都是乡村地痞出身。对近代中国极为熟悉的
美国人明恩溥(阿瑟·史密斯),在其所著的《中国乡村生活》一书中,专题性
地探讨过中国的"乡村地痞"。他说:"可以说,不充分了解乡村地痞的地位,
就不可能完全理解中国人的生活。换句话说,准确了解了中国地痞的特点和
作用,就在很大程度上理解了中国社会。""地痞一般都是穷人,他没有什么可
损失的。这是十分有用但不一定是必要的条件"[1]。毕飞宇的一些小说,写到
过这类乡村地痞。长篇新作《平原》中的佩全、大路、国乐和红旗这一群人,实
际上就是地痞这种古老的"种属"在"文革"时期的延续。发表于 1998 年的短
篇小说《白夜》中的李狠、张蛮、王二等,由于年龄尚小,只能称为乡村中的"不
良少年",但再大几岁,他们就是《平原》中的佩全、大路、国乐和红旗。而从王
连方遭有庆家的拒绝后出人意料的表现,我们就能断定,他原本也是这一类
人。毕飞宇对作为大队书记的王连方的刻画,令我想到赵树理的一些作品。
赵树理曾经敏锐而又深刻地指出:"据我的经验,土改中最不易防范的是流氓
钻空子。因为流氓是穷人,其身份容易和贫农相混。……流氓毫无顾忌,只
要眼前有点小利,向着哪方面也可以。"[2]赵树理的不少小说,写到了这类在
"土改"中执掌了乡村基层政权的流氓地痞。对此,"文革"后的周扬有这样的
评价:"赵树理在作品中描绘了农村基层组织的严重不纯,描绘了有些基层干
部是混入党内的坏分子,是化装的恶霸地主,这是赵树理同志深入生活的发

---

① 明恩溥《中国乡村生活·乡村地痞》,时事出版社 1998 年版。

② 赵树理《关于〈邪不压正〉》,《赵树理全集》第 4 卷,北岳文艺出版社 1990 年版。

现,表现了一个作家的卓见与勇敢。"①而毕飞宇《玉米》中当了二十年大队书记的王连方,正是在"土改"中"混入党内"、执掌了乡村基层政权的。在一种有限的意义上,不妨把《玉米》看作是赵树理那一类小说的续篇。赵树理相当谨慎地写了"土改"中流氓的"钻空子"。而这些原本是乡村流氓地痞的人,在此后的数十年间有怎样的作为呢? 毕飞宇的《玉米》从一个特定的角度做了回答:他们成了自己所管辖的土地上的土皇帝,而这土地上的女人们,都成了他的嫔妃。

准确,也是毕飞宇小说一种值得重视的修辞表现。读毕飞宇小说,尤其读毕飞宇《青衣》以后的小说,我常在某几句话,或者某一段话边上,写下"到位的叙述"几个字。所谓"到位的叙述",是指小说对某种行为、某种场景、某种心理的叙述,异常准确,让人觉得不可移易,让人觉得不可能想象还有别一种叙述比这更精彩,更过瘾。——的确,读这样的叙述,首先感到的是过瘾,像大汗淋漓时喝下一杯冰水,像长途跋涉后饮下一杯甘醇。读着这样的叙述,你仿佛看到一根螺钉缓缓地旋转着进入了螺母,最后静止、固定,天造地设般的与螺母成为一个整体;读着这样的叙述,你仿佛感到一只灵敏的手不慌不忙地伸向一处正痒着的肌肤,恰到好处地搔着,恰如其分地抓着;读着这样的叙述,你仿佛看到一注清泉潺潺地流向一处干裂的土地。例如,《青衣》这样写筱燕秋为重返舞台而减肥:"筱燕秋不是在'减肥',说得准确一些,是抠。筱燕秋热切而又痛楚地用自己的指甲一点一点地把体重往外抠,往外挖。这是一场战争,一场隐蔽的、没有硝烟的、只有杀伤的战争";"减肥的日子里头筱燕秋不仅仅是一架轰炸机,还是一个出色的狙击手。筱燕秋端着她的狙击步枪,全神贯注,密切注视着自己的身体。身体现在成了她的终极标靶,一有风吹草动筱燕秋就会毫不犹豫地扣动她的扳机。筱燕秋每天晚上都要站到磅秤上去,她对每一天的要求都是具体而又严格的:好好减肥,天天向下"。准确的叙述往往具有强劲的表现力,能够以一当十、事半功倍。这番话虽然说的是筱燕秋的"减肥",但却让读者感到筱燕秋重返舞台的强烈渴望。这渴望如熊熊燃烧的火焰,它的巨大能量驱使着筱燕秋自虐般的对自己的身

---

① 　周扬《〈赵树理文集〉序》,《工人日报》1980 年 9 月 22 日。

体"抠"着"挖"着。再例如《玉秀》中,这样写玉秀和那几个轮奸过她的男人的关系:"最让玉秀难以面对的,还是那几个男人。他们从玉秀身边走过的过程中,会盯着玉秀,咧开嘴,很淫亵地笑,像回味一种很忘我的快乐。特别地会心,你知我知的样子,和玉秀千丝万缕的样子";"因为恐惧,却更不敢说破了。他们当然也是不会说破的了。这一来玉秀和他们反而是一伙了,共同严守着一份秘密,都成了他们中的一个了"。这番话充分表现了事情的微妙和荒谬,充分表现了玉秀内心难言的痛苦和尴尬。这种准确的叙述,往往产生浓郁的诗意。也许不能说诗意必定产生于准确,但似乎可以说,准确必定产生诗意。王国维在《人间词话》中所说的"隔"与"不隔"的问题,其实就是准确与否的问题。"池塘生春草""空梁落燕泥"之所以被王国维认为"不隔",就因为它们写景状物的准确。"谢家池上,江淹浦畔"之所以被王国维认为"隔",就因为其模糊空泛,就因为其不够准确。所谓"语语都在目前,便是不隔",说的也还是状物写景的准确。只有准确,才能"语语都在目前"。准确意味着深层的真实,而诗意正产生于这种真实。李健吾在谈到戏剧中的诗意时,说过这样的话:"还有一种诗意。作成它的不是幻想,而是真实,而是向生活深处掘发的成就。它是高度的现实主义精神的果实。"①真实在戏剧中能够产生诗意,在小说中当然也能。毕飞宇的《青衣》《玉米》《玉秀》等小说,因为时有这种准确的叙述而诗意盎然。

读《玉米》《玉秀》《玉秧》等小说时,我还不时在某一句话或某一段话边上写上"贴着人物叙述"这几个字。所谓"贴着人物叙述",用理论术语来说,就是这一句话或这一番话的叙述视点发生了变化,从作者的外在视点变成了人物视点。这几部中篇,总体上采取的是外在的全知视点,但在叙述中,视点不时会转移到人物身上,不时会以人物的口吻说话,短则一句,长则数十句。这种在全知视点中适时地夹杂着人物视点的修辞方式,令小说大为增色。这是《玉米》开篇不久后的话:"施桂芳一只手托着瓜子,一只手挑挑拣拣的,然后捏住,三个指头肉乎乎地翘在那儿,慢慢等候在下巴底下,样子出奇的懒了。施桂芳的懒主要体现在她的站立姿势上,施桂芳只用一只脚站,另一只却要垫到门槛上去,时间久了再把它们换过来。人们不太在意施桂芳的懒,但人

---

① 李健吾《戏剧新天》,上海文艺出版社 1980 年版,第 95 页。

一懒看起来就傲慢。人们看不惯的其实正是施桂芳的那股子傲气,她凭什么嗑葵花子也要嗑得那样目中无人?"施桂芳因为终于生下了儿子而心态和神态都变了。这番话通过几个极精彩的细节,把施桂芳的心态和神态勾画得十分生动,可谓"语语都在目前",也属那种准确而富有诗意的叙述。这番话前面都是全知视点,但"她凭什么嗑葵花子也要嗑得那样目中无人?"这一句,视点却陡然移到了人物身上。这"人物"当然不是哪一个人,而是村里的众人。这句话是以村中众人的口吻说出的。接着,小说仍采取作者外在的全知视点,但紧接一句"她的男人是村支书,她又不是,她凭什么懒懒散散地平易近人",却又是以村中众人的口吻说出的。《玉米》以施桂芳的出场开头。在介绍和描述施桂芳时,时而是那个全知的叙述者在说话,时而是村中人直接对读者说话,这比那种单一视点的叙述意味要丰富得多。适当地以人物的口吻叙述,有时正是让人物自己跳出来,自我暴露。例如《玉秀》中有这样的叙述:"财广家的几年之前做过王连方的姘头,事发之后财广家的还喝了一回农药,跳了一回河,披头散发的,影响很不好。"这里,前面几句话都是全知的叙述者在叙述,但"影响很不好"这一句却是对王连方口吻的模仿,或者说是以王连方的视点叙述的。这表现的是王连方对财广家的服毒跳河的评价,更暴露其内心的卑劣与无耻。再例如,《玉秀》中这样写公社革委会副主任郭家兴:"'中年男人三把火,升官、发财、死老婆。郭主任赶上了。'这是一句老话了,旧社会留传下来的,格调相当的不健康。话传到郭家兴的耳朵里,郭家兴很不高兴。"这番话前后都是以全知的外在视点叙述,但"格调相当的不健康"这一句,却是对郭家兴口吻的模仿,或者说是以郭家兴为视点的。郭家兴在对玉米的身体进行占有时,是十分低俗粗鄙的。这样,以他的口吻说出"格调相当的不健康",就把其内心的虚伪暴露无遗。在全知视点中适时地插入人物视点,且经营得自然妥帖,是《玉米》《玉秀》这几部中篇受到好评的原因之一。

在读毕飞宇小说时,我还在某些部分边上写上"分析性叙述"几个字。所谓"分析性叙述",是指在对某种对象进行叙述时,带有分析的意味,或者说,是以一种分析性的语言在叙述。例如,《玉米》写玉米的所谓"恋爱":"玉米的那个人在千里之外,这一来玉米的'恋爱'里头就有了千山万水,不同寻常了。这是玉米的恋爱特别感人至深的地方。他们开始通信。信件的来往和面对面的接触到底不同,既是深入细致的,同时又还是授受不亲的。一来一去使他们的关系笼罩了雅致和文化的色彩。不管怎么说,他们的恋爱是白纸黑字,一竖一横,一撇一捺的,这就更令人神往了。"这番话,不是单纯的"讲述",更不是单纯的"展示",字字句句都有着明显的分析意味,却又不同于一般意义上的夹叙夹议。讲述与分析在这里水乳交融,从而让叙述特别经得起品味咀嚼。这种修辞方式,在当代作家中虽非毕飞宇独有,但也不多见。

现在该谈谈毕飞宇小说中的比喻了。在现当代作家中,最重视比喻的,恐怕要算钱钟书了。钱钟书在《读〈拉奥孔〉》一文中,曾做出这样的判断:"比喻是文学语言的根本。"①这话说得有些绝对,但钱钟书是在论述语言艺术与绘画雕塑等空间艺术的区别时说出这句话的。文学作品中的比喻,是不能为绘画雕塑所表现的,因此是语言艺术的特长,是语言艺术不能被绘画雕塑所取代的方面。无疑是觉得"根本"二字用得不太妥,该文在收入《七缀集》②时,钱钟书将"根本"改成了"特点"。"根本"也好,"特点"也好,都说明钱钟书对比喻的重视。别人的创作姑且不论,假如从钱氏的《围城》中去掉所有精彩的比喻,那这部小说不知要减色多少。毕飞宇也是善用比喻的,这里聊举几例。《玉米》中郭家兴与玉米在旅社的房间初次见面时,郭家兴一开始表现得很正经:"什么也不说,什么也不做,脸上布置得像一个会场。"把郭家兴此时的表情比喻成"会场",与他的身份极为吻合,又让人感受到他即将开始"男盗女娼"前的道貌岸然。再例如,《玉秀》一开始便写玉米乘着公社的小快艇嫁到郭家兴家时:"小快艇在夹河里冲起了骇浪,波浪是'人'字形的,对称地朝两岸哗啦啦地汹涌。它们像一群狗,狗仗人势,朝着码头上女人们的小腿猛扑过去。"把公社的快艇比喻成仗势欺人的狗,也颇为精彩。比喻的妙用,令毕飞宇小说明显增色。这也意味着,一般说来,一个小说家不应该忽视对比喻的经营。

2006 年 8 月 26 日

♀ 延伸阅读 ♀

1. 沈奇《痖弦诗歌的语言艺术》,《文学评论》1995 年第 4 期。

---

① 钱钟书《读〈拉奥孔〉》,《旧文四篇》,上海古籍出版社 1979 年版。
② 钱钟书《七缀集》,上海古籍出版社 1985 年版。

2. 王丽丽《胡风文艺思想的整体思维特征》,《文学评论》2002 年第 6 期。

3. 何平《侠义英雄的荣与衰——金庸武侠小说的文化解述》,《读书》1991 年第 4 期。

4. 王彬彬《衡金庸之轻重》,选自《文坛三户》,大象出版社 2001 年。

5. 叶洪生《"偷天换日"的是与非——比较金庸新、旧版〈射雕英雄传〉》,选自《武侠小说谈艺录——叶洪生论剑》,联经出版事业公司 1994 年。

6. 夏志清《白先勇早期的短篇小说——〈寂寞的十七岁〉代序》,收入《寂寞的十七岁》,上海文艺出版社 1999 年。

7. 刘俊《悲悯情怀——白先勇评传》,花城出版社 2000 年。

8. 黎湘萍《现代消费社会的另类叙事——论黄春明小说的现实主义价值》,《文学评论》1999 年第 3 期。

9. 李今《在生命和意识的张力中——谈施叔青的小说创作》,《文学评论》1994 年第 4 期。

10. 陈顺馨《论史铁生创作的精神历程》,《文学评论》1994 年第 2 期。

11. 陈映真《天高地厚——读高行健先生受奖辞的随想》,《文艺理论与批评》2001 年第 2 期。

12. 王一川《探访人的隐秘心灵——读铁凝的长篇小说〈大浴女〉》,《文学评论》2000 年第 6 期。

13. 郜元宝《余华创作中的苦难意识》,《文学评论》1994 年第 3 期。

14. 郜元宝《论阎连科的"世界"》,《文学评论》2001 年第 1 期。

15. 张清华《从精神分裂的方向看——食指论》,《当代作家评论》2001 年第 4 期。

16. 陈思和《欲望:时代与人性的另一面——试论张炜小说中的恶魔性因素》,《文学评论》2002 年第 6 期。

17. 王德威《海派文学,又见传人——王安忆的小说》,收入《如何现代,怎样文学?》,麦田出版股份有限公司 1998 年。

18. 倪文尖《上海/香港:女作家眼中的"双城记"——从王安忆到张爱玲》,《文学评论》2002 年第 1 期。

19. 程光炜《在故乡的神话坍塌之后——论刘震云九十年代的小说创作》,《文学评论》1999 年第 5 期。

20. 王爱松《贾平凹:自尊与自卑的挣扎与沉沦》,《理论与创作》2004 年第 2 期。

21. 王晓明《从"淮海路"到"梅家桥"——从王安忆小说创作的转变谈起》,《文学评论》2002 年第 3 期。

22. 黄书泉《论〈尘埃落定〉的诗性特质》,《文学评论》2002 年第 2 期。

23. 傅国涌《偶像的黄昏:从金庸到"金庸酒"——兼谈金庸与中国知识分子现代人格的难产》,《书屋》2004 年第 2 期。

24. 唐晓渡《多多:是诗行,就得再次炸开水坝》,《当代作家评论》2004 年第 6 期。

25. 奚密《"狂风狂暴灵魂的独白":多多早期的诗与诗学》,《文艺争鸣》2014 年第 10 期。

26. 李章斌《多多诗歌的音乐结构》,《当代作家评论》2011 年第 3 期。

27. 季红真《寻根文学的历史语境、文化背景与多重意义——三十年历程的回望与随想》,《文艺争鸣》2014 年第 11 期。

28. 南帆《"寻根文学"的理论后缀》,《文艺争鸣》2014 年第 11 期。

29. 程光炜《魔幻化、本土化与民间资源——莫言与文学批评》,《当代作家评论》2006 年第 6 期。

30. 温儒敏《莫言历史叙事的"野史化"与"重口味"——兼说莫言获诺奖的七大原因》,《中国现代文学研究丛刊》2013 年第 4 期。

31. 申霞艳《后先锋时代小说的生长——毕飞宇论》,《文艺研究》2017 年第 2 期。

♀ 问题与思考 ♀

1. 如何认识和评价"文革"文学? 请结合具体作家作品,进行讨论。

2. "红色"文学文本的跨时代阅读引发了哪些现象?

3. "红色"文学中的爱情图景有哪些特征? 体现了怎样的审美范式?

4. 查阅资料,梳理 1957 年的文学现象。

5. 现代生活中存留有哪些"文革"印记? 考察"红色经典"的大众接受状况,思考时尚与"红色审美范式"之间的关系。

6. 浩然说:"我以自己的所见所闻所感,如实地记录下那个时期农村的面貌、农民的心态和我自己当时对生活现实的认识,这就决定了这部小说的真实性和它的存在价值。用笔反映真实历史的人不应该受到责怪;真实地反映生活的艺术作品就应该有活下去的权力。"阅读浩然的小说,结合史料与研究资料,辨析浩然的话。

7. 分析二十世纪七十年代流行的"手抄本"在探询"文革"文学生态时的意义。

8. 金庸是个备受争议的作家。在众多关于金庸的议论中(发动学生寻找有关文献),你赞同什么? 反对什么? 结合作品谈谈你的理由。

9. 二十世纪白话汉语文学面临的一个重要课题是如何将传统(中)与现代(西)有机地结合起来,白先勇在创作上能取得巨大的成就,就在于他能"融现代于传统,让传统进入现代"。请结合具体作品,分析白先勇是如何处理传统与现代的关系的。他处理传统与现代两者之间关系的方式对二十世纪华文创作有何启迪?

10. 王安忆是中国当代文学中的代表性作家,在她的创作历程中,体现着中国当代文学的变化过程,也透露出她的文学观念和艺术追求的不断更新。王安忆与新时期文学、与寻根文学、与张爱玲的关系、与上海的关系,是人们经常谈论的话题。这些话题,能否再谈出新意? 从王安忆的作品出发,对于王安忆,我们还能谈些什么? 新话题的价值、意义何在?

11. 就穆旦、食指、北岛、顾城、海子、昌耀等的人生遭际及诗作,谈当代诗人的文化处境与精神困境。

12.《最初的契约》说诗歌中的音乐性分为两种,一种是普遍性的,另一种是独特性的,你如何看待这种区别?

13. 二十世纪八十年代的"寻根文学"思潮中提到的文学的"根"指什么?

14. 阿城的小说和韩少功的小说有哪些主要区别?

15. 莫言的写作与拉美魔幻现实主义文学之间的关系是什么?

16. 季红真认为莫言的小说有大量中国叙事传统的支撑,你是否认同作者的观点?

17. 毕飞宇后期的小说中还有哪些具体情节,能够反映其幽默风趣的修辞艺术? 试找出一例并简要分析。

◈ 研究实践 ◈

(一) 研究课题

提取极"左"政治时期文学受难标本并分析。

研究指导：

方法与步骤	记　　录
1. 教师指导,确定研讨对象(作家或文本)	
2. 学生搜集资料与阅读,勾勒研究对象的历史状貌(作家的人生遭际,文本的版本变更与不同历史时期的改编等)	
3. 进行文本细读、辨析、思考、批注	
4. 研读现有重要研究资料,摘录主要观点并辨析	
5. 在以上基础上撰写研究论文,并安排讨论	

呈现形式：

小论文或课堂学术讨论。老师可引导并安排若干学生主题发言,并安排评议。

（二）研究课题

二十世纪八十年代先锋试验、文化追寻、人性追寻等文学行动的特征。

背景材料：

1. 韩少功《文学的根》(《作家》1985 年第 4 期)

2. 李杭育《理一理我们的"根"》(《作家》1985 年第 6 期)

3. 阿城《文化制约着人类》(《文艺报》1985 年 7 月 6 日)

4. 郑义《跨越文化断裂带》(《文艺报》1985 年 7 月 13 日)

5. 郑万隆《我的根》(《上海文艺》1985 年第 5 期)

6. ［法］莫里斯·哈布瓦赫《论集体记忆》

7. 尹国均《先锋试验》(东方出版社 1998 年)

8. 选读韩少功、阿城、王安忆、汪曾祺、莫言、刘索拉、徐星、残雪、马原、洪峰、扎西达娃、余华、格非、苏童、叶兆言等人作品

方法提示：

阅读以上文献和相关文本,在文本细读的基础上,进行思考。

呈现形式：

（1）小论文,题目自拟。

（2）课堂学术讨论。老师可引导并安排若干学生主题发言并评议。

第四章　思潮流派透视（上）

导　论

　　文学史从来都不是孤立的存在，文学思潮作为它的重要组成部分与深层动因，与社会变革、文化转型、审美嬗变等具有息息相关、如影随形的密切关系。文学思潮系指一定历史时期和一定地域内形成的与社会经济变革和人们的精神需要相一致的，具有广泛影响的文学思想和文学创作的潮流。作为一种"潮流"，它不只是在个别或少数作家的创作中有所反映，而是表现为许多有影响的作家，通过各种各样的文学纲领，形成一种较普遍的文学趋向。二十世纪中国急剧动荡的社会现实、古今中外剧烈碰撞的文化背景，决定了现当代文学思潮丰富复杂的多元风貌与步履维艰的发展历程。

　　一般把 1917 年胡适《文学改良刍议》与陈独秀《文学革命论》的发表视为中国现代文学开始的标志，但清末民初的文化思潮与文学思潮在中国文学由古典到现代转换的历程中，起到了不容忽视的过渡或者准备作用，并且在许多方面表现出思想与审美的现代性萌芽。陈独秀曾把近代中国的意识觉醒概括为三个阶段，即科技的觉醒、政治的觉醒和伦理的觉醒。随着国人意识觉醒的逐步深化，中国文学也发生了相应的变化。戊戌变法前后，资产阶级改良派为适应"维新"运动和造就一代"新民"的需要，发动了"诗界革命""文界革命""小说界革命"。1902 年，梁启超发表《论小说与群治之关系》一文，提出了"欲新一国之民，不可不先新一国之小说"的著名论断，开启了以"新民"为指归的近代启蒙文学思潮。晚清文学运动与创作思潮，虽然从思想观念到文体形式上带有"不中不西，即中即西"（梁启超语）新旧交替的烙印，但毕竟为"五四"文学革命的崛起提供了内在的历史根据。

中国现代文学思潮是与以"科学"与"民主"为旗帜的"五四"新文化运动共同浮出历史地表的。正如郁达夫所说,"'五四'运动的最大的成功,第一要算'个人'的发见","五四"文学革命作为新文化运动的重要一翼,其思想追求与审美倾向都与这场运动的启蒙宗旨紧密配合,由之,"个性解放"与"人的觉醒"成为"五四"文学主潮的核心表征,从根本上超越了清末民初的"新民"思潮。选文《试论"五四"时期"人的觉醒"》便论述了"五四"作家关于"人的觉醒"的追索探求及其深刻内涵,展示了这一时期文学思潮的丰厚而独特的"人学"底蕴。这一时期,以"为人生派"为代表的现实主义,与以"为艺术派"为代表的浪漫主义,双峰对峙,从不同的审美层面与侧面契合了当时的启蒙主义主潮。二十年代中后期,随着"五四"落潮、大革命失败,后期创造社与太阳社大力提倡"普罗文学",引发了从"文学革命"到"革命文学"、从"人的文学"思潮到"无产阶级文学"思潮的转向。

三十年代是中国文学思潮竞彩争辉、多元发展的黄金时期。在此期内,无产阶级文学思潮迅猛发展。特别是在马克思列宁主义的指导下,鲁迅、茅盾、中国诗歌会诸作家的理论主张和创作实践,形成了一股强大的革命现实主义思潮。在无产阶级文学潮流之外,保持相对独立性的作家由于个人经历、文化素养、政治态度与审美追求的不同,他们对民族文化传统、对"五四"新文学传统、对西方文学思潮等有各种不同的选择,由之也形成了多种形态的文学思潮。如以曹禺、巴金、老舍等为代表的民主主义或人道主义现实主义思潮,以戴望舒为代表的象征主义及以施蛰存为代表的新感觉主义等促进了现代主义文学思潮的发展与成熟。除此之外,林语堂的幽默主义、性灵主义,杜衡的"文艺自由"论,梁实秋的新人文主义等,与"左翼"的无产阶级文学相对抗。通过选文《现代中国文学之浪漫的趋势》,我们既可以看到梁实秋等对于新文学思潮及其发展趋向的评判态度,也可以透视其自身的理论选择与审美追求。

抗战爆发后,抗日救国这一压倒一切的社会政治思潮反映在文学领域中,形成了声势浩大的抗战文学思潮,中国文学思潮由多元趋向一元。原来各种流派、各种倾向的大多数作家都融入这一潮流。在解放区则以毛泽东《在延安文艺座谈会上的讲话》为标志,形成了一股影响深远的"为工农兵服务”的文学思潮，这是解放区唯一正统的文学思潮，具有浓重的政治倾向性。与解放区文学思潮不同，国统区出现了以不同的哲学思想或者社会政治思潮为背景的其他文学思潮，如以沈从文、朱光潜为代表的自由主义文学思潮，以胡风、路翎为代表的主观现实主义文学思潮，以徐訏、无名氏为代表的“新浪漫主义”创作思潮，等等。选文《穆旦与现代的“我”》通过个案剖析三四十年代作家主体选择与现代文学思潮的互动关系，从不同的侧面展示了新文学思潮之深微复杂的形态。

1949年后，文学思潮进一步政治化，形成了独尊社会主义现实主义的大一统格局，也一度出现革命现实主义与革命浪漫主义相结合的文学思潮。至“文革”时期，文学创作沦落为阶级斗争的工具和政治路线的附庸，文学思潮的独立性与丰富性已不复存在。

七十年代末八十年代初，继“五四”之后新一轮的思想解放运动与社会改革带来了新时期文学思潮的复兴。文学逐渐淡化了政治功能与意识形态诉求，向“人”的本体与审美的本体回归，从而也促进了文学思潮由保守到开放，由禁锢到自由，由一元到多元的迅猛发展。八十年代，文坛经由朦胧诗潮、伤痕文学、反思文学、寻根文学、探索戏剧、先锋文学、女性主义文学、“新生代”、“新写实”等文学新潮的交替衍生，文学的现代性诉求一路高涨，超越了现实主义或者浪漫主义的单一文学格局，形成了多元共生、健康发展的文学景观。其中有一条较为明晰的主线，这就是回归并超越“五四”文学精神，表现出强烈的人性启蒙与文学启蒙的探索意识。

八十年代末九十年代初以来，社会政治经济的新形势及新的文化转型的冲击，致使文学思潮的发展呈现出更加复杂的状况。一方面，商业文化与大众文化的风行将文学从社会文化的中心或重要位置推向边缘；另一方面，作家面临更多的选择，坚守“自我”者有之，随波逐流者有之，不断调整者有之。较为令人注目的就有以张承志、张炜为代表的浪漫主义或理想主义思潮，以林白、陈染等为代表的“私人写作”，以“第三代诗人”为代表的“个人化写作”，以“反腐文学”为主力的“现实主义冲击波”等。近年来，随着消费主义与大众文化的盛行，又出现了引起文坛一片喧哗的“身体写作”乃至“下半身写作”现象。总体来看，九十年代以降的文学思潮其整体面貌较之八十年代，更趋多元而散落，反映了世纪之交中国文化错综复杂的矛盾与现状。

　　就像文学思潮本身的丰富性与复杂性一样,其存在形态也是复杂的。从其内在构成看,既有理论思潮,也有创作思潮。从其存在方式看,它既可以"主潮"的方式成为占据某一时代主导地位的潮流,也可以"支流"的方式只存在于某一批作家的创作或者理论主张之中。从其历史性来看,文学思潮又是不断发展的,这种发展变化既有其自身的规律,又受到社会经济、政治、哲学思潮乃至自然科学的影响和制约。正是由于形成文学思潮的诸种客观及主观因素的复杂性,在同一历史时期内,也可能会出现几种并行的乃至相互对立的文学思潮。需要注意的是,思潮本身之大小并不完全与其文学史地位或者思想价值之大小相一致。从研究方法上说,文学思潮既是考察的直接对象,也是现象研究的背景材料,或者是观照文学史发展规律的角度、视野;既可以侧重研究作家个体、群落的主体选择与文学思潮的互动关系,也可以强调二者之间一对一的影响决定作用,等等。这一切主要由研究者的理论出发点、问题意识及研究对象的自身特质所决定。因之,本章选文注重四个方面的"兼顾":其一兼顾理论思潮与创作思潮;其二兼顾"主潮"与"支流";其三兼顾不同研究方法的选择;其四兼顾中国现当代文学思潮的阶段性与连续性。

　　文学思潮研究是中国现当代文学史界一个极富理论深度和挑战性的领域,近年来,该领域的研究出现了一些新的动向。例如在全球化的文化背景下,以现代性为理论视野,重新探讨中国文学思潮追踪现代性的历史进程,力求展现这一进程的"中国化"特色。再如吸收借鉴当下"文化研究"的方法,将研究对象加以拓展,探寻不同的社会文化思潮、哲学思潮与文学思潮嬗变之间的动态结构与深层联系,包括文学思潮与启蒙主义思潮、无政府主义思潮、保守主义思潮、民族主义思潮等的关系问题越来越引起研究者的注意。这些视野与方法上的拓新为重新认识现当代文学思潮、重写文学史提供了更加丰富的资源与渠道。

选 文

试论"五四"时期"人的觉醒"（节选）

钱理群

导言——

本文选自《文学评论》1989 年第 3 期。

钱理群，1939 年生，浙江杭州人。北京大学文学硕士，北京大学中文系教授。

本文从原始资料出发，尽可能地接近"五四"本来面目，是论述"五四"时期"人的觉醒"思潮的代表性论文之一。作者认为"五四""人的觉醒"思潮首要的内涵系其"人"所特有的个体自由意识。由于"人"的个体价值得到最充分的肯定，"个体"不再消融在"类"（或社会、或国家、或民族、或家族）之中，而作为实在的独立存在受到了尊重。其次，"五四"时期的"个体自由意识"是与"人类（世界）意识"连结在一起的。再次是"五四"时期对于"人"自身，即"人"的本质的认识。

虽然在总体上"五四"时期追求"灵"与"肉"、"神性"与"兽性"、"精神"与"物质"、"社会的人"与"自然的人"的统一与和谐，但在具体实践上，却或者出现了不同的追求重点，从而表现出不同的思想、文学倾向与派别，或者显示出二元追求的矛盾的紧张与痛苦。文章指出其中最具吸引力的，是对"自然人性"的追求，对自然的生命力的呼唤。"五四"时代的"人"由此而自然地摒弃了传统的"忍苦的人生观"，而信奉着"求乐的人生观"。作者认为，总体来看，"五四"时期的个性主义包含了两个互相联系、互相制约的方面，"既要求自由发展自我，又要求自我控制与自我负责，这在一定程度上也是要求非理性精神与理性精神二者的互相联系、渗透与制约。片面地强调任何一方面而否定另一方面都不能全面地反映'五四'精神"。这些观点对理解"五四"新文学思潮之发生、发展的深层文化动因及其精神内涵具有较大的启示意义。

这里又谈到了"五四",而且是"五四""人的觉醒"。是否有一个难以超越的"'五四'情结",试图用"五四"的药方来解决当今中国之问题?"五四"已过去了七十年,今天的人们大概不至于如此简单对待。我想做的事,无非是尽可能地接近"五四"本来面目;然后再看一看,那段历史上的东西,对于我们今天还有没有启示意义。

正是为了"尽可能地接近'五四'本来面目",我有意识地接触了当年的一些原始材料,才发现我们过去的一些结论都有些"想当然",或者具有很大的片面性。为了说明问题,本文不得不有较多的引证,这是要请读者谅解的。

一

翻阅"五四"时期的报纸期刊,给人最强烈的印象是"五四"时期"人"所特具的个体自由意识与人类(世界、宇宙)意识。

刘纳同志在她的极有创造性的论文《辛亥革命时期至"五四"时期我国文学的变革》里曾经指出:辛亥革命时期,"先进的人们突破了传统观念中国家与个体之间不可缺少的中间层次——家族,而直接以'国民'的概念将个体生命与国家联系起来"。这就是说,现代中国"人"的觉醒是从"国民意识"的获得为开端的;而正如刘纳所说,"'国民',并不属于自己,他属于'国',属于'群'",因此,辛亥革命时期的国民意识中,所注重的"不是作为国民的自由的权利,而是责任"。也就是说,二十世纪初,中国先进的知识分子摆脱了"家族"的束缚,却仍然自觉地将人的个体附属、服从,以至消融于以"国家"形态表现出来的"群体"("类")之中。

在汹汹而至的国家主义、民族主义思潮下,保持着清醒的头脑,坚持"个体自由"的,是鲁迅。他在 1908 年所写的《破恶声论》里,即明确指出:"聚今人之所张主,理而察之,假名之曰类,则其为类之大较二:一曰汝其为国民,一曰汝其为世界人。前者慑以不如是则亡中国,后者慑以不如是则畔文明。寻其立意,虽都无条贯主的,而皆灭人之自我,使之混然不敢自别异,泯于大群"。于是,鲁迅大声疾呼:"人丧其自我矣,谁则呼之兴起?"但这在当时,是不可能得到响应的。鲁迅的超前意识要到十年以后——"五四"时期才成为人们的自觉意识。

新的历史任务是由李大钊明确提出来的。李大钊在写于 1919 年 7 月 1 日(即"五四"之后三个月)的《我与世界》里,发出了这样的召唤:"我们现在所要求的，是个解放自由的我，和一个人人相爱的世界。介在我与世界中间的家园、阶级、族界，都是进化的阻碍，生活的烦累，应该逐渐废除"。与李大钊相呼应的，还有陈独秀。他在1918年新文化运动兴起时，就已指出："今日'国家''民族''家族''婚姻'等观念，皆野蛮时代狭隘之偏见所遗留"①，并明确地把"国家"列为应予"破坏"的"偶像"之一。② 于是，对"国家主义"以至"爱国主义"的批判，就成为"五四"新思潮的一个重要方面；这恰恰是我们过去所严重忽视了的。陈独秀在讨论"我们应当不应当爱国"时（问题提出本身就反映了一种时代气氛），所提出的下述观点实际上是具有深远意义的："爱国大部分是感情的产物"；他阐述说，"当社会上人人感情热烈的时候，他们自以为天经地义的盲动，往往失了理性，作出自己不能认识的罪恶"，"这是因为群众心理不用理性作感情的基础，所以群众的盲动，有时为善，也有时可为恶"③，中国近代史上不断出现的在"爱国"旗帜下盲目排外的事件，就足以证明这一点。陈独秀同时提醒人们要拒绝借口"爱国"，而要求人民无止境地"为国家作牺牲"的蛊惑，这也非无的放矢。正是出于对在"爱国"口号下对"人"的个性自由的剥夺的警惕，李大钊才着重提出："我们应该承认爱人的运动比爱国的运动更重"④。李大钊的这一意见因为不符合权威意识形态对"五四"的分析而长期被淹没，以至我们今天重提这一重要论断，不能不感到某种历史的遗憾。

因此，毫无疑问，"五四"的时代最强音是："我是我自己的，谁也没有干涉我的权利"⑤。这里所表现出来的，是一种完全自觉的个性意识与主体意识。"五四"时期主体的个性自由意识在理论上的表现，即胡适、周作人所提出的"个人本位主义"——

> "社会最大的罪恶莫过于摧折个人的天性，不使他自由发展"，"须使个人有自由意志"，"社会是个人组成的，多救出一个人，便是多备下一个再造新社会的分子"。⑥

---

① 陈独秀《答钱玄同 1918 年 4 月 15 日》。
② 陈独秀《偶像破坏论》。
③ 陈独秀《我们应当不应当爱国》。
④ 李大钊《"少年中国"的"少年运动"》。
⑤ 鲁迅《伤逝》中子君语。
⑥ 胡适《易卜生主义》。

我所说的人道主义,并非世间所谓"悲天悯人"或"博施济众"的慈悲主义,乃是一种个人主义的人间本位主义。这理由是:第一,人在人类中,正如森林中的一株树木。森林盛了,各树也都茂盛。但要森林盛,却仍非靠各树各自茂盛不可。第二,个人爱人类,就只为人类中有了我,与我相关的缘故。墨子说,"爱人不利己,己在所爱之中",便是最透彻的话······所以我说的人道主义,是从个人做起。要讲人道,爱人类,便须先使自己有人的资格,占得人的位置。①

这是对"人"的个体价值最充分的肯定。"个体"不再消融在"类"(或社会、或国家、或民族、或家族)之中,而作为实在的独立存在受到了尊重。而且在理论上确立了:个体的存在与发展,是社会、民族、国家、家族存在与发展的前提与基础。既否定了"三纲五常"的封建伦理观,也根本不同于辛亥革命时期"屈己而利群"的伦理观。但也正是在这里,体现了"五四"新文化运动的彻底反封建性。

以上我们反复地强调了"五四"时期的个体自由意识及其对爱国主义的批判,是否就因此否定了"五四""爱国救亡"的主题的存在呢?当然不是。无论是"五四"学生运动本身,还是"五四"新文化运动,都有一个明显的政治、文化、心理的背景:帝国主义对中国侵略的日益加剧,由此而产生的民族危机感和民族自强、自力以救亡的历史要求,这都是不能否认的事实。也正为此,"五四"那一代,在强调个体意识时,也同时强调了自我牺牲精神。有意思的是,他们当时并不感到这二者的矛盾,而是努力用进化论将其统一起来。鲁迅在《我们现在怎样做父亲》里,即指出,人一要"生存",要保存生命,就必须"爱己",保证个体生命精神与体质的健全;二为了保证生命的延续、民族的发展,在前者、长者的生命应牺牲于在后者与幼者。这样,"五四"那一代人就提出了一个以进化论为基础的、"发展自我与牺牲自我互相制约与补充"的伦理模式。这一伦理模式所包含的两个矛盾着的侧面实际上是反映了"五四"本身的内在矛盾(即所谓"启蒙"的主题与"救亡"的主题)的。在"五四"以后,就

---

① 周作人《人的文学》。

外化为鲁迅所说的"个人的无治主义"与"人道主义"的矛盾；进而形成两条发展路线：相当一部分知识分子发展了"五四""爱国救亡"的主题，由牺牲自我走向了无产阶级战斗的集体主义；少数知识分子则发展了"五四"对于爱国主义的批判，他们放弃了对社会、民族的责任感，一再地批评爱国群众运动中的非理性主义倾向，同时坚持"五四""救出我自己"的个性主义原则，形成了一股在中国现代思想、文化、文学史上始终不占主导地位，却又从未断绝过的自由主义、个性主义的思潮。应该说，囊括了中国绝大多数知识分子的上述两种选择，对于"五四"传统，都是既有肯定继承，又有否定背离（或超越）的。而始终坚持"发展自我与牺牲自我互相制约与补充"的"五四"伦理观的极少数知识分子，如鲁迅者，就陷入了几乎是无以自拔的矛盾和痛苦中。过去，我们根本否认鲁迅式的矛盾的存在（时至今日，还有人认为鲁迅只主张"自我牺牲"，而看不到鲁迅直到晚年仍坚持"自我独立发展"的要求的这一面），而将"走向无产阶级战斗的集体主义"的这条道路，定为"五四"传统的"正宗"，不加分析地予以全盘肯定，对"五四"后的自由主义、个性主义的思潮，则加上"背叛'五四'传统"的罪名，不加分析地全盘否定。这样的价值判断，固然十分痛快，却既不符合"五四"及"五四"以后中国政治、思想、文化、文学发展史的实际，更不利于我们对这一段历史的科学总结。近几年，我们对有关的具体历史人物的具体评价，做了大量的重新审视的工作，这自然是极有意义的；但我们如果不从全局上对"'五四'传统究竟包含什么内容""如何看待'五四'后中国知识分子的各种选择与'五四'传统的关系，及其相互关系"等基本问题弄清楚，特别是如果我们继续囿于"正统论""不是全对就是全错，或者革命或者反革命"的二元对立论，以及"存在就是合理的""历史发展只有一种可能性""成则为王，败则为寇"的历史观，我们仍不可能对"五四"及"五四"以后的历史（包括历史人物）作出科学的实事求是的评价。

应该说，"五四"时期及"五四"以后的自由主义、个性主义思潮没有得到充分发展，是有客观原因的。陈独秀在当时即已指出："现代生活以经济为之命脉，……故现代伦理学上之个人人格独立，与经济学上之个人财产独立，互相证明"，"西洋个人独立主义，乃兼伦理、经济二者而言，尤以经济上个人独立主义为之根本也"①。在陈独秀看来,伦理上的个性自由必须以经济上的个人自由原则的确立为基础与前提,这正是抓住了"五四""人"的个体自由思潮的要害:一方面,这一思潮是以第一次世界大战期间中国自由商品经济得到了一定程度的发展为物质基础,因而达到了前所未有的规模;另一方面,中国自由商品经济始终未能得到充分发展,经济上的个人独立主义从未得到真正确认,这又不能不使"五四"时期的个体自由思潮在中国的影响只能限制在狭小的范围内,未能真正扎下"根"来。在这个意义上,我们对"五四"时期个体自由意识的觉醒所达到的深度,它的实际作用与影响,确实不能作过高的估价,它仅仅是一个好的开端而已。对于建筑在发展不充分的自由商品经济基础上的"五四"个性解放运动所必然具有的历史局限性,应该有一个清醒的认识;在这一点上,一些同志的提醒,是有意义的。只有看到这一点,我们才能科学地说明,为何以抹煞"个人"为特征的封建伦理观,虽在"五四"新文化运动中遭到致命的打击,但它很快就死灰复燃,而且渗入了"五四"以后最为急进的社会主义思潮中,在"无产阶级战斗的集体主义"旗帜下偷运新奴隶主义的私货,形成了对"五四"传统的真正反动。历史已经证明,"五四"那一代人的"启蒙至上主义"仅仅是一个幻想;思想启蒙必须与经济、政治变革互相配合,而且以后者为基础与前提,否则,终将是软弱无力的。

二

　　"五四"时期的"个体自由意识"是与"人类(世界)意识"连结在一起的。正如周作人所说:"种族国家这些区别,从前当作天经地义的,现在知道都不过是一种偶像。所以现代觉醒的新人的主见,大抵是如此:'我只承认大的方面有人类,小的方面有我,是真实的'","这个人与人类的两重的特色,不特不相冲突,而且反是相成的"②。周作人对"人类意识"产生背景的分析也许更值得重视。他指出,构成"古代文学"基调的爱国主义、民族主义等"纯以感情为主",而构成现代文学基调的"大人类主义","经了近代的科学的大洗礼","正是感情与理性的调和的出产物"③。鲁迅就是从现代科学的最新成就(如达尔文进化论,施莱登、施旺的细胞学说,康德关于太阳系起源的星云假说,以及

---

① 　陈独秀《孔子之道与现代生活》。
②③ 　周作人《新文学的要求》。

海克尔的人类种族的起源和系统论）中得到启示，建立起"有生无生二界，且日益近接，终不能分"的新的世界图景，达到了对互相联系的世界整体性把握的。而建立在现代大生产基础上的世界统一市场的形成，特别是第一次世界大战后世界人民命运的相通，使"五四"时期的中国知识分子终于觉悟到中国与世界的不可分割，"现在全世界的生活关系，已竟是脉络相通……亚洲若有一国行军国主义，像从前的德国一样，中国的民主政治，总不安宁。我们的政局，若是长此扰乱，世界各国都受影响"[①]。同样不可忽视的是，在十月革命以及随之而起的世界性社会主义热潮推动下，中国先进知识分子对"世界革命""世界大同""改造世界"产生了巨大热情。这在李大钊的言论中表现得最为突出。他预言，十月革命开创了人类的新纪元，这将是"世界革命的新纪元，是人类觉醒的新纪元"[②]，他甚至提出建立亚洲联邦的设想："凡是亚细亚的民族被人吞并的都该解放，实行民族自决主义，然后结成一个大联合，与欧美的联合鼎足而立，共同完成世界的联邦，益进人类的幸福"[③]。问题不在于这类带有浓重的空想社会主义色彩的"设想"能否实现，而在于显示了一个新的眼光，新的胸襟：自觉地将"我们居住这个地域，当作世界的一部分。由我们居住这个地域的少年朋友们下手改造，以尽我们对世界改造的一部分的责任"[④]，即将中国与世界、中国的改造与世界的改造联结起来。《新潮发刊旨趣书》里曾经宣言："今外中国于世界思想潮流，不啻自绝于人世"，必"引此'块然独存'之中国同浴于世界文化之流"，这大概是能够代表"五四"年青一代的志向的。由这种世界眼光、人类意识而产生的民族危机感，也是属于那一时代的。鲁迅说得好，"现在许多人有大恐惧，我也有大恐惧……我所怕的，是中国人要从'世界人'中挤出"[⑤]，这类中国将被世界挤出的"恐惧"，绵绵不绝，使几代中国的志士仁人为之寝食不安，成为中国改革事业的精神推动力之一，这是既能令人从中看到希望，又不免引起悲凉之感的。

---

① 李大钊《联治主义与世界组织》。
② 李大钊《新纪元》。
③ 李大钊《大亚细亚主义与新亚细亚主义》。
④ 李大钊《"少年中国"的"少年运动"》。
⑤ 鲁迅《热风·随感录·三十六》。

三

以上是将"人"置于"人类—国家(民族、社会)—家庭—个体"的纵坐标上来考察其价值;以下我们将要讨论:"五四"时期对于"人"自身,即"人"的本质的认识。

最完整地显示了"五四"时期认识水平的,仍然是周作人在《人的文学》里的表述——

> "人"是"从动物进化的人类",其中有两个要点,(一)"从动物"进化的,(二)从动物"进化"的,我们承认人是一种生物,他的生活现象,与别的动物并无不同……但我们又承认人是一种从动物进化的生物。他的内面生活,比别的动物更为复杂高深,而且逐渐向上,有能够改造生活的力量……这两个要点,换一句话说,便是人的灵肉二重的生活……这灵肉本是一物的两面,并非对抗的二元。兽性与神性,合起来便只是人性。

虽然在总体上"五四"时期追求"灵"与"肉","神性"与"兽性","精神"与"物质","社会的人"与"自然的人"的统一与和谐,但在具体实现形态上,或者出现了不同的追求重点,从而表现出不同的思想、文学倾向与派别,或者显示出二元追求的矛盾的紧张与痛苦。《新潮》创刊号曾发表过一篇题为《哲学对于科学宗教之关系化》的文章,在指出"理性与感情,同为吾人心理常存之性质"的同时,又着重揭示其不同的机制:"智力作用分析者也,而感情作用则为综合","智力作用意识者也,而感情作用则为无意识","智力作用静止也,而感情作用则具有动力","智力作用必然者也,而感情作用则极为自由"。如果承认这一分析多少有些道理,那么,"五四"时期的思想家与文学家,正是在"分析"与"综合","意识"与"无意识","静止"与"变动","必然"与"自由"之间,进行着艰难的选择。

最具吸引力的,首先是对"自然人性"的追求。可以称得上"'五四'的命题"的是:"人的一切生活本能,都是美的善的,应得完全满足"[①],"凡是人欲,

---

① 周作人《人的文学》。

如不事疏通，而妄去阻塞，终于是不行的"①。这在中国历史上是破天荒的：人的自然本能不但取得了存在的权利，而且获得了"美"的品格，并且被充分肯定了其合道德性。其矛头所向显然是统治了中国几千年的封建禁欲主义。作为其完整而系统的表现形态的宋明理学"存天理，灭人欲"的原则受到了猛烈的攻击。作为压制人的天性、自然本能欲望的封建理性主义的宋明理学的历史对立物，"五四"时代的自然人性论具有鲜明的非理性主义的色彩。

　　"五四"许多先进知识分子都在热烈地呼唤自然的生命力，原始的兽性（蛮性）。鲁迅曾经把"西洋人的脸"（民族性格）与"中国人的脸"（民族性格）概括为"人＋兽性＝西洋人"，"人＋家畜性＝某一种人"，这里隐含着的沉重是谁都可以感觉到的。鲁迅一再提出中国"人"的驯化问题，以为这是人的本性的"萎缩"与"奴化"②。陈独秀更是大声疾呼，要将培育、恢复"兽性主义"作为中国教育的根本方针："兽性之特长谓何？曰意志顽狠，善斗不屈也，曰体魄强健，力抗自然也，曰信赖本性，不依他为活也，曰顺性率真，不饰伪自文也。白种之人，殖民事业遍于天地，唯此兽性故。日本称霸亚洲，唯此兽性故。……余每见吾国曾受教育之青年，手无缚鸡之力，心无一夫之雄，白玉纤腰，妩媚若处子，畏寒怯弱，柔弱如病夫，以如此心身薄弱之国民，将何以任重而致远乎？"③用原始的"兽性"来改造中国国民性中柔弱素质，这几乎是"五四"时期先驱者的共同愿望，虽然带有浓重的理想成分，但他们自身却是极其认真的，呼唤"蛮性"的风尚对于文学的影响也许是更为深远的。

　　"五四"那一代人更热烈地赞美与肯定"人"的生存本能与自然情欲，呼唤感性形态的"生"的自由与欢乐。陈独秀曾经发表过一个总结性的意见："知识理性的冲动，我们固然不可看轻，自然情感的冲动，我们更应当看重"④。鲁迅也将人的生存权利与保证人的正当欲望——物质的充分满足与精神的充分发展，置于至高无上的地位，强调"我们目下的当务之急，是：一要生存，二要温饱，三要发展"⑤。人们还听到了如下历史性的呼唤："世上如果还有其要活下去的人们，就先该敢说，敢笑，敢哭，敢怒，敢骂，敢打，在这可诅咒的地方

---

①　周作人《读〈欲海回狂〉》。
②　鲁迅《略论中国人的脸》。
③　陈独秀《今日之教育方针》。
④　陈独秀《基督教与中国人》。
⑤　鲁迅《华盖集·忽然想到·六》。

击退了可诅咒的时代"①,"站在沙漠上,看看飞沙走石,乐则大笑,悲则大叫,愤则大骂"②——"五四"时代人的解放,不仅是思想意义和道德意义上的解放,更是情感意义、审美意义上的解放,人的一切情感——喜、乐、悲、愤、爱、恨……都被引发出来,在空前广阔的审美天地里,作自由的、奔放的、真实的、自然的表现,无所顾忌地追求"天马行空"的心灵世界,"天马行空"的感情世界与艺术世界,实质上就是追求人性的"放恣"状态。这对于习惯于压抑自己的情感,心灵不自由的中国人,自然也是破天荒的。"五四"时代彻底洗净了东方固有的不净思想,赋予人的"性欲"以"美"与"善"的品格,于是,出现了郁达夫式的宣言:"知识我也不要!名誉我也不要!我所要的就是爱情!我所要求的就是异性的爱情!"这种"爱情至上主义"的呼声在"五四"时代简直是具有革命意义的。

"五四"时代的"人"由此而自然地摒弃了传统的"忍苦的人生观",而信奉着"求乐的人生观"。李大钊在一篇题为《现代青年的方向》的文章里这样宣布了他这一代人人生选择上的转变:"我从前曾发过一种谬想,以为人生的趣味就在苦中求乐,受苦是人生本分,我们青年应当练忍苦的本领,后来觉得大错,避苦求乐,是人性的自然,背弃自然去做,不是勉强,就是虚伪。这忍苦的人生观,是勉强的人生观,虚伪的人生观,那求乐的人生观,才是自然的人生观,真实的人生观,我们应该顺应自然,立在真实上,求得人生的光明"。在有着根深蒂固的"安贫乐道""禁欲主义"思想的中国,这"求乐"的呼声弥足珍贵而又极其微弱,它仅仅在"五四"时期经由少数先进知识分子之口大声地喊出,很快就消失在以"革命""爱国"的名义发出的"自我克制"的要求之中。以至今天的一些年青人重复当年李大钊的呼吁,竟被人们侧目而视,这是不能不令人感慨系之的。

"五四"先进知识分子进一步把"求乐"与"劳动"连在一起,这是很能显示出"五四"的时代特色的。李大钊在宣布了"求乐"的"方向"以后,紧接着又指出:"人生求乐的方法,最好莫过于劳动,一切乐境,都可向劳动得事,一切苦境,都可由劳动解脱。劳动的人,自然没有苦境跟着他……劳动为一切物质

---

① 鲁迅《华盖集·忽然想到·五》。
② 鲁迅《华盖集·题记》。

的富源……至于精神方面，一切苦恼，也可以拿劳动去排除他"。李大钊把这称之为"乐劳主义"，这与"五四"时期盛行一时的托尔斯泰的泛劳动主义直接相关，又有所区别与发展。周作人在提倡"新村运动"时说："俄国托尔斯泰的躬耕，是实行泛劳动主义了；但他尊重'手'的工作，排斥'脑'的工作……所以不能说是十分圆满"①。可见"五四"先驱者们强调脑力劳动与体力劳动的结合，以此作为"求乐"的道路，还是着眼于"人"自身的全面发展的，这里同样也表现出"空想社会主义"的倾向。

为追求人性的和谐发展，"五四"时期的先进知识分子在鼓吹对人的自然本能的充分满足的同时，又警惕着"只知有肉体之我，不认识有精神上之我"，"兽性放肆，便使昏蔽神明，破坏幸福"，因而又提出了"限制纵欲"的要求。②因此，鲁迅在提出"生存、温饱、发展"的三大奋斗目标之后，又对之进行了限定："我之所谓生存，并不是苟活；所谓温饱，并不是奢侈；所谓发展，也不是纵欲"③。周作人则是明确提出要用"理性"对自然本能进行适当的抑制与调节。在他看来，无论是"力"的发泄，还是"理"的调节，都是出自人的本性的自然过程，无须外力的强制性阻塞或压抑。这构成了"五四"时期"自然人性论"的两个侧面。这样，"五四"时期的个性主义也包含了两个互相联系、互相制约的方面，既要求自由发展自我，又要求自我控制与自我负责，这在一定程度上也是要求非理性精神与理性精神二者的互相联系、渗透与制约。片面地强调任何一方面而否定另一方面，都不能全面地反映"五四"精神。

…………

因此，我们今天重论"五四"时期"人"的觉醒，就不能不怀着十分沉痛而复杂的感情。记得鲁迅说过，每当人们重新提起他的文章，他总是感到悲哀，因为"我以为凡对于时弊的攻击，文字须与时弊同时灭亡，因为这正如白血轮之酿成疮疖一般，倘非自身也被排除，则当它的生命的存留中，也即证明着病菌尚在"④。我们对于"五四"的感情又何尝不是如此！我完全理解一些朋友希望"五四""复归于它的历史性"，即真正成为一个"历史"的存在，而不再具

---

① 周作人《日本的新村》。
② 平伯《我的道德观》，载《新潮》1卷5号。
③ 鲁迅《华盖集·北京通信》。
④ 鲁迅《热风·题记》。

有现实意义的善良愿望——说实在话，我们今天的一切努力（包括笔者所写的这篇文章）都是为了促进"这一天"的早日到来，那将意味着我们的民族、社会最终走出了"历史循环"的怪圈，获得了真正的历史进步。但是，善良的愿望并不等于现实——现实远要无情得多。不错，我们今天的社会变革在某些方面已经"超越"了"五四"，特别是商品经济的冲击下所面临的许多问题，所出现的许多文化（包括文学）现象，是"五四"那一代人不曾遇到过的。但是，"五四"所提出的许多问题，包括在一些朋友看来，已经是十分肤浅、软弱、幼稚的人道主义命题，在当今多数或相当部分中国人中还被认为是"大逆不道"的"异端邪说"而遭拒绝，以至围剿；唯其肤浅、软弱、幼稚（在这一点上，我与一些朋友在认识上并无分歧），这些命题仍然具有的现实意义，就特别令人感到悲哀与沮丧；我们仍然未从根本上走出"历史循环"的怪圈。有什么办法呢，我们只能如鲁迅 1925 年所说的那样，"什么都要从新做过"①。更准确地说，既是前进又是停滞、循环的现实逼得我们一方面要做出新的努力，解决"五四"所未曾提出的问题，另一方面却又不能不对"五四"所提出的许多问题"重新做起"，而且要接受"五四""浮光掠影""浅尝即止"的历史教训，"做"得更扎实，更深入，更彻底。这是需要科学的理性与韧性精神的。如果不是这样，把追求目标当作现实存在，仅凭一时的热情，或者抓住某些现象，轻易地宣布"五四"已成为"历史"，那反而真正会重复"五四"过于肤浅与情绪化的弱点，客观上想"超越"，最后仍回到原来的起点上。说句老实话，我最担心、忧虑的恰恰是，几十年后，我们的后代又要来"重新做过"，再像今天的"我"似的，写着《论"五四"时期"人的觉醒"》这样的文学史的研究论文，却不断地想着"仿佛什么也没有变"的现实，心沉甸甸的，笔也沉重，却要继续写下去，尽管明知文章写出来，发表了，也不过"如一箭之入大海"，不会有什么作用的……

---

① 鲁迅《华盖集·忽然想到·三》。

现代中国文学之浪漫的趋势

梁实秋

导言——

本文选自唐金海等主编《新文学里程碑·评论卷》（文汇出版社 1997 年），原刊《晨报副镌》1926 年 3 月 25 日、27 日、29 日。

梁实秋（1902—1987），浙江杭县人。曾就读于清华学校，后赴美留学。曾任南京东南大学、上海暨南大学、复旦大学、台湾师范大学等校教授。

本文运用新人文主义的观点与方法对"五四"新文学运动进行了一次系统的颇有理论深度的总结。与鲁迅、郁达夫、胡风等对"五四"以来新文学发展方向的肯定性估价相迥异，梁实秋的总结是否定性的，他基本否定了新文学的方向，而这个方向即所谓"浪漫的混乱"。文章开宗明义，表明了作者对新文学的评论所使用的是西方的"正统的"批评理论，所谓正统指的是新人文主义。他"认定文学里有两个主要的类别，一是古典的，一是浪漫的"，并推崇古典而反对浪漫。这是他借以估价新文学思潮的基本视点。

他判定"现今文学"的趋势是浪漫的，理由如下：首先，他认为"五四"新文学运动是极端承受外国文学影响的，而追求外来的新颖奇异就是浪漫的表现。他认为文学本来无所谓新旧，但"五四"新文学运动以为凡是传统的本土的都是旧的，外国的都是新的，一律以外来的"新"为标准，是一种盲目性，比如语体文之欧化，丢弃传统文体形式等。其次，是"感情的推崇"。他认为"按照古典主义者的理想，理性是应该占最高的位置。但是浪漫主义最反对的就是常态"，"凭着感情的力量"，"理性完全失去了统驭的力量"。现代中国文学，到处弥漫着抒情主义，情感的质地不加理性的选择，结果流于"颓废主义"和"假理想主义"。第三是印象主义的流行。比如他批评专记零星思想印象的"小诗"普遍都浮泛肤浅（可与周作人的《论小诗》对照阅读），许多满足于传达印象的小说其实"只是表现自我的表面"。第四是推崇自然与独创。他认为文学是要写常态的普遍的人性的，然而新文学攻击旧文学，追求卢梭式的"皈返自然"，主张"独创"，尤其是"浪漫主义者专要寻出个人不同处，势必将自己的怪僻的变态极力扩展，以为光荣，实则脱离了人性的中心"。

自"五四"以来，新文学运动虽然也不断受到各种攻击阻挠，但大都是围绕中与西、语言与形式等具体问题而争论，像本文这样对新文学思潮作完整系统的批判与反思，还是第一次。本文的发表也骤然提高了梁实秋在文坛的知名度，这篇文章成为他的成名作。应该说，其中对新文学感伤情调过甚，模仿西方消化不良等缺陷的批评是尖锐中肯的。但总的说来，本文完全套用新人文主义批评理论，新人文主义的保守的文学观决定了其对"五四"新文学的全面否定。

"现代中国文学"系指我们通常所谓的"新文学"而言，"浪漫的"系指西洋文学的"浪漫主义"而言。我这篇文章的主旨即在说明"新文学运动"的几个特点，以证明这全运动之趋向于"浪漫主义"。

这个工作有两层困难：（一）新文学现在还在很幼稚的时代，一切的文学艺术还正在试验之中，恐怕还谈不到什么确定的主义。（二）文学里究竟有没有主义可谈，在现今中国还有人怀疑。有人以为文学里的"喝死木死"是批评家凭空捏造出来硬派给文学作家的一种标帜，所以与文学的本质漠不相关，只要你一谈文学里的主义，立刻就有人说你是庸人自扰。但我们若悉心地研究西洋文学批评的原理，再审慎地观察中国"新文学运动"的内容，就觉得这两种困难不是不可超越的。我现在不讲中国文学的浪漫主义，因为现在还在酝酿时期，在这运动里面的人自己还在莫名其妙。冷静的批评者或可考察这全运动的来踪去迹。所以我只讲现代中国文学之浪漫的"趋势"。至于文学里究竟有没有主义可谈，这个问题是很幼稚，但这个问题的解答却很复杂。对于此点本文暂不详论，但我须说明我的地位。我的批评方法是认定文学里有两个主要的类别，一是古典的，一是浪漫的。当然这种分类法不是我的独创，我只是随着西洋文学批评的正统。（这个方法可否施之于现代中国文学，留待下文细说）据我自己研究的结果，我觉得浪漫主义的定义不但是不可能的，而且是无益的。我们心里明白什么是浪漫主义，并且在本文里我就要说明现代中国文学所含有的浪漫成分。这篇文章终了的时候，浪漫主义是什么样的问题，可以不解而解了。

一、外国的影响

我曾说，文学并无新旧可分，只有中外可辨。旧文学即本国特有的文学。

新文学即受外国影响后的文学。我先要说明，凡是极端地承受外国影响，即浪漫主义的一个特征。

浪漫主义者所最企求者即"新颖""奇异"。但一国之文学，或全部之文化，苟历年过久，必定渐趋于陈腐。一国鼎盛的时候，人才辈出，创作发达，但盛极必衰，往往传统的精神就陷于矫揉造作，艺术的精神沦为习惯的模仿。这在希腊的亚里山大时代，罗马的黄金时代以后，以及英法十八世纪之前半，莫不如是。而浪漫主义者实难堪比，他们要求自由，活动和新奇。国内的文学因传统的关系，层层桎梏，浪漫主义者的解脱之道，即在打破现状。打破现状的方法不外两种，一是返古，一是引入外国势力，而后一种方法在实际上比较的尤其容易，外国文学的根本精神总是新颖的，否则便不成为外国的文学。外国影响一经传入，即如摧枯拉朽，势莫能御，不管是好的影响、坏的影响，必将一视同仁的兼收并纳，结果是弄得漫无秩序，一团糟；但在这一团糟里面，却是有生气勃勃的一股精神。这一团糟的精神不会持久的，日久气衰，仍回复于稳固的基础之上。但浪漫主义者在那一团糟的时期里面，享乐最多。他们最喜欢的就是那蓬蓬勃勃的气象，不守纪律的自由活动。所以浪漫主义者就无限制地欢迎外国影响。

福禄特尔说："文学即如炉中的火一样，我们从邻居借火把自己的点燃，然后再转借给别人，以致为大家所共有"。这是妙譬。实际的情形并没有这样的和谐。斯达耳夫人说："一个人生成的法国的头脑，而是德国的心肠，必致演成悲剧"。这样的悲剧，在在皆是，我们不必举别人，只看斯达耳夫人自己的祖师卢梭便是榜样。我并不一概地反对外国影响。实在讲，外国影响之来是不可抵御的，因为外国影响未入之先，必其本国文学有令人可乘之机。况且，外国影响的本身也未必尽属不善。不过，承受外国影响，须要有选择的，然后才能得到外国影响的好处。这一点是一般浪漫主义者所不暇计的。我们且进而考察现代中国文学的外国影响。

凡是文学上的重大的变动，起初必定是文字问题。例如，但丁之用意大利文，巢塞之用英语，笛伯雷之拥护法文，华资渥斯之攻击诗藻，这些人在文学史上都是划分时代的大家，他们着手处却均在文字。我们中国的新文学运动，也是如此，其初步即白话文运动。白话行文并不是自近年始，最浅显的例如《水浒》《西游记》等书早已采用白话；而白话文运动，绝非仅是因袭《水浒》《西游记》之前例，实乃表示一种有意识的反抗古文。这种文字上的反抗，其主因固由于古文过趋于繁杂,过于人为的,但其反抗酝酿已久,何以到最近才行爆发? 这爆发的导火线究竟是什么? 我以为白话文运动的导火线是外国的影响。近年倡导白话文的几个人,差不多全是在外国留学的几个学生,他们与外国语言文字的接触比较的多些,深觉外国的语言与文字中间的差别,不若中国语言文字那样的悬殊。同时外国也正在一个文学革新的时代,例如在美国、英国有一部分的诗家联合起来,号为"影像主义者",罗威尔女士佛莱琪儿等属之,这一派唯一的特点,即在不用陈腐文字,不表现陈腐思想。我想,这一派十年前在美国声势的最盛时候,我们中国留美的学生一定不免要受其影响。试细按影像主义者的宣言,列有六条戒条,主要的如不用典,不用陈腐的套语,几乎条条都与我们中国倡导白话文的主旨吻合。所以我想,白话文运动是由外国影响而起。随着白话文运动以俱来的便是新式标点;新式标点,完全是模仿外国,也可为旁证。

白话文运动的根本原理,并无可非议。文字是文学的工具,这外国影响足使中国文学改换一个新工具,就大体看来对于中国文学是有益无害的。不过白话即经倡导之后,似乎发生一种流行的误解,以为凡是俗言俚语,皆可入文;其实外国的文学所用的文字,也并非如此。在外国从没听说过"言文一致"的话,外国言文相差不及中国之甚罢了。但浪漫主义者的特性即任性,他们把外国以日常语言作文的思想传到中国,只从反面的效用着眼,用以攻击古文文体,而不从正面努力,以建设文学的文字的标准。他们并且变本加厉,真真要做到"言文一致"的地步,以文学迁就语言,不以文字适应文学,这是浪漫主义者倡导白话文的结果。

讲到"语体文之欧化"则更足表明外国影响之剧烈。以白话为文,不过是在方法上借镜于外国,欧化文体则是更进一步,欲以欧式的白话代替中国式的白话。这个新颖的主张无异于声明"不但中国文体不适于今日,即中国的语体亦不适于中国"。至于以罗马字母代汉字的主张,则是更趋极端,意欲取消中国文字而后快,我只能看作是浪漫主义者的一出"噩梦"。

新诗的发生,在文字方面讲,是白话文运动的一部分。但新诗之所谓新者,不仅在文字方面,即形体上、艺术上亦与旧诗有不同处。我又要说,诗并无新旧之分,只有中外可辨。我们所谓新诗就是外国式的诗。试取近年来的新诗以观,在体裁方面一反"绝句""律诗""排韵"等旧诗体裁,所谓新的体裁者亦不是"古诗""乐府",而是"十四行体""排句体""颂赞体""巢塞体""斯宾塞体""三行连锁体"，大多数采用的"自由诗体"。写法则分段进行，有一行一读，亦有两行一读。这是在新诗的体裁方面很明显地露出外国的影响。在艺术上讲则近来也日趋于洋化。某人是模仿哈尔地，某人是得力于吉柏龄，某人是私淑太戈尔，只须按图索骥，可以百不一爽。有些新诗还嵌满了一些委娜斯阿波罗，则其为舶来品更无疑义。

西洋小说流入中国是在很早的时候，但在中国文学上发生影响则是比较近年的事。"短篇小说"的体裁在新文学运动里要算是很出色的一幕。单就体裁而论，短篇小说我们中国古已有之，有人远引庄子里的故事，有人近举聊斋，以为前例。殊不知新文学里的短篇小说，绝不是我们中国文学的正统，绝不是聊斋的文学习惯之继续。试就近年来报章杂志里的短篇小说而观，我们可以约略地看出哪一篇是模仿莫泊桑，哪一篇是模仿柴霍甫。至于模仿施耐庵、曹雪芹则是凤毛麟角绝无仅有的了。若是有人模仿蒲留仙，必将遭时人的痛骂，斥为滥调，诋为"某生体"。盖据浪漫主义者的眼光看来，凡是模仿本国的古典则为模仿，为陈腐；凡是模仿外国作品，则为新颖，为创造。例如，中国章回体长篇小说，在艺术上讲本无可非议，即在外国小说也有类似的体裁，而所谓新文学运动者必摒斥不遗余力，以为"话说"，"且听下回分解"，"正是"是绝对的可笑。处处都表示出浪漫主义者之一方面全部推翻中国文学的正统，一方面全部地承受外国的影响。

中国戏剧本是我们中国特有的一种艺术。西洋的"奥普拉"，据辜汤生的定义，就是"连唱带做"，那么中国戏剧似与"奥普拉"相近。新文学运动以还，许多外国剧本都被介绍给中国来。这些剧本在中国文学上发生影响的不是莎士比亚，不是毛里哀，更不是莎孚克里斯，而是萧伯纳，是易卜生，是阿尼尔。现今的时代是一个浪漫的时代，中国文学正在浪漫，外国文学也正在浪漫。浪漫主义者有一种"现代的嗜好"，无论什么东西凡是"现代的"就是好的。这种"现代狂"是由于"进步的观念"而生，说来话长。中国戏所受外国影响，若确切些说，只是受外国近代文学的影响。所以新文学运动给我们中国文学陡然添了一个型类，叫作"散文剧"，大凡一切艺术技术完全模仿外国。散文剧的勃兴是受外国影响的结果，这是无可讳言的，但也不是可耻的。中国文学添设这一个型类，于中国文学无损。不过近来有许多浪漫主义者似乎以为"新戏"可以代替"旧戏"，同时他们自己还不晓得所谓"新戏"就是外国戏，这就欠妥了。戏剧无新旧可分，只有中外可辨。中国的"国剧"现在连根基还没有重修起来，这是有待于将来的努力。

外国文学影响侵入中国之最显著的象征，无过于外国文学的翻译。翻译一事在新文学运动里可以算得一个主要的柱石。翻译的文学无时不呈一种浪漫的状态，翻译者对于所翻译的外国作品，并不取理性的研究态度，其选择亦不是有纪律的，有目的的；而是任性纵情，凡投其所好者则尽量翻译，结果是往往把外国第三、四流的作品运到中国，视为至宝，争相模拟。我们不要忘了，新文学运动里还有一个名词，叫作"文学介绍"。这在外国文学里，我没有听说过；在我们中国文学里，我也没有听说过。考所谓"文学介绍"者，即将某某作者的传略抄录一遍，再将其作品版本开列详单，再将主要作品的内容展转地注释，如是而已。并且所谓文学介绍家者，大概都是很浪漫，他抓到一个外国作家，不管三七二十一，便把他推崇到无可再高的地位，我记得有人把爱尔兰的夏芝和莎士比亚相提并论，更有人把史文朋认为是英国至上的诗人。真可谓失掉了全体的"配和"。若说把外国的文学在国内宣传，使国人注意，原是很好的事，例如，在十八世纪中德国文学在法国英国可以说是没有声响，后来斯达耳夫人把德国的思想艺术在法国鼓吹，又后来喀赖尔在英国也尽力地鼓吹，德国影响之伸入美国又靠了爱墨孙的力量。但是这些人都不是以"文学介绍"而成家，他们不是漫不经意地抓到一个外国人来捧场。我曾研究中国新文学介绍家的心理，其出发点仍不外乎浪漫性。除以介绍为职业者不论外，文学介绍者多半是热心文艺的人；他们研究外国文学是采取欣赏的态度；他们没有目标，没有计划，没有师承；他们像海上的漂泊者一样，随着风浪的飘送，一旦漂到了什么名山大川，或是无名的岛屿，他们便像探险者的喜悦一般，乐不自禁；除了自己欣赏之外，还要记载下来，公诸同好。这样的文学介绍的确是浪漫的，但是不可靠的。这种人我叫他作"游艺者"，或迳译英文音，叫作"滴来荡特"。游艺主义者在中国做了文学介绍家，所以所谓"文学介绍"者乃成为"浪漫的混乱"。

以上所说，只是就外国影响之表面的证据而论。全部影响之最紧要处，乃在外国文学观念之输入中国。换言之，我们自经和外国文学发生接触之后，我们对于文学的见解完全变了。我们本来的文学观念可以用"文以载道"四个字来包括无遗，现在的文学观念则是要把文学当作艺术。再确切点说，我们从前承认四书是文学，现在把红楼梦也当作文学；从前把楚辞当文学，现在把孟姜女唱本也当文学。这一变可是非同小可。因为不但从今以后，中国文学根本地改了模样，即已往的四千年来的文学，在中国文学史上的地位和价值，都要大大地更动。现代所谓"以科学方法整理国故"，（其实就是张南皮所谓"中学为体，西学为用"的道理）就是这个道理。但是方法究竟还是小事，最要紧的是标准。没有标准便没有方法去衡量一切，也便没有方法去安定一切的地位与价值。外国影响侵入中国文学之最大的结果，在现今这个时代，便是给中国文学添加了一个标准。我们现在有两个标准，一个是中国的，一个是外国的。浪漫主义者的步骤，第一步是打倒中国的固有的标准，实在不曾打倒；第二步是建设新标准，实在所谓新标准即外国标准，并且即此标准亦不曾建设。浪漫主义者的唯一的标准，即"无标准"。所以新文学运动，就全部看，是"浪漫的混乱"，混乱状态亦时势之所不能免，但究非常态则可断言。至于谁能把一个常态的标准从混乱中清理出来，我不知道；不过我知道他一定不是一个浪漫主义者。

二、感情的推崇

古典主义者最尊贵人的头；浪漫主义者最贵重人的心。头是理性的机关，里面藏着智慧；心是情感的泉源，里面包着热血。古典主义者说："我思想，所以我是"；浪漫主义者说："我感觉，所以我是"。古典主义者说："我凭着最高的理性，可以达到真实的境界"；浪漫主义者说："我有美妙的灵魂，可以超越一切"。按照人的常态，换句话说，按照古典主义者的理想，理性是应该占最高的位置。但是浪漫主义者最反对者就是常态，他们在心血沸腾的时候，如醉如梦，凭着感情的力量，想象到九霄云外，理性完全失去了统驭的力量。据浪漫主义者自己讲，这便是"诗狂""灵感"，或是"忘我的境界"。浪漫主义者觉得无情感便无文学，并且那情感还必须要自由活动，他们还以为如其理性从大门进来，文学就要从窗口飞出去。

现代中国文学，到处弥漫着抒情主义。

近年来情诗的创作在量上简直不可计算。没有一种报纸或杂志不有情诗。情诗的产生本是不期然而然的，到了后来成为习惯，成为不可少的点缀品。情诗成为时髦，这是事实，但为什么会有这种事实呢？我们中国人的生活，最重礼法。从前圣贤以礼乐治天下；几千年来，"乐"失传了，余剩的只是郑卫之音；"礼"也失掉了原来的意义，变为形式的仪节。所以中国人的生活在情感方面似乎有偏枯的趋势。到了最近，因着外来的影响而发生所谓新文学运动,处处要求扩张,要求解放,要求自由。到这时候,情感就如同铁笼里猛虎一般,不但把礼教的桎梏重重地打破,把监视情感的理性也扑倒了。这不羁的情感在人人的心里燃烧着,一两个人忍不住写一两首情诗,像星火燎原一般,顷刻间人人都在写情诗。青年人最容易启发的情感就是性的恋爱。所以新诗里面大概总不离恋爱的题旨。有人调查一部诗集,统计的结果,约每四首诗要"接吻"一次。若令心理分析的学者来解释,全部新诗几乎都是性欲的表现了。

"抒情主义"的自身并无什么坏处,我们要考察情感的质是否纯正,及其量是否有度。从质量两方面观察,就觉得我们新文学运动对于情感是推崇过分。情感的质地不加理性的选择,结果是:

(一)流于颓废主义 (二)假理想主义

颓废主义的文学即耽于声色肉欲的文学,把文学拘锁到色相的区域以内,以激发自己和别人的冲动为能事。他们自己也许承认是伤感的,但有时实是不道德的(我的意思是说,不伦理的)。他们自己也许承认是自然的,但有时实是卑下的。凡不流于颓废的,往往又趋于别一极端,陷于假理想主义。假理想主义者,即在浓烈的情感紧张之下,精神错乱,一方面顾不得现世的事实,一方面又体会不到超物质的实在界,发为文学乃如疯人的狂语,乃如梦呓,如空中楼阁。真理想主义与假理想主义的分别,就是柏拉图与卢梭的分别。现代中国文学的总趋势是推崇情感,在质一方面的弊病是趋于颓废。间有一二作家,是趋于假理想主义。

新文学家大半都是多情的人。其实情不在多,而在有无节制。许多近人的作品,无论是散文,或是韵文,无论其为记述,或是描写,到处情感横溢。情感不但是做了文学原料,简直的就是文学。在抒情诗里,当然是作者自诉衷肠,其表情的方法则多疏放不羁,写的时候,既是叫嚣不堪,读的时候亦必为之气喘交迫。见着雨,喊他是泪;见着云,喊他是船;见着蝴蝶,喊他做姊姊;见着花,喊他做情人。这就如同罗斯金所谓的"悲伤的虚幻",而其虚幻还不只是"悲伤的",且是"号啕的"。主情的文学作者是无处不用情,在他眼光看来,文学的效用就是抒情,所以文学型类是不必要的分类;诗里抒情,小说里也未尝不可抒情。在现今中国文学里,抒情的小说比较讲故事的小说要多多了。(我们要注意,"型类的混杂"亦是浪漫主义者的一大特点,例如散文写诗,小说抒情,这是文学内部型类的混杂。诗与图画同为表现情感,音乐里奏出颜色,图画里绘出声音,这是全部艺术型类的混杂)抒情的小说通常都是以自己为主人公,专事抒发自己的情绪,至于布局与人物描绘则均为次要。所以近来小说之用第一位代名词——我——的,几成惯例。浪漫主义者对于自己的生活往往要不必要的伤感,愈把自己的过去的生活说得悲惨,自己心里愈觉得痛快舒畅。离家不到百里,便可描写自己如何的流浪;割破一块手指,便可叙述自己如何如何的自杀未遂;晚饭迟到半小时,便可记录自己如何如何的绝粒。青年男女,谁没有一两段往事可写?再加上感情的渲染,无事不可写成小说。至于小说的体裁是宜于叙事,抑是宜于抒情,浪漫主义者是不过问的。心里觉得抑郁,便把情感发泄出来,若没有真挚的情感,临时自己暗示,制造情感亦非难事;至于写出来的是什么东西,当他未写之前,自己也未曾料到。浪漫主义就是不守纪律的情感主义。

　　情感在量上不加节制,在作者的人生观上必定附带着产出"人道主义"的色彩。人道主义的出发点是"同情心",更确切些应是"普遍的同情心"。这无限制的同情,在一切的浪漫作品都常表现出来,在我们的新文学里亦极为显著。近年业新诗中产出了一个"人力车夫派"。这一派是专门为人力车夫抱不平,以为神圣的人力车夫被经济制度压迫过甚,同时又以为劳动是神圣的,觉得人力车夫值得赞美。其实人力车夫凭他的血汗赚钱糊口,也可以算得是诚实的生活,既没有什么可怜恤的,更没有什么可赞美的。但是悲天悯人的浪漫主义者,觉得人力车夫的生活可怜可敬可歌可泣,于是写起诗来张口人力车夫,闭口人力车夫,普遍的同情心由人力车夫复推及于农夫、石匠、打铁的、抬轿的,以至于倚门卖笑的妓娼。浪漫主义者,对于妓娼往往表示无限的同情,以为她们"同是天涯沦落人",以为她们职业虽是卑下,心地却仍光明。近年小说中常有把妓娼理想化的。普遍的同情心并不因此而止,由社会而推及于全世界,于是有所谓"弱小民族的文学""被损害民族的文学""非战文学",应运而来。报章杂志上时常有许多翻译和论文,不但那外国作者的姓名我们不大熟识,即其国籍我们也不常听说。吾人试细按普遍的同情,其起源固由于"自爱""自怜"之扩大,但其根本思想乃是建筑于一个极端的假设,这个假设就是"人是平等的"。平等观念的由来,不是理性的,是情感的。重情感的浪漫主义者,因情感的驱使,乃不能不流为人道主义者。吾人反对人道主义的唯一理由,即因为人道主义不是经过理性的选择。同情是要的,但普遍的同情是要不得的。平等的观念,在事实上是不可能的,在理论上也是不应该的。

三、印象主义

阿诺德论莎孚克里斯的伟大,他说莎孚克里斯能"沉静地观察人生,观察人生的全体"。这一句话道破了古往今来的古典主义者对于人生的态度。惟其能沉静的观察,所以能免去主观的偏见;惟其能观察全体,所以能有正确的透视。故古典文学里面表现出来的人性是常态的,是普遍的。其表现的态度是冷静的,清晰的,有纪律的。

当法朗士被选入法国学院的时候,格雷阿立刻提出抗议,认为这是鼓励"病狂的梦幻与放荡的游艺"。法朗士自己讲:"我完全不是批评家。有些聪明的人们把文学像打谷一般放在机上,把谷粒和谷壳打开,我没有那种本领"。法朗士的本领乃是"在文学杰作中作灵魂的冒险",这"灵魂的冒险",便是印象主义最适当的注脚。印象主义便是浪漫主义的末流,其人生观乃是建筑于"流动的哲学",像柏格孙所说,全宇宙无时无处不在变动,文学家所能观察到的自然与人生,亦不过一些片段的稍纵即逝的影子。印象主义者就在这影子里生活着,随着他的性情心境的转移改换他对自然人生的态度。他喜欢的时候,看着花也在笑,叶也在舞;他悲哀的时候,看着太阳也是灰色的,云彩也是暗淡的。他绝不睁开了双眼沉静地观察人生,他要半闭着眼观察人生,觉得模糊的影子反倒幽美动人。文学不是客观的模仿,而是主观的印象了。

现在中国文学就是被这印象主义所支配。

近年来,"小诗"在中国风行一时,其主要原因固由于太戈尔及日本俳句的影响,但新文学作者之所以乐于承受这种影响,正足以表示出国人趋于印象主义的心理。小诗唯一的效用就是可以由你把一些零星片段的思想印象记载下来,这些零星的思想和印象,有的比较深刻一点,有的比较肤浅一点,但其为零乱浮泛则初无二致。伟大的文学作品都是有"建筑性的",最注重的是干部的紧固,骨骼的均衡。而印象主义者则笃信天才,以为天才之来如殒星的一闪,如电光的一铄,来不可究,去不可测;天才启发的时候,眼里可见平常人看不见的东西,耳朵里可听平常人听不到的声音;只要把这时候所闻所见的东西记载下来,就是文学。"小诗"的体裁盛行一时,就是这个原故。我曾亲见一个小诗作者,一手执着铅笔,一手执着纸簿,坐在风景优美的地方,恭候印象的光临,随看、随听、随想、随写、随发表。这真极印象主义者的能事了。

在小说里我们也可以看出印象主义的趋势。小说本来的任务是叙述一个故事，但自浪漫主义得势以来，韵文和散文实际上等于结了婚，诗和小说很难分开，文学的型类完全混乱，很少人能维持小说的本务。现今中国小说，十之九就没有故事可说，里面没有布局，也没有人物描写，只是一些零碎的感想和印象。散文往往是很美丽的，但你很难说他是小说。这一类的印象小说最常用的体裁，便是"书翰体"和"日记体"。书翰和日记是随时随事的段落的记述，既可随意抒发心里的感慨，复可不必要紧凑的结构，所以浪漫主义者把这体裁当作几乎唯一的工具。短篇小说，当然是无首无尾的片段的记载；即现今的几部长篇小说，实际上也只是许多许多的印象串凑而成。肯在章法上用功的很少很少。"历史小说"是极少见，因为有历史的故事做骨子，作者要受相当的束缚，不能完全自由地东摭西拾。现今小说作者最常用的题旨是：母亲的爱，祖母的爱，三角的爱，学校生活，青春的悲哀，情场失意，疯人笔记，狂人手札，绝命书，等等。因为这些题旨是在一般作者的经验之内，这经验也许是实际的，也许是想象的，但比较的容易使作者发生一点感慨或印象。在印象主义自己看来，或者以为如此创作方可表现自我。殊不知他并不能表现自我，只是表现自我的表面。真实的自我，不在感觉的境界里面，而在理性的生活里。所以要表现自我，必要经过理性活动的步骤，不能专靠感觉境内的一些印象。其实伟大的文学亦不在表现自我，而在表现一个普遍的人性。

我们还可以附带着讲，近来"游记"的发达，也是印象主义的一个征候。游记是最不负责任的文学，你到了罗马，你就记述罗马；并且你不必记述罗马的本身，只消记述你对罗马的印象。游记可以描写风景，亦可抒发感慨，总之你可以信笔写下去，印象不竭，游记也便不完。所以游记是"走马看花"的文章，也是印象主义赤裸裸的表现所在。

印象主义最有效的实用是在文学批评方面。考西洋文学批评的方法，最根本的只有两个：一是判断的批评，一是赏鉴的批评。凡主张判断批评者，必先承认文学有一客观的固定的普遍的标准，然后根据这个标准而衡量一切。凡主张赏鉴批评者必于自己性情嗜好之外不承认有任何固定的标准，故其批评文学只根据其一己之好恶。概括言之，前者是古典的，后者是浪漫的，前者是理性的，后者是情感的。印象批评乃是后者之一极端的例子。这一派的批评家，如英国的裴特，如法国的法朗士，他们不但没有客观的标准，除一己之性格外并无主观标准之可言。例如裴特之评达文齐的《微笑》,他不评这幅图画的好坏及其所以好坏的缘故,他只是放情地发挥这幅图画在他心里勾引起来的情感的共鸣。结果他写出了一篇绝妙好辞,若叫达文齐自己读到,恐怕都要连叫惭愧。裴特评《微笑》可推为印象批评的杰作。这种批评的根本错误,在于以批评为创作,以品味为天才。

中国近来文学批评并不多见,但在很少的文学批评里,大半即"灵魂的冒险"。只要你自己以为有一个灵魂(其实不是灵魂,只是一副敏锐的神经和感官罢了),就可以到处去冒险。很少人把文学批评当作一种学问去潜心的研究。一般从事批评的人喜欢走抵抗最小的路,不在伟大的作品里寻出一个客观的标准,以为衡论一切的根据;反而急促的结论,断定文学没有标准,美丑没有标准,善恶亦没有标准。所以现今中国的批评,一方面是在诔颂,一方面是在谩骂,但其诔颂与谩骂俱根据于读者的印象,而无公允的标准。现今流行的批评方式叫作"读后感",譬如某甲死了母亲,作一篇小说来哭母亲;某乙读了勾动往事,于是也写一篇文字来哭他的哥哥。这篇某乙哭哥哥的文字便成了某甲哭母亲的小说的批评。印象批评做到了这个地步,便不成为批评。印象批评是浪漫的趋势的一部分,其主要原理即在推翻理性的判断力,否认标准的存在,其影响则甚大,可以转移全部的创作文学的趋向。在现今情感横溢的时代,印象主义也是很自然的结果。大凡文学标准的确定,端赖文学的传统。可是居今之世,以文学的传统精神相倡导,至少在印象主义者看来可谓不识时务已达极点。但在印象的世界里,事事是相对的。生活像走马灯似的川流不息的活动,生活没有稳健的基础,艺术文学于是也没有固定的标准,这在重理性的古典主义者看来,必感异常的不安。我们可以不必诉诸传统精神,但是我们可以诉诸理性。我们可以要求理性的文学作者,像阿诺德所说,"沉静地观察人生,并观察人生全体"。印象主义者的惯技,乃匆促地模糊地观察人生,并只观察人生的外表与局部。

四、自然与独创

在欧洲十八世纪的人为的社会里,卢梭登高一呼,"皈返自然"! 这一个呼声震遍了全欧。声浪不断地鼓动了一百多年,一直到现代中国的文学里还展转地发生了个回响。什么叫作"自然"? 卢梭所最反对的蒲波,也喊过"皈依自然",比卢梭还早好几十年。蒲波说荷马就是自然。皈依自然就是皈依典籍，他又说常识就是自然，皈依常识就是皈依自然。卢梭所谓"自然"，才是浪漫的自然。卢梭的论调仿佛是这样：人为的文明都是人生的束缚桎梏，你若把这些束缚桎梏一层一层剥去，所剩下来的便是"自然"。自然的人就是野人，自然的生活就是原始的生活。人在自然里是天真烂漫。无忧无虑"皈依自然"的哲学的根本出发点，乃是要求自由；这种精神表现在文学方面便是反对模仿，反对模仿的唯一的利器便是独创的推崇。浪漫主义者一方面要求文学的自然，一方面要求文学的独创。其实凡是自然的便不是独创的，这似乎是浪漫主义者的矛盾。但矛盾冲突正是浪漫主义的一大特色。浪漫的即没有纪律的。

中国新文学运动的初步即攻击旧文学，主张"皈返自然"，攻击因袭主义，主张"独创"。现今全部的新文学作品都可以说是这两种主张的收获。这种浪漫的精神在西洋文学里最极端的代表就是卢梭。他因为要求文学的自然，甚至把文学及全体的艺术都根本推翻，卢梭是反对戏剧的，因为戏剧根本的是人为产物而非自然，他在《忏悔录》里开端自述："我也许不比别人好，但我和别人是不同的"。独创便是"和别人不同"。其实人性常态究竟是相同的，浪漫主义者专要寻出个人不同处，势必将自己的怪僻的变态极力扩展，以为光荣，实则脱离了人性的中心。"独创"做到这种地步，实在是极不"自然"的。那么，卢梭一方面要求自然，一方面要求独创，岂非矛盾？这诚是矛盾，不过其出发点仍是一个，那便是——"自由活动"。所谓自由活动者，就是把一切的天然的和人为的纪律法则，都认为是阻遏天才的障碍，都一齐地打破。现代中国文学就是被这种精神所支配，推崇情感认为是人生的响导，推翻传统而醉心于新颖，上文已经论过。我现在可以举出几个具体的实例，以说明现代中国文学的浪漫趋势最有趣的几个特征。

新文学运动里有所谓"儿童文学"者。安徒生的童话，王尔德的童话，都很受读者的欢迎，而这些读者大概十分之九分半是成年的人，并非是儿童。故我所谓儿童文学并非是为儿童而作的文学，实是以儿童为中心的文学。从这种文学里我们可以体察出浪漫主义者对于儿童的态度。浪漫主义者就是儿童，至少在心理上是如此。他们所最尊贵的便是"赤子之心"。儿童是成年的儿子，但是华资渥斯要翻转来说，"儿童是成年的父亲"。何以浪漫主义者要这样的尊重儿童？因为儿童生活是不受理性的约束，可以任情纵情，自由活动。在浪漫主义者看来，"天才"与儿童是可以相提并论的。浪漫的天才即儿童的天真烂漫,同为不负责任的自然发生。浪漫主义者成年之年,与社会相接触,亲受种种传统礼教的约束,固然极端的不满,但是既然生了,也便无法可想,同时他心里尚有一个不能完全泯灭的理性,这种理性要不时地低声地敲着他的脑袋,告诉他说:"朋友! 人生不只是爱,还有义务哩",浪漫主义者最怕听的就是"义务"二字。所以理性的忠告,浪漫主义者听了完全不能入耳,听得厌烦的时候就只有逃避之一途,——由现实生活逃避到幻想生活,由成年时代逃避到儿童时代,由文明社会逃避到原始社会。简单说,浪漫主义者把文学当作生活的逋逃薮。儿童文学便是人生的世外桃源,便是逋逃薮里面的一块仙境。但是这个"仙境"是建筑在情感上面,是一座空中楼阁,禁不起风吹雨打,日久便要坍倒无余。

儿童是人在幼稚时的一个阶段,在儿童时代的确有一种可爱的地方,但儿童是个不完全的人,所以他的可爱也是一种不完全的可爱。人若在正当教育之下长到成年,全身心各部都平均地相当地发展,那才是自然的历程,并非是天真的损失。人的一生,最值得赞美的时代,便是老年时代。西塞罗"论老年"是一切古典主义者对老年的态度。他说老年是人生思想最成熟的时代,亦是人生最幸福的时候。孔子说他自己年至七十才能"从心所欲,不逾矩"。古典主义者所须要的文学是"从心所欲,不逾矩"的文学,这种文学是守纪律的;浪漫主义者所须要的文学是"从心所欲"而"逾矩"的文学,这种文学是不负责任的。现今中国的儿童文学是属于后者。

儿童文学是根据于"逃避人生"的文学观而来,但人生是不能逃避的,逃避的文学是欺骗的文学,以自己的情感欺骗自己。可是人生又不必一定要被现实的生活所拘束,理想主义是可能的,但真理想的境界是在理性生活里面存在,不在情感的幻梦里。古典的文学是凭理性的力量,经过现实的生活以达于理想;浪漫的文学是由情感的横溢,撇开现实的生活,返于儿童的梦境。这个分别又是柏拉图与卢梭的分别。与儿童文学同一论据之下而生的结果,便是"歌谣的采集"。现今中国从事于采集歌谣者不知凡几,无论他们的动机是为研究或是为赏鉴,其心理是浪漫的。歌谣是最早的诗歌,在没有文人的时候,就有了歌谣。其特色在"自然流露"。歌谣因有一种特殊的风格,所以在文学里可以自成一体,若必谓歌谣胜于作诗,则是把文学完全当作自然流露的产物,否认艺术的价值了。我们若把文学当作艺术,歌谣在文学里并不占最高的位置。中国现今有人极热心地收集歌谣,这是对中国历来因袭的文学一个反抗，也是我前面所说的"皈返自然"的精神的表现。在西洋近代浪漫主义运动中，歌谣的采集占很重要的地位。例如英国十八世纪中叶波西编纂的诗歌拾零，可算英国近代浪漫运动的前驱。在最重词藻规律的时候，歌谣愈显得朴素活泼，可给与当时作家一个新鲜的激刺。所以歌谣的采集，其自身的文学价值甚小，其影响及于文艺思潮者则甚大。当波西正在刊行他的诗歌拾零的时候，他的朋友批评家珊斯通写信劝告他说："我干脆地告诉你，假使你搜集过多毫无诗意的俗歌，那便足以破坏全部的计划。所以我劝你留神，不要忙；须知在收集的量数上少一点不能算是缺憾"。波西听了他的忠告。可见歌谣采集若能得到伟大的效果，像波西所得到的那样大的效果，必其歌谣本身有相当的文学价值。我们知道，有文学价值的歌谣是像沙里黄金一般的难得。现今中国从事搜集歌谣的人似乎也正需要珊斯通那样的劝告。波西在英国浪漫运动上留下何等大的影响，但是他选的歌谣，现今有几个人读？

儿童文学的勃兴，与歌谣的搜集，都是我们现今中国文学趋于浪漫的凭据。我们可以赞成"皈依自然"，但我们是说以人性为中心的自然，不是浪漫主义者所谓的自然。浪漫主义者所谓的自然，是与艺术立于相反的地位。我们也可以赞成独创，但我们是说在理性指导之下去独创，不是浪漫主义者所谓叛离人性中心的个性活动。

我的文章现在可以收束了。我说现今文学是趋向于浪漫主义，因为——

（一）新文学运动根本地受外国影响；

（二）新文学运动是推崇情感，轻视理性的；

（三）新文学运动所采取的对人生的态度是印象的；

（四）新文学运动主张皈依自然并侧重独创。

我所举的这四点是现代中国文学最显著的现象，同时也是艺术上浪漫主义最主要的成分。

最后，我要说明：中国文学本不该用西洋文学上的主义来衡量，但是对现今中国文学则可，因为现今中国的新文学就是外国式的文学。以外国文学批评的方法衡量外国式的中国文学，在理论上似乎也是可通的。

穆旦与现代的"我"

梁秉钧

导言——

本文选自王晓明主编《二十世纪中国文学史论》第 2 卷（东方出版中心 1997 年），原刊《香港文丛·梁秉钧卷》[三联书店（香港）有限公司,1989 年]。

梁秉钧,1948 年生,广东新会人。曾任教于香港大学比较文学系,现为岭南大学中文系教授。

本文是重读重评诗人穆旦的代表性论文之一。文章选取现代"自我"的意识演变为思想背景,探讨了穆旦诗作的复杂内涵及其独特的价值。与"五四"新诗的"自我膨胀"不同,穆旦诗是文学的主体性发展至"内省阶段的现代主义作品",不再是一种自我的爆发或讴歌,而是强调自我的破碎、转变、不稳定,显示内察的探索。作者指出,穆旦自觉地试验诗中的"我",其审美世界中的"我"常常被处理成暧昧甚至是遭人非议的,那是因为他不是要塑造表面的英雄形象,而是要无所顾忌地探究人生中复杂的,甚至是混乱的、不贯彻和非理性的部分。同时期许多抗战诗中的"我"往往是先知或战士,就其完全信赖理性及认为能改变外在事件的自信方面,接近伏尔泰式的"我"。而穆旦等诗人虽同样有理想和善良的愿望,但不相信"我"有能力改变世界,表现的是现代的"我",一种复杂的反省。

穆旦诗探索"我"的另一重内涵是其被动性、残缺性与孤立性,这里的"我"隔绝于时间和空间,没法自然融入历史的整体,没法汇入群众之中。"失去那种和谐的整体性",是现代的"我"焦虑的由来,所以使用种种方法来反叛,想改变状态。然而,在自我的孤立和关系的破碎中,唯一可以肯定的只有主观的感受:狂喜、绝望以及仇恨。由于外在的世界变得不稳不可持,只好转而肯定内在感受。

论文进一步指出,由于不相信有一个固定的自我,也使穆旦在表达和信仰两方面不轻易接受外加的格式和未经感受的理想。但论文也注意到穆旦并没有因此堕入虚无主义,他不是不愿有所信仰,只不过希望这信念是具体感受而成形茁壮,不是外加而盲目遵从的。

一

中国新文学运动初期的新诗作品,由整齐的格律出来,走向诗体的多元化,由浓缩的文言转向记述性较强的白话,由于诗人对传统礼教的反叛、个人思想的觉醒,往往流露出强烈的自我个性,明白如话地说出自己的感受。中国旧诗词以含蓄著称,可以用典故、对仗、语法的省略或是景物的寄托令诗人的自我隐而不露;但早期新诗人如郭沫若与传统不同的地方,正在他如何直接喊出自我的感受:

> 我便是我呀!
> 我的我要爆了!
>
> (《天狗》)

到了三四十年代,尤其是在穆旦这样的现代派诗人笔下,自我却是不完整、不稳定,甚至带有争论性的,他会说到"我们失去的自己"(《从空虚到充实》)或者"不断分裂的个体"(《智慧的来临》),这些看法,与郭沫若对自我的发现和赞叹,有很大的区别了。艾荣·侯奥把现代主义文学的主体性分为几个不同的阶段,或者可以帮助我们说明这种区别:

> 在最初的阶段,现代主义并不掩饰它如何继承了浪漫主义,自视为自我的膨胀,凭着个人的活力,对事事物物作出超越而狂乱的夸张。在中间的阶段,自我开始从外面退回内心,细密地审视自身内在的动态:它的自由、压力与变幻。①

穆旦的诗正是这种发展至内省阶段的现代主义作品,不再是一种自我的爆发或讴歌,而是强调自我的破碎和转变,显示内察的探索。这种感觉到自我既虚幻又不可把持的态度,未尝没有一个时代的背景。穆旦在抗战时开始写诗,随校并入后方的国立西南联大,毕业后参战期间,曾在一次殿后战中,

---

① 侯奥《文艺中的现代观念》,I. Howe, The Idea of the Modern in Literature and the Arts, New York; Horizon Press, 1967, p.14—15.

迷失于森林,筋疲力倦又患上痢疾,还一度绝粮达八日之久。但他的诗作却没有自我歌颂或丝毫虚假的英雄主义。穆旦所受的诗的教育,以及"五四"以来新诗发展到这阶段视野的成熟和诗体的多元化,帮助他深入地反省经验。

在《防空洞的抒情诗》里,因为题目特别表明是抒情诗,或许会叫人想到是主观抒写自我刹那感受的作品,不想它开始就写到自我以外的他人:

> 他向我,笑着,这儿倒凉快,
> 当我擦着汗珠,弹去爬山的土,
> 当我看见他的瘦弱的身体
> 战抖,在地下一阵隐隐的风里。

这诗发展下去,写到防空洞里所见的都是普通人,他们所说的话也是寻常且琐碎的,没有抒情的味道:

> 我正在高楼上睡觉,一个说,我在洗澡。
> 你想最近的市价会有变动吗？府上是？
> 哦哦,改日一定拜访,我最近很忙。
> 寂静。他们像觉到了氧气的缺乏,
> 虽然地下是安全的。互相观望着:
> O黑色的脸,黑色的身子,黑色的手!
> 这时候我听见大风在阳光里
> 附在每个人的耳边吹出细细的呼唤,
> 从他的屋檐,从他的书页,从他的血里。

诗人把日常对话没头没尾地并置在一起,强调了这些说话的几乎是无分彼此的普通人,话由谁的嘴里说出来都差不多。虽然在最后的三行里,"我"和"他"或"他们"好像有分别,但是所有人其实都置身相同的处境,同样面对战争阴影的威胁,面对生活会变成琐碎而无意义的危险。在插入的段落里,人物好像被喻为阴魂。在随后的两段中,因为采用了普鲁弗洛克式的独白,"我"变得有点像是虚构的角色,"我"与"他"不是那么容易分辨了:

> 我已经忘了摘一朵洁白的丁香挟在书里，
> 我已经忘了在公园里摇一只手杖，
> 在霓虹灯下飘过，听 Love Parade 散播，
> 我忘了用淡紫的墨水，在红茶里加一片柠檬。

当我们阅读艾略特《普鲁弗洛克的情歌》，大概会一方面追随普鲁弗洛克敏感而神经质的言辞，了解他的怯弱与忧心，一方面又因他略带夸张的比喻和认识世界的方法，令我们有了反省的距离去思考。正如批评家罗拔·兰布林指出，戏剧性独白的魅力在于"同情"与"判断"的两种力量互相拉扯。穆旦本人译过《普鲁弗洛克的情歌》，对诗中的语气也有所体会。① 艾略特反对浪漫派直抒胸臆的做法，所以说诗不是个性的流露，而是个性的泯灭，又提出戏剧性的表现方法、运用客观相应景物衬托等。穆旦显然也从这里找到一些表现的方法，用独白的形式，以自我去体会他人的生活。

《防空洞的抒情诗》从自我第一身叙述开始，它在对话的并置中也常用"一个说"来显示自我与他人的分别。但诗中的"我"渐渐变得不可靠，诗最后写出"我"的死亡，令人分外感到诗中的"我"是极度虚构的了：

> 谁胜利了，他说，打下几架敌机？
> 我笑，是我。
> 当人们回到家里，弹去青草和泥土，
> 从他们头上所编织的大网里，
> 我是独自走上了被炸毁的楼，
> 而发见我自己死在那儿
> 僵硬的，满脸上是欢笑，眼泪，和叹息。

"我"既生存亦死亡，既欢笑亦流泪，既胜利，但亦失败了。"我"是每一个人，扮演不同的角色，通过这些角色去体会不同的人。在另一首《从空虚到充实》里有这么两句：

---

① 参见查良铮译《英国现代诗选》，湖南人民出版社 1985 年版，第 1—14 页。

> 啊，谁知道我曾怎样寻找
>
> 我的一些可怜的化身。

　　这首长诗混合了独白和对话、动作和背景描写。这是在毁灭性的洪水渐渐迫近下的一些生活的片段。战争没有明显地详述出来，但是被刻画成某种模糊的恐惧，威胁着要扭曲生活的秩序和意义。这首诗分别有三个不同的版本。[①] 虽然题目说《从空虚到充实》，但是作品却没有过分教诲性的结尾。最后一个版本较容易为世俗的标准接受，然而最初一个版本反而更能显出穆旦的创意，结尾原来有十七行诗（后来的都删去了），那个部分刻画的"我"比较复杂，好像一方面向往抗日战争的理想，一方面向内退缩，有软弱、恐惧和矛盾：

> 于是我病倒在游击区里，在原野上，
>
> 原野上丢失的自己正在滋长！
>
> 因为这时候你在日本人的面前，
>
> 必须教他们唱，我听见他们笑，
>
> 中华民族到了最危险的时候，
>
> 为了光明的新社会快把斗争来展开，
>
> 起来，起来，起来，
>
> 我梦见小王的阴魂向我走来，
>
> （他拿着西天里一本生死簿）
>
> 你的头脑已经碎了，跟我走，
>
> 我会教你怎样爱怎样恨怎样生活。
>
> 不不，我说，我不愿意下地狱
>
> 只等在春天里缩小，溶化，消失。
>
> 海，无尽的波涛，在我的身上涌，
>
> 流不尽的血磨亮了我的眼睛，
>
> 在我死去时让我听见海鸟的歌唱，

---

① 第一稿见《大公报·文艺》1940 年 3 月 27 日，第二稿见《探险队》，昆明崇文 1945 年版，第 18—27 页，第三稿见《穆旦诗集》，1947 年版。

虽然我不会和，也不愿谁看见我的心胸。

这种矛盾的刻画当然令诗中的"我"失去了它的优越性。自我也可以是反省和研究的个案，"我"可以是坚强的或软弱的，可佩的或可悯的。这不是要粉饰自我，而是从"我"的角度去体会不同的经验。这样的并置，也拒绝让读者辨别：哪一个"我"是诗人本身，哪一个"我"是虚构的。

穆旦同时期的诗里多次运用虚构的"我"，例如《蛇的诱惑》《漫漫长夜》《有钱出钱有力出力》等便是。中国古典文学里，乐府诗和后来唐诗里，都有不少独白的体裁，如边塞诗和闺怨诗，诗人透过士兵或妇人的声音，刻画可悯的境况。但由于中国古诗的无我性，语法上不必使用"我"之类主词，诗歌里的"我"和实际的"我"之间，也不会有一种自觉的反讽距离。"五四"以来的诗人如闻一多、徐志摩、刘半农和卞之琳，除了写作抒情诗，也一度尝试戏剧性独白，通过假面发言。然而穆旦的现代质素以及他与过去诗人不同的地方，正在他更自觉也更复杂地试验诗中的"我"。穆旦诗中的"我"处理成暧昧甚至是遭人非议的，那是因为他不是要塑造表面的英雄形象，而是要无所顾忌地探究人性中复杂的，甚至是混乱、不贯彻或非理性的部分。

史班德对现代的"我"的讨论，有助于说明穆旦诗的现代性。史班德指出了现代的"我"与伏尔泰式的"我"的不同：

> 我所谓伏尔泰式的"我"，参与并属于前进的历史。当它批评、讽刺、攻击，它的目的是为了要影响、引导、反对、发动现有的力量。萧伯纳、威尔斯和其他人笔下的伏尔泰式的"我"，有能力影响外在的事件。蓝波、乔哀思、普鲁斯特、艾略特的普鲁弗洛克式的现代的"我"，却受外事影响。伏尔泰式的"我"与它所欲影响的世界有一些共同的特征，比如理性主义和相信进步的政治观；现代的"我"则透过感受、坚忍和消极的态度，来渐变它面对的世界。[①]

穆旦在《防空洞的抒情诗》等诗中所写的"我"，既无英雄色彩，也不相信

---

① 史班德《现代文艺之抗争》，S.Spender, The Struggle of the Modern, Berkeley and Los Angels, University of California Press, 1977, p.72.

有能力改变世界,是受制于外在事物的。诗人和他所写的人物既非先知,也不随便贬斥他人,这正是穆旦等中国现代诗人,与战时其他一些诗人不同的地方。许多抗战诗中的"我",往往是先知或是战士,呼吁、呐喊、咆哮,就其完全信赖理性及认为能改变外在事件的自信方面,比较接近伏尔泰式的"我",穆旦等诗人同样有理想和善良的愿望,但诗中表现的现代的"我",显示了比较复杂的反省。正如史班德所指出的:

> 现代人相信,当他们的感性受到现代经验和苦痛的冲击之下,部分由于无意识的结果,部分由于批判的意识,他们会创造出新艺术的风格和形式来。"现代"是对苦痛、对感性的体悟的意识,对过去的自觉。①

二

对于一个中国现代诗人来说,要撇开许多俗成的观念和已成滥调的套语,重新坦率地探索现代人的自我,是加倍困难的。许多人止于表面的假象,不愿进入陌生芜乱的境地。穆旦却反叛成规俗见,反复强调并在诗中创造"我"的身份,关心自我的忧虑、所扮演的角色及其意义。他有一首诗就是叫作《我》:

> 从子宫割裂,失去了温暖,
> 是残缺的部分渴望着救援,
> 永远是自己,锁在荒野里,
>
> 从静止的梦离开了群体,
> 痛感到时流,没有什么抓住,
> 不断的回忆带不回自己,

---

① 史班德《现代文艺之抗争》,S. Spender, The Struggle of the Modern, Berkeley and Los Angels, University of California Press, 1977, p.72.

　　遇见部分时在一起哭喊，
　　是初恋的狂喜，想冲出樊篱，
　　伸出双手来抱住了自己

　　幻化的形象，是更深的绝望，
　　永远是自己，锁在荒野里，
　　仇恨着母亲给分出了梦境。

　　虽然诗名叫作《我》，穆旦却利用了中文的特质，省略了这个文法上的主词，一开始就强调了个体的被动性和易感性。诗中的"我"是残缺的、孤立的，隔绝于时间和空间，没法自然融入历史的整体，没法汇入群众之中。失去那种和谐的整体性，是现代的"我"焦虑的由来，所以便用种种方法来反叛，想改变这状态。第三段最末一行至第四段第一行是唯一跨行句，如果孤立地读是"伸出双手来抱住了自己"，是自我封闭的态度；如果连起来读是"伸出双手来抱住了自己幻化的形象"，是向外投射、寻觅、求证，结果"是更深的绝望"。这里诗人巧妙地利用了跨段跨行的欲断欲连，写出自闭和外求的两难之境。"自己"一词在诗中四个段落出现四次：分别是自己被锁在荒野中，自己在时流中迷失，自己想冲出樊篱等。第四段自己"锁在荒野里"再重复出现，好像是重复开头第一段，但因为处在段中的位置不同，所以并不首尾呼应地"锁"起全诗、关起自我，而是有了差异，有了转变。"自己"在开始第一段里是从子宫割裂出来的客体，被锁在荒野里；到了最后一段，照语法看，"自己"虽然被锁在荒野里，却是仇恨的主体，"仇恨着母亲给分出了梦境"。在自我的孤立和关系的破碎中，唯一可以肯定的只有主观的感受：狂喜、绝望以及仇恨。

　　因为外在世界变得不稳定不可持，只好转而肯定内在感受，这是现代诗的一个特色。穆旦第二段里主观地处理时间的方法，也带有现代色彩。卡连尼斯库就曾将主观地处理时间和客观地处理时间的差异，视为分辨现代性的一个标志：

　　广义而言，就它在历史上的意义而言，现代性可见诸以下这两种价值观无法调协的对立上面：一是资本主义文明中客观化的、社会可以清楚测量出来的时间（时间差不多成了有价的商品，可以在市场上买卖），一是个人的、主观的、想象的时间，由自我创造出来的私人时间。后者对时间和自我的辨识方法构成了现代主义文化的基础。①

　　这种特殊的对时间和自我的看法，很清楚地流露在《我》这首诗里。诗第二段说："痛感到时流"，时间是主观地感受出来的。自我不断挣扎，不断地失落，只有不断在主观对自我的认知中，才可以感觉自我长远地存在于时间之中："永远"是自己。

　　但《我》也只代表了穆旦对现代的"我"探索的一斑，不能道尽穆旦种种复杂的看法。同样重要的应该是《诗八章》，可能是新诗中最好的情诗。在这组情诗里，也见到穆旦对自我的另一种思索，有时对向外的沟通有进一步的信心，但也未尝不顾及其中的错综与变幻。其中第二章是这样的：

　　　　水流山石间沉淀下你我，
　　　　而我们成长，在死底子宫里。
　　　　在无数的可能里一个变形的生命
　　　　永远不能完成他自己。

　　　　我和你谈话，相信你，爱你，
　　　　这时候就听见我底主暗笑，
　　　　不断地他添来另外的你我，
　　　　使我们丰富而且危险。

　　这诗里有不少矛盾，你我既沉淀又成长，既死且生（子宫），既有无数可能又永远不能完成自己，既相信相爱又有暗笑，既有你我又有另外的你我，我们既丰富又危险。诗里有不少矛盾，但我们不觉得这仅是"矛盾语法"的技巧或是机智的卖弄，为什么呢？大概就是因为诗里对"自我"有一种比较复杂而深刻的认识，令我们觉得那些矛盾，不仅存在于文字上，是从对人的体会里来的。诗里对"我"的看法是：自我不是固定，是会变更，会转化的。过去写实主

———————————

① 　卡连尼斯库《现代之面面观：前卫主义、颓废、奇俗作品》，英文版。

义、自然主义文艺中，对"自我"的看法比较固定，认为只要细致刻画临摹，从一个人的衣着、外貌、家世、职业各方面，就可以捕捉到他的精神。十九世纪末以来心理学、社会学、科学和政治各方面的论著和研究，令我们认识人的复杂错综，更难说人有一个稳定的自我。比如大卫·休谟就是采取这样的意见，因为"只是一连串不同的观感，迅速地互相衔接，不断流动……心灵就像一个剧场，种种不同的观感一个接一个上台，掠过，再掠过，滑走，混入数之不尽千变万化的境况中去"①。现代主义的诗人，特别强调自我的不可捉摸，比方法国诗人兰波说过一句很有名的话："我是他人。"在这诗里和穆旦的想法有相同的地方，也有不同的地方。首先，一开始，"水流山石间沉淀下你我"，好像我们已经凝定，已经完成，不能再转变了。但人正是不同于沉淀的泥沙，在死底子宫里仍会继续成长。也许永远不能"完成"，除非像死亡那样的完成，否则就是仍然有无数可能。因为有无数可能，所以不断添来另外的你我，用大卫·休谟的话来说，就是舞台上不断掠过新的观感。自我是不固定的，自我也可以扩阔成为他人，加入或减去新的质素。因为两个人是活的，充满可能，不断变化，所以这恋爱可能无可把持，是危险的；另一方面，穆旦说：这也使我们丰富。第五章说"教我爱你的方法，教我变更"，第一章说"爱了一个暂时的你"，都是同样的道理。穆旦的《诗八章》，是一个了解现代的"我"如何复杂与变幻的诗人写的情诗。

三

　　由于不相信有一个固定的自我、一个一成不变的认识世界的方法，自然也使穆旦在表达和信仰两方面，不轻易接受外加的格式和未经感受的理想。对他的那个时代或我们这个时代的读者和评论家来说，可能有一份清新，有时又会带点冒犯。用字如"子宫"，正如王佐良说过，在中国诗中极少有前例。我们前面讨论《我》时指出的那种跨段跨行又相连造成的暧昧性，亦是新颖独特的尝试。整首诗看来规规矩矩，一共四段，每段三行，好像是对称自足的，穆旦却以跨行轻轻扭转了这种稳定性。《五月》以四行七言旧诗，穿插在白话文段落之间；但这种对比还不是形式上的戏谑，而是借两者的并置，在两种世界观中制造张力，从而令人注意现在的特殊性，对普遍接纳的信念提出质疑。

---

①　休谟《论人性》，英文版。

在那段旧诗里,五月是"荷花池旁订誓盟"之类的陈腔滥调,但转下那段白话诗里,却特别强调了表里的参差,堂皇说话与实际民主的距离:

> 而谋害者,凯歌着五月的自由,
> 紧握一切无形电力的总枢纽。

"五月的自由"一类美好的信仰,因为夹在"谋害者"与他们背后操纵的阴谋中,自然也变成可疑的了。

对现代生活状况的意识,往往表现为对既有价值观的怀疑,感到不知应如何去把握。依照侯奥的说法,这是"对既定价值观讽刺性的犹豫"。穆旦诗中常常有这种意识:"道德法规都流去了无情地"(《从空虚到充实》),他对种种权威常有怀疑:"虽然我知道学校的残酷"(《我向自己说》)、"庄严的神殿原不过是一种猜想"(《潮汐》)、"那里是我们的医生? 躲远! 他有他的病症"(《哀悼》)。

穆旦虽然不随便毫无保留地接受既定的价值观,但却非虚无也非犬儒,他只是寻找一个"可以感觉到的信念"罢了。他的诗既具体又有想象力,既丰富亦复杂。在评论艾青的《他死在第二次》时,他提到詹姆士和普鲁斯特的心理描写,并认为这种方法"更接近现实",这与其说是艾青,不如说是接近穆旦本人的创作观。因为他理解现代人的心理,在创作中——也期望其他诗人这样——采用比较复杂的方法去写人物。这见诸上面讨论他采用第一人称的种种尝试可以得到证明。他有意识地表达那个受外物影响的现代的"我",那个破碎、矛盾和变幻的"我",试图创造一套新的艺术形式及语言。在《不幸的人们》里,他这样开始:"我常常想念着不幸的人们",到第四行,第一身单数与第三身众数混而为一:"我们更痛地抚摸我们的伤痕。"最后穆旦的"我"也成了他描写的他人中的一个,不论他们怎样不幸或被人谴责,他总从自我出发去体会他人的处境,又以批判的意识,将自我当作他人一样审查。在穆旦的那个时代,他诗中现代的"我"令他有别于那些把"我"当作传道者或号手的教条主义者,亦令他有别于那些对"我"缺乏批判和反省的伤感主义者。

穆旦通过诗中的"我",去体会现代人的心理,看它的复杂和变幻不定的属性。诗中写这现代的"我",不同过去的表现方法,是它走出了过去比较固定的自我的观念。但穆旦当时也并没有像今日西方一些评论家,比如罗兰·

巴尔特等，承接爱米尔·班云尼斯蒂的说法，认为"我"只不过是言语上的标记，或如拉岗、福柯、德里达等人，干脆视自我为虚幻。他诗中的"我"多少仍带着一种社会、文化或心理的身份，有变化亦有比较可以追溯的特性。他通过现代的"我"，还是想由小我具体写出时代。他有所追寻，亦不是不愿有所信仰，只不过希望这信念是具体感受而成形茁壮，不是外加而盲目遵从的。他在历史的转折中屡屡反复检视自己，到了 1957 年，当他写作《葬歌》的时候，仍然是希望通过"我"的感受去反省思想的转变。"我"尽管包括分歧和争论，却是诚实地思考，仍然带着一个现代诗人对"感觉到的信念"的要求。那些随便贬斥这作品为鼓吹个人主义的人，实在是不了解穆旦如何诚恳地省视复杂的现代"我"的做法。

在新的崛起面前

谢　冕

导言——

本文选自《光明日报》1980 年 5 月 7 日。

谢冕，1932 年生，福建福州人。北京大学中文系教授。

本文是最早对"朦胧诗"进行理论阐释与宣言的文章，全面肯定了当时正在崛起的"朦胧诗"思潮。自 1979 年开始，食指、芒克、北岛、江河、顾城、舒婷等诗人的作品开始出现在一些报刊上，在读者中间的影响不断扩大，但诗歌界关于他们的评价也出现了尖锐的分歧。1979 年年末，公刘在《新的课题——从顾城同志的几首诗谈起》（《星星》1979 年第 10 期）一文中表达了他的焦虑。他对有些诗作中的"思想感情以及表达那种思想感情的方式""不胜骇异"，认为应该努力去"理解"并引导他们。在 1980 年春的一次全国诗歌讨论会上，一些诗人和诗评家对这类新出现的诗歌进行了较为集中的讨论，有的人甚至将此视为诗歌陷入危机的表现。谢冕的文章以"历史见证人"的姿态，指出了这些诗歌出现的必然逻辑与意义，呼吁人们对这些表面看来"古怪"的诗歌采取"宽容"的态度。他尤其强调，自现代以来，"我们又有太多的把不同风格、不同流派、不同创作方法的诗歌视为异端、判为毒草而把它们斩尽杀绝的教训,而那样做的结果,则是中国诗歌自'五四'以来没有再现过'五四'那种自由的、充满创造精神的繁荣"。"鉴于历史的教训,适当容忍和宽宏"才有利于新诗的发展。本文的发表引发了关于朦胧诗潮的广泛讨论,对推动中国新诗的发展,产生了积极的影响。它与此后发表的热烈支持朦胧诗潮的孙绍振文章《新的美学原则在崛起》、徐敬亚文章《崛起的诗群》,在文学史上被称为"三个崛起"。

　　新诗面临着挑战,这是不可否认的事实。人们由鄙弃帮腔帮调的伪善的诗,进而不满足于内容平庸、形式呆板的诗。诗集的印数在猛跌,诗人在苦闷。与此同时,一些老诗人试图作出从内容到形式的新的突破,一批新诗人在崛起,他们不拘一格,大胆吸收西方现代诗歌的某些表现方式,写出了一些"古怪"的诗篇。越来越多的"背离"诗歌传统的迹象的出现,迫使我们作出切乎实际的判断和抉择。我们不必为此不安,我们应当学会适应这一状况,并把它引向促进新诗健康发展的路上去。

　　当前这一状况,使我们想到"五四"时期的新诗运动。当年,它的先驱者们清醒地认识到旧体诗词僵化的形式已不适应新生活的发展,他们发愤而起,终于打倒了旧诗。他们的革命精神足为我们的楷模。但他们的运动带有明显的片面性,这就是——在当时他们并没有认识到,历史是不能割断的。尽管旧诗已经失去了它的时代,但它对中国诗歌的潜在影响将继续下去,一概打倒是不对的。事实已经证明:旧体诗词也是不能消灭的。

　　但就"五四"新诗运动的主要潮流而言,他们的革命对象是旧诗,他们的武器是白话,而诗体的模式主要是西洋诗。他们以引进外来形式为武器,批判地吸收了外国诗歌的长处,而铸造出和传统的旧诗完全不同的新体诗。他们具有蔑视"传统"而勇于创新的精神。我们的前辈诗人们,他们生活在一种无拘无束的自由开放的艺术空气中,前进和创新就是一切。他们要在诗的领域中扔去"旧的皮囊"而创造"新鲜的太阳"。

　　正是由于这种开创性的工作,在"五四"的最初十年里,出现了新诗历史上最初一次(似乎也是仅有的一次)多流派多风格的大繁荣。尽管我们可以从当年的几个主要诗人(例如郭沫若、冰心、闻一多、徐志摩、戴望舒)的作品中感受到中国古代诗歌传统的影响,但是,他们主要的、更直接的借鉴是外国诗。郭沫若不仅从泰戈尔、从海涅、从哥德，更从惠特曼那里得到诗的滋润，他自己承认惠特曼不仅给了他火山爆发式的情感的激发，而且也启示了他喷火的方式。郭沫若从惠特曼那里得到的，恐怕远较从屈原、李白那里得到的为多。坚决扬弃那些僵死凝固的诗歌形式，向世界打开大门，吸收一切有用的东西以帮助新诗的成长，这是"五四"新诗革命的成功经验。可惜的是，当年的那种气氛，在以后长达半个世纪的时间里，没有再出现过。

我们的新诗，六十年来不是走着越来越宽广的道路，而是走着越来越狭窄的道路。三十年代有过关于大众化的讨论，四十年代有过关于民族化的讨论，五十年代有过关于向新民歌学习的讨论。三次大讨论都不是鼓励诗歌走向宽阔的世界，而是在"左"的思想倾向的支配下，力图驱赶新诗离开这个世界。尽管这些讨论曾经产生过局部的好的影响，例如三十年代国防诗歌给新诗带来了为现实服务的战斗传统，四十年代的讨论带来了新诗中国作风、中国气派的新气象等，但就总的方面来说，新诗在走向狭窄。有趣的是，三次大的讨论不约而同地都忽略了新诗学习外国诗的问题。这当然不是偶然的，这是受我们对于新诗发展道路的片面主张支配的。片面强调民族化群众化的结果，带来了文化借鉴上的排外倾向。

当我们强调民族化和群化的时候，我们总是理所当然地把它们与维护传统的纯洁性联系在一起。凡是不同于此的主张，一概斥之为背离传统。我们以为是传统的东西，往往是凝固的、不变的、僵死的，同时又是与外界割裂而自足自立的。其实，传统不是散发着霉气的古董，传统在活泼泼地发展着。

我国诗歌传统源流很久：诗经、楚辞、汉魏六朝乐府、唐诗、宋词、元曲……几乎每一个时代都有自己的诗的骄傲。正是由于不断地吸收和不断地演变，我们才有了这样一个丰富而壮丽的诗传统。同时，一个民族诗歌传统的形成，并不单靠本民族素有的材料，同时要广泛吸收外民族的营养，并使之融入自己的传统中去。

要是我们把诗的传统看作河流，它的源头，也许只是一湾浅水。在它经过的地方，有无数的支流汇入，这支流，包括外来诗歌的影响。郭沫若无疑是中国诗歌之河的一个支流，但郭沫若却是融入了中国古典诗歌，特别是外国诗歌的优秀素质而成为支流的。艾青所受的教育和影响恐怕更是"洋"化的，但艾青却属于中国诗歌伟大传统的一部分。

在刚刚告别的那个诗的暗夜里，我们的诗也和世界隔绝了。我们不了解世界诗歌的状况。在重获解放的今天,人们理所当然地要求新诗恢复它与世界诗歌的联系,以求获得更多的营养发展自己。因此有一大批诗人(其中更多的是青年人),开始在更广泛的道路上探索——特别是寻求诗适应社会主义现代化生活的适当方式。他们是新的探索者。这情况之所以让人兴奋,因为在某些方面它的气氛与"五四"当年的气氛酷似。它带来了万象纷呈的新气象,也带来了令人瞠目的"怪"现象。的确,有的诗写得很朦胧,有的诗有过多的哀愁(不仅是淡淡的),有的诗有不无偏颇的激愤,有的诗则让人不懂。总之,对于习惯了新诗"传统"模样的人,当前这些虽然为数不算太多的诗,是"古怪"的。

于是,对于这些"古怪"的诗,有些评论者则沉不住气,便要急着出来加以"引导"。有的则惶惶不安,以为诗歌出了乱子了。这些人也许是好心的。但我却主张听听、看看、想想,不要急于"采取行动"。我们有太多的粗暴干涉的教训(而每次的粗暴干涉都有着堂而皇之的口实),我们又有太多的把不同风格、不同流派、不同创作方法的诗歌视为异端、判为毒草而把它们斩尽杀绝的教训。而那样做的结果,则是中国诗歌自"五四"以来没有再现过"五四"那种自由的、充满创造精神的繁荣。

我们一时不习惯的东西,未必就是坏东西;我们读得不很懂的诗,未必就是坏诗。我也是不赞成诗不让人懂的,但我主张应当允许有一部分诗让人读不太懂。世界是多样的,艺术世界更是复杂的。即使是不好的艺术,也应当允许探索,何况"古怪"并不一定就不好。对于具有数千年历史的旧诗,新诗就是"古怪"的;对于黄遵宪,胡适就是"古怪"的;对于郭沫若,李季就是"古怪"的。当年郭沫若的《天狗》《晨安》《凤凰涅槃》的出现,对于神韵妙悟的主张者们,不啻是青面獠牙的妖物,但对如今的读者,它却是可以理解的平和之物了。

接受挑战吧,新诗。也许它被一些"怪"东西扰乱了平静,但一潭死水并不是发展,有风,有浪,有骚动,才是运动的正常规律。当前的诗歌形势是非常合理的。鉴于历史的教训,适当容忍和宽宏,我以为是有利于新诗的发展的。

心的变换："朦胧诗"的使命（节选）

唐晓渡

导言——

　　唐晓渡（1954—　），批评家，1982年毕业于南京大学中文系，多年来从事中国当代诗歌研究，著有《不断重临的起点》《唐晓渡诗歌评论自选集》等。

　　此文原为"当代诗歌潮流回顾丛书"之"朦胧诗卷"《在黎明的铜镜中》（唐晓渡编选，北京师范大学出版社，1993年）序言，现收入《唐晓渡诗学论集》（中国社会科学出版社，2001年）。作者首先回顾了"朦胧诗"这一概念在当代诗坛的戏剧性反转，即从最初的否定性的负面标签到后来变成一个中性的、集合性的概念。唐晓渡把朦胧诗理解为"一代青年为主体的当代早期先锋诗歌运动"，并将其划分为三个时期：滥觞期、涌流期、发散期。朦胧诗的本质在于"心得变换"，或者说"人的觉醒"，尤其是"自我"意识的觉醒。这导致了新的个体意识，即"行使自由探索和创造意志的活生生的个人"。唐晓渡认为，"朦胧诗论争"中的"晦涩""不懂"的攻击只是一种借口，其潜在心理是"恢复意识形态大一统的秩序"，这才是朦胧诗人被当作"异己"大肆挞伐的根源。不理解这一历史背景，就会得出"朦胧诗＝现代主义"这种似是而非的结论。当然，朦胧诗的话语模式及其背后的"反抗诗学"的意义与局限，仍有待更为深入地探索。

　　当代文学史，正如当代史本身一样，充满了戏剧性；而最能体现这一特征的文学现象，大概就数"朦胧诗"了。这首先反映在它的命名上。所谓"朦胧诗"，最早是1979年由一位"读不懂"的困惑者针对几首具体作品提出来的描述性概念，尽管毫无恶意，但具有显而易见的贬抑和否定的倾向。也算他提得恰逢其时：在随后展开的有关论争及其绵延、引申的理论风波中，这个词作为双方唯一的共通点，不但迅速流行，出尽了风头，而且无论内涵还是外延都得到了大大扩展、深化，如同 C.詹克斯所说，"在事件进程中成为既是鞭笞又是挑战,既是侮辱又是战斗反驳的口号"①。当然这不但没有妨碍,反而有助于双方得出性质截然相反的结论:在攻讦者看来,从"朦胧"到"晦涩""古怪",再到违反国情、脱离人民、数典忘祖、全盘西化乃至资产阶级自由化,存在着一条必然的因果链;而辩护者则从中看到了一个诗群乃至一种新的美学原则的"崛起",它乃是一个堪比二三十年代的伟大新诗繁荣时代即将和正在到来的报春的燕子,随后则成为这个业已到来的时代的有机组成。

同样,这两种截然相反的结论不但没有妨碍,反而有助于"朦胧诗"作为一种特殊的诗歌现象最终确立其实体性。不管是否名实相符,时至今日,已经没有谁再去费神重新考察或重新审定这一命名。"朦胧诗"成了一种中性的、大家都乐于使用的标识。或许攻讦者对此起的作用更大,因为"标识,与它所描述的运动一样,常常具有这种似是而非的力量:经由诋毁者的口舌有成效地流行起来"(贡布里奇语)。或许未来的批评家和文学史家会有新的想法,但至少在目前,尤其是在诗潮回顾的范围内,一个即便本身同样"朦胧"的集合性概念已经足够了。

一

对我来说,所谓"朦胧诗",是指以一代青年为主体的当代早期先锋诗歌运动。其先锋性经由对"正统"诗歌的反叛,以及获得大批后来者的认同、追随乃至新的变革而得以成立。依其发生、发展的脉络和对当代诗坛秩序的参与姿态,可以大致分为三个时期:(1) 滥觞期;(2) 涌流期;(3) 发散期。

滥觞期可以一直追溯到六十年代末以至七十年代初。其特征是分散、隐蔽状态下"人"与诗的初步觉醒。"文化大革命"所造成的持续动乱和人性的普遍沦丧为这种觉醒提供了一个异常灰暗的背景。这场"革命"的实质是"以太阳的名义/ 黑暗在公开地掠夺"。在天旋地转、身不由己的全民性疯狂中,青年当然不是单方面的受害者;但早期理想主义教育和眼前现实的巨大冲突,尤其是切身命运在他们心灵上投下的浓重阴影,却因其单纯、敏感而格外触目,并孕育出一系列痛苦的裂变。所有这些都以地震仪记录震波的方式,被记录在食指的《这是四点零八分的北京》《愤怒》《疯狗》,黄翔的《野兽》《火神交响曲》,方含的《在路上》,依群的《你好,哀愁》,以及根子的《三月与末

---

① 《什么是后现代主义》,中译本第 3 页。

日》,多多的《回忆与思考》《万象》,芒克的《天空》《太阳落了》,北岛的《冷酷的希望》《回答》,舒婷的《致大海》,以至顾城的《生命的幻想曲》中了——

一个阶级的血流尽了/一个阶级的箭手仍在发射/那空漠的没有灵感的天空/那阴魂萦绕的古旧中国的梦/当那枚灰色的变质的月亮/从荒漠的历史边际升起/从这座漆黑的空空的城市中/又传来红色恐怖急促的敲击声……

多多　《回忆与思考·无题》

卑鄙是卑鄙者的通行证,/高尚是高尚者的墓志铭,/看吧,在那镀金的天空中,/飘满了死者的弯曲的倒影。

北岛　《回答》

一群红色的鸡满院子扑腾/咯咯地叫个不停

芒克　《葡萄园》

受够无情的戏弄之后,/我不再把自己当成人看,/仿佛我成了一条疯狗,/漫无目的地游荡人间。

食指　《疯狗》

这些诗人(还可以列出一个长得多的名单)属于被现实放逐,同时也自我放逐的一代。他们和那个封闭、虚伪,充满暴力和死亡的现实彼此不能容忍;而除了一颗布满疮痍的心之外他们一无所有,除了倾听自己灵魂深处的声音之外他们一无足恃。因为理想、青春、爱情、梦幻,所有美好的东西,都已经被一只称孤道寡的黑皮靴统统踏成了齑粉。面对废墟,他们痛感家园不再;他们被连根拔起,沦为精神上的漂泊者。觉醒的契机就是在这黑暗的时刻到来的:经由幻灭、怀疑、决裂、求索,它由人及诗地一步步导致了奥顿所说的"心的变换"。

所谓"觉醒",是说"人"的觉醒。这种觉醒并非来自外部的启蒙,而是来自自身创痛和血泪的升华:来自食指那"已化为一片可怕的沉默的愤怒";来自多多和芒克那"如一个哑默的剧场"或"血淋淋的盾牌"的天空;来自舒婷那"唱不出歌声的古井"。于是,当北岛面对百花山猛地喊了一声:"你好,百——花——山"时,百花山所报以的亲切回答就不仅仅是一种幻觉,而且是一种真实,因为这种与自然的相互呼应必以一个人确认自己作为人而存在为条件。彼情彼景很容易令人想起十八世纪英国的某一位湖畔诗人；所不同的是，后者超然行吟湖畔，而前者却悚然下临深渊：

　　　脆弱的芦苇在呼吁
　　　我们怎么来制止
　　　这场疯狂的屠杀

"脆弱的芦苇"可能来自十七世纪法国思想家帕斯卡尔的著名论断"人是会思想的芦苇"。这一隐喻突出了"人"的觉醒所具有的双重性，即同时意识到自由和软弱。这正是一种新诗风赖以形成的前提。

　　所谓"心的变换"，一言以蔽之，就是向内转。向内转是"脆弱的芦苇"面临深渊或在无根的漂泊中试图把握住自身命运的唯一选择。它不是一个在现实面前转过身去的简单动作，而是一种冒险，一种在黑暗中和向着黑暗强行进发的冒险。向内转！——因为只有在那里，才有青春孜孜以求的希望和美的寓所；向内转！——因为只有在那里，才能体验或重新体验那像季节河一般消失在沙漠里的丰富人性；向内转！——因为只有在那里，才能对以加速度的方式日益倾斜的心理失重进行某种平衡；向内转！——因为只有在那里，才能对一代人曾投以巨大的热情和期待，而眼下只是充满腥秽和恐怖的现实执行反省和批判。因此，这种"向内转"和消极的遁世逃避毫无共同之处，恰恰相反，它注定导致炼狱般的精神煎迫。这方面的一个突出象征是舒婷。当红卫兵们在窗外猛烈对射时，她却躲在楼里大读《九三年》，沉浸在文学作品展开的另一世界里。与此同时她暗暗立誓，"要写一部像艾芜的《南行记》那样的东西，为被牺牲的整整一代人作证"。

　　在滥觞期，一代青年诗人很少有交流的可能。分散在外省的自不必说了，即便是在可以通过"地下沙龙"营造某种"小气候"的北京，彼此间的交流也是极为有限的。精神—肉体迫害的达摩克利斯之剑无所不在。孤立地看，他们像是一个个沉浮在现实浊流中的精神据点；但他们的作品却暗中组成了一个独特的精神社区。这个社区存在于现实的反面。在这里，被践踏和粉碎的青春，连同无处落脚的生命激情，获得了——救赎的可能。他们不仅留下了可供分析的一代人精神—命运的档案或光谱，更重要的是，经由他们，一度被中断了的中华民族优秀分子代代相传的"忧患意识"和五四形成的文化反抗和批判传统重新得到了接续。青年和诗于此又一次成为时代的自觉或自觉的时代的前卫。从诗的角度说,"人"的觉醒和"向内转"所必然带来的个人话语地位的上升、巨大心理时空的开启和寻找相应形式的探索,对 1949 年以来逐渐形成,而在"文革"中被发展到极致的意识形态大一统的僵硬诗歌模式,构成了强烈的颠覆和否定。像依群的《巴黎公社》或根子的《三月与末日》那样,用高度个人化的方式处理意识形态题材或青春主题,在当初几乎是难以想象的。尽管处于"地下"或"潜流"的状态,但他们的追求却显示子正深陷危机的当代新诗所可能具有的生机和活力,并为其进一步的发展开辟了道路。

二

"朦胧诗"的涌流期可以 1978 年年底《今天》的创刊为标志,前后经历了近四年的时间;其背景是广泛开展的思想解放运动,其主要特征是经由对"文革"和民族命运的反思,高扬诗人的个体主体性,并据此确立诗的本体意识。

思想解放运动一方面标志着现代迷信的正式破产,一方面导致了人道主义思潮的普遍兴起。作为当代思想史上相互对称的两个重大事件,其产生的冲击和影响是怎么估计也不过分的。总的说来,前者在造成了深刻的社会性精神和价值危机的同时又提出了重建的要求,后者则致力于危机的克服和重建的可能。这里,思想文化的开放与变革如同政治、经济一样,具有事关民族存亡的严重性。尖锐的矛盾和冲突也因之不可避免。"朦胧诗"之所以从升出地平线之日起就成为新时期诗歌,乃至新时期文学的敏感区和反复不已的震荡源,其命运之途之所以那么崎岖坎坷又充满戏剧性,正因为它所置身的,是这样一个危机与生机、衰亡与新兴,诸多因素既相互对峙又相互渗透,既相互挤对又相互激宕的命定时刻。

主要集合在《今天》旗帜下的"朦胧诗",最初是作为一场伟大诗歌复兴运动的组成部分登上诗坛的。北岛的《回答》、舒婷的《致橡树》、顾城的《一代人》、江河的《纪念碑》、梁小斌的《雪白的墙》《中国,我的钥匙丢了》等一经见诸报刊,就理所当然地引起了广泛的关注、反响和赞誉。因为它们的风格与运动的指向和节奏完全合拍——在这场运动中,"讲真话"成为诗坛的普遍号召,控诉封建法西斯专制、反思现实和历史成为诗的共同主题,而恢复诗的抒情传统则成为诗人们致力达成的首要目标。这种表面的一致掩盖了骨子里的分歧;但随着青年诗人们更多的作品面世,分歧就变得越来越明显,终于引发了 1979 年年底开始的有关论争。

这场"当事人"缺席的"代理官司"即便今天看来也并不多余,虽然在诗学层次上仅仅,也只能涉及一些"ABC"的问题。它的意义在诗歌之外,或者说超出了诗歌。对那些攻其一点,不及其余的人来说,"不懂"只是一种借口,其潜在心理是恢复意识形态大一统的旧秩序(当然要稍稍文明一些)。从这一立场出发,他们本能地从"朦胧诗"所揭示的一代青年惨遭毁灭的废墟感中嗅出了"异己"的味道。他们因此而大张挞伐乃属正常。可叹的是,即便是那些热心为"朦胧诗"的生存权利辩护的人们,多数也没有意识到,至少是没有明确意识到这一新的诗歌现象的革命性所在。在他们看来,多一朵"花"总比少一朵好。把这种善心稍稍理论化一点,就得出了后来的"朦胧诗"＝现代主义,传统诗＝现实主义,二者同样合理的似是而非的结论。

而在论争之外,"朦胧诗"仍然循其自滥觞期开始形成的内在逻辑,半公开、半地下地蓬勃开展着。"心的变换"比一切"主义"的标签更加有力。当北岛说"我们做好了数十年的准备,就这样封闭地写下去"时,他不仅表明了与黑暗势力誓不两立的决心,同时也表明了对于诗的某种独特信念;而封闭状态的结束不但没有动摇或改变,相反进一步刺激和强化了这种信念。人的觉醒和诗的觉醒,人的解放和诗的解放,正好构成了这种信念不可分割的两面。如果说在"朦胧诗"的滥觞期,这一切是以生命的全面压抑,以内部世界与外部世界的无情分裂为代价的话,那么,在新的历史条件下,它所要求的则是"人"的主体性的全面高扬及其本质的现实占有和实现。这正是《今天》成立之初所宣言的"过去的已经过去,未来尚且遥远,今天,只有今天"的真实涵义。

因此,对"自我"的意识成为"朦胧诗人"的自我意识绝非偶然。这种自我意识积淀着沉痛的历史教训,有着丰厚的现实内涵;正如现代迷信的推行是以人民的普遍自我放弃为条件、极"左"路线对诗坛的垂直支配以对"自我"的批判为先导,诗在六七十年代的空前衰落也是以诗人们"自我"意识的完全丧失为前提的;而"新的自我"即基于这样的反思,在昔日的"一片瓦砾上"诞生:"他打碎了迫使他异化的模壳,在并没有多少花香的风中伸展着自己的躯体,他相信自己的伤疤,相信自己的大脑和神经,相信自己应作为自己的主人走来走去"(顾城语)。

如此被描述的"新的自我",其意义不但远远超出了"伤痕文学"单纯揭露和控诉的旨趣，也远远超出了历来所谓"诗中有我还是无我"的浅薄命题。后者涉及的，只是"自我"的功能性，前者呈现的，却是"自我"的主体性。功能性的"自我"把诗人降低为工具，主体性的"自我"则拒绝成为工具。两种不同的"自我"对应着两种不同的价值观。从后者中顺理成章地引申出了这样的诗歌观念：

> 诗人应该通过作品建立一个自己的世界，这是一个真诚而独特的世界，正直的世界，正义和人性的世界（北岛语，重点系引者所加，下同）。
>
> 艺术家按照自己的意图和渴望造型，他所建立的东西，自成一个世界，与现实世界发生抗衡，又遥相呼应（江河）。

所谓"自己的世界"是一种张力很大的提法。它把传统观念中两个截然对立的概念通过诗人的创造行为有机地整合在一起。在这种情况下，我们就是我，我就是我们；诗人既从感性的缤纷的假象，又从超感官的彼岸世界的空洞黑夜里走出来，进入现实世界的精神的光天化日之下。作为"自己的世界"，它是获具个体形式的世界；而作为"自己的世界"，它是显示了世界内容的个体。这一提法进一层的本然含义是独立不依和不证自明，就是说，它把诗人的创造行为和创造结果作为一个无可辩驳的精神现实加以肯定。这种肯定并不以否定现实的真实性为前提（相互抗衡），然而却以此为前提指向更高的真实（遥相呼应）。真诚与独特，正义与人性，在这里与其说是形容词，不如说是名词。它们不是外在于这一世界的道德要求，而就是它的自然本性。

　　这种在今天看来已属常识的诗歌本体观，在当时却是一种"全新的"价值维系。它从内部支持、鼓舞着"朦胧诗"在涌流期的全部实践。作为对滥觞期"向内转"的更高层次上的肯定，对"自己的世界"的发现与开掘标志着"人"与诗的再觉醒。这就直接解释了，为什么在此一时期共同的社会主题面前，"朦胧诗"会表现出对人本身的特别关注？为什么这种关注会以对人的存在的复杂性（包括其潜意识领域）的揭示为指归，而同一指归的追求不但没有削弱，反而强化了他们各自的艺术个性？这里，无论是北岛那严峻到阴沉、充满怀疑精神的"我"，舒婷那执着到痴迷、追求美善的"我"，还是顾城那轻灵透明、捉摸不定的幻想的"我"，江河、杨炼那横越古今、烛照生死的历史的"我"，抑或多多由于突然意识到生活成了"鳄鱼市场",而对毁坏的生命道德执行清理的"我",芒克开敞的那不穿衣服的、肉感的、野性的、超道德的"我",却具有超出其作品之外的象征意味。如果说,在所有这些"我"的背后,都站着一个大写的"人",而这一点更多地来自时代精神的浸漫和光耀的话,那么,真正赋予其以艺术魅力,使人们为之震撼、惊喜或者疑惧、困惑的,都是那个小写的"人",那个充分行使个体话语权力,行使自由探索和创造意志的活生生的个人。正是他使北岛在经历了《结局或开始》那样的沉痛反思后,毅然决然地扭转身躯,在一片春天的欢呼中"走向冬天",以"吾与汝皆亡"的超然勇气,重新打入他早"已习惯了"的黑暗;使江河在对人民真实命运的追索中,一方面从那"垒满了石头"的历史深处,听到"就从这里开始/从我的历史开始,从亿万个/死去的和活着的普通人的愿望开始"的生命呐喊,一方面又从留在英雄身上那"像空空的眼窝"的弹坑里,从那似乎仍在"一涌一涌地"流着鲜血的伤口里,看到了一首"没有写完的诗";使舒婷忽而感到自己是"一片绿叶","躺在黑暗的泥土里","安详地等待/那绿茸茸的梦/从我身上取得第一片生机",忽而在流水线造成的单调重复中,看到"自己的存在"的丧失,体验到"对本身已成的定局/再没有力量关怀"的悲哀;使芒克在对"旧梦"的追溯中,"面对一个人字","就如同面对着一片废墟","如同儿女看到了/那被残害的母亲";使多多明知徒劳,仍一再发出"再给我们一点羞耻吧!/再给我们一点无用的羞耻吧"的吁求,使骆耕野在车过秦岭,出入隧道的忽明忽暗中,听到"生命/起落在生命的黑键和白键上/轰鸣起人的旋律";使王家新在一块石头中"认出了/一个民族、一个人/格格作响的骨头"……

在我看来,确立这种基于个体主体性的诗歌本体观,乃是"朦胧诗"相对于当代诗歌发展的全部革命性之所在。它理所当然地包括形式和技巧革命的方面。反过来,也只有在"人"与诗的觉醒所造成的精神的各个层面被广泛开发,巨大的创造力被从内部唤醒的前提下,所谓"形式与技巧革命"才能得到真正合理的解释。庞德那句"技巧是对一个人真诚的考验"的名言,在这里可以稍稍扩大一下,并按一种朴素的逻辑颠倒过来,变成"一个真诚的诗人必然重视形式和技巧的考验",因为这种考验发生在生命—语言的临界点上。极端一点说,这里形式就是内容,而技巧不复是技巧。诸如广泛的私立象征、流动的意象、通感、隐喻、变形、矛盾语、形而上视角、抽象与具象的复合等,既不是简单的传统手法的复活,也不能被片面归结为对西方现代派诗歌的借鉴；在和诗本身同样古老又同样年青的意义上，它们乃是"心的变换"寻求自我表达和自我揭示所必须诉诸的方式，而蒙太奇式的瞬间组接、音画互补、跳跃交叉的立体结构等，则成了业已"变换"之"心"的直接表征。

涌流期是"朦胧诗"发展过程中最重要的时期。就其本身而言，它表明一代青年诗人作为一支现实的诗歌力量已然生成；就当代诗歌而言，它表明一个不可逆的变构过程由此开始。由于"朦胧诗"的介入和参与，恢复意识形态大一统旧秩序的企图已被注定为不可能；但它真正划时代的意义却在于它所提供的新的可能：既然诗人的"自我"是具有主体性的自我，探索和发现就成了他的内在使命和律令；而既然"自己的世界"是诗歌本体意义上的真实世界，那种既定的、一成不变的，只需要通过"形象化"而获具形式的先验真实就变得毫无意义。在这种对当时仍占主流地位的意识形态诗歌观念的根本变革中，蕴涵着诗的个性、风格、流派形成的动力学依据。它一旦落地生根，诗的全方位开放和多元化就是势不可免的了。

网络时代：如何引渡文学传统

邵燕君

导言——

本文刊载于《探索与争鸣》2015 年第 8 期。

邵燕君，1968 年生，北京大学中文系副教授。

二十一世纪以来，网络文学的诞生和勃兴已经成为人们无法忽视的文学、文化和社会现象。本文从文学生产和传播的角度出发，对网络文学的概念进行了界定，并从媒介革命层面叙述了网络文学的生产机制和生产过程。文章指出，网络文学并不是通俗文学的"网络版"，而是一种新媒介文学形态。网络文学颠覆了传统文学的生产方式，通过开放性的公开生产，网络文学作品往往凝结了"粉丝"的意愿，是一种凝结了"整体智慧"的"集体创作"。作者指出，评价网络文学，不能使用已有的对印刷文学的评价方法，而需要建立一套新的评价体系。在新的评价体系中，"粉丝"成为中心，文学的"功能性"（如"爽""抚慰""疗伤""指南"）居于首位，而审美性则退居其次。作者认为，在媒介革命来临之际，文化精英们不得不深入其中，厘清网络文学的肌理，进入网络文学生产机制，从而将网络文学的"文学性"与文学经典相联通。

据最新数据统计，2014 年年底中国网络文学用户已达到 2.93 亿[①]。几年前，业内人士估计，网络文学与以期刊文学为代表的"主流文学"的实力对比，已经是作者百倍之，读者千倍之。如今看来已不止如此。十几年来，网络文学之所以获得如此迅猛的发展，其中一个重要的原因是媒介革命的力量。从媒介革命的视野出发，网络文学并不是通俗文学的"网络版"，而是一种新媒介文学形态。它颠覆的不是印刷文明下的雅俗秩序，而是建构这一秩序的印刷文明本身。面对媒介的千年之变，作为受印刷文明哺育长大、内怀精英立场的学院派研究者，我们该如何调整自己的文化占位和研究方法？如何从媒介革命的角度为网络文学定位？如何从一个更广大的文学史脉络中，重估网络文学的价值？如何在骤然降临的"媒介打击"中，率先警觉并自觉地承担起"文明引渡者"的使命？这些都是时代向我们提出的严峻命题。

如何定义"网络文学"

网络文学已经发展了近 20 年，对于究竟什么是"网络文学"，学术界一直没有一个权威且普遍使用的定义。笔者一直主张，对于网络文学的概念，宜窄不宜宽。如果我们不设定严格的边界，将一切在网络中传播的文学都划进"网络文学"的范畴（有学者甚至提出应包括古典文学的电子版），这个概念就将失去效力。

作为一个文学概念，"网络文学"的区分属性是"网络"，正是"网络"这种媒介属性使"网络文学"与其他媒介文学分别开来。从媒介属性的角度上看，我们今天一般意义上的文学，实际上是"纸质文学"（甚至是更狭义的"印刷文学"）。我们之所以不称"纸质文学""印刷文学"而直接称"文学"，是因为自印刷文明以来，印刷媒介就是"主流媒介"。我们经常会对"主流媒介"习焉不察，就像鱼儿只有上了岸才会发现水的重要。同样，我们也容易把"印刷文

[①]　中国互联网络信息中心（CNNIC）.第 35 次中国互联网络发展状况统计报告，2015 年 1 月。

学"的"文学性"想象成"永恒的文学性"，将其文学标准认定是天经地义的"神圣法则"。所以，我们今天要定义"网络文学"，要建立一套适合"网络文学"的评价体系。其前提是，我们必须有意识地跳出哺育我们长大的印刷文明的局限，从人类文明发展的大局观去考察文学与媒介的关系。

从媒介属性出发，我们对"网络文学"定义的重心就要落在"网络性"上。要问什么是"网络文学"，首先要考察的就是，相对于伴随工业革命兴起的"印刷文学"，由电子革命、网络革命催生的"网络文学"，在"生产—传播—评价"等模式上有什么根本性的变化。

半个世纪前就提出"互联网""地球村"等概念而被誉为"先知"的媒介理论家麦克卢汉认为，电子传播最大的特点在于它的"同步性"。电力的速度彻底取消了空间的差距，凡是电力所达的范围内，信息可以同步到达。当"序列性"让步于"同步性"，机械文明时代靠道路和轮子进行的信息传递方式就被改变了，从而改变了由于信息不均衡造成的"中心—边缘"文化结构①。而网络革命进一步打破了印刷文明的生产和交流模式——在以往的模式里，作者和读者被隔绝在各自封闭的时空里，作者孤独地写作，反复地修改，然后以一个封闭完整的作品呈现给读者；读者再在另一个时空"解码"，努力去揣摩作者的意图，并为自己的"误读"而惭愧。这样的一种媒介模式必然导致作者中心、精英主义、专业主义、个人主义。电子媒介打破了时空间隔，把人们的各种感官再次解放出来，人们也从孤独的状态中被解放出来，在"地球村"的愿景上重新"部落化"。而且，人们在印刷时代被压抑的参与感，也被全方位地调动起来，置于突出位置。这就意味着，电子时代人类的艺术方式是感性的、"部落化"的、渴望"被卷入"的②。约翰·费斯克等人的"粉丝文化"理论进一步提升了受众在整个文化生产活动中的地位和作用，强调粉丝既是生产者，又是消费者，具有强大的"生产力"和"参与性"③。

从媒介革命的视野来定义"网络文学"，我们看到，以"网络性"为核心属性，"网络文学"就不是泛指一切在网络上传播的文学，而是专指在网络上生

---

① 马歇尔·麦克卢汉《理解媒介——论人的延伸》，何道宽译，译林出版社 2011 年版，第 19—24 页。

② 马歇尔·麦克卢汉《理解媒介——论人的延伸》，何道宽译，译林出版社 2011 年版，第 15—18 页。

③ 约翰·费斯克《粉丝的文化经济》，《粉丝文化读本》，北京大学出版社，2009 年版。

产的文学。严格说来，一部作品如果是作者在封闭的环境下独立完成的，即使是在网络上首发，甚至用"更文"的形式连载，也不是"纯正"的"网络文学"。对于一部"纯正"的网络文学来说，网络不仅是一个传播平台，而且是一个生产空间。

以目前网络文学中最占主导的类型小说为例，一般来讲，网络作家在"开文"以前，只有少量存稿和一个细纲。这并非是由于"大神"们急于赚钱来不及写完，而是在写作的过程中（通常两年左右），"大神"们必须和自己的粉丝们"在一起"——一起经历金融风暴，一起忍受地震雪灾，传同一批段子，吸同一种雾霾——种种社会风潮、时代情绪都会时时影响着作品"胚胎"的生长，待到它"长大成人"，可能已经突破了作者预先的设定。并非印刷时代的作家不能与读者"共情"，那时的读者也有渠道与作者沟通（比如那些"如雪片一般飞向编辑部"的"读者来信"），但网络为这种交流提供了"即时互动""多点对多点"（即粉丝之间的互动）的平台。网络文学生产机制也为读者参与提供了制度通道：读者既可以在书评区写长评、发技术帖、剧透、吐槽，也可以通过点击、收藏（取消收藏）、订阅（弃文）、投票（推荐篇、月票）、打赏、催更等方式，表达自己的好恶。在一种健康运转的商业机制里，"有爱"和"有钱"是并存的，"有爱"可以通过"有钱"的方式表达出来，也可以通过各种"无偿劳动"的方式表达出来（比如为"大神"写评论、做宣传视频、经营贴吧，乃至写"同人小说"等），这些"无偿劳动"也同样会有助于作者获得经济收入。这就是所谓的"粉丝经济"。网络文学是根植于"粉丝经济"的，"大神"再有个性也不可能一意孤行，而"背对读者写作"也从来不是网络作家的信条。正是粉丝的"参与性"和"生产性"决定了"网络文学"必须是在网络空间中生产出来的，因为只有在生产的过程中，粉丝的意见和意愿才会内在地构造于作品的肌理之中。

这样一种开放性的创作方式，在某种程度上是一种集体创作。在麦克卢汉看来，这是一种"重新部落化"。在亨利·詹金斯等粉丝文化研究者看来，这是一种对前印刷文明，甚至前文字文明的人类古老艺术（神话、传说、史诗）生产方式的回复，一种基于"整体智慧"的"集体创作"，"我通常是把参与文化看作是民俗文化逻辑在大众文化内容领域的应用。这些粉丝的作品可以看作是有关文化英雄的民歌和传说的对等物"①。当然，这是一种"螺旋式的上升"。

---

① 亨利·詹金斯《融合文化：旧媒体与新媒体的冲突地带》，《亨利·詹金斯访谈录（代中文版序言）》，杜永明译，商务印书馆，2012年版。

中国由于彻底进入印刷时代的时间较晚,所以,对这种"集体创作"的方式并不陌生。我们的四大名著中的三部(《水浒传》《三国演义》《西游记》)都是"世代积累型"作品,有数百年的"集体创作"历史,而它们之所以在明朝中叶集中被文人整理成书,正是印刷业发展和市民社会成熟的结果。图书业的进一步发展催生了《金瓶梅》《红楼梦》这样的由文人独立创作完成的小说,而直到清末,中国古典小说都保持着"章回体",保持着"看官""且听下回分解"等口头文学的遗风。中国小说写作真正进入"印刷时代"是在五四"新文学"运动之后,由作家个人创作的长篇、中篇、短篇小说形式,是从西方舶来的。而网络文学兴起后,"新文学"传统基本被绕过去,网络写手们直承中国古典小说写作传统,重新面对"看官",这不仅是出于一种文化上的亲缘性,也出于生产机制上的相通性。试想,如果《红楼梦》的写作是在今天的网络环境中进行,"增删五次"可能是在"更文"的过程中完成的,也可能是完结后的再修改,而曹雪芹的"高参"将不仅是脂砚斋这样几个身边的朋友,而是一个"粉丝团",自然这应该是一个相当高端、小众精英的"粉丝团"。如果这样,曹雪芹可能不致穷困潦倒,而《红楼梦》也未必能达到如此完美精致的境界。在孤独中反复打磨,以求完美,一朝付梓,洛阳纸贵——这应该是一种典型的与印刷出版机制相连的创作心理。正如"文字转译"的迫不得已成就了文学"通感"的艺术,印刷出版机制的限制也成就了经典作品的完整性和完美性。但"背对读者""为后世写作"则是一种典型的现代性神话,与对作品完整性和完满性的追求相连的是对不朽的追求,也是一种带有基督教神学色彩的现代主义信仰。在前现代和后现代,人们重视的是作品在当下流行,代代流传是不期然的结果。印刷文明的终结,应该也是"作者神话"的终结。

网络时代的"文学移民"

虽然从"网络性"的角度去界定网络文学的概念,这样一种定义方法目前仍然没有在学术界获得普遍认可,但似乎也没有太大的论辩必要。因为,媒介变革发展的速度太快。转眼之间,网络就成了"主流媒介"。这就意味着,"网络文学"的概念将逐渐消失,而"纸质文学"的概念会经常被人们提及。我们要讨论的不再是总体的"网络文学",而是"网络类型小说""直播帖""微小说""轻小说"等种种具体的、新生的网络文学形态。在网络时代,纸将是一种十分昂贵的介质,"纸质文学"如果不是作为一种"博物馆艺术"被收藏的话,也将作为一种极高雅的小众艺术而存在。今天的"纸质文学",无论是"主流的"还是"非主流的","大众的"还是"小众的",都要实现"网络移民"。

目前,包括《文艺报》《人民文学》等在内的文学期刊和文学评论报刊,都在纷纷以建 App 客户端(如《人民文学》的"醒客")、网络版或微信公众号的形式登录网络。素有"文青基地"之称的"豆瓣阅读",也自 2014 年起连续举办了两届"中篇小说"大赛。一些具有某种"纯文学"追求倾向的 App 客户端也相继出现,如"一个""果核小说""汤圆创作"等,这里的作品都追求"小而美""多样化",很多是几千字的短篇小说或散文、诗歌。这些都对于丰富网络文学形态以及网络时代的"文学移民"进行了有益探索。

谈到网络时代的"文学移民",这一"移民"概念,绝不是"纸质文学"的数字化,而是"文学性"的网络重生。如果我们把"文学性"比喻成精灵的话,它从竹简、绢帛、羊皮书、手抄本、印刷书籍,乃至从电脑或手机屏幕上转出来,面目肯定是不一样的。"内容一经媒介变化,必然发生变化",这正是麦克卢汉那句名言"媒介即信息"的核心要义。

网络文学形态的变化,最直观的是表现在体裁和体量上。自文字发明以来,文学流行体裁的长度一直是和媒介相关的,介质越便宜,篇幅越长。直到印刷时代,长篇小说才成为文学的主导体裁,而中篇、短篇小说的形成,与期刊的印张数量和编排方式直接相关。到了网络时代,介质终于取消了容量限制,就像电力的速度终于取消了距离一样。于是,作品的篇幅与媒介无关,只与读者的阅读时间有关。

这也就解释了为什么网络小说最流行的形态是"超长篇"和"微小说"。因为,网络阅读主要花费的是读者的零碎时间,但又需要提供一种长期陪伴。目前大多数网文都有几百万字,连载时间在两年左右。表面上看,这是商业机制的利益驱动(如最早成功实行 VIP 制度的"起点中文网",一般规定前 20 万字免费,以后按千字收费,网站、作家分成。单本连载总字数基本上都要达到 300 万字才比较划算),但这个商业机制是建立在写手与读者长期磨合达成契约的基础之上,本质上满足的是消费者的需求。对于大多数粉丝读者来说,在万千网文中,找到一部情投意合的作品并不容易,需要一定的前期投入(比如需要进入故事设定、熟悉人物关系等)。20 万字的免费阅读实际上就是让读者进行选择,一旦花钱订阅,就像开启一段婚姻,只要质量还行,就希望它尽量地长。而且,在阅读过程中,作者、粉丝之间的互动越来越频繁,日久生情，习惯成自然。自从《福尔摩斯》问世以来，广受欢迎的通俗文艺作品都叫人欲罢不能，如日本动漫《海贼王》已经连载十几年，凝聚两代粉丝，结束已经是一种痛苦。

不过，篇幅长其实也不是无限度的。优秀的作品并不是靠注水拉长，而是把故事的各条线索、众多人物的面相都充分打开。目前网文的平均长度是金庸小说、《红楼梦》等传统长篇的几倍，但如果把这些经典长篇中的皱褶全部打开，也可以扩充到几百万字。网络技术突破了纸版的限制，使作者可以充分地表达，使读者获得充分满足。在网络阅读中，留白是会挨骂的。读者希望作者挖尽量多、尽量大的"坑"，然后一一填满，不能留一点遗憾。而跟"超长篇"相应的是"微阅读"和"轻阅读"，通常一次三四千字的更新，只需要几分钟就"刷"完。对于大多数"上瘾"的粉丝读者而言，非但不是一种负担，反而是一种"刚需"。

从网络文学的生产机制出发，我们无法再用印刷时代的文学标准对其评价，必须建立起一套新的评论体系和评论话语。

比如，精简含蓄在"纸质文学"里是普遍的美学原则。在网络时代到来之前，我们很少将之与纸张的匮乏这一物质限制联系起来。同时，这一美学原则也与理性主义克制压抑的心理模式深切相关。读者习惯于在有节制的放纵中深切体味，在对有限文本的反复咀嚼中充分调动想象力而自我满足。在网络时代，不但空间不限，而且同时是消费时代，快感原则至上，人们需要大量地、直接地、充分地被满足。所以，在网络写作中，人们可以容忍一定程度的"注水"，却不能容忍"太监"（即作品没写完，没有圆满收场）。任何"留白空缺""言有尽而意无穷"都会被视为"挖坑不填"的"不道德"行为，受众的想象力不再用于"创造性理解"，而是通过与作者及时互动等方式直接参与创作进程，或者干脆自己写"同人"。

相对于以"作家为中心"的"纸质文学"，以"粉丝为中心"的网络文学的首要价值是功能性（如"爽""抚慰""疗伤""指南"），"审美性"是第二位的，所谓"言而无文，行之不远"。优秀的网络作家也追求主题深刻、文化丰厚、意境高远，但这一切必须以"爽"为前提。这也就意味着任何"引导"都必须以对快感机制的尊重为前提。

网络时代,精英何为

从媒介发展的历史趋势上看,每一次媒介革命都带来一次深刻的文化民主革命。进入网络时代,由于媒介壁垒、教育壁垒的进一步被打破,创作、传播成本的大大降低,很多粉丝创作已经和专业创作在艺术水准上不相上下。原本属于粉丝爱好者业余创作的小圈子里的"窄播"文化,也可经常进入"主流文化"的"广播"区域,"圈内资本"也可以和"官方资本"一样,成为可以转化为经济资本的象征资本。这就彻底打破了文化生产者与接受者之间的壁垒,也就彻底打破了印刷时代的工业文明体系下以"专业性""知识产权"为核心的专家结构,文艺生产不再是少数天才的专利,而是一种人人可为之事,至少是一种大多数人可以广泛参与的"部落化生活"。那么接下来,对我们每一个当代文学专业批评者来说,都将面临一个切身的问题:如果"作者中心论"的神话被解除了,"永恒的文学性"烟消云散了,文艺的生产和解读都是以粉丝为中心的,我们这些被文化制度认定的"释经者"存在的合法性在哪里? 神庙已倾,祭司何为?

这一问题确实足以构成当代文学职业批评者的生存焦虑,其实,在互联网时代,任何"专家"的生存合法性问题都已受到挑战。不过,幸与不幸,作为文化研究者,我们似乎可以暂时放下这一生存焦虑——不是一时半会儿饭碗还不会被端掉,我们同时又猝不及防地被赋予了一项重要使命,这就是文学引渡的使命。

这一使命也是麦克卢汉在半个世纪之前就提出的。麦克卢汉的媒介理论常使人误解他在欢呼印刷文明的崩解。恰恰相反,他一再警戒媒介变革可能带来的文明中断。如十六世纪古登堡印刷技术兴起时,当时注重口头传统的经院哲学家没有自觉应对印刷文明的挑战,很快被扫出历史舞台,随之而来的印刷术爆炸和扩张,令很多文化领域限于贫乏。"倘若具有复杂口头文化素养的经院哲学家们了解古登堡的印刷术,他们本来可以创造出书面教育和口头教育的新的综合,而不是无知地恭请并容许全然视觉形象的版面去接管教育事业。"①

在媒介革命来临之际,要使人类文明得到良性继承,需要深通旧媒介"语

---

① 马歇尔·麦克卢汉《理解媒介——论人的延伸》,何道宽译,译林出版社 2011 年版,第92 页。

法"的文化精英们以艺术家的警觉去了解新媒介的"语法",从而获得引渡文明的能力——这正是时代对文化精英们提出的挑战和要求。具体到网络文学研究领域,我们不能再扮演"超然"的裁决者和教授者的角色,而是要"深深卷入",从"象牙塔"转入"控制塔"①,通过进入网络文学生产机制,发挥影响力。一方面,"学院派"研究者要调整自己的位置,以"学者粉丝"的身份"入场";另一方面,要注重参考精英粉丝的评论,将"局内人"的常识和见识与专业批评的方法结合起来,并将一些约定俗成的网络概念和话语引入行文中,也就是在具体的作品解读和批评实践中,尝试建立适用于网络文学的评价标准和话语体系。这套批评话语应该是既能在世界范围内与前沿学者对话,也能在网络文学内部与作者和粉丝对话。研究成果发表的空间也不应只局限于学术期刊,而是应该进入网络生产场域,成为"意见领袖",或对"意见领袖"产生影响。当务之急是总结研究网络文学发展十几年来的重要成果(包括优秀作品、生产机制、粉丝社群文化等),特别是对其中具有代表性、经典性的作品,做深入系统的研究,在此基础上建立起一套相对独立的网络文学评价体系和批评话语,并在一个广阔的文学史视野脉络里,确立网络文学的价值意义。在这一批评体系主导下推出的"精英榜",必然有别于商业机制主导的"商业榜",同时也必然有别于"主流意识形态"主导的"官方榜"。学者们提出的具有精英指向的文学标准能够影响粉丝们的"辨别力"与区隔,那么就能真正"介入性"地影响网络文学的发展,并参与其经典传统的打造了。

刚刚过去的 2014 年,对于网络文学发展而言是十分关键的一年。经过十几年的爆发,网络文学的发展格局在这一年发生了重大变化。声势浩大的"净网"行动和"资本"行动,让网络文学感受到前所未有的震动。至此,网络文学才真正从某种意义上的"化外之地",成了布尔迪厄所说的"文学场",在这里,至少有三种核心力量在博弈——政治力量、经济力量和网络文学"自主力量"。当然,还有一种看不见的力量,就是媒介革命的力量。

在网络文学场域的几方博弈中,学院派研究者要坚定不移地站在网络文学"自主力量"这一方。媒介革命已经不以人的意志为转移地发生了,如何使印刷时代的文学星光继续在网络时代闪耀,如何将"网络文学"的"文学性"与

---

① 马歇尔·麦克卢汉《理解媒介——论人的延伸》,何道宽译,译林出版社 2011 年版,第85—86 页。

"伟大的文学传统"连通,将粉丝们的爱与古往今来人们对文学、艺术的爱连通,让文学的精灵在我们的守望中重生——这是时代对当代文学研究者提出的特殊挑战,也是知识分子无可推脱的责任担当。

⚲ 延伸阅读 ⚲

1. 刘增杰《现代文学思潮流派研究述评》,《中国现代文学研究丛刊》1995年第 1 期。

2. [法]奥·布里埃《中国现代文学的主潮》,见贾植芳主编《中国现代文学的主潮》,复旦大学出版社 1990 年。

3. 支克坚《论中国现代自由主义文学思潮》,《鲁迅研究月刊》1997 年第9、10 期。

4. 吴晓东《中国现代文学中的审美主义与现代性问题》,《文艺理论研究》1999 年第 1 期。

5. 陈国恩《自由精神之象征——二十世纪中国浪漫主义文学思潮回顾与反思》,《社会科学辑刊》1999 年第 4 期。

6. 王尧《关于"文革文学"的释义与研究》,《文艺理论研究》1999 年第5 期。

7. 王宁《中国当代文学中的后现代性》,《中国社会科学》1990 年第 1 期。

8. 张清华《从启蒙主义到存在主义——当代中国先锋文学思潮论》,《中国社会科学》1997 年第 6 期。

9. 张学正《九十年代中国大陆文学思潮扫描》,《南开学报》1996 年第3 期。

10. 丁帆《"现代性"与"后现代性"同步渗透中的文学》,《文学评论》2001年第 3 期。

11. 戴锦华《奇遇与突围:九十年代的女性文化与女性写作》,见《世纪之门·导言》,社会科学文献出版社 1998 年。

12. 张光芒《论中国当代文学的"第三次转型"》,《当代作家评论》2004 年第 5 期。

13. 杨春时、宋剑华《论二十世纪中国文学的近代性》,《学术月刊》1996 年第 12 期。

14. 解志熙《生命的沉思与存在的决断——论冯至创作与存在主义的关系》(节选)。

15. 廖亦武《沉沦的圣殿:中国 20 世纪 70 年代地下诗歌遗照》,新疆青少年出版社 1999 年。

16. 张均《"十七年文学"研究的分歧、陷阱与重建》,《文艺争鸣》2015 年第 2 期。

17. 欧阳友权《数学媒介与中国文学的转型》,《中国社会科学》2007 年第 1 期。

⚲ 问题与思考 ⚲

1. 试述"五四"文学革命的过程及意义。

2. 试述中国现代文学与现代启蒙思潮的关系。

3. 新时期文学思潮与"五四"文学思潮有何异同?

4. 二十世纪九十年代中国文学思潮较之八十年代发生了怎样的转型?

5. 试从现代性的角度梳理一下中国现当代文学思潮的发展历程。

6. 为什么"朦胧诗"这个概念本身就是"朦胧"的?有人认为"朦胧诗"这个概念不成立,你如何看这个问题?

7. 为什么把"朦胧诗"等同于"现代主义",把"传统诗"等同于"现实主义"是"似是而非"的?

8. 如何看待网络文学和主流文学之间的关系?网络文学的生产方式和主流文学相比有哪些独特性?

⚲ 研究实践 ⚲

论文写作:"五四文学精神"之我见

1. 研究计划要求:

(1) 论文题目:以"'五四文学精神'之我见"为副标题,正标题应明示作者个人观点。

(2) 论文工作第一步:梳理前人对"'五四'文学精神"的各种观点,包括研究范畴、研究方法、价值标准、研究视野等方面。作者在梳理前人成果时可以时间为线索,也可将各种观点按某一标准进行归类,这一部分务必做到明晰、简练、准确。

（3）论文工作第二步：对前人观点加以评价，对其缺陷与不足之处尤其要重点分析，此处不要求作者面面俱到，主要从某一个或几个自己感受最深的侧面入手，为下文提出自己的思路作准备。

（4）论文工作第三步：提出作者自己进入"'五四'文学"的新的路径，重新理解"'五四'文学精神"的新思路，对自己所选择的研究对象材料加以分析判断。

（5）论文工作第四步：在分析论述的基础上提炼出对"'五四'文学精神"的新观点，注意比较作者的结论与前人的不同之处，尤其点明哪些方面是对前人的补充或者超越。

（6）论文工作第五步：根据作者的结论进一步与当下文学现状联系起来，谈一谈"'五四'文学精神"在当下的价值和意义，也可以包括它在当下的局限性。

2. 参考资料提示：

（1）彭明《"五四"运动史》，人民出版社 1984 年版。

（2）朱德发《中国"五四"文学史》，山东文艺出版社 1986 年版。

（3）萧延中等《启蒙的价值与局限——台湾学者论五四》，山西人民出版社 1989 年版。

（4）许志英、邹恬《中国现代文学主潮》（上），《第一编"五四：人的文学"》，福建教育出版社 2001 年版。

（5）张光芒《中国近现代启蒙文学思潮的哲学建构》，《文学评论》2002 年第 2 期。

（6）徐瑞岳《中国现代文学研究史纲》（上），《中国"五四"文学研究概述》，江苏教育出版社 2001 年版。

3. 论文写作阶段：

（1）在查阅材料、独立思考的基础上撰写论文，按研究计划的要求形成初稿。

（2）将自己的研究情况在课堂上口头汇报，提交师生讨论。

（3）根据讨论的意见增删修改，形成完整的论文定稿。

第五章　思潮流派透视（下）

导　论

　　二十世纪中国文学,特别是现代时期前二十年是中国数千年文学长河中社团流派最为活跃的区段,据不完全统计,仅在现代文学史上就曾涌现出大小不等七百多个文学社团;文学流派同样精彩纷呈,潮涨潮落,有学者甚至发出"中国新文学史实际上是新文学流派发展史"的感慨。

　　中国现当代文学史发展的客观规律表明,文学思潮的迅猛发展总是伴随着文学社团与流派的蜂拥并立,二者相互激荡,互为因果,具有密切的内在关联。但文学思潮与社团流派既是文学史研究的两种对象范畴,又是新文学研究常常采取的两种理论视角,不宜混淆。所谓文学流派,是指创作在取材、思想倾向、创作方法和艺术风格上比较一致的作家所形成的群体。某一流派和某种思潮有时可以等量齐观,比如"为人生"派与"五四"现实主义文学思潮可以说是比较一致的。但更多时候文艺思潮在内涵上要大于文学流派,一种思潮既可以形成一个文学流派,也可以形成更多的文学流派,同一种思潮也可以为不同的文学流派所运用(在不同的文学流派中体现出来)。另一方面,同一个社团群体的作家有时甚至分属于不同的文学潮流,那些组织上极其松散的社团尤其如此。

　　就文学社团与文学流派两个概念本身来说,虽然二者常常混合使用,但它们仍然存在着一些本质的区别。有些流派是以某个社团及其某种近似的文学观念为核心而组成的同人作家群,如"为艺术派"之于"创造社","湖畔诗派"之于"湖畔诗社",就是如此;但也有许多流派并没有依托社团组织,只是因其理论主张、审美追求的相似性而自然聚合、自然解散,甚至有的流派仅仅是文学史家为便于研究而在事后命名的,比如"九叶诗派""新浪漫派"等。另一方面,理论主张与审美趣味的趋同性是文学流派的重要标志,因而如果一个文学社团不能形成这种趋同性的审美风貌,就不能称其为文学流派。有时也会出现这种情况:一个社团虽然提出了较明确的文学观念和主张,但由于存在时间太短,并没有留下一定数量的标志性的文本,也就形成不了文学流派。对于文学思潮、文学流派、文学社团之间内涵与外延的深微区别,需要仔细辨析,将它们作为一种文学史观照的视角或者方法的时候,尤需如此。

另外,作家个体与社团流派之间的关系也是一个富有文学史意味的话题。有的作家主要从属于一个文学社团或流派,有的作家则分属于不同的社团流派,而有的则从来没有参加过社团流派,一直进行独立的写作。有的作家严格按所属流派的文学主张从事写作,而有的作家则保持了相对的独立性。有的文学社团或文学流派是因为某一著名作家的加盟而声势大增,比如鲁迅之于"乡土小说派",艾青之于"七月诗派";另一方面,有的作家则是因为加盟了某一流派而扩大了自己的影响,比如"创造社"之于张资平,"新月诗派"之于朱湘。因此,对于作家与文学社团流派的关系要用历史的动态的眼光,进行辩证的考察。

综观中国现当代文学社团流派发展历程,大致可以分为以下四个阶段。

"五四"至二十年代中期是社团林立、流派竞涌的时期。在"五四"新文化运动与新文学思潮的催生下,新起的文学社团如雨后春笋,文艺刊物在各地纷纷出现。第一个纯文艺性的文学社团——文学研究会于 1921 年 1 月正式成立于北京,同年 7 月,创造社成立于日本东京。《中国新文学大系·文学论争集导言》节选部分便追述了文学研究会与创造社的文学活动及理论主张,文学研究会与复古派、鸳鸯蝴蝶派的论争等。继两大文学社团成立后,更多的文艺社团和刊物在全国各地涌现。据《星海》一书辑录的资料,从 1921 到 1923 年,全国出现大小不同的文学社团四十余个,出版文学刊物五十余种。到 1925 年止,已经出现的文学社团和刊物,据茅盾统计"不下一百余"。它们几乎遍布各大中城市,其中比较活跃的,有民众戏剧社、弥洒社、南国社、狂飙社、湖畔诗社、湖光文学社、艺林社、绿波社、语丝社、浅草社、沉钟社、未名社、新月社,等等。这些为数众多的文学社团,活动时间长短不一,思想倾向更是各不相同,但总的说来,它们作为矛盾的张力,以各种方式汇成了各种样态的文学流派，诸如"为人生"派、"为艺术"派、初期象征派、新格律诗派、乡土文学派等。此期新文学运动这种组织上及形式上的多元化性质，标志了文学思潮与艺术风格上的多样性和丰富性。这种多姿多彩的丰满的发展态势，形成了中国新文学史的一个鲜明而独特的特点。正如茅盾后来在《中国新文学大系·小说一集导言》中所说："这几年的杂乱而且也好像有点浪费的团体活动和小型刊物的出版，就好比是尼罗河的大泛滥，跟着来的是大群的有希望的青年作家，他们在那狂猛的文学大活动的洪水中已经练得一副好身手，他们的出现使得新文学史上第一个'十年'的后半期顿然有声有色！"鲁迅《中国新文学大系·小说二集导言》在勾勒新文学第一个十年间小说创作的概貌时，便以社团流派的流变为主要线索，精彩地展现了社团流派之于文学史的重要性。选文《创造社与中国现代社会的青年文化》则从中国文化现代化转型的角度论述了创造社的文学史意义与文化史价值。

从二十年代末至三十年代末，是社团流派纵横交错、剧烈论争的深入发展时期。在此期间，上个阶段出现的众多社团或流派不断分化重组、更新嬗变；而新的社团流派在新的历史条件下又蜂拥于文坛。徐志摩在《新月的态度》中对二十年代后期文学流派作了这样的描述：在文学市场上至少有十来种行业，各有各的色彩，各有各的引诱，其中有伤感派、颓废派、唯美派、功利派、训世派、攻击派、偏激派、纤巧派、淫秽派、狂热派、稗贩派、标语派、主义派等等。作为布尔乔亚的"新月派"诗人，徐志摩的概括显然流露出对"革命文学"派及大多数其他流派的嫌厌之感，但它正从一个侧面表明，二十年代末以后，新文学家的政治立场、文化选择及审美趣味，产生了更大的分化，不同流派之间的矛盾日益加深，而且呈现出更为复杂的多元交汇与碰撞的态势。

在这一演进过程中，出现的影响较大的文学流派有：一是"革命文学派"的兴盛，它一方面反映了现代作家反抗黑暗社会、关心民族国家利益的历史责任感之强大，另一方面也说明新文学流派由"为人生""为艺术"到"为革命"，已与政治结下了不解之缘。尤其是"后期创造社"的"转向"和"太阳社"的成立，标志着一批知识分子由"五四"时期的个性解放意识向群众意识、大众意识的转型。选文《革命的浪漫谛克》对当时流行的"普罗文学"创作进行了尖锐的反思和批评。但它的诞生毕竟对后来文学形态发生了深刻的影响。到三十年代初，革命文学派经过反思、重组，发展为以"左联"作家群体为核心的左翼文学阵营。二是"中间作家群"的涌现和成熟。此期许多作家并没有直接进入政治斗争,而选择了倾向不一的某种非政治化的"中间道路",从而形成了一些比较松散而自由的作家群落,诸如"自由人""第三种人""论语派""京派""海派"等。其中一些文学流派维护文学的独立品格,强化文学的自觉自由意识,取得了重要的思想艺术成就。选文《老中国土地上的新兴神话——海派小说都市主题研究》便客观地剖析了海派小说的审美贡献及其文化史价值。

三十年代后期至七十年代末,社团流派的发展经历了一个从趋同到沉寂的过程。抗日战争与解放战争时期的时代主旋律,在某种程度上结束了社团流派精彩纷呈的繁荣局面,但也出现了一些独具思想特色和艺术风格的流派,诸如"七月派""九叶诗派""新浪漫派""山药蛋派""荷花淀派"等,尽管其成就高下不等,但也使这个时期的文学流派在趋同倾向中放出异彩,展示了文学流派作为一种汇聚自由信念的审美群体的力量。

进入新时期以来是社团流派,尤其是文学流派的复兴繁荣时期。从八十年代至九十年代以降纷纷涌现了"朦胧诗派"、"新边塞诗派"、"海派"话剧、改革者文学、湖南作家群、北京作家群、陕西作家群,以及"现代派""先锋派""新写实""新生代"作家群,女性主义作家群,乃至"六十年代生"作家群、"七十年代生"作家群,等等,汇聚了新时期文学流派蔚为大观的新局面。《关于"伪现代派"及其批评》对中国现代派文学创作及其命名与价值进行了独到的探讨。《最后的仪式——"先锋派"的历史及其评估》论述了"先锋派"在中国涌现的历史条件及其艰难跋涉的历史轨迹。

需要注意的是,由于这一时期的社会政治、经济、文化诸层面较之现代时期发生了一系列重大的变化,而且其本身也始终处于变动不居的复杂状态,新时期文学社团流派的存在形态、运作方式、发展规律等都与现代时期有了极大的不同,出现了一些新的特点。比如,文学流派较之文学社团更为活跃;自然形成的文学流派较之有组织、有计划的文学流派更为活跃;文学流派与文学思潮的关系更为复杂,界限更为模糊,有时甚至纠结不清。更为重要的是,其中许多文学流派与创作倾向至今仍然处于发展调整与嬗变的过程之中,研究界令人满意的研究成果也不多见。自然,要更深刻地把握文学流派整体的发展现状及其走向,不仅需要思想视野、研究方法及理论思维的进一步开拓和创新,也许同时还需要时间。

选　文

中国新文学大系·文学论争集导言（节选）

郑振铎

导言——

本文选自《文学研究会资料》（中）（河南人民出版社 1985 年），原刊《中国新文学大系·文学论争集》（上海良友图书印刷公司 1935 年）。

郑振铎（1898—1958），福建长乐人。现代著名作家，文学研究会发起人之一，著名出版家。

作者是"五四"新文学运动的先驱者，文学研究会主要创始人之一，是文学研究会文学活动与斗争的亲历者。本文节选部分追述了文学研究会与创造社的文学活动及理论主张，文学研究会与复古派、鸳鸯蝴蝶派的论争等。其中引述的沈雁冰《什么是文学》《大转变时期何时来呢》与成仿吾《新文学之使命》、郭沫若《我们的文学新运动》等文章是两大文学社团的重要文献。在谈到文学研究会对于复古派和鸳鸯蝴蝶派的斗争时，言辞激烈，不留余地，从中我们可以体会"五四"先驱者特有的激进姿态，对其观点应取历史的态度。

············

（四）

文学研究会活跃的时期的开始是 1920 年的春天。这时候，《小说月报》，一个已经有了十几年的历史的文学刊物，在文学研究会的会员们的支持之下，全部革新了；几乎变成了另一种全新的面目。和《小说月报》相呼应着的有附刊在上海《时事新报》的《文学旬刊》，这旬刊由郑振铎主编，后来刊行到四百余期方才停刊。这两个刊物都是鼓吹着为人生的艺术，标示着写实主义的文学的；他们反抗无病呻吟的旧文学；反抗以文学为游戏的鸳鸯蝴蝶派的"海派"文人们。他们是比《新青年》派更进一步地揭起了写实主义的文学革命的旗帜的。他们不仅推翻传统的恶习,也力拯青年们于流俗的陷溺与沉迷之中,而使之走上纯正的文学大道。

他们排斥旧诗旧词,他们打倒鸳鸯蝴蝶派的代表"礼拜六"派的文士们。

他们翻译俄国、法国及北欧的名著,他们介绍托尔斯泰、屠格涅夫、高尔基、安特列夫、易卜生以及莫泊桑等人的作品。

他们提倡血与泪的文学,主张文人们必须和时代的呼号相应答,必须敏感着苦难的社会而为之写作。文人们不是住在象牙塔里面的,他们乃是人世间的"人物",更较一般人深切地感到国家社会的苦痛与灾难的。

关于这一类的言论,他们在《文学旬刊》以及后来的《文学周报》(即《旬刊》的后身)上发表得最多。可惜这几种初期的刊物,经过了"一·二八"的战役,几已散失无遗,很难得在这里把他们搜集起来。

沈雁冰在《什么是文学》里把他们的主张说明了一部分:

> 名士派重疏狂脱略,愈随便愈见得他的名士风流;他们更蔑视写真,譬如见人家做一篇咏陶然亭的诗,自己便以诗和之,名胜古迹,如苏小小墓、岳武穆墓,虽未至其地,也喜欢空浮的写几句,如比干之坟,实在并没有的,而偏要胡说,这真所谓有其文,不必有其事了(这两句便是他们不注重真的供词)。所以他们诗文中所引用的禽鸟草木之名,更加可以只顾行文之便,不必核实了。新文学的写实主义,于材料上最注重精密严肃,描写一定要忠实;譬如讲佘山必须至少去过一次,必不能放无的之矢。
>
> 名士派毫不注意文学于社会的价值,他们的作品,重个人而不重社会,所以拿消遣来做目的,假文学骂人,假文学媚人,发自己的牢骚。新文学的作品,大都是社会的;即使有抒写个人情感的作品,那一定是全人类共有的真情感的一部分,一定能和人共鸣的,绝不像名士派之一味无病呻吟可比。新文学作品重在读者所受的影响,对于社会的影响,不将个人意见显出自己文才。新文学中也有主张表现个性,但和名士派的绝对不同,名士派只是些假情感或是无病呻吟,新文学是普遍的真感情,和社会同情不悖的。新文学和名士派中还有很不同的地方,新文学是积极的,名士派是消极的。新文学描写社会黑暗,用分析的方法来解决问题;诗中多抒个人情感,其

效用使人读后,得社会的同情,安慰和烦闷。名士派呢,面上看来,确似达观,把人间一切事务,都看得无足重轻,其实这种达观不过是懒的结晶而已。

所谓"描写社会黑暗,用分析的方法来解决问题"便正是写实主义者的描写的手法。沈雁冰又有一篇《大转变时期何时来呢》,对于文学的"积极性"尤加以发挥:

> 所以近来论坛上对于那些吟风弄月的,"醉罢美呀"的所谓唯美文学的攻击,是物腐虫生的自然的趋势。这种攻击的论调,并不单单是消极的;他们有他们的积极的主张:提倡激励民气的文艺。
>
> 我自然不赞成托尔斯泰所主张的极端的"人生的艺术",但是我们决然反对那些全然脱离人生的而且滥调的中国式的唯美的文学作品。我们相信文学不仅是供给烦闷的人们去解闷,逃避现实的人们去陶醉;文学是有激励人心的积极性的。尤其在我们这时代,我们希望文学能够担当唤醒民众而给他们力量的重大责任,我们希望国内的文艺的青年,再不要闭了眼睛冥想他们梦中的七宝楼台,而忘记了自身实在是住在猪圈里,我们尤其决然反对青年们闭了眼睛忘记自己身上带着镣锁,而又肆意讥笑别的努力想脱除镣锁的人们,阿 Q 式的"精神上胜利"的方法是可耻的!
>
> 巴比塞说:"和现实人生脱离关系的悬空的文学,现在已经成为死的东西;现代的活文学一定是附着于现实人生的,以促进眼前的人生为目的了。"国内文艺的青年呀,我请你们再三地忖量巴比塞这句话! 我希望从此以后就是国内文坛的大转变时期。

沈雁冰又在《小说月报》上发表了《自然主义与中国现代小说》及《社会背景与创作》,把那主张更阐发得明白。

"文学是时代的反映",这是他们的共同的见解。"我觉得"表现社会生活的文学是真文学,是于人类有关系的文学,在被迫害的国里更应该注意这社会背景(《社会背景与创作》)。"注意社会问题,爱被损害者与被侮辱者"(《自然主义与中国现代小说》),这便是他们的宣言。

　　他们曾在《小说月报》上出过《俄国文学专号》及《被压迫民族文学专号》（?）。并且他们在创作上也曾多少地实现过他们的主张。

　　不久,北平的一部分文学研究会会员也在《晨报》上附刊一种《文学旬刊》,广州的一部分文学研究会会员也出版一种《文学旬刊》。叶绍钧、俞平伯、朱自清等又在上海创办《诗》杂志及《我们》。但他们的主张便没有那么鲜明了。

　　和文学研究会立于反对地位的是创造社。创造社在 1920 年的 5 月,刊行《创造季刊》,后又刊行《创造周刊》,又在上海《中华日报》附刊《创造日》。

　　创造社所树立的是浪漫主义的旗帜;而其批评主张,且纯然是持着唯美派的一种见解的。成仿吾在《新文学之使命》里说道:

　　　　所谓艺术的艺术派便是这般。他们以为文学自有它内在的意义,不能长把它打在功利主义的算盘里,它的对象不论是美的追求,或是极端的享乐,我们专诚去追从它,总不是叫我们后悔无益之事……

　　　　艺术派的主张不必皆对,然而至少总有一部分的真理。不是对于艺术有兴趣的人,绝不能理解为什么一个画家肯在酷热严寒里工作,为什么一个诗人肯废寝忘餐去冥想。我们对于艺术派不能理解,也许与一般对于艺术没有兴趣的人不能理解艺术家同是一辙。

　　　　至少我觉得除去一切功利的打算,专求文学的全 Perfection 与美 Beauty 有值得我们终身从事的价值之可能性。而且一种美的文学,纵或它没有什么可以教我们,而它所给我们的美的快感与安慰,这些美的快感与安慰对于我们日常生活的更新的效果,我们是不能不承认的。

　　　　而且文学也不是对于我们没有一点积极的利益的。我们的时代对于我们的智与意的作用赋税太重了。我们的生活已经到了干燥的尽处。我们渴望着有美的文学来培养我们的优美的感情,把我们的生活洗刷了。文学是我们的精神生活的粮食,我们由文学可以感到多少生的欢喜! 可以感到多少生的跳跃!

　　　　我们要追求文学的全! 我们要实现文学的美!

他是反对文学的"功利主义"的。他以为文学对于我们的"一点积极的利益的"乃是由于这种"精神生活的粮食"使我们可以"感到多少生的欢喜，可以感到多少生的跳跃"。

但浪漫主义者究竟热情的，他们也往往便是旧社会的反抗者。在郭沫若的诗集《女神》里，这种反抗的精神是充分地表现着的。他有一篇《我们的文学新运动》：

> 中国的政治生涯几乎到了破产的地位。野兽般的武人之专横，没廉耻的政客之蠢动，贪婪的外来资本家之压迫，把我们中华民族的血泪排抑成黄河、扬子江一样的赤流。
>
> 我们暴露于战乱的惨祸之下，我们受着资本主义这条毒龙的巨爪的蹂弄。我们渴望着和平，我们景慕着理想，我们喘求着生命之泉。
>
> 但是，让自然做我们的先生罢！在霜雪的严威之下新的生命发酵，一切草木，一切飞潜蠕匍，不久便将齐唱凯旋之歌，欢迎阳春之归至。
>
> 更让历史做我们的先生罢！凡受着物质的苦厄之民族必见惠于精神的富裕，产生但丁的意大利，产生歌德许雷的日耳曼，在当时是决未曾膺受物质的惠恩。
>
> 所以我们浩叹，我们懊悔，但是我们绝不悲观，绝不失望！我们的眼泪会成新生命之流泉，我们的病苦会成分娩时之产痛，我们的确信是如此。
>
> 我们现在于任何方面都要激起一种新的运动，我们于文学事业中也正是不能满足于现状，要打破从来因袭的样式而求新的生命之新的表现。

这却是"血与泪的文学"的同群了。成仿吾在 1924 年也写了一篇《艺术之社会的意义》，已不复囿于"唯美"的主张；虽然也还是说道："既是真的艺术，必有它的社会的价值；它至少有给我们的美感"，但紧接着便自白道："我们自己知道我们是社会的一个分子，我们自己知道我们在热爱人类——绝不论他的善恶妍丑。我们以前是不是把人类社会忘记了，可不必说，我们以后只当更用了十二分的意识把我们的热爱表白一番。"这便是创造社后来转变为革命文学的集团的开始。

在这个时候,他们的主张和文学研究会的主张已是没有什么实质上的不同了。

(五)

文学研究会对复古派和鸳鸯蝴蝶派攻击得最厉害,当然也召致了他们的激烈的反攻。

复古派在南京,受了胡先骕、梅光迪们的影响,仿佛自有一个小天地;自在地在写着"金陵王气暗沈销"一类的无病呻吟的诗。胡先骕们原是最反对新文学运动的,他对胡适的《尝试集》曾有极厉害的攻击,又写了一篇《中国文学改良论》。梅光迪也写了一篇《评提倡新文化者》。他们的同道吴宓,也写着《论新文化运动》一文。他们当时都在南京的东南大学教书。仿佛是要和北京大学形成对抗的局势。林琴南们对于新文学的攻击,是纯然地出于卫道的热忱,是站在传统的立场上来说话的。但胡梅辈却站在"古典派"的立场来说话了。他们引致了好些西洋的文艺理论来做护身符。声势当然和林琴南、张厚载们有些不同。但终于"时势已非",他们是来得太晚了一些。新文学运动已成了燎原之势,决非他们的书生的微力所能撼动其万一的了。

然而在南京的青年们竟也有一小部分是信从着他们的主张。

他们在一个刊物上,刊出一个"诗学专号",所载的几全是旧诗。《文学旬刊》便给他们以极严正的攻击。这招致了好几个月的关于诗的论争。这场论争的结果便是扑灭了许多想做遗少的青年人们的"名士风流"的幻想。同时也更确切地建立了关于新诗的理论。

鸳鸯蝴蝶派的大本营是在上海。他们对于文学的态度,完全是抱着游戏的态度的。那时盛行着的"集锦小说"——即一人写一段,集合十余人写成一篇的小说——便是最好的一个例子。他们对于人生也便是抱着这样的游戏态度的。他们对于国家大事乃至小小的琐故,全是以冷嘲的态度出之。他们没有一点的热情,没有一点的同情心。只是迎合着当时社会的一时的下流嗜好,在喋喋地闲谈着,在装小丑,说笑话,在写着大量的黑幕小说,以及鸳鸯蝴蝶派的小说来维持他们的"花天酒地"的颓废的生活。几有不知"人间何世"的样子。恰和林琴南辈的道貌俨然是相反。有人谥之曰"文丐",实在不是委屈了他们。

但当《小说月报》初改革的时间,他们却也感觉到自己的危机的到临,曾夺其酒色淘空了的精神,作最后的挣扎。他们在他们势力所及的一个圈子里,对《小说月报》下总攻击令。冷嘲热骂,延长到好几个月还未已。可惜这一类的文字,现在也搜集不到,不能将他们重刊于此。《文学旬刊》对于他们也曾以全力对付过,几乎大部分的文字都是针对了他们而发的,却都是以严正的理论来对付不大上流的诬蔑的话。

但过了一时,他们便也自动地收了场。《礼拜六》《游戏杂志》一类的刊物,便也因读者们的逐渐减少而停刊了。然而在各日报的副刊上,他们的势力还相当的大。他们的精灵也还复活在所谓"海派"者的躯壳里,直到于今而未全灭。

创造社与中国现代社会的青年文化(节选)

王富仁

导言——

本文选自王富仁著《灵魂的挣扎——文化的变迁与文学的变迁》(时代文艺出版社 1993 年)。

王富仁,(1941—2017),山东高唐人。北京师范大学中文系、汕头大学文学院教授。

本文是从中国文化现代化转型的角度研究创造社的重要论文。文章独具匠心地把创造社置于中国的老年文化、中年文化与青年文化的格局中加以考察。作者认为中国古代文化表现出明显的老年文化的特征,不论是老子的自然生命的关怀,还是孔子的社会人际关系的和谐与平衡的关怀,其基本价值准则都体现了老年文化的精神要求,从而也就有形与无形地压抑了中年文化与青年文化。近代以来的中华民族危机直接加强了中年文化的力量。从洋务运动到维新派、革命派,不论他们的追求目标有何不同,他们都是为解决现实的民族危机而提出实际的奋斗目标,他们的思想也是围绕着自己的实际奋斗目标形成的,就其性质而言,这属于中年文化。

　　"五四"新文化运动的倡导者们虽然首次集中地提出了青年问题,但就其自身性质而言,这场运动并不是一个独立的青年文化运动,而是在更高的层次上的一个中年文化运动。他们的思想,他们的理想都直接产生于他们所要求承担的具体历史使命的意识中。继《新青年》而起的新潮社与文学研究会虽然表现出青年文化的一些特征,但总体上仍延续着新文化倡导者的方向。

　　创造社的出现真正代表了中国现代的青年文化和青年文学的独立形态的形成。其中郭沫若诗歌是青年的自由意志和自由精神的集中体现,是为中年人所不再可能有的高度自由心灵的自我表现;郁达夫小说则代表了这类青年人的真诚无伪的心灵的自我表现。从此,中国文化成了由老年文化、中年文化和青年文化三种形态的文化相互联系又相互斗争构成的统一整体,其历史意义不可低估。文章在最后一部分还考察了创造社向中年文化转化的过程。此文视野宏阔开放,分析细腻透辟,对于重新认识创造社的文学史地位与文化史价值颇具启示意义。

　　创造社,在它存在的短短十年间,曾经不止一次地猛烈搅动了中国现代文学界乃至整个中国现代文化界。在"五四"新文化和新文学运动之后,创造社在中国新文学界掀起了一个新的洪峰。它于1921年举着与前一代的《新青年》和同一代的文学研究会的知识分子全然不同的文学旗帜闪电般的出现在中国文学界,几乎是造成了一个类似于"创造社"时代的文学新时期。郭沫若的《女神》、郁达夫的《沉沦》连同创造社的机关刊物《创造季刊》等风靡于当时的文学界,特别是文学青年之中,给文坛的震动并不下于胡适在《新青年》上发表的白话新诗和鲁迅的《狂人日记》。但这样一股文学新潮流,尽管在精神上体现着"五四"新文学的方向,显示了这个文学运动的新的实绩,但至少在形式上却并不直接表现为新文学与旧文学的正面冲突,创造社与外界的论争更多地表现为新文学营垒内部的斗争。成仿吾、郭沫若、郁达夫的文学批评论文以横扫千军的气概将新文学界内的沉默空气一扫而空,激起了新文学界内的一次又一次地带着感情性的激烈论争。招怨于文学研究会、讥评《呐喊》、小觑康白情、褒贬小诗、挑剔翻译、戟指胡适,几乎是四面树敌,独战群儒。但也正是在这激烈的论战过程中,中国现代浪漫主义文学理论初成形态,某些被称为新浪漫主义的西方现代派的理论也通过创造社这个渠道被介绍到了中国。1928年,由创造社发起的革命文学论争整个地改变了中国现代文化和现代文学的历史走向,奠定了从那时起直到现在的中国无产阶级革命文学和社会主义文学的发展基础,马克思主义文艺理论较前更加集中而迅速地被介绍到中国。显而易见,在马克思主义文学理论成为现当代的一个主要理论基础的过程中,创造社的历史作用是不可低估的。但同样令人困惑莫解的是,在这场意义重大的历史论争中,创造社的斗争矛头指向的却不是封建主义的文学旧营垒,甚至也没有主要针对从英美留学归国的自由主义知识分子所组成的新月派,鲁迅、茅盾、叶圣陶、郁达夫这些后来被证明为左翼或倾向左翼的作家反倒是他们主要攻击的对象。……这一切的一切,使创造社带上了极为复杂的性质,它使我们感到仅仅在革命与反动、进步与保守、正确与错误这些固有理论框架中已经极难说明它的全部问题,使我们感到有必要在新的评论框架中解决尚未解决的问题,以补正已有的评论。本文试图从中国文化的特征及其在现代的变迁来观察创造社在中国现代文化和现代文学史上的地位,并对它的历史功过做一些新的探讨。

一、中国古代文化的老年文化特征

每一种民族文化都是该民族全体成员的共同财富,是全民共同创造并拥有的文化。这个民族不同阶级、阶层,不同类型的成员都能够在这种文化中获得特定的位置和利益的保障,并借助它向整个社会表达自己的意愿和要求。但是,这绝不意味着它不带有它的缔造者和自觉的拥戴者们的时代的、阶级的、阶层的乃至个人的特征,而由于这种特征,在它成为全民族共同的或占统治地位的文化之后,社会不同阶级、阶层和不同类型的成员并不以完全相同的方式被组织进这个文化体系,它们获得自己的利益保障的程度和表达、实现自己的意愿和要求的可能性是迥不相同的。

为了说明创造社这种历史文化现象,这里我需要说明的,是中国古代文化有着明显的老年文化的特征。

在中国古代,没有统一信仰的宗教,也没有任何足以统一全民族成员思想的文化学说。它是由诸种不同的文化学说组成的相对松散的文化系统,而其中影响最大的则是道家文化和儒家文化。

老子是道家文化的创始人和奠基者。一个文化学说的主要特征首要表现在它的思想基点上,这种基点决定了它将从何种角度总结和概括人生经验,决定了它将把哪些人生要素作为基本的、不可动摇的人生原则固定下来,而又将哪些人生要素作为从属的、可以牺牲或部分牺牲的东西。司马迁用"修道""养寿"概括了老子学说的主要内容,①这实际也便是老子的两个主要思想基点。人的生命有两个互相联系又有矛盾的方面,一是生命的长度,一是生命的活力。生命的活力是生命价值的实现过程,它有时且常常因生命力的消耗而影响生命的长度,即人的寿命。为了保证人的生命的长度,节制生命力的消耗或曰减弱生命的活力则是一条有效的途径。显而易见,在这样一对矛盾中,青年和老年的态度常常是不同的。对于具有蓬勃活力的青年,在人生的道路上还有许多东西有待于自己去争取,因而他们越是具有强健的体魄,越是不把长寿的问题放在思维的中心;而处于日暮之年的老人,因所能争取到的已经大都获得,不能获得的也已不易获得,长寿的问题便上升到了人生的重要地位。老子的学说恰恰是以牺牲人的生命力的充分发挥、牺牲人的幸福追求而保障人的生命长度的,亦即以老年文化心理为基本心理基础的。传说他的母亲怀孕 81 年才生下他,生而满面皱纹。还传说他活了 160 余岁,或曰 200 余岁。这些虽系传说,但也体现了人们对老子学说的感受与体悟。老子的"修道"与"养寿"是一体两面的东西,其"道"是在"养寿"的前提下提出的,因而他的"道"有与其他文化学说的"道"根本不同的内容。司马迁说:"老子修道德,其学以自隐无名为务。"②"自隐无名"就是不追求自我生命价值的社会表现。为什么老子倡导这样一种人生态度? 归根到底是因为它与"养寿"的目的是有联系的。老子讲"不行而知,不见而名,不为而成",讲"清静为天下正",讲"无为而无不为"。这些是老子的"修道"的核心内容,同时也是"养寿"的主要途径。显而易见,这些更是一个饱览人生而不再有任何必不可得的人生欲求的老年人的世界观的集中表现。动与静是人生的两个侧面,但静对老年人具有更重要的意义,动则几乎是青年人的主要特征。老年人爱静而易静,心静则心理平衡,身静则易延天年,而青年人则喜动也必动,心不动则无知,身不动则体衰,这是人在不同发展阶段的不同特征和不同要求。足与不足,也是人生中的不同侧面,二者都不是绝对的。但对于不同年龄阶段的人来说,如何把握事物和感受生活现状却有不同的意义。对于一个老年人,他在漫长的人生道路上已经具备了自我生存的必不可少的知识条件和物

---

① ②　司马迁《史记·老庄申韩列传》。

质条件,任何新的较为强烈的欲望追求都有可能打破他已可以获得的心灵平静和生活平静,对于他的幸福和长寿都是不利的。不难看出,老子认为"知足之足,长足矣",讲"见素抱朴,少私寡欲",都是建立在老年人的这种基本需要之上的。但这对于青年人只有很低程度的适用性。青年人的前面还有漫漫的且又是难以预测的人生长途。现在之足并不意味着未来之足,他有足够的精力和时间去争取、去获得,他需要在这种争取和获得中表现自己的才智和能力,证实自己的存在及其价值,并且只有更多地争取和获得,才能够更有效地保证未来的生存和幸福。柔与刚,是人生斗争的两种策略思想。刚强胜柔弱,是一种策略思想,它是就其刚强者获得主观意志的伸展且保留了自己的基本形态为判断形式的,是以一次次具体的斗争及其后果为依据的。但柔弱胜刚强也是一种判断形式。刚强者以其不可变为特征,任何自身的变化都意味着自己的失败,都会感到失败的痛苦,而柔弱者若习于改变自我的存在形态,他便不会把自我形态的改变当作失败,不会因此而有失败的痛苦。但如若意识到不论刚强者和柔弱者在斗争中都会发生变化,不变是相对的,而变化则是绝对的,那么,失败的痛苦总是属于刚强者,而习于变化的柔弱者则永远不会感到失败的痛苦。这两种策略思想和把握斗争结果的思维形式,一般说来,前者更符合于青年的文化心理,而后者更适宜于老年人。在这方面,老子的学说显然也是建立在老年文化心理的基础之上的。他主张以"柔弱胜刚强",认为"守柔曰强"。这是老年人以静制动、以智胜力、以柔克刚的人生策略思想;但青年人的优势在力不在智,在刚不在柔,在动不在静,且主观意志强烈的青年人也只有在另一种形式下才会感到自己是胜利者。……总之,老子的文化学说是建立在老年人的生存方式、生活方式和心理特征的基础之上的,是一个智慧老人对社会人生和生命意义的哲学冥思。

儒家文化的性质较为复杂。就其实践性的品格而言,它具有中年文化的特征,而中年文化与老年文化的根本区别则是老年文化是在超越了人生的具体追求目标之后对宇宙、人生的一般性本质的冥思和概括,在这时,人的本质被还原为脱离了人的欲望和追求之后的自然的生命。而中年文化则是建立在特定的社会人生追求的基础之上的。只有在具体的、特定的社会人生追求的目标的基础上,只有在它的固有产生的社会人生条件下,我们才能够认识到它的必要性和可靠性,脱离开它的追求目标和特定条件,这种文化便会失去自己存在的基本依据。中年人正处在人生的中途,困扰他们的是实际存在的社会人生问题,实现自己的具体追求目标往往是他们不可摆脱的愿望和要求。儒家文化的创始人孔子生于"礼崩乐坏"的春秋末年,社会矛盾的加剧和社会关系的紊乱是激动着孔子心灵的实际社会问题。孔子学说的致力目标是重新实现社会关系的和谐与平衡,而不是每一个个体人的自然生命的延续和没有任何具体目的的灵魂的价值。在这个主要目的和意图的意义上,儒家文化是一种中年文化。但当孔子进入自己的追求目标之后,由于当时的中国家庭是以亲族血缘关系为主的,各个诸侯国乃至整个周王朝都是以家族为统治基础的,更由于当时学校教育、社会教育的不发达,生产和生活知识都主要依靠实际经验的积累和个人的记忆,老者在他的学说中占据着绝对重要的地位,他所提倡的伦理道德也是主要按照老年人所能达到的水准为基本标准的。孔子在谈到自己的修养过程的时候说:"吾十有五而志于学,三十而立,四十而不惑,五十而知天命,六十而耳顺,七十而从心所欲不逾矩。"①越老,越容易达到他所理想的最高的道德标准。我们看到,儒家文化与道家文化有很多不同的主张,但又在一些基本问题上有着相同的要求。对于人的各种欲望要求,二者都取着否定或基本否定态度:老子讲"寡私少欲",孔子讲"安贫乐道";在人的精神品格的追求上,二者都主柔抑刚:"老,是尚柔的;'儒者,柔也',孔也尚柔,但孔以柔进取,而老却以柔退走。"②由于孔子学说的这种复杂性质,它既可以被一些关心国计民生的知识分子所利用,也可以被脱离开具体社会追求的真诚的或虚伪的道德家所接受。但无论如何,他们的基本道德准则则体现了老年文化的精神要求,加强着而不是削弱着中国古代文化的老年文化特征。

任何一种文化学说都有其独特性,但又有其普遍性;它的独特性是通过其普遍性进行贯彻的。不论老子的自然生命的关怀,还是孔子的社会人际关系的和谐与平衡的关怀,都是社会每个成员普遍应予关心的事情,但在同时,它们也就有形与无形地压抑了另一种同样合理的矛盾侧面,使其原本更能体现自我特征的愿望和要求被这种学说所否定、所淡化乃至被消灭。青年人由于老子、孔子学说普遍性而有可能接受之,但在同时,他们更带有独立性的愿望和要求也就受到了压抑,他们蓬勃的追求精神和创造力也就在自然生命与

---

① 《论语·为政》。
② 鲁迅《且介亭杂文末编·〈出关〉的"关"》。

社会关系和谐平衡的关心中受到了社会和自我的自觉抑制。在一种学说被不同阶级、阶层和不同类型的社会成员所接受时，接受者有可能将属于自己的东西注入这种学说，使其发生性质的转移和形态的变化，但只要这种学说的思想基点没有发生根本的变化，它的固有的特征也就没有发生根本的变化。孟轲的著作表现了较之《论语》更鲜明的中年乃至青年文化的特征，他的刚烈气魄、激昂情绪、机警辩锋都洋溢着中年盛气或青年的热情，但他赖以律己与律人的道德准则依然因袭着孔子的学说，因而孟子不但不能被称为中青年文化的代表，反而以自己的中青年的刚盛气象加强了老年文化的排他性或曰战斗性。《庄子》的丰富想象、诡奇文风、恢宏气度，都呈现着中年文化的特征。"庄子晚出，其气独高，不惮抨弹前哲，愤奔走游说之风"①，是以庄子较老子的独立性更大于孟子较孔子的独立性，但尽管如此，在自然生命与社会人生价值二者之间，庄子与老子都倚重前者，所以庄子也不足于称为中年文化现象的体现者，反而为老子的老年文化带来了斑斓的色彩和恢宏的气势。

在先秦思想学说中，法家文化是较典型的中年文化。中年文化的根本特征是一种干事的文化，不论其事是属于形而下的事功，还是属于形而上的精神追求，都有其现实的目的性。法家文化在先秦便是这样一种文化现象。法家是在专制主义条件之下为专制主义君主加强政治统治、富国强兵、争霸诸侯而提出的一套组织和领导的理论和方法，因而法家重事功而轻虚言："为人臣者陈而言，君以其言授之事，专以其事责其功。功当其事，事当其言，则赏；功不当其事，事不当其言，则罚。"②为成其事，它讲"法、术、势"，讲根据具体形势，建立法度，确定具体实施方法。因而法家是现实主义者，反对因袭旧法，主张根据变化了的形势变法以治。……这一切，都是典型的中年文化的特征，因为中年人是在自己特定的社会环境中形成自己的愿望和欲求的，他们既不像老年人一样可以脱离开特定境遇而对宇宙做整体性的抽象冥思，也不像青年人一样对未来和人生怀着不与具体追求相联系的空幻梦想，他们的理想和抽象的冥思也带有他们具体社会追求的特征。但是，法家只在先秦和秦代才以自己的独立地位被政治统治者所重视，及至儒家文化成了社会的统治

---

① 　章太炎《诸子学略说》。

② 　《韩非子·二柄》。

文化,法家文化在更多的情况下只作为儒家文化的附庸,成为维护儒家伦理道德秩序的工具和手段。在这时,它起到了加强儒家文化的残酷性的作用,亦即为中国古代的老年文化注入了残酷性,而不再可能改变它的根本性质。

佛教文化传入中国后,至少在形式上,构成了中国文化的一个组成部分。但佛教文化自身便是一种更典型的老年文化。如果说道家文化的修道、养寿体现了老年人在日暮之年对现世的留恋情绪,佛教文化则体现了老年人对现世的否定和对来世更高精神境界的向往;如果说儒家文化体现了老年人以自己的需要改造现世生活环境的愿望,佛教文化则体现了绝望于现世生活而追求超越于现世的涅槃境界的愿望。佛教文化的中国化以及在儒、释、道三教同源说的旗帜下进行的彼此融合,更加强化了中国古代文化的老年文化特征。宋明理学较之先秦的孔、老、庄、孟更少了蓬勃的思想朝气和思想上的独创精神,宋明理学昌盛的年代也正是国民精神萎靡、国力日衰的时代,先败于元,后败于清,最后更败于帝国主义。说明宋明理学的老年文化特征是更加加强了。

中国古代的老年文化至鸦片战争之后受到了中年文化与青年文化的严峻挑战,开始了中国文化的新的嬗变过程。

二、创造社与中国现代社会的青年文化

鸦片战争之后,中华民族面临着严重的民族危机,这种危机直接加强了中年文化的力量。这种危机是一种极为具体的现实矛盾,它既不能仅仅依靠对普遍人生的抽象冥思来解决,也不能仅仅依靠对未来的空幻梦想来解决。从洋务派到维新派,从维新派到革命派,不论他们的追求目标有何种不同,但他们都是为解决现实的民族危机而提出实际的奋斗目标,他们的思想也是围绕着自己的实际奋斗目标形成的。因而,它们就其性质而言都属于中年文化。

首先而集中地提出青年问题的是"五四"新文化运动的倡导者们。1915年,陈独秀创办了《青年杂志》,在其发刊词《敬告青年》中写道:"窃以少年老成,中国称人之语也;年长而勿衰(Keep young while growing old),英、美人相勖之辞也;此亦东西民族涉想不同、现象趋异之一端欤?青年如初春,如朝日,如百卉之萌动,如利刃之新发于硎,人生最可宝贵之时期也。青年之于社会,犹新鲜活泼细胞之在人身。"1916年,李大钊在《新青年》二卷1号上发表《青春》一文,提出"人类之成一民族一国家者,亦各有其生命焉。有青春之民

族,斯有白首之民族,有青春之国家,斯有白首之国家"。并认为中国以前之历史,为"白首之历史",而中国以后之历史,应成为"青春之历史,活青年之历史"。"五四"新文化运动之后,青年的问题更作为一个极其重要的社会问题被提了出来,青年的一些更具独立性的要求,如恋爱自由、婚姻自主、反对家长专制的问题,成了"五四"新文化运动中讨论最多的问题之一。但是,就其自身的性质而言,"五四"新文化运动并不是一个独立的青年文化运动,而是在更高层次上的一个中年文化运动,或曰中国近代中年文化发展的一个顶峰。"新青年"一代新文化运动的倡导者们尽管各自有着不同的经历,但他们都是已经走上社会、有了一定社会职业的知识分子。在自己的生活历程中,他们形成了自己的独立追求,而这独立追求并不建立在抽象人生的哲理思考上,也不建立在对未来的梦幻般的理想上,而是建立在中国那个历史时代具体的、特定的社会问题和民族问题上。他们的思想,他们的理想都直接产生于他们所要承担的具体历史使命的意识中。陈独秀是这个运动的最早的发动者和组织者,1917 年他 38 岁,此前曾留学日本,参加过辛亥革命和 1913 年的二次革命,二次革命失败后又曾流亡日本;蔡元培是"五四"新文化运动的保护神,1917 年他已 49 岁,此前已有漫长的革命经历,时任北京大学校长、教育总长等职,可以说,没有他提倡学术自由、科学民主和采取兼容并包主义的办学方针的教育思想,"五四"新文化运动是不可能如此顺利地发生并发展的;鲁迅是"五四"新文化运动的主将之一,1918 年他发表《狂人日记》的时候 37 岁,他早在留学日本的时候便关心国民性的改造问题,建立了自己独特的思想追求和精神追求,当时在教育部任职;李大钊是中国第一个马克思主义者,在"五四"新文化运动中占有一个独特的历史地位,1917 年他 28 岁,任北京大学图书馆馆长,早在他留学日本时便组织过神州学会,后又参加反袁斗争;周作人是"五四"新文化运动时期的主要文艺理论家和影响很大的散文家,1917 年他 32 岁,任教于北京大学和燕京大学;钱玄同、刘半农是"五四"新文化运动中的两员猛将,1917 年,钱玄同 30 岁,刘半农 26 岁,他们都在北京大学任教,刘半农虽然较钱玄同年轻 4 岁,但他的社会经历似乎更为复杂一些,他曾在辛亥革命军中做过文书,后到上海,当过记者、编辑,投稿于陈独秀主办的《青年杂志》;沈尹默是最早发表白话新诗的三诗人之一,参加《新青年》的编辑工作,1917 年他 34 岁,早在 1913 年他便已经在北京大学任教;在"五四"新文化运动的倡导者中,只有胡适一人是在美国留学的学生,并在那时便开始试作白话新诗,发表了具有关键性意义的《文学改良刍议》,在 1917 年回国,任教于北京大学,这一年他 26 岁,胡适几乎是把创作白话新诗、提倡白话文当作一项具有特定操作规程的科学实验工作和社会文化工作来做的,他的自我的愿望是在中国社会文化自行运转的具体过程中产生的。

我之所以不厌其烦地缕述这些尽人皆知的历史事实,目的在于说明:围绕在《新青年》周围的这些新文化运动的倡导者们,尽管主要面向中国的青年,首次把青年的很多独立的愿望和要求以理论的形式提交到了中国的社会上,但他们在其年龄、经历和主要的思想特征上,却已经属于中年的范畴了,他们所建立的新文化,就其整体而言属于中年文化的形态。上述 9 人在 1917 年的平均年龄为 33 岁,大都已有固定的职业、家庭和较长的社会阅历与生活阅历,他们的愿望和要求是在中国社会的具体的、现实的矛盾中产生的。"五四"新文化运动的胜利是中国社会历史的具体矛盾发展到特定阶段时的产物,是中国古代带有更强烈的老年文化特征的文化已经不完全适应中华民族现实发展,不能迅速而有效地解决现实民族危机的结果,是鸦片战争之后各种为解决实际的社会问题、民族问题而产生的文化思想走向成熟和系统化、完整化的标志。"五四"新文化运动标志着中国现代中年文化已经以自己完全独立的形态出现在中国文化的舞台上,已经在与老年文化的对话中取得了平等的发言权(至少在理论的意义上是这样),他们的一整套的价值观念开始与传统老年文化的价值观念同时流行于中国的社会,并为部分的中国人所接受和运用。也就是说,从此以后中国有了并行的既统一又对立的两种文化传统,一种更多体现了老年文化希求社会平衡、心理平衡的特征,一种更多体现了中年人在现实矛盾面前希求迅速发展的心理特征。在这个意义上,"五四"新文化运动的意义是重大的,它开创了一个新的文化时代。

就其理想而言,一个民族的文化是由多种文化形态组成的一个完整系统。这个系统应当使社会的各类成员都能够找到表达自己的独立意愿和要求的相应的价值观念,并获得发展自己的个性和特长的机会和可能。它们之间必然存在着各种的差异和矛盾,有着种种冲突和斗争,但即使这些矛盾和斗争,也能够成为整个民族及其文化发展的动力,因为所有的发展都只有在矛盾和斗争及其解决的过程中才能实现。老年文化、中年文化、青年文化的关系也是如此。由于老年、中年、青年的社会联系的需要，其中的每一个阶层在求自我的发展中都要顾及另两个阶层的愿望和要求，但同时又都不可能完全地、在其自身的体验的基础上体现这个阶层的独立性。中国社会需要老年文化、中年文化，也需要有独立的青年文化。我认为，只要在这样一个意义上思考中国文化和中国文学的发展历史，不论创造社自身的发展还有多少不尽如人意的地方，它的意义就是不可低估的了。

继《新青年》而起的新文学团体是新潮社，它的主要发起人和撰稿人是北京大学的青年学生；略早于创造社还成立了有广泛影响和丰硕文学成果的文学研究会，其成员在年龄层次上也多属青年文学家。他们的思想和创作都已明显地表现出了青年文化的特征，但就其总体的倾向上，他们是直接延续着《新青年》诸新文化倡导者的方向的，并始终没有自己完全独立的文化思想和文学思想。

创造社的情况则另是一样。

"异军突起"几个字几乎与创造社粘在了一起，它的早期的成员几乎全都是还没有固定职业的留日青年学生。1921 年创造社成立时，郭沫若 29 岁，张资平 28 岁，郑伯奇 26 岁，郁达夫 25 岁，成仿吾 24 岁，田汉、王独清 23 岁，穆木天 21 岁。以上 8 人的平均年龄不足 25 岁，并且体现着创造社创作特色的郭沫若的《女神》、郁达夫的《沉沦》等作品，都作于 1921 年之前。不论是偶然的误会还是自觉的选择，创造社早期成员没有加入文学研究会而自组了创造社都是有关键性意义的。正是在这样一些纯由青年学生自行组织成的社团里，文学青年的独立特征和独特的思想文学追求才得以充分地表现出来，并在表现过程中得到了巩固和发展。这同时也埋伏下了与《新青年》一代的新文化运动的倡导者、文学研究会、语丝社之间的长期的矛盾和斗争。

人们往往把创造社与其他新文学代表人物的论争或视为彼此的误会，或视为不同门户间的宗派斗争，或视为现实主义与浪漫主义两种文学主张间的理论斗争。我认为，这都还停留在事物的外部表象上，其结论也没有更重要的认识意义。他们之间的几乎所有斗争都来源于对社会人生、对文学艺术的实际感受的不同，以及由这种不同带来的价值观念本身的不同。而正是在这种不同之中，体现了中年文化与青年文化的不同特征。

老年文化、中年文化、青年文化不但是一种年龄上的区分，同时也是一种文化上的区分。文化，对于人类或一个民族的整体而言，是一种主观的产物，是人以自己的意志和意愿改造过了的客观世界,但对于一个个体人而言,它则首先是一种客观性的存在,是一个个体人首先以被动的形式加以接受并与之适应的外在环境。只有在此基础上,他才具有对它的主动性和创造性。在这里,适应和改造、接受和抵拒永远是相互联系又有矛盾的两个方面,它具体体现在文化环境和个人这样一对永恒的矛盾之中。老年,在其漫长的人生经历中,逐渐加强了对自己所长期居留的文化环境的适应性,不论是他的经验和教训都使他向着能够适应自己所处的文化环境的方向发展。对于一个睿智的老人,几乎没有一种文化环境不能通过个人的生活经验和个体行为或心理的调整予以应付。与此相反,一种突然变化了的情势却使之难以迅速适应。习惯性的行为和心理是在已有的环境条件下形成的,它愈是加强了自己的稳固性便愈是难以改变,增加了适应新环境的困难。老年人的这种心理特征使老年文化走向各种形式的个人修养(儒家的伦理道德的修养、道家文化的自我心理调整、佛教文化的修成正果的理想),而对于现世社会及文化环境的改造则取着相对冷淡的态度。中年人对自己文化环境的适应性和抵拒力是参半的,如果没有自己独立的、不可放弃的追求目标,他们原本已可以适应现存的文化环境,但他们的人生价值必须在实际的社会追求和生活追求中来实现,这种追求使他感到现有文化环境的不足,他的努力不但要从自我的方面入手,而且还要从改造自己的环境入手,因为任何新的目标的实现都不可能仅仅依靠自我的个人努力,社会文化环境是使一种新的目标无法顺利实现的最有力的障碍。在这种情况下,中年文化的特征是它的具体性和目的性,在具体的社会的与生活的目的追求中感受和分辨一切。目的性使他们愿意去适应那些有利于自我目的实现的东西(尽管这些东西他自己尚未能够适应),但他又同时反对不利于自我目的实现的因素(尽管这些因素有些也已成了他自己的习惯)。"五四"新文化运动的一个显著特点,便是它的明确的目的性,它是为了挽救民族的危亡、谋求民族的现代发展才提倡一种新文化的。他们的一切只有纳入这样一个极具体的社会目标中来才感到是合理的,离开这个目标他们的思想便成了不可理解的乃至荒谬的。青年人尚未涉足于整个社会的斗争中去,在这时,一个社会的文化环境对于他还是异己的。其中所有的一切都暂时还与他没有必然的不可分割的联系,一切值得肯定的东西都不是他自己的生命力的结晶,一切丑恶的东西中也没有他们的过错在内。他不应对现实的这个文化环境负责,他也不会由衷地感到自己对它负有什么责任。只有未来才是属于他的，前辈人所造成的一切只是他要继承的一份遗产，不论人们愿意不愿意，他在本能中便感到有权以自我的感受评价和对待这份遗产。在这种情况下，青年人的感受则近于完全是自然的、情感的和情绪的，他赖以感受这一切的标准是个人幸福和个人自由。可以说，这种感受方式不但是青年心理逻辑的必然结果，同时也是他们的特权。从文化是人创造的又必须有利于人的生存的角度而言，这恰恰是一个最合理的感受方式。我们应当怎样评价创造社的自我表现的创造倾向？如何看待它与"社会表现"的关系？我认为这才是一个更可靠的基点。

正如很多研究者所指出的，创造社也并不反对社会的表现，但这里的区别仍是明显的，即创造社的社会表现也是以自我感受为基础的，我们与其说是社会的真实反映，不如说是作者主观情绪的表现："我们飞向西方／西方同是一座屠场。／我们飞向东方／东方同是一座囚牢。／我们飞向南方／南方同是一座坟墓。／我们飞向北方／北方同是一座地狱。／我们生在这样世界当中／只好学着海洋哀哭。"（郭沫若：《女神·凤凰涅槃》）这是一个热爱自由、充满自由意志的灵魂对现实世界的热情诅咒。在这里我们感到的是，作者是站在这个世界之外的，他绝没有任何为这个丑恶的世界负罪的感觉。在鲁迅的小说里，我们所感到的则截然不同，鲁迅对任何社会罪恶的揭露都再也难以跳出现实社会之外，甚至在祥林嫂的悲剧之中，他也感到有着自己的责任在内。我认为，在这两种倾向之间，我们是无法比较其优劣的，这只能是一种中年文化心理与青年文化心理的自然的差异，如果说鲁迅小说正是由于那种不可摆脱的社会责任感才将社会的罪恶刻画得入木三分，那么，郭沫若的诗歌正是由于那种界外感才把自我的感受和情绪痛快淋漓地表现了出来。而从另一个角度，鲁迅即使在自己的作品中，自我的自由意志也是受到压抑的，那种永远失去了自由的感觉造成了作品的郁闷和压抑，郭沫若的诗歌则对社会的任何诅咒都显得笼统和朦胧，使我们不能仅仅从认识社会的角度来分析它、理解它。如果我们纳入中年文化心理和青年文化心理的范式中来理解，鲁迅和郭沫若的两种艺术倾向间的区别便是非常明显的了：只有像青年一样还自然地保留着对现实社会文化环境的界外感觉的人，其心灵才是完全自由的，才能自由地抒发自己的最强烈和最内在的情绪感受，但在同时，也只有像中年一样始终无法摆脱掉自己的社会责任感和道德责任感的人，其对社会的观察、认识和感受才有可能是深入的、细致的且始终统一的，才能深入社会和人的肺腑中了解社会、了解人。青年向中年的心理转换绝不只是递进的关系，而是失去了自己的心灵的自由而获得了对社会的更深刻的认识。

如果说郭沫若的诗歌是尚未介入具体的社会斗争之前的青年的自由意志和自由精神的集中体现，是为中年人所不再可能有的高度自由心灵的自我表现，那么，郁达夫的小说则是这类青年的真诚无伪的心灵的自我表现。实际上，二者在一点上是相通的：自由地表现自我。在这时，我们自然地会想到鲁迅的一句带着苦味的话，他说他必须在身上留下几片铠甲。这是一个有了确定社会目的并必须为此目的而战斗的中年人的内心苦闷的表现：为了与敌人的战斗，为了不被论敌轻易消灭，他不能再毫无顾忌地暴露自己。而这种大胆和直率，老年人和中年人都不得不留给青年。青年，正是因为没有确定的社会目标，没有确定的敌人，也没有任何害怕失去的社会地位，没有害怕别人揭露的社会罪恶，直率和大胆才真正是可能的。在郁达夫的小说里，我们甚至可以感到这样一种值得体味的东西：连自我，自我的文化心理、道德习惯，都是可以作壁上观的对象，都是可以取得界外感的社会文化现象。在青年，这种文化心理是非常自然的。从童年到青年，人是在完全被动的形式下接受文化传统的熏陶的，这时的自我似乎完全由别人操纵着，并且总是以有益于他的规劝使他接受着这一切。在这时，如若一个青年感到自我所接受的东西不但不利于自己，反而有害于自己，那么，他的自我暴露在其深层心理中也就有了控诉社会文化环境的性质，他是在觉得不应对自己的一切负责的情况下做自我暴露的。我们读郁达夫的小说总能感到他在自我暴露中也能获得一种心理上的快感，并且往往自觉不自觉地夸张了自己的丑恶。但是，几乎只有青年才有可能，也有权利把自我当作社会外界的产物那样进行暴露，因为他在文化环境面前至今仍是被动的、无力的。乃至中年，人仍然有被动性的一面，但同时他也有了自己的主动性。在社会文化环境中，在中年人的生活追求和社会追求中，处处呈现着不同选择的可能性，他可以在不同的选择前感到自我的主动性，因而他也必须为自己的这种选择负责。正是这种被动中有主动的复杂状况，使中年人的自我暴露不可能，也不应该再像郁达夫那样怀着隐秘的喜悦心情，他们的自我暴露当然地必须与自我谴责交织在一起。如果说郁达夫的《沉沦》更使我们感到是自我暴露的，鲁迅的《一件小事》则更是自我谴责的。

郭沫若感受外界的情绪基点是自我的自由,郁达夫感受外界的情绪基点是自我的幸福:"名誉、金钱、妇女,我如今有一点什么? 什么也没有,什么也没有。"(郁达夫:《南迁》)前者更属于形而上的,后者更属于形而下的,不难看出,所有这一切都是人的最基本的欲望要求。我们说人应当是幸福的、自由的,但一个老年人和中年人却难以用自我的自由和幸福的主观感觉来合理地表现主客两面的情况。人一旦介入社会的联系之中,一旦被一种生活和社会的目的意识所支配,一旦对于自己的文化环境有了部分的主动性和创造性,他也就失去了完全用自我的幸福与自由作为基本价值尺度的合理性了。目的意识可以使人把别人难以忍受的当作自己的幸福,自我选择的部分主动性剥夺了中年人用自我的幸福作为衡量社会与他人的基本价值标准的权利,只有在周围的一切都并非自我选择的结果且除了人的最基本的自由、幸福的欲望之外还没有任何确定的目的的青年这里,自由和幸福的主题才是完整的、合理的,因为这时的自我与普遍性的"人"有了某种等同性质。

爱情的主题更属于青年的主题,这在中国几乎是不言而喻的。在"五四"新文化运动的倡导者的作品里,爱情主要是作为社会问题被表现的。这有它的合理性;在一个婚姻不能自主的社会里,在把男女之爱笼统地归在"淫"的范围里绝对地加以排斥的文化中,爱情的问题不能不首先表现为一种社会文化问题。但是,爱情却并不能仅仅局限在社会问题之中,它是一个更复杂、更独特的心理问题和人生问题。这种复杂性首先是通过有着更具体、更强烈的爱情体验的青年的自我表现传达出来的。显而易见,创造社几乎是通过全体的力量把爱情的描写推到了一个新的高峰。在创造社的作品中,爱情再也不仅仅是一个故事,一段经历,而成了一种强烈的感情体验,一种复杂的情绪搏动;也不再仅仅是爱情双方与社会、与家庭的壁垒分明的社会斗争,而成了一种多类爱情心理和偶然境遇的邂逅,成了带有各种偶然性的可捕捉与不可捕捉的命运。由于种种原因,创造社仍没有创作出很伟大的爱情作品,但他们的众多的爱情题材的作品,确确实实在题材类型上开拓了爱情描写的疆域。郁达夫、郭沫若、张资平、冯沅君和创造社的众多青年作家,在这方面都做出了自己的或多或少的贡献。

在评论创造社的创作方面的时候,我们往往用西方浪漫主义来诠释。一般说来,这是正确的,因为我们不能忽视西方浪漫主义作家对他们的影响。但是,正像我们不能把中国现代的现实主义同西方十九世纪的现实主义等同起来一样,我们也不能把创造社的浪漫主义同西方十八世纪末、十九世纪上半叶的浪漫主义等同起来。简言之,西方浪漫主义仅仅是一个青年的文化思潮和文学思想,而创造社则是中国现代的一个青年文化思潮和文学思潮。如果说西方的浪漫主义是由于整个社会思潮的发展而走向了浪漫主义,那么,创造社则是由于其成员是一些青年而走向了浪漫主义。西方浪漫主义是对十七、十八世纪古典主义和科学主义的自觉反叛,所以它既是自由的、自我表现的,又是一种在实际的社会联系中产生的社会追求;西方浪漫主义不是在对人生没有深切体验时反对对社会做真实的深刻描写,而是在社会的体验中重新把人类的精神追求提高到了自己关注的中心位置。在这些方面,它更有类于鲁迅而远离创造社。但是,这绝不意味着创造社的自我表现的理论是错误和落后的。每一种文学主张都应当在自我解放、自我潜力开发的意义上看待其理论的价值。在中国,事实是这样的:"为人生的艺术""写实主义"对"五四"时期的新文化运动的倡导者们是一种解放,一种潜在生命力的开发,它把那些有着强烈的社会追求的知识分子从老年的抽象哲理冥思和陈旧的道德信条中解放出来,开始正视当前的社会现实,正视中国的实际人生,把他们怀抱着的激切的社会追求和现代理性感受、观察到的社会人生表现出来,产生了像鲁迅这样伟大的小说家。但是,随着大量青年作者地涌上文坛,由于他们缺乏鲁迅那样在长期的生活经历中形成的内在社会追求的激情,缺乏对人和人生的深切体验,在"为人生"的旗帜下创作出来的作品逐渐成了对社会问题的粗疏诠释,深刻的人生哲理内涵消失了,而青年固有的蓬勃热情却在无形中受到了束缚。在这时候,创造社异军突起,自立门户,提出"本着我们内心的要求,从事于文艺的活动"①的口号。这在无形中是对青年文学家的一种解放,使他们的青春热情找到了新的喷发口。如果说"为人生的艺术"使中国现代的中年知识分子把艺术的基点放在了自己的社会激情和人生体验上,"自我表现"的理论则使青年文学家把艺术的基点放在自我内心感情的波澜上。我们可以说郭沫若、郁达夫还没有达到鲁迅小说的思想艺术高度,但却必须承认,他们都在各自不同的基点上体现了当时文学的最高峰。诗歌领域,在胡适试作白话诗之后的一段平滑的路上,并没有产生真正杰出的诗人,创造社的郭沫若为中国新诗开创了第一个新局面。郭沫若诗歌中的热情不

---

①　郭沫若《编辑余谈》,《创造季刊》第 2 卷第 2 期。

是老年人那沉静、含蓄的感情，也不是中年人那骚动着的燥热的激情，而是青年人那易燃易熄的燎原烈火。他就用这倏忽而来、倏忽而去的爆发式热情重新组织着眼前的宇宙和世界，给这个宇宙和世界谱上了青春的旋律。中国现代的白话语言，在他笔下也年轻化了，热情化了，呈现出了前所未有的气势和格调。郁达夫的小说在散文化的道路上比鲁迅走得更远。如果说在鲁迅小说里我们感到了中年人那被压抑着的苦痛，在郁达夫的小说里我们则听到了一个上帝之子的啼哭，人类那最原始最单纯的欲望不得满足时的啼哭。这同样是在中国文学中所从来未曾听到过的声音。一种天真的怨诉的语言在郁达夫的小说中被创造出来，我认为这是比写景的优美、格调的清新、语言的流畅更属于郁达夫自己的东西。总括言之，郭沫若和郁达夫，代表了中国青年知识分子的两种思想倾向，也代表了他们的两种艺术风格。郭沫若体现了一个健康青年急欲走上社会一展雄风的乐观情绪和理想精神，而郁达夫则体现了一个病弱青年初解人情时的畏葸情绪和青春期的忧郁。这是青年即将走向社会时的两种常见的情绪，前者的艺术风格是因为青春热情而表现出超常的狂热与自信，后者同样由于青春的热情而表现出超常的忧郁和颓丧。但他们都是带着强烈的青春热情的。但我们同时又可看到，他们在对周围环境的描写中，都表现着粗疏和梗概的性质，既不如鲁迅的老辣，也不如他的精细，这是敏于感受而暗于知人的青年人的特征在文学创作中的表现。但创造社在自我表现的旗帜下避开了自己的弱点所在，集中发掘了自己的优长，这是它之能取得自己的成就的主要原因。

　　怎样才能充分估价创造社的意义？我认为，正是创造社，代表了中国现代的青年文化和青年文学的独立形态的形成。从此，中国文化成了由老年文化、中年文化和青年文化三种形态的文化相互联系又相互斗争构成的统一整体。如果说至"五四"新文化运动我们有了两种不同的文化传统，至创造社，我们则有了三种不同的文化传统。由此可以看出，创造社的历史意义是不能低估的。

中国新文学大系·小说二集导言

鲁　迅

导言——

本文选自《鲁迅全集》第 6 卷(人民文学出版社 1993 年),原刊《中国新文学大系·小说二集》(上海良友图书印刷公司 1935 年)。

鲁迅(1881—1936),浙江绍兴人。中国现代文学的奠基人,伟大的思想家、文学家。

本文是对"五四"至二十年代中期的小说流派及其创作进行综合评述与研究的代表性论文之一。1935 年,赵家璧主编出版了十卷本的《中国新文学大系》,它不仅精选结集了从 1917 至 1927 年文学运动与文学创作的优秀成果,而且每一集都有当时新文学界权威撰写的研究性的导言和蔡元培写的"总序"。这些序言对新文学第一个十年间各类体裁、文学运动及文学理论进行了全面评述,系"五四"文学研究最早的集大成的成果。

鲁迅负责编选其中的《小说二集》,并撰写导言。文章第一部分追述从《新青年》创刊、文学革命到"五四"运动前后现代小说的发轫过程,重点介绍了鲁迅与《新潮》的创作概况。其中鲁迅的《狂人日记》等最早的白话小说创作显示了"文学革命"的实绩。第二部分和第三部分分别评述了"五四"后至二十年代中期上海与北京的文学社团的小说创作活动。上海方面内容涉及"弥洒社""浅草社""沉钟社"等"为艺术而艺术"的作家团体的崛起与衰落过程、各作家创作的特点等。北京方面重点评述了蹇先艾、许钦文等作家的"乡土文学"或者"侨寓文学"创作,也提到了"现代评论"的凌叔华等的创作。第四部分重点评述了 1925 年后北京莽原社、狂飙社等的文学活动与创作。

文章以文学社团的流变为线索,结合创作主体的文化心理,知人论世,简明扼要地勾勒了"五四"时期小说创作的概貌。作者极其注重对每一个作家创作个性的挖掘,提出了"文学团体不是豆荚,包含在里面的,始终都是豆"的著名观点。此文可谓历史批评、心理批评与美学批评完美结合的范本。

一

凡是关心现代中国文学的人，谁都知道新青年是提倡"文学改良"，后来更进一步而号召"文学革命"的发难者。但当一九一五年九月中在上海开始出版的时候，却全部是文言的。苏曼殊的创作小说，陈嘏和刘半农的翻译小说，都是文言，到第二年，胡适的《改良文学刍议》发表了，作品也只有胡适的诗文和小说是白话。后来白话作者逐渐多了起来，但又因为《新青年》其实是一个论议的刊物，所以创作并不怎样著重，比较旺盛的只有白话诗；至于戏曲和小说，也依然大抵是翻译。

在这里发表了创作的短篇小说的，是鲁迅。从一九一八年五月起，《狂人日记》《孔乙己》《药》等，陆续地出现了，算是显示了"文学革命"的实绩，又因那时的认为"表现的深切和格式的特别"，颇激动了一部分青年读者的心。然而这激动，却是向来怠慢了绍介欧洲大陆文学的缘故。一八三四年顷，俄国的果戈理（N. Gogol）就已经写了《狂人日记》；一八八三年顷，尼采（Fr. Nietzsche）也早借了苏鲁支（Zarathustra）的嘴，说过"你们已经走了从虫豸到人的路，在你们里面还有许多份是虫豸。你们做过猴子，到了现在，人还尤其猴子，无论比哪一个猴子"的。而且《药》的收束，也分明的留着安特莱夫（L. Andreev）式的阴冷。但后起的《狂人日记》意在暴露家族制度和礼教的弊害，却比果戈理的忧愤深广，也不如尼采的超人的渺茫。以后虽然脱离了外国作家的影响，技巧稍为圆熟，刻画也稍加深切，如《肥皂》《离婚》等，但一面也减少了热情，不为读者们所注意了。

从《新青年》上，此外也没有养成什么小说的作家。

较多的倒是在《新潮》上。从一九一九年一月创刊，到次年主干者们出洋留学而消灭的两个年中，小说作者就有汪敬熙、罗家伦、杨振声、俞平伯、欧阳予倩和叶绍钧。自然，技术是幼稚的，往往留存着旧小说上的写法和语调；而且平铺直叙，一泻无余；或者过于巧合，在一刹时中，在一个人上，会聚集了一切难堪的不幸。然而又有一种共同前进的趋向，是这时的作者们，没有一个以为小说是脱俗的文学，除了为艺术之外，一无所为的。他们每作一篇，都是"有所为"而发，是在用改革社会的器械，——虽然也没有设定终极的目标。

俞平伯的《花匠》以为人们应该屏绝矫揉造作，任其自然，罗家伦之作则在诉说婚姻不自由的苦痛，虽然稍嫌浅露，但正是当时许多智识青年们的公意；输入易卜生（H. Ibsen）的《娜拉》和《群鬼》的机运，这时候也恰恰成熟了，不过还没有想到《人民之敌》和《社会柱石》。杨振声是极要描写民间疾苦的；汪敬熙并且装着笑容，揭露了好学生的秘密和苦人的灾难。但究竟因为是上层的智识者，所以笔墨总不免伸缩于描写身边琐事和小民生活之间。后来，欧阳予倩致力于剧本去了；叶绍钧却有更远大的发展。汪敬熙又在《现代评论》上发表创作，至一九二五年，自选了一本《雪夜》，但他好像终于没有自觉，或者忘却了先前的奋斗，以为他自己的作品，是并无"什么批评人生的意义的"了。序中有云——

> 我写这些篇小说的时候，是力求着去忠实的描写我所见的几种人生经验。我只求描写的忠实，不搀入丝毫批评的态度。虽然一个人叙述一件事实之时，他的描写是免不了受他的人生观之影响，但我总是在可能的范围之内，竭力保持一种客观的态度。
>
> 因为持了这种客观态度的缘故，我这些短篇小说是不会有什么批评人生的意义。我只写出我所见的几种经验给读者看罢了。读者看了这些小说，心中对于这些种经验有什么评论，是我所不问的。

杨振声的文笔，却比《渔家》更加生发起来，但恰与先前的战友汪敬熙站成对跖：他"要忠实于主观"，要用人工来制造理想的人物。而且凭自己的理想还怕不够，又请教过几个朋友，删改了几回，这才完成一本中篇小说《玉君》，那"自序"道——

> 若有人问玉君是真的，我的回答是没有一个小说家说实话的。说实话的是历史家，说假话的才是小说家。历史家用的是记忆力，小说家用的是想像力。历史家取的是科学态度，要忠实于客观；小说家取的是艺术态度，要忠实于主观。一言以蔽之，小说家也如艺术家，想把天然艺术化，就是要以他的理想与意志去补天然之缺陷。

他先决定了"想把天然艺术化"，唯一的方法是"说假话"，"说假话的才是小说家"。于是依照了这定律，并且博采众议，将《玉君》创造出来了，然而这是一定的：不过一个傀儡，她的降生也就是死亡。我们此后也不再见这位作家的创作。

二

"五四"事件一起,这运动的大营的北京大学负了盛名,但同时也遭了艰险。终于,《新青年》的编辑中枢不得不复归上海,《新潮》群中的健将,则大抵远远地到欧美留学去了,《新潮》这杂志,也以虽有大吹大擂的预告,却至今还未出版的"名著绍介"收场;留给国内的社员的,是一万部《孑民先生言行录》和七千部《点滴》。创作衰歇了,为人生的文学自然也衰歇了。

但上海却还有着为人生的文学的一群,不过也崛起了为文学的文学的一群。这里应该提起的,是弥洒社。它在一九二三年三月出版的《弥洒》(*Musai*)上,由胡山源作的《宣言》(《弥洒临凡曲》)告诉我们说——

> 我们乃是艺文之神;
> 我们不知自己何自而生,
> 也不知何为而生:
> ⋯⋯
> 我们一切作为只知顺着我们的 Inspiration!

到四月出版的第二期,第一页上便分明的标出了这是"无目的无艺术观不讨论不批评而只发表顺灵感所创造的文艺作品的月刊",即一个脱俗的文艺团体的刊物。但其实,是无意中有着假想敌的。陈德征的《编辑余谈》说:"近来文学作品,也有商品化的,所谓文学研究者,所谓文人,都不免带有几分贩卖者底色彩!这是我们所深恶而且深以为痛心疾首的一件事。⋯⋯"就正是和讨伐"垄断文坛"者的大军一鼻孔出气的檄文。这时候,凡是要独树一帜的,总打着憎恶"庸俗"的幌子。

一切作品,诚然大抵很致力于优美,要舞得"翩跹回翔",唱得"宛转抑扬",然而所感觉的范围却颇为狭窄,不免咀嚼着身边的小小的悲欢,而且就看这小悲欢为全世界。在这刊物上,作为小说作者而出现的,是胡山源、唐鸣时、赵景沄、方企留、曹贵新、钱江春和方时旭,却只能数作速写的作者。从中最特出的是胡山源,他的一篇《睡》,是实践宣言,笼罩全群的佳作,但在《樱桃花下》(第一期),却正如这面的过度的睡觉一样,显出那面的病的神经过敏来了。"灵感"也究竟要露出目的的。赵景沄的阿美,虽然简单,虽然好像不能

"无所为",却强有力地写出了连敏感的作者们也忘却的"丫头"的悲惨短促的一世。

一九二四年中发祥于上海的浅草社,其实也是"为艺术而艺术"的作家团体,但他们的季刊,每一期都显示着努力:向外,在摄取异域的营养,向内,在挖掘自己的魂灵,要发见心里的眼睛和喉舌,来凝视这世界,将真和美歌唱给寂寞的人们。韩君格、孔襄我、胡絮若、高世华、林如稷、徐丹歌、顾璂、莎子、亚士、陈翔鹤、陈炜谟、竹影女士,都是小说方面的工作者;连后来是中国最为杰出的抒情诗人冯至,也曾发表他幽婉的名篇。次年,中枢移入北京,社员好像走散了一些,《浅草》季刊改为篇页较少的《沉钟》周刊了,但锐气并不稍衰,第一期的眉端就引着吉辛(G.Gissing)的坚决的句子——

> 而且我要你们一齐都证实……
> 我要工作啊,一直到我死之一日。

但那时觉醒起来的智识青年的心情,是大抵热烈,然而悲凉的。即使寻到一点光明,"径一周三",却更分明地看见了周围的无涯际的黑暗。摄取来的异域的营养又是"世纪末"的果汁:王尔德(Oscar Wilde)、尼采(Fr. Nietzsche)、波特莱尔(Ch. Baudelaire)、安特莱夫(L. Andreev)们所安排的。"沉自己的船"还要在绝处求生,此外的许多作品,就往往"春非我春,秋非我秋",玄发朱颜,却唱着饱经忧患的不欲明言的断肠之曲。虽是冯至的饰以诗情,莎子的托辞小草,还是不能掩饰的。凡这些,似乎多出于蜀中的作者,蜀中的受难之早,也即此可以想见了。

不过,这群中的作者们也未尝自馁。陈炜谟在他的小说集《炉边》的"Proem"里说——

> 但我不要这样;生活在我还在刚开头,有许多命运的猛兽正在那边张牙舞爪等着我在。可是这也不用怕。人虽不必去崇拜太阳,但何至于懦怯得连暗夜也要躲避呢?怎的,秃笔不会写在破纸上么?若干年之后,回想此时的我,即不管别人,在自己或也可值眷念罢,如果值得忆念的地方便应该忆念。……

自然，这仍是无可奈何的自慰的伤心之言，但在事实上，沉钟社却确是中国的最坚韧，最诚实，挣扎得最久的团体。它好像真要如吉辛的话，工作到死掉之一日；如"沉钟"的铸造者，死也得在水底里用自己的脚敲出洪大的钟声。然而他们并不能做到，他们是活着的，时移世易，百事俱非；他们是要歌唱的，而听者却有的睡眠，有的槁死，有的流散，眼前只剩下一片茫茫白地，于是也只好在风尘涊洞中，悲哀孤寂地放下了他们的箜篌了。

后来以"废名"出名的冯文炳，也是在《浅草》中略见一斑的作者，但并未显出他的特长来。在一九二五年出版的《竹林的故事》里，才见以冲淡为衣，而如著者所说，仍能"从他们当中理出我的哀愁"的作品。可惜的是，大约作者过于珍惜他有限的"哀愁"，不久就更加不欲像先前一般的闪露，于是从率直的读者看来，就只见其有意低徊，顾影自怜之态了。

冯沅君有一本短篇小说集《卷葹》——是"拔心不死"的草名，也是一九二三年起，身在北京，而以"淦女士"的笔名，发表于上海创造社的刊物上的作品。其中的《旅行》是提炼了《隔绝》和《隔绝之后》（并在《卷葹》内）的精粹的名文，虽嫌过于说理，却还未伤其自然，那"我很想拉他的手，但是我不敢，我只敢在间或车上的电灯被震动而失去它的光的时候；因为我害怕那些搭客们的注意。可是我们又自己觉得很骄傲的，我们不客气地以全车中最尊贵的人自命"这一段，实在是"五四"运动之后，将毅然和传统战斗，而又怕敢毅然和传统战斗，遂不得不复活其"缠绵悱恻之情"的青年们的真实的写照。和"为艺术而艺术"的作品中的主角，或夸耀其颓唐，或炫鬻其才绪，是截然两样的。然而也可以复归于平安。陆侃如在《卷葹》再版后记里说："'淦'训'沉'，取《庄子》'陆沉'之义。现在作者思想变迁，故再版时改署沅君。……只因作者秉性疏懒，故托我代说。"诚然，三年后的《春痕》，就只剩了散文的断片了，更后便是关于文学史的研究。这使我又记起匈牙利的诗人彼兑菲（Petöfi Sándor）题 B.Sz.夫人照像的诗来——

　　听说你使你的男人很幸福，我希望不至于此，因为他是苦恼的夜莺，而今沉默在幸福里了。苛待他罢，使他因此常唱出甜美的歌来。

我并不是说：苦恼是艺术的渊源，为了艺术，应该使作家们永久陷在苦恼里。不过在彼兑菲的时候，这话是有些真实的；在十年前的中国，这话也是有些真实的。

三

在北京这地方，——北京虽然是"'五四'运动"的策源地，但自从支持着《新青年》和《新潮》的人们，风流云散以来，一九二〇至二二年这三年间，倒显着寂寞荒凉的古战场的情景。《晨报副刊》，后来是《京报副刊》露出头角来了，然而都不是怎么注重文艺创作的刊物，它们在小说一方面，只绍介了有限的作家：蹇先艾、许钦文、王鲁彦、黎锦明、黄鹏基、尚钺、向培良。

蹇先艾的作品是简朴的，如他在小说集《朝雾》里说——

> ……我已经是满过二十岁的人了，从老远的贵州跑到北京来，灰沙之中彷徨了也快七年，时间不能说不长，怎样混过的，并自身都茫然不知。是这样匆匆地一天一天的去了，童年的影子越发模糊消淡起来，像朝雾似的，袅袅地飘失，我所感到的只有空虚与寂寞。这几个岁月，除近两年信笔涂鸦的几篇新诗和似是而非的小说之外，还做了什么呢？每一回忆，终不免有点凄寥撞击心头。所以现在决然把这个小说集付印了，……借以纪念从此阔别的可爱的童年。……若果不失赤子之心的人们肯毅然光顾，或者从中间也寻得出一点幼稚的风味来罢？……

诚然，虽然简朴，或者如作者所自谦的"幼稚"，但很少文饰，也足够写出他心曲的哀愁。他所描写的范围是狭小的，几个平常人，一些琐屑事，但如《水葬》，却对我们展示了"老远的贵州"的乡间习俗的冷酷，和出于这冷酷中的母性之爱的伟大，——贵州很远，但大家的情境是一样的。

这时—— 一九二四年——偶然发表作品的还有裴文中和李健吾。前者大约并不是向来留心创作的人，那《戎马声中》，却拉杂地记下了游学的青年，为了炮火下的故乡和父母而惊魂不定的实感。后者的《终条山的传说》是绚烂了，虽在十年以后的今日，还可以看见那藏在用口碑织就的华服里面的身体和灵魂。

蹇先艾叙述过贵州，裴文中关心着榆关，凡在北京用笔写出他的胸臆来的人们，无论他自称为用主观或客观，其实往往是乡土文学，从北京这方面说，则是侨寓文学的作者。但这又非如勃兰兑斯（G.Brandes）所说的"侨民文学"，侨寓的只是作者自己，却不是这作者所写的文章，因此也只见隐现着乡愁，很难有异域情调来开拓读者的心胸，或者炫耀他的眼界。许钦文自名他的第一本短篇小说集为《故乡》，也就是在不知不觉中，自招为乡土文学的作者，不过在还未开手来写乡土文学之前，他却已被故乡所放逐，生活驱逐他到异地去了，他只好回忆《父亲的花园》，而且是已不存在的花园，因为回忆故乡的已不存在的事物，是比明明存在，而只有自己不能接近的事物较为舒适，也更能自慰的——

> 父亲的花园最盛的一年距今已有几时，已难确切地计算。当时的盛况虽曾照下一像，如今挂在父亲的房里，无奈为时已久，那时乡间的摄影又很幼稚，现已模胡莫辨了。挂在它旁边的芳姊的遗像也已不大清楚，惟有父亲题在像上的字句却很明白："性既执拗，遇复可怜，一朝痛割，我独何堪！"
>
> ……
>
> 我想父亲的花园就是能够重新种起种种的花来，那时的盛况总是不能恢复的了，因为已经没有了芳姊。

无可奈何的悲愤，是令人不得不舍弃的，然而作者仍不能舍弃，没有法，就再寻得冷静和诙谐来作悲愤的衣裳；裹起来了，聊且当作"看破"。并且将这手段用到描写种种人物，尤其是青年人物去。因为故意的冷静，所以也刻深，而终不免带着令人疑虑的嬉笑。"虽有忮心，不怨飘瓦"，冷静要死静；包着愤激的冷静和诙谐，是被观察和被描写者所不乐受的，他们不承认他是一面无生命、无意见的镜子。于是，他也往往被排进讽刺文学作家里面去，尤其是使女士们皱起了眉头。

这一种冷静和诙谐，如果滋长起来，对于作者本身其实倒是危险的。他也能活泼地写出民间生活来，如《石宕》，但可惜不多见。

看王鲁彦的一部分的作品的题材和笔致，似乎也是乡土文学的作家，但那心情，和许钦文是极其两样的。许钦文所苦恼的是失去了地上的"父亲的花园"，他所烦冤的却是离开了天上的自由的乐土。他听得"秋雨的诉苦"说——

> 地太小了,地太脏了,到处都黑暗,到处都讨厌。人人只知道爱
> 金钱,不知道爱自由,也不知道爱美。你们人类的中间没有一点亲
> 爱,只有仇恨。你们人类,夜间像猪一般的甜甜蜜蜜地睡着,白天像
> 狗一般的争斗着,撕打着⋯⋯
>
> 这样的世界,我看得惯吗?我为什么不应该哭呢?在野蛮的世
> 界上,让野兽们去生活着罢,但是我不,我们不⋯⋯唔,我现在要离
> 开这世界,到地底去了⋯⋯

这和爱罗先珂(V. Eroshenko)的悲哀又仿佛是相像的,然而又极其两样。
那是地下的土拨鼠,欲爱人类而不得,这是太空的秋雨,要逃避人间而不能。
他只好将心还给母亲,才来做"人",骗得母亲的微笑。秋天的雨,无心的
"人",和人间社会是不会有情愫的。要说冷静,这才真是冷静;这才能够和
"托尔斯小"的无抵抗主义一同抹杀"牛克斯"的斗争说;和"达我文"的进化说
一并嘲弄"克鲁屁特金"的互助论;对专制不平,但又向自由冷笑。作者是往
往想以诙谐之笔出之的,但也因为太冷静了,就又往往化为冷话,失掉了人间
的诙谐。

然而"人"的心是究竟还不尽的,《柚子》一篇,虽然为湘中的作者所不满,
但在玩世的衣裳下,还闪露着地上的愤懑,在王鲁彦的作品里,我以为倒是最
为热烈的了。

我所说的这湘中的作家是黎锦明,他大约是自小就离开了故乡的。在作
品里,很少乡土气息,但蓬勃着楚人的敏感和热情。他一早就在《社交问题》
里,对易卜生一流的解放论者掷了斯忒林培克(A. Strindberg)式的投枪;但也
能精致而明丽地说述儿时的"轻微的印象"。待到一九二六年,他布告不满于
自己了,他在《烈火》再版的自序上说——

> 在北京生活的人们,如其有灵魂,他们的灵魂恐怕未有不染遍
> 了灰色罢,自然,《烈火》即在这情形中写成,当我去年春时来到上
> 海,我的心境完全变了,对于它,只有遗弃的一念。⋯⋯

他判过去的生活为灰色,以早期的作品为童骏了。果然,在此后的《破垒集》中,的确很换了些披挂,有含讥的轻妙的小品,但尤其显出好的故事作者的特色来:有时如中国的"磊砢山房"主人的瑰奇;有时如波兰的显克微支(H.Sienkiewicz)的警拔,却又不以失望收场,有声有色,总能使读者欣然终卷。但其失,则又即在立旨居陆离光怪的装饰之中,时或永被沉埋,倘一显现,便又见得鹘突了。

《现代评论》比起日报的副刊来,比较的着重于文艺,但那些作者,也还是新潮社和创造社的老手居多。凌叔华的小说,却发祥于这一种期刊的,她恰和冯沅君的大胆、敢言不同,大抵很谨慎的,适可而止地描写了旧家庭中的婉顺的女性。即使间有出轨之作,那是为了偶受着文酒之风的吹拂,终于也回复了她的故道了。这是好的,——使我们看见和冯沅君、黎锦明、川岛、汪静之所描写的绝不相同的人物,也就是世态的一角,高门巨族的精魂。

四

一九二五年十月间,北京突然有莽原社出现,这其实不过是不满于《京报副刊》编辑者的一群,另设《莽原》周刊,却仍附《京报》发行,聊以快意的团体。奔走最力者为高长虹,中坚的小说作者也还是黄鹏基、尚钺、向培良三个;而鲁迅是被推为编辑的。但声援的很不少,在小说方面,有文炳、沅君、霁野、静农、小酩、青雨等。到十一月,《京报》要停止副刊以外的小幅了,便改为半月刊,由未名社出版,其时所绍介的新作品,是描写着乡下的沉滞的氛围气的魏金枝之作:《留下镇上的黄昏》。

但不久这莽原社内部冲突了,长虹一流,便在上海设立了狂飙社。所谓"狂飙运动",那草案其实是早藏在长虹的衣袋里面的,常要乘机而出,先就印过几期周刊;那《宣言》,又曾在一九二五年三月间的《京报副刊》上发表,但尚未以"超人"自命,还带着并不自满的声音——

　　黑沉沉的暗夜,一切都熟睡了,死一般的,没有一点声音,一件动作,阒寂无聊的长夜呵!
　　这样的,几百年几百年的时期过去了,而晨光没有来,黑夜没有止息。死一般的,一切的人们,都沉沉地睡着了。
　　于是有几个人,从黑暗中醒来,便互相呼唤着:

——时候到了，期待已经够了。

——是呵，我们要起来了。我们呼唤着，使一切不安于期待的人们也起来罢。

——若是晨光终于不来，那么，也起来罢。我们将点起灯来，照耀我们幽暗的前途。

——软弱是不行的，睡着希望是不行的。我们要作强者，打倒障碍或者被障碍压倒。我们并不惧怯，也不躲避。

这样呼唤着，虽然是微弱的罢，听呵，从东方，从西方，从南方，从北方，隐隐地来了强大的应声，比我们更要强大的应声。

一滴水泉可以作江河之始流，一片树叶之飘动可以兆暴风之将来，微小的起源可以生出伟大的结果。因为这个缘故，我们的周刊便叫作《狂飙》。

不过后来却日见其自以为"超越"了。然而拟尼采样的彼此都不能解的格言式的文章，终于使周刊难以存在，可记的也仍然只是小说方面的黄鹏基、尚钺，——其实是向培良的一个作者而已。

黄鹏基将他的短篇小说印成一本，称为《荆棘》，而第二次和读者相见的时候，已经改名朋其了。他是首先明白晓畅的主张文学不必如奶油，应该如刺，文学家不得颓丧，应该刚健的人；他在《刺的文学》（《莽原》周刊二十八期）里，说明了"文学绝不是无聊的东西"，"文学家并不一定就是得天独厚的特等民族"，"也不是成天哭泣的鲛人"。他说——

我以为中国现代的作品，应该是像一丛荆棘。因为在一片沙漠里，憧憬的花都会慢慢地消灭的，社会生出荆棘来，他的叶是有刺的，他的茎是有刺的，以至于他的根也是有刺的。——请不要拿植物生理来反驳我——一篇作品的思想，的结构，的练句，的用字，都应该把我们常感觉到的刺的意味儿表现出来。真的文学家……应该先站起来，使我们不得不站起来。他应该充实自己的力，让人们怎样充实他自己的力，知道他自己的力，表现他自己的力。一篇作品的成功至少要使读者一直读下去，无暇辨文字的美恶，——恶劣的感觉，固然不好，就是美妙的感觉，也算失败。——而要想因循、

苟且而不得。怎样抓着他的病的深处，就很利害地刺他一下。一般
整伤的结构，平凡的字句，会使他跑到旁处去的，我们应该反对。

"沙漠里遍生了荆棘，中国人就会过人的生活了!"这是我相信的。

朋其的作品的确和他的主张并不怎么背驰，他用流利而诙谐的言语，暴
露，描画，讽刺着各式人物，尤其是智识者层。他或者装着傻子，说出青年的
思想来，或者化为渝腿，跑进阔佬们的家里去。但也许因为力求生动、流利的
缘故罢，抉剔就不能深，而且结末的特地装置的滑稽，也往往毁损掉全篇的力
量。讽刺文学是能死于自身的故意的戏笑的。不久他又"自招"(《荆棘》卷
首)道:"写出'刺的文学'四字，也不过因了每天对于霸王鞭的欣赏，和自己的
'生也不辰'，未能十分领略花的意味儿"，那可大有徘徊之状了。此后也没有
再看见他"刺的文学"。

尚钺的创作，也是意在讥刺，而且暴露，搏击的，小说集《斧背》之名，便是
自提的纲要。他创作的态度，比朋其严肃，取材也较为广泛，时时描写着风气
未开之处——河南信阳——的人民。可惜的是为才能所限，那斧背就太轻小
了，使他为公和为私的打击的效力，大抵失在由于器械不良，手段生涩的不
中里。

向培良当发表他第一本小说集《飘渺的梦》时，一开首就说——

时间走过去的时候，我的心灵听见轻微的足音，我把这个很拙
笨地移到纸上去了，这就是我这本小册子的来源罢!

的确，作者向我们叙述着他的心灵所听到的时间的足音，有些是借了儿
童时代的天真的爱和憎，有些是借着羁旅时候的寂寞的闻和见，然而他并不
"拙笨"，却也不矫揉造作，只如熟人相对，娓娓而谈，使我们在不甚操心的倾
听中，感到一种生活的色相。但是，作者的内心是热烈的，倘不热烈，也就不
能这么平静地娓娓而谈了，所以他虽然间或休息于过去的"已经失去的童心"
中，却终于爱了现在的"在强有力的憎恶后面，发现更强有力的爱"的"虚无的
反抗者"，向我们介绍了强有力的《我离开十字街头》。下面这一段就是那不
知名的反抗者所自述的憎恶——

为什么我要跑出北京？这个我也说不出很多的道理。总而言之：我已经讨厌了这古老的虚伪的大城。在这里面游离了四年之后，我已经刻骨地讨厌了这古老的虚伪的大城。在这里面，我只看见请安，打拱，要皇帝，恭维执政——卑怯的奴才！卑劣，怯懦，狡猾，以及敏捷的逃躲，这都是奴才们的绝技！厌恶的深感在我口中，好似生的腥鱼在我口中一般；我需要呕吐，于是提着我的棍走了。

在这里听到了尼采声，正是狂飙社的进军的鼓角。尼采教人们准备着"超人"的出现，倘不出现，那准备便是空虚。但尼采却自有其下场之法的：发狂和死。否则，就不免安于空虚，或者反抗这空虚，即使在孤独中毫无"末人"的希求温暖之心，也不过蔑视一切权威，收缩而为虚无主义者（Nihilist）。巴札罗夫（Bazarov）是相信科学的；他为医术而死，一到所蔑视的并非科学的权威而是科学本身，那就成为沙宁（Sanin）之徒，只好以一无所信为名，无所不为为实了。但狂飙社却似乎仅止于"虚无的反抗"，不久就散了队，现在所遗留的，就只有向培良的这响亮的战叫，说明着半绥惠略夫（Sheveriov）式的"憎恶"的前途。

未名社却相反，主持者韦素园，是宁愿作为无名的泥土，来栽植奇花和乔木的人，事业的中心，也多在外国文学的译述。待到接办《莽原》后，在小说方面，魏金枝之外，又有李霁野，以锐敏的感觉创作，有时深而细，真如数着每一片叶的叶脉，但因此就往往不能广，这也是孤寂的发掘者所难以两全的。台静农是先不想到写小说，后不愿意写小说的人，但为了韦素园的奖励，为了《莽原》的索稿，他挨到一九二六年，也只得动手了。《地之子》的后记里他自己说——

那时我开始写了两三篇，预备第二年用。素园看了，他很满意我从民间取材；他遂劝我专在这一方面努力，并且举了许多作家的例子。其实在我倒不大乐于走这一条路。人间的酸辛和凄楚，我耳边所听到的，目中所看见的，已经是不堪了；现在又将它用我的心血细细地写出，能说这不是不幸的事么？同时我又没有生花的笔，能够献给我同时代的少男少女以伟大的欢欣。

此后还有《建塔者》。要在他的作品里吸取"伟大的欢欣",诚然是不容易的,但他却贡献了文艺;而且在争写着恋爱的悲欢,都会的明暗的那时候,能将乡间的死生,泥土的气息,移在纸上的,也没有更多、更勤于这作者的了。

五

临末,是关于选辑的几句话——

一、文学团体不是豆荚,包含在里面的,始终都是豆。大约集成时本已各个不同,后来更各有种种的变化。在这里,一九二六年后之作即不录,此后的作者的作风和思想等,也不论。

二、有些作者,是有自编的集子的,曾在期刊上发表过的初期的文章,集子里有时却不见,恐怕是自己不满,删去了。但我间或仍收在这里面,因为我以为就是圣贤豪杰,也不必自惭他的童年;自惭,倒是一个错误。

三、自编的集子里的有些文章,和先前在期刊上发表的,字句往往有些不同,这当然是作者自己添削的。但这里却有时采了初稿,因为我觉得加了修饰之后,也未必一定比质朴的初稿好。

以上两点,是要请作者原谅的。

四、十年中所出的各种期刊,真不知有多少,小说集当然也不少,但见闻有限,自不免有遗珠之憾。至于明明见了集子,却取舍失当,那就即使并非偏心,也一定是缺少眼力,不想来勉强辩解了。

革命的浪漫谛克

瞿秋白

导言——

本文选自瞿秋白著《乱弹及其它》(山东新华书店 1949 年),原刊阳翰笙著《地泉》(湖风书局 1932 年)。

瞿秋白(1899—1935),江苏常州人。现代著名作家。

本文发表于 1932 年,是对当时正在流行的"普罗文学"创作进行批评与反思的代表性文章之一。本文是作者为华汉长篇小说《地泉》(《深入》《转换》

《复兴》三部曲)再版时撰写的序文。《地泉》一度被举为普罗小说的"标本"。小说试图反映大革命后从农村到城市,从农民、知识分子到工人的激烈变化。具体地说,就是写农村革命的"深入",小资产阶级知识分子的思想"转换"和工人运动的再度"复兴"。但在艺术上,它只是政治观念的图解,所概括的"革命的三部曲"也只是套用了一般的革命发展规律,表现出概念化、公式化的种种缺点。

瞿秋白首次以"革命的浪漫谛克"概括了作品的特点,并不客气地指出《地泉》"正是新兴文学所要学习的:'不应当怎么样写'的标本","《地泉》的路线正是浪漫谛克的路线"。文章着重强调了小说的两大缺陷:其一,中国最近几年的"大动乱"的动力与发展过程,并非什么英雄的个性,而是广大的群众,但是《地泉》没有表现这种动力和过程。其二,小说的全部题材,也都是这种"革命的浪漫谛克",没有深刻地写出人物形象的真正的转变过程,没有揭穿他们自己意识上的浪漫谛克的意味、自欺欺人的"高尚的理想",反而把丑陋的现实神秘化了,把他们变成了"时代精神的号筒"。另外,文章还指出了小说描写在技术和结构上的缺点、"五四"式的假白话等。

"第一,普罗的先进的艺术家不走浪漫谛克的路线,就是不把现实神秘化,不空想出什么英雄的个性来做'时代精神的号筒',不干那种'使我们高尚化的欺骗';而要走最激底,最坚决,最无情的'揭穿现实的一切种种假面具'的路线。第二,普罗的先进的艺术家不走庸俗的现实主义的路线,而要最大限度地肃清那些'通行的成见',肃清马克思所说的'事物的表面的景象',而写出生活的实质,就是要会尽可能地最大限度地从'偶然的外皮'之下显露出现实的客观的辩证法。第三,普罗的艺术家和过去的伟大的现实主义者不同,他要看见社会发展的过程以及决定这种发展的动力,就是要会描写'旧'的之中的'新'的产生,描写'今天'之中的'明天',描写'新的'对于'旧的'的斗争和克服。这就是说:这种艺术家比过去的任何一个艺术家都要有力量——不但能够解释这个世界,而且还能够自觉地为着改变这个世界的事业而服务"。——(法捷耶夫:《打倒塞勒》)

中国的新兴文学经过了自己的"难产"时期还不是很久。华汉的《地泉》显然还留着难产时期的斑点,正确些说,这正是难产时期的成绩。这里,充满着所谓"革命的浪漫谛克"。《地泉》的路线正是浪漫谛克的路线。

中国社会的现实是什么,中国最近几年的"大动乱"的动力是什么? 中国社会的发展过程和发展动力,显然不是什么英雄的个性,而是广大的群众,不是简单的"深入""转换"和"复兴",而是一个簇新的社会制度从崩溃的旧社会之中生长出来,它的斗争,它的胜利……正在经过一条鲜红的血路,克服着一切可能的错误和失败,锻炼着绝对新式的干部。

但是,《地泉》没有表现这种动力和过程。《地泉》固然有了新的理想,固然抱着"改变这个世界"的志愿。然而《地泉》连庸俗的现实主义都没有能够做到。最肤浅的最浮面的描写,显然暴露出《地泉》不但不能够帮助"改变这个世界"的事业,甚至于也不能够"解释这个世界"。因此,《地泉》正是新兴文学所要学习的:"不应当怎么样写"的标本。新兴文学要在自己的错误里学习到正确的创作方法,要在斗争的过程之中锻炼出锐利的武器,那对于《地泉》这一类的作品,也就不能够不相当的注意。

> 今年农忙的时候,他(张老七)便在九叔叔家做短工,九叔看他很勤慎,一点都不躲懒,心里便很爱他,时常想找些可以挣钱的事情来给他做……所以九叔叔便暂借了两块钱给他,要他花两天的整工夫,到四乡去拣选上色的红桃,预备端午节那天拿到镇上去卖贵市。张老七在感谢之余自然照九叔叔的吩咐去办。(《深入》)

这里,雇主九叔叔和雇工张老七的关系是不是现实的呢?! 雇主对于雇工不但不剥削,反而想尽方法帮他赚钱(!)这是现实的社会现象吗——这是一般的现象吗? 退一步说:这或许是一个偶然的例外。但是,跟着张老七却并不受自由主义的雇主的欺骗,他莫名其妙地得着了很明显而正确的意识,就这么样参加了革命。这里,对于社会现象的解释是根本没有的,更不用说深刻地去理解社会现象之中的客观的辩证法。

还有一个"往民间去"的女学生的梦:

> 想到这里,她(梦云)大大地失悔起来,她觉得从前他和她求爱的时候,她不应该那样的藐视他,那样的唾弃他,使他太过于难堪了。现在这位曾经被她藐视过唾弃过被她视为糊涂虫的他,却以自

己英勇的战绩,在万人敬爱之中显露出他峥嵘的头角来了。人,毕竟是不能藐视的,何况他,林怀秋究竟还是曾经参加过革命的有思想有能力的男子。(《复兴》)

这里,简直是朱买臣休妻"马前泼水"那样的意识——最尘俗的势利的"通行的成见"。甚至于还要坏:朱买臣的老婆是当初就没有见识,因此和她的肉眼所不识的"英雄"离婚了;而梦云看不起怀秋的时候,怀秋却的的确确是个颓废的无聊的值得藐视的浪人,后来,怀秋改过了,这对于梦云只会是可以觉得喜欢的事实,而绝不会是使她失悔的事实!《地泉》之中的英雄,正是这种出人意外地在"万人敬爱中显露他的峥嵘的头角"的人物!这是多么难堪,但是,又多么浪漫谛克呵!

至于"转换"的全部题材——实际上也可以说《地泉》的全部题材——都是这种"革命的浪漫谛克"。林怀秋是一个颓废的青年,以前曾经是革命者,但是已经堕落了,过着淫浪的无聊的贵公子的生活,后来,莫名其妙的,一点儿也没有"转换"的过程,忽然振作了起来,加入军队,从军队里转变到革命的民众方面去。梦云是一位小姐,女学生,大绅士的未婚妻,她居然进了工厂,还会指导罢工。另外,还有一位寒梅女士——始终没有正式出面的,作者对于她没有描写什么;——而怀秋和梦云的转换,却都是受了她的劝告的结果。这几位都是了不得的人物!固然,实际生活之中的确也有这一类的人。可是,《地泉》的表现却不能够深刻地写到这些人物的真正的转变过程,不能够揭穿这些人物的"假面具"——他们自己意识上的浪漫谛克的意味;自欺欺人的"高尚的理想"——反而把丑陋的现实神秘化了,把他们变成了"时代精神的号筒"。

就是《地泉》之中"用不着转换的英雄",例如农民协会的会长汪森,工联代表小柳……阿林等等,也都浪漫谛克化了,他们和一切人物都是理想化的,没有真实的生命的。再则,事变的描写方面,也犯着同样的毛病:农民在乡村之中的行动居然是东南西北乡一致齐备的;罢工委员会是机械的分裂成为三派;而且一切事变都会百事如意的得着好结果。

这种浪漫主义是新兴文学的障碍,必须肃清这种障碍,然后新兴文学方才能够走上正确的路线。

至于描写的技术和结构,——缺点和幼稚的地方也很多;文字是"五四"式的假白话,——例如农民老罗伯的对话里,会说出"挨饥受辱"这样的字眼,而事实上,现代中国的活人嘴里并说不出这一类的字眼。所有这些,都是值得研究的错误。我们应当走上唯物辩证法的现实主义的路线,应当深刻地认识客观的现实,应当抛弃一切自欺欺人的浪漫谛克,而正确地反映伟大的斗争;只有这样,方才能够真正帮助改造世界的事业。

老中国土地上的新兴神话(节选)
——海派小说都市主题研究

吴福辉

导言——

本文选自《文学评论》1994年第1期。

吴福辉,1939年生,浙江镇海人。北京大学文学硕士,中国现代文学馆研究员。

本文是研究海派文学的代表性论文之一。这里的海派小说家包括二十年代的张资平、叶灵凤等,三十年代崛起的现代派作家(包含新感觉派),以及四十年代的洋场小说家、"新浪漫派"作家、张爱玲等。作者认为,海派虽无明显的结社行为,却是一种广泛、有丰富内涵的流派现象,它反映了现代文明在中国缓慢延伸的不平衡性,在东南沿海局部的前工商社会向大陆中西部及西北逐步扩展的过程中,海派的畸形以及它遭遇到的误会,显示了中国人文历史的曲折与斑斓。

文章首先论述了在现代中国,"再没有任何一个流派会像海派那样能从现代物质文明的层面上,能从现代文化与传统文化交替接续的意义上,来表现都市了"。海派放弃了旧的评价标准,而引进了新的都市文化价值观念。其次,文章分析了海派笔下都市的特质——"动感""消费的""用人工装扮的",这反映出一种对于现代都市的复杂审美感情。海派都市小说在表现人类文明的多重性质、两难处境、人与城市的共同精神困窘之时,也"暗暗散发出中国的风韵与情味来"。再次,文章进一步剖析了海派小说的深层文化意蕴,即对于乡土文化、家族文化与都市文化、现代文明之间新旧交杂、错乱多姿的矛盾冲突的深刻反映。这些论析不但有助于我们认识海派创作的文学史价值,对于未来都市文学的发展也不无启示意义。

海派小说刚刚挣脱了乡土梦境,是具有别一种意义的都会文学。

所谓"海派",其名称由来已久,大约有一个世纪以上的历史了,包括1934年那次有名的京海派论争,把这个概念大大推广开去,但从来没有真正说清楚过。仿佛它是个"不洁"之物,终以模模糊糊为好。实际上,中国自海禁一开,在上海便有海派文化发生。"海",有多重的含义。海派京戏,海派绘画,海派服饰,海派文学。到今年(2003年)9月报载上海演出《上灵山》被认为是海派昆剧,一直是沸沸扬扬,褒贬不一的。几年前,我写过《为海派文学正名》和《大陆文学的京海冲突结构》两文,①试着给海派文学做一界定,把隶属于旧文学的鸳鸯蝴蝶派和三四十年代可归入新文学一翼的海派区别开来(二者自然也有割不断的联系),认定并勾勒了海派小说的大致轮廓。我认为海派虽无明显的结社行为,却是一种广泛的、有丰富内涵的流派现象,它反映了现代文明在中国缓慢延伸的不平衡性,在由东南沿海局部的前工商社会,向大陆中西部的后农业社会,向西北残余的游牧社会逐步扩展的过程中,海派的畸形以及它遭遇到的误会,显示了中国人文历史的曲折与斑斓。

这里的海派小说家,大体可以分为三大块:二十年代末期以后,从"五四"先锋文学分离出来走向都市大众读者的张资平、叶灵凤诸人,还有曾今可、曾虚白、章克标、林微音等;三十年代崛起的现代派作家(包含新感觉派)刘呐鸥、穆时英、施蛰存、黑婴、杜衡、徐霞村、禾金等;四十年代的洋场小说家,把现代主义和《红楼梦》《海上花列传》对接的张爱玲、徐訏、无名氏、东方蝃蝀,以及其他形形色色的新市民小说作家,予且、苏青、施济美、潘柳黛、丁谛、周楞伽、谭惟翰等。不论他们的文学个性有多么不同,取上海市民的眼光来打量上海这个当时的东方大都会,来写这个中国本土边缘上的"孤岛"传奇故事(广义上的"孤岛"),该是他们共同的特征之一。

一

现代文学一个经久不衰的题旨,是令人梦徊萦想的乡土和兀立的喧嚣卑俗的都会。这不奇怪,在重农轻商的国度,田园诗自有几千年文学传统的强劲支撑,而城市的形象从来都是陌生、肤浅和驳杂难辨的。人们一提起乡土,

①　分别载《文艺报》1989年8月5日与《上海文学》1989年第10期。当时我对四十年代海派作家的认识还较狭窄。

各种各样沉积已久的文学意象会联翩而至：乡土是游子心中的一汪清水和一片家园，如沈从文美丽沅水、辰水之端的茶峒边城，萧红呼兰河畔的阳春三月，乡土是永恒的童年，是鲁迅记忆中少年闰土托出的"一轮金黄的圆月"；乡土还是风俗历史的"根"，是蹇先艾黔省的水葬，彭家煌的湘人活鬼，鲁彦的浙地冥婚；乡土，尤其是敞露的至大至广的母亲胸怀，台静农的小说集便题名《地之子》，标明了乡土的慈母性质。而都市是什么呢？人们能从文学作品里的都市面容，泛起何种特殊的美感呢？北京总不算是小城市吧(1800 年以前它是世界最大城市，这之后伦敦才超过了它)，但老舍远离北京写《想北平》，他在千里之外想的却是如果"面向着积水潭，背后是城墙，坐在石上看水中的小蝌蚪或苇叶上的嫩蜻蜓，我可以快乐地坐一天，心中完全安适，无所求也无可怕，像小儿安睡在摇篮里"①。他是把一种更深的乡土感情移植到北京身上，北京不过是一座扩大了的乡土的城呀！而直接描写乡村的作者，二十年代都居住在北京，正如鲁迅所说"乡土文学"居然是乡村型都市里的"侨寓文学"。②

看来，中国的都市情怀只能到东南沿海一带去寻找，而最集中典型的寄托地自然非上海莫属。但是在清末民初很长一段时间内，你通过《海上花列传》《海上繁华梦》《歇浦潮》《九尾鱼》所能了解到的上海，与《广陵潮》里的扬州，《青楼梦》里的苏州，《品花宝鉴》里的北京，并无多大的区别。凡城市皆商贾优妓狎客云集享乐之地，道德沉沦、藏污纳垢之所，无一例外。就连宋元明话本、拟话本里的"市井"世界，甚至还有重信义的市民和高洁隐士出没藏身其间，现在统统倒退成市侩的天下。要到茅盾的《子夜》、曹禺的《日出》出现，我们才能看到都市作为现代工商业的角逐场，作为革命新思想与运动策源地和新兴阶级跃上的宏大舞台，扮演出崭新的角色。从子夜到日出，仿佛是一个象征，中国现代都市已处于历史变幻的前哨。不过如果仔细揣摩这批都市作品，你会发现它们的共同点：第一，都市仅仅是人物事件的一个背景，它本身并没有取得独立的审美地位；第二，它旋即被送上中国近代史的被告席位，工业文明刚刚从农业社会接过改造都市的赛棒，似乎一夜之间新女已成旧妇；第三，从古典"市井"到现代"都会"，城市历来的"恶"的文化性格，并无大

---

① 老舍《想北平》，载《宇宙风》1936 年 6 月 16 日第 19 期，其时老舍在青岛。

② 鲁迅《〈中国新文学大系〉小说二集序》。

的变化,它仍然是人世间一切罪孽的逋逃薮。

我作过一点统计,发现绝大部分的新文学作者都讨嫌上海,他们在各类作品中发布对于上海的恶感。限于篇幅,下面仅举几例。

在上海居住过的丰子恺,1923 年在一篇散文中说:"上海住家,邻人都是不相往来,而且敌视的","我觉得上海虽热闹,实在寂寞"①。

北方的高长虹,虽然后来并不回避在海派画报《良友》上发表东西,但1926 年他说过:"我实在诚恳地厌恶上海的小商业的社会。它已经不是乡村了,但又没有走到城市,它只站在歧路上徘徊。乡村的美都市的美,它都没有,所以只显现出它的丑来。"②

出生在上海的近邻浙江省的周作人,1926 年直截了当地称上海只有"买办流氓与妓女的文化,压根没有一点理性与风致"③。

梁遇春 1930 年写了《猫狗》一文,结尾语未免有些尖刻:"上海是一条狗,当你站在黄浦滩闭目一想,你也许会觉得横在面前是一条恶狗。狗可以代表现实的黑暗,在上海这现实的黑暗使你步步惊心,真仿佛一条疯狗跟在背后一样。"

几乎可以充当北京代言人的老舍,说他"不喜上海,当然不常去,去了也马上就走开"④,就毫不足怪了,似乎连理由都不屑陈述的。这是他在 1939 年说的话。

最后举《围城》的作者钱钟书,他在另一篇小说中曾大发连珠妙语道:"说上海或南京会产生艺术和文化,正像说头脑以外的手足或腰腹也会思想一样的可笑。"⑤

在这样一种"围剿"上海滩的大文化背景下,来看海派与上海"对话"的独特性,便十分显然。可以说,在现代的中国,再没有任何一个流派会像海派那样能从现代物质文明的层面上,能从现代文化与传统文化交替接续的意义上,来表现都市了。

我不是一般地认为只有海派才领会到都市的现代美。我是说海派放弃

①　丰子恺《山水间的生活》,载《春晖》1923 年 6 月 1 日第 13 期。
②　高长虹《从上海到柏林》,载《幻洲》1926 年 10 月 15 日第 1 卷第 2 期。
③　周作人《上海气》,收入《谈龙集》。
④　老舍《怀友》,载《抗战文艺》1939 年第 4 卷第 1 期。
⑤　钱钟书《猫》,收入《人·兽·鬼》。

了旧的评价标准,引进了新的(对中国应属于异端)都市文化价值观念。刘呐鸥小说主人公对到上海来寻找古朴"黄金国"的西方人声称,"你所要求的那种诗,在这个时代是什么地方都找不到的。诗的内容已经变换了"①。

"诗的内容已经变换了",便是海派小说的都市宣言! 请看变换后,城市的形象:

> 街——
> (普益地产公司每年纯利达资本三分之一
> 　　　　100 000 两
> 东三省沦亡了吗
> 没有　东三省的义军还在雪地和日寇作殊死战
> 同胞们快来加入月捐会[此行原用大号字体印出——引者]
> 大陆报销路已达五万份
> 一九三三年宝塔克
> 　　　自由吃排)

> 红的街,绿的街,蓝的街,紫的街……强烈的色调化装着的都市啊! 年红(霓虹)灯跳跃着——五色的光潮,变化着的光潮,没有色的光潮——泛滥着光潮的天空,天空中有了酒,有了烟,有了高跟儿鞋,也有了钟……

> 请喝白马牌威士忌酒……吉士烟不伤吸者咽喉……
> 亚力山大鞋店,约翰生酒铺,拉萨罗烟商,德茜音乐铺,朱古力糖果铺,国泰大戏院,汉密而登旅社……(删节号均为原文所有——引者)②

熟悉上海的人知道,这就是旧日法租界的霞飞路(今淮海路)市景。你仿佛坐上 1932 年最新型的轿车从这条长长的商业街掠过,摇光曳影,目迷五色,杂然纷呈。你会强烈感受到现代都市的速率。

---

① 刘呐鸥《热情之骨》,收入《都市风景线》。
② 穆时英《夜总会里的五个人》,收入《公墓》。

使这种都市赖以存在的科技文明与生活在其中的人的文化冲突,也被海派先期领悟到了:

> ……不但这衣服是机械似的,就是我们住的家屋也变成机械了。直线和角度构成的一切的建筑和器具,装电线,通水管,暖气管,瓦斯管,屋上又要方棚,人们不是住在机械的中央吗?①

这不是一般意义的批判。海派小说第一次使得都市不再简单地背负本民族百年受辱的重担,城市不仅仅是历史的鞭笞物,而且是独立地真正成为审美的对象,可供品味,同时进行一定的文化思索。有三位小说家,可以代表海派这种审美的、文化的注视都市的历程,那便是叶灵凤、穆时英、张爱玲。

叶灵凤标志着海派早期的都市诗情。叶本与张资平同为创造社成员,先后"下海"成为恋爱流行小说家的。叶灵凤在他的短篇《女娲氏之遗孽》、中篇《红的天使》的时期,写的多半是滥情的作品,其城市意识与两性意识都同张资平的粗陋相去不远。三十年代中期叶灵凤显出现代派的倾向,《流行性感冒》《七颗心的人》,敲奏出纯现代都市的节拍之后,他又转过去"想将一般的读者由通俗小说中引诱到新文艺园地里来"②,便有了《时代姑娘》《未完成的忏悔录》等新市民小说的陆续问世。叶灵凤尽管芜杂,但一以贯之的是他的所谓"新浪漫主义"精神,他对都市的理解有新旧交驰的印痕,即便是用最先锋的语调来叙述现时的青年男女的故事,内中仍包含一个骑士公主的古典结构。像《山茶花》《长门怨》都是这类作品。《鸠绿媚》这个名字有没有点古今杂糅的韵味?他小说里的主人公往往一方是"都市的""奢侈的","但在灵魂的深处,却藏着中世纪那么无底的深情";另一方则是"温静的""朴素的","百合花那么一样婉约","始终带着中世纪圣处女那么苍白情调",③所以当时便有人评论叶灵凤,说他是"用极骚杂的现代主义的形式来歌咏中世纪风的轻

---

① 刘呐鸥《风景》,收入《都市风景线》。
② 叶灵凤《时代姑娘·自题》,收入《时代姑娘》。
③ 引自叶灵凤《忧郁解剖学》,载《现代》1934年2月1日第4卷第4期。

微的感伤"①。这种都市中的忧郁情结,实际上是对乡村性失落的一种补偿,叶灵凤便是如此过渡型的海派文人。

穆时英跳起"上海的狐步舞",代表了海派中期的某种全新姿态。以他和刘呐鸥为主的"新感觉派",将西方植根于都会文化的现代派文学神形兼备地移入东方的大都会,终于寻找到了现代的都市感觉。三十年代之初,上海脱去旧装,蜕变成一个现代化的城市。老的四马路文化娱乐街区已越过了它的鼎盛时代,走向衰落。外滩沿江的大厦群落最后完型,形成中国最大的金融、外贸经济区,并向内辐射出南京路、霞飞路新式的商业百货娱乐街市,影院、舞厅、酒吧、饭店、夜总会、大型游艺场、跑马厅、跑狗场、沪西国际寻欢地带、柏油马路、霓虹灯,取代了昔日以茶楼戏园为主的消费方式(并未消灭它们)。这就是穆时英应运而生的基本条件。《南北极》时代的穆时英起初也从阶级的角度剖视这座城市的动荡不定,很快地,他便在单纯诅咒、反抗的语式上加进复杂的音响,一种刺激的、立体的,即声色光影极绚烂的,上层下层对比极鲜明的,高亢入云至极又跌入轻松低回的音响,由此来把握这个都市的新的脉搏。"新感觉派"力图加深对"都市人"的认识,表现在现代消费文化环境下生存的人的激情,生命紧张之后的弛缓、失落、倦怠。这样的城与人,组成了上海高悬于中国本土文化之上的都市风景线。高悬,使得它难以为继,使得它深入认同都市的时候,停留在一瞬的印象上面(虽然这印象如此绚烂,虽然印象中饱含本质,是知性的现实),而且毕竟它只写出了一部分市民的都会。

到了张爱玲,海派逐渐由一部分的市民向全体市民——新老市民,大厦写字间的市民和石库门厢房亭子间的市民——扩展。都市生活不仅仅是舞厅酒吧夜生活的浮光掠影,它是每日每时发生在琐细平凡、有质有感的家庭这个都市细胞的内面,是日常人生,是浮世的悲欢。于是,一切即俗。这样,都市的肌体怎么能像"新感觉派"描绘得那样光滑凝练呢? 张爱玲告诉我们"生在这世上,没有一样感情不是千疮百孔的",城市也千疮百孔,无法修复。②城市对于人们既是熟悉的,又是陌生的,主要是陌生的,因这里的一切都带有临时性,像一对戒严时刻在电车上相遇的男女,封锁期一过,电车当当地恢复

---

① 江兼霞《一九三五年度中国文学的倾向、流派与人物》,载《文艺》1936 年 2 月 15 日创刊号。

② 张爱玲《留情》,收入《传奇》。

行驶,他们在人丛中再也互相见不着谁。"整个的上海打了个盹",生命"像圣经,从希伯来文译成希腊文,从希腊文译成拉丁文,从拉丁文译成英文,从英文译成国语","国语……又译成了上海话。那未免有点隔膜"。① 王安忆在她的小说《香港的情与爱》中叙述的"香港是一个大邂逅,是一个奇迹性的大相遇","这是正在进行与发展的故事,前景还是一个悬念,模糊在我们视线的尽头",正是重复并深化张爱玲的城市主题。而徐訏,则给它一个绝妙的象征,都市既非天堂,亦非地狱,而是"从赌窟到教堂的旅程"②。徐訏曾在北京大学、巴黎大学专修哲学获得博士学位,他与张爱玲的小说叙事不同程度都升华到现代都市哲理的层面。

我无意夸大海派表现都市达到多高的文学境界。都市可以由各色各样的人来编织各色各样的梦。谁能了解上海的真谛? 谁能写出上海? 茅盾自然是重要的一位,但我比较同意白先勇的说法:"我相信旧社会的上海确实罪恶重重,但像上海那样一个复杂的城市,各色人等,鱼龙混杂,必也有它多姿多彩的一面。茅盾并未能深入探讨,抓住上海的灵魂。"③这不单单是作家意识形态的问题。狄更斯的社会意识也极为强烈,都市的贫富差别,债务拘留所、孤儿院、下等酒馆、车站、马戏场,作为他永久的童年印象进入其作品,但他被称作伦敦城市诗的伟大咏者,他窥到了伦敦的灵魂,包括伦敦的黑暗和光荣,无一不在他的视野之内。中国迄今还没有谁能像狄更斯面对伦敦、乔伊斯面对都柏林那样地面对上海。我们的文学感情既然只能在歌颂或暴露两者取其一,歌颂、暴露就都浅陋得可怕。海派不过是表现了上海之一隅,尽管这是今日我们绝对不应再漠视的一隅。

…………

都市在近代早已成为人类活动的中心,都市文学在中国,却远远没有成为一种中心的文学。一个很长的时期里,我们曾不适当地把"城市文学"的概念改换成所谓"工业题材文学",实在是一种怪现象。所以我们的文学,乡村深厚广大,都市萎缩不振。在中国,究竟农业社会的叙述者有多么强大,从鲁

---

① 张爱玲《封锁》,收入《传奇》。
② 徐訏《风萧萧》。
③ 白先勇《社会意识与小说艺术》,收入《第六只手指》。

迅的乡土文学,到寻根文学,到"陕军东征",在《白鹿原》《最后一个匈奴》①充满全国书籍市场的今天,可以看得更为清晰。二十一世纪将是中国和它的文学完成城乡转型的新世纪吗? 中国乡镇工业的崛起,有可能创造出城乡转型的新路途吗? 在这时候,重提丰子恺说过的:"上海的繁华和文明,能使聪明的明白人得到暗示和觉悟,而使悟力薄弱的人收到很恶的影响"②,该是有益的。不要只是拾了都市文明中的恶俗部分,而舍弃了它的先进性,海派小说的历史这样默默地提醒着我们。

后期浪漫派小说(节选)

严家炎

导言——

　　本文选自严家炎著《中国现代小说流派史》(人民文学出版社 1989 年)。

　　严家炎,1933 年生,上海人。北京大学中文系教授。

　　本文是大陆学者较早关注四十年代后期浪漫派创作并对其特色加以初步考察的代表性文章之一。九十年代以后该流派引起了较广泛的关注,也有学者将这一流派称为"新浪漫派"。文章首先对徐訏、无名氏两位作家的创作过程进行了介绍和评价,然后论述了后期浪漫派小说的艺术特色。文章认为,该派在创作方法上的显著特色在于,其人物和故事往往只凭想象来编织,有不少夸张和理想化的成分,不一定有多少实际生活的根据。第二个特色在于其异国情调和神秘色彩,这是其创作富有魅力的重要原因之所在。第三个特色是人生哲理的丰富思考与象征、诗情的刻意追求。上述三个方面都和浪漫主义有关,显示出该流派的性质特征。作者指出,在三四十年代现实主义主潮十分盛行的时候,后期浪漫派小说的出现,打破了艺术上的一统天下,开创了小说创作的一种新的境界,促进了小说领域的多样化局面的到来。这个功劳是不可抹煞的。

---

① 《白鹿原》,陈忠实著,人民文学出版社 1993 年 6 月版;《最后一个匈奴》,高建群著,作家出版社 1992 年 12 月版。皆陕西作家,两书都印达几十万册。

② 丰子恺《山水间的生活》。

我在《中国现代小说流派鸟瞰》的讲演中曾说：

> 四十年代的国统区，也存在过一个小小的浪漫主义流派，其代
> 表作家就是《鬼恋》《阿拉伯海的女神》《风萧萧》的作者徐訏，《北极
> 风情画》《塔里的女人》《野兽、野兽、野兽》的作者无名氏（卜乃夫）。
> 他们都曾在《扫荡报》工作，作品很多，有些曾在一部分青年中风行。

我把徐訏、无名氏归在同一流派，全凭四十年代读他们两位作品产生的
一点直觉。后来看到港台的一些书籍，才知道香港、台湾的学者中，早就有了
类似的说法。例如，李辉英先生在他 1976 年再版的《中国现代文学史》（香港
东亚书局出版）中说：

> 受了徐訏的影响而出现的无名氏（即卜宁），不管他本人承认也
> 好，不承认也好，他的《北极风情画》《塔里的女人》是对《荒谬的英法
> 海峡》和《鬼恋》的仿效，那是任何人都看得出来的。这类小说表现
> 的同样都是作者近乎怪诞的幻想，标奇立异希望给人们以刺激、以
> 陶醉……

周锦先生在台湾长歌出版社 1977 年 1 月再版的《中国新文学史》中说：

> 无名氏，模仿徐訏作风，出了长篇《北极风情画》和《塔里的女
> 人》，抗战期间最恶劣的小说。作者以近乎荒诞的幻想，标奇立异地
> 希望给人以刺激及陶醉。虽然这些书畅销过，也有不少的读者，甚
> 至还有人争着要做作者，但毕竟是些离奇的神化故事，是遣送时间
> 的消闲书，说不上文学的成就。

台湾杨昌年先生在 1976 年 1 月初版的《近代小说研究》（兰台书局出版）中说：

> 另一派的小说：与抗战关系较少或丝毫无关系的小说，就为艺
> 术而艺术言，也该是具有价值的，个中翘楚，当推徐訏与无名氏……
> 唯美文学的发展，文言方面，诗文自清龚定庵之后，至民国有郁达

夫、苏曼殊承继，精彩地作了广陵绝响的结束。语体方面，无名氏异军崛起，以其浓美细致之笔，尽写热烈爱情，典雅华丽，而不流于俗腻，难能可贵。杰作有《塔里的女人》《北极风情画》《海艳》等。

一位名叫王恩的读者也说：

> 在初中的时候就已经读到无名氏的作品。那已是二十多年前的事了。……第一本就是《塔里的女人》。后来，就在这好奇心之下，读无名氏的作品入了迷。那时候，在幼稚的心灵中，觉得无名氏的作品和徐讦的《鬼恋》有些相近。①

这些作者无论对徐讦、无名氏在具体评价上有多大不同，但在把徐讦、无名氏看作同一流派这一点上则是完全一致的。可见"吾道不孤"。下面，我们尝试着对这些作家和这个流派的作品作一初步的考察。

…………

第三节　后期浪漫派小说的艺术特色

徐讦、无名氏都较有才华，都创作了风行一时的作品，这些作品又都充满浪漫色彩，颇有相似之处，显示出若干共同的特色。

从创作方法上看，后期浪漫派小说的一个显著特色，是人物和故事往往只凭想象来编织，有不少夸张和理想化成分，不一定有多少实际生活的根据。这使他们作品中不少人物有某种光彩，同时却也少了一点人间烟火气。徐讦说到长篇《风萧萧》的创作时："长夜独自搜索我经验中生活中的事实，几乎没有一件可以与这里的故事调和，更不用说是吻合。"又说："在我写作过程里，似乎只有完全不想到那些见到过或听到过的实在人物，我书中的人物方才可以在我脑中出现，如果我一想到一个我所认得的或认识的人，书中的人物就马上隐去，那就必须用很多时间与努力排除我记忆或回忆中的人物，才能唤出我想象中的人物。"这是徐讦的经验之谈。他的《鬼恋》《风萧萧》中的主要人物（如"鬼"、白蘋、梅瀛子等），就都是些"想象中的人物"，是些相当理想化、

---

① 王恩《中共应批准无名氏出国》，《香港快报》1977 年 1 月 27 日。

勇于自我牺牲、涂着一层神圣光圈的人物形象。早年的中篇《精神病患者的悲歌》，同样具有这种代表性。

《精神病患者的悲歌》以第一人称展开故事。"我"是个东方男青年，旅游在巴黎，有一天从杂志上看到一则《E.奢拉美医师招考助手启事》："兹为医治一个特殊精神病的病人，需要助手一名。资格：（1）对于变态心理及精神病有相当研究而有特殊兴趣者；（2）年龄在二十与三十之间；（3）有非常耐心与勇气；……月薪四千法郎。""我"于是应试而被录取，由奢拉美医师分配去护理一个富贵世家的独生女儿梯司朗小姐。奢拉美医师向"我"交代："你到她的家里去，算是她父亲雇佣的一个整理他家藏书的人。以后你应当尽量同她接近，你应当假装是她所交的那群低级的人，博她的信任，慢慢你再依照我的指示进行我们的治疗。""我"到梯司朗家以后，为了接近女病人的方便，找了梯司朗小姐贴身女仆海兰做助手。海兰才十九岁，很美，很得小姐欢心，也很喜爱梯司朗小姐，愿意为治好小姐的病而一切听命于"我"，愿意将小姐生活状况记成日记给"我"看。"我"通过海兰对梯司朗小姐真挚的爱，使小姐慢慢相信世上人与人关系并不那么冷酷，至少海兰是真心爱着她的。工作过程中，"我"与海兰相爱。小姐后来也喜欢上了"我"，有时显得对"我"与海兰的关系有点嫉妒。海兰发现了这一点，经过痛苦的思想斗争，决心作出自我牺牲。她约"我"盛装艳服出游，夜间两人同居，享受了唯一的一次爱情生活乐趣后服药自杀，留言要"我"与小姐结合。但海兰的死使小姐与"我"两人都心碎了。小姐觉得自己对不起海兰，就在精神病痊愈后皈依上帝，当了修女。"我"也矢志不婚。——这就是整个小说的故事梗概。

《精神病患者的悲歌》是作者编织的又一出三角恋爱故事。缺少生活根据的地方非常多。不但三个人之间的关系相当理想化，而且细节上也有各种破绽：梯司朗小姐的生活与精神状态实在没有多少精神病患者的气息；她父母亲对"我"在整个工作过程中竟也放任到难以想象的地步；海兰既然是极爱小姐的关键人物，她又早在小姐身边，奢拉美医师何不早加利用；海兰为成全小姐而自杀身死，这种"高尚道德"背后，实在又有些奴性（演的是一出传统的"忠仆救主"的戏）；等等。但是，这种三角故事与张资平的毕竟不同，它们不是唱滥了的调子，其中也没有色情的描写。故事情节虽然出于空想，但感情写得比较纯洁。而且故事情节的编织也有不一般之处，有时颇出人意外。如小姐向"我"拔枪，结果招来相吻。海兰为成全小姐与"我"而自杀，然而她死的结果反而使两人不可能成婚。这些都是没有落入俗套的地方。稍后的《风萧萧》,正是发展了这个优点,把三角恋爱故事与间谍小说结合起来而取得的新进展。

无名氏的许多小说味道与徐訏的相接近。他也喜欢表现爱情的热烈缠绵,或写恋爱中、人生中的一些缺憾,以此衬托人物纯洁、真挚、高尚的心灵。《塔里的女人》编织的也是一种三角爱情故事:提琴家罗圣提与白衣少女黎薇热恋,但罗在家乡还有发妻,黎薇只好含恨另嫁。《北极风情画》中的俄国少女,因为不能与异邦军官结合,故而留信自杀,还遗恨绵绵地要求男方十年后登高歌祭。其情致与徐訏的《鬼恋》《荒谬的英法海峡》《精神病患者的悲歌》等十分相似。即使写人与物的关系,无名氏的小说也有不少夸张、想象的成分。如《骑士的忧郁》不但写主人与马的真挚动人的感情,还写了宝马“无前”所建的神奇的功勋——从死神怀里夺回了主人:

那是一场激烈的战斗后,他头部受伤,肿得像笆斗大。在木炭色的夜里,他带伤领着一营骑兵,以急行军向一个新地转移,在一座几十丈高的削壁边沿上,五百多骑疾驰着、疾驰着、疾驰着。

突然——

“崩察——”

无前滑了前蹄,一足踏空削壁,沿着壁面滚下去,直滚下去。……

五百多骑立刻混乱起来。

削壁有七十多度的急倾斜,远远看去,与平地几成直角。无前滚下去,它的最高智慧逼它死搂住壁面的黄土层,它死扒着、死搂着、死抓着,又一节节滚下去、滚下去。

受伤的骑手已忘去一切苦痛,石像样直坐在马上,一动也不动,两腿拼命往内夹,似要把马的肋条骨夹断。……

黑魆魆的夜饕餮地吞噬了一切。

离地约三丈时,马终于支持不住了,作出将要滑失前蹄把一切付诸命运的表示。就在领会死亡将到来的前一秒钟,骑手突然闪电式一挺腰,向马臀部疾倒下去,把重心移向马后身,双手用全力急拖住缰绳,尽全力向上高举着,高举着……这一扶助动作,刹那间给马

似狂风暴雨式的敏悟,它拼出最后危险,孤注一掷,纵身一跃,向地
上跳去,竟落在一片平坦地上——人马无恙。

这一切,都是地道的浪漫派的写法。

但无名氏的夸张、想象有时达到了主观性极强的程度:可以不顾情理地
任意驱遣人物,结构故事,将不可能发生的事强加到故事情节中。如《海艳》
写印蒂在与瞿萦美满、和谐的结合后,突然无缘无故从欢乐的高峰上跌下来,
陷入疲倦、苦闷,终于在第十二章《残酷》中出走他去。这一转折使人无法理
解。作者这样解释印蒂与瞿萦的分手:"因为他如此爱她,所以必须离开她。
因为她如此纯洁崇高,所以他必须离开她。假如她是一个下流妓女,他倒容
易爱她,和她相处了。"这种解释完全无法令人信服。事实上,作者作出这种
安排,无非为了体现"色即是空"这类潜在的先验的哲学观念而已。为了体现
某种先验的观念,无名氏常常可以牺牲艺术,牺牲生活的逻辑,陷入一种最恶
劣的"主题先行"的绝境。如《野兽、野兽、野兽》新版第 547 页上通过杨易的谈
话,说三十年代中共"认为在 S 埠的工作遭遇困难,环境太风平浪静,革命推
进既缓慢,又不大容易,于是决定制造一些严重事件,刺激社会,造成紧张的
形势。计划谋杀几位同情革命运动的二三流社会名流(第一流,还得利用他
们),一方面嫁祸于统治者,激起文化界和青年们对当局的愤怒,一方面乘机
可以展开工作"。证之以历史事实,这番话究竟是真有其事的史料,还是无中
生有的编造,实在是最清楚不过的事。谁都知道,杨杏佛究竟是谁暗杀的?
史量才又是死于谁手?无名氏无中生有地编造这些,目的无非是要完成一种
先入为主的批判。这种创作方法,大大限制了无名氏创作的成就,成为他较
徐訏创作逊色的一个重要原因(徐訏《江湖行》所写的夏立惠,即映弓形象也
有这类毛病,但程度较轻)。

后期浪漫派创作的第二个特色是,异国情调和神秘色彩。

徐訏在《海外的情调》集的《后白》中说:"《海外的情调》则是应《西风》编
者的鼓动而写的,本来是想用一点小故事写一点异国的空气。……写(第一
篇)《鲁森堡的一宿》时,并没有立志试写什么异国的空气,但是现在读起来,
觉得所写的旅情与心绪都是个人对于异国空气的反应。"其实,不仅是《海外
的情调》如此,徐訏的大部分作品都有这一特点。

《阿拉伯海的女神》写"我一个人在地中海里做梦"。梦见船上一个阿拉

伯巫女,似乎是神秘的海神,她让女儿在夜间出来,与"我"恋爱,交换戒指。由于不准与异教徒恋爱,两人终于跳海殉情。作品带着很重的宗教的神秘朦胧色彩。其中的"我"说有一句话:"我愿意追求一切艺术上的空想,因为它的美是真实的。"实际上代表了徐訏的艺术观。

《英伦的雾》写的是这样一个故事:"我"与妻子为了声援西班牙反法西斯战争,参加了伦敦的一次义演。在这次义演后,妻子收到一个西班牙青年的信,对她的舞蹈极口赞美,妻就把这个青年引为艺术上的知己。两人接触多后,产生了感情,也引起妻子的内心矛盾与苦恼。"我"采取的态度是:尊重妻子的决定。妻子后来决定与"我"离婚,与西班牙青年结合,两人双双到西班牙去参加战斗。青年在战争中亡故,妻伤感地回到伦敦,正遇"我"与一个英国女青年结婚。于是,妻说明态度,决心回国,把感情永远寄托在孩子身上。在这一过程中,"我"也表现了现代人应有的高尚态度。作品的理想色彩很浓。有些部分写得颇为机智。

《鲁森堡的一宿》用象征手法写"我"在一个失眠之夜听着钟表滴答作声所产生的烦闷心绪。作者把钟表的声响想象成两个仆人在对话,流露出对主人不许自己休息,必须永无休止地劳碌的不满。结尾富有抒情意味和哲理性:"那只五十年的钟,与我这只二十年的表,现在终可以长期休息了,而我则还是喘不过气来似的在度这无尽止的人生。——长夜漫漫,我祝福它们。"

《鬼恋》背景写的是上海龙华,却也充满诡异神秘的气氛。这种气氛,正同表现孙传芳统治时期革命的地下工作者的活动相协调。

直到晚年,徐訏小说中的神秘气氛仍相当多。如短篇小说《园内》,就写一位梁小姐患心脏病死了半年,她的男友李采枫却还在深夜的花园里看到她的身影。真是这个园子里闹鬼?还是李的痴情引出了自己的幻觉?或者简直是《牡丹亭》式的神秘故事又重现?明明是荒唐的故事,但作者的善于讲述和烘托气氛,仍使读者受到感染和吸引。

异国情调和神秘色彩是徐訏浪漫主义的重要特点,是他奇谲灵动的想象力的出色表现,也是徐訏作品艺术魅力的原因所在。梅里美和毛姆的影响,加重了徐訏这方面追求的自觉性。

和徐訏相比,无名氏在这方面也许不那么自觉。本人的气质和经历也限制着他。他的作品一般来说偏于浓艳。但无名氏的一部分作品,如《日耳曼的忧郁》《露西亚之恋》《北极风情画》《海艳》《金色的蛇夜》等,依然具有程度不同的异域风味和神秘色调。

以《海艳》所写印蒂与瞿萦会面时的海上夜景为例,就很有特色:

> 夜晚来了,月亮从海平面升起,像一株银色火,又冷静,又精炼。海上立刻釉了层崇惑色彩。整个大海幻成个妖娆的女巫,抖动着罗可可式的蛊惑,引诱人投向她,虽然投向她只是投向危险。白色睡莲花,无数千万朵,恍恍惚惚,梦样展在海上。月光把海造成一座白色花苑一个花式的海。适应海面水分子圆运动、椭圆运动和水平运动,这一片白花作圆舞蹈,拍着缓静的节奏。对照海上这片玉白,天上一片深蓝,蓝中又一片透明:是星斗。天和海似乎本只是一个存在体,一个无穷无限的巨大蛤蛎,忽然张开来,上面蓝,下面银。
>
> 在蓝和银的界限内,轻驰着亚热带海风,像麋鹿,敏捷而温柔,带点咸味。在海风缭绕中,渐渐地,月光也染了点咸味,那片乳白色不只冲入人的眼帘,也钻入人的唇舌。

这些描写,使人不禁想起徐讦的《阿拉伯海的女神》——两者在海的神秘性上尤其相似。

《露西亚之恋》在营造气氛以烘托流亡者对故土的依恋方面,也是相当深沉的。小说有个副标题:"一九三三年发生在柏林深夜的故事"。写朝鲜抗日志士金在异国遇到一批远离"俄罗斯母亲"的白俄,双方在亲切交谈、乐曲感应、伏特加助兴中,发生了一场暴风雨式的流亡者爱国感情的猛烈交流,情境刻画得苍凉而又沉郁。这种内在的异国情调的写出(包括将俄罗斯乐曲的感受通过语言文字描画出来),显示了作者具有的较为宽广与充实的文化素养,为作品增色不少。

后期浪漫派小说的第三个特色,是人生哲理的丰富思考与象征、诗情的刻意追求。

徐讦是研究哲学和心理学的,他的作品中颇多意味隽永的人生感悟与哲理。以长篇《风萧萧》来说,这类例子俯拾即是。

有献身精神的梅瀛子在向"我"谈自己、谈海伦时说:

> 人类童年的生命是属于社会的,人类中年以后的生命也是属于

社会的,唯有青春属于自己,它将从社会中采取灿烂的赞美与歌颂。……所以我所引导的是正常的人生,而你对于海伦的期望只是永生的镣铐。

独身主义者男主人公曾对史蒂芬夫妇说:

　　女人给我的想象是可笑的,有的像一块奶油蛋糕,只是觉得饥饿时需要点罢了;有的像是口香糖,在空闲无味时,随口嚼嚼就是;还有的像是一朵鲜花,我只想看她一眼,留恋片刻而已。

"我"和白蘋讨论银色与白色的一段对话则是这样的:

　　我说:"我很爱银色,但不喜欢。"
　　"这是什么意思呢?"
　　"我很爱银色的情调,但它总像有潜在的凄凉似的,常唤起我淡淡的哀愁。"
　　"那么你喜欢什么呢?"
　　"白色,纯白色。"
　　"我爱白色,但不喜欢。"
　　"你是说……"
　　"我爱它纯洁,但觉得不深刻,"她说:"你不觉得银色比白色深刻么?"
　　"是的。白色好像里面是空的,银色好像里面有点东西,"我说:"可是里面有什么呢,是一种令人起淡淡的哀愁的潜在的凄凉。"

在作者精心安排下,这银色就成为白蘋的美好象征。当然,这类人生感悟是见仁见智的事,但它们常能给人提供思考与启发。

无名氏的小说中,《无名书稿》是长河型的诗与哲理小说,其他一些作品中的诗与哲理性语言也不少。且读读《野兽、野兽、野兽》写印蒂从狱中出来后,到河水中游泳的一段:

他泅着泅着，忘记了一切，忘记了自己。仿佛不是他的肉体泅泳，而是他的灵魂泅泳。不是他的肉体在河水里游泳，而是他灵魂在自由里游泳。一切是牧歌样的美，羚羊角样的美。全宇宙像在写赞美诗，唱赞美诗，一遍又一遍重复赞美生命。他从未感到生命是这样芬芳，这样明亮，这样鲜丽。他泅着泳着，忽然冲到岸边，躺在草地上，大声哭泣了。他不是哭他过去十几个月的黑暗，而是哭这一秒这一刹那的传奇式的明亮。他哭泣，因为他太幸福，太幸福。幸福与蓝天、白云溶在一起，又从天上落下来，和他的黑发结成一片。幸福如太阳燃烧于天穹，也燃烧于他心底。这一切一切的幸福和幸福，只来自一个源泉——自由！

能够结合特定情景，用抒情诗和哲理的语言，把一个在暗牢中关了一年多，一旦获得自由者的欢愉心情，写得这样贴切，这样动人，这样美好，这样透彻，是很难得的。"幸福与蓝天、白云溶在一起"一句，尤其是神来之笔。有时，连小说的叙述语言也带有哲理性，如《金色的蛇夜》中的一段：

一千九百三十四年七月，印蒂从 N 大城回到 S 市，像从一座大荒野回到另一座大荒野。

经过这二十天的反省，他至少明白了一件事：他还得下降，降到深渊底的最最深渊处。摆在他面前，既没有上升的路，剩下来的，只有下降。人类假如不能从上升得救，只有从堕落得救。

无论是徐訏或无名氏，都在追求一种有哲学内蕴而又诗情浓烈的文体。不同处在于：徐訏懂得节制，追求的境界较为淡远隽永；而无名氏急功近利，追求的相当浓艳繁丽。

徐訏《精神病患者的悲歌》中，写到"我"与海兰两位情人的同居，用了这样一段文字：

我靠在她的膝上沉默了。于是整个湖山的寂静一齐拥进我们房内。我们在寂静之中体验到一瞬间的生命就包括了天地的永恒。

就在这永恒的天地中，海兰交给我整个灵魂与肉体的温柔，我们的生命在充实也在溶化,化成纯净的水,化成汽,在无涯的空间中消失,填补了宇宙的残缺,于是我们忘了一丝的过去与半寸的将来,听凭谐和的躯壳在人世流落,让灵魂的交流在静穆的时间中淹没。

无名氏《海艳》中写到印蒂与瞿萦在青岛海边的同居,却不厌其烦地用了许多相似的场面与镜头,刻意铺陈,大事渲染,不留余地。这种写法,有时收到了层层深入、繁复丰富的艺术效果,有时却并无新鲜的审美感受,也无新鲜的表现方法,一味重复,令人难以消受。

不同于徐訏的是,无名氏的语言和意象已开始受到现代派影响。试举《海艳》中的数例。

一是写印蒂悠闲垂钓的一段:

下午,有时候,他欢喜靠着根柳树,坐在湖边钓鱼。他并不真想钓什么。他只觉得:静静坐在湖边的人,必须这样拿着根长长鱼竿子,才能加深心中的水的感觉。他坐着,常常闭目睡去,直到鱼快把饵吃完了,他才惊醒,偶然一提竿子,他不由笑起来,十有九回倒是空的,——他也爱这点空。他会笑着再饵,把钓丝投下水,然后又假寐,让鱼咬破他的梦。

一是写印蒂黄昏散步的一段:

晚饭后,有时他爱在白堤上散步,许久许久,一声晚钟声从黑暗中响起来,东方式的敲着夜,敲着他的情绪。有时候,他就泛舟在钟声中,很久很久,直到装满一船钟声,才慢慢划回去。

一是写夜晚的景色:

这是初夜懒散情调之一。

夜才出现不久,带着突然的最初的新鲜,黑暗华鸽样娇嫩,毫无硬度。一种蝙蝠翅膀式的温柔罩着一切。……

这就给人一种诗的情趣和新鲜意味。这确是无名氏所独有的。

上述三项艺术特色,都和浪漫主义有关,显示着这个流派的性质特征。

在三四十年代现实主义主潮十分盛行的时候,后期浪漫派小说的出现,打破了艺术上的一统天下,开创了小说创作的一种新的境界,促进了小说领域的多样化局面的到来。这个功劳实在是不可抹煞的。今天,已到了还小说史本来面目的时候了。

中国现代诗的语言问题(节选)

叶维廉

导言——

叶维廉(1937—)诗人、学者、翻译家。著有《中国诗学》《比较诗学》等。此文原为英译本《中国现代诗选》绪言,收入《中国诗学》(人民文学出版社2006 年版)。叶维廉从比较诗学的角度,并结合中西诗歌的翻译实践,对中国现代诗歌的语言问题做了回顾与展望。叶维廉发现,与西方诗歌相比,中国古诗极少跨行,也很少使用"我"这样的人称代词,而且语言往往是没有时态的。叶维廉认为这意味着一种独特的"视镜",即意象的直接呈现,而且往往会造成"蒙太奇"效果。与旧诗相比,新诗的语言多了不少西方语言的因素,比如人称代词的增多,时态指示的明确,跨句的大量使用。因此,有可能陷入一种分析性、演绎性文字的"陷阱"。不过,他认为可以而且应该绕过这些"陷阱"——不以扭曲语言为代价,且忠于现代生活动荡的节奏——达到旧诗所有的效果。叶维廉提到的方法有"假叙述""假语法"以及弱化人称代词的作用等。叶维廉对现代汉诗的语言的观察,体现出一种比较诗学视野下寻求"汉语特色"的冲动,不过他所寻得的却又与庞德的意象主义理念高度吻合。他对传统的汉语诗歌的欣赏不仅是语言,更是后者所隐含的宇宙观和认识论(他将此称为"道家美学"),而这很难在现代汉诗中呈现。叶维廉所强调的现代汉语的"陷阱"未必是白话诗的缺点,而更多是语言的一般特色;但是他所提倡的解决之道却未必不是一些有趣且颇有创造力的诗学路径,因为诗歌语言永远有反叛日常语言的倾向。

自五四运动以来,白话便取代了文言,成为创作上最普遍的表达的媒介。作为文学的媒介,白话和文言有很多的差异,而过去数十年来的大量译介西洋文学,白话受了西洋文法结构的影响,又有了很繁复的变化。下面我将举李白的一首诗为例,利用英文逐字的直译及其他既有的译文来比较,看看文言作为诗的媒介的特性,再来看白话在表达上的限制及新的可能性。

李白的诗如下:

> 青山横北郭,
> 白水绕东城。
> 此地一为别,
> 孤蓬万里征。
> 浮云游子意,
> 落日故人情。
> 挥手自兹去,
> 萧萧班马鸣。

下面是逐字的直译(括号中的文字或标点是英文语意上所必须增添的):

> Green mountain(s) lie across (the) north wall,
> White water wind(s) (the) east city.
> Here once (we) part.
> Lone tumbleweed(;) (a) million mile(s) (to) travel.
> Floating cloud(s)(;) a wanderer('s) mood.
> Setting sun (;) (an) old friend('s) feeling.
> (We) wave hand(s) (you) go from here
> Neigh, neigh, goes (the) horse at parting.

这首诗几个独特的表现方法容后再论。首先,原文和英译相较之下,我们会发现下面几个特色:

(1) 除了很特殊的情形之外,中国旧诗没有跨句(enjambment);每一行的意义都是完整的。

（2）一如大多数的旧诗，这首诗里没有人称代名词如"你"如何，"我"如何。人称代名词的使用往往将发言人或主角点明，并把诗中的经验或情境限指为一个人的经验和情境；在中国旧诗里，语言本身就超脱了这种限指性（同理我们没有冠词，英文里的冠词也是限指的）。因此，尽管诗里所描绘的是个人的经验，它却能具有一个"无我"的发言人，使个人的经验成为具有普遍性的情境。这种不限指的特性，加上中文动词的没有变化，正是要回到"具体经验"与"纯粹情境"里去。英译中所需要的 we 和 you 是原文中所不需要的。

（3）同样地，文言超脱某一特定的时间的囿限，因为中文动词是没有时态的（tense）。印欧语系中的过去、现在及未来的时态是一种人为的类分，用来限指时间和空间的。中文的所谓动词则倾向于回到"现象"本身——而现象本身正是没有时间性的，时间的观念只是人加诸现象之上的。中国旧诗极少采用"今天""明天"及"昨天"等来指示特定的时间，而每有用及时，都总是为着某种特殊的效果；也就是说，在中文句子里是没有动词时态的变化的。

有了上述的说明，让我们再来看看诗句的结构。一个常见的结构是二一二（也正是这首诗头两行的结构），中间的一个字通常是连接媒介（动词、前置词，或是近乎动词的形容词），[1]用来拉紧前后两个单位的关系。这个结构和英文的主词—动词—变词最为相近，要译成英文时通常是相当方便的。但有很多英译者偏要歪曲这种结构，我们试将之比较，可以看出旧诗里的独特的呈现方式，也可以反观英文分析性文字的趋向。[2]

Where blue hills cross the northern sky,

Beyond the moat which girds the town,

Twas there we stopped to say Goodbye!...

—Giles

With a blue line of mountains north of the walls,

And east of the city a white curve of water,

---

[1] 在文言里的所谓动词、前置词、形容词往往不易界分，现在用这些名词只为了讨论上的方便。

[2] 关于中国古诗的英译问题，可参见作者的 *Ezra Pound's Cathay*（Princeton，1969），第8—33页，以及 *DELOS／3*（Texas，1969），第62—79页。

Here you must leave me and drift away ...

—Bynner

　　在原文甚至在英文直译中，我们看到自然事物本身直接向我们呈现，而在 Giles 和 Bynner 的翻译中，我们是被"where"和"with"之类知性的、指导性的字眼牵引着鼻子带向这些事物。我们看到的是知性的分析过程，而不是事物在我们面前的自然呈露。在原文中，诗人仿佛已变成水银灯，将行动和状态向我们展现；在 Giles 和 Bynner 的译文中，由于加插了知性的指引，我们所面对的，是一个叙述者在向我们解释事情。这是一个很重要的分别。中国旧诗里的电影效果在二一二型的结构（李白这首诗的五、六行即属这种结构）中更为明显。且引杜甫的一行诗来作说明：

国破山河在。

这一行诗曾先后被译成：

Though a country be sundered，hills and rivers endure.

—Bynner

A nation though fallen，the land yet remains.

—W.J.B.Fletcher

The state may fall，but the hills and streams remain.

—David Hawkes

　　请注意译文中分析性的或说明性的 though（虽然），yet（仍然），but（但是）等是如何将原文中的蒙太奇效果——"国破"与"山河在"的两个镜头的同时呈现——破坏无遗。两个经验面，仿似两锥光，同时交射在一起。读者追随着水银灯的活动，毋需外界的说明，便能感到画面上的对比和张力。同样，在李白那首诗的五、六行，我们也许会问：第五行在造句法上应该解作"浮云是游子意"（也就是"游子意是浮云"）还是"浮云就像游子意"（也就是"游子意就像浮云"）？答案是：它既可作这样解，又同时不可作这样解。我们都会看到游子飘游的生活（及由此而生的情绪状态）和浮云的相似之处。但在造句法上并没有把这相似之处指出;没有指出和没有解释的趣味,一经插入"是""就像"等连接词的话,便会被完全破坏。就这个例子来说,我们是同时看到浮云与游子(及他的心灵状态)。这种两件物体的同时呈现,一如两个不同的镜头的并置,"是整体的创造(creation),而不是一个镜头加另一个镜头的总和。它之比较接近于整体的创作——而不是几个部分的总和——是因为在这一类的镜头并置上,其效果在质上与各个镜头独立起来看是不同的"①。

纯粹的行动与状态用这种电影手法来呈现,而没有插入任何知性的文字说明,使得这些精短的中国旧诗既繁复又简单。在李白这一行诗里(如我在《现象、经验、表现》一文所引用讨论过的)

凤去(镜头一)
　台空(镜头二)
　　江自流(镜头三)

江山常在,人事变迁无疑是在意下,但需要用文字说明吗? 这些状态和行动并置的呈露,不是比解说给了我们更多的意义吗? 我们不是因这一刻的显露而进入了宇宙之律动里和时间之流里吗?

至此,我们可以看到,文言的其他特性皆有助于这种电影式的表现手法——透过水银灯的活动,而不是分析,在火花一闪中,使我们冲入具体的经验里。这种镜头意味的活动自然倾向于短句和精简,因此便没有跨句的产生。较长的诗句很易流于解说。中国旧诗里情境与读者直接交往,读者参与了作品的创造,时间的意识(时间的机械性的划分)自然便被淹没。上述的这种直接性更被中文动词的缺乏时态变化所加强。避免了人称代名词的插入(在前面我已经讨论过),非但能将情境普遍化,并容许诗人客观地(但不是分析性地)呈现主观的经验。

从蕴含潜力的文言转以口语化的白话来作诗的语言,我们可以观察到这些显著的差别:(1)虽然这种新的语言也可以使诗行不受人称代名词的限制,不少白话诗人却倾向于将人称代名词带回诗中。(2)一如文言,白话同样也是没有时态变化的,但有许多指示时间的文字已经闯进诗作里。例如"曾"

---

① 参见 Sergei M. Eisenstein, *The Film Sense*(New York,1924),p.7.

"已经""过"等是指示过去,"将"指示未来,"着"指示进行。(3)在现代中国诗中有不少的跨句。(4)中国古诗极少用连接媒介而能产生一种相同于水银灯活动的戏剧性效果,但白话的使用者却在有意与无意间插入分析性的文字。例如上面引过的杜甫的一行诗,在刘大澄的手中就变成了:

> 国家已经破碎了,只是山河依然如故。

"已经"(指示过去)和"只是""依然"这些分析性的文字将整个蒙太奇的呈现效果和直接性都毁掉,就和那些英译将戏剧转为分析一样。使我们惊奇的是,这一类的句子经常出现在用白话写成的诗中。例如早年刘大白的这几行诗:

> 嫂嫂织布,
> 哥哥卖布。
> 小弟弟裤破,
> 但是没有补裤。

一个随手摘出的近年的例子是余光中这两行诗:

> 今年的五月,一切依然如旧,
> 光辉依然存在,但火的灵魂已死。

> ——《钟乳石》

但在某种意义上,我们不能怪这些诗人;白话作为一种诗的语言,常常有使诗人落入这些陷阱的倾向(我之一再使用"倾向"这两个字,是因为这些陷阱是可以轻易躲过的,这种新的语言如果运用得当——一如不少现代诗人所做过的——无需将语言扭曲,便可以达至文言所有的效果)。

白话和文言既有如此大的差距,现代中国诗人在他们的挣扎中,能够保有多少中国旧诗的表达形态和风貌呢?但我们首先得解答问题更复杂的一面。因为,已经改变了的不单是语言,还有美学的观点。

相当讽刺的是,早年的白话诗人都反对侧重模式的说理味很浓的儒家,而他们的作品竟然是叙述和演绎性的（discursive），这和中国旧诗的表达形态和风貌距离更远。三四十年代翻译与模仿浪漫派及象征派诗人，使得诗人们开始剔除过显的说明文字，而代之以意象。在那时译的西洋作品中一个很普遍的表达程序是：诗人把自己的意念和感受投射入眼前的事物，不断地与事物建立关系，并说明这种关系；在这些诗里，诗人这种挣扎的痕迹常常极为显著。这个表达程序逐渐为白话诗人普遍地应用。

这本选集里的诗人承着这个动向，带着白话的一些弱点（以及西洋诗的新方向——下面我将再论及）不断挣扎，经过一些错误的起步后，发出更为精省和完美的声音。举例来说，我们不难注意到：连接媒介的更进一步的省略，更深一层的与外物合一，尽量不依赖直线追寻的结构（linear structure），并代之以很多的心理上的（而非语意上的）联系（无疑这部分是受了超现实主义诗人的影响），重新纳入文言的用字以求精省。然而，浪漫派的影响并没有受到排拒，事实上，这些诗人们在开始时对这些诗颇为迷恋，尤其是后期象征派里的形而上的焦虑：

> 在今日，科学已领我们走进一个新的恐龙时代，人的生活被宿命地卷入一连串机械的过程，在都市主义的不断迫害下，诗的意义有时竟成了生命一息尚存的唯一表示。……

> 对于仅仅一首诗，我常常作着它本身原本无法承载的容量；要说出生存期间的一切，世界终极学，爱与死，追求与幻灭，生命的全部悸动、焦虑、空洞和悲哀！总之，要鲸吞一切感觉的错综性和复杂性。如此贪多，如此无法集中一个焦点。

——痖弦《诗人手札》

或者看看这首散文诗：

无质的黑水晶

商　禽

"我们应该熄了灯再脱；要不，'光'会留存在我们的肌肤上。"
"因了它的执着么？"

"由于它是一种绝缘体。"

"那么,月亮呢?"

"连星星也一样。"帷幔在熄灯之后下垂,窗外仅余一个生硬的夜。屋里的人于失去头发后,相继不见了唇和舌,接着,手臂分别从背与肩、胸与腰陆续亡失,腿和足踝没去得比较晚些,之后,便轮到所谓"存在"。

N'etre pas.他们并非被黑暗所溶解;乃是他们参与并纯化了黑暗,使之:"唉,要制造一颗无质的黑水晶是多么困难啊。"

中国旧诗中至为优异的同时呈现的手法固然是我们应该努力的目标,然而中国旧诗,也有其囿限。这种诗抓住现象在一瞬间的显现(epiphany),而其对现象的观察,由于是用了鸟瞰式的类似水银灯投射的方式,其结果往往是一种静态的均衡。因此,它不易将川流不息的现实里动态组织中的无尽的单位纳入视象里。这种超然物外的观察也不容许哈姆雷特式或麦克白式的狂热的内心争辩的出现——然而,由于传统的宇宙观的破裂,现实的梦魇式的肢解,以及可怖的存在的荒谬感重重的敲击,中国现代诗人对于这种发高烧的内心争辩非常地迷惑。

当然,我们禁不住要问的是:在这种新环境新手法与中国旧诗的表现手法之间,现代中国诗人究竟能够宣称有多少是他们自己独创的呢?他们用了什么手法来避过白话的一些陷阱而回到现象本身呢?上面提过的一些特色,例如连接媒介的剧减,与外物合一的努力,反对直线追寻的结构等,在这些诗人手中,并不是故意扭曲语言的结果(一如庞德及一些现代诗人所做的),因为白话,即使多了些分析性的元素,仍然保有不少文言的特性(例如没有时态的变化);如果能透过好诗来加以提炼,是可以更进一步发挥旧诗的表达形态,而又可忠于现代激烈动荡的生活节奏的。把白话加以提炼的第一步便是从现象中抓紧自身具足的意象。自身具足的意象可以解释为一个无需诗的其他部分便能成诗的意象。一个好的自身具足的意象,事实上就可以看成一首自给自足的诗。它之所以是自给自足,因为它承载着情境的力量,例如这些诗行:

在我影子的尽头坐着一个女人。她哭泣。

——痖弦《深渊》

> 好深的你舷边的忧郁多蓝啊
>
> ——商禽《船长》
>
> 多想跨出去,一步即成乡愁
>
> ——郑愁予《边界酒店》
>
> 也不知是两个风筝放着两个孩子还是两个孩子放着两个风筝
>
> ——管管《春歌》

　　在最后一个例子里,我们看到和自身具足的意象的营造极有关联的另一面,那就是诗人用以观察世界的出神的意识状态。在这种出神状态中,时间和空间的限制不再存在,诗人因此便能将这一刻自作品其他部分及这一刻之前或之后的直线发展的关系抽离出来,使得这一刻在视象上的明澈性具有旧诗的水银灯效果。在这种出神状态中,正如我以前说过的,诗人具有"另一种听觉,另一种视境。他听到我们寻常听不到的声音。他看到我们寻常所看不见的活动和境界"。诚然,所有真正的抒情诗人无不自这种出神的意识状态出发。商禽就是这样写的:

> 裙裾被凝睇所焚,胴体
> 溶失于一巷阳光
> 余下天河的斜度
> 在空空的杯盏里。

　　这种个人融于外物、融入某一刻的神秘行为,是一种独特的视野。且再引商禽《天河的斜度》以见其机心:

> 天河垂向水面
> 星子低低呼唤
> 无数单纯的肢体
> 被自己的影子所感动
> 六弦琴在音波上航行
> 　　　　　　草原
> 在帆缆下浮动

流泪
并作了池塘的姐妹
在高压线与葡萄架之间
天河俯身向他自己

即是我的正东南
被筹范于两列大叶桉
死了的马达声
　　　　发霉了的
叹息是子夜的音爆

　　在这首诗里,作者融入外物,让内在生命根据它们自己的自然律动生长、变化、展姿,但同时又保有其某种程度的主观性。但诗人在和现象界交往时,他并没有把主观的"我"硬压在宇宙现象之上;他视自己主观的"我"为宇宙现象的波动形成的一部分。

　　同样,郑愁予和叶珊也将自己投入星、山、花的运行里:

陨石打在粗布的肩上
水声传自屋子的旧乡
而峰峦　蕾一样地禁锢着花
在我们的跣足下
不能再前　前方是天涯

　　　　　　　　　　　　　　　——郑愁予《坝上印象》

挖地的工人栖息树下
树影渐渐偏东
寻找蝴蝶兰的人正在攀爬
一片雪白的断崖。远方的森林
像生长在前一个世纪
小鸟吵着,像瀑布一样
没有季节观念的瀑布

　　　　　　　　　　　　　　——叶珊《夏天的草莓场》

对于现代中国诗人而言，诗应该是现象的波动的捕捉，而非现象的解剖。

从上面几个例子来看，很明显地，现象的波动的捕捉要归功于每一经验面的明澈性。诚然，在李白的"凤去（镜头一）台空（镜头二）江自流（镜头三）"这类明澈性里，任何叙述或分析都无法插入。同样地，痖弦使用明澈的意象"演出"了一个老妇人命运中的讽刺：

> 二嬷嬷压根儿也没有见过退斯妥也夫斯基。春天她只叫着一句话：盐呀，盐呀，给我一把盐呀！ 天使们就在榆树上歌唱。那年豌豆差不多完全没有开花。
>
> 盐务大臣的骆队在七百里以外的海湄走着。二嬷嬷的盲瞳里一束藻草也没有过。她只叫着一句话：盐呀，盐呀，给我一把盐呀！ 天使们嬉笑着把雪摇给她。
>
> 一九一一年党人们到了武昌。而二嬷嬷却从吊在榆树上的裹脚带上，走进了野狗的呼吸中，秃鹫的翅膀里；且很多声音伤逝在风中：盐呀，盐呀，给我一把盐呀！ 那年豌豆差不多完全开了白花。退斯妥也夫斯基压根儿也没有见过二嬷嬷。

在"给我一把盐呀！"与"天使们嬉笑着把雪摇给她"之间只要来一个简单的"但是"，便会将整首诗变成散文。

我们当会注意到，虽然诗人采用的是一种叙述的程序，但我们并没有受到干扰。因为诗人的叙述是一种"假叙述"（pseudo-discursiveness），主要是用来满足读者思维的习惯，就像商禽有时采用"假语法"（pseudo-syntax）来否决现成的语法。

> 死者的脸是一无人见的沼泽
> 荒原中的沼泽是部分天空的逃亡
> 遁走的天空是满溢的玫瑰
> 溢出的玫瑰是不会降落的雪
> 未降的雪是脉管中的眼泪
> 升起来的泪是被拨弄的琴弦
> 拨弄中的琴弦是燃烧着的心

焚化了的心是沼泽的荒原

"是"字在这里并不是像往常一样用来作隐喻的。这首诗是一个意象重叠在另一个意象之上,直至意象绕成一个圆为止。这和放映机快速地将一个镜头加于另一个之上是相同的。但这首诗更为繁丰。它在利用读者思维习惯的同时,使读者进入一种思维方式里——读者开始时自然会寻找两个意象间相仿的地方;但读了三四行以后,一种新的思维方式便产生——读者开始感到意象重叠的冲击力。这两种思维方式形成一种张力,而同时,它们又是相辅相成的。

这种"假语法"只是对付白话的分析性倾向的手段之一。在此之外,将人称代名词的重要性贬低也是另一种方法。例如"在天河的斜度"中的"我"(一如一些代表现实的工业性的一面,如"高压线""音波""马达")都是服役于宇宙现象的形成。

至于毁坏性的战争、高度工业化和商业化、狂暴和可怖的存在的荒谬感所造成的梦魇的、肢解的现实,尤其为痖弦和洛夫所婪焚的现实,对于现代诗人又有什么影响呢? 诗人要如何为当代历史中这些混乱、狂暴而不和谐的现实供出一个均衡呢? 这实在是很大的挑战。痖弦这样说:"我要鲸吞一切感觉的错综和复杂性。如此贪多,如此无法集中一个焦点。"

对于一般中国人来说,当代的经验中的一些细节在自然的事物中恒常有格格不入之感:

林里
果子与果子们喧哦着。喧哦着。骂风。骂他不该。真不该。把吾们的小衬裙剪了个缤纷。缤纷。又让一个竖着衣领子的年轻人的鞋子过去
还抽着烟

——管管《过客》

然而,弃这些变化万千的经验而不顾乃是一种罪过。尽管 David Jones 所说的"文化情境"(a civilizational situation)并不存在,诗人的责任(几乎是天职)就是要把当代中国的感受、命运和生活的激变与忧虑、孤绝、乡愁、希望、

放逐感（精神的和肉体的）、梦幻、恐惧和怀疑表达出来。这个挑战使中国现代诗产生了歧异多姿的作品。

先锋的隐匿、转化与更新
——关于先锋文学 30 年的再思考

陈晓明

导言——

本文刊载于《中国文学批评》2016 年第 2 期。

陈晓明,1959 年生,北京大学中文系教授。

本文重回二十世纪八十年代的先锋派语境,探讨当时的先锋派的基本定义、内涵及其影响。一般认为,先锋派在八十年代转瞬即逝,但本文对这种看法提出了质疑,认为必须深入当代文学的内里去追溯创新变革的线索,正确认识当代汉语文学自身革新发展的艺术道路。文章认为,进入八十年代以后,思想和文化的冲击致使作家希望突破模式化的客观现实主义书写,寻求一种真正意义上的变革,虽然中国当代先锋派小说无法套用西方现代主义意义上的先锋派概念,但它在中国特殊的语境中依然可以定义为先锋派。虽然当时的先锋写作潮流看似时间不长,但是并不能由此认为先锋文学已经终结。本文提出,先锋意识本质上就是一种探索精神,即不停息的自我突破,敢于否定自己、超越自己的创新意识。因此,莫言、苏童、贾平凹、余华等人从八十年代到二十一世纪以后的创作道路,正是遵循了不断自我否定、自我超越、自我革新的创作道路,这也是八十年代先锋精神给当代文学带来的重要财富。

在对先锋派进行论述时,我们需要确定先锋派的基本含义,这包括当年归纳的先锋派的范围和他们的基本美学特征。八十年代中期兴起的先锋派,最严格的指称是苏童、余华、格非、孙甘露、北村、潘军和吕新。显然,他们之前的“寻根派”和“现代派”都没有在八九十年代的论述中被称为先锋派。他们略晚于“85 新潮”出现,相对来说,他们是一个更为紧密的、在小说艺术上更趋向于形式(强调叙述和语言)的群体。

在什么意义上把他们指称为先锋派？显然是中国的现实语境：其一是文学寻求变革的语境；其二是过分保守老套的被模式化的客观现实主义范式。前者夸大和渴求先锋派的理论冲动，也夸大了先锋派的变革意义；后者则使一点小小的变革和挑战变得无比激烈。如果对比西方对"先锋派"下的定义和归纳，就会看出中国的"先锋派"实则是一个比喻性的指称。卡林内斯库在梳理西方的先锋派概念的词源学时指出：

> 任何名副其实的先锋派（社会的、政治的或文化的）的存在及具有意义的活动，都必须满足两个基本条件：(1) 其代表人物被认为或自认为具有超前于自身时代的可能性（没有一种进步的或至少是目标定向的历史哲学，这显然是不可能的）；(2) 需要进行一场艰苦斗争的观念，这场斗争所针对的敌人象征着停滞的力量、过去的专制和旧的思维形式与方式，传统把它们如镣铐一般加在我们身上，阻止我们前进。①

很显然，中国的先锋派概念无疑借助于欧美的"先锋派"概念为参照。西方现代理论对先锋派的定义虽然五花八门、莫衷一是，不过基本倾向于把先锋派看成是现代主义的激进形式，同时包含着现代主义的自反性，即对现代主义制度化的反抗。中国的现代主义运动并不充分，先锋派实则是对现代主义的有限运用而形成自身的特质，它不可能像西方的先锋派那么激进和激烈，他们没有鲜明的反社会情绪，也不摆出反传统的断然姿态，更没有蔑视现实的态度和情绪。他们追求的实则是无法表现或者不愿表现现实的无奈的逃逸姿态，他们在小说的形式中去寻求立足之地，由此去找到曲折反映现实的小说方式。也因此，造就了他们的形式主义策略，并且给予了他们对现实的特殊表现方式。仅仅是因为与占主导地位的现实主义的客观化叙事大相径庭，也因为文学界渴求革新，给予这个群体"先锋派"称号也未尝不可。

由此，历史的图谱就更清晰些：我们今天说先锋文学 30 年实则有一点错位，"30 年"的指称是"85 新潮"即"寻根派"（韩少功、阿城、李杭育、郑万隆、郑义等人）和"现代派"（刘索拉和徐星），前者后来拉进去一大批作家，如莫言、

---

① 马泰·卡林内斯库《现代性的五幅面孔》，顾爱彬、李瑞华译，商务印书馆，2002 年版，第 131—132 页。

贾平凹、王安忆等人；后者则没有准确加入者。而且因为开始讨论"伪现代派"，对刘索拉和徐星的现代主义倾向给予了质疑，中国的现代主义不是在鼓励中前进壮大声势，而是在质疑声中无疾而终。实际上，更为强大的是莫言和贾平凹，这两人都在1985至1986年有多篇作品问世，且引起的反响也颇为热烈，有数场关于他们的研讨会举行，贾平凹的小说改编成电影。在那时，可谓是不寻常的成功。几乎是在同时，莫言的《红高粱家族》被张艺谋改编成电影，风行一时，而且获得柏林金熊奖。莫言在那时的作品《白狗秋千架》《透明的红萝卜》《爆炸》《球状闪电》无疑都是极为出色的作品，何以1985年或1986年没有命名为"莫言年"呢？同样，1984—1986年，贾平凹发表的《鸡窝洼的人家》《腊月·正月》《黑氏》以及《远山野情》，在当时堪称精美之作，但也没有被命名为"贾平凹年"。八十年代中期，在实现"四个现代化"的国家意识形态询唤下，只有在"现代"名义下出现的崭新现象才会令人耳目一新，才有变革时代的命名意义。"85新潮"革新力度大，更靠近"现代小说"，故而成为一个时期的命名。莫言与贾平凹在乡土中国叙事和个人乡村生活的基础上生长起来的文学，似乎没有构成八十年代中后期文学变革的最强动力，他们的现代主义特征既不鲜明，也不充分。但这正是他们后来在九十年代的回归乡土中国叙事的主流建构中，显示出他们的强大和持续性所在。

八十年代中国的现代主义运动无法深入，既受到历史条件的限制，也没有足够的思想底蕴，八九十年代之交的历史变动导致西化思潮戛然而止，先锋派也难以为继。事实上，如果没有历史变故，先锋派可能也走得并不太远。然而，作为一种挑战和中国文学的艺术性的提升，它已经有所作为，至少在中国单一的以现实主义为主导的文学格局中，开掘出一条路径。

九十年代初，经过短暂的沉寂，先锋派的作品随之有更为广泛的传播。一方面是因为邓小平南方谈话，思想界比此前两年明显开放；另一方面，先锋们着手写作长篇小说，其先锋派的形式主义实验性有所内敛。因为理论批评的作用，先锋派开始得到文坛认同，标志性的事件是，在1993年6月，广东花城出版社推出了一套先锋派丛书，收入余华的《在细雨中呼喊》、苏童的《我的帝王生涯》、格非的《边缘》、孙甘露的《呼吸》、北村的《施洗的河》、吕新的《抚摸》，这些长篇都是薄薄的小册子，与中国过去的"厚重的"长篇体制颇不相同。但其叙述纯净、语言细致、追求风格化，这些都是中国过去的长篇小说所不具备的艺术特征。作为长篇小说，这些作品的人物和故事情节也基本上清晰，先锋性已经与常规化明显调和，也是因为还保持有一定的形式感，注重主观化和人物的内心感受，与以客观化和事实性的现实主义长篇小说颇不相同，称其具有先锋派的特征也不为过。

应该注意到，九十年代重新唤起"纯文学"热情与想象的是陕西的贾平凹和陈忠实，前者的《废都》以"庄之蝶"这样的一个传统文人的形象，重现传统文人情趣，并且以其叙述语言的古朴俊逸而显现出独有韵味的美学风格；后者的《白鹿原》把农业文明衰败的最后岁月嵌入二十世纪的现代转型冲突中，两位作家在传统文化与对中国现代困境的反思方面都有深刻之处。但因为"性"作为一个醒目的书写导引，招致重新出场的文学批评的狙击。多年之后的反省，可以看出这个时期的文学批评并无多少历史意识，也不具备深刻的现实感，而是高擎道德批判的大旗，显然不能在思想清理的深刻处来展开探讨。但是，九十年代初的中国文学界和思想界已经多元分离，难以在思想碰撞中达成深化的认识，人们各执己见，热衷于占据道德高地，对历史的转型没有深刻洞察力。

九十年代是中国传统文化逐渐复苏直至盛行的时代，贾平凹和陈忠实小说蕴含的传统性，在八十年代反传统的时代理念下不可能会有如此热烈的市场，只有在九十年代文化间歇、转型和重建时期，它们获得了机遇，并且因此还构成了示范效应。在九十年代的中国小说中，大量关于家族、关于二十世纪的乡土中国的叙事不胫而走，它们构成了当代小说最为成熟老到的一脉，也在这方面形成了中国文学独有的现象。在如此的氛围和趋势下，中国文学不可能给"先锋派"提供适当的舞台，他们落落寡合，或者后撤，或者改弦易辙。

事实上，先锋派群体中苏童一直是相对温和的，苏童更偏向秉持他的天性写小说，他的小说如天然浑成、自然而然。八十年代后期，先锋派小说实在是因为一种叙述语感和语言风格颇不同于现实主义，而显示出新的美学特征。如果我们想一想，过去作家是在时代意识形态的询唤下创作，现在苏童凭他的个人天性写作，依据与目的截然不同。我们说过，因为中国语境的特殊性，只要与既定的主流范式鲜明区别，就会显示出它的叛逆性或者先锋性。苏童显示出他鲜明个人语言风格的作品当推《一九三四年的逃亡》，这篇才华横溢的小说无论如何都可以看出莫言的《红高粱家族》的影响，这不只是后者的"我爷爷""我奶奶"，更重要的是那种抒情叙事。敢于用如此强烈的抒情语式叙述，莫言的《红高粱家族》是头一个，虽然此前有靳凡的《公开的情书》、礼平的《晚霞消失的时候》、高行健的《有只鸽子叫红唇儿》,但那样的抒情包含着时代意识,其叙事主体如同抒情诗的主人公,它是时代意识内化为自我的情感经验。莫言的《红高粱家族》则用主观化的叙述去呈现一个历史过程,是他的自我意识投射于故事性中。就这一点而言,《一九三四年的逃亡》与其一脉相承,它们始终保持着小说的主观化视点。随后苏童的《罂粟之家》,那里关于种植罂粟的故事,与莫言的"红高粱"的故事不只有色彩方面的鲜艳风格的相近,还有病态的刘老侠(《罂粟之家》)与得麻风病的独生儿子单扁郎人物的某种关联。就此而言,一点也不能削弱苏童的创造性,恰恰在这一意义上,可以看到当代中国小说在先锋性这条路上,其小说艺术的内在化的影响、吸纳和更新。也因为此,中国先锋小说在艺术上就有了很高的起点,它总是在小说艺术的层面上对话的写作,它与现实主义小说习惯于个人面对历史、面对生活经验的朴素性写作明显不同(这样的一种写作着力考虑的是历史本身,是故事性和个人的生活经验)。先锋性的小说因为在艺术上总是与最富有前沿性或挑战性的经验对话,因而这些前沿的、最富有创造性活力的经验保持着形式、语言、视角和语感的一致性和新的变异。

　　莫言始终自成一路,因为天分和才情,莫言的小说经验很难被复制,但他的启示意义却是显而易见的,主观化的叙述与感受、描写性情境在叙事中呈现、抒情性的语感、语言放纵导致的自成一体(文学语言本体性),所有这些,莫言自己后来明显改变甚至放弃,但在八十年代中后期直至九十年代,他的影响是深远而扎实的。苏童与阿来在转化先锋小说经验方面功不可没,他们使先锋小说经验与常规小说的连接变得顺畅自然,先锋小说的经验没有因为历史变故、群体效应失却而荡然无存,而是转化为汉语小说的持续革新的有效变化和提升,汉语小说在叙述和语言这条路上达到更高的艺术水准。事实也表明,阿来的《尘埃落定》总印数超过百万册,得到众多读者的喜爱,阿来有效融合了先锋小说经验,使之与历史叙事得到更为有机的结合,汉语小说因此抵达一个艺术高度。或许阿来骨子里是先锋派,当先锋小说经验愈来愈淡化时,阿来却转向颇富有先锋性的写作,他的《空山》表现出的那种飘忽不定的感觉与历史的破碎的伤痛混淆在一起,他的小说指向更为玄奥虚空的生命空间。

　　当然,余华和格非转向长篇小说创作,故事和人物都显得更加清晰,这也表明先锋小说经验转向常规化,并增强了常规小说的艺术含量。余华在九十年代以后出版的长篇小说《在细雨中呼喊》《活着》《许三观卖血记》等,可以看到先锋小说经验向常规小说后撤的路线图。直至《兄弟》,余华已经全然回到常规小说中,并且做得自在自如。但数年后出版《第七天》,其构思与叙述以及语言明显可看出当年先锋小说的经验,只是提炼得更加纯净。小说是否做得完美完善是另一回事(其面向现实的新闻性素材的运用,不能不说是做得还不够到位),但其叙述的那种凝练,控制得很好的叙述节奏,语言的准确和精当,这些都是当年先锋小说磨砺的结果,多年之后,岁月磨洗,依然熠熠生辉。

格非隐修多年后出版《人面桃花》,当年的先锋小说纯净灵秀之气再度呈现,随后数部长篇结集《江南三部曲》,其核心主题是关于二十世纪中国的乌托邦问题,格非的独特之处不是把它作为历史宏观的还原,而是把这样的乌托邦放置在中国人的心里,格非要写出的是他们内心的乌托邦冲动,以及它在历史转折、错位的时刻崩塌的那些情势。这一维度开启了对二十世纪中国历史精神层面的审视,尤其是对个人与历史的联系进行了细致的描写,这样的视角无疑还保持着先锋派的精神于其中。《人面桃花》中的先锋笔法保持得更为纯正。舒畅的笔法写出秀米的性格心理的细腻而深刻的变异,格非有意把故事引入迷局方面,不经意消失的关键部位,谜一样的细节,不断引向疑虑,而俊雅的语言,不断散发出感伤的气息,和着历史的塌陷,令人扼腕而叹。

苏童在九十年代以后一直有多部长篇小说问世,他的《米》走了凶狠硬气一路,《我的帝王生涯》则还是可以看出他的先锋的叙述笔法和语言风格。九十年代中后期,苏童出版《城北地带》,这部怀旧意味的小说,平实温婉,传统写实风格营造朴素的怀旧情调,未能引起足够的关注。直至《河岸》出版,苏童重构他的先锋小说意识。这部作品的构思相当出色,河与岸的结构建立起一种叙述内在张力,那种抒情从历史分裂的中间地带一点点透露出来,最后库文轩把一生的期望沉入河底。然而,《河岸》依然没有获得文坛充足的评价,这只能说明文学界对精当的小说艺术已经颇为麻木,这也说明苏童小说艺术的可贵。但《河岸》却有良好的国际声誉,例如,获得亚洲曼布克奖提名也说明这部小说的艺术水准。

三十年后,我们会习惯认为先锋不过在八十年代后期转瞬即逝,充其量在九十年代初苟延残存,那些流风余韵无足轻重。如此看问题,笔者以为缺乏文学史的基本态度,没有深入当代文学的内里去追溯创新变革的线索,对当代汉语文学自身革新发展的艺术道路则难以形成恰当正确的认识。

事实上,并不只是先锋派作家自身的转变和内化,先锋意识本质上就是一种探索精神,就是不停息地自我突破,敢于否定自己、超越自己的创新意识。进入二十一世纪,我们会看到一直在乡土叙事领域里扎实行进的作家,他们并不安分于乡土中国叙事的传统建制,他们有勇气、有能力打破乡土的单一现实主义规范体系,引入更为复杂多变的表现方法,使得乡土中国叙事成为二十一世纪中国文学最有活力、成就最为突出的领域。

六分天下:今天的中国文学(节选)

王晓明

导言——

本文刊载于《文学评论》2011年第5期。

王晓明,1955年生,上海大学中文系教授。

随着科学发展与技术变革,当今的人文环境已经开始发生变化,网络不仅仅是一种技术手段,而已经成为无法回避的一种生活方式。本文分析阐释最近二十年中国大陆文学的发展情况,提出中国文学"六分天下"的观念,关注网络文学的崛起、民营资本的入侵以及书面文学版图的变化,对中国当代文学创作与评论的发展方向提出前瞻性的观点。

本文认为,最近二十年以来中国大陆的文学版图已经发生了重大变革,网络文学占据至少一半的文学疆域,而纸面文学也在迅速划分新的文学领地。在网络文学领域,"盛大文学"因为资本的介入引领网络文学的变革方向;"博客文学"在相对较小的范围之内形成了读写互动的写作模式;"跨界文学"则意在建构文学与图像、音乐、游戏之间的互动关系。在纸面文学内部,以《人民文学》为首的所谓"严肃文学"尽管一直试图创新,但影响范围依然开始缩小;以"最小说"为代表的"新资本主义文学"开始扩张;由创意产业带来的"第三方向"文学也呈现出迅猛的发展势头。文章表示,文学版图的巨变背后,有赖于社会结构和科技环境的巨大变革,更来自政治、经济、文化间相互关系的深刻变化。面对不断扩大的新的文化格局,创作者和评论者都必须改变思路,扩充知识,而不应无动于衷、画地为牢。

一

仅仅十多年,中国大陆的文学地图就大变了。[①]

首先是"网络文学"。这似乎是中国大陆特有的现象,世界其他地方,即便有网络文学,气势也没有中国大陆的这么旺,对"纸面文学"的冲击,更不如我们见到的这么大。从1992年前后"图雅"等人的诗歌和小说算起,中国大陆网络文学的历史还不到二十年。可是,如果翻翻这些数据:主要的文学网站上每天新发表的小说的字数[②]、一些有名的网络小说的访问和跟帖量[③],再去任意一间稍大的书店的文学新书架,数数那上面网络小说占的比例[④],再看看网络小说被拍成影视作品的规模,以及地铁和病房里年轻人读手机小说的热情[⑤],你一定会说:今天,网络文学足可与纸面文学平分天下了。

[①] 这里说的"十多年",是指这个大变明显表现出来的时间,它的实际形成的时间,当然不止"十多年",二十世纪九十年代初,王朔的小说走出北京、在各地引起大群不习惯京腔的读者的热烈共鸣,就已经表征了这个"变"的开始。

[②] 据"盛大文学有限公司"的官方网站(www.sd-wx.com.cn)的数据,截至2010年第3季度,该公司旗下的7家文学网站每天上传的新的作品的总字数,约为8300万字。2010年12月,该公司CEO侯小强在回应中央电视台的批评时,更将每天的新增量表述为"近亿字"。因为是商业宣传和"危机公关",这些表述都有夸大之嫌,但即便打对折,对比纸面出版的字数(2010年后,每年新出版的长篇小说为1000—1200部,以每部30万字计,一年的总字数不到盛大公司所属网站一周的新增量),网络文学作品的日增量,依然惊人。

[③] 从"痞子蔡"的《第一次亲密接触》(1998)传入大陆网站开始,有热度的网络小说多能在很短的时间里引聚很大的访问量,例如慕容雪村的《成都,今夜请将我遗忘》(2002),不到一周即有超过二十万人次的访问量;"天涯蓝药师"的《80年代——睡在东莞》(2009),则在不到半年的时间里,造成超过两百万人次的访问量。

[④] 在网络上成名的文学作品的大规模纸面化,除了直接挤占纸面文学作品的书店份额,还可能在更深层次上引发后者本身的"网络文学化"。网络文学与纸面文学的最主要的区别,不在其物质形式(电脑类屏幕还是纸面),而在不同的物质/技术条件对作品成形(从创作到阅读)的深度干预所造成的作品的内生逻辑,只要对比"手机小说"与刘震云、张炜那样的鸿篇巨制的形式差别,就能明白这种内生逻辑上的明显不同。极端地说,如果书店里的大多数文学作品都主要是依照网络文学的那些内生逻辑创作出来的(幸运的是,目前这还没有成为现实),那么,无论这些作品是否先在网上发表,都说明了文学的"纸面性"的整体溃败。

[⑤] 当然,用手机看小说,并不就一定是看网络小说。2008年7月,我在上海北部某中型专科医院的住院部,曾随机访问过5位年轻病人及其陪床的家属,他们都喜欢用手机看小说,觉得方便、省钱,而其手机上所存储的小说中,就有大约三分之一是纸面文学的网络版(其余都是网络小说)。

这不奇怪。中国是文字大国,每年都新添无数跃跃欲试的文学青年。可是,与这巨大潮水相对的,却是通道的稀少:大的方面就不提了,单就文学领域来说,几乎所有重要的纸面文学媒体,都归属于各级政府;整个九十年代,政府对各种文学媒体,总体上是逐步收紧;在长期体制下形成的所谓"文学界",其行规的凝固、群体边界的封闭,在这一时期也越来越高①;由政府、官办出版社/书店和各种"二渠道"民间资本②合力形成的图书市场,虽然迅速取代作家协会,成为影响文学创作的老大势力,它的潜规则的拘束、狭隘和保守,却一点不亚于作家协会……

二

但这只是事情的一面。就在网络文学高举自由的旗帜一路前冲的时候,资本的手也伸进来了。在中国大陆,从九十年代中期开始,各种"民营"资本一直以各种方式渗入文化领域。但是,一来自己的体量不够大,二来也觉得"文学"的市场价值不够高,"民营"资本始终没有大规模地进入网络文学的领域。倒是海外资本一度探头探脑,但都只是试探一下,并无大动作③。至2000年后,情况不同了,从电影到网络游戏的各类视觉文化生产的持续混战,已经培育出一批体量庞大的"民营"公司,一旦注意到十年间网络文学的持续增长,它们立刻嗅出了其中的巨大商机。

2008年7月,以网络游戏起家、总部设于上海的盛大公司,斥资数亿元④,

---

① 以作家协会为例,与二十世纪八十年代相比,整个九十年代,活跃在创作一线的作家对从中央到地方的作家协会的影响力都持续减弱,越来越多的官员(不少直接出自各级宣传部)出任作家协会及其所属杂志的领导人,尽管其中不乏喜爱文学写作,甚至造诣不错的人,但其本职身份却是官员,而非作家。同时,各级作家协会对文学新人的影响力持续减弱,这一时期涌现的文学新人大部分都不再主动申请加入作家协会。

② 其主要形式是所谓"民营"书店,例如一时间快速连锁扩张的"席殊书屋"。

③ 1998年8月,朱威廉成立"上海榕树下计算机有限公司",将原先以个人网页的方式存在的"榕树下"改成正式的"原创文学"网站时,他所融得的投资仅120万美元。2002年,贝塔斯曼中国公司以1000万美元的名义款项收购"榕树下"网站,是海外资本进入网络文学领域的最大行动,但收购以后,贝塔斯曼并未投入较大经费以重整该网站的旗鼓。

④ 单是2008年对"起点中文网"的投资就达1亿元人民币。

一举收购了 4 家在大陆排名前列的文学网站,加上早就纳入囊中的"起点中文网"①,合组为"盛大文学"②股份有限公司,声势浩大地推出了一系列以"原创文学"盈利的新模式:从简捷原始的"付费再现阅读",到各种令人眼花缭乱的多媒体——包括纸质媒体——推广,以及与作者的形式繁多的利润分成。

　　大资本的直接介入,其网上文学盈利模式的强力推广,从根本上改变了网络文学的基本走向。不知不觉间,"资本增值"的无穷欲望,取代"自由创造"的快乐精神,成了网络文学的第一推手③。靠着对潜在读者的精准把握,"盛大文学"公司及其同道迅速将"类型小说"推上了文学展销台的中心位置;在这个基础上,它们更调动原已掌握的其他各种文化和技术媒介,特别是各类网络视觉产品,大幅度扩充文学的"类型"及其跨媒介属性。即以"起点中文网"为例,其首页列出的 16 个文学类型④中,大约有一半,是网络文学兴起以前的通俗小说没有或不成一个稳定类型的⑤,亦有三分之一,明显超出了原来通行的"文学"范围:它们似乎是小说,但也同时是某种其他文化形式的文字脚本:动漫、电视剧、MTV、网络游戏……⑥

　　这是在以产业化的方式大规模地经营文学了。网络作者的脑力、通俗小说迷的模式化的欣赏习惯、年轻网民的跨媒介阅读兴趣……统统成了生产资

---

① 分别是"红袖添香网""晋江文学城""榕树下"和"小说阅读网"。后来又增加了"潇湘书院","起点中文网"则分设一个"起点女生网",到 2011 年年初,盛大文学公司运营的"原创文学网站"达到 7 家。此外,"起点中文网"还设有一个"手机网",力图覆盖手机屏幕。

② 可以将"盛大文学"视为一个涵义相当精准的新词,用来称呼网络文学中被大资本所造就的那个部分:它属于类似"盛大"这样的文学公司,也因此能快速膨胀,以"盛大"的规模取胜。

③ 在主要是靠计算点击率而决定作者所得的分成模式的刺激下,"读者爱看什么我就写什么"很快就成为大多数在营利性文学网站签约的作者的第一写作原则。

④ 每一大类下面,又有数量不等的二级类,例如,根据该网站"起点书库"2009 年 7 月公布的分类表,这 16 大类中位居第一的"奇幻"类下,就有"魔法校园""西方奇幻"和"吸血家族"3 个二级类;位居第二的"玄幻"类下,则有"变身情缘""东方奇幻"等 6 个二级类。需要说明的是,该网站会根据作者投稿和读者反应的变化,隔一段时间调整一次分类,其中的二级和三级分类,有时变化甚大,首页上列出的一级分类,则大体保持不变。

⑤ 如"奇幻""玄幻"中的大部分二级类别、"军事"中的一部分(特别是"战争幻想"部分)、"竞技",以及所有与非"文学"因素结合而成的新类别。

⑥ 如"游戏""漫画""同人"和"剧本"这几个大类中的大部分二级类别。

料。当别国的大资本纷纷涌入影视、建筑、音乐、美术、网络游戏等领域,大兴"创意产业"的时候,中国的大资本却独具慧眼,到文学里来淘金①。其第一步,就是以"盛大文学"为先导,通吃整个网络文学。

还有第二步、第三步。"盛大文学"公司的 CEO 侯小强预言,随着"盛大文学"的全面推进,网络文学和纸面文学也将重归于一:"没有什么传统文学、网络文学,文学就是文学,所谓的'网络文学'可以退出历史舞台了。文学将完成在网络平台上的统一,这就是'盛大文学'正在做的。我们已经与中国作协取得合作,进一步获得主流认可。"②

只有巨大的资本,才能养出这么大的野心。

三

不过,至少到目前为止,"盛大文学"还远未能在网络的世界里"一手遮天"。大资本的胃口虽然凶猛,它的兴趣却很狭隘,它好像是要把一切都搞成让它赚钱的东西,但是,一旦觉得搞起来不划算,即便已经抓在手里的,它也全迅速丢开。比如文学作者与读者的"即时"互动,这是互联网的一大创造,也几乎从一开始,就被"盛大"式的文学产业盯上了,但是,这种互动的散漫多变的特性,与"盛大文学"追求的模式化状态③,毕竟距离太大,所以,它至今基本上还是一块荒地,没有被大资本仔细地圈垦过。而恰恰是这个互动,在网络文学兴起时的那种自由风气大面积退潮之后,在"盛大文学"的高墙之外,继续滋养了一片特别的天地。

这天地的边界并不清晰,既没有连成一个整体,也随时都在变化,有点像中世纪欧洲城市里的大学,东一幢楼,西一间屋,分散镶嵌在大街小巷。随着"盛大文学"攻城略地,有名的文学网站一个个俯首称臣,这天地似乎逐渐退入博客和小网站上的个人网页,以"小范围"——相对于"盛大文学"式的"大

---

① "盛大"集团总裁陈天侨说得很明白:"在成功利用创新的互联网模式推动网游业发展之后,'盛大'就一直在思考,同样的思路和模式,能否复制到其他传统的文化产业中去?"见钱亦蕉《文学,"梦开始的地方"——盛大文学公司 CEO 侯小强专访》,《新民周刊》2009 年 2 期。

② 同上注钱亦蕉文。

③ 尽管这种模式化的主要的表现形式,已经越来越明显地从可重复的标准划一,转向往往看上去像是一次性的花样翻新。

呼隆"——的传播，四面扬花。这当然未必持久，目前这种博客式的空间形式及其阅读和讨论群体，一直都在变化。不过人生世界，尤其今天，大概也没有什么形式——无论哪一类的——能够坚固不变，所有的不变，都只有寄寓在"变"中才能实存。我就姑且用"博客文学"，来称呼这片天地吧。

各种各样的人到这里来发表作品：有文名颇甚的纸面文学作家，退休了，用化名在博客上发表长篇小说，与几十个读者——其中还有远在北美的——在留言板上持续探讨，不亦乐乎，一部写完了，还要再写第二部；有出身名校政治学系的"70后"男性专业人士，应该是忙得四脚朝天了，却一有空就进博客发同性恋小说，而且是女同性恋小说，写龄还不短；有地处山野小镇的年轻女子，白天在旅馆前台打工，晚上却隔三岔五往博客上发长长短短的散文式感言，一见有谁留下只言片语，就高兴得不行，回复一大段……

这造成了"博客文学"的两个似乎矛盾的特点。

其一，因为空间分散、读写互动，"博客文学"很快形成了一种似乎是以无章法为章法的生长模式。倘说纸面文学是暴发户的花园，常常被大剪刀修裁得等级森严，"网络文学"却有点像城外的野地，短树长草一齐长，互不相让。比方说，最初由报纸创造的"连载"方式，在这里是广泛运用了，但鲁迅、张恨水那种面对读者的优势地位①，在这里却难以维持。一想到几十个读者每天晚上都可能点进自己的博客等着看下文，即便慢性子的作者，也会被催得慌吧？如果那几位屡屡给你建议和鼓励，因此被你下意识地视为同道的"资深"读者，忽然都不见了，你就是素来自信，是不是也不免要生出一丝沮丧和惶惑？

世上其实没有真无章法的地方。近身层面的秩序散了，稍远或稍下层面的秩序就会浮上来，隐隐约约地取而代之。多位"80后"的网络作家坚持说："真正的网络文学"不是别的，就是"全民娱乐"，是"放松、好玩和消遣"②；"博客文学"的整体水平持续徘徊，始终是一副业余身段，引得读者都开始普遍抱怨；尤其在想象力和突破力方面，至少到目前为止，"博客文学"并没有表现出当初期许的那种进步，譬如与80年代的小说相比，无论"形式"还是"内容"，今

---

① 报纸的连载小说或其他文体的专栏，虽也时常发生根据读者反馈调整情节、作者，甚至腰斩连载的情况，但总体来说，报纸连载还是更多地体现了作者和报纸经营者影响乃至调动读者（所谓"吊读者胃口"）的强势地位。

② 2010年12月，"中文在线"旗下的"一起看小说网"在北京举办第4届作者年会，多位年轻的网络作家在会上发表了类似的看法，参见《中华读书报》"网络时代"版的相关报道。

天的"博客文学"似乎都相当保守……①目睹这种种情况，你一定深感那些来自社会深层的强制力的牢固吧？一时的自由，并不能消除长期禁锢所造成的狭隘和贫瘠，何况现在——即便网络世界里，也远非真正能无拘无束。

但还有其二。虽然野地里一时养不壮优异的文学花木，杂草丛生之中，文学与非文学的边界，却实实在在被打破了。在纸面世界，是那些软硬不等的制度：大学中文系的学科分类、文学杂志的栏目、出版社的经营范围、书店的分类标签、作家协会的组别……划定和维持着边界，但这里，那些制度基本不管用。相反，是另一些更无形的因素，在影响人们对"边界"的感受：由跳跃式点击主导的网上阅读方式、网外生活中多媒体交互影响下形成的感受和表达习惯、作者/读者互动过程对奇思异想的激发效应……天性中本就有一股偏要踩线越界才快活的热情的写作者，当然要在"博客文学"里跨过来，跨过去了。

四

正是这个在网络上被大大激发起来的跨界的冲动，造成了网络文学的一片极大，但其未来走向也极多样的新空间。这里不像"博客文学"那么安静，大大小小的各式资本，都吹吹打打，进来占一块地。但也因此，一些本来只是心血来潮的念头，反而可能借其力，实现为五花八门的新文体，甚至更大类的新媒介。只要还没有赢家通吃，资本的活跃，有时候也能为其他冲动，提供行动的条件。

其中一个明显的趋势，是文字与图像、音乐表达的多样混合：有动漫那样基本由图像主导但借用了不少文学和音乐因素的，也有如《草泥马之歌》（2009）和《重庆洋人街标语集锦》（2009）那样，仍以文字为主，却套上一件图像和音乐外衣的；大量是商业性的，也有非商业的；大部分自律颇严，甚少违碍，但也有嬉笑怒骂、锋芒毕露的②……

---

① 从表面上看，"博客文学"似乎五花八门，什么都有，但是，如果将"对社会的主流价值观念、思维方式、情感倾向、表达模式……的差异性/挑战性"视为文学想象力的不可或缺的因素，今天的"博客文学"在想象力上的整体的保守性，还是非常明显的。

② 例如，2010年3月在网易房产论坛出现的视频作品《楼市春晚》，全长14分钟，以充满讽刺意味的新编台词、歌词、画外音、恶搞人名和地名谐音词等，结合当年春节晚会的画面，尖锐表达对于房价高涨的愤慨之意。同年1月在土豆网上开始流传的长达64分钟的视频作品《看你妹之网瘾战争》，更是富含多方面的社会和政治批评，风靡一时，并在土豆网和中银集团合办的"2010土豆映像节"上，获"金土豆奖"。

即便文字作品，文学与非文学的混合也愈益多样，文类身份不明的作品层出不穷，从"当年明月"的《明朝那些事》那样的鸿篇巨制①，到形形色色的讽刺文：拟名人讲话、寓言式笑话、对联、歌词和诗词改写……②其中许多——往往篇幅短小的——作品，文字之活泼犀利、思路之聪敏跳跃，那样肆无忌惮地发掘核心字词的表意潜力，都每每令我惊叹。一些高度凝聚了当代生活的某种特质，值得刻入历史的词汇与句式——例如"打酱油"和"被……"，常是因了这些作品的托举而脍炙人口。倘说剔发文字的符号指涉能量，正是诗对这个将一切——包括文字——都视为工具、竭力压扁的时代的重大抵抗之一，这些文类暧昧的作品，就正体现了这个时代的某种诗性。

更值得注意的是，文学与游戏的结合。在中国大陆，对男性青少年影响特别大的网络游戏，已经养育出规模全球第二，而设计能力第三的巨大产业，中国玩家的技术水准，据说也到了全球第二。文学本是网游得以开发的基础之一；中国的网游开发业，近年开始发展内容的民族特色，更加大了对文学——不仅是网络文学——文本的利用。尤其是，玩着网游长大的一代或两代人，用不了十年，就会成为文学——无论网上网下——的主要读者群，以及可能最大的作者群之一，网游对未来文学的影响之大，也就不必说了。事实上，今天已经出现了不少主要以网游作品——而非文学经典——为样板的文学、图像甚至建筑作品③，各种文体和媒介类型的互相渗透，真是深入肌理了。

说到这里，你可能已经发现，从网络文学的角度看过去的这个新空间，已经很难说只属于文学了。从这个空间里出来的新东西，一旦长大，多半都可能脱离文学而去。但是，即便另立门户了，它们一定会反过来影响文学，唯其曾混居一室，多少有些相类，这影响就非常大，大面积挤占文学的空间，大幅度改变文学的走向，都是有可能的。不过，网络文学的活力，也会经由这种种

---

① 这部系列作品同时兼有"白话散文体史书"和"历史小说"两种特质，入选2010年《南方周末》组织评选的"十年给力网络文学"，名列第9。

② 严格说起来，目前在网上流传的这些混合型的讽刺文类，除少数（如"拟名人讲话"）以外，大都在互联网兴起之前就已存在，并非网络的产物。但是，由于能借助网络及时地大面积传播，乃至经由手机短信传播到不能上网的地方，这些讽刺文的具体的针对性和形式的自由度，就大大强化，远非譬如苏联那样的信件和口耳相传时期的政治笑话所可比拟。

③ 在"盛大文学"中位居显要、主要由青少年创作和阅读的"玄幻""仙侠"和"游戏"类小说中，这个情况特别明显。

牵扯,传入更宽的用武之地。池子再深,水还是要死,只有凿通江海,才能流水长清。当《网瘾战争》结尾处,"看你妹"仰天喊出那犹如百行长诗的滔滔自白的时候,我不禁想,或许正是在这样的多媒介空间里,网络文学的力量才最大地爆发出来?

五

再来看纸面文学。

我首先想到的,当然是以譬如莫言和王安忆为代表的"严肃文学"——请容我继续用这个其实相当可疑的词。这是一百年前由新文化运动催生的中国现代文学在今日的直系继承者,也是我这个年纪的人通常都会认可的文学的正宗。今天大学中文系和中学语文课所教授的"当代"文学,各级作家协会及所属报刊以及大多数评论家所理解的"当代"文学,也都主要是指这一种文学。

2010 年,"严肃文学"数度引起媒体的正面关注①,但总体来说,这文学的社会影响,仍在继续下降:主要刊登这类文学的杂志的销量,依然萎缩——尽管幅度并不剧烈;代表性作家的著作销量,继续在低位徘徊;几乎所有重要的公共问题的讨论声中,无论网上网下,都鲜有"严肃文学"作家的声音——这一情况已经持续了十多年,去年依然如此;"严肃文学"作家所创造的文学形象、情节和故事中,也几乎没有被公众视为对世态人心的精彩呈现,而得到广泛摘引、借用和改写的②。

六

与"严肃文学"的沉静形成鲜明对照的,是一种新的文学的喧闹。郭敬明

---

① 例如因为史铁生的去世、张炜的 10 卷本系列小说(其中包括多部旧作)的整体问世、阎连科等作家的新著(如《四书》)的完成、《收获》和《上海文学》的稿费的大幅度提高(从一般 60—100 元/千字,提高到 150—200 元/千字)等。史铁生的《我与地坛》,一度进入北京三联韬奋书店 2011 年 2 月排行榜的前十名。

② 对比二十世纪二三十年代创造并长期成为公共意象的"阿 Q""狂人""家""边城""吴荪甫",以及四十至六十年代创造并在至少二十年的时间里脍炙人口的文学形象:"小二黑""梁生宝""林道静"和"茶馆"……九十年代中期以后"严肃文学"在这一方面的乏力,是相当触目的。当然,被习惯性地归入"严肃文学"的作家和作品,情况并不一样,有不少值得重视的作品,但整体而言,"严肃文学"并非本文论述的重点,这里就不展开分析了。

可以被看作其头号作家，他所主持的《最小说》及其"最"字系列杂志，也可以被视为其代表性的纸面媒体，恰如《人民文学》和《收获》，是"严肃文学"的代表纸媒一样。

这文学的历史很短，即便算上混沌一团的发轫阶段①，也不超过十五年。但是，到 2010 年，《最小说》的单期销量已经多于三十万份，远远超过《人民文学》和《收获》。

如果比照"严肃文学"的标准，你一定说："郭敬明算什么文学？"的确，这个带着化妆师去参加中国作家协会会员大会的年轻人，从形象到身份都很不文学：他竭力将自己打造成一个明星；他更自觉地将文学当作一门生意去做。2007 年，他的公司与赞助人联手，在全国推广了一场持续一年多的"文学之星"大赛，层层选拔、雪球越滚越大，当 2009 年在北京某高级中学的礼堂内举行大赛的最后一场时，上万粉丝——大部分是中学生——激情尖叫，这再清楚不过地说明了这一种文学的基本性质：它是中国特色的"文化工业"的产品，也说明了郭敬明本人的身份序列：首先是资本家，其次大众明星，最后才是写作者。

正是在这个意义上，我要说，这文学已经开始充当今天的社会秩序的得力助手，加入社会的支配性结构的重要一环，它参与的是社会再生产的关键环节：持续培养大批并不愚笨，但最终驯服的青少年，将他们的青春激情，转化为不接地的幻想和不及物的抱怨。倘说"新资本主义"一词，可以比较准确地概括当下社会的基本特质，以郭敬明和《最小说》为首席代表的这一路文学，就应该被称为"新资本主义文学"②。

有意思的是，随着"新资本主义文学"日长夜大，它在"严肃文学"那儿引

---

① 例如从《萌芽》改版和"新概念作文大赛"算起。

② 成熟的现代社会的一大特点，就是会通过类似"文化工业"的经济、文化乃至政治制度，大批量地生产一种新的文学，这文学的主要功能，不是激发读者对丰富的"美"的感动以由此激发的敏感、怀疑和多思，而是相反，通过提供各种表面似乎多变，实质却极为模式化的故事和形象，满足读者的主要是越来越消遣性的精神需求，并以此潜移默化，在不知不觉间改变读者的精神世界的基本结构。整体而言，这种文学的主要的社会效应，是推动读者成为与其所处的社会的现实结构渐趋适应，因而有意无意地顺从和配合社会现实秩序的人。二十世纪三十年代的法西斯文学与纳粹德国、六十年代以后兴起的消费主义文学与消费社会，就是说明这种文学与其所属社会基本关系的两个很好的例子。

起的反应也明显变化。照例的轻蔑并没有持续很久,反倒是"招安"乃至讨好的表情明显起来。郭敬明本人被邀请加入中国作家协会,尽管依照前例,一旦其重要作品被法院判定为抄袭,已经当了会员的,也该被除名。他的新作更相继被《人民文学》和《收获》刊登在醒目的位置上,尽管《最小说》继续将莫言或王安忆一路的文学,坚决地排除在外。一些五六十岁、七八十岁的文学名家,兴冲冲地参与郭敬明——或类似人物——主导的各种"文学"评奖和发奖大会,站在边上分取粉丝的欢呼:他们早已看清楚了,在争夺年轻人——无论读者还是作者——的竞争中,"新资本主义文学"遥遥领先。

尽管不情愿,我还是得说,至少目前来看,"新资本主义文学"在纸面世界里的声势,尤其是其前景①,是越来越明显地超过"严肃文学"了。

…………

八

"一半"和"六分"都只是比喻,文学的版图本来不该这么用数字划分。"盛大文学""博客文学""严肃文学"和"新资本主义文学",也都类似佛家所说的"方便法门",并非仔细推敲过的概念。事实上,这些被我分而述之的文学之间,也有诸多相通和相类之处,这些相通和相类中,更有若干部分,可能比它们之间的相隔和相异更重要。

比如,网络上的"盛大文学",至少其主体部分,就与《最小说》式的纸面作品一样,同属于这个时代的"新资本主义文学",而且可能是其中更有力量的部分,这几年,它们之间的呼应与合作,就正在快速扩展②。网络内外的各种跨界写作,尤其是那些政治性较强的作品,也几乎从一开始,就是互相启发、持续互补的③。一个本来是文字性的讽刺的灵感,迅速显身为视频短片、拟儿歌、吉他曲、小品文……在极短的时间里传遍国中:类似这样的情形,几乎每

---

① 需要说明的是,"新资本主义文学"是极为灵活,因此极为多变的,它随时会抛弃其带代表性作家、作品和流通媒介,同时送出新的替代物,因此,郭敬明也好,《最小说》系列也好,其"走红"期可能很短,远远短于"严肃文学"的代表性作家,但是,唯其能如此迅速地更换和调整自己的代表符号和媒介,"新资本主义文学"反而显示了强大的生存和竞争能力。

② 2009年盛大文学公司与郭敬明签约,收购其新作《小时代》的网上版权(在"起点中文网"全文连载),就是一个例子。

③ 在这样的互相启发和补充中发展起来的跨界写作,与中国特色的"文化工业"及其"盛大文学"所推动的跨界写作,这二者之间的复杂关系,非常值得深入分析。

天都在发生。与此相应,许多"博客文学"与"严肃文学"作品在文学内容和形式上的"保守"联盟①,表现得非常明显。时至今日,依然被一部分优秀作家——其中多数是中年乃至更年长者——坚守住的"严肃文学"的社会批判的底线②,与主要由年轻一代推动的"体制外"文学的四面开花的前景,这二者之间的互动关系,更值得深究。

不过,总的结论很清楚:中国的文学真是大变了,我们必须解释它。

♀ 延伸阅读 ♀

1. 许志英、倪婷婷《新青年—新潮社》,载贾植芳主编《中国现代文学社团流派》(上卷),江苏教育出版社 1989 年版。

2. 杨义《京派小说的形态和命运》,《江淮论坛》1991 年第 3 期。

3. 朱寿桐《论作为文学社团的中国左翼作家联盟》,《南京大学学报》2001年第 2 期。

4. 严家炎《社会剖析派小说》,载严家炎著《中国现代小说流派史》,人民文学出版社 1989 年版。

5. 沈卫威《"学衡派"与现代中国的人文主义思潮》,《中山大学学报》2003年第 3 期。

6. 徐敬亚《崛起的诗群——评我国诗歌的现代倾向》,《当代文艺思潮》1983 年第 1 期。

7. 张志忠《论中国当代文学流派》,《中国社会科学》1985 年第 5 期。

8. 王彬彬《王朔与"鸳鸯蝴蝶派"》,《文坛三户》,大象出版社 2001 年版。

9. 童庆炳、陶东风《人文关怀与历史理性的缺失——"新现实主义小说"再评价》,《文学评论》1998 年第 4 期。

10. 朱德发《文学流派的基本特征及嬗变规律》,载朱德发《二十世纪中国

---

① 此处的"保守"的涵义,简单来说就是:这些作品一般不会让读者发生很大的疑惑:"这是什么作品? 小说? 散文? 还是……"也不会让读者在其他方面(主题、结构、叙述方式、寓意等)感到明显的所谓"陌生化"的刺激。

② 今天中国的"严肃文学"虽然整体上严重受制于规范和支撑它的那套主流文学生产体制,但这文学的残存的"严肃性",依然继续表现为一部分作家不断试图突破这体制的束缚。

文学流派论纲》,山东教育出版社 1992 年版。

11. 厄内斯特·费诺罗萨、庞德《作为诗歌手段的中国文字》,赵毅衡译,《诗探索》1994 年第 3 期。

12. 张清华《先锋的终结与幻化——关于近三十年文学演变的一个视角》,《文学研究》2016 年第 4 期。

13. 吴俊《先锋文学续航的可能性——从吕新〈下弦月〉、北村〈安慰书〉说开去》,《文学评论》2017 年第 5 期。

14. 孟繁华《当下中国文学的状况》,《华夏文化论坛》2018 年第 1 期。

♀ 问题与思考 ♀

1. 试述文学研究会的成立过程、文学主张、创作特色及其在现代文学史上的地位。

2. 论述新月派在现代新诗史上的地位与贡献。

3. 从理论与创作两个方面,概述二十世纪三十年代"左联""京派"与"海派"三大文学流派之间对峙交锋及互相渗透的格局。

4. 试思考二十世纪四十至七十年代,文学社团流派是如何从趋同走向沉寂的,根源何在?

5. 如何评价二十世纪八十年代"现代派"创作的思想与审美倾向?

6. 试举例比较"六十年代生"作家群与"七十年代生"作家群的异同。

7. 叶维廉在文章开始说的现代汉语的缺陷是否是一种"缺陷"? 与后文所说的"假叙述""假语法"等问题是不是一个问题?

8. 你认为在当今时代还有先锋精神和先锋文学吗? 为什么?

9. 中国二十世纪八十年代的先锋文学热潮和西方现代主义意义上的先锋派有何区别和联系?

10. 二十世纪以来,中国大陆的文学版图发生了哪些变革? 对传统文学造成了何种挑战?

♀ 研究实践 ♀

(一)"七月派"考察报告

要求:查阅"七月派"的刊物、有关论争文章、代表性理论、代表性创作以及近年来有关"七月派"的研究论著,填写下列表格,以期形成对"七月派"整体性的认识,从中体会文学社团和文学流派研究的方法。

序号	考 查 项 目	
1	"七月派"活动的起止时间	
2	"七月派"的阵地(报刊)有哪些,其创刊的时间、地点	
3	"七月派"的所有成员(注明谁是主将,哪些是重要代表,哪些是边缘性成员,哪些成员是否属于该派尚有争议的,等等)	
4	"七月派"重要理论主张	
5	"七月派"理论代表性作品	
6	"七月派"诗歌代表性作品	
7	"七月派"小说代表性作品	
8	有哪些人与"七月派"发生过论争(包括"七月派"遭到过哪些批判)	
9	"七月派"活动的特点	
10	"七月派"在文学史上的独特贡献	

(二)"京派"考察报告

要求:查阅"京派"的刊物、有关论争文章、代表性理论、代表性创作以及近年来有关"京派"的研究论著,填写下列表格,以期形成对"京派"整体性的认识,从中体会文学社团和文学流派研究的方法。

序号	考 查 项 目	
1	"京派"活动的起止时间	
2	"京派"的阵地(报刊)有哪些,其创刊的时间、地点	
3	"京派"的所有成员(注明谁是主将,哪些是重要代表,哪些是边缘性成员,哪些成员是否属于该派尚有争议的,等等)	
4	"京派"重要理论主张	
5	"京派"理论代表性作品	
6	"京派"诗歌代表性作品	
7	"京派"小说代表性作品	
8	有哪些人与"京派"发生过论争(包括"京派"遭到过哪些批判)	
9	"京派"活动的特点	
10	"京派"在文学史上的独特贡献	

第六章 艺术形态流变

导　论

　　从现代文论的观点来看,文学史在本质上呈现为文体演变史。文学中的文体从来都不是一个简单的技巧问题、语言问题,文体显示出一个时代的精神面貌。"五四"新文化运动、文学革命思潮以及社团流派的蜂拥竞立,其现代性追求与精神解放的本质总是要落实到审美精神的解放与文体的创造上来,因此,"五四"时代的思想解放在文学上的表现便是"文体大解放",而文体的解放又反过来进一步促进了思想的解放以及文学思潮、社团流派的迅猛发展。综观中国现当代文学史的发展历程可见,凡是文学思潮与文学流派纷涌崛起、多元开放的时期,同时也是各类文体推陈出新、多姿多彩的时期。

诗歌文体之流变

　　"五四"时期,从初期白话新诗到"异军突起"的浪漫主义诗歌、抒情哲理小说、湖畔诗人的爱情诗等,汇成了"诗体大解放"的潮流,尤其是以郭沫若为代表的自由体新诗以其雄浑豪迈的浪漫风格,契合了"五四"时代"狂飙突进"的时代精神。选文《论小诗》及时评估并肯定了小诗这种新生事物,对小诗创作的兴盛繁荣起到了重要的推动作用。二十年代中后期,新诗的发展分化为三个重要的方向:即"新月"诗人对新诗格律化的探索,李金发等初期象征派诗歌的出现,以及蒋光慈等政治抒情诗的兴起。"新月"诗派提出了关于新格律诗的系统的理论主张,追求诗歌艺术的音乐美、绘画美和建筑美,他们的创作实践矫正了早期新诗过分散漫,缺乏诗美的偏向。与"新月"派诗不同,李金发的创作带有浓厚的法国象征主义诗风,不追求诗的格律,但其重意象、重暗示的象征艺术对现代主义新诗的发展提供了有益的经验,其诗作中感伤颓废的情调亦颇能引起一代苦闷青年的共鸣。政治抒情诗兴起于1925年"五卅"事件之后,感情强烈,革命倾向鲜明,但锋芒直露,缺乏诗美。到三十年代,诗歌创作在艺术上日趋成熟,从革命诗潮到现实主义诗潮以及现代主义诗潮的涌现,较好地处理了借鉴外来诗歌艺术与继承传统审美精神两个方面的关系,尤其是现代主义诗歌创造出了一大批名篇佳作。三十年代初登上诗坛的艾青、臧克家、田间等诗人,坚持从生活出发,既不图解政治,又不形式主义地玩弄技巧,能够较好地把深切感受到的时代内容和富于诗美的形象结合起来,推动了现实主义诗歌艺术的长足发展。以戴望舒、卞之琳、何其芳为代表的创作,克服了初期象征诗模仿西方和过于晦涩的缺陷,较好地处理了新诗艺术的现代化与民族化相结合的问题,将现代主义诗歌推向了一个高峰。

抗战爆发后的新诗创作,内容上社会性的增强、形式上民族化的增强成为总的趋势。抗战初期,以高兰、光未然为代表的"朗诵诗",以田间、柯仲平为代表的"街头诗"应运而生,抗战后期又出现了以袁水拍为代表的政治讽刺诗热潮。这些诗作因直接配合政治需要,既具有通俗明朗的特点,也难免仓促急就的情况。此期影响较大的,在国统区有"七月"诗派和"九叶"诗派,在解放区则有晋察冀诗人群和民歌体叙事诗。艾青和田间既曾是"七月"诗派最重要的诗人,又不是这一个流派可以完全涵盖的,尤其是艾青代表了此期现实主义诗歌的最高成就,成为继郭沫若之后自由体诗的第二座高峰。现代派诗歌在抗战期间趋于衰竭,四十年代后期"九叶"诗派的出现便具有了特殊的意义,这批学者型诗人既不同程度地接受了西方现代主义诗歌艺术的影响,也没有抛弃"五四"以来新诗的现实主义传统,表现出新颖的思想艺术风貌。五十至七十年代以政治抒情诗为主。新时期初期崛起的"朦胧诗"以其新颖的审美气质引起了读者广泛的共鸣。此后诗歌创作数量不断增加,有"新生代""后朦胧诗""后崛起""当代实验诗"等,也出现了"非非主义""他们文学社"等许多民间诗歌组织,形成了多元并举、艰难探索的创作格局。

小说文体之流变

小说这一文体形式在古代并非正宗,但在二十世纪却是成就最高的一支。1918 年中国现代第一篇白话小说——鲁迅的《狂人日记》发表,以其"表现的深切"与"格式的特别"揭开了现代小说史的新篇章。自 1921 年纯文学社团纷纷涌现后,小说创作呈现出生机勃勃的局面。三十年代是现代小说的丰收、成熟期,不仅涌现了"社会剖析派""新感觉派"等影响深远的小说流派,而且出现了茅盾、巴金、老舍等小说大家,尤其是长篇小说的创作取得了重大的丰收。《中国现代小说中的"高觉新型"》以点带面地论述了现代小说在人物形象塑造上所达到的高度与深度。抗战之后,国统区小说创作继续深入发展,不但涌现出一批现实主义的长篇佳作,而且出现了路翎、张爱玲、钱钟书及"新浪漫派"等各具特色的优秀小说家。在解放区,则产生了一大批以歌颂为主潮,体现"为工农兵服务"方向的小说创作。

五十至七十年代以农村题材小说与革命历史小说为主,在文体形式上趋向单一化。八十年代以降,小说成为最为活跃的文体形式,从"伤痕小说""反思小说""改革小说"到"寻根小说""先锋小说""新生代小说""新写实小说"等,无论在取材、主题、思想倾向与文化选择上,还是在语言风格及审美趣味上,都极为繁富,蔚为大观。九十年代以降又出现了"新状态小说""新历史小说""新体验小说""新都市小说"等。

散文文体之流变

在四大类文体中,散文几乎是创作数量最大、属下门类最繁、新生样式最多的一种。一方面,它的文体内涵极为宽泛,边界非常模糊,包括通讯、速写、杂感、文艺性政论、人物传记、访问记、报告文学、游记、抒情散文、散文诗等,是一个不折不扣的"家族概念";另一方面它取材广泛,与现代人的政治生活、社会生活、感情生活等有着极其密切的直接联系,因之这一文体样式既切实地反映了中国社会和文化的动荡与变迁,也极其真切地体现了中国知识分子与文人的心态与精神发展的历程。由于这种原因,"散文"内涵与外延的流变,其内属各门类的兴衰嬗递,不仅受到艺术发展规律的内在支配,也与社会政治的外在环境及作家主体的文化选择、审美选择表现出强烈的互动性。现代时期,个性自由与批判性一度被视为散文文体精神的两个主要方面。当鲁迅称赞"五四""散文小品的成功,几乎在小说戏曲和诗歌之上"的时候,这时的散文还主要指狭义的"艺术性散文"或者"抒情散文"；当郁达夫指出"五四"散文的最大特征"是每一个作家的每一篇散文里所表现的个性，比以前的任何散文都来得强"的时候，审美主体性是人们强调的重心；当三十年代杂文占据散文创作主流的时候，"文化批评"与"社会批评"又成为该文体的重要标志。此后随着社会形势与文化思潮的日益复杂，散文的审美追求不断分化，趋于多元，其文体范围也不断扩大。在解放区，记实性的通讯、报告占有重要位置，而其演化趋势是由艺术个性向政治功利性转移。

　　1949 年后，人们对散文概念的理解及使用、该文体下属门类的更替等又发生了新的变化，表现出不同于以往的新的文体精神与发展轨迹。"十七年"的散文创作，可以 1957 年为界分为两个阶段。第一阶段以报告文学及其他记实性散文创作为主，对题材的推崇与追逐成为创作的重心。第二阶段以"诗意"为最高境界，注重技巧层面的艺术经营，报告文学类创作加强了艺术性的含量，表现出某种程度的"小说化"倾向。值得注意的是，在两个阶段的最后两年又各出现了一次散文的创作"高潮"。第一次创作高潮发生在 1956—1957 年，即人们常说的"百花时代"。此期出现了散文"复兴"运动，试图回归"五四"散文随笔的审美个性意识，而"干预生活"的特写类创作也在一定程度上继承了现代散文的批判性传统。第二次创作高潮发生在 1961—1962 年，可称为"调整时期"。当时文学界调整的中心是改善文学与政治的关系，在题材主题、艺术风格上倡导有限度的多样性和个性化。抒情散文及杂文创作都取得了较大的丰收，以至于 1961 年被人们称作"散文年"。尤为重要的是，在这一时期，1949 年后一直对散文不置一词的理论界围绕着散文的艺术建设掀起了一场大讨论：讨论了散文文体的"涵义"、特征、重要性、诗意、风格和传统等。所谓散文是"文学的轻骑队"，以及"形散神不散"的审美观念等都是在这一时期被广泛接受并在艺术实践中定型的。

　　八十年代，散文创作的诸种门类全面复兴，反映时代精神的报告文学不时引起"轰动"，回忆性散文、抒情美文、批判性杂文等虽相对平静一些，但也表现出散文本体意识的自觉，取得了较大的成绩。九十年代文坛上再度出现"散文热""文化散文""大散文""学者散文"等，使得这一文学体式焕发出新的思想生命力与审美风貌。散文取材广泛，与现代人的政治生活、社会生活、感情生活等有着极其密切的直接联系，而且与文学思潮流派之聚合消涨同步共生，因而这一文体样式既切实地反映了二十世纪中国社会和文化的变迁与动荡,也极其真切地体现了二十世纪中国知识分子与文人的心态及精神发展的历程。选文《当代散文:发展轨迹、分"体"考察和作家特色——兼评"当代文学史"有关散文的表述》对当代报告文学、艺术散文、杂文等散文体式进行了全面估价,并对当下"当代文学史"的散文作家论存在的"特点不特"、只"褒扬"不"批评"、筛选不严等问题进行了独到的反思。

戏剧文体之流变

现代戏剧(话剧)从某种程度上说是一种"舶来品"。"五四"时期,现代戏剧是随着引进外国戏剧理论、翻译和改编外国戏剧创作而诞生的。这一时期的社会问题剧、历史剧、具有浪漫主义倾向的戏剧创作等,从模仿外国戏剧起步,到结合中国国情和观众的欣赏习惯进行创作,为中国戏剧的现代化和民族化进行了可贵的尝试。至三十年代,戏剧创作从幼稚走向成熟,尤其是《雷雨》《日出》《上海屋檐下》等优秀作品在戏剧艺术结构、人物形象塑造诸方面都取得了极大的成功。抗战爆发后,戏剧运动蓬勃展开,涌现了大量的街头剧、朗诵剧、茶馆剧等小型化、通俗化的短剧形式,以及讽刺喜剧(国统区)、新歌剧(解放区)等。郭沫若的历史剧代表了这一时期戏剧思想艺术的最高成就。

五十年代以后,重视戏剧这一文体形式的传统得以延续,戏剧创作与社会政治生活的关系也继续得到强调。八十年代以后,出于对强调戏剧社会功能的传统的反思以及对戏剧艺术的多样化的追求,出现了一批探索性作品,其中高行健等有较突出的表现。另一方面,因社会文化环境的改变也出现了"戏剧危机"问题。选文《中国戏剧现代化的艰难历程——二十世纪中国戏剧回顾》在探讨中国戏剧现代化的进程时,便重点论述了如何对待传统戏剧,传统戏曲自身如何进入现代即如何寻求与新时代结合的途径,戏剧"现代化"的基本内涵及其与中国革命、启蒙的复杂关系等重要问题。

对各种文体形式发展流变的考察与文学思潮论、社团流派论以及作家作品论不可避免地存在一些重合交叉的方面,因而本章选文时主要考虑论文研究对象及视角的侧重点在文体方面即可,同时强调文体形式之"流"与"变"的较宏观的论述角度。另外,考虑到其他各章对一些时段的一些文体形式的创作涉及较多,本导论部分便对其做简化处理,而不平均着墨。

选　文

谈新诗（八年来一件大事）（节选）

胡　适

导言——

　　本文选自《胡适文集》（北京大学出版社 1998 年）第 2 册，原载 1919 年 10 月 10 日《星期评论》"双十节纪念专号"。

　　胡适（1891—1962），原名嗣穈，安徽绩溪人。曾留学于美国康奈尔大学、哥伦比亚大学，回国任北京大学教授等，是"新文化运动"的领导者之一。

　　胡适《谈新诗》作于 1919 年，此文是引领新诗形式变革的一篇纲领性文字。胡适在文中详细阐述了白话新诗变革的缘由、具体主张和目的。胡适从文学进化论的角度回顾了中国诗歌的三次"大解放"，并把新诗的变革称为第四次"诗体大解放"，他认为总体的变化趋势就是"自然"。他主张新诗"不拘格律，不拘平仄，不拘长短"。胡适强调，新诗并非没有音节（节奏），而是有"自然的音节"，这是新诗的"公共方向"。胡适的诗体理论考虑得更多是"破"，而不是"立"。他并没有对他所谓的"自然的音节"做出具体的定义，也很少考虑节奏中的规律性、同一性的问题，因此这一理论也无法解决新诗在文体上的"合法性危机"。不过，胡适对于新诗形式的发展方向的把握是有预见性的，他所引领的诗歌形式变革把汉语诗体重新拉回到与汉语语言和现代生活的亲密关系中来；而且，他对于传统诗体的弊病的攻击虽然显得偏颇，但并非全然是错误的。他从自身写作的"尝试"中认识到传统的诗体与现代汉语有根本性的冲突。他的主张之所以显得破坏性较强，主要是因为他首先考虑的是如何让白话这种语言在诗歌中"立"起来，而不是建设诗歌的韵律形式，而后者是他留给后人的课题。另外，胡适还注意到，当新诗摆脱格律的束缚之后，诗歌节奏的经营要特别注意"内部的组织"，而这一点还需要从韵律之同一性、规律性的角度进一步探索。

一

民国六年(1917)一月一日,《新青年》第二卷第五号出版,里面有我的朋友高一涵的一篇文章,题目是《一九一七年预想之革命》。他预想从那一年起中国应该有两种革命:(一)于政治上应揭破贤人政治之真相,(二)于教育上应打消孔教为修身大本之宪条。高君的预言,不幸到今日还不曾实现。"贤人政治"的迷梦总算打破了一点,但是打破他的,并不是高君所希望的"立于万民之后,破除自由之阻力,鼓舞自动之机能"的民治国家,乃是一种更坏更腐败更黑暗的武人政治。至于孔教为修身大本的宪法,依现今的思想趋势看来,这个当然不能成立;但是安福部的参议院已通过这种议案了,今年双十节的前八日北京还要演一出徐世昌亲自祀孔的好戏!

但是同一号的《新青年》里,还有一篇文章,叫作《文学改良刍议》,是新文学运动的第一次宣言书。《新青年》的第二卷第六号接着发表了陈独秀君的《文学革命论》。后来七年四月里又有一篇《建设的文学革命论》。这一种文学革命的运动,在我的朋友高君做那篇《一九一七年预想之革命》时虽然还没有响动,但是自从1917年1月以来,这种革命——多谢反对党送登广告的影响——居然可算是传播得很广很远了。文学革命的目的是要替中国创造一种"国语的文学"——活的文学。这两年来的成绩,国语的散文是已过了辩论的时期,到了多数人实行的时期了。只有国语的韵文——所谓"新诗"——还脱不了许多人的怀疑。但是现在做新诗的人也就不少了。报纸上所载的,自北京到广州,自上海到成都,多有新诗出现。

这种文学革命预算是辛亥大革命以来的一件大事。现在《星期评论》出这个双十节的纪念号,要我做一万字的文章。我想,与其枉费笔墨去谈这八年来的无谓政治,倒不如让我来谈谈这些比较有趣味的新诗罢。

二

我常说,文学革命的运动,不论古今中外,大概都是从"文的形式"一方面下手,大概都是先要求语言文字文体等方面的大解放。欧洲三百年前各国国语的文学起来代替拉丁文学时,是语言文字的大解放;十八、十九世纪法国嚣俄、英国华次活(Wordsworth)等人所提倡的文学改革,是诗的语言文字的解放;近几十年来西洋诗界的革命,是语言文字和文体的解放。这一次中国文学的革命运动,也是先要求语言文字和文体的解放。新文学的语言是白话的,新文学的文体是自由的,是不拘格律的。初看起来,这都是"文的形式"一方面的问题,算不得重要。却不知道形式和内容有密切的关系。形式上的束缚,使精神不能自由发展,使良好的内容不能充分表现。若想有一种新内容和新精神,不能不先打破那些束缚精神的枷锁镣铐。因此,中国近年的新诗运动可算得是一种"诗体的大解放"。因为有了这一层诗体的解放,所以丰富的材料,精密的观察,高深的理想,复杂的感情,方才能跑到诗里去。五七言八句的律诗绝不能容丰富的材料,二十八字的绝句绝不能写精密的观察,长短一定的七言五言绝不能委婉达出高深的理想与复杂的感情。

最明显的例子就是周作人君的《小河》长诗(《新青年》六卷二号)。这首诗是新诗中的第一首杰作,但是那样细密的观察,那样曲折的理想,绝不是那旧式的诗体词调所能达得出的。周君的诗太长了,不便引证,我且举我自己的一首诗作例:

应　　该

他也许爱我,——也许还爱我,——

但他总劝我莫再爱他。

他常常怪我;

这一天,他眼泪汪汪地望着我,

说道:"你如何还想着我?

想着我,你又如何能对他?

你要是当真爱我,

你应该把爱我的心爱他,

你应该把待我的情待他。"

…………

他的话句句都不错,——

上帝帮我!

我"应该"这样做!

(《尝试集》二,五六)

这首诗的意思、神情都是旧体诗所达不出的。别的不消说,单说"他也许爱我,——也许还爱"这十个字的几层意思,可是旧体诗能表得出的吗?

再举康白情君的《窗外》：

> 窗外的闲月，
> 紧恋着窗内蜜也似的相思。
> 相思都恼了，
> 他还涎着脸儿在墙上相窥。
> 回头月也恼了，
> 一抽身儿就没了。
> 月倒没了，
> 相思倒觉着舍不得了。

（《新潮》一，四）

这个意思，若用旧诗体，一定不能说得如此细腻。

就是写景的诗，也须有解放了的诗体，方才可以有写实的描画。例如杜甫诗"江天漠漠鸟飞去"，何尝不好？但他为律诗所限，必须对上一句"风雨时时龙一吟"，就坏了。简单的风景，如"高台芳树，飞燕蹴红英，舞困榆钱自落"之类，还可用旧诗体描写。稍微复杂细密一点，旧诗就不够用了。如傅斯年君的《深秋永定门晚景》中的一段：

> ……那树边，地边，天边，
> 如云，如水，如烟，
> 望不断，——一线。
> 忽地里扑喇喇一响，
> 一个野鸭飞去水塘，
> 仿佛像大车音浪，漫漫的工——东——当。
> 又有种说不出的声息，若续若不响。

（《新潮》一，二）

这一段的第六行，若不用有标点符号的新体，决做不到这种完全写实的地步。又如俞平伯君的《春水船》中的一段：

……对面来个纤人，

拉着个单桅的船徐徐移去。

双橹插在舷唇，

皱面开纹，

活活水流不住。

船头晒着破网。

渔人坐在板上，

把刀劈竹拍拍的响。

船口立个小孩，又憨又蠢，

不知为什么？

笑迷迷痴看那黄波浪。……

(《冬夜》一，四)

这种朴素真实的写景诗乃是诗体解放后最足使人乐观的一种现象。

以上举的几个例，都可以表示诗体解放后诗的内容之进步。我们若用历史进化的眼光来看中国诗的变迁，方可看出自《三百篇》到现在，诗的进化没有一回不是跟着诗体的进化来的。《三百篇》中虽然也有几篇组织很好的诗如"氓之蚩蚩""七月流火"之类；又有几篇很好的长短句，如"坎坎发檀兮""园有桃"之类；但是《三百篇》究竟还不曾完全脱去"风谣体"（Ballad）的简单组织。直到南方的骚赋文学发生，方才有伟大的长篇韵文。这是一次解放。但是骚赋体用兮些等字煞尾，停顿太多又太长，太不自然了。故汉以后的五七言古诗删除没有意思的煞尾字，变成贯串篇章，便更自然了。若不经过这一变，决不能产生《焦仲卿妻》《木兰辞》一类的诗。这是二次解放。五七言成为正宗诗体以后，最大的解放莫如从诗变为词。五七言诗是不合语言之自然的，因为我们说话决不能句句是五字或七字。诗变为词，只是从整齐句法变为比较自然的参差句法。唐、五代的小词虽然格调很严格，已比五七言诗自然的多了。如李后主的"剪不断，理还乱，是离愁。别有一般滋味在心头"。这已不是诗体所能做得到的了。试看晁补之的《蓦山溪》：

……愁来不醉，不醉奈愁何？

汝南周，东阳沈，

> 劝我如何醉？

这种曲折的神气，决不是五七言诗能写得出的。又如辛稼轩的《水龙吟》：

> ……落日楼头，断鸿声里，江南游子，
>
> 把吴钩看了，阑干拍遍，
>
> 无人会，登临意。

这种语气也决不是五七言的诗体能做得出的。这是三次解放。宋以后，词变为曲，曲又经过几多变化，根本上看来，只是逐渐删除词体里所剩下的许多束缚自由的限制，又加上词体所缺少的一些东西如衬字、套数之类。但是词曲无论如何解放，终究有一个根本的大拘束；词曲的发生是和音乐合并的，后来虽有可歌的词，不必歌的曲，但是始终不能脱离"调子"而独立，始终不能完全打破词调曲谱的限制。直到近来的新诗发生，不但打破五言七言的诗体，并且推翻词调曲谱的种种束缚；不拘格律，不拘平仄，不拘长短；有什么题目，做什么诗；诗该怎样做，就怎样做。这是第四次的诗体大解放。这种解放，初看去似乎很激烈，其实只是《三百篇》以来的自然趋势。自然趋势逐渐实现，不用有意地鼓吹去促进他，那便是自然进化。自然趋势有时被人类的习惯性、守旧性所阻碍，到了该实现的时候均不实现，必须用有意的鼓吹去促进他的实现，那便是革命了。一切文物制度的变化，都是如此的。

三

上文我说新体诗是中国诗自然趋势所必至的，不过加上了一种有意的鼓吹，使他于短时期内猝然实现，故表面上有诗界革命的神气。这种议论很可以从现有的新体诗里寻出许多证据。我所知道的"新诗人"，除了会稽周氏弟兄之外，大都是从旧式诗、词、曲里脱胎出来的。沈尹默君初作的新诗是从古乐府化出来的。例如他的《人力车夫》：

> 日光淡淡，白云悠悠，
>
> 风吹薄冰，河水不流。
>
> 出门去，雇人力车。街上行人，往来很多；车马纷纷，不知干些什么。

人力车上人，个个穿棉衣，个个袖手坐，还觉风吹来，身上冷不过。
车夫单衣已破，他却汗珠儿颗颗往下堕。

（《新青年》四，一）

稍读古诗的人都能看出这首诗是得力于"孤儿行"一类的古乐府的。我自己的新诗，词调很多，这是不用讳饰的。例如前年做的《鸽子》：

云淡天高，好一片晚秋天气！
有一群鸽子，在空中游戏。
看他们三三两两，
　　　回环来往，
　　　　夷犹如意，——
忽地里，翻身映日，白羽衬青天，十分鲜丽！

（《尝试集》二，二七）

就是今年做诗，也还有带着词调的。例如《送任叔永回四川》的第二段：

你还记得，我们暂别又相逢，正是赫贞春好？
记得江楼同远眺，云影渡江来，惊起江头鸥鸟？
记得江边石上，同坐看潮回，浪声遮断人笑？
记得那回同访友，日暗风横，林里陪他听松啸？

懂得词的人，一定可以看出这四长句用的是四种词调里的句法。这首诗的第三段便不同了：

这回久别再相逢，便又送你归去，未免太匆匆！
多亏得天意多留你两日，使我做得诗成相送。
万一这首诗赶得上远行人，
多替我说声"老任珍重珍重！"

这一段便是纯粹新体诗。此外新潮社的几个新诗人，——傅斯年、俞平伯、康白情——也都是从词曲里变化出来的,故他们初做的新诗都带着词或曲的意味音节。此外各报所载的新诗,也很多带着词调的。例太多了,我不能遍举,且引最近一期的《少年中国》(第二期)里周无君的《过印度洋》:

> 圆天盖着大海,黑水托着孤舟。
> 也看不见山,那天边只有云头。
> 也看不见树,那水上只有海鸥。
> 那里是非洲? 那里是欧洲?
> 我美丽亲爱的故乡却在脑后!
> 怕回头,怕回头,
> 一阵大风,雪浪上船头,
> 飕飕,吹散一天云雾一天愁。

这首诗很可表示这一半词一半曲的过渡时代了。

四

我现在且谈新体诗的音节。

现在攻击新诗的人,多说新诗没有音节。不幸有一些做新诗的人也以为新诗可以不注意音节。这都是错的。攻击新诗的人,他们自己不懂得"音节"是什么,以为句脚有韵,句里有"平平仄仄""仄仄平平"的调子,就是有音节了。中国字的收声不是韵母(所谓阴声),便是鼻音(所谓阳声),除了广州入声之外,从没有用他种声母收声的。因此,中国的韵最宽。句尾用韵真是极容易的事,所以古人有"押韵便是"的挖苦话。押韵乃是音节上最不重要的一件事。至于句中的平仄,也不重要。古诗"相去日已远,衣带日已缓。浮云蔽白日,游子不顾返"音节何等响亮? 但是用平仄写出来便不能读了:

> 平仄仄仄仄,平仄仄仄仄。
> 平平仄仄仄,平仄仄仄仄。

又如陆放翁:

我生不逢柏梁建章之官殿，安得峨冠侍游宴？

头上十一个字是"仄平仄平仄平仄平平平仄"，读起来何以觉得音节很好呢？这是因为一来这一句的自然语气是一气贯注下来的；二来呢，因为这十一个字里面"逢宫"叠韵，"梁章"叠韵，"不柏"双声，"建宫"双声，故更觉得音节和谐了。

诗的音节全靠两个重要分子：一是语气的自然节奏，二是每句内部所用字的自然和谐。至于句末的韵脚，句中的平仄，都是不重要的事。语气自然，用字和谐，就是句末无韵也不要紧。例如上文引晁补之的词："愁来不醉，不醉奈愁何？汝南周，东阳沈，劝我如何醉？"这二十个字，语气又曲折，又贯串，故虽隔开五个"小顿"方才用韵，读的人毫不觉得。

新体诗中也有用旧体诗词的音节方法来做的。最有功效的例是沈尹默君的《三弦》：

中午时候，火一样的太阳，没法去遮阑，让他直晒长街上。静悄悄少人行路；只有悠悠风来，吹动路旁杨树。

谁家破大门里，半院子绿茸茸细草，都浮着闪闪的金光。旁边有一段低低的土墙，挡住了个弹三弦的人，却不能隔断那三弦鼓荡的声浪。

门外坐着一个穿破衣裳的老年人，双手抱着头，他不声不响。

（《新青年》五，二）

这首诗从见解意境上和音节上看来，都可算是新诗中一首最完全的诗。看他第二段"旁边"以下一长句中，旁边是双声；有一是双声；段，低，低，的，土，挡，弹，的，断，荡，的，十一个都是双声。这十一个字都是"端透定"（D，T）的字，模写三弦的声响，又把"挡""弹""断""荡"四个阳声的字和七个阴声的双声字（段，低，低，的，土，的，的）参错夹用，更显出三弦的抑扬顿挫。苏东坡把韩退之《听琴诗》改为送弹琵琶的词，开端是"昵昵儿女语，灯火夜微明，恩冤尔汝来去，弹指泪和声"。他头上连用五个极短促的阴声字，接着用一个阳声的"灯"字，下面"恩冤尔汝"之后，又用一个阳声的"弹"字，也是用同样的方法。

吾自己也常用双声叠韵的法子来帮助音节的和谐。例如《一颗星儿》一首（《尝试集》二，五八）

我喜欢你这颗顶大的星儿，

可惜我叫不出你的名字。

平日月明时，

月光遮尽了满天星，总不能遮住你。

今天风雨后，闷沉沉的天气，

我望遍天边，寻不见一点半点光明。

回转头来，

只有你在那杨柳高头依旧亮晶晶地。

这首诗"气"字一韵以后，隔开三十三个字方才有韵，读的时候全靠"遍，天，边，见，点，半，点"一组叠韵字（遍，边，半，明，又是双声字），和"有，柳，头，旧"，一组叠韵字夹在中间，故不觉得"气""地"两韵隔开那么远。

这种音节方法，是旧诗音节的精采（参看清代周春的《杜诗双声叠韵谱》），能够容纳在新诗里，固然也是好事。但是这是新旧过渡时代的一种有趣味的研究，并不是新诗音节的全部。新诗大多数的趋势，依我们看来，是朝着一个公共方向走的。那个方向便是"自然的音节"。

自然的音节是不容易解说明白的。我且分两层说：

第一，先说"节"——就是诗句里面的顿挫段落。旧体的五七言诗是两个字为一"节"的。随便举例如下：

风绽—雨肥—梅（两节半）

江间—波浪—兼天—涌（三节半）

王郎—酒酣—拔剑—斫地—歌—莫哀（五节半）

我生—不逢—柏梁—建章—之—宫殿（五节半）

又—不得—身在—荥阳—京索—间（四节外两个破节）

终—不似—一朵—钗头—颤袅—向人—欹侧（六节半）

新体诗句子的长短，是无定的；就是句里的节奏，也是依着意义的自然区分与文法的自然区分来分析的。白话里的多音字比文言多得多，并且不止两个字的联合，故往往有三个字为一节，或四五个字为一节的。例如：

万一——这首诗——赶得上——远行人。

门外——坐着——一个——穿破衣裳的——老年人。

双手——抱着头——他——不声——不响。

旁边——有一段——低低的——土墙——挡住了个——弹三弦的人。

这一天——他——眼泪汪汪的——望着我——说道——你如何——还想着我？
想着我——你又如何——能对他？

第二，再说"音"，——就是诗的声调。新诗的声调有两个要件：一是平仄要自然，二是用韵要自然。白话里的平仄，与诗韵里的平仄有许多大不相同的地方。同一个字，单独用来是仄声，若同别的字连用，成为别的字的一部分，就成了很轻的平声了。例如"的"字，"了"字，都是仄声字，在"扫雪的人"和"扫净了东边"里，便不成仄声了。我们简直可以说，白话诗里只有轻重高下，没有严格的平仄。例如周作人君的《两个扫雪的人》(《新青年》六，三)的两行：

祝福你扫雪的人！
我从清早起，在雪地里行走，不得不谢谢你。

"祝福你扫雪的人"上六个字都是仄声，但是读起来自然有个轻重高下。"不得不谢谢你"六个字又都是仄声，但是读起来也有个轻重高下。又如同一首诗里的"一面尽扫，一面尽下"八个字都是仄声，读起来不但不拗口，并且有一种自然的音调。白话诗的声调不在平仄的调剂得宜，全靠这种自然的轻重高下。

至于用韵一层，新诗有三种自由：第一，用现代的韵，不拘古韵，更不拘平仄韵。第二，平仄可以互相押韵，这是词曲通用的例，不单是新诗如此。第三，有韵固然好，没有韵也不妨。新诗的声调既在骨子里，——在自然的轻重高下，在语气的自然区分，——故有无韵脚都不成问题。例如周作人君的《小河》虽然无韵，但是读起来自然有很好的声调，不觉得是一首无韵诗。我且举一段如下：

……小河的水是我的好朋友，

> 他曾经稳稳地流过我面前，
> 我对他点头，他对我微笑，
> 我愿他能够放出了石堰，
> 仍然稳稳地流着，
> 向我们微笑……

又如周君的《两个扫雪的人》中一段：

> ……一面尽扫，一面尽下：
> 扫净了东边，又下满了西边；
> 扫开了高地，又填平了洼地。

这是用内部词句的组织来帮助音节，故读时不觉得是无韵诗。

内部的组织，——层次，条理，排比，章法，句法，——乃是音节的最重要方法。我的朋友任叔永说，"自然二字也要点研究"。研究并不是叫我们去讲究那些"蜂腰""鹤膝""合掌"等玩意儿，乃是要我们研究内部的词句应该如何组织安排，方才可以发生和谐的自然音节。我且举康白情君的《送客黄浦》一章（《草儿在前集》一，一二）作例：

> 送客黄浦，
> 我们都攀着缆，——风吹着我们的衣裳，——
> 站在没遮阑的船楼边上。
> 看看凉月丽空，
> 才显出淡妆的世界。
> 我想世界上只有光，
> 只有花，
> 只有爱！
> 我们都谈着，——
> 谈到日本二十年来的戏剧，
> 也谈到"日本的光，的花，的爱"的须磨子。
> 我们都相互地看着，

只是寿昌有所思，

他不曾看着我，

他不曾看着别的那一个。

这中间充满了别意，

但我们只是初次相见。

论　诗（节选）

郭沫若

导言——

　　本文选自郭沫若《文艺论集》（汇校本，湖南人民出版社 1984 年），原为作者的三封信，分别发表于 1921 年 1 月 15 日、1920 年 2 月 1 日、1920 年 2 月 24 日《时事新报·学灯》，1925 年经作者删削，编入《文艺论集》。

　　郭沫若（1892—1978），原名郭开贞，四川乐山人，毕业于日本九州帝国大学，著有《女神》等。

　　郭沫若《论诗》（又名《论诗三札》）是新诗诗体理论建设中的重要文献，他在文中提出的"内在韵律"说成了新诗节奏的重要理论模式。郭沫若认为，由于诗歌的表达工具是文字，诗歌应该与音乐分离，诗的节奏不在其外在韵律，而在其内在韵律，内在韵律就是"情绪底自然消涨"。郭沫若认为诗歌应该是诗人的人格、个性的表现，诗歌的形式也应该是由诗人的想象与直觉所直接赋形的，因此他主张"绝端的自由，绝端的自主"。郭沫若的创作理念受到浪漫主义诗学的影响，他的形式理念也带有浪漫主义的"有机形式"理念的明显烙印。他强调新诗形式的自主性，并主张形式与情感的统一，这是有见地的观点。不过，郭沫若否定了外在的形式的意义，也很少去考虑他所谓的"内在韵律"具体在文字、语言上是如何传达的，因此这一概念就有陷入空洞玄谈的危险。强调诗歌韵律与情绪的关系当然是必要的，不过，内在的情感与外在的形式究竟是如何建立关系的仍需要谨慎的探索。

一

《民铎杂志》三号中胡怀琛先生《诗与诗人》一题,引起了我注意。但不幸我读了文中第一节,就使我失望。《虞书》"诗言志,歌永言,声依永,律和声"四语,本是论的诗歌和音乐的两件事。此数语在《毛诗序》中变形而为:

> 诗者,志之所之也。在心为志,发言为诗。情动于中而形于言,言之不足故嗟叹之,嗟叹之不足故永歌之,永歌之不足,故不知手之舞之、足之蹈之也。情发乎声,声成文谓之音。……

此两项文献,就艺术发生史上来观察,是可珍爱而有价值的材料。据近世欧西学者研究:凡艺术中,诗歌、音乐、舞蹈三者发生最早,而大抵同源。就中如奈特氏(Knight)有云:

> 诗歌、音乐、舞蹈三者,无论其于个人的或民族的幼稚时代,均相结合而同其根元。言语韵律反复时而诗歌以起。言语反复时,音有节奏,调有变化而音乐以起。身体运动与诗歌音乐相随伴时而舞蹈以起。(见《美之心理学》[*The Philosophy of the Beauty*])

揭此数语以与《毛诗序》或《虞书》语相比较,后两者之意义与价值始愈见明了。其中所不可忽视者最为"言"之一字。因为诗歌之发生在于未有文字以前,未有文字以前的诗歌,其所倚以为表现的工具是言语,所以说"诗言志,歌咏言"。

人文进化,各种艺术的修养锻炼愈臻完备,诗歌、音乐、舞蹈由浑而分,已各有特征而不能相混。综合艺术的歌剧虽合诗歌、音乐、舞蹈、绘画、雕塑、建筑种种艺术而为一,然而只是物理的而非化学的;其中种种成分诗歌自诗歌,音乐自音乐,舞蹈自舞蹈,……各各虽相结婚,而夫妇仍各为个体。我们试读瓦格奈(Wagner)歌剧剧本时,只能称之为歌而不能称之为诗。何以故?因为外在韵律的成分太多了。自从文字发明以后,诗歌表示的工具由言语更进化为文字。诗歌遂复分化而为两种形式。诗自诗,而歌自歌。歌如歌谣、乐府、词曲,或为感情的言语之复写,或不能离乐谱而独立,都是可以唱的。而诗则不必然。更从积极的方面而言,诗之精神在其内在的韵律(Intrinsic

Rhythm)，内在的韵律（或曰无形律）并不是什么平上去入，高下抑扬，强弱长短，宫商徵羽；也并不是什么双声叠韵，什么押在句中的韵文！这些都是外在的韵律或有形律（Extraneous Rhythm）。内在的韵律便是"情绪的自然消涨"。这是我自己在心理学上求得的一种解释，前人已曾道过与否不得而知，将来有暇时拟详细地论述。内在韵律诉诸心而不诉诸耳。泰戈尔有节诗，最可借以说明这点。

Do not keep to yourself the secret of your heart, my friend!

Say it to me, only to me, in secret.

You who smile so gently, softly, whisper, my heart will hear it,

not my ears.

别把你心中的秘密藏着，我的朋友！

请对我说吧，只对我说吧，悄悄地。

你微笑得那么娓婉，请柔软地私语吧，我的心能够听，不是我的两耳。

——《园丁集》第四十二首

　　这种韵律异常微妙，不曾达到诗的堂奥的人简直不会懂。这便说它是"音乐的精神"也可以，但是不能说它便是音乐。音乐是已经成了形的，而内在律则为无形的交流。大抵歌之成分外在律多而内在律少。诗应该是纯粹的内在律，表示它的工具用外在律也可，便不用外在律，也正是裸体的美人。散文诗便是这个。我们试读泰戈尔的《新月》《园丁》《几丹伽里》诸集，和屠格涅夫与波多勒尔的散文诗，外在的韵律几乎没有。惠特曼的《草叶集》也全不用外在律。我国虽无"散文诗"之成文，然如屈原《卜居》《渔父》诸文以及庄子《南华经》中多少文字，是可以称为"散文诗"的。至于我国古代真正的大诗人，还是屈原、陶靖节、李太白、杜甫诸人，白居易要次一等。古来的定评是不错的。因为诗——不仅是诗——是人格的表现，人格比较圆满的人才能成为真正的诗人。真正的诗，真正诗人的诗，不怕便是吐诉他自己的哀情，抑郁，我们读了，都足以增进我们的人格。诗是人格创造的表现，是人格创造冲动的表现。这种冲动接触到我们，对于我们的人格不能不发生影响。人是追求个性的完全发展的。个性发展得比较完全的诗人，表示他的个性愈彻底，便愈能满足读者的要求。因而可以说：个性最彻底的文艺便是最有普遍性的文艺,民众的文艺。诗歌的功利似乎应该从这样来衡量。

上面任笔所驱驰,便拉扯了一大长篇,我最初的动机是指摘胡怀琛先生错引《虞书》文以为诗的界说。其错误之点:

(一) 在把原文音乐、诗歌两事误为一事。

(二) 在不知道界说之谨严:《虞书》文还是古诗言语的艺术之孑遗,不足以涵盖近代文字的艺术。

本来还想一一批评下去,我想以上的根本问题已经解决,不用再多事了。总之,诗无论新旧,只要是真正的美人穿件什么衣裳都好,不穿衣裳的裸体更好! 拘于因袭之见的假道学先生们看见了罗丹的裸体雕像,恐怕不是狂吠起来,也要掉头不顾了;他们只讲究的是“衣裳哲学”,所谓“只重衣冠不重贤”。胡怀琛先生说,“各国诗底性质又不同”,这句话简直是门外话! 不同的只是衣裳罢了,不是性质呀! 此外第一节中引冯骥《长铗歌》,“长铗归来乎! 无以为家”,以为是没韵诗,这也错了。古音“家”字读如“姑”,与“乎”字正合韵,并与其他“车”“鱼”诸字都合韵,并不是没韵诗。

…………

1921 年秋

三(致宗白华)

——Den Drang nach Wahrheit unb die Lust am Trug.(向真实追求,向梦境寻乐。)

歌德这句话,我看是说尽了我们青年人的矛盾心理的。真理要探讨,梦境也要追寻。理智要扩充,直觉也不忍放弃。这不单是中国人的遗传脑筋,这确是一切人的共有天性了。歌德一生是个矛盾的结晶体,然而正不失其所以为“完满”。我看我们不必偏枯,也不要笼统:宜扩充理智的地方,我们尽力地去扩充;宜运用直觉的地方,我们也尽量地去运用。更学句孟子的话来说,便是“乃所愿则学歌德也”,不知道你可赞同我这样的意思吗?

我对于诗词也没有什么具体的研究,我也是最厌恶形式的人,素来也不十分讲究它。我所著的一些东西,只不过尽我一时的冲动,随便地乱跳乱舞罢了。所以当其才成的时候,总觉得满腔高兴,及过了两日,自家反复读读看时,又不禁浃背汗流了。只是我自己对于诗的直感,总觉得以“自然流露”的为上乘,若是出以“矫揉造作”,不过是些园艺盆栽,只好供诸富贵人赏玩了。

天然界的现象,大而如寥无人迹的森林,细而如路旁道畔的花草,动而如巨海宏涛,寂而如山泉清露,怒而如雷电交加,喜而如星月皎洁,没一件不是自然流露出来的东西,没一件不是公诸平民而听其自取的。亚里士多德说"诗是模仿自然的东西"。我看他这句话,不仅是写实家所谓忠于描写的意思,他是说诗的创造贵在自然流露。诗的生成,如自然物的生存一般,不当参以丝毫的矫揉造作。我想新体诗的生命便在这里。古人用他们的言辞表示他们的情怀,已成为古诗,今人用我们的言辞表示我们的生趣,便是新诗。再隔些年代,更会有新新诗出现了。

　　你所下的诗的定义确是有点"宽泛"。我看你把它改成文学的定义时,觉得更妥帖些,因为"意境"上不曾加以限制。近来诗的领土愈见窄小了,便是叙事诗、剧诗,都已跳出了诗域以外,被散文占了去了。诗的本职专在抒情。抒情的文字便不采诗形,也不失其为诗。例如近代的自由诗、散文诗,都是些抒情的散文。自由诗、散文诗的建设也正是近代诗人不愿受一切的束缚,破除一切已成的形式,而专抱诗的神髓以便于其自然流露的一种表示。然于自然流露之中,也自有它自然的谐乐,自然的画意存在。因为情绪自身本具有音乐与绘画二作用故。情绪的律吕,情绪的色彩便是诗。诗的文字便是情绪自身的表现。(不是用人力去表示情绪的)我看要到这体相一如的境地时,才有真诗、好诗出现。

　　诗于一切文学之中发生最早。便从民族方面以及个体方面考察,都可得其端倪。原始人与幼儿的言语,都是些诗的表示。原始人与幼儿对于一切的环境,只有些新鲜的感觉,从那种感觉发生出一种不可抵抗的情绪,从那种情绪表现成一种旋律的言语。这种言语的生成与诗的生成是同一的。所以抒情诗中的妙品最是些俗歌民谣。便是我自己的儿子,他看见天上的新月,他便要指着说道:"Oh moon! Oh m-oon!"见着窗外的晴海,他便要指着说道:"啊,海! 啊,海! 爹爹! 海!"得了他这两个暗示,我从前做了一首《新月与晴海》一诗是:

> 儿见新月,
> 遥指天空。
> 知我儿魂已飞去,
> 游戏广寒宫。

> 儿见晴海，
> 儿学海号。
> 知我儿心正飘荡，
> 血随海浪潮。

我看我这两节诗，真还不及我儿子的诗真切些咧！

诗的原始细胞只是些单纯的直觉，浑然的情绪。到了人类渐渐文明，个体的脑筋渐渐繁复，想把种种的直觉情绪分化蓄演起来，于是诗的成分中，更生了个想象出来。我要打个不伦不类的譬比是：直觉是诗细胞的核，情绪是原形质，想象是染色体，至于诗的形式只是细胞膜，这是从细胞质中分泌出来的东西。

我近来趋向到诗的一元论上来了。我想诗的创造是要创造"人"，换一句话说，便是在感情的美化。艺术训练的价值只可许在美化感情上成立，他人已成的形式是不可因袭的东西。他人已成的形式只是自己的镣铐。形式方面我主张绝端的自由，绝端的自主。至于美化感情的方法，我看你所主张的（一）在自然中活动；（二）在社会中活动；（三）美觉的涵养；（你的学习音乐、绘画，多读天才诗人诗的项目，都包括在这里面）（四）哲理的研究；都是必要的条件。此外我不能更赘一辞了。

1920 年 2 月 16 日夜

《雕虫纪历》自序（节选）

卞之琳

导言——

卞之琳（1910—2000）诗人、翻译家、学者；著有《十年诗草》《雕虫纪历》等。

本文是卞之琳为其诗集《雕虫纪历》（人民文学出版社 1979 年）写的自序，收入《人与诗：忆旧说新》（安徽教育出版社 2007 年）。此文是卞之琳对自己一生的创作历程所做的回顾和总结，历来是研究卞之琳必不可少的文献。卞之琳自陈自己的写作"规格本来就不大，我偏又喜欢淘洗"，"小处敏感，大处茫然"。不过此中的小大之辨并不完全是一种自贬，也是一种自觉。卞之琳说他喜好以"意境"或"戏剧性处境"来写诗，"倾向于小说化、典型化、非个人化"，而在诗体上则自由体与格律体兼用。在对待中西文学传统方面，卞之琳主张"化欧""化古"。从"欧化""古化"到"化欧""化古"，显示出卞之琳作为新诗人的主动性与主体性，并有意地在创作中整合中西文学传统的意图。卞之琳这篇自序，和所有的作家自述一样，既不可尽信，亦不可不信，它毕竟是一种事后的回顾，已经有后来的观点对已有的写作的"覆盖"，因此它也只是我们观察卞之琳写作的途径之一。

　　"人贵有自知之明。"也许我还有点自知：如果说写诗是"雕虫小技"，那么用在我的场合，应是更为恰当。

　　"一个人能力有大小"，气魄自然也有大小。回顾过去，我在精神生活上，也可以自命曾经沧海，饱经风霜，却总是微不足道。人非木石，写诗的更不妨说是"感情动物"。我写诗，而且一直是写的抒情诗，也总在不能自已的时候，却总倾向于克制，仿佛故意要做"冷血动物"。规格本来不大，我偏又喜爱淘洗，喜爱提炼，期待结晶，期待升华，结果当然只能出产一些小玩艺儿。事过几十年，这些小东西，尽管还有人爱好，实际上只是在一种历史博物馆或者资料库的一个小角落里暂时可能占一个位置而已。

　　这些小玩艺儿的产生，制造者冷暖自知，甘苦自明。现在我把它们整理一番的时候，想不妨自己做一点说明。它们是，不论在思想内容上，还是在艺术形式上，都构成相当长、相当大的一番曲折历程，一种探索的历程。

　　我的诗都是短诗，不仅分量轻，数量也非常有限。多少年几番写诗，就像是来了几次小浪潮。

　　第一阵小浪潮是在 1930 年秋冬的一些日子。那是我到北平的第二年。我在前一年，在上海读完了两年的高级中学后考上了北京大学（地方改成"北平"了，大学却经过师生力争，恢复了"北京"的名字）。旧社会所谓出身"清寒"的，面临飘零身世，我当然也是要改变现状的，由小到大，由内到外，听说到北伐战争，也就关心，也为了它的进展而感到欢欣。我从乡下转学到上海，正逢"四一二"事件以后的当年秋天，悲愤之余，也抱了幻灭感。当时有政治觉醒的学生进一步投入现实斗争；太不懂事的"天真"小青年，也会不安于现实,若不问政治,也总会有所向往。我对北行的兴趣,好像是矛盾的,一方面因为那里是"五四"运动的发祥地,一方面又因为那里是破旧的故都;实际上也是统一的,对二者都像是一种凭吊,一种寄怀。经过一年的呼吸荒凉空气,一年的埋头读书,我终于又安定不下了。说得好听,这也还是不满现实的表现吧。我彷徨,我苦闷。有一阵我就悄悄发而为诗。

当时我写得很少,自行销毁的较多。诗是诗,人是人,我写诗总想不为人知。大概是第二年年初诗人徐志摩来教我们英诗一课,不知怎的,堂下问起我也写诗吧,我觉得不好意思,但终于老着脸皮,就拿那么一点点给他看。不料他把这些诗带回上海跟小说家沈从文一起读了,居然大受赞赏,也没有跟我打招呼,就分交给一些刊物发表,也亮出了我的真姓名。这使我惊讶,却总是不小的鼓励。于是,我在1931年夏秋间又写了几首更无甚可取的诗。"九一八"事变接着就发生,徐志摩在写给我的最后一封短信上,在寥寥数语中,说了"昏闷过日"后,乘飞机北返失事去世,我又停笔了一年。以后几年,我都是在"山雨欲来风满楼"的几阵间歇里写了一些,直到1937年春末为止。

这期间写的一些诗,论内容随之以形式,论思想倾向随之以艺术风格,也不断变化,交错变化或曲折变化,只是没有什么大变。

人总是生活在社会现实当中,文学反映现实,不管反映深刻还是反映肤浅,也总是要改变现实,只是有的要改过来,有的要改过去,有所理想或有所幻想等不同罢了。我自己写在三十年代的一些诗,也总不由自己,打上了三十年代的社会印记。

三十年代我国左翼文学形成了一股激流。西欧、英美文学同时也有为后人过分贬抑的所谓"粉红色十年"。虽然,由于主客观条件不同,二者之间有质的区别,发展也不同,后者昙花一现,前者到抗日战争已经形成了我国的文学主流,这也总表明了三十年代不分东西的时代潮流。我自己思想感情上成长较慢,最初读到二十年代西方"现代主义"文学,还好像一见如故,有所写作不无共鸣,直到1937年抗战起来才在诗创作上结束了前一个时期。

这时期我先后写诗有许多共同的特点。

当时由于方向不明,小处敏感,大处茫然,面对历史事件、时代风云,我总不知要表达或如何表达自己的悲喜反应。这时期写诗,总像是身在幽谷,虽然是心在峰巅。

当时以凭吊开端,我写诗总富于怀旧、怀远的情调。

我始终只写了一些抒情短诗。但是我总怕出头露面,安于在人群里默默无闻,更怕公开我的私人感情。这时期我更多借景抒情,借物抒情,借人抒情,借事抒情。没有真情实感,我始终是不会写诗的,但是这时期我更少写真人真事。我总喜欢表达我国旧说的"意境"或者西方所说的"戏剧性处境",也可以说是倾向于小说化、典型化、非个人化,甚至偶尔用出了戏拟(parody)。所以,这时期的极大多数诗里的"我"也可以和"你"或"他"("她")互换,当然要随整首诗的局面互换,互换得合乎逻辑。

同时,始终是以口语为主,适当吸收了欧化句法和文言遣词(这是为了字少意多,为了求精炼)。诗体则自由体与格律体兼用,最初主要试用不成熟的格律体,一度主要用自由体,最后几乎全用自以为较熟练的格律体以至直到解放后的新时期。

这一个时期也可以分三个阶段。

第一阶段(1930—1932)是我在大学毕业以前的一些日子。

这阶段写诗,较多表现当时社会现实的皮毛,较多寄情于同归没落的社会下层平凡人、小人物。这(就国内现代人而论)可能是多少受到写了《死水》以后的师辈闻一多本人的熏陶。我主要用口语,用格律体,来体现深入我感触的北平街头郊外,室内院角,完全是北国风光的荒凉境界(《一个和尚》和《一块破船片》是例外)。可能我着墨更平淡一点,调子更低沉一点。我开始用进了过去所谓"不入诗"的事物,例如小茶馆、闲人手里捏磨的一对核桃、冰糖葫芦、酸梅汤、扁担之类。我也常用冷淡盖深挚(例如《苦雨》),或者玩笑出辛酸(例如《叫卖》)。同时我和同学李广田、何其芳交往日密,写诗也可能互有契合,我也开始较多写起了自由体,只是我写的不如他们早期诗作的厚实或浓郁,在自己显或不显的忧郁里有点轻飘飘而已。

第二阶段(1933—1935)开始于我在大学临毕业以前发生的一场风云(日本侵略军一度经冀东进一步逼近)以后的暂时苟安时期。主要在郑振铎、巴金这两位热情人的感染和影响下,我开始在学院与文坛之间,"京派"(这里用的不是当时流行的自高或被贬之词)与"海派"(这里不含贬义,不是当时真正的所谓"海派")之间,不论见面不见面,能通声气,不论认识不认识,相处无间。在当时写诗人物方面,我本来和住在北平的李广田、何其芳等许多朋友以外,早已和不在北平的臧克家相熟。现在我和曾被划入新月派的上辈方令孺、林徽因这两位女诗人等,原算是语丝派小说家,后来也写起诗来的废名、过去是沉钟社诗人冯至以至号称现代派诗人戴望舒等都有程度不同的交往了（至于和田间、艾青等不可胜数的诗人相识还是以后的事情）。

我的行踪也流动了。我虽然还是以北平为基点，常常出入，最初为职业（教书）而住过保定半年，后来为职业（又是教书）而住过济南一年。其间还曾跨海到日本，为职业（为国内特约译书）而住过京都五个月（正如后来 1936 年为译书而住过青岛五个月，1937 年住过杭州和雁荡山各两三个月）。这也是一种奇怪的倾向：人家越是要用炮火欺压过来，我越是想转过人家后边去看看。结果我切身体会到军国主义国家的警察、特务的可憎可笑，法西斯重压下普通老百姓的可怜可亲。当然，多见识一点异国风物，本身也就可以扩大眼界。

这些都影响到我在这个阶段的诗思、诗风的趋于复杂化。自然，我自己直接对于古诗、洋诗的爱好上一些变化也有一定的关系。

一方面忧思中有时候增强了悲观的深度，一方面惆怅中有时候出现了开朗以至喜悦的苗头。

这时候也写出了《春城》这样直接对兵临过城下的故都（包括身在其中的自己）所作的冷嘲热讽；也写出了《尺八》这样明白对祖国式微的哀愁。

风格上也偶尔放纵一点也罢，偶尔又过分压缩而终归不行。追求筑建式的倾向较多让位于追求行云流水式的倾向，主要用自由体表达，也将引起下阶段的反响，以至探求二者的统一。

山山水水、花花草草，也多了起来。北国风光已经不占压倒优势。例如，较早的《古城的心》是在河北旧城的即景之作；差不多同时的《古镇的梦》却是回忆江南僻地典型小镇的想象之作（"桥下""不断流水"是过去北方一般乡间居民点除夏日雨季以外所罕见的；过去北方多大村，江浙多小镇）。江南景色逐渐出现，这也标志了景随情转，景随人转，下阶段回头南下的预兆。

所以这是上下交接、前后过渡的阶段。

第三个阶段主要就是我回头南下，在江浙游转的 1937 年春天几个月。我差不多一年半完全没有写过诗。重新写起诗来，就继续和发展了前一个阶段所预示的转化。形式上偏于试用格律体（这到后期以至解放后都是如此）；风格上较多融会了江南风味；意境和情调上，哀愁中含了一点喜气。

年前在青岛海滨欣闻"西安事变"后的希望不知不觉中多少影响了我的心情。

同时，私生活中的一个隐秘因素也使我在这个阶段里写诗另外有了一个具体特点：写了像《无题》等我以前和以后从不写的这样几首诗。

当初闻一多曾经面夸过我在年轻人中间不写情诗。我原则上并不反对别人写爱情诗，也并不一律不会欣赏别人写的这种诗。只是我一向怕写自己的私生活；而正如我面对重大的历史事件不会用语言表达自己的激情，我在私生活中越是触及内心的痛痒处，越是不想写诗来抒发。事实上我当时逐渐扩大了的私人交游中，在这方面也没有感到过这种触动。

但是后来，在 1933 年初秋，例外也来了。在一般的儿女交往中有一个异乎寻常的初次结识，显然彼此有相通的"一点"。由于我的矜持，由于对方的洒脱，看来一纵即逝的这一点，我以为值得珍惜而只能任其消失的一颗朝露罢了。不料事隔三年多，我们彼此有缘重逢，就发现这竟是彼此无心或有意共同栽培的一粒种子，突然萌发，甚至含苞了。我开始做起了好梦，开始私下深切感受这方面的悲欢。隐隐中我又在希望中预感到无望，预感到这还是不会开花结果。仿佛作为雪泥鸿爪，留个纪念，就写了《无题》等这种诗。（至于我在 1934 年写的《春城》里的一段插曲，"我是一只断线的风筝……"那是故意用滥调嘲弄一般的情诗；而在解放后我也还偶尔写过《金丽娟三献宝》和《搓稻绳》等，那是以叙述方式歌颂青年男女，而且主旨不在于写爱情，也可以说是爱情诗，这是另一回事了。）

我这种诗，即使在喜悦里还包含惆怅、无可奈何的命定感（实际上是社会条件作用）、"色空观念"（实际上是阶级没落的想法）。所以，也好，远在主客观造成的这一场悲欢离合达到高潮的几年以前，我就用《装饰集》（后来收入过《十年诗草》）最后一首诗《灯虫》的末行——"像风扫满阶的落红"，来结束了这种诗，这个写诗阶段以至这整个写诗前期。

"无之以为用"，破而有立，也有助于化消极因素为积极因素，绝处逢生，有便于铺平前进的道路。而且即使这种小诗也多半是显然有现实基础的空中楼阁，有的是古意翻新，照例不写真人真事。这样，虽然这番私生活以后还有几年的折腾长梦，还会多少影响我的思想再走一大段弯路，这种抒情诗创作上小说化、"非个人化"，也有利于我自己在倾向上比较能跳出小我，开拓视野，由内向到外向，由片面到全面，而在诗创作上为自己的写诗后期以至解放后写诗新时期，准备了新的开端。

我写诗道路上的转折点，也就开始表现在又是一年半写诗空白以后的1938 年秋后的日子。

全面抗战起来,全国人心振奋。炮火翻动了整个天地,抖动了人群的组合,也在离散中打破了我私人的一时好梦。我和小说家芦焚从雁荡山奔回上海,随后自己又转经热闹一时的武汉,到了成都。在那里,在不到一年的时间里逐渐会见了经过一番离乱的旧识新交。大势所趋,由于爱国心、正义感的推动,我也想到延安去访问一次,特别是到敌后浴血奋战的部队去生活一番(这和当年敌军日益深入我国,而我出于好奇心反过去转到人家的本土看看住住,自然完全不同了)。由于何其芳的积极活动、沙汀的积极联系,我随他们于 1938 年 8 月底到了延安。

我在这另一个世界里,遇见了不少的旧识,更多的新交。我在大庭广众里见到过许多革命前辈、英雄人物,特别是在周扬的热心安排下,和沙汀、何其芳一起去见过毛主席。后来在前方太行山内外,部队里,地方上,我还接触过一些高层风云人物和许多各级英勇领导和军民。

1938 年 11 月,还在延安客居的时候,响应号召写"慰劳信",我在又是相隔了一年半以后,用诗体写了两封。这就是我这个后期的开始,在一年后的11 月继续在峨嵋山完竟的又是一个短短的写诗时期的开始。

与前期相反,现在是基本上在邦家大事的热潮里面对广大人民而写(和解放后偶尔有所写作一样),基本上都用格律体(也和以后一样)写真人真事(和以后又不大相同)。

这些诗就是《慰劳信集》(曾经在 1940 年香港明日社出版过,原来都有题目,收入 1942 年桂林明日社出版的《十年诗草》的时候,我把题目都删去了,紧接着想再删去其中的两三首,却已经来不及)。当时流行过的"慰劳"一词,实际上等于我们今日的"致敬"。现在看来,作为诗,要恢复原来的题目,每首题目前照西方用法,不分尊卑的"给"字实在也用不着。

然后就是十一年没有写过一行诗。本来是写作兴趣已经他移。特别是在昆明听说了"皖南事变",我连思想上也感受到一大打击。我就从 1941 年暑假开始,当真一心埋头写起一部终归失败的长篇小说来了。我当时思想上糊涂到以为当前大事是我实际上误解的统一战线的破裂,以后就是行动问题,干就是了,没有什么好谈,想不到这种想法正表明我当时还不能摆脱也不自觉的"调和论"的破产,反而进一步妄想写一部"大作",用形象表现,在文化上,精神上,竖贯古今,横贯东西,沟通了解,挽救"世道人心",妄以为我只有这样才会对人民和国家有点用处。1948 年 12 月,我在英国僻处牛津以西几十公里的科茨渥尔德中世纪山村的迷雾里独自埋头中，忽然天天见大报头条新闻所报道的淮海战役，猛然受了震动，从迷雾中醒来。实践证明了我的荒谬和失败。我就在年底乘船回国，路经香港，终于在 1949 年 3 月回到了解放了的北京。经过这个"十万八千里"的大拐弯，我以后偶尔写诗，也就算另一个时期了。

解放后这个新时期，我多次到社会实际生活中，以下乡参观、劳动或工作为多，时间有短有长，偶尔写起诗来，除了感性和理性认识开始有了质的不同，坚信要为社会主义服务，除了由自发而自觉地着重写劳动人民，尤其是工农兵，此外诗风上基本是前一个时期的延续，没有什么大变：同样基本上用格律体而不易为读众所注意，同样求精炼而没有能做到深入浅出，同样要面对当前重大事态而又不一定写真人真事而已。

这时期短短的三度写诗，在共同的特点以外，也有不同的特色，因此可以分为三个阶段。

第一个阶段就是抗美援朝开始的 1950 年 11 月。这些诗，大多数激越而失之粗鄙，通俗而失之庸俗，易懂而不耐人寻味。时过境迁，它们也算完成了任务，烟消云散。

第二个阶段是在我参加江、浙农业合作化试点工作将近一整年以后的秋天。其间我长住天目山南，反复出入太湖东北和阳澄湖西南。写的就只是几首。因为是农业合作化初期的产物，它们都带有一点田园诗风味。因为工作收尾在吴县两侧以后写的，它们都渗透了水乡景色，多数是试用一点江南民歌的调子，特别是《采菱》这一首，那却又融会了一点旧词的调子。这些诗都还试吸取了一些吴方言、吴农谚，而内容又是新事物，形式又全是还并非为大家所觉察得出的新格律，又一贯想多含蓄一点，因此不多加注释，也不易为读众接受，虽然其中一首曾由一家通俗读物出版社征得我同意准备过出版一本连环画册。

第三个阶段，基本上就是 1958 年 3 月写的《十三陵水库工地杂诗》。我在工地上只参加了一下劳动，居然也写出来这么几首。这里又转回到念白式格律体。这些诗照例还有人说难懂，但是其中有一首我自己至少见过登上了《广播节目报》。

我过去写诗，在思想内容和艺术形式上，全部曲折的历程、探索的历程，就是如此。

其中我一贯探索的格律问题和"古为今用，洋为中用"问题，至今还是突出的问题。

记得 1959 年,在一次诗歌问题座谈会上,我们的理论家胡乔木在讲话当中曾经说"五四"以后开始写新诗的,以特点说,大致先有过三代人:第一代对中国旧诗知道得较多,第二代对外国诗知道得较多,第三代对两方面都知道一点(大意如此,可能大有出入)。我论年龄,论开始写诗时期,似应属于这里所说的第三代。论特点,我写诗可能也是如此。我决不是对写诗知识,博通古外,只是兴之所至,都有所涉猎而已。

我在小学时代只是自己从家里找到的一些旧书里耽读过一些词章,到中学后期开始从原文接触到一些英国诗,刚进大学稍懂了一点法文就开始读了更少、更片面的一些法国诗。因为个人情况不同,景仰或喜爱过的大小洋古诗,在我自己写起诗来不一定有过影响。只是一般说来,不是从这方面或是从那方面,自觉不自觉,有所借鉴,有所吸收,也自难免。

我写白话新体诗,要说是"欧化"(其实写诗分行,就是从西方如鲁迅所说的"拿来主义"),那么也未尝不"古化"。一则主要在外形上,影响容易看得出,一则完全在内涵上,影响不易着痕迹。一方面,文学具有民族风格才有世界意义;另一方面,欧洲中世纪以后的文学,已成世界的文学,现在这个"世界"当然也早已包括了中国。就我自己论,问题是看写诗能否"化古""化欧"。

在我自己的白话新体诗里所表现的想法和写法上,古今中外颇有不少相通的地方。

例如,我写抒情诗,像我国多数旧诗一样,着重"意境",就常通过西方的"戏剧性处境"而作"戏剧性台词"。

又如,诗要精炼。我自己着重含蓄,写起诗来,就和西方有一路诗的注重暗示性,也自然容易合拍。

又如语言要丰富。我写新体诗,基本上用口语,但是我也常吸取文言词汇、文言句法(前期有一个阶段最多),解放后新时期也一度试引进个别方言,同时也常用大家也逐渐习惯了的欧化句法。

从消极方面讲,例如我在前期诗的一个阶段居然也出现过晚唐南宋诗词的末世之音,同时也有点近于西方"世纪末"诗歌的情调。

"现实主义"和"浪漫主义"的术语也是从西方"拿来"的。我自己认为我写的诗里大概也有广义的现实主义和广义的浪漫主义这两种成分,只是结合或抵触了，自己也说不准，也不应是自己评定的问题。

中外伟大的诗人，影响当然也大。他们对于我写新体诗，限于个人的能力和气质，虽然不可能没有影响，却不一定明显。而一些次要以至微不足道的诗人的个别作品却往往显然能为我"用"。

例如，我前期诗作里好像也一度冒出过李商隐、姜白石诗词以至《花间》词风味的形迹。

又如，我前期最早阶段写北平街头灰色景物，显然指得出波德莱尔写巴黎街头穷人、老人以至盲人的启发。写《荒原》以及其前短作的托·斯·艾略特对于我前期中间阶段的写法不无关系；同样情况是在我前期第三阶段，还有叶慈（W.B. Yeats）、里尔克（R.M.Rilke）、瓦雷里（Paul Valéry）的后期短诗之类；后期以至解放后新时期，对我也多少有所借鉴的还有奥顿（W. H. Auden）中期的一些诗歌，阿拉贡（Aragon）抵抗运动时期的一些诗歌。

有的还是有意利用人家的格调表达自己不同的感触。

例如，《长途》这一首写北平郊区的诗，是有意仿照魏尔伦（Paul Verlaine）一首无题诗的整首各节的安排。其中"几丝持续的蝉声"更在不觉中想起瓦雷里《海滨墓园》写到蝉声的名句。双声叠韵，在白话新体诗里还是用得着。西诗常用，我国旧诗词更如此，例如姜白石《湘月》一词里的名句"一叶夷犹乘兴"，用来给江上泛舟绘声绘影。

更个别的还是存心作戏拟（Parody）。我前期诗中的《一个和尚》是存心戏拟法国十九世纪末期二、三流象征派十四行体诗，只是多重复了两个脚韵，多用 ong（eng）韵，来表现单调的钟声，内容却全然不是西方事物，折光反映同期诗作所表达的厌倦情调。

十四行体，在西方今日似还有生命力，我认为最近于我国的七言律诗体，其中起、承、转、合用得好，也还可以运用自如。我也曾想是否在写白话新体诗里也仿效七言律诗体，去掉其中的四句对仗，而写成八行体，没有试过，只试过类似七言绝句的四行诗。

我在前后期写诗，试用过多种西方诗体，例如《白螺壳》就套用了瓦雷里用过的一种韵脚排列上最较复杂的诗体，正如我也套用过他曾写过的一首变体短行十四行体诗来写了《给空军战士》。

实际上我全部直到后期和解放后新时期所写不多，存心用十四行体也颇有几首,只是没有标明是十四行体,而读者也似乎很少看得出。这可能说明了我在中文里没有达到这样诗体的效果,也可能说明了我还能用得不显眼。我较后的经验是在中文里写十四行体,用每行不超过四"顿"或更短的,可能用得自然,不然就不易成功。

当然,如果我写白话新体诗,写得不好,不就是因为"古为今用,洋为中用",用得不好或者不对头而已。

任何作品发表出去了,就不可能再收回来,只有经读者摒弃、时间淘汰,才可能自然灭迹,用不着作者担心。然而作者整理自己的诗作,自己总还有权否决。所以我在这里整理出来的这么少得可怜的几十首短诗,我也仍当作迄今为止的诗汇集而不是诗选集。自己的标准也有反复,因此一时候保留了一些,到另一个时候又删去了,而恢复了另一些,我是有过这个经历的。目前我删去一部分,又有了新的尺度。思想感情上太颓唐、太软绵绵、太酸溜溜的,艺术表现得实在晦涩,过分离奇,平庸粗俗,缺少回味,无非是一种情调的"变奏"来得太多的,或者成堆删去,或者删去一部分。相反,个别内容虽无甚意义,手法上还有些特色的,我却加以保留,聊备一格。当然,这里存诗标准也可能不会是最后的,因为人还在,自己以后还可能想有所改动。事物总是发展的,发展也总是有阶段的、有曲折的。到目前为止,就做这点说明而把这样薄薄的一小本诗集交付给读众,交付给时间,像交付给大海。

1978 年 12 月 10 日

视角问题与"五四"小说的现代化(节选)

孟　悦

导言——

本文选自《文学评论》1985 年第 5 期。

孟悦,1956 年生,北京人。美国加州大学洛杉矶分校博士,美国加州大学尔湾分校东亚系副教授。

二十世纪八十年代中期,中国现当代文学研究掀起了"方法论热",传统的政治—社会学模式被扬弃,以新的视野与方法重新观照文学史与创作对象。论文考察"五四"小说的现代化转型,系从小说的内在构造入手,围绕视角问题多层面论证。指出,其一,与古代小说相比,"五四"小说的叙事人具有不同的身份,完成了从说书人到作家叙事的转换;其二是从权威叙事到人物叙事,它更符合真实可信的叙事准则,并为我国小说的形式结构赋予了新的性质——反讽;其三表现为从"讲述"到"呈现",标志着"客观""逼真"的现实主义文学观的成熟;其四,"五四"小说多以内在视角描写人物的心理,因而在新的层面上表现了人的内在世界。

文章通过对视角问题的考察还进一步阐明了小说现代化的一些特定含义,同时具体呈现了艺术的形式结构与深层结构之间存在的密切关系。作者指出,上述小说形式上的变迁使得"五四"小说能够反映并提供新的、更符合人民思想认识的世界模式,并使得小说焕发出足以发挥和调动社会艺术创造力及社会审美理解力的新鲜生命力,从而在整个社会生活和文化生活中取得了新的地位,获得了新的功能。这些观点对重新理解和感受中国文学由古典形式向现代转换的内在机制具有很大的启示意义。

一、引 言

"现代化"一词是对特定历史时期内中国社会的总体特点的一种概括。而文学或小说的"现代化"则另外含有文学本身的意义。"五四"以来的小说被称为"新小说"或"现代小说",显然不仅由于它产生于最近半个多世纪的现代中国社会,更重要的是由于小说在 1919 年前后所发生的明显性质变化,其中也包括小说内在构造上的变化。这里也许应该澄清一点:小说的现代性质既不可简约为"现代内容",又不可简约为"现代形式"。因为用古代形式并非绝对不可能表现现代生活,而用现代的形式也可能写出旧的思想内容。实际上,"五四"时期(1917—1927)小说的现代性质在于:现代的思想主题获得了现代的存在形式,小说的形式和内容都发生了根本变化,两者之间结成新的有机联系。只有把现代小说看成这样一个新的、不可分割的有机体,才能准确判断性质问题。

探讨这一课题应是多侧面、多层次的工作,本文选择了现代小说形式变化的一个方面——视角问题①,作为考察对象。

　　视角问题在我们以往的研究中,可以说是不太受人注意的一个方面,实际上它是小说构成不可或缺的一环。首先,它在小说理论中占有相当的地位。二十世纪以来,经过詹姆斯、拉伯克、斯克莱和卡洛以及布斯的研究,②它已经不仅被认为是小说所独有的,即不仅是区别小说与戏剧、电影、诗等其他艺术门类的一个标志,而且也被认为是小说所固有的,即实际生活中的各种现象总是通过某个叙述者才能成为小说中的存在。③ 视角被看成了小说的一个重要构成因素。其次,视角问题在我国小说由古代向现代的变化中也占有重要地位。我国古代小说内在结构上的许多特点与视角问题密切有关。譬如话本小说及章回小说中的楔子、结尾的"有诗为证"、描述时的说书人口气、"下回分解"的体制、唐传奇中作者的说明和议论、《聊斋志异》中的"异史氏曰"等形式特点,都属于或源于视角问题。又如与西方小说相比,我国古代小说在心理描写上的特点也与视角问题不可分。既然视角牵连着我国古代小说的许多主要美学特征,那么在小说内在结构的变化中,它就注定扮演着相当重要的角色。了解"五四"小说的视角形式,有助于我们把握小说内在构造上的现代特色。

二、从说书人叙事到作家叙事

　　"五四"小说对古代传统最彻底的背叛就是完全放弃了延续千年之久的

---

① 一般理论上认为视角有四种:全知视角——指作者无所不在、无所不知地描写故事;次知视角——指作者站在人物角度上描写故事,对这一人物是全知的,而对其他人物则不全知;旁知视角——指故事中次要人物的视角;自知视角——人物描写自己的视角。在一部小说中可以有各种视角变化,但大体上总有一种占主要地位的视角。本文的目的不是要探讨视角技巧本身,而是要探讨与视角有密切关系的小说形式方面的问题,即叙事人(作者)与故事及读者之间的关系问题,诸如叙事人的调子、风格及描述方式对故事内容的影响,叙事人的位置是在故事之上、之中还是之后的问题(亦即权威角度,还是人物角度或呈现角度的问题),人物描写的外在角度及内在角度问题,以及它们与小说现代化的关系。

② 指亨利·詹姆斯《文学序言集》;帕西·拉伯克《小说的技巧》(*The Craft of Fiction*);斯克莱、卡洛合著《叙事的本质》(*The Nature of Narrative*);布斯(Wayre C. Booth)《距离与叙事焦点》。

③ 结构主义叙事学家托多洛夫(Todorov)的观点。参见乐黛云《西方当代小说分析方法与中国小说》(讲课稿)。

"说书人"叙事,这给现代小说带来了极大的惠益。

古代白话小说多以"说书人"为叙事人,"说书人"在长期历史发展中几乎成了白话小说内在构造中的一个不变因,是白话小说视角特点的关键。文人作家接过这一民间创作形式时,也戴上了"说书人"面具,不去打破白话说书艺术的叙事方式和修辞习惯。因而无论是在话本、拟话本还是在章回小说中,总可以清晰地"听"到说书人的声音,人们不难从白话小说中归纳出一种几乎固定不变的演述风格,一种朴素的(相对于文人小说而言)说书风格,甚至还可以找到许多惯用的套语。由于演述风格趋于固定化、程式化,使得有些西方学者认为《红楼梦》以前的白话小说是体现不出作者个性的。① 这种说法有它的武断之处,也有它的启示人之处。说书风格是有自己的艺术魅力和抓住读者的秘诀的,否则不会产生出世界性的杰作,并延续得这么久。但说书风格的特点之一是,很少表现纯属叙事者个人的、一己的看法,许多描述、譬喻、想象都不带叙事人自我的色彩。当然不能说白话小说中就没有个性化的描述,但把个性化的、带有叙事人自我色彩的描述构成了完整体系的作品毕竟是少见的。说书风格并不追求以个性化来打动读者,读者习惯于通过说书人的叙述看到故事世界,而不是透过说书风格了解叙事人的情感和个性。因而可能会出现这种情况:如果从不同的白话作品中各取一段描述,若不根据内容判断,很可能就辨不清作者是谁。在这个意义上,白话小说在修辞层面上不免有"千篇一律"之嫌。

从"五四"前后,甚至从更早一些时候起,"说书人"叙事就在小说主流中逐渐销声匿迹了。"五四"时期的许多小说是作家叙事人以自己的修辞方式和想象方式来演述的。从说书人到作家叙事人这一叙事人身份的变化给现代小说带来了一系列变化。

首先,作品有了"调子"或情感基调。② 这是作者的自我借助一定的修辞方法和描述方式在作品内部形成了比较固定的投影的结果。《一生》(叶圣陶)的调子是平实冷静的,《斯人独憔悴》(冰心)是淡淡的感伤与不平,《孔乙

---

① 参见叶嘉莹《王国维与文学批评》。

② 据 C.H.霍尔曼《文学手册》(*A Handbook to Literature*)中的定义:在当代文学批评中,调子(Tone)的概念指的是作品显示出的主题处理方式和对读者的态度。……调子有时还指作品的感情基调本身,以及产生这种基调的各种艺术设计。

己》有一种含泪的讽刺,《理想的伴侣》(许钦文)是诙谐中带有嘲讽,《海滨故人》(庐隐)的调子是既苦闷又热烈,而《柚子》(王鲁彦)的调子是冷嘲中含蕴着愤怒……

古代小说中说书风格仿佛是浮在故事表层的一个外壳,它与故事大多是可以剥离开的,如果把情节从头至尾重新叙述一遍,故事内容不会有多少变化。而"调子"的出现却使小说的修辞层面获得了一种新的功能,使它成为表达作品主题思想的一条重要途径,使它不仅能够如说书风格一样给人以语言上的审美享受,而且还成为作品内容不可分割的一部分。如果只把《海滨故人》的情节重新叙述一遍,就会使作品内容减少了许多,而如果用说书风格来写《柚子》,写出的就会是另一个故事。

小说的修辞层面成为作品内容的构成部分之后,小说创作的构思方式就与古代有了明显不同。多数古代白话小说的构思几乎等于情节的构思,除了少数作品外,基本上是有"话"则长,无"话"则短,依靠情节的连贯性造成作品的统一感。而"调子"却可以成为连缀内容的手段,作者可以用某一情感基调把零散的、情节起伏不大、不连续的生活片段串联成一个有机体(如鲁迅的《社戏》、废名的《桃园》就是如此)。从而"调子"为现代小说提供了新的结构方式,开拓了新的表现领域,使之能够更清晰地表现一些"情节之外"的生活。

"调子"的出现不仅由于旧有形式桎梏的崩溃,也由于在时代精神感召下作家的创作心灵获得了解放。例如,二十年代小说中常见的两种基调类型是讽刺和感伤地抒情。即使在轻松诙谐的作品中也常可看到犀利的讽刺,在充满田园诗意味的作品中又常看到现实的悲哀。这两种常见的基调类型是发自"五四"作家批评和评价社会生活的愿望。他们总是要对社会生活持有肯定或否定的态度,而这两种调子都是倾向于否定现实的,都提供着与现实生活不同一的价值标准和情感态度。采用这些"调子"的作家或是追怀着某些被毁灭的美好事物,或是痛惜着被践踏的理想,或是发露着对横行于世的丑恶、不平等现象的愤恨。因而这些调子渗透了中国知识分子忧国忧民、批判生活并希望变革生活的启蒙主义色彩。这样,"五四"时期小说的演述以它充满严肃性的情感基调迥异于"以文学为娱乐和消遣"的小说演述方式。

其次,"五四"时期的作家普遍具有了风格的意识,也可以说,有了大量个性化的叙事。在古代小说中也是有个性化叙事的,而且与白话小说相比,文人小说的例证更多一些。但这种个性化叙事毕竟也不是十分普遍突出的。

很少有文人作家以散文创作中那种鲜明的风格来写作小说,虽然他们很重视文采,但似乎并没有自觉地把古代几种风格类型如"雄浑""冲淡""委曲""清奇"等作为小说创作必不可少的艺术设计。而"五四"时期,小说的创作队伍就是由多种风格的作家构成的。这一方面是由于摘掉了说书人面具,作者得以选择他最擅长的修辞方式和最贴切的情感基调,以表达他对人生的独特感受,另一方面也是由于作家们对叙事的风格有了自觉追求。现代文坛中出现了以文体美、风格美为自己独特标志的作家及作家群。例如,废名有意识地借鉴了古典诗歌的艺术构思及西方文体的某些特点,为了运用某一比喻,他甚至不惜打破句法的规则,以传达某种"意味"。这样,他修炼出一种独特的艺术风格,他的故事因而是"意味化"了的,有些确乎近于唐人绝句的意境。①这种在风格上、文体上的尝试为沈从文等作家继承发扬,形成一种被称为"诗体小说"的独特类型。这些作家及作家群的出现说明风格已在小说创作中得到了自觉的重视。

　　"五四"小说在风格方面的变化并不一定说明各种现代演述风格的美学价值必然高于古代说书风格,而是说明了一种更复杂的现象。其中之一是,"说书风格"以及古代传统的演述方式在"五四"时期已是陈旧的、没有活力的,而它们活力的消失与白话文运动密切有关。这场语言的革命对文化影响很大,它不仅抛弃了文言文的成规,也抛弃了一切旧有的书面语言和旧有文体的成规,包括章回小说及文人小说的语言成规。于是小说作为一门语言的艺术,和新诗、散文等一样,成为一片有待作家去开垦、去各显神通的处女地。叙事人身份的变化和白话文运动汇合在一起,使小说创作的天地显示出空前的魅力,这是个性化叙事和风格的自觉意识发展生成的文化环境。同时,白话文运动中理论上的探讨和实践上的尝试都为一代作家起到示范指导作用。凡是对这种新媒介的创造性使用都必定或多或少地带有作家一己的个性特点。这是小说中风格成熟的基础。因而,现代作家对风格的自觉以及现代小说中不同风格的出现,是一个更大的文化范围内所发生的现代化变革的一部分。

　　第三,放弃了说书风格后,作者获得了在描写中表达抽象思想的新方法。古代白话小说有一种形式惯例:说书人总要就故事发一些议论。这些议论或

———————

① 参见《废名小说选·自序》。

出现在开头结尾，或截住故事进程，插置在情节的某一点上。它的艺术功用一方面在于给作者以发表自己评价与见解的机会，另一方面则在于产生间离的美学效果，并增加叙事的节奏感。因此，这些议论并不直接影响故事的内容。与白话小说相似，文人小说也有作家的议论。唐传奇的篇末就常以作家的议论结尾，在蒲松龄的《聊斋志异》中，则更是把议论变成了"异史氏曰"的固定形式。

现代作家不太采用这种直接对读者发议论的方法了。虽然在有些作品中仍可看到脍炙人口的议论，如《阿Q正传》等。但一般而言，许多作者似乎找到了另一条表达见解的通道，即把一些抽象的思想观念溶化在具象描述中，以至于在上下文并没有断开的情况下，作者已经表达了"议论"。随手翻开几部作品如《城中》(叶圣陶)、《黄金》(王鲁彦)、《Dismeryer 先生》(彭家煌)等，就可以看到这种描述方法。作家这样写老人的生活："世界虽大，仿佛处处拒绝他的进入，惟觉居室里的卧榻和茶馆里的椅子还比较有念旧之情……于是他就特别恋着这两件东西。"(叶圣陶《孤独》)作家这样写一对有情人的相见："他们俩祈祷着永久度过这种生活——这就是他俩的生命，这就是他俩的人生目的。"(许杰《大白纸》)这样写一场纠纷："画家和官吏的安闲庄严的态度全没有了，他们是被心中的迷妄燃烧着全身了。"(王统照《沉思》)作者在描述人物的行为态度时，连带着分析解释了其原因意义，表达了自己的评论。这种带议论的描述方法也许可以借用茅盾的话而称作"分析地描写"①。

说书人的插入议论一般都是提出一个明了但又相对简单的价值判断标准，文人的议论则多由故事出发而抒发自己的人生感慨或哲思，这两种议论都是从故事中抽引出来某些观点，发挥开去某些意义，就是说，这些议论基本都是故事之外的。而"分析地描写"却是把意义赋予人物的行为态度，把观念和见解放入故事中去，分析动作而写出其意义。这样就使得现代生活中一些复杂的价值观念、道德情感能够内化到人物的行为中、内化到小说世界中来。这种描写方法一方面有助于作家表达对生活的新解释，另一方面它自身也体现了一种分析地表述事物和理解事物的方式，对人们的思维、认识活动发生影响。具体而言，由于"分析地描写"的特点在于分析，于是不仅作者在创作中要分析，读者在阅读时也要分析。对于作者，具体的现象必须上升到一个

---

① 参见茅盾《自然主义与中国现代小说》。

相对抽象的层面,必须经过思索才能符合"分析地描写"的要求。对于读者,则不仅要理解、体味人物行为态度的意义,也要理解作者在描述中使用的一些抽象性概念,诸如"人生目的""世界的拒绝""迷妄"等。这样读者的接受过程就既包含对具体现象的感受活动,又包含对抽象的、哲理性概念的认同活动。因此可以说,"分析地描写"的出现,使小说的功能复杂化了。它自身是应现代社会生活中价值观念的变化而生,又反过来促进这一变化的描写方法。在某种程度上,它与"调子"一样体现了思想启蒙的时代精神。

由于"分析地描写"与作者的理性思想活动密切有关,对这种方法运用得成功与否,也受到作者思想深度的影响。应该指出,二十年代不少作家虽然通过"分析地描写"表达了新的思想观念,自觉或不自觉地传播了新的思想方法,但和世界水平相比还不够深刻、不够独特。有些作品甚至由于"分析地描写"得不当而失去了应有的生动。这与当时作家理性思索的普遍水平有关,也与作家对这一技巧的理解与熟练程度有关。二十年代创作中,代表这一技巧最高成就的小说,当推鲁迅的《阿 Q 正传》。如果说前面所引的几段"分析地描写"还不免给人某种空泛、笼统之感,那么鲁迅对阿 Q 行为的分析却深刻地道出了中国民族生活的底蕴,切中了国民灵魂的要害。像"精神胜利法""第一个自轻自贱"等相对抽象的概念,绝非是与"孤独""迷妄""人生目的"等质量相同的现成词语,而是鲁迅经过对历史、社会、人的深深思索后而得出的真知灼见。这里,"分析地描写"才体现出这个时代的最高理性水平。

作家叙事人取代了说书叙事人,各种新的描述方法取代了传统的描述习惯后,小说的修辞层面在外观、功能、性质上发生了一系列变化,与此相关,作品的表现内容和创作队伍也相应地发生变化,这些构成了小说"现代化"过程中引人注目的一方面。

…………

六、结　语

从内在构造的角度对"五四"小说的现代化作了上述几点描述后,可以进一步看到,古今小说在视角上的变化之所以成为小说现代化的一个标志,关键在于,与古代相比,新的视角形式本身就具有现代意义,而且更重要的是这些意义为"五四"一代作家所逐渐把握,并为不只一代的读者所逐渐接受和承认。以下分三方面阐述这一点。

一、新的视角形式不仅是新的表现手段,而且还打碎了旧小说中呈现的世界模式,代之以新的、具有现代意义的世界模式。

人们在小说与生活的关系上有许多不同看法。有人倾向于认为小说是生活的摹写,有人则认为是转写。不过人们总能够在小说世界与现实世界之间找到某种同构关系。粗略而言,这种同构关系有两个方面:小说的内容,包括题材、主题、情节、人物等,是人们生存状况及行为的摹写或转写,它提供个人生活与社会生活、内心生活与外在生活的各种象征、各种模式。小说的形式,包括结构、视角及修辞方式等,则与人们对世界的理性解释有更密切的关系。它往往具体体现了一定的真伪观、一定的时空观以及对人的本质与处境的哲学看法。现代小说正是在上述意义上呈现了一种新的世界模式。

先来看真伪观。从古代小说中可以看出,其衡量真伪的标准是合情入理,只要符合人生普遍存在的情感规律,只要能够感动读者,就被认为是合情理的。至于小说世界中是否应该留有作家创作的人工痕迹,倒并不是古代作家和读者十分关注的问题。"权威"叙述的形式不仅是古代小说最普遍的一种视角类型,而且也并不曾引起古人的不信任和怀疑,不曾妨害人们对小说的欣赏。这显然是由于古代文化系统以及古代读者群对小说的真伪观有一种特定的要求。而现代小说的视角形式则含蕴了另一种真伪观。像客观描写、呈现式描写、次知叙事等视角技巧,都意在抹去人为讲述的痕迹,追求达到一种客观真实的效果,让生活以它的自然形态出现在读者眼前。在这些视角形式背后有一个不同于古代的文化关联域,远的不说,它与西方十九世纪下半叶盛行的唯物主义思潮显然关系密切。因而这种新的真伪观代表了现代中国社会所接受的一种新的文化成分。

时空观上也是如此。古典"权威"叙事除去反映了古代小说真伪观的特点,同时还左右着小说中时间与空间的特点。叙事人告诉读者故事是何时何地开始和结束的,时空被封闭在叙事人的叙述中。因而古代小说中的时间是线性顺延的,很少出现像《故乡》那样的情况:把过去和现在并列交错在一个人物的感受中。古代小说的空间则不是客观独立的,多由人物活动的范围所限定,社会环境和自然环境很少能摆脱叙事人描述的加工,以其自然形态呈现出来。在现代小说中,时空随着"权威"叙事地位的下降而发生变化。譬如人物叙事只提供一个特定的时空范围,但正是这种特定性或局限性暗示出,客观存在的时空不是人物的活动所范围得了的。这里作品内特定的时空是向外部开放的。人物的反省、回忆则更是把时空作了新的排列组合，使之成为带有人物个性色彩的时空形态。又譬如，呈现式视角使"乡土"这个空间形象获得了客观独立性，甚至获得了性格。"画面"和"场景"使现代小说的时空特点成为"横剖面"的、多维的、开放的。因而视角形式变化使现代小说直观地为人们提供了一种新的时空形态。

再来看与人的本质有关的一些问题。古代小说处理人物内在世界时所采用的外观手法和转述手法实际上体现了这样一种关于人的基本观念：人是外在可知的。现代小说中的内心"呈现"则多少表现出，人的内心活动与外部活动不是同步的，人与环境的不相通是普遍的。《一课》中"呈现"了小学生那些与课堂无关甚至对立的内心幻想，这种幻想在整个作品结构中的位置使得内心与环境的差异对立超越了人物个人的特定处境，从而获得更普遍的意义。《将过去》中主人公的内心活动已不受正常语法的束缚，说明这种潜意识活动是不可完全转述的。这种观念可以追溯到现代心理学和人文科学对"人"的解释。此外，现代小说的人物叙事形式在某种意义上可以说是对"人类无法超越自身"这样一种普遍处境的确认。当然，不能说在描写人方面的新视角形式就是自然真实的，而且当时的作家也不一定认识到上述哲学意义，但在直观上，这些视角确实体现了不同于古代的人类自我形象。

综上所述，新的视角形式的价值在于，它通过提供新的世界模式而体现了近现代的思想意识。正因此，它参与了整个观念领域的现代化过程，并成为其中一个有机组成部分。

二、视角问题上由"古"向"今"的变化，实际上蕴含了一个由个人化、娱乐性向社会化、严肃性的性质转变。

我国古代小说是被排斥在正统文学之外的，因而在现实生活中，它总是人们私人生活的一部分，很难名正言顺地在社会生活中占据重要地位。这就使得古代小说的视角形式带有个人的、娱乐的特点。如白话小说的视角形式是对一个人向一群人讲故事，这样一种叙事原始情况的复制。它在我国文化环境中没有能够产生出超越说书人权威的、更客观的叙事角度，也没有能对生活中更普遍叙事现象——普通人的叙事进行新的复制。白话小说世界成立的假定性是系于说书人一己身上的，没有说书人就无从建立小说世界。在这个意义上说书人叙事的角度是个人的、个体的，不是普遍的、社会的，而且保留了说书原始情况中的娱乐色彩。文人小说情况稍微复杂一点。它在从志怪、志人这种特殊的记载方式渐渐发展的过程中,由于没有成为正统的文学样式而多被视为作家的私有物。不可不看到,同是"权威"叙事,但文人小说的叙事"权威"是与作家个人生活有特殊关系的。与之相符,文人小说也没有发展出能够超越作者自身感慨、议论、情趣的视角,甚至也没有发展出不同于作者"权威"的视角和叙述方式。小说世界建立的基础也同样系于个人。

现代小说视角形式的出现则标志了一个本质的变化。首先"权威"视角不再是唯一普遍的叙事类型,于是小说世界的建立不再依凭于某个叙事人的力量,而是更多地依据生活中普遍的规律。譬如"呈现"式的叙述,包括内心的"呈现",实际上就是以一种客观的尺度作为小说世界的假定性前提,使小说中的时空及人物内心世界首次建立在现实的原则上,建立在广大读者群一方。又如人物叙事,虽然看上去也是一种个人叙事,但这个人可以是生活中的任何一个人,它反映了普遍存在的现象。当然,在现代小说中并不是没有"权威"叙事了,但这些作品的作者已不像文人作者那样,视小说为个人产物,而是以"权威"为启蒙民众、剖露社会痼疾和赞颂新道德情感的途径。这样一种艺术意图是从社会出发而又面向社会的,超越了作者一己情感的局限。现代小说的视角形式体现了一种普遍的、超越原始叙事人的意义,说明小说已跨出了私人生活的范围,而走进了社会活动的天地里。值得注意的是,对"个体化"视角传统的摒弃实际上包含着一种对读者负责、对小说负责、对社会负责的精神。现代小说所寻求的是一种能够以一定客观和社会的标准来衡量的视角形式。它与现代创作中对重大题材及真实效果的重视一样,反映出一种严肃的态度。这种严肃的追求洗刷了小说在过去时代染上的娱乐性痕迹。因而由"个体化"向"社会化"的转变也即由娱乐性向严肃性的转变,而且对严肃性的追求到了"五四"时期已是充分自觉的。这是现代视角形式能够在作家手中发挥作用的基础。

三、新视角形式之所以能够作为小说现代化的标志,关键还在于,作为外来的艺术技巧,它为我国作家多少自觉地采用,并为读者逐渐接受。也就是说,它不仅在某些方面与变化中的中国社会现实及社会意识相符合,而且也促进了上述变革,和读者形成了积极性的交流,从而在小说变为全社会积极的艺术交流系统的过程中起了重要作用。

从创作方面看:现代小说的视角形式终止了古代形式惯例的任意性沿袭

过程,为"五四"作家提供了一个进行多少自觉的艺术选择的机会。古代视角类型的一成不变说明创作活动中的因袭性很强。而"五四"小说运用了西方视角形式,这对中国作家来说,就不单纯是沿用另一种习惯的问题。人们多少要考察并调整自己的思维活动、认知方式和欣赏习惯,然后才能用新形式创作。可以说,每一新视角都要经过人们自觉不自觉的推敲,被赋予理智和情感经验方面的根据。否则是摹仿不像的,更不要说创造性地运用了。因而新的形式本身要求作家进行思考和选择。相比之下,"五四"时期的创作活动就具有一种相对自觉的特点,风格的出现就是这种自觉所造成的直接结果。尽管这种自觉还不足以使作家就此永远摆脱对某种形式传统的沿袭,但在"五四"时期确实调动了作家的创造潜力。

从接受上看,这些外来形式能够为中国读者所承认,也同样要经过思维、感受方式的调整过程。"五四"时期的具体情况是,在对新形式的接受和承认中,势必暗含着一个由观念至审美情感的更新。在这里,外来的形式无形中参与着、促进着读者心智活动方面的现代化,或者说,形式在选择着、提高着读者。新小说能够逐渐取代,最后完全取代旧小说而受到多数文化人的肯定,对新形式的运用还得到了积极的批评,这说明中国社会读者群的艺术理解力已经对新形式形成反馈,说明新的视角形式终于在中国现代的文化结构中找到了自己的位置。它是现代化的形式,即体现现代意识的形式,又是促进人们走向现代化的形式。在这一过程中,中国现代小说已经成为全社会的一个积极性艺术交流系统,从而彻底摆脱了旧时代"不登大雅之堂"的卑贱地位,洗却了"娱乐与消遣"的消极色彩,在现代社会生活和文化生活中发挥出非同小可的作用。

中国新文学大系·散文二集导言(节选)

郁达夫

导言——

本文选自《郁达夫全集》第 6 卷(浙江文艺出版社 1992 年),原题为《良友版新文学大系散文选集导言》,原刊《中国新文学大系·散文二集》(上海良友图书印刷公司 1935 年）。

郁达夫（1896—1945），浙江富阳人。现代著名作家。

该文对中国新文学发展第一个十年散文的创作进行了一次回顾和总结，是对"五四"至二十年代中期散文创作进行评述与综合研究的最早的代表性论文。

作者对现代散文这一文体从传统起源到外来影响、从形式到内容等方面都有自己独创的言说，并从现代散文发展的流向着手，指出它在中国文学内容变革历程上的重大意义。文章指出"'五四'运动的最大的成功，第一要算'个人'的发现"，"以这一种觉醒的思想为中心，更以打破了械梏之后的文字为体用，现代的散文，就滋长起来了"。并点明现代散文的最大特征，"是每一个作家的每一篇散文里所表现的个性，比以前的任何散文都来得强"，这种因"人的发现"而伸张的个性是艺术创造的生命。另外，郁达夫对鲁迅散文和周作人的散文推崇备至，并且对他们及冰心、林语堂、丰子恺等重要散文家的创作风格进行了区别与探讨，细腻深微，立论精当。

一、散文这一个名字

中国向来只说仓颉造文字，然后书契易结绳而治，所以文字的根本意义，还在记事。到了春秋战国，孔子说"焕乎其有文章"，于是"夫子之文章可得而闻"了；在这里，于文字之上，显然又加上了些文采。至于文章的内容，大抵总是或"妙发性灵，独拔怀抱"（《梁书·文学传》），或"达幽显之情，明天人之际"（《北齐书·文苑传序》），或以为"六经者道之所在，文则所以载夫道者也"（《元史·儒学传》），程子亦说："道者文之根本，文者道之枝叶。"而"六经"之中，除诗经外，全系散文。《易经》《书经》与《春秋》，其间虽则也有韵语，但都系偶然的流露，不是作者的本意。从此可以知道，中国古来的文章，一向就以散文为主要的文体，韵文系情感满溢时之偶一发挥，不可多得，不能强求的东西。

正因为说到文章，就指散文，所以中国向来没有"散文"这一个名字。若我的臆断不错的话，则我们现在所用的"散文"两字，还是西方文化东渐后的产品，或者简直是翻译也说不定。

自六朝骈俪有韵之文盛行以后，唐宋以来，各人的文集中，当然会有散体或散文等成语，用以与骈体、骈文等对立的；但它的含义，它的轮廓，绝没有现在那么的确立，亦绝没有现代人对这两字那么的认识得明白而浅显。所以，当现代而说散文，我们还是把它当作法国字"prose"的译语，用以与韵文"verse"对立的，较为简单，较为适当。

古人对于诗与散文，亦有对称的名字，像小杜的"杜诗韩笔愁来读，似倩麻姑痒处搔"，袁子才的"一代正宗才力薄，望溪文学阮亭诗"之类；不过这种称法，既不明确，又不普遍；并且原作大抵限于音韵字数，不免有些牵强之处，拿来作我们有科学知识的现代人的界说或引证，当然有些不对。

二、散文的外形

散文既经由我们决定是与韵文对立的文体，那么第一个消极的条件，当然是没有韵的文章。所谓韵者，系文字音韵上的性质与规约，在中国极普通的说法，有平上去入或平仄之分，在外国极普通的有长音短音或高低抑扬之别。照这些平仄与抑扬排列起来，对偶起来，自然又有许多韵文的繁琐方式与体裁，但在散文里，这些就都可以不管了，尤其是头韵脚韵和那些所谓洽韵的玩意儿。所以在散文里，音韵可以不管，对偶也可以不问，只教辞能达意，言之成文就好了，一切字数、骈对、出韵、失粘、蜂腰、鹤膝、叠韵、双声之类的人工限制与规约，是完全没有的。

不过在散文里，那一种王渔洋所说的神韵，若不依音调死律而讲，专指广义的自然的韵律，就是西洋人所说的 Rhythm[1] 的回味，却也可以有；因为四季的来复，阴阳的配合，昼夜的循环，甚至于走路时两脚的一进一出，无一不合于自然的韵律；散文于音韵之外，暗暗把这意味透露于文字之间，也是当然可以有的事情；但渔洋所说的神韵及赵秋谷所说的声调，还有语病，在散文里似以情韵或情调两字来说，较为妥当。这一种要素，尤其是写抒情或写景的散文时，包含得特别的多。

散文的第一消极条件，既是无韵不骈的文字排列，那么自然散文小说，对白戏剧（除诗剧以外的剧本）以及无韵的散文诗之类，都是散文了啦；所以英国文学论里有 prose fiction，prose poem[2] 等名目。可是我们一般在现代中国

---

[1]　韵律，节奏。——编者注（下同）

[2]　散文小说，散文诗。

平常所用的散文两字,却又不是这么广义的,似乎是专指那一种既不是小说,又不是戏剧的散文而言。近来有许多人说,中国现代的散文,就是指法国蒙泰纽(Montaigne)的 Essais①,英国培根(Bacon)的 Essays② 之类的文体在说,是新文学发达之后才兴起来的一种文体,于是乎一译再译,反转来又把像英国 Essays 之类的文字,称作了小品。有时候含糊一点的人,更把小品散文或散文小品的四个字连接在一气,以祈这一个名字的颠扑不破,左右逢源;有几个喜欢分析、自立门户的人,就把长一点的文字称作了散文,而把短一点的叫作了小品。其实这一种说法,这一种翻译名义的苦心,都是自费的心思,中国所有的东西,又何必完全和西洋一样?西洋所独有的气质文化,又哪里能完全翻译到中国来?所以我们的散文,只能约略地说,是 prose 的译名,和 essays 有些相像,系除小说、戏剧之外的一种文体;至于要想以一语来道破内容,或以一个名字来说尽特点,却是万万办不到的事情。

三、散文的内容

在四千余年古国的中国,又被日本人鄙视为文字之国的中国,散文的内容,自然早已发达到了五花八门,无以复加。我们只须一翻开桐城派正宗的《古文辞类纂》来看,曰论辩,曰序跋,曰奏议……一直到辞赋哀祭之类,它的内容真富丽错综,活像一部二十四史零售的百货商店。这一部《古文辞类纂》之所以风行二百余年,到现在还有人在那里感激涕零的理由,一半虽在它的材料的丰富,但一半也在它的分门别类,能以一个类名来决定内容。但言为心声,人心不同又各如其面,想以外形的类似而来断定内容的全同,是等于医生以穿在外面的衣服而来推论人体的组织;我们不必引用近代修辞学的分类来与它对比,就有点觉得靠不住了。所以近代的选家,就更进了一步,想依文章本体的内容,来分类而辨体。于是乎近世论文章的内容者,就又把散文分成了描写(description),叙事(narration),说明(exposition),论理(persuasion including argumentation)的四大部类;还有人想以实写、抒情、说理的三项来包括的。

从文章的本体来看,当然是以后人分类方法为合理而简明;但有些散文,

---

① 法文:《散文集》。
② 《随笔集》。

是既说理而又抒情，或再兼以描写记叙的，到这时候，你若想把它们来分类合并，当然又觉得困难百出了，所以我们来论散文的内容，就打算先避掉这分类细叙的办法。

我以为一篇散文的最重要的内容，第一要寻这"散文的心"；照中国旧式的说法，就是一篇的作意，在外国修辞学里，或称作主题（subject）或叫它要旨（theme）的，大约就是这"散文的心"了。有了这"散文的心"后，然后方能求散文的体，就是如何能把这心尽情地表现出来的最适当的排列与方法。到了这里，文字的新旧等工具问题，方始出现。

中国古代的国体组织、社会因袭，以及宗族思想等等，都是先我们之生而存在的一层固定的硬壳；有些人虽则想破壳而出，但因为麻烦不过，终于只能同蜗牛一样，把触角向外面一探就缩了进去。有些人简直连破壳的想头都不敢有，更不必说探头出来的勇气了。这一层硬壳上的三大厚柱，叫作尊君，卫道，与孝亲；经书所教的是如此，社会所重的亦如此。我们不说话不行事则已，若欲说话行事，就不能离反这三种教条，做文章的时候，自然更加要严守着这些古圣昔贤的明训了。这些就是从秦汉以来的中国散文的内容，就是我所说的从前的"散文的心"。当然这中间也有异端者，也有叛逆儿，但是他们的言行思想，因为要遗毒社会，危害君国之故，不是全遭杀戮，就是一笔抹杀（禁灭），终不能为当时所推重，或后世所接受的。

从前的散文的心是如此，从前的散文的体也是一样。行文必崇尚古雅，模范须取诸六经：不是前人用过的字，用过的句，绝对不能任意造作，甚至于之乎也者等一个虚字，也要用得确有出典，呜呼嗟夫等一声浩叹，也须古人叹过才能启口。此外的起承转合，伏句提句结句等种种法规，更加可以不必说了，一行违反，就不成文；你想，在这两重械梏之下，我们还写得出好的散文来吗？

四、现代的散文

自从"五四"运动起后，破坏的工作就开始了。最显而易见的，就是文字的械梏打破运动，这一层工作，直到现在还在继续进行，可以说是已经做到了百分之六七十。第二步运动，是那一层硬壳的打破工作，可是惭愧之至，弄到今天，那硬壳上的三大厚柱总算动摇了一点，但那一层硬壳还依然蒙被在大多数人的身上。

"五四"运动的最大的成功,第一要算"个人"的发见。从前的人,是为君而存在,为道而存在,为父母而存在的,现在的人才晓得为自我而存在了。我若无何有乎君,道之不适于我者还算什么道,父母是我的父母;若没有我,则社会、国家、宗族等哪里会有?以这一种觉醒的思想为中心,更以打破了械梏之后的文字为体用,现代的散文,就滋长起来了。

现代的散文之最大特征,是每一个作家的每一篇散文里所表现的个性,比从前的任何散文都来得强。古人说,小说都带些自叙传的色彩的,因为从小说的作风里、人物里可以见到作者自己的写照;但现代的散文,却更是带有自叙传的色彩了,我们只消把现代作家的散文集一翻,则这作家的世系、性格、嗜好、思想、信仰,以及生活习惯等等,无不活泼泼地显现在我们的眼前。这一种自叙传的色彩是什么呢,就是文学里所最可宝贵的个性的表现。

文极司泰(C.T.Winchester)在一本评论英国散文作家的文集(*A Group of English Essayists*)的头上,有一段短短的序言说:

……(上略)

若有人嫌这书的大部分的注意,都倾注入了各人的传记,而真正的批评,却只占了一小部分的话,那请你们要记着,像海士立脱(Hazlitt),像兰姆(Lamb),像特·昆西(De Quincey),像威尔逊(Wilson),像汉脱(Hunt)诸人所写的主题,都系取从他们自己的个人经验之内的。恐怕在其他一样丰富一样重要的另外许多英国散文之中,像这样地绝对带有自叙传色彩的东西,也是很少罢。以常常是很有用的传记的方法来详论他们,在这里是对于评论家的惟一大道。他在能够评量那一册著作之先,必须要熟悉那作者的"人"才行。(序文七页)

这一段话虽则不能直接拿过来适用在我们现代的散文作家的身上,但至少散文的重要之点是在个性的表现这一句话,总可以说是中外一例的了。周作人先生在序沈启无编的《冰雪小品选》的一文中说:"我卤莽地说一句,小品文是文学发达的极致,它的兴盛必须在王纲解纽的时代。"(《看云集》一八九页)若我的猜测是不错的话,岂不是因王纲解纽的时候,个性比平时一定发展得更活泼的意思吗?两晋的时候是如此,宋末明末是如此,我们在古代的散文中间,也只在那些时候才能见到些稍稍富于个性的文字;当太平的盛世,当王权巩固的时候,我前面所说的那两重械梏,尤其是纲常名教的那一层硬壳,是绝不容许你个人的个性,有略一抬头的机会的。

所以,自"五四"以来,现代的散文是因个性的解放而滋长了,正如胡适之先生在一九二二年《申报五十年的纪念特刊》上《五十年来中国之文学》中的所说:

> 白话散文很进步了。长篇议论文的进步,那是显而易见的,可以不论。这几年来,散文方面最可注意的发展,乃是周作人等提倡的小品散文。这一类的小品,用平淡的谈话,包藏着深刻的意味;有时很像笨拙,其实却是滑稽。这一类作品的成功,就可彻底打破那"美文不能用白话"的迷信了。

胡先生在这里可惜还留下了一点语病,仿佛教人要把想起文言文就是美的这一个旧观念抛弃似的;其实一篇没有作意没有个性的散文,即使文言到了不可以再文,也绝不能算是一篇文字的,美不美更加谈不上了。

因为说到了散文中的个性(我的所谓个性,原是指 individuality[个人性]与 personality[人格]的两者合一性而言),所以也想起了近来由林语堂先生等所提出的所谓个人文体(personal style)那一个的名词。文体当然是个人的;即使所写的是社会及他人的事情,只教是通过作者的一番翻译介绍说明或写出之后,作者的个性当然要渗入作品里去的。左拉有左拉的作风,弗老贝尔有弗老贝尔的写法,在尤重个性的散文里,所写的文字更是与作者的个人经验不能离开了;我们难道因为若写身边杂事,不免要受人骂,反而故意去写些完全为我们所不知道不经验过的谎话倒算真实吗?这我想无论是如何客观的写实论家,也不会如此立论的。

至于个人文体的另一面的说法,就是英国各散文大家所惯用的那一种不拘形式家常闲话似的体裁"informal or familiar essays"的话,看来却似很容易,像是一种不正经的偷懒的写法,其实在这容易的表面下的作者的努力与苦心,批评家又哪里能够理会? 十九世纪的批评家们,老有挖苦海士立脱的散文作风者说:"在一天春风和煦的星期几的早晨,我喝着热腾腾的咖啡,坐在向阳的回廊上的安乐椅里读×××的书,等等,又是那么的一套!"这挖苦虽然很有点儿幽默,可是若不照这样的写法,那海士立脱就不成其为海士立脱了。你须知道有一位内廷供奉,曾对蒙泰纽说:"皇帝陛下曾经读过你的书,很想认识认识你这一个人。"你知道他是怎么回答的呢?"假使皇帝陛下已经认识了我的书的话,"他回答说,"那他就认识我的人了。"个人文体在这一方面的好处,就在这里。

几年前梁实秋先生曾在《新月》上发表过一篇论散文的文章,在末了的一段里,他说:"近来写散文的人,不知是过分的要求自然,抑是过分的忽略艺术,常常地沦于粗陋之一途。无论写的是什么样的题目,类皆出之以嬉笑怒骂;引车卖浆之流的语气,和村妇骂街的口吻,都成为散文的正则。像这样恣肆的文字,里面有的是感情,但是文调,没有!"难道写散文的时候,一定要穿上大礼服,戴上高帽子,套着白皮手套,去翻出文选锦字上的字面来写作不成? 扫烟突的黑脸小孩,既可以写入散文,则引车卖浆之流,何尝不也是人?人家既然可以用了火烧猪猡的话来笑骂我们中国人之愚笨,那我们回骂他一声直脚鬼子,也不算为过。况且梁先生所赞成的"高超的郎占诺斯"(The Sublime Longinus),在他那篇不朽的《崇高美论》(On the Sublime)里,对于论敌的该雪留斯(Caecilius)也是毫不客气地在那里肆行反驳的,嬉笑怒骂,又何尝不可以成文章?

由梁先生的这一段论断出发,我们又可以晓得现代散文的第二特征,是在它的范围的扩大。这散文内容范围的扩大,虽然不就是伟大,但至少至少,也是近代散文超越过古代散文的一个长足的进步。

从前的人,是非礼弗听,非礼弗视,非礼弗⋯⋯的,现在可不同了。一样的是人体的一部分,为什么肚脐以下,尾闾骨周围的一圈,就要隐藏抹杀,勿谈勿写呢?(这是霭理斯的意见。)苍蝇蚊子,也一样是宇宙间的生物,和绅士学者,又有什么不同,而不可以做散文的对象呢? 所以讲堂上的高议宏论,原可以做散文的材料,但同时"引车卖浆之流的语气,和村妇骂街的口吻"也一样的可以上散文的宝座。若说散文只许板起道学面孔,满口大学之道,泰山崩于前而色不变地没有感情的人去做的话,那中国的散文,岂不也将和宗教改革以前的圣经一样,变成几个特权阶级的私产了吗?

当《人间世》发刊的时候,发刊词里曾有过"宇宙之大,苍蝇之微,无不可谈"的一句话;后来许多攻击《人间世》的人,每每引这一句话来挖苦《人间世》编者的林语堂先生,说:"只见苍蝇,不见宇宙。"其实林先生的这一句话,并不曾说错,不过文中若只见苍蝇的时候,那只是那一篇文字的作者之故,与散文的范围之可以扩大到无穷尽的一点,却是无关无碍的。美国有一位名尼姊(Nitchie)的文艺理论家,在她编的一册文艺批评论里说:

> 在各种形式的散文(按此地的散文两字,系指广义的散文而言)之中,我们简直可以说 essay 是种类变化最多最复杂的一种。自从蒙泰纽最初把他对于人和物的种种观察名作 Essais 或试验以来,关于这一种有趣的试作的写法及题材,并不曾有过什么特定的限制。尤其是在那些不拘形式的家常闲话似的散文里,宇宙万有,无一不可以取来作题材,可以幽默,可以感伤,也可以辛辣,可以柔和,只教是亲切的家常闲话式的就对了。在正式的散文(The Formal Essay)项下也可以有种种的典型,数目也很多,种类也很杂,这又是散文的范围极大的另一佐证。像马可来(Macaulay)的有些散文,性质就是历史式的传记式的,正够得上称作史笔与传记而无愧。也有宗教的或哲学的散文,德义的散文,批评的散文,或教训的散文。这些散文中的任何一种,它的主要目的,都是在诉之于我们的智性的。……
>
> 可是比正式的散文更富于艺术性,由技巧家的观点说来,觉得更不容易写好的那种散文,却是平常或叫作 informal(不拘形式的)或叫作 familiar(家常闲话式的)或叫作 personal(个人文体式的)essays,这种种散文的名称,就在暗示着它的性质与内容。它是没有一定的目的与一定的结构的。它的目的并不是在教我们变得更聪明一点,却是在使我们觉得更快乐一点。……(Nitchie:*The Criticism of Literature* p. 270,271—2.)①

所以现代的散文之内容范围,竟能扩大到如此者,正因为那种不拘形式的散文的流行,正因为引车卖浆者流的语气,和村妇骂街的口吻,都被收入了散文里去的缘故。

现代散文的第三个特征,是人性,社会性,与大自然的调和。

从前的散文,写自然就专写自然,写个人便专写个人,一议论到天下国

---

① 　尼姊《文学批评》第 270,271—272 页。

家,就只说古今治乱,国计民生,散文里很少人性,及社会性与自然融合在一处的,最多也不过加上一句痛哭流涕长太息,以示作者的感愤而已;现代的散文就不同了,作者处处不忘自我,也处处不忘自然与社会。就是最纯粹的诗人的抒情散文里,写到了风花雪月,也总要点出人与人的关系,或人与社会的关系来,以抒怀抱;一粒沙里见世界,半瓣花上说人情,就是现代的散文的特征之一。从哲理的说来,这原是智与情的合致,但时代的潮流与社会的影响,却是使现代散文不得不趋向到此的两重客观的条件。这一种倾向,尤其是在五卅事件以后的中国散文上,表现得最为显著。

统观中国新文学内容变革的历程,最初是沿旧文学传统而下,不过从一角新的角度而发见了自然,同时也就发见了个人;接着便是世界潮流的尽量的吸收,结果又发见了社会。而个人终不能遗世而独立,不能餐露以养生,人与社会,原有连带的关系,人与人类,也有休戚的因依的;将这社会的责任,明白剀切地指示给中国人看的,却是五卅的当时流在帝国主义枪炮下的几位上海志士的鲜血。

艺术家是善感的动物,凡世上将到而未到的变动,或已发而未至极顶的趋势,总会先在艺术家的心灵里投下一个淡淡的影子;五卅的惨案,早就在"五四"时代的艺术品里暗示过了,将来的大难,也不难于今日的作品里去求得线索的。这一种预言者的使命,在小说里原负得独多,但散文的作者,却要比小说家更普遍更容易来挑起这一肩重担。近年来散文小品的流行,大锣大鼓的小说戏剧的少作,以及散文中间带着社会性的言辞的增加等等,就是这一种倾向的指示。

最后要说到近来才浓厚起来的那种散文上的幽默味了,这当然也是现代散文的特征之一,而且又是极重要的一点。幽默似乎是根于天性的一种趣味,大英帝国的国民,在政治上商业上倒也并不幽默,而在文学上却个个作家,多少总含有些幽默的味儿:上自乔叟、莎士比亚起,下迄现代的 Robert Lynd,Bernard Shaw,以及 A. A. Milne,Aldous Huxley[①] 等辈,不管是在严重的长篇大著之中,或轻松的另章断句之内,正到逸兴遄飞的时候,总板着面孔忽而来它一下幽默:会使论敌也可以倒在地下而破颜,愁人也得停着眼泪而发一笑。北国的幽默,像契诃夫的作品之类,是幽郁的,南国的幽默,像西

---

① R.林特,萧伯纳,A.A.米耳纳,A.赫胥黎。

班牙的塞范底斯之类，是光明的；这与其说是地理风土的关系，还不如说因人种（民族）时代的互异而使然；我们的中华民族，一向就是不懂幽默的民族，但近来经林语堂先生等一提倡，在一般人的脑里，也懂得点什么是幽默的概念来了，这当然不得不说是一大进步。

有人说，近来的散文中幽默分子的加多，是因为政治上的高压的结果：中华民族要想在苦中作一点乐，但各处都无法可想，所以只能在幽默上找一条出路，现在的幽默会这样兴盛的原因，此其一；还有其次的原因，是不许你正说，所以只能反说了，人掩住了你的口，不容你叹息一声的时候，末了自然只好泄下气以舒肠，作长歌而当哭。这一种观察，的确是不错；不过这两层也须是幽默兴盛的近因，至于远因，恐怕还在历来中国国民生活的枯燥，与夫中国散文的受了英国 essay 的影响。

中国的国民生活的枯燥，是在世界的无论哪一国都没有它的比类的。上自上层阶级起，他们的趣味，就只有吃鸦片，打牌，与蓄妾；足迹不出户牖，享乐只在四壁之内举行，因此倒也养成了一种像罗马颓废时代似的美食的习惯。其次的中产阶级，生活是竭力在模仿上层阶级的，虽然多了几处像大世界以及城隍庙说书场之类的地方可以跑跑，但是他们的生活的没有规则与没有变化，却更比农村下层阶级都不如。至于都市的下层阶级呢，工资的低薄，与工作时间的延长，使他们虽有去处，也无钱无闲去调剂他们的生活。农村的下层阶级，比起都市的劳动者来，自然是闲空得多；岁时伏腊，也有些特殊的行乐，如农事完后的社戏，新春期内的迎神赛会之类，都是大众娱乐的最大机会，可是以一年之长，而又兼以这种大事的不容易举行，归根结蒂，他们的生活仍旧还是枯燥的。这上下一例的枯燥的国民生活，从前是如此，现在因为国民经济破产的结果，反更不如前了，哪里可以没有一个轻便的发泄之处的呢？所以散文的中间，来一点幽默的加味，当然是中国上下层民众所一致欢迎的事情。

英国散文的影响于中国，系有两件历史上的事情，做它的根据的：第一，中国所最发达也最有成绩的笔记之类，在性质和趣味上，与英国的 essay 很有气脉相通的地方，不过少一点在英国散文里是极普遍的幽默味而已；第二，中国人的吸收西洋文化，与日本的最初由荷兰文为媒介者不同，大抵是借用英文的力量的，但看欧洲人的来我国者，都以第三国语的英文为普通语，与中国人的翻外国人名地名，大半以英语为据的两点，就可以明白；故而英国散文的影响,在我们的智识阶级中间,是再过十年二十年也绝不会消灭的一种根深蒂固的潜势力。像已故的散文作家梁遇春先生等,且已有人称之为中国的爱利亚了,即此一端,也可以想见得英国散文对我们的影响之大且深。至如鲁迅先生所翻的厨川白村氏在《出了象牙之塔》里介绍英国 essay 的一段文章,更为弄弄文墨的人,大家所读过的妙文,在此地也可以不必再说。

总之,在现代的中国散文里,加上一点幽默味,使散文可以免去板滞的毛病,使读者可以得一个发泄的机会,原是很可欣喜的事情。不过这幽默要使它同时含有破坏而兼建设的意味,要使它有左右社会的力量,才有将来的希望;否则空空洞洞,毫无目的,同小丑的登台,结果使观众于一笑之后,难免得不感到一种无聊(nonsense)的回味,那才是绝路。

…………

中国现代小说中的"高觉新型"(节选)

赵　园

导言——

本文选自赵园著《艰难的选择》(上海文艺出版社 1986 年)。

赵园,1945 年生,河南人。北京大学文学硕士,中国社会科学院文学研究所研究员。

本文是研究现代人物形象的重要论文。文章首先考察了作家创作高觉新形象的内在推动力,认为这类人物形象身上凝聚着的愤怒来自不合理的社会和专制的"家"蔑视一个人的作为"人"。而他们的悲哀更充分地表现了作家创作"高觉新型"人物时主观情绪与心理的复杂性。现代作家一方面发现了"觉新性格"中"不完善"的普遍性,另一方面又隐约感到了这"不完善"背后的巨大历史原因,看到了"五四"启蒙主义者的理想在中国的现实命运。这又深化了作家的悲剧感受,并将一代知识者的内省倾向渗透其中。

其次,文章挖掘了"高觉新型"形象之所以能够引起普遍的感应与共鸣的历史生活的根源。文章指出,主宰了高觉新的,主要的并不是"作揖哲学"之类的观念,而是人物在实际生活中的位置,和在这种位置上形成的思想习惯。

"高觉新式的性格，是在彻底反封建的要求既经提出，而旧的生产方式与生活方式还远未最后退出生活，民主革命在推进中，但传统的思想文化、道德规范依然禁锢着人们的精神这种历史条件下形成的。"

最后，文章还从"形象创作艺术"的角度，分析了作家创作人物时的审美特征。作家重复使用"反抗型"与"妥协型"两极对立的"对比"构思方法，但生活逻辑的复杂性越来越复杂化了他的创作心理。他在代表着"肯定"的性格中发现了否定方面，使对比现出"中间色"，现出对立个性的部分的重合，而使对比的色调趋向柔和，对比呈现参差。

中国现代文学作品中，只有为数不多的人物形象，为读书界所熟知，其中又只有为数更少的文学性格（如阿Q），由于其异乎寻常的概括力而获得了某种抽象意义。在"为数不多"的"为读书界所熟知"的人物中，就有高觉新。

高觉新的形象创造，在艺术上并非无可挑剔。写作《激流》的巴金，有着一些强有力的同时代人。他们刻画形象的腕力，绝不在巴金之下。这个形象有广泛的社会影响（这种"影响"借助于戏剧、电影改编而更其扩大），不妨向更多的方面寻求解释。但有一点似乎是可以肯定的：《激流》的中国读者之所以记住了这个人物，往往由于依据不同的生活经历与内省体验，他们或多或少地，从人物身上认出了自己。

现代作家的愤怒与悲哀

"共鸣"，当然在作品产生的那个时代（我这里指由《激流》第一部问世，到四十年代①）更为普遍和强烈。因为那个时代的读者，由人物身上看到了一个现代人的悲剧；由作者写人物的字里行间，感到了现代作家的愤怒与悲哀。

我们首先看作者。

当你依创作时间的先后翻阅巴金的全部小说作品，你突出地感到，推动这位作者写下高觉新的，不是一种偶发的激情与冲动。不是的。这种激情在巴金那里，是如此持久与强韧，由《激流三部曲》到《爱情三部曲》再到《寒夜》，

---

① 《激流三部曲》之一的《秋》，初版于1940年。

其间还在《春雨》《沉落》《一个女人》《星》等一系列中、短篇中翻涌。① 不像巴尔扎克，巴金小说没有"贯穿人物"（如巴尔扎克的拉斯蒂涅那样）。但他却有贯穿相当一部分作品的类似的批判主题与批判热情。在这些作品的背后，你找到了一个作者经常提到的人物：他的大哥。你感到，正是这个真实的人，直接引发了作者创作《激流》等一系列作品的冲动。但使人忍不住要追问的是：这一形象何以如此执拗地纠缠住作者，而这又是一种什么样的激情？

《激流》《寒夜》的读者们很容易发现，巴金善于写压抑状态中的个性。"压抑"包括两个方面：外界的压抑，——人的生存环境对于人的敌视和限制，以及人的自我压抑。外界的压抑又是导致自我压抑的条件。这是一些习惯于自我克制，自我贬抑，习惯于在逼仄的角落呼吸有限的空气，极力把自己的存在缩小到最大限度的人们。他们过分地谦抑，缺乏自信和强烈的旺盛的生活欲，随时准备向一切横逆低头，为一切人牺牲，——而不问这牺牲是否有价值，是否出于必要。他们极力抹煞自己，忽略自己，把人的正常要求先在自己这里扼死，把"欲火"先由自己的手弄熄。这使他们像是圣经故事中受难的使徒，但这种受难却毫无"崇高感"，只能供人悲悯。他们是背十字架的人，但他们不是基督，绝不会有人在他们头上画出光轮。这是人在精神上的变形。这种畸形性格、病态气质，在《激流》中即高觉新和更其谦卑的陈剑云，在《爱情三部曲》中即周如水，在《寒夜》中即汪文宣。

在《激流》里，作长辈的拍阄决定了儿子的婚姻，高觉新"忍受了"，"顺从了父亲底意志"，甚至"没有一点不平"，虽然他也会哭在心里。

> 到了订婚的日子他被人玩弄着，像一个傀儡；又被人宝爱着，像一个宝贝。他做人家所要他做的事。他没有快乐，也没有悲哀。他

---

① 1934年秋，巴金作短篇《春雨》（《沉默集》）与《沉落》（《沉落集》）。在《〈沉落集〉序》（1935年2月）中，他说："《沉落》也是以对于'勿抗恶'的攻击开始的。"《春雨》中的哥哥身上，正附着高觉新的幽灵。《沉落》一篇不同，这里没有出现高觉新，但是由高觉新这一形象体现的批判意图却又一次出现了。写在1933年春的短篇《一个女人》，也可以看作同一方向上的开掘。写于1934—1935年的一组短篇《神》《鬼》《人》，是同一思考的延伸。1936年作者又在《星》里，批判了"顺世哲学"。

做这些事,好像这是他应尽的义务。到了晚上这个把戏做完贺客散
去以后,他疲倦地,忘掉一切地熟睡了。

　　《寒夜》中的汪文宣,俨然是活在抗战时期大后方的高觉新。他绝无抵抗
地承受着社会压迫,同时又在家庭矛盾的夹缝中忍气吞声。他敷衍一切:违
心地参加为主任"祝寿"的无聊之举,在上司与同事的冷眼中敷衍①;以觉新式
的"作揖主义"对付家里两个争吵不休的女人,在处理家庭纷争中敷衍。他甚
至敷衍自己,对自己所患的绝症,也既治又不治地敷衍下去。他蜷缩成一团,
希图不引起任何人注目,唯恐妨碍了任何人。他的妻子一再叹息着他"只想
到别人",他的母亲也怜爱地嗔怪他:"你为什么不想到你自己,你为什么只管
想到别人?"如果说汪文宣不同于高觉新,他的性格弱点还可以部分地归因于
抗战时期特殊的生活条件,那么这个人几乎在任何时候都缺乏自己的独立意
志,在现代人眼里,就不能不是悲剧性的了。汪文宣的妻子对他说:"……常
常我发脾气,你对我让步,不用恶声回答,你只用哀求的眼光看我。我就怕看
你这种眼光。我就讨厌你这种眼光。你为什么这样软弱! ……我只能怜悯
你,我不能再爱你。……"曾树生本来就不是一个通常所谓"自私"的女人,而
上面那些怨愤的指摘中,更有现代女性对于现代人所应有的独立意志、健全
精神的绝望的呼唤。

　　在这种时候,作者的痛苦,是由人的"自我"被剥夺被践踏而引起的。在
作者看来,高觉新、汪文宣的命运最不堪的,是他们没有"自己",他们不能有
"自己",他们没有自己独立的存在。即如高觉新,无论"傀儡"还是"宝贝",他
的人格都是被蔑视的。他附属于、隶属于"家",是那个"家"的一部分,与它的
其他不动产等同。"家",和有关的封建义务压抑着他的自我意识,使他抬不
起头来。他失去了属于自己的生存目的。"他活着只是为了来负那肩上的担
子,他活着只是为了维持父亲遗留下的这个大家庭。"汪文宣也一样。只不过
压在他肩头的,是一个小得多的"家"。

　　这些个灵魂在自己的躯壳里安放得那样不妥帖,以至那副躯壳对于灵魂

---

① 　但在这种场合,他也仅止于"敷衍",而绝不可能如他的同事们那样谄媚,否则汪文宣
也就不再是汪文宣了。

似乎是"异己"的。蹐天踏地,拘手挛脚,肉体的不自由,伴以心灵的不自由。人作为"人"被无形的外在力量所剥夺,只把一小部分(而且是一小部分内心生活)留给了他们自己。"关住门""用被盖蒙着头"呼号的那一刹那,高觉新才有可能使自己接近于灵肉一致、内外一致的境界。而汪文宣精神上的自由,则直到他死亡之时才到来。

巴金这样热情的作者,偏偏在进行上述描写时(尤其在《激流》里),表现得出奇的冷静。感情浓到极处,反而转为平淡,但这种"平淡"中有灼人的火。作者的愤怒集中在这里:不合理的社会和专制的"家",怎样蔑视一个人的作为"人"。这是现代人的愤火,是现代人对于人的悲剧性的发现。作者指给你看,他的高觉新是祖父的长孙,父亲的长子,属于"儿媳妇与儿媳之夫"一类,而不是"人之子"①。他向你揭开的高觉新最有悲剧价值的内心冲突,是"人之子"在他的意识中的挣扎。人物的最大也最持久的痛苦在于,他在一个蔑视他作为人的存在的地方,仍然不能完全忘怀自己是一个"人"。

正是在这里,"五四"启蒙思想"参与"了对于形象的发现。这样说来未必即损害或降低了作品的思想价值。在某种意义上,新文学的作者大都可以被看作"五四"启蒙思想的传人。在这一方面,巴金不过显示了现代作家普遍的思想特征,而又以其特有的热情与执着,赋予上述"普遍性"以个性的形式罢了。

巴金在描写庞大的非人所能支配的外界力量下人的自我渺小感、人关于自己的错觉时,表现出现代作家对于人的内心生活的兴趣。巴金小说并不以心理刻画见长,但他对于上述心理状态的把握,却总是准确而有力,以至有关描写构成他的作品中最富震撼力的部分。

《激流》的作者对于小说中其他人物的描写,也从旁证明着作者关于"高觉新性格"的观察角度和激情的性质。比如高觉慧与琴。琴是《家》中的"新女子"。在作者的笔下,这个女子所以"新",首先因为她侃侃说出了如下"五四"式的宣言:"……我底事情,姑妈答应不答应是没有关系的。我底事情应该由我自己来决定,因为我和你们一样也是一个人。"正是这种娜拉式的"人权宣言",使这个人物与高觉新区别开来。

---

① 《随感录四十》,《鲁迅全集》第1卷,第322页。

"五四"启蒙思想持久地影响着作者的创作构思。写在 1934—1935 年的一组短篇《神》《鬼》《人》，为作者所肯定的那个"人"，傲然地宣告："我是什么？我是一个——人，人"，"没有人能够剥夺我的权利，没有谁！因为我是一个人！一个人！"在作者看来，只有上述自我意识，才足以使这个人物成其为《神》《鬼》的主人公们的精神对立物。作者以《人》作为这一组小说的"结论"，——"思想"到了巴金的作品里，总是具有这样清晰、明确的性质。当然，特点和局限也都在这里。

沿着这一线索的继续追寻，使我们有可能较为合理地解释作者创造高觉新和类似气质的人物时，他的主观情绪与心理的复杂性。《激流》中描画高觉新的每一笔，都有一种沉重的悲哀。在这一点上，《激流》的爱好者与严厉的批判者的艺术感受倒是共同的。但批判者在概括这种感受时，显得过分匆忙。倘若他们肯于重新品味《激流》中的有关描写，也许会发现，那位作者当创造高觉新这个人物时的心理，较之一般所谓"同情"，要复杂得多。

创作《激流》的当时，巴金就已经发现了"觉新性格"的普遍性。正因此，尽管他希望在高觉慧身上，写出一个"幼稚而大胆的叛徒"，却终于使这个人物看到了存在于自己那里的觉新式的精神弱点。对"普遍性"的发现，使他不至于简单地对待他的人物，让人物承担非其所能承担的历史责任。巴金发现了人的不完善，同时又隐约感到了这"不完善"背后的巨大的历史原因，看到了"五四"启蒙主义者的理想在中国的现实命运。这深化了他的悲剧感受，把他的悲哀引向深远。在《激流》创作的始终，思考导致人的不完善的现实条件，谴责、追究环境，一直是一种更强大的冲动。

封建专制社会压抑人的个性发展，传统的思想文化多劝人忍从。高觉新的性格与命运中，有生活在中国的知识者的普遍经验。他们形式不同地、或多或少地，分担了高觉新的命运，因而也像作者那样，对人物不忍过分苛责。"同情"，——或者说同感，绝不仅仅是作者个人的。

复杂化了作品的审美特征的，还有渗透在作品中的作者的内省倾向。

引人注意的是，近几年，巴金一再谈到自己与高觉新的精神联系。在《创作回忆录》中，他说，他在写《激流》时，把自己的"思想感情"，以至把"自己"写了进去，而且不仅如他过去所说过的，写进了高觉慧的形象中，——"挖得更深一些，我在我自己身上也发现我大哥的毛病，我写觉新不仅是警告大哥，也在鞭挞我自己，……"①他还说，这是他"最近两三年"才觉察到的。其实，上述认识在十九年前，就已经发生了。他在那时就谈道："……我自己不止一次地想过，在我的性格中究竟有没有觉新的东西？我的回答是肯定的。我至今还没有把它完全去掉，虽然我不断地跟它斗争。我在封建地主的家庭里生活过十九年，怎么能说没有一点点觉新的性格呢？……"②在长时期的自我剖析、自我认识过程中，尤其在经历了巨大的劫难之后，他发现了当创造高觉新这个形象时潜在的创作动因。

如果说，中国知识分子普遍具有"内省"的倾向，那么巴金可以算作突出的例子。他曾经这样描述自己创作时的心理状态：

> 我又在书桌前面坐下了。我提起笔来。在我的眼前出现了一张脸，我知道这是我自己的。另一个我坐在对面看我写字。我写了一行，两行，……一页，两页。我放下笔，抬起头看对面。另一个我正在用检查的眼光望我。我自己在探索我的心。我变成了两个，而且成了两个彼此不肯放松的人。③

"发现自我"与"发现生活"，在这一个作家那里，联系得如此紧密，——本来"自我发现"也正属于一种"生活发现"。"写觉新不仅是警告大哥，也在鞭挞我自己"。这一点也有助于充分解释形象的审美特征，有助于理解文字间那种人人都能感受得到的深刻的悲哀。

《激流》使人明显感到的局限性，并不在于作者当描绘高觉新这个人物时使用了浓重的悲剧色彩，不在于由这种悲剧倾向显示出的对人物的"宽容"。简单化的批评不可能搔到痒处。我以为，限制了作者的思考的，正是作为小说的主要特色的"五四"式的激情。不仅仅在他的《激流》里，也在他的《灭亡》《新生》里，巴金都既表明了自己承受的"五四"启蒙思想的影响，又证明了自己的认识没有突破那种启蒙思想的局限。这里集中了《激流》的思想特色和思想弱点。巴金曾这样写到他自己："我常常说我是'五四'的产儿。'五四'

---

① 巴金《关于〈激流〉》(1980年12月14日)，收入《创作回忆录》。
② 巴金《谈〈秋〉》(1958年4月1日)，收入《谈自己的创作》。
③ 巴金《断片的记录》，《巴金文集》第10卷。

运动像一声春雷把我从睡梦中惊醒了。我睁开了眼睛,开始看到了一个崭新的世界。"①这一瞬间对于这个作家是如此重要,决定了他的文学活动的主要方向以至他的创作的主要精神特征。思想与情绪的"五四"色彩,使他较之其他作家,更适宜于再现"五四"的时代气氛,在描绘一幅"五四"的时代画面时,很轻易地给人以亲切之感。上述倾向又不免限制了他的角度和视野,使他在重视"五四"时,难以充分体现出三十年代进步文学已经达到的认识高度。但我们还得承认:没有那一种"'五四'色彩",固然会没有《激流》;而若是没有上述的"认识局限",也将没有这样的《激流》。

…………

"中间色",对比的"参差性"

关于高觉新这个形象何以"为读书界所熟知",我们还不能满足于已经作出的解释,如果这种解释不能把作者的"形象创造艺术"也包括在内的话。

"对比",是巴金重复使用的构思方法,而且往往使用得极其单纯,以至世界形象在近于图案式的对比中"单纯化"了。他在"两极对立"中思考生活,"思考"即直接呈现为"性格"。最常见的"两极",即"反抗型"与"妥协型"②。在一个的对面,必有另一个。只不过有时具形,有时不具形(比如由第一人称的叙述者来体现)。上述构思方式,与他的情绪状态、生活判断的单纯性(同样呈现为"两极"的爱与憎,善与恶,等等)相应,构成巴金式的艺术世界。描画这个世界,他喜爱的是最清晰的构图与最原始、最单纯的色调。

在《激流》中,他也希图"明确"。甚至事后他所表述的他的意图,也仍然单纯。他在高觉新的对面,安置了高觉慧,让后者体现他关于奋斗、进取的人生理想(《前夕》显然受到了《激流》创作构思的启示。黄静宜与黄静玲两个人物在那篇小说里,正对称于高觉新与高觉慧)。但《激流》所呈现的世界,却并不如他所预想。生活逻辑的复杂性,复杂化了他的创作心理。他在代表着"肯定"的性格中发现了否定方面,使一组对比现出"中间色",现出对立个性的部分的重合,因而使对比的色调趋向柔和,对比呈现出参差。《激

---

① 巴金《觉醒与活动》,《巴金文集》第10卷。

② 老舍也习惯于在性格对照中构思情节,但他所熟悉的"对比"形态和他的具体构思方式仍与巴金不同。

流》以此在艺术上高出《灭亡》以及《爱情三部曲》,形象世界更与生活世界相近。这在《激流》中像是"无意间"达到的,——生活的力量,比某种思维习惯更有力。①

也因此,尽管《灭亡》《爱情三部曲》等,都是"青年的书",为青年所爱读,《激流》比之它们,却有更强壮的生命。我在本篇中反复地谈"普遍",寻找高觉新这一形象"为读书界所熟知"的多方面的原因。除了上文已经谈过的以外,"原因"也在"中间色"、对比的"参差性"、作者的创作思维对生活逻辑的接近吧。当然,"中间色""参差性",也从另一方面影响了这一部书的命运,给这"命运"添加几多曲折,幸与不幸。

其实,仅仅这一事实——我们竟能为高觉新的形象找到如此众多的精神近亲,就足以证明这一形象的普遍意义了。在类似的精神现象的发现方面,巴金的贡献是独特的。尽管茅盾写韦玉(《虹》)在《激流》问世之先,然而仍然由巴金之手,创造出了更为饱满的性格,并以这种"性格发现"启示了同时代作者。

在《激流》之后,巴金写出过艺术上更成熟的作品,然而奠定了巴金的文坛地位的,仍然是他的《激流》。这部小说,比《灭亡》深厚,比《爱情三部曲》充实,比《寒夜》丰富、开阔。对于作者,这是多种条件成熟之后结出的一个果子,导致成功的诸种条件似乎难以再次同时出现。然而我们却不妨相信,高觉新形象的某些特征,将会被另一些更有力的手,在新的认识高度和艺术水准上描绘出来,——这是一个值得继续发掘的性格。作为一个文学形象,高觉新无疑是独特的,他只是他自己。但这个人物某一方面的精神特征,即使对于当代人,也还没有变得陌生。这些精神特征的历史根据依然存在。

——这难道不也是高觉新形象的普遍意义的一个证明?

---

① 到了写作《寒夜》,他对生活的思维方式,有了更为引人注目的变动。关于这一点,我已在其他章节中涉及。

翻译与中国新诗的语言问题（节选）

王家新

导言——

　　王家新（1957—　　），湖北丹江口人，1982 年毕业于武汉大学中文系，诗人、翻译家、批评家。

　　此文发表于《文艺研究》2011 年第 10 期。王家新认为，诗歌翻译就对新诗语言的发展有着持续的影响和推动作用。自新诗诞生以来，翻译对新的诗歌语言曾起到"接生"作用，在此后新诗的发展中，翻译，尤其是那种"异化的翻译"，成为新诗"现代性"艺术实践的一部分，成为推动语言不断变革和成熟的不可替代的力量。"文化大革命"后期，"翻译体"也带动了一种被压抑的语言力量的复苏。在今天的语言创造中，新诗依然需要某种借助翻译来实现自我更新和超越的力量。王家新在这里提倡一种更为接近鲁迅所谓"硬译"的"异化的翻译"，认为这有利于激发汉语本身的创造性，这是有见地的观点；不过，这样的翻译具体如何激发，在哪方面激发汉语的"潜能"仍需要进一步分析和思考。

一

　　在谈到翻译时，德国汉学家顾彬曾这样说："翻译在任何社会的、精神的和学术的变革中，都是一个至关重要的执行者。"①翻译之重要，在中国新诗的历史语境下，更显得如此。很多中国现代诗人都曾表达过他们对自身语言文化的有限性和封闭性的痛切认识，穆旦在早年的《玫瑰之歌》中就曾这样写道："我长大在古诗词的山水里，我们的太阳也是太古老了／没有气流的激变，没有山海的倒转，人在单调疲倦中死去。"诗的最后是："一颗冬日的种子期待着新生。"②

---

① 　顾彬《翻译好比摆渡》，海岸选编《中西诗歌翻译百年论集》，上海外语教育出版社 2007年版，第 623 页。

② 　《穆旦诗文集》第 1 卷，人民文学出版社 2006 年版，第 28—29 页。

这颗期待着新生的"冬日的种子",也就是中国新诗语言的种子。

对于"五四"前后中国新诗语言所发生的剧烈震荡,郭沫若1920年间在日本所写的《笔立山头展望》是一个有力的例证。在该诗中,诗人以一种"发了狂似的"的惊人创造,以一种前无古人的想象力、气势和语调,对现代文明和"生的鼓动"进行了礼赞。它对中国新诗的意义,正如王佐良所说:"这不是译诗,而是创作,然而这气派,这重复的叫喊,这跳跃的节奏,这对于语言的大胆革新……这在现代城市里发掘新的美的努力(多么新鲜的形象:海岸如丘比特的弓弩,烟筒里开着黑色的牡丹)……在五四以后的几年里……在一切奔腾、开放的思想气候里……汉语这个古老的文学语言也在他的手上活跃起来。"①

王佐良主要是从对中国语言的大胆革新和激活这一历史眼光来看这首诗的。如果不持这样的眼光,很可能得出其他的评价,诗人余光中就在《论中文之西化》中这样说:"郭沫若的诗中,时而 Symphony,时而 Pioneer……今日看来,显得十分幼稚。"②

的确,该诗中直接出现了两个扎眼的外文词"Symphony"("万籁共鸣的 Symphony")及"Cupid"("弯弯的海岸好像 Cupid 的弓弩呀!")。但我想这都不是在故意卖弄,而是出于语言上的必要。这不仅因为当时还没有出现相应的汉语词汇,可能更在于诗人有意要把一种陌生的、异质的语言纳入诗中,以追求一种更强烈的、双语映照的效果。

《笔立山头展望》并不是一个个别的例子,"五四"时期许多诗人都在诗中运用了"洋文",或者说,都曾将"翻译"带入自身创作的语言结构之中。这不仅体现了他们对自身语言文化匮乏性的认识,也体现了某种对"语言互补性"的向往。当然,在引入外来语和"翻译体"的过程中,虽然也留下生硬或"幼稚"的痕迹,但总的来看,它出自一种新的诗歌语言"强行突围"和建构自身的历史需要。

重要的是,当语言的封闭性被打开,当另一些语言文化参照系出现在中国诗人面前,无论在他们的创作中还是在翻译中,都自觉或不自觉地体现了

---

① 王佐良《论诗的翻译》,江西教育出版社1992年版,第99—100页,第4页,第1—2页,第41页。

② 《余光中谈翻译》,中国对外翻译出版公司2004年版,第85页。

一种语言意识。这种语言意识，用多多的话来讲，就是："自此，我的国界只是两排树。"

这种作用于一些中国现代诗人的语言意识，已很接近于本雅明《译者的使命》①中的语言观了。对本雅明这样的西方思想家来说，在巴别塔"变乱"之后，语言便成为一个失落的总体，人们生活在各自有限的语言中，翻译也便成为人类的宿命。他在该文中提出的"纯语言"（reine Sprache/ pure language），即指向语言的失落的总体，指向那种先验的使语言成为语言的"元语言"。在本雅明看来，"纯语言"是译作与原作的共同来源，它只是部分地隐含在原作中，在翻译的过程中，在不同语言的相互映照中，我们才得以窥见它。对"纯语言"的发掘和显露，或者说，使"纯语言的种子"得以成熟、生长，这便成为"译者的使命"，"译作最终正服务于这一目的，即表现语言之间的至关重要的互补关系"。具体到翻译本身，本雅明还这样说："甚至连最伟大的译作也注定要成为其语言成长的一部分，并最终被吸收进语言的更新之中。译作远远不再是那种两种僵死语言之间了无生机的对等，以至在所有文学形式中它承担起了一种特殊使命，这一使命就是密切注视原作语言的成熟过程并承受自身语言降生的阵痛。"

中国的诗人们虽然还不具备这样的玄思，但当整个世界在他们面前打开，他们对语言的有限性和互补性也就有了直观的认识，叶公超当年在《论翻译与文字的创造——答梁实秋论翻译的一封信》中就曾这么说："世界上各国的语言文字，没有任何一种能单独地代表整个人类的思想的。任何一种文字比之他种都有缺点，也都有优点，这是很显明的。从英文、法文、德文、俄文译到中文都可以使我们感觉中文的贫乏，同时从中文译到任何西洋文字又何尝不使译者感觉到西洋文字之不如中国文字呢？"②

这也就是为什么自"五四"以来，会有那么多诗人关注并致力于翻译。这和中国语言文化的内在危机和变革自身的需要都深刻相关。朱湘1927年发表的《说译诗》，就谈到译诗之于"一国的诗学复兴"的重要性，他甚至这样痛

---

① Walter Benjamin,"The Task of the Translator",*Illuminations*,ed. Hannah Arendt, New York：Schocken Books,1988.本文所引译文为笔者所译，并参照了张旭东译文《译作者的任务》（参见汉娜·阿伦特编《启迪——本雅明文选》，张旭东、王斑译，三联书店2008年版）。

② 载《新月》第4卷第6期（1933年3月1日）。

切地说："我国的诗所以退化到这种地步，并不是为了韵的缚束，而是为了缺乏新的感兴，新的节奏——旧体诗词便是因此木乃伊化，成了一些僵硬的或轻薄的韵文。"①

因此，对于中国新诗史上一些优秀的诗人翻译家，从事翻译并不仅仅是为了译出几首好诗，在根本上，乃是为了语言的拓展、变革和新生。深入考察他们的翻译实践，我们会发现他们其实正是那种本雅明意义上的翻译家：一方面，他们"密切注视着原作语言的成熟过程"；另一方面，又在切身经历着"自身语言降生的阵痛"。正是以这样的翻译，他们为中国新诗不断带来灼热的语言新质。梁宗岱 1936 年出版的译诗集《一切的峰顶》收有里尔克的《严重的时刻》一诗："谁此刻在世界上某处哭✓无端端在世界上哭✓在哭着我。""谁此刻在世界上某处走✓无端端在世界上走✓向我走来。""谁此刻在世界上某处死✓无端端在世界上死，眼望着我。"这首译作今天读来也令人惊异，它不仅透出了一种优异的对里尔克式"存在之诗"进行感应和把握的能力，译作中的三个"无端端"，也以其迫人的节奏和语言的活生生的姿态一步步抓住我们，而最后的"眼望着我"显然也比照原文直译的"望着我"要更好，它一下子拉近了"垂死者"与"我"的距离，具有了无限哀婉的力量。

这样的翻译，刷新了我们对诗和存在的认知，也充分呈现了现代汉语的诗性表现力。正是以这样的翻译和创作，中国新诗进入一种"与他者共在"（正如里尔克这首诗所昭示的）的语境，想把它从这种"共在"关系或语境中剥离是不可能的了。这一切，正如诗人柏桦所说："现代性已在中国发生，而且接近百年，形成了一个传统，我们只能在这样一个历史语境中写作，绝无它途。世界诗已进入了我们，我们也进入了世界诗。"②

的确，从新诗的历史建构而言，有了自我或自我意识的觉醒，也就有了他者。而他者的出现，正伴随着翻译，也有赖于翻译。这种翻译，不仅是对他者的翻译，在根本上乃是对我们自身存在的翻译。翻译的"奥义"，也就体现在这里。

二十世纪三十年代初、中期，是新诗发展一个异常活跃的阶段，也是中国新诗"去浪漫化"而转向"现代主义"的阶段，这在创作和翻译领域都如此。与梁宗岱的《一切的峰顶》同年出版的，是卞之琳的《西窗集》。这同样是一个以

---

① 载《文学周报》1927 年 11 月 13 日。
② 柏桦《今天的激情》，上海人民出版社 2006 年版，第 10 页。

"现代性"为艺术目标的译本。除了英法诗人的作品,卞之琳还极其出色地转译了里尔克的长篇散文诗《旗手》,它给中国新诗带来了陌生的新质和神启般的语言。因为是散文诗,卞之琳在翻译时没有像他后来在译西方格律诗时那样刻意讲究韵律,而是更注重其语言的异质性、雕塑感,着重传达其敏锐的感受力。比如当全篇结尾,旗手独自突入敌阵:"在中心,他坚持着在慢慢烧毁的旗子。……跳到他身上的十六把圆刀,锋芒交错,是一个盛会。"①这一个"跳"字来得是多么大胆,它使语言的全部锋芒刹那间交错在了一起!

这样的翻译,本身就是对"现代敏感性"(modern sensibility)的唤醒和语言塑造。它对那时的诗人和文学青年们的刺激,我相信,正如诗人自己在四十年代前后所译的几首奥登《战时》十四行诗一样。也可以说,这样的翻译为四十年代中国新诗对"现代性"的追求做了充分的艺术准备。

新诗语言在四十年代的刷新和成熟,我仍想以穆旦和冯至为例。王佐良在《谈诗人译诗》一文中,曾引证穆旦《诗八首》中的一节:"静静地,我们拥抱在/用言语所能照明的世界里/而那未成形的黑暗是可怕的/那可能和不可能的使我们沉迷",然后这样说:"一种玄学式的思辨进来了,语言是一般口语和大学谈吐的混合。十年之隔,白话诗更自信了,更无取旧的韵律和词藻。"②

的确,穆旦不仅给新诗带来了一种新的更强烈、奇异、复杂的语言,也留下了更多的"翻译体"的痕迹。甚至可以说,这是一位完全用一种"翻译体"来写诗的诗人。这当然和他对英美现代诗的阅读、接受和翻译有关,更和他执意走一条陌生化的语言道路有关。问题是怎样看待这一切。江弱水说:"穆旦照搬奥顿的惯技,有时到了与我们固有的写作和欣赏习惯相脱节的程度。"③的确,穆旦的"欧化"语言会让一般读者很吃力,但只要我们读进去,会发现它发掘了语言本身的潜能,也增大了诗的艺术难度和容量。也可以说,正因为这种"脱节",汉语诗歌呈现了一种新的可能性。诚然,穆旦在他语言探索的路上留下了诸多生硬、不成熟的痕迹,但他通过他的"欧化",找到并确立了一种更适合他自己和现代知识分子的诗的说话方式。如果说他的语言

---

① 卞之琳《西窗集》(修订版),江西人民出版社1981年版,第40—41页。

② 王佐良《论诗的翻译》,江西教育出版社1992年版,第99—100页,第4页,第1—2页,第41页。

③ 江弱水《伪奥登风与非中国性:重估穆旦》,载《外国文学评论》2002年第3期。

尚不成熟，那也是一种充满了生机的不成熟。他的不成熟，是因为他在经历语言降临时的剧痛和混乱。

至于冯至，与受英美现代主义影响的诗人有所不同，他主要是通过对里尔克的译介以及他创作的《十四行集》，给我们带来了一种德国式的"存在之思"，一种超越性的、精神性的语言。进一步讲，冯至对里尔克的译介，在中国的语境中是一个精神事件。在他的翻译中，汉语的历史命运被揭示出来了。我曾在《汉语的容器》①一文中谈论过对荷尔德林的翻译，并提出在翻译时我们"汉语的容器"能否承载那样一种"神的丰盈"的问题。我想，这很可能也是冯至在翻译里尔克时面对的困境。两种语言跨时空的遭遇，不仅显现了一个"中国诗人"的宿命，还将迫使他不断审视、调整和发掘他的母语，以使它成为"精神的乐器"。

不过，如同我们看到的，由于冯至那种深受儒家影响的精神性格，他在"陌生化"的路上并没有走太远，也没有全力去译里尔克后期的两部代表性作品。他接受的里尔克，主要是早、中期的里尔克。不过，冯至的成功在于他找到了他的切入点。本雅明在《译者的使命》中认为：译作被呼唤但并不进入"语言密林的中心"，"它寻找的是一个独一无二的点，在那里，它能发出回声，以自己的语言回荡在陌异作品的语言里"。的确，冯至的成功就在于他在面对里尔克时，找到了这个"独一无二的点"，一种精神的语言由此展开并生长。在他的《十四行集》中，我们就明显听到了这种奇异的既熟悉而又陌生的"语言的回声"。或可说，正是在这一点上，他把里尔克与杜甫结合为一体，把诗与思结合为一体，把对苦难人生的深入和超越性的观照结合为一体，这使他的诗（甚至包括他那时的散文和小说）和翻译，真正成了对存在的诗性言说。

二

美国著名学者韦努蒂在《译者的隐形——翻译史论》②中，曾把翻译分为"归化的翻译"（domesticating translation）与"异化的翻译"（foreignizing translation）两类，前者迎合本土读者，往往以"通顺"和本土的语言文化规范

---

① 载《读书》2010 年第 3 期。
② 劳伦斯·韦努蒂《译者的隐形——翻译史论》，张景华、白立平等译，外语教学与研究出版社 2009 年版。

为翻译标准,后者则力求存异、求异,让翻译本身成为一种异质性的话语实践。

如果说百年来中国对西方的翻译也可分为"归化的翻译"与"异化的翻译"两大类,显然,以现代性为艺术目标的诗歌翻译家,大都坚持以后者为主要策略。他们不仅有意选择最具有美学挑战性的文本来译,而且,他们的翻译,从语言结构到修辞、运思方式,也都尽量存异,甚至有意识强调、突出西方诗的异质性;他们不惜打破本土语言文化规范和审美习惯,以使其译作成为"现代性"的载体。

深入来看,"归化"与"异化"这两类翻译,往往显现了同一种语言文化内部"向心力"与"离心力"相互牵制的运动。在中国,这种情形更为复杂,相互间的争执也更为尖锐。这里不妨回顾一下二十世纪三十年代一场和鲁迅联系在一起的翻译论争。这场论争,不仅体现了那个时代文学翻译中的一些焦点问题,在今天看来也有着它的现实意义。

说到这两类翻译,鲁迅显然站在后者一边,这和他变革中国语言文化的立场完全一致。虽然那时还没有这类术语,但他已很清楚地看出了这两类不同的取向,在《"题未定"草》中他这样写道:"还是翻译《死魂灵》的事情。……动笔之前,就先得解决一个问题:竭力使它归化,还是尽量保持洋气呢?"而他自己的取向依然是:"它必须有异国情调,就是所谓洋气。……我是不主张削鼻剜眼的,所以有些地方,仍然宁可译得不顺口。"①

最重要的是他1932年发表的给瞿秋白的回信,在这篇长信中,鲁迅全面阐述了他对翻译问题的看法和主张:"我是至今主张'宁信而不顺'的。……这里就来了一个问题:为什么不完全中国化,给读者省些力气呢?这样费解,怎么还可以称为翻译呢?我的答案是:这也是译本。这样的译本,不但在输入新的内容,也在输入新的表现法。"的确,鲁迅的目的,就是要以这种尽量保持异质的"硬译"来变革本土语言文化,他接下来还这样说:"中国的文或话,法子实在太不精密了。……换一句话,就是脑筋有些胡涂。……要医这病,我以为只好陆续吃一点苦,装进异样的句法去……"②"譬如'山背后太阳落下去了',虽然不顺,也绝不改作'日落山阴',因为原意以山为主,改了就变成太

---

① 鲁迅《"题未定"草》,罗新璋选编《翻译论集》,商务印书馆1984年版,第301页。
② 鲁迅《关于翻译的通信》,《二心集》,人民文学出版社1980年版,第205页,第206页,第195页,第204页。

阳为主了。"①

在翻译问题上,瞿秋白虽然有着他具体的文化政治目标,但在通过翻译来改造中国"死的言语"上,他和鲁迅颇为一致。他痛感于中国的语言"是那么贫乏"和"野蛮"(即"未开化性"),在这种情形下,他甚至认为翻译是一场"创造中国现代的新的语言的斗争"。对于严复的"信达雅",他一笔否定:"其实,他是用一个'雅'字打消了'信'和'达'";而对"赵景深之流"的"宁错而务顺"的翻译,在他看来,"这当然是迁就中国的低级言语而抹杀原意的办法。这不是创造新的言语,而是努力保存中国的野蛮人的言语程度,努力阻挡它的发展"②。

鲁迅给瞿秋白的回信,要老练多了,也幽默多了。他对严译的评论是:"最好懂的自然是《天演论》,桐城气息十足,连字的平仄也都留心,摇头晃脑地读起来,真是音调铿锵,使人不自觉其头晕。"接着他又指出严译的问题所在:"中国之译佛经,汉末质直,他没有取法。六朝真是'达'而'雅'了,他的《天演论》的模范就在此。"③

鲁迅并没有完全否定严译的历史作用,他要"打击"的对象是那些附庸风雅者,是那些在翻译中也来"铿锵一下子"的"名流"。在给瞿秋白的回信中,他特意提到了严复在《天演论》序例中的一句话:"什法师云,学我者病。"④

这真是耐人寻味。我们在这里回顾这场翻译之争,是因为它抓住了翻译和语言创造领域里的一些我们在今天仍在面对着的问题。这样的问题,也有着它的普遍性。在《译者的使命》中,本雅明就曾引述一位德国学者的这样一段话:"我们的译作……往往从一个错误的前提出发。它们总是要把印地语、希腊语、英语变成德语,而不是把德语变成印地语、希腊语、英语。我们的译者对他们自己语言的惯用法的尊重远远胜于对外国作品精神的敬意。……

---

① 鲁迅《关于翻译的通信》,《二心集》,人民文学出版社1980年版,第205页,第206页,第195页,第204页。

② 鲁迅《关于翻译的通信》,《二心集》,人民文学出版社1980年版,第205页,第206页,第195页,第204页。

③ 鲁迅《关于翻译的通信》,《二心集》,人民文学出版社1980年版,第205页,第206页,第195页,第204页。

④ 鲁迅《关于翻译的通信》,《二心集》,人民文学出版社1980年版,第205页,第206页,第195页,第204页。

译者的基本错误是保持他自己语言的偶然状态，而不是让他的语言受到外来语言的有力影响。……他必须通过外国语来拓展和深化他自己的语言。"

这样的话，用来描述我们这里的情形和问题也正合适。这里，我们还不妨回顾一下歌德的一首抒情诗《流浪者之夜歌》在中国的多种翻译。以下为梁宗岱、钱钟书等人的翻译："一切的峰顶/ 沉静，/ 一切的树尖/ 全不见/ 丝儿风影。/ 小鸟们在林间无声。/ 等着罢：俄顷/ 你也要安静。"（梁宗岱译）"微风收木末/ 群动息山头/ 鸟眠静不噪/ 我亦欲归休。"（钱钟书译）

钱钟书不是一个职业翻译家。他以五言形式来译这首诗，并且显然把歌德译成了陶潜。这也许会让一些中国读者感到亲切，但这还是一首德国诗吗？尤其是结尾一句，把原诗的"你也要安静"（Ruhest du auch）变成"我亦欲归休"，这不单是人称的变化，这样译，取消了原作中的双重视角和生命对话的性质，把它变成了一首中国传统的隐逸诗。

这样一来，翻译的意义何在呢？中国自身的传统中不是已有很多这样的隐逸诗吗？我想，还是梁宗岱的译文显现了翻译的意义。这样的翻译，才使我们真正认识到这首德国抒情诗中"最深沉最伟大"之作（梁宗岱语）。在这样的译文中，我们才有可能感受到那"黄昏"的强大威力。这样的翻译，给我们带来了德国抒情诗中那种深沉、肃穆的音质，使我们真正进入生命与语言的严肃领域。

看来，翻译的问题，远比它表面涉及的更深刻。顾彬在谈翻译时这样说道："在德语中，翻译这个动词，是 uebersetzen，它有两个义项。它的第二个意思是'摆渡'。……从此岸送达彼岸，从已知之域送达未知之域，连船夫自己也参与了这种变化。……翻译也意味着'自我转变'（self-transformation）：把一种外国语因素中的未知之物，转变为一种新的语言媒介，在这种创造性的活动中，我的旧我离世而去。"①

在二十世纪三十年代，除了梁宗岱、戴望舒、卞之琳的杰出翻译，赵萝蕤所译的《荒原》，也给中国新诗带来了一种强有力的刺激和冲击。用那种"归化"的译法，能够显现出《荒原》的诗质吗？很难设想。朱自清在《译诗》中就曾特意提到赵萝蕤所译的"艾略特的杰作"。赵译的成功，正在于她没有走

---

① 顾彬《翻译好比摆渡》，海岸选编《中西诗歌翻译百年论集》，上海外语教育出版社 2007 年版，第 623 页。

"信达雅"那一路,而是如鲁迅所说的取其"质直",以其透彻的理解和精确的翻译,充分保持原作的难度和语言上的异质性。这样的译文,不仅再现其诗质,也指向了任何伟大作品的那种"不可译性"。这样的翻译,给中国新诗带来了真正能够提升其语言品质的东西。

三

王佐良,他那一代诗人翻译家最后一位杰出代表,在他对"诗人译诗"的回顾和总结中,有两个着重点:一是对"现代敏感"的强调,一是对语言的特殊关注。其实这两点又是互为一体的。他认为诗人译诗最重要的,就在于"刷新了文学语言,而这就从内部核心影响了文化",这种从语言内部核心的努力,形成了一种"内在的能量","它带来新观念、新结构、新词汇,但远不止这些零星的项目,而是有一股总的力量,使这语言重新灵活起来、敏锐起来,使得这个语言所贯穿的文化也获得了新的生机"①。

这样的真知灼见,抓住了"诗人译诗"对中国现代诗歌最根本的意义。在"文化大革命"之后,"诗人译诗"又迎来了一个新的令人振奋的时期,一批诗人不仅重拾译笔,而且明显体现了对现代主义的回归。在多年对"西化"的批判后,在"文化大革命"结束后思想解放的氛围下,他们又可以这样做了。

这种回归,在穆旦那里早就开始了。穆旦于1973—1976年在艰苦环境下所翻译的《英国现代诗选》,不仅体现了一个受难的诗人一颗诗心的觉醒,也体现了对他一生所认定的那些诗歌价值的深刻认同和心血浇铸。换言之,它并不是一个偶然的翻译事件,如本雅明在《译者的使命》一开始所讲,它源于呼唤,源于语言的乡愁,源于"上帝的记忆"。在本雅明看来,伟大的作品一经诞生,它的译文或者说它的"来世"已在那里了,虽然它还未被翻译。它期待并召唤着对它的翻译。翻译《英国现代诗选》的穆旦,就听到并响应了这呼唤。正因此,《英国现代诗选》的翻译有别于诗人早年对普希金的翻译。他没有想到它能出版,他也不再像过去那样多少还有点照顾本土读者的接受习惯。也可以说,他在那时已没有了读者,他的读者就是语言本身,就是他翻译的对象本身。

---

① 王佐良《论诗的翻译》,江西教育出版社 1992 年版,第 99—100 页,第 4 页,第 1—2 页,第 41 页。

正因此,《英国现代诗选》向我们展现出的,完全是他作为一个现代主义诗人的"本来面貌",也是一个最纯粹的本雅明意义上的译者。他抛开一切,为了诗歌的价值而工作,为他心目中的"纯语言"而工作。纵然在很多的时候他也力不从心,但在那些出神入化的时刻,他已同语言的神秘的力量结合为一体,如对奥登《悼念叶芝》的翻译,其译文确切无误,而又如有神助,一直深入悲痛言辞的中心;而对叶芝《驶向拜占庭》的翻译,也成为穆旦晚期一颗诗心最深刻、优异的体现,其理解之深刻,功力之精湛,都令人惊叹,"除非灵魂拍手作歌,为了它的/皮囊的每个裂绽唱得更响亮"①,诗写到这里,一个不屈的诗魂就要脱颖而出了。在叶芝那里,似乎一生他都在为此做准备,但我们也可以说,这一次他不是远渡重洋来到拜占庭的城堡里,而是来到了穆旦的汉语里。正是在穆旦艰苦卓绝的语言劳作中,一个诗魂得以分娩、再生。当语言皮囊的每个裂绽唱得更响亮的时刻,如用本雅明的话来表述,也是原作的生命在译文中得到"新的更茂盛的绽放"的时刻。

令人欣喜的,还有卞之琳在其晚年的翻译。如果说,"拗口""因韵害意"或"笔调不合"的确是卞译中不时出现的问题(这里的原因可能是翻译对象过于庞杂,或是在"化欧""化古"方面"化"得还不够),到了"文化大革命"后对瓦雷里、叶芝的翻译时,卞的翻译不仅"字里行间还活跃着过去写《尺八》《断章》的敏锐诗才"②,而且一种生命之力灌注其中,成为对于他过去偏于智性、雕琢的诗风的一种超越,用他翻译的叶芝的话来说"血、想象、理智"交融在一起,从而完成了向"更高领域"的敞开:"随音乐摇曳的身体啊,灼亮的眼神!/我们怎能区分舞蹈与跳舞人?"③的确,在卞之琳的晚年,他一生的"辛劳本身"也到了"开花、舞蹈"的时候了。他对叶芝《在学童中间》的翻译,虽然个别句子及用词还不尽如人意,但从总体上看,情感充沛,语言和意象富有质感,音调激越而动人;他的翻译,就像叶芝的诗所隐喻的那样,真正进入了一种译者与诗歌、舞者与舞蹈融为一体的境界。

因为叶芝这样的诗,艾略特曾感叹叶芝在"已经是第一类(按:指'非个人

---

① 《穆旦译文集》第 4 卷,人民文学出版社 2005 年版,第 519 页。

② 王佐良《论诗的翻译》,江西教育出版社 1992 年版,第 99—100 页,第 4 页,第 1—2 页,第 41 页。

③ 《英国诗选》,卞之琳译,湖南人民出版社 1983 年版,第 143 页。

化')中的伟大匠人之后,又成为第二类中的伟大诗人"①。也因为翻译这样的诗,在卞之琳那里体现了生命与语言的重新整合。这样的译作,是语言对人的解放和提升。

　　至于王佐良在"文化大革命"后翻译的美国诗人勃莱、赖特,袁可嘉在九十年代翻译的爱尔兰诗人希尼,限于篇幅,这里不展开论述。它们不仅对一些诗人的创作产生了切实的影响,也为中国诗歌引入了一种新的语言资源和活力。甚至可以说,在当年的"纯诗"在今天显得已有些苍白和做作的情形下,他们的这些翻译再一次刷新和恢复了语言说话的力量。意大利思想家阿甘本在《艺术,不作为,政治》中这样说:"诗歌——用斯宾诺莎的术语来说——就是把语言还给其说话的力量的那种(对)语言的沉思。"②王佐良这样的翻译家对中国诗歌所做出的贡献,在根本上,正是"把语言还给其说话的力量"。

　　从上述来看,百年来的诗歌翻译,尤其是诗人译诗,在新诗的发展和语言的变革中一直扮演着一种"先锋"的重要的角色。我们完全可以说,新诗的"现代性"视野、品格和技艺主要就是通过诗人译诗所拓展和建立的。它本身已成为新诗"现代性"艺术实践的一部分,它也构成了新诗史上最有价值的一部分,它成为推动语言不断变革和成熟的不可替代的力量。

中国戏剧现代化的艰难历程
——二十世纪中国戏剧回顾

董　健

导言——

　　本文选自《文学评论》1998 年第 1 期。

　　董健(1936—2019),山东寿光人。南京大学中文系教授。

　　本文是从现代化的角度全面评估二十世纪中国戏剧的代表性论文之一。文章认为文化进化论、文化传播与文化功能这三个问题始终制约着、刺激着,

---

①　T.S.艾略特《叶芝》,王恩衷编《艾略特诗学论文集》,国际文化出版公司 1989 年版,第169 页。

②　参见豆瓣网.www.douban.com/note/76198026。

也可以说困扰着中国戏剧现代化的进程。文化进化是一种纵的历时性的角度，即如何处理古与今、旧与新、传统与现代的关系问题。可称为 E 线效应。文化传播是横的、共时性的角度，即如何处理中与外，主要是中与西、本土文化与外来文化的关系问题。可称为 D 线效应。文化功能则是上述纵与横、时与空的交叉的角度，指如何处理"文"与"用"的关系，也就是戏剧与中国现实社会的关系，而在二十世纪的中国，最突出的则是戏剧与政治的关系问题。这一角度称为 F 线效应。

在上述理论框架内，论文重点论述了如何对待传统戏剧、传统戏曲自身如何进入现代，即如何寻求与新时代结合的途径、戏剧"现代化"的基本内涵及其与中国革命、启蒙的复杂关系等，解答了有关中国戏剧现代化的一些富有规律性的基本命题。

文章在论述中尤其注重三种理论角度之间相互"纠葛"的"EDF 综合效应"，比如揭示"D 线效应"对"E 线效应"的激发和驱动力，"F 线"又是如何决定了"E 线"与"D 线"的基本特征等等，深刻地呈现了中国戏剧在古今中外的纵横交错中发展演变的复杂态势，其问题意识、历史反思与规律总结得到了极好的融合。

中国戏剧的现代化转型开始于上一个"世纪之交"。在过去的一百年当中，在二十世纪世界戏剧"多元"与"多变"总潮流中，中国戏剧到底取得了多大的进步？或者说，发生了哪些根本性的即带有文化转型性的变化？这种变化是如何发生的？

要回答这个问题，关键不在于罗列出一大批有代表性的戏剧家（包括编剧、导演、演员等）及其优秀的作品，也不在于对他们的"历史贡献"做出科学的结论，而在于从纷繁复杂的历史现象中找出那些反复出现过的，带有普遍性的，制约过昨天也影响到今天和明天的问题，进而实事求是地研究：人们对这些问题的认识有何提高？在实践中是如何解决这些问题的？

就此而论，我认为有三个问题始终制约着、刺激着，也可以说是困扰着中国戏剧现代化的进程：

第一个问题是如何处理古与今、旧与新、传统与现代的关系问题，这是从纵的、历时性的角度亦即从文化进化（Evolution）的角度来看的，姑且称之曰

"E 线效应"。

第二个问题是如何处理中与外,主要是中与西即本土文化与外来异质文化的关系问题,这是从横的、共时性的角度亦即从文化传播(Diffusion)的角度来看的,姑且称之曰"D 线效应"。

第三个问题是从上述纵与横、时与空的交叉亦即从文化功能(Function)的角度来看的,这是指如何处理"文"与"用"的关系,也就是戏剧与中国现实社会的关系,而在二十世纪的中国,最突出的则是戏剧与政治的关系问题,姑且称之曰"F 线效应"。

在中国戏剧现代化的进程中,一切理论的论争、思潮的演变、创作的得失(包括主题思想与形式风格的变化),都无不与这三个问题密切相关。而且这三个问题往往是"纠葛"在一起,才对戏剧的理论与实践发生作用的,这叫"EDF 综合效应"。例如,"E 线"中的复古守旧思潮大都与"D 线"中的固守本土文化、反对文化开放的倾向相呼应,从而在"F 线"中替既成的社会秩序进行"精神文明"层面上的维护与辩护。当然,有时情况也并非尽然,E—D—F 之线是曲折多变的。

一

二十世纪中国戏剧最大的、带有根本性的变化,是它的古典时期的结束与现代时期的开始,是传统旧剧(戏曲)的"一统天下"被"话剧—戏曲二元结构"的崭新的戏剧文化生态所取代,并且由新兴话剧在文化启蒙和民主革命运动中领导了现代戏剧的新潮流。

中国戏剧的历史很长,从先秦的"古乐"与"今乐"之争,可以说它的"E 线效应"就开始了。两千多年以来,它发生过多次嬗变。但它在二十世纪所发生的嬗变却与以往历史上的任何一次都大不相同。远的不说,单看从宋元南戏到明清传奇,从昆曲到京剧,变化虽然也不小,但基本上是一种"体系内"的变化,即基本上都是在同一个以"乐"为本位的中国戏曲美学的"圈子"里边打转转,①戏剧观念和艺术价值并没有发生过质的变化。即使像昆曲《鲛绡记·

---

① 明崇祯二年(1629)程羽文为沈泰编《盛明杂剧初集》所作序曰:"曲者,歌之变,乐声也;戏者,舞之变,乐容也。"这是与先秦以来关于"乐"的美学思想一脉相承的。《乐记》认为"乐"这一艺术包括诗、歌、舞三要素:"诗,言其志也;歌,咏其声也;舞,动其容也。"

写状》这样通篇无唱、全为对话的戏，观其说白、表演的艺术形态，仍为道地的戏曲。等到本世纪初，当欧阳予倩看到另一种戏剧的演出受了深深的刺激，惊叹"戏剧原来有这样一个办法"①，这才算是有了根本的转型，否则对戏曲知之颇多的欧阳予倩不会这样惊奇。这就是话剧（Drama，当时叫"文明新戏""新剧"）。当这一崭新的取法西方的戏剧艺术在"西学东渐"的潮流中，在一批"睁眼看世界"的文化人求新求变的开放型文化心态的支持下出现在中国剧坛时，中国戏剧便冲出了千年沿袭的固有的美学"圈子"。戏剧观念和艺术价值体系发生了根本的变化，中国戏剧才从此告别了它的古典时期，真正开始了现代化的进程。舞台话语结构这时发生了裂变，"乐"本位的一体化结构被代之以"戏曲—话剧二元结构"。至今还有不少人仅仅把新兴话剧看作是中国众多"剧种"中的一种，而看不到它在二十世纪中国戏剧现代化转型中的重要意义，看不到它与众多戏曲剧种在戏剧观念和艺术价值体系上的根本差别。这种看法必然导致对中国戏剧现代化之理解的盲目性。

在二十世纪中国戏剧的"E 线效应"中，争论最大的是两个问题：一是如何对待传统戏曲的问题，一是传统戏曲自身如何进入现代，即如何寻找与新时代结合的途径问题。前一个问题，"五四"以来的八十年间有一个认识上逐渐深化，实践上逐步解决的过程。这一过程大抵经历了三个阶段：（1）否定与批判的阶段；（2）利用与改造的阶段；（3）认同与重估的阶段。第一个阶段发生在"五四"时期，到三十年代初仍有余绪（如左翼戏剧运动仍然把"促成旧剧及早崩坏"作为重要任务之一）。② 陈独秀、胡适、周作人、傅斯年、钱玄同等对传统戏曲的彻底否定与猛烈批判是众所周知的。在他们这一派人看来，中国固有的戏曲简直就不是戏，要兴中国的现代戏就只有兴西方的戏剧这一条路可走，"西化""欧化"都是理所当然的事。这就以"文化绝对主义"的偏颇，抹煞了中国戏曲的艺术价值与本土文化的合理性，把戏剧的现代性（时）与民族性（空）完全对立了起来。正是在这里，"E 线"与"D 线"发生了盲目的"纠葛"，造成了一个笼统地以"西"为"新"、以"中"为"旧"的"死结"。西方来的话剧叫"新剧"，固有的戏曲就只能叫"旧剧"。这就否定了戏曲革新的可能性。第二个阶段开始于二十年代末，是从田汉、洪深等人解开第一阶段的那个"文

---

①　欧阳予倩《自我演戏以来》，中国戏剧出版社 1959 年版，第 8—9 页。

②　郑伯奇《中国戏剧运动的道路》，《艺术》（月刊）1930 年 2 月第 1 卷第 1 期。

化绝对主义"的"死结"的努力开始的。田汉深受西方文化与西方戏剧的影响，但他又自小热爱中国传统戏曲，他反对将两者对立起来。他在二十年代末开展的"南国"戏剧运动中始终与戏曲艺人(如周信芳、高百岁等)有着密切联系。他认为话剧未必新，戏曲未必旧，把两者差别看成新与旧的对立是不正确的，两者之分只在其来源与体式——戏曲是民族固有的，是一种音乐化的中国式的歌剧(Opera)，而话剧是外来的，是一种散文化的西方式对话剧(Drama)。"新剧"如不改革、发展，脱离了时代，也会陈旧起来，如"文明新戏"就在大红大紫之后迅即落伍了。而传统戏曲，所谓的"旧剧"，只要跟上时代，进行改革，也会放出新花。① 洪深服膺田汉此说，建议将"新剧""爱美剧"之类名称改为"话剧"，得到戏剧界的认同。② 于是"话剧"之称遂立，沿用至今。一个名称的改动，标志着上述"死结"的开解，标志着对戏曲利用与改造阶段的开始。这一个阶段的时间很长，包括整个抗战时期和1949年后的三十年。此一阶段的核心思想是求新求变，自觉或不自觉地用西方戏剧的艺术价值观念来改造戏曲的结构模式，但遭到了戏曲固有艺术规律以悠久文化为基础，以广大中国观众为后盾的顽强反抗，以致不得不形成新内容与旧形式相妥协的"同床异梦"的格局——"旧瓶装新酒"。抗战时期，田汉曾满怀信心地预言：只要沿着改革之路走下去，"在抗战成功之后，旧剧当在全国全世界放出意想外的光辉"③。他讲这话的三十年后，旧剧改革却结出了一个"意想外"的怪胎——以极左面貌对抗与破坏戏剧之真正现代性的"革命样板戏"。"样板戏"大兴之日，正是中国二十世纪戏剧现代化进程被强行阻断之时，这是一个不争的事实。第三个阶段开始于八十年代，至今还在继续着。这一阶段的特点是从更加"形而上"的层面上重估与认同古典戏曲的美学价值。戏曲表现生活的"写意性"，结构的"开放性"，表演和唱腔的"程式化"，舞台与观众的"直线沟通"等等这些千百年延续的艺术特征，均被从美学精神的高度加以总结、重估与认同，得到了充分的肯定。有人甚至将这些"遗产"与西方现代主义戏剧挂上了钩，试图使其获得世界意义。二十年代的"国剧运动"一派人

---

① 田汉《新国剧运动第一声》，上海《梨园公报》1928年11月8日、11日。同样的意思，田汉在《我们的自己批判》《关于旧剧改革》《在桂林戏剧界欢迎田汉茶话会上的讲话》等文中也讲过。

② 陈美英《洪深年谱》，文化艺术出版社1993年版，第25页。

③ 田汉《关于旧剧改革》，《新长沙报小丛书·旅伴》，1939年版。

（余上沅、徐志摩等）也曾想这样做，但他们只从"E 线"与"D 线"效应出发，却遭遇了来自"F 线"的强大的解构力量，因而失败了。然而今天重估戏曲价值的人们又和"国剧运动"派犯了一个同样的错误：他们也来否定"五四"时期《新青年》派对戏曲的批判，殊不知那时的批判尽管有"文化绝对主义"的偏颇，但也触到了戏曲之陈腐的与现代性不相容的弊端，促进了戏剧观念的更新，为戏剧现代化开辟道路功不可没。尤其"对于当时的青年人都是极大的刺激，惊醒了他们的迷梦，使他们把眼光从'皮黄戏'和'昆剧'的舞台离开而去寻求一种新的更合理的戏曲"①。

在戏剧现代化的进程中，对广大观众来说是"寻找一种新的更合理的戏曲"，对戏曲自身来说就是寻找与新时代结合的途径。在这方面，戏曲作为一种旧的艺术形式便显出它的劣势来了。第一，它不如话剧那样善于表现现实生活题材；第二，它难于将现代意识（如启蒙主义等）纳入自己"乐"本位的艺术表现中，它难以像话剧那样承担现代人对社会生活的思考。但是它在城市市民与广大农民中有着大批观众，以其审美上的"民族性"品格在文化市场上保持着自己的优势。于是，以京剧为代表的传统戏曲在"五四"时期受了现代意识的批判之后，便路分两途：一条路以梅兰芳为代表，他们在物质上利用社会现代化所提供的条件，依靠着文化传统的"心理惯性"，以世俗文化的姿态占据文化市场，而在精神上与"现代化""启蒙主义"保持着距离，只把功夫下在京剧本身的艺术上。在文化市场的竞争中，全新的、"舶来"的话剧不是他们的对手。所以"五四"启蒙热潮一过，舞台上又是旧剧的天下。鲁迅发出了这样的感叹："戏剧还是那样旧，旧垒还是那样坚……先前欣赏那汲 Ibsen（易卜生）之流的剧本《终身大事》的英年，也多拜倒于《天女散花》《黛玉葬花》的台下了。"②梅氏也有革新，但那是"体系内"的"移步而不换形"的变动，他在京剧艺术上取得了巨大成就。另一条道路是以田汉为代表的，他极力要将以京剧为代表的传统戏曲与时代结合起来，从"启蒙"与"革命"的需要出发对其进行改革与利用。抗战时期，作为中国现代革命戏剧运动奠基者的他，甚至把主要精力转移到了传统戏曲的创作与戏曲演出活动的组织领导上。从三十年代到六十年代，田汉创作了二十多个戏曲剧本（主要是京剧，也有湘剧和越

---

① 郑振铎《中国新文学大系·文学论争集·导言》，上海良友图书印刷公司 1935 年版，第 19 页。

② 鲁迅《〈奔流〉编校后记·三》，《鲁迅全集》第 7 卷，人民文学出版社 1981 年版，第 164 页。

剧等）。他把二十世纪初开始的"戏曲改良"提高到一个崭新的水平上；他赋予了近两百年来在文学性上渐趋贫困化的京剧以表现现代意识的文学生命；他初步扭转了京剧"重戏不重人"的旧习，开辟了人物塑造的新路子；他结束了旧京剧只有演员没有作家的历史。一句话，田汉使只重唱腔、表演而无文学，只重技艺而无意识的畸形的旧京剧开始向更健康、更合理的戏曲转化。他的代表作如《江汉渔歌》《白蛇传》《谢瑶环》等既是完整的文学作品，又可搬演于舞台上。而梅兰芳的代表作则完全不同，如《贵妃醉酒》《宇宙锋》《天女散花》等，是以演员的舞台表演为中心，唱腔、演技为至上的，几乎无文学性与现代意识可言。这两条路子的是非、得失、长短，一直是个颇有争议的问题。但一个不争的事实是，两条路子至今都在延续着。一些传统旧剧目的重新整理与精湛演出，说明梅兰芳道路在现代社会仍有存在的价值，而《曹操与杨修》等一批新编历史剧的问世，则代表着田汉道路的新胜利。

二

在二十世纪中国戏剧现代化的进程中，中西问题——"D线效应"起着更关键的作用。上述的"E线效应"实际上来自"D线"的激发和驱动。在这问题上也曾产生过一个认识和价值判断上的"死结"："西化"等于"现代化"，"民族化"等于"复古"，或者反过来说，"现代化"就是"西化"，"复古"就是"民族化"。这个"死结"使得"现代化"的呼唤似乎都带上了殖民主义文化的色彩，又使得每一次"民族化"的讨论和倡导差不多都多少掺杂着对抗"现代化"的情绪和语言。其实历史完全不是这样沿着"直线"和"单线"发展的。所谓"现代化"当然是民族的现代化，尤其是在中国这样一个有着悠久文化传统的国家里。

就戏剧而言，"现代化"的基本内涵是三条：第一，它的核心精神必须是充分现代的（即符合"现代人"的意识，包括民主的意识、科学的意识、启蒙的意识等）；第二，它的话语系统必须与"现代人"的思维模式相一致；第三，它的艺术表现的物质外壳和符号系统及其升华出来的"神韵"必须符合"现代人"的审美追求。在二十世纪"戏曲—话剧二元结构"之中，话剧尽管在"票房"上竞争不过戏曲，但从戏剧之"现代性"的上述三条内涵来看，它大大超越了戏曲。"不论从戏剧思潮和戏剧观念之转变的现代性和世界性来看，还是从戏剧运动与我国民主革命的紧密联系来看，或者从大批优秀剧作家的涌现及其在创作上的重大贡献来看，真正在漫长的中国戏剧史上开辟了一个崭新历史阶段,在新文化运动中占有突出的历史地位,并在现代戏剧史上起着主导作用的,则是新兴的话剧。"①二十世纪一批优秀的话剧作家如曹禺、田汉、夏衍、郭沫若、欧阳予倩、熊佛西、丁西林、李健吾、吴祖光、陈白尘等,一批优秀的话剧导演如应云卫、洪深、章泯、瞿白音、焦菊隐、黄佐临等,在他们的创作中"民族性"与"现代性"绝不是对立的,他们追求的恰恰是"民族的现代性"与"现代的民族性"。像曹禺、田汉这样受了西方戏剧文化的深深濡染的人,他们从未割断过自己的民族文化之"根"。曹禺的现实主义是中国式、曹禺式的现实主义,当田本相称之为"诗化现实主义"时②,是包含着这层肯定他的"民族性"的意思在内的。田汉的浪漫主义则是中国式、田汉式的浪漫主义,当我们称之为"乐"化或"曲"化浪漫主义时,同样也包含着这层意思——肯定他戏剧中的民族美学精神。在中国现代剧作家中,能够成功地将传统戏曲的某些艺术"基因"(如结构的开放性、情节的传奇性、表现的写意性)移植到话剧创作中的,当首推田汉。这说明现代戏剧的一些代表作家,他们在处理中外文化的关系上,在解决戏剧之"现代化"与"民族化"问题的艺术创作实践中已经做出了可贵的努力并取得了显著的成就。早在 1907 年,当西方话剧在中国刚刚露头时,鲁迅就针对文化上的中外关系问题高瞻远瞩地指出:"明哲之士,必洞达世界之大势,权衡校量,去其偏颇,得其神明,施之国中,翕合无间。外之既不后于世界之思潮,内之仍弗失固有之血脉,取今复古,别立新宗。"③这是正确引导"D 线效应"的至理名言,也是戏剧现代化的主流轨迹。从曹禺、田汉等一批现代剧作家的代表作,如《雷雨》《北京人》《名优之死》《关汉卿》等来看,应该说,鲁迅的这个思想基本上是得到了实现的。然而受制于政治的、浮躁而贫困的理论界,却往往不承认他们的成功,反而一再断言话剧的民族化问题远远没有解决;他们泥于上述那个"D 线"上的"死结",于是着意回避"现代化",而代之以"革命化"的口号,并以此统帅"民族化"。这一极左思想的"艺术结晶"便是产生在六十年代的"革命样板戏"。

　　近代以来的中国封建或半封建的统治者,从慈禧太后到北洋军阀再到蒋

① 　陈白尘、董健《中国现代戏剧史稿》,中国戏剧出版社 1989 年版,第 1 页。
② 　田本相《曹禺的现实主义戏剧艺术及其地位和影响》,《中外学者论曹禺》,南开大学出版社 1992 年版,第 23 页。
③ 　鲁迅《文化偏至论》,《鲁迅全集》,人民文学出版社 1981 年版,第 56 页。

介石,他们对待外来的文化,有一个不约而同的"分而治之"的态度:物质上用之,精神上拒之。被拒之的精神是那些具有进步性、现代性的东西。所谓"中学为体,西学为用"的基本"内核"也正是出自这样一种"政治术"。这与俄国的彼得大帝向西方开放时的心态完全不同,因此中国的"开放"没有结出俄国十九世纪那样的遍及文学艺术各个领域的精神硕果。十分有意味的是,被江青等人吹捧成开辟了人类文化新纪元的"样板戏",倒是很典型地体现了"物质上用之,精神上拒之"的对外文化心态。它的物质外壳是相当"西化"的。那十分写实的布景,那连人物身上的一块补丁都要经江青"斟酌"的服装,那交响乐的音乐结构,那提琴、黑管等西洋乐器的动用……无不是充分"西化"的。但是,对不起,戏的"核心精神"却并不那么现代。鲁迅所说的"洞达世界之大势"的明哲之见有吗? 没有。鲁迅所说的"不后于世界之思潮"的别立的"新宗"有吗? 也没有。当时"样板戏"的炮制者处在一种完全封闭、夜郎自大的文化环境之中,他们的"革命"激情充满了盲目性,在他们的价值观念体系中倒是不乏封建专制主义的东西(如血统论、门阀等级意识、封建迷信思想等)。所以我们说"样板戏"阻断了二十世纪中国戏剧现代化的进程,是一个不争的事实。在九十年代,有些"摩登"青年忽然喜欢起了"样板戏",他们取的恰恰是它的物质外壳。这是文化接受中一个不小的"逆向"与"错位",一个荒唐的"置换"与"颠覆"。

"样板戏"所代表的是不健康的或曰畸形的"西化"倾向,这是一种形似而神离"现代化"的路子。在"D线效应"之中,真正代表健康的"现代化"之路的是"五四"以来的一大批戏剧作家和理论批评家。是他们面对西方文化的"挑战"起而"应战",在"应战"中创造了中国现代戏剧文化,也对世界戏剧文化做出了来自地球东方的贡献。[①] 在二十世纪,西方戏剧文化的浪潮向中国涌来,有两次高潮。一次发生在"五四"新文化运动前前后后的二十多年间;一次发生在八十年代。有人称此为中国现代戏剧的"两度西潮"。[②] 于是产生了中国戏剧现代化进程中的"D线效应"。在这一效应之中,中国人对西方文化的"应

---

① 照汤因比(Arnold Joseph Toynbee)的说法:"文明的起源是挑战和应战交互作用的产物。"据汤氏《历史研究》,转引自《二十世纪文史哲名著精义》,江苏文艺出版社1992年版。

② 马森《中国现代戏剧的两度西潮》,台湾文化生活新知出版社1991年版。

激反应"，继承着"夷狄入中国则中国之"的传统，表现了中国本土文化对外来异质文化的很强的"容纳性"与"改造力"。这种"应激反应"的特点，就是在"他者化"中"化他者"，也就是在"西化"的呼唤之中把西方的东西"中国化"或曰"中国特色化"。

首先值得注意的是与西方戏剧演变的"非同步性"，或曰"逆向"与"错位"。当西方积累了两三百年的各种各样的戏剧思潮在"五四"前后一股脑儿地涌进中国时，这些思潮原先在西方形成的历史先后的"链条"完全被打碎了。在中国面前，这些东西都是新的，都要拿在手上掂一掂分量从而决定是否"拿来"。这种急迫与无序状态使鲁迅觉得"欧洲的文艺史潮，在中国毫未开演，而已经像——演过了"[①]。从当时世界戏剧思潮的总体格局来看，西方戏剧正在从现实主义转向现代主义，戏剧的艺术形态从"写实"转向"写意"，从"再现"转向"表现"，戏剧激情的来源从群体的"社会"转向个体的"心理"；而在中国，处在"现代化"开端的戏剧却正在从具有"写意"与"表现"特征的古典戏曲转向以"写实"与"再现"为特征的现代话剧，戏剧激情的来源则主要是群体的"社会"，尤其是社会的"问题"。所以当易卜生的"社会问题"剧及其写实主义在西方已经"过时"，已是"昨天的辉煌"，而在中国却掀起了轰轰烈烈的"易卜生热"。这种"逆向"与"错位"现象正是中国国情使然，有其历史的合理性。"五四"时期胡适那篇影响深远的《易卜生主义》说明了现实主义在当时中国的重要性。他说："人生的大病根在于不肯睁开眼睛看世间的真实现状。明明是男盗女娼的社会，我们偏说是圣贤礼仪之邦；明明是赃官污吏的政治，我们偏要歌功颂德；明明是不可救药的大病，我们偏说一点病都没有！却不知道：若要病好，须先认有病；若要政治好，须先认现今的政治实在不好；若要改良社会，须先知道现今的社会实在是男盗女娼的社会！易卜生的长处，只在他肯说老实话，只在他能把社会种种腐败龌龊的实在情形写出来叫大家仔细看。"[②]当时傅斯年提出的编剧"六条原则"，也是以易卜生主义即现实主义为其核心精神的，这也就是鲁迅当时在小说创作上提倡的"揭出病苦，

---

① 鲁迅《〈奔流〉编校后记·十一》，《鲁迅全集》第 7 卷，人民文学出版社 1981 年版，第 186 页。

② 胡适《易卜生主义》，《中国新文学大系·建设理论集》，上海良友图书印刷公司 1935 年版，第 180 页。

引起疗救的注意"的现实主义精神。① 当时也有不持此一思潮的,如田汉虽也崇拜易卜生,但他更钟情于方兴未艾的现代主义(如象征主义、表现主义等,当时统称为"新浪漫主义")。他虽然也并不反对胡适、鲁迅那样对社会的批判和暴露的现实主义态度,主张"排斥世间一切虚伪",但他更主张文艺应当"引人入于一种艺术的境界,使生活艺术化(Artification),即把人生美化(Beautify),使人家忘现实生活的苦痛而入于一种陶醉法悦浑然一致之境"②。然而田汉这一派人的艺术选择,虽然在当时说来与西方是"顺向"与"对位"的,但在第一度"西潮"中却没有得到历史的机遇,终于未能成大的气候。跑在最前边的人播下了火种,但他们不是光明与成熟果实的收获者。历史所褒奖的不是最"先锋"的流派,而是艺术选择合乎国情的人。这样,到了三十年代,真正代表着中国现代话剧之成熟的作家,便不会出自先是选择了最"先锋"现代主义,而后又迅即转向左翼"无产阶级戏剧"的田汉一派人。这个历史的光荣只能落在现实主义戏剧大师曹禺头上。第一,曹禺出自南开学校新剧团,这个剧团在"五四"时期面对"西潮"首先选择了现实主义。③ 第二,从胡适的《终身大事》开始的"汲 Ibsen(易卜生)之流"的创作思潮,到了三十年代,曹禺是其集大成者,是他把现实主义在中国推向了新阶段。胡适在《易卜生主义》中提出的那些对现实主义的要求,在曹禺的戏剧中才真正实现了。第三,曹禺成为现实主义戏剧大师的第一部代表作《雷雨》,既成功地借鉴了易卜生的戏剧,又有深厚丰富的中国民族精神和本土文化的底蕴。

面对"西潮""逆向"与"错位"的艺术选择得到了历史的褒奖,而田汉一派人"顺向"与"对位"的艺术选择却得不到历史的青睐,这样耐人寻味的历史现象正发生在"E 线"与"D 线"在"F 线"上相交叉的地方,看似国情向艺术家们开的一个玩笑,其实就是"F 线效应"对"E 线"和"D 线"效应进行反弹即对其结构进行解构和重组的结果。更加耐人寻味的是,到了八十年代的第二度"西潮",新一代的作家、艺术家们对外来戏剧思潮的果实选而食之时,尽管其艺术选择与"五四"那一次完全不同,但在"慢一个历史节拍"这一点上却是惊人得相似的。——上次选择了现实主义,可当时最"先锋"的是现代主义;这

① 鲁迅《我怎么做起小说来》,《鲁迅全集》第 4 卷,人民文学出版社 1981 年版,第 512 页。
② 田寿昌、宗白华、郭沫若《三叶集》,亚东图书馆 1920 年版,第 100 页。
③ 周恩来《吾校新剧观》,《南开话剧运动史料》,南开大学出版社 1984 年版。

一次选择了现代主义,而这时现代主义在西方又早已过时了。八十年代"D线效应"的最大特征是在对异质文化的选择上从现实主义转向了现代主义,并对在中国从"五四"以来经历了多次蜕变的现实主义表现出极强烈的批判和超越的态度。这一态度具有很大的历史必然性与历史合理性,因为现实主义在"五四"时期进入中国剧坛之后,逐渐取得了统治地位,于是它就结束了"五四"时期的"多元化"局面。特别是它和政治斗争紧密结合之后,后来变成所谓"革命现实主义"和"社会主义现实主义",它在方法和艺术思维的模式上就更加日趋单一化与贫困化,严重束缚了包括戏剧在内的艺术创作。这样,到了八十年代的思想解放运动中,由于"左"倾教条主义和政治实用主义受到了批评和遏制,由于党中央不再提"文艺为政治服务",人们对现实主义的历史功过得以进行反思。面对西方戏剧思潮的再次涌入,尽管有些剧作家和导演仍然固守现实主义,但许多具有较强革新意识和"先锋"意识的剧作家和导演,却对现代主义情有独钟。于是产生了以高行健、林兆华为代表的一批带有现代主义色彩的戏剧探索者。他们的作品(如《绝对信号》《车站》《野人》等)受到了一批青年知识分子和专业戏剧工作者的欢迎和好评。带有这种现代主义色彩的剧作还有不少,如《中国梦》《耶稣·孔子·披头士列农》《一个生者对死者的访问》《WM我们》《屋里的猫头鹰》等。如果说在"五四"时期的第一度"西潮"中,人们在选择了西方现实主义的同时,对中国传统戏曲表示出极大的疏离态度的话,那么这一次恰恰相反,他们在选择了现代主义的同时,对古典戏曲艺术也认同。他们要使西方最"现代"的东西与中国最"古典"的东西接轨,他们想要使"D线"与"E线"相融会。高行健的《野人》和他的几出新折子戏就强烈地表现了这一美学追求。

但是,八十年代的戏剧"探索者",当他们仿效西方的现代主义,高高举起"反传统"即反"传统的现实主义"旗帜时,虽然在打破几十年的"现实主义一元化"格局、推动戏剧观念的革新和解放上功不可没,但是他们陷入了一个不算小的历史"误会":西方在上一个世纪之交,当现代主义起而反对、批判和超越现实主义之时,现实主义已经有了充分的发展,可说已到"烂熟"的程度,有些现实主义大师是沿着"绚烂之极归于平淡"的自然规律转向了现代主义的。可是在中国,现实主义从来就没有得到过充分的发展,由于中国的特殊文化背景和现代革命斗争下的特殊国情,现实主义很快被政治化和半政治化(如三十年代左翼的"无产阶级现实主义",四十年代抗战文艺和解放区工农兵文艺的"革命现实主义"，1949 年后"为政治服务""政治第一、艺术第二"的"社会主义现实主义"以及"革命样板戏"中与"革命浪漫主义"相结合的"革命现实主义"等)，同时也就被扭曲、被贫困化、封闭化。胡风一派人所坚持的真正现实主义精神一直受到压抑，在创作实践中日趋萎缩。有些学者认为，中国现代戏剧史上的现实主义不过是一种"拟写实主义"或曰"伪写实主义"(Pseudo-realism)。①这样一来，中国二十世纪八十年代"探索戏剧"的反对现实主义，就有一种"饿汉减肥""邯郸学步"的喜剧性。在这一度"西潮"中产生不出大戏剧家也是必然的了。为什么会出现这种情况呢？这还必须到"F 线效应"之中去寻找答案并引出教训。

三

　　在二十世纪中国戏剧现代化的进程中，当纵向进化的"E 线"与横向传播的"D 线"在现实的艺术实践中碰头并发挥自己的效应时，它们只能影响到"F 线"的形式；而"F 线"(艺术功能与现实社会的关系)却决定着"E 线"与"D 线"的基本特征。本世纪中国戏剧的得、失、长、短皆出于此。

　　首先，中国戏剧的现代化进程是与二十世纪发生在中国的三次革命——旧民主主义革命、新民主主义革命、社会主义革命紧紧联系在一起的。在世纪之初，当戏剧的现代化刚刚起步时，它的核心精神是启蒙主义，包括爱国主义、民主主义和人道主义。这三者均与民主主义的革命运动同步而行，合而言之，便是一种教国人摆脱愚昧、迷信和封建专制主义的禁锢而获得现代人觉醒的启蒙主义精神(Enlightenment)。这是一种全新的中国式的现代精神，其中的三大"主义"有内在的逻辑联系：爱国是西方挑战引起的民族意识的"应激反应"，遂有变法图强之志；欲变法图强，则必须向"挑战者"学习，其中首先要学会讲科学、兴民主；欲兴科学、民主之新风，废迷信、专制之陈规，则必须看重人的价值和尊严，使国人从奴隶变成人。舍此，一切变法图强、改革开放之说均属空话、假话。这个逻辑反过来说也是一样的："人的意识"的觉醒使爱国、民主的观念区别于古代思想中类似观念的胚芽，而成为真正的现代精神。从辛亥革命前后到"五四"运动前后，从"文明新戏"到新兴话剧，不论是理论批评还是创作实践，其话语的核心就是这种启蒙主义精神。二十世

---

① 　马森《中国现代戏剧的两度西潮》，台湾文化生活新知出版社 1991 年版。

纪的许多优秀戏剧作品,其思想伦理价值判断的标准,其收到良好社会效果的根本原因,其中有的经历史考验而成为现代经典的思想依据,均与中国现代精神,即中国式的启蒙主义精神紧紧联系在一起。没有启蒙主义精神,中国现代戏剧就只剩下了僵死的躯壳。

但是,在半殖民地半封建的旧中国,在急迫的政治革命运动中,没有机会和条件进行系统的、大规模的、彻底的现代启蒙主义运动,"启蒙"被煮成了"夹生饭"。中国"国情"把启蒙变成了两种:政治行动导向型的启蒙与文化心态塑造型的启蒙。前者是一种初级的启蒙,见效快而不彻底,适于在全民文化素质较低的基础上进行;后者是一种高级的启蒙,见效慢而彻底,只有在全民文化素质较高的基础上才能进行。前者是为了引导人们为推翻旧的政治制度而行动;后者是为了叫人在行动前和行动中首先学会为否定旧的意识形态而思考,以达到行动的深层自觉。前者启迪与激发了"革命"之情;后者则更注重"树人"之本——铸魂。当然,这两者既有区别也有联系,并不总是断然而别,而且在不同的历史条件下各有不同的作用。前者往往为后者的先导,后者则是前者的归宿。在我国新民主主义革命时期,启蒙主义运动主要属于前一种类型——政治行动导向型启蒙。诚然,在"五四"新文化运动中,一大批具有现代意识的知识分子曾着手进行较高层次的启蒙,即文化心态塑造型的启蒙。鲁迅提出了改造国民性、重铸国民灵魂的问题。田汉提出吞吃"智果"、进入"人的世界",也是一个文化启蒙的课题,①他在二十年代的戏剧创作和演出基本上都是围绕着这课题进行的。他所说的"人"是完全新型的人,即经过文化启蒙的、精神上焕然一新的"一品大百姓"——真正的"现代人"。② 不过"五四"知识分子所理想的这种"人"并没有成为国人的主体。面对外国列强的侵略,同时又经受着国内统治者残酷压迫的中国人民,最迫切需要的是政治革命。我们这个科学文化落后,受苦太甚而又急迫地挣扎而起的东方民族,他首先"要炸弹与狂呼……从哪儿想,他都应当革命"③。于是,政治导向型的启蒙便成了启蒙主义的全部,而负载着启蒙主义精神的现代戏剧也不得不日趋政治化。三十年代的"左翼"戏剧、四十年代的"抗战"戏

---

① 田汉《吃了"智果"以后的话》,《少年世界》1920 年 8 月第 1 卷第 8 期。
② 田汉《平民诗人惠特曼的百年祭》,《少年中国》1919 年 7 月第 1 卷第 1 期。
③ 老舍《我怎样写〈小坡的生日〉》,《宇宙风》1935 年 11 月第 4 期。

剧,其主流都是以政治上的战斗性取胜的。只有站在主流边缘的曹禺、李健吾一类的非左翼剧作家,其作品更注重艺术的追求,并有较深厚的思想文化启蒙的意蕴。从"五四"到三四十年代,并不是"救亡"压倒了"启蒙"——本来救亡呼唤启蒙,启蒙有助于救亡,有何"压倒"可谈?而是启蒙主义运动本身在紧迫的政治斗争冲击下有了一些结构的调整——政治行动导向的职能压倒了文化心态塑造的职能。这一变化直接制约着现代戏剧题材、主题的选择和创作方法的运用,使得从西方"拿来"的现实主义越来越简单化和贫困化,从而丧失了反映生活之丰富复杂性、表现人的精神世界之丰富复杂内涵(即文化底蕴)的固有长处,于是所谓"现实主义戏剧"也就逐渐疏离启蒙精神,疏离人的审美要求,成为"为政治服务"的工具。这一现实主义简单化、贫困化的趋向一直延续到 1949 年之后,连曹禺这样曾卓有建树的现实主义大师也无力扭转现实主义戏剧的噩运。可以说,在整个中国戏剧现代化的进程中,尽管唯一受到重视的是现实主义,但实际上它并没有得到充分的发展。所以,八十年代的"探索戏剧"拿现实主义当作阻碍戏剧现代化的"传统"来反对,实在是颇有些堂·吉诃德与风车搏斗的意味。

八十年代与九十年代的中国戏剧,出现了一些与以往几十年完全不同,甚至几乎是完全相反的路向。一曰从现实主义转向现代主义;二曰从工具论转向本体论,即从戏剧的社会、政治色彩的迷恋转向对其文化、审美意味的追求,从"为政治服务"转向对戏剧自身艺术规律的重视;三曰从时强时弱的启蒙主义意识转向对启蒙主义价值的重估与对启蒙意识的解构;四曰从高扬戏剧文学到对戏剧文学的贬抑与排斥。这四点使得中国戏剧现代化进程的"F线"在其近百年历史的末端发生了一次大"裂变"。这一"裂变"的得与失,现在看来已经比较清楚了。向戏剧本体的回归,对其艺术规律的充分重视,对其文化与审美意味的自觉追求,这些无疑是对多年来政治实用主义与"左"倾教条主义的反拨,把我国戏剧现代化的进程向前大大推进了一步。像话剧《桑树坪纪事》《狗儿爷涅槃》《荒原与人》,京剧《曹操与杨修》,淮剧《金龙与蜉蝣》等等这样一些新剧目,很显然,比以前同类题材的作品多了一层文化反思的内涵,"戏"之为"戏"的艺术本性及其给人的审美享受也大大加强了。至于剧中涉及的政治问题则退到遥远而又模糊不清的背景上去了。这可以说是世纪末戏剧"F 线裂变"的一大收获。

但是这一"裂变"的负面效应,或者说它的缺失也是很明显的。消解启蒙意识、疏离现实主义与贬斥戏剧文学，这三者是同步进行的，结果是使作为人类重要精神文化现象的戏剧出现了精神萎缩、激情消退的"疲软"现象。洪深曾深恶痛绝地批评过的"文明新戏"的堕落——"所演的戏竟至全无意识，不及儿戏"①，似乎又在重现。"文明新戏"的堕落，一是由于辛亥革命失败，剧人失去了理想与激情，二是剧业被买办商人控制，陷入了半殖民地半封建制度下的"商品化"运作。八十年代与九十年代（尤其是九十年代）中国戏剧的"疲软"，其原因亦有二：其一，启蒙意识的消解使戏剧在疏离政治的同时也冷漠了人民大众最关心的问题，理想与激情从舞台上消失了；本也不无意义的"生命意识"的体验变得贫乏而单调，最后只剩下了"全无意识"的"玩"。其二，没有形成健全的文化市场，各种大众媒体与文娱设施无序"竞争"，真正的艺术之神只有蒙羞落难的份儿。与此两点相适应的是：作为"意识"与"精神"之载体的文学被放逐了。放逐文学是西方二十世纪非常"先锋"的戏剧思潮，②在中国也有"国粹"之根——清末大兴的"花部"代表京剧就是只有舞台表演与唱腔而没有文学的。"先锋"与"传统"在这一点上握手了。他们向所谓"纯粹戏剧性"回归，认为文学是个"负担"（因为它要负载某种"精神"与"意识"）。这样，"新时期"以来，戏剧文学日趋衰微，二十多年间没有出现像《雷雨》《北京人》《名优之死》《关汉卿》那样表现着一个历史时期人的精神状况的经典之作。由于启蒙意识的消解与理想价值退位，一出戏不知道自己要说什么。如高行健的《野人》一类戏，其舞台空间十分开阔，戏剧表演的艺术手段空前的丰富多彩，但是对不起，它们没有核心精神，恰如书法之泼墨多多而无"骨"，是谓"墨猪"之戏。③ 由于消解启蒙意识、疏离现实主义、贬斥戏剧文学这三者在"F线"上的连环作用，即使当九十年代中期人们发现了"墨猪"现象而想加以纠正时，戏剧很容易从这一极端再荡回以前的老套子，却很难有真正的提高。一批写"好人好事"的"英雄模范戏"或曰"精神文明建设戏"的被生产出来，就是证明。

当我们结束对百年戏剧之回顾的时候，不得不发出呼唤：重建启蒙主

① 洪深《中国新文学大系·戏剧集·导言》，上海良友图书印刷公司 1935 年版，第 15 页。

② 西方的荒诞派追求所谓"纯粹戏剧性"，反对戏剧文学。"残酷戏剧"的理论奠基人阿尔托（Antonin Artaud）也极力排斥戏剧文学。

③ 东晋女书法家卫夫人（272—349）在《笔阵图》中论书法说："多肉微骨者谓之墨猪。"

义——Enlightenment,照亮之谓也,戏剧舞台之光应该照亮人类的心灵;召回戏剧文学——戏剧舞台除了种种物质的表现手段,还必须靠文学负载其精神;整合创作方法——二十世纪兴过的三大流派(现实主义、浪漫主义、现代主义)各有其优长和局限,对它们应该兼容并包,择善而从,形成多元化的新格局。

当代散文：发展轨迹、分"体"考察和作家特色(节选)
——兼评"当代文学史"有关散文的表述

刘锡庆

导言——

本文选自《文学评论》1992年第6期。

刘锡庆,1938年生,河南省滑县人。北京师范大学中文系教授。

本文是对当代散文进行全面估价的代表性论文之一。当代报告文学的发展演进经历了三个阶段:1949年至"文化大革命"前为发展、演进期;"文化大革命"十年为退潮、滑坡期;新时期是丰收、成熟期。但"当代文学史"对报告文学的描述和评价有诸多不足:"史"的勾勒缺乏清晰的节奏、层次,不能给人以动态的全面的印象;某些重要史实囿于既往陈说,未能深入思考,等等。

杂文文体在1949年后的发展举步维艰,只有"双百"方针提出后、"真理标准"讨论后的两次短暂的活跃,很难谈什么"繁荣"。"当代文学史"对杂文的描述、评价较为薄弱,本文建议在"文学史"内把一些危害严重、名噪一时的"左"的代表性作品加以剖析、评论,引为借鉴,于杂文的发展一定会有很大的促进任用。艺术散文的发展"内伤"严重,阻力更重。但"当代文学史"对此存在的问题,一是"文体"意识不强,二是总体估价上的过分乐观、宽容的偏颇。文章认为,要使文学史得到丰满充实的立体表现,还必须对重要作家进行精要分析品评,以推举其创作个性和艺术特色,印证发展规律和总体风貌。为此作者选取了杨朔、秦牧、刘白羽、巴金等,将他们置于"史"的整体链条的"环节"上重新剖析,并指出"当代文学史"的作家论存在着"特点不特"、只"褒扬"不"批评"、筛选不严等问题。

文章既独到地描述了当代散文的发展轨迹,又精辟地反思了"当代文学史"有关散文的表述,对重新评估当代散文的发展乃至"重写文学史"都具有较大的启示意义。

　　散文是人对自身"情感世界""心灵奥秘"的探索、感悟和表达。人对自身认识的每一次飞跃、突破,都带来了散文从内容到形式的深刻革命。

　　现代散文是"人"的发现的产物。当代散文由于缺乏这种深邃广袤的哲学背景,缺乏"文体"的理性规范,进展较为迟缓。本文仅就既成"史实"做轮廓勾勒,至于散文的理论建设,当另文论及。

一

　　我国传统的"散文"概念一向较为宽泛,"非韵文即散文",就典型地说明了这个问题。即使再略作收缩和"骈文"加以区别,"非韵非骈即散文",同样也很朦胧、宽泛。"散文领域,海阔天空。"①海阔凭鱼跃,天高任鸟飞,在散文这个"领域"是似乎只需要自由、宽容,根本无须考虑界划、规范。不错,散文是除了诗歌之外一切叙事文学的"母体",就连小说、戏剧这样堂而皇之的泱泱大"体",也都是由这个"母体"内孕育出来而声名煊赫的。文学"四分法"的出现,显然是一个历史的进步,但它在规范诗歌、小说、戏剧的同时却搁置、放弃了对"散文"审美界定的努力。这一方面是文体家在面对散文这个"大家族"纯文学、亚文学、非文学(实用文章)多层次、多体裁并包共存的复杂局面"挑战"前束手无策、无可奈何,②只好大而化之,"模糊"以对;另一方面某些文体发展的客观情势也确未"瓜熟蒂落",它仍在"母体"中滋长、壮大着,成熟和分立尚待时间的首肯。

　　发端于"五四"的现代白话散文,结束了盛极而衰的古典文言散文的一统天下,取得了巨大而显赫的创作实绩。"五四"是一个"王纲解纽"、思想解放的大时代。伴随着"人"的发现,散文开辟了一个性灵、血肉"活"而"真"的崭新天地。但现代散文也是有严重局限的,这就是"思想"的自觉与"文体"的不

----

① 　这是秦牧所写的一篇颇为有名的文章题目。
② 　这种界划散文的困窘心态,可参见张梦阳《大英百科全书关于散文的注释》,见《散文世界》1985 年第 1 期。

自觉同时并存,它未能完成纯散文作为一种"文体"(而不是"文类")清晰的审美规范任务。二十年代议论散文(论文和杂文等)、叙事散文(报告、速写和纪传等)、抒情散文(艺术散文①和散文诗等)的兼包并存,使得"正体"(即"散文中的散文"——艺术散文)和"借体"(像书信、日记、序跋、札记等原为应用文体,散文可以借用)、"本体"(即"塔基"之上的"塔尖"②——艺术散文)和"变体"(杂文、报告文学、传记文学等"边缘"文体)一时间相互纠结,"三位一体",模糊不清。但"名目"的一统并不能淡化、改变这些不同文体的固有"自性":杂文、报告文学是一类,以议论、叙事为主,紧贴现实,和生活同步,是客观、向外的文体;而艺术散文、散文诗则是另一类,以抒情、写心为主,用人生、人性的全部赤裸,展现个性,倾吐心灵,是主观、向内的文体,二者决然不同。因为疏于这种不同文体自性、美质的辨析,事实上埋下了日后它们相互间攻伐争斗的诸多"隐患"。现代散文在发展进程中所留下的轨迹,就清楚地表明了这一点。

　　二十年代散文发展的"总体格局"是全方位、多元化的。鲁迅的创作就是一个实例:他既写有《热风》《华盖集》《坟》等大量的杂文;同时也写有回忆性散文《朝花夕拾》;还创作了"象征"色彩浓郁的散文诗集《野草》,奠定了"散文诗"作为一个独立文体的坚实地位。其他,如周作人、俞平伯、朱自清、丰子恺、冰心、徐志摩、郁达夫、许地山、叶绍钧、梁遇春等,一大批作家皆通古博今、学贯中西,以各自独特的艺术风格汇成了异彩纷呈的散文文苑。那种个性的高扬、真情的激荡、笔墨的洒脱、文采的绚烂,确乎亘古未有,可谓极一时之盛,开一代新风。但由于现代散文源于思想革命和文学革命,以"随感"发轫;千百年"载道"传统的习惯影响(周作人提出的朦胧"言志""美文"主张实难与其抗衡),也很难使文学抛却其羁绊,所以,在"全方位、多元化"的兴旺与蓬勃开展中事实上是以"随感"为其中坚的。这样,随着阶级斗争与民族斗争的日益加剧,"时代"对"文体"的青睐与选择就不能不按其固有规律明朗地

---

① "艺术散文"的概念是我在 1985 年对中央电大中文专业的授课中提出的,以后又在《当代艺术散文精选》(十月文艺出版社 1989 年版)的"序"文里加以阐发。

② "塔尖"论是徐迟在《说散文》(《长江文艺》1962 年第 4 期)一文中提出的,意谓散文的多种多样体裁皆是"塔基",只有抒情散文才是它的"塔尖"。这对于"海阔天空"论来说,无疑是一个重要的进步。

"外现"出来。从这个意义上说,《小品文的危机》的论争①是势在必发的。站在一统的"散文"视角上来看,力主能和读者"一同杀出一条生存的血路",须是"匕首""投枪"的"生存的小品文"的观点确是合于时宜、无可挑剔的。但如若改换一下视点,从不同"自性""美质"的不同"文体"的论争视角去看,情况就又有不同:把艺术散文一律视为"小摆设"并不妥当;因着时代的严峻("风沙扑面""狼虎成群")就否定一种文体的生存,也不免过于"人为";"挣扎和战斗"发展历史的描述也过于直线、简单。事实上,"杂文"对"艺术散文"的攻讦、讨伐是不同"文体"间所打的一场"乱仗",是杂文在脱离"母体"、自立门户过程中一次有声有势、慷慨激昂的"亮相"与"宣言",而由此所开始的"散文"整体向着"杂文"的认同与偏移,实在是"散文"为它潜在"隐患"所偿付的第一笔沉重的"代价"! 整个三十年代可以说是"杂文"的黄金时代。杂文,它是文学和政论的联姻,虽然人们多方论证它的"古已有之",但实际上它却是借助现代传播媒介——"报刊"而新兴的一种"边缘"文体。它的兴旺和成熟是和鲁迅的名字紧密相连的,而瞿秋白为它的问世和独立鸣锣呐喊,起了杰出的"催产"作用。杂文是讽刺艺术的精品,战斗性和娱愉性的有机结合,论辩性和形象性的巧妙统一,讽刺、幽默和文采、情致的和谐调配使得它获得了隽永味长的艺术品位。但杂文作为文学的"牙齿",它的犀利的针砭时弊、鞭笞丑恶的"批判"功能常常使其不见容于当世。三十年代杂文的争锋是在"小品文"的名目荫庇下悄悄进行的,二十年代的"散文小品"或"小品散文""小品文"到了三十年代虽名称依旧,内容却暗转为"杂文"了。茅盾说:"应该创造新的小品文","把'五四'时代开始的'随感录''杂感'一类的文章作为小品文的基础"②,唐弢则说得更为干脆、明白无误:"我的所谓小品文,其实就是现在一般人浑称的杂文。"③"小品文"就是这样等同、替代了"散文"的概念! 四十年代杂文的"洪水"又被消导下去,散文的"正宗"转而移向通讯、报告。追索起来,这种"苗头"早就出现了:巴人在《小品文的前途》一文中就谈到了他"理想中的小品文",说"我所喜欢的小品文,是有骨有肉,又有血的有生气的东

---

① 《小品文的危机》,为鲁迅写在 1933 年 8 月的一篇文章。它是针对林语堂办《论语》《人间世》,倡"幽默""闲适"小品所发的。这是三十年代"左联"成立之后重要的文艺论争之一。

② 茅盾《关于小品文》,《话匣子》,上海良友图书印刷公司 1934 年版。

③ 唐弢《小品文拉杂谈》,《小品文和漫画》,生活书店 1935 年 3 月版。

西。是所谓报告文学"①。夏征农在《论小品文》中也实际上表现了对"报告"和"速写"的钟情：(说它们是)"'靠着艺术的手腕，描写现实生活中间真正发生过的事'，它的特点是最能把时刻在变动的社会生活表现在大众的面前。"②不必惊异于"小品文"的随机善变，它的背后的确反映了现实的需要和时代对文体的选择。四十年代是抗日战争、解放战争烽烟弥漫、炮火连天的动荡年代，全民抗战的热潮召唤着"散文"走向斗争的第一线；毛泽东在边区圣地延安也发表了划时代的《讲话》，提出了文学要"写"工农兵、"为"工农兵，以表现"新的人物和新的世界"的方向、纲领，开启了"当代文学"的崭新源头。其中，对农村和军队中的"通讯文学"③的有意强调，也反映了对这种新兴文体的殷切期待。整个四十年代可以说是通讯、报告的黄金时代。报告文学(包括通讯、特写)是新闻和文学联姻的"边缘"文体，发祥于"一战"后的德国，在我国则滥觞于瞿秋白的《饿乡纪程》《赤都心史》，后经"左联"的大力倡导，1936年即有夏衍《包身工》、宋之的《一九三六年春在太原》、茅盾《中国的一日》等皇作问世，矗起了第一块"里程碑"。报告文学是真实生活的艺术"写生"，是鲜活、流动"历史"(明日它将成为"第一手"真实史料)的原初"摄取"和"掠影"。真实地"再现"是它的生命，和生活"同步"是它的优长，参与并推动生活按照人民的"意愿"发展、前进是它的神髓。思想家的头脑(纵深的透视)、历史家的品格(秉笔以直书)、新闻家的眼力(敏锐的发现)、文学家的笔墨(形象的描绘)，对它来说皆缺一不可。四十年代的报告写作，虽有穆青、华山、刘白羽等人的全力投入，但由于种种原因(主要是艺术熔铸不够)还缺乏精彩、大器之作，多数篇什显得质野少文，比较粗疏。值得记取的是：散文重心的又一次偏离，同样是在"文体"意识不够自觉的情势下自然衍进的。这可以说是散文为它的"隐患"所偿付的又一笔沉重的"代价"！

现代散文三十年曲折衍化的历史清楚地表明：笼而统之的"大散文"涵盖，并不像很多人所想象得那样可以使散文得到"多姿多彩"的健康展现；相反，不同特质的文体混杂只是造成了本体散文"自性"的长期迷失。当然，从散文的"净化"进程来看，异质文体的不断分立、排除是必要而有益的，"论文"

---

① 王任叔《小品文的前途》，《小品文和漫画》。

② 夏征农《论小品文——答姜萧启》，《征农文艺散论集》。

③ "通讯文学"这个概念是毛泽东创造性地提出来的，其本意大约与"报告文学"相近。

和"杂文"这些议论散文①的率先脱离"母体"就是一大好事。

"当代散文"就是这样带着现代散文的全部优长和缺欠伴随血与火走向新中国的。

二

考察当代散文创作，"报告文学"的兴旺、繁盛是一个相当突出的现象。

这并不奇怪：从"客观"上说，那确实是一个"天翻地覆"、空前变动的大时代，生活流动不居，刻刻都在改变；从"主观"上说，进入新时代的作家抛却了那支写惯了痛苦、黑暗的大笔，满腔热情、义无反顾地扑向了欢乐、光明的生活，故自然地唱起了礼赞新人新事的颂歌；从"文体"上说，报告文学本来就具有贴近现实、反应迅速、表现生动、便于制作的特点，表现"新的人物""新的世界"再没有比它更直截、便当的"武器"了，再说它又刚刚从炮火硝烟的"战场"走来，因此投入另一个革命和建设的"战场"就完全是水到渠成、顺理成章了。

宏观来看，当代报告文学的发展演进历经了三个阶段。

开国至"文化大革命"前为第一阶段，是发展、演进期。其中，又有以下几个明显的区分：最初几年（1953 年前）趋向通讯"散文化"，②以魏巍《谁是最可爱的人》为代表，其特点是以"散文"的笔调完成"通讯"的使命，改变了通讯客观报导，避免过多议论抒情、语言平实寡采的旧貌，作者较深层地进入作品，在亲切、自然、真实可信的基础上，溶入了写作主体燃烧着的激情；接着（1953—1956 年）是特写"小说化"趋向，以秦兆阳《王永淮》《姚良成》《老羊工》为代表，③其特点是注重作品整体的艺术构思，摒弃"以事带人"的范式，把人

---

① 郁达夫编选的《中国新文学大系·散文二集》中收有不少"论文"，如周作人的《诗的效用》《论小诗》《儿童剧》《日记与尺牍》等，林语堂的《新的文评序言》等。周作人编选的《散文一集》这类"论文"更多。现在这样的文章一般都归入"文学评论"或"说理文"中去了，这总是一个明显的进步。"杂文"因着鲁迅的锻造，我以为在三十年代即已成熟，虽然它的"独立"延及当代。

② 整个"朝鲜通讯"都有这种特点，如巴金的《一个侦察员的故事》、杨朔的《用生命建设祖国的人们》、刘白羽的《我们在审判》、靳以的《和朝鲜人民一起》等，可以参看。

③ 这类作品还有胡苏的《新媳妇》、柳青的《王家斌》、沙汀的《卢家秀》、从维熙的《故乡散记》等。"特写"（这是当时"全盘苏化"从苏联借过来的一个称谓，相当西方的"报告文学"）首先从农村题材上取得突破和成功，不是偶然的。否则，很难理解"干预生活"特写何以达到那样的艺术高度。

物描绘置于了创作的中心地位,包括变化视角、渲染氛围、写好细节等多方面均向小说写法靠近,极大地提高了报告文学的文学品位;1956 年至 1957 年年初又出现了"干预生活"特写,《在桥梁工地上》《本报内部消息》是其知名代表作,其特点在于打破了"模范文学"的单一局面,恢复了报告文学的"批判"功能,强化了这一文体和人民大众的内在精神联系;① 此后至"文化大革命"前,多数作品在"通讯"的水平上徜徉、浮动,出现了像《为了六十一个阶级弟兄》《县委书记的好榜样——焦裕禄》《小将们在挑战》等动人之作,少数作品继续大胆探索,深入艺术开掘,超越了当时创作的平均水平,具有文体"突破"的重要意义,像魏钢焰的《红桃是怎么开的》、黄宗英的《小丫扛大旗》和《特别姑娘》、徐迟的《祁连山下》等,我认为就是这样的"超拔"之作。魏钢焰的《红桃》,意在写出人物成长的厚重"历史"。他深究穷索,力图寻出震撼人物心灵的精神"动因"。这种大气度的目标配以他大气魄的笔力,果然斧凿刀削一般立体地凸现了赵梦桃这个"苦孩子"走向"劳模"的令人信服的成长史,绝无"神化"人物的印迹。黄宗英的《小丫》等,以"第一人称"的散文手法和强烈的"参与意识",在细琐平凡的日常事件中娓娓道来,以"抒情女中音"的调子活画了人物,也征服了读者。早期演员生涯所养成的那种假设和体验别人苦乐的习性,帮助她惟妙惟肖、勾神摄魄地浮现了人物神情。她的作品实为"演员之文",一踏上文坛就显出了鲜明的个性。徐迟不仅发表了《祁连》,他还写有《火中的凤凰》《牡丹》。② 在十七年期间,即以知识分子(侧重艺术家)为讴歌对象,不能不说在题材开拓上他表现了真正的勇气! 徐迟具有强烈的历史感,他喜欢并长于在开阔的历史背景上对人物和事件做纵深的、发展的叙述,故其作品时代风貌清晰如绘,生活气息扑面而来,有关知识(文化意蕴)丰富齐备,这就和那些"蒸馏"生活、"芟刈"枝叶的平庸之作拉开了极大距离。他写作时那种心灵的解脱、气势的奔放和笔墨的富丽堂皇、骈散杂糅,都显出了"学者之文"特有的丰厚。这是一个重要的"发展"阶段,没有这个阶段在艺术上的大幅度前进,新时期报告文学溢彩流光般的闪烁就很难解释。

---

① 报告文学的奠基者基希所提出的"报告三条件":严格地忠于事实,强烈的社会感情,对被压迫大众的密切联系,我认为其精神具有重要的理论指导意义。"批判"功能的恢复和后两条有密切关系。

② 《火中的凤凰》未及完篇,现只存两章;《牡丹》在"文化大革命"中作为反对"京剧革命"的"罪证"有幸保存下来。这两篇作品均见《徐迟散文选》。

"文化大革命"十年为第二阶段,是退潮、滑坡期。这期间"文坛"崩解,一片萧索。1969年后报告文学虽时有所见,但真正有生命力的作品却微乎其微,思想上堕入"路线斗争"模式,表现上滑入材料加减的"通讯"套路,成为此时多数作品的顽劣痼疾。它们是造"神"运动的一个有机部分,反映了"左"的桎梏是摧残、葬送艺术生机的危险元凶。

新时期是第三阶段,是丰收、成熟期。这中间又有三个明显"节律":最初,它"异军突起",轰动朝野,在题材开拓、手法出新、形式丰富和风格多样等方面"全方位"跃进,以它对劫乱的拨正、时弊的针砭和对改革的拥抱、"四化"的讴歌,使得世人"刮目",奔走"相告",遂有"全国优秀报告文学评选获奖"的殊荣盛事问世——这标志了经过半个世纪之多的发展、磨砺,报告文学已赫然自立,赢得了和新诗、中短篇小说、戏剧等"平起平坐"的光荣独立,由散文、通讯的"附庸"自此"蔚为大国",①这在"文体"发展史上有极大意义;继后,"全景式"社会问题的报告文学勃然崛起,教育"难"、出国"热"、生态破坏、环境危机、"体制"束缚、"改革"挫折、经济犯罪、走私抢劫以及婚变、流产、卖淫、纳妾、"丐帮"等等"时代的痛苦点""社会的忧患点"都得到了广泛的反映,从单一走向综合,从微观走向宏观,淡化人物突出问题,静观反思以避纠缠②是其总体趋向,在保持社会性、尖锐性的同时,增强学术性、思辨性,加大纪实色彩、信息量,是其显著特点,报告文学这一重要"嬗变"是对于早期它作为"经过调查研究后的文学性报告"(日本)或"艺术文告"(德国)的一个精神复归,当然,与此同时也带来了"文学性"的下降③等诸多新问题;1989年后,报告文学又为之一变,总的看是"讴歌"和"批判"并举、"特写"和"全景"齐驱,多样、全面地成熟发展,更好地为"经济建设主战场"增光添彩,但由于正在"转型",创作心理尚在调整之中,一时还无成功巨作问世,故暂付阙如。

"当代文学史"对报告文学的描述和评价,总的说还是较为充分的,但也有不足,主要是:第一,"史"的勾勒缺乏清晰的节奏、层次,重"横"(作家论)轻

---

① 张光年在《社会主义文学的新进展——在四项文学评奖授奖大会上的讲话》中强调指出:"报告文学这一生动活泼的文学品种,已经蔚为大观,获得了"丰硕的成果",它"由附庸蔚为大国","必将在新中国的文学史上占有光荣的地位"。

② 细节"失实"往往诉诸法庭裁判,"全景式"作者开启了新思路,力图在法度范围内求得最好的社会效果。

③ 报告文学的文学性,我以为是第二位的,它服从并服务于它的真实"报告",过多的审美愉悦期待是读者的"文体"错失。

"纵"(演进论),有"点"(重要作家、作品)少"线"(史的发展),不能给人以动态、全面的印象;第二,某些重要史实囿于既往陈说,未能深入思索,"还历史以本来面目",如秦兆阳等人的"特写",实在是发展"链条"中的重要一环,"斩断"了即成缺憾,又如徐迟,"文化大革命"前的作品实已美奂斑斓,《哥德巴赫猜想》等作的意义在于它勇闯科技"险"区,第一次把文学和自然科学"嫁接"起来,使报告文学和时代主潮(科技现代化)取得了"联袂"情谊,极大地拓展了报告文学的用武之地,而其艺术水准,我以为实未超过《火中的凤凰》和《牡丹》等(因前期写文学艺术家故如鱼得水、挥洒自如,后期写科学家较陌生只好凌空蹈虚,终隔一层),指出这些需要学术上不盲从、敢求真的勇气;第三,报告文学在新时期的赫然"独立",我以为是一个十分突出的文学现象,在"文体史"上尤有重要意义,但令我大为惊诧的是,没有一部文学史注意到了张光年的重要讲话,提到了这个重大史实,这真是一大遗憾!

　　和报告文学同属"向外"文体的杂文,1949年后的发展却运命乖蹇,举步维艰。认真说它只有两次短暂的活跃,很难谈什么"繁荣"。第一次是"双百"方针提出后,人民"内部矛盾"的新思维替代了单一、粗暴的"敌我矛盾"的思维定式,思想的解放取代了僵死的教条。反"左"激活了沉睡的杂文。像《况钟的笔》(巴人)、《废名论存疑》(任晦)、《老爷说的没错》(叶圣陶)、《言论老生》(唐弢)、《武器、刑具和道具》(徐懋庸)、《比大和比小》(秦似)、《何必曰利》(金绣龙)、《九斤老太论》(严秀)等,思想的犀利、笔墨的率真都是独一无二的。"反右"之后,"杂文"却几成"反党"同义语,人们对它讳莫如深,多数作者也噤若寒蝉。其间,张春桥阴险地鼓吹"歌颂性杂文",妄图从根本上消解这种"讽刺"文体;少数"金棍子"也剑拔弩张、磨刀霍霍,搞"五子登科",使得"左"愈演愈烈,形而上学猖獗。这些都是"伪杂文",其价值完全是负面的!"文化大革命"前"三家村札记""长短录"及《燕山夜话》等的出现,反映了在严峻情势下有良知作家的挣扎苦斗,精神虽可嘉,但毕竟"鲁迅风"已逝,"杂文"已软化为说古谕今、吞吐躲闪的小品、札记、寓言或说理文了。第二次是"真理标准"讨论之后,"三中全会"解放思想,改革开放的历史风雷鼓荡了九州生气,"凡是派"和"造神运动"的樊篱、禁忌迅速崩解。反"左"再一次激活了偃旗息鼓的杂文。新老作家齐上阵,为"四化"大业清除隐患,扫平道路。夏衍、徐懋庸、廖沫沙、林放、邵燕祥、牧惠、蓝翎、舒展、宋振庭等,都写出了一些很好的作品。1989年年初中国作协举行了"新时期全国优秀散文、杂文评选授奖"大会,上述作者大都名列其中。现在看来,"杂文"欲发展、繁荣还需解决一些根本问题：其一，社会主义新体制下还要不要杂文？它是否必定要走"从危机到消亡"①之路？其二，杂文在解决"人民内部矛盾"方面有无"用武"之地？它是否真是治病救人的一副"烈性而有副作用的药"？其三，杂文作者是否都有"反骨"？"杂文"是否是"反党"同义语？问题并不复杂，但关键是思想"深层"是否真正解决好了问题。看来，"左"患不除，民主不昌，杂文的兴旺即很难想象。

　　"当代文学史"对杂文的描述、评价一般说较为薄弱。有些史著或整个略去，或语焉不详，或充溢着乐观、宽容的氛围，严重脱离实际。个别著述较有见地（如《中国当代散文史》江冰撰写的"杂文"一章），但表述也欠"通脱"。我考虑，在"文学史"内如能把一些危害严重、名噪一时的"左"的代表性作品（这是文学史重要现象）加以剖析、评论，引为借鉴，于杂文的发展一定会有很大裨益。

　　艺术散文的发展"内伤"严重，阻力重重。本来1949年后即应及时调整观念，承继"五四"个性散文的宝贵传统，但由于种种客观、主观的原因，通讯、报告仍挤压、替代了它的正常生存。只是到了1956年它才首次生气勃勃地坐就"正位"。林淡秋在选编是年《散文小品选》时敏锐地感应并揭橥了这一"史"的现象，他写道："这本选集反映了1956年我国文艺界的一个好现象：短小的散文小品多起来了。""可是在全国解放后的几年间，这类短文却不多见。"②感受和揭示的准确、明晰都是毋庸置疑的。这一年，秦牧、杨朔由"杂文""通讯"走向了抒情散文，连魏巍也一改"报导气"写出了忆旧散文《我的老师》；很多优秀之作，如《灯》（周立波）、《养花》（老舍）、《庐山真面》（丰子恺）、《惠泉吃茶记》（姚雪垠）、《社稷坛抒情》（秦牧）、《香山红叶》（杨朔）等，都纷纷问世。回顾这次短暂勃起，可以明显感到这时的作品较活泼、灵动，很少顾忌、保留，内容和文笔都颇有洒脱之气。但这个时期只有一年半，太短了！紧接着，"反右派"犹如冷雨倾洒，"大跃进"又似热风横吹，很快便摧折和枯萎了艺术散文这枝脆弱的花朵。十年大庆时虽小有缓解，但已难挽狂澜。一直到1961至1962年上半年（也约一年半），在三年国民经济发生严重困难时期，由于一系

①　1957年4月11日徐懋庸发表《小品文的新危机》一文，由此展开了短暂讨论，这是当时讨论中的一种看法。

②　林淡秋《散文小品选·前言》，中国作家协会编选，人民文学出版社1957年版。

列政策的"调整"才又赢来了第二次瞩目的"复兴"。《樱花赞》（冰心）、《茶花赋》（杨朔）、《雨中登泰山》（李健吾）、《古战场春晓》（秦牧）、《长江三日》（刘白羽）、《茶园小记》（吴伯萧）、《西湖即景》（于敏）、《湖光山色之间》（冯牧）等，都在此间争奇斗妍。1961 年后来被称为"散文年"，就恰切地反映了这一文学现象。这次复兴，"倡导"之功，功不可没；理论的探讨（"笔谈散文"），也起了扬波催澜的作用，但和上次勃起相较，其思想的锋锐、文笔的洒脱都似嫌不足，唯艺术上的精雕细刻、匠心经营极一时之盛，成为这次勃起的一个显著特征。这之后，艺术散文一直未能振作，"文化大革命"期间更堕入"瞒"和"骗"的深渊，直至新时期"三中全会"后才苏醒过来，在直承"五四"现代散文的宝贵传统中获得了"涅槃"似的新生。这表明：两次短暂的"勃起"（合起来也不过三年时间），证明了在散文创作上的确蕴含了巨大、丰沛的艺术生产力，它一旦喷涌而出，即能光彩焕发、悦人耳目；而它在更为漫长时期里的严重歉收、绝收，同样有力地证明了"左"的肆虐、猖獗给它带来了多么深重的灾难！新时期散文的发展相对说来是"平缓渐进"的。在大体相同的条件下，其他文体能长足迈进，"轰动"文坛（包括它的姊妹文体"诗歌"也有令人震惊的不俗表现），唯独散文默默无闻，款款移步，这自有较为复杂的原因，但它还是在悄然嬗变之中的：最初，老作家巴金、孙犁等以"说真话""取信于后世"的勇气，恢复了散文真知灼见、真情实感、真诚无伪的可贵传统，一扫"伪散文"矫情做作、虚构拔高的恶浊氛围；接着，张洁、王英琦等坦露个性、心胸，大声呼唤真情、人性的复归，期望人和人之间的相互理解和心灵沟通，使散文创作为之"转折"；近几年更有叶梦、斯好、薛尔康等年轻作家向心灵的奥府开掘，向人性的深度进军，势头之好是前所未有的。其间，还有贾平凹民情风俗的神韵"写意"；唐敏人和大自然亲近、交融的大度"描绘"；周涛富有灵气的动物"写真"；舒婷具有个性意识的"诗意"笔墨等，都各有特点，独具风格。新时期的散文改变了十七年间散文"我"的淡化、"情"的稀释、"真"的丧失、"美"的忽视的整体倾向，正沿着写"我"、重"情"、讲"真"、求"美"的方向平稳前进。

"当代文学史"关于艺术散文这一部分的描述、评价问题较多：首先，是"文体"意识不强。很多史著仍各体合处，以"海阔天空论"观照散文，视其为"轻骑兵""突击队""轻短武器""快速部队"等（这主要是对通讯、报告、杂文而言的），令人费解；又如把个别"小说"，也误作散文，如冰心的《小橘灯》，作者早已申明它为"虚构"，将其收入自己的"小说选"中，但令人惊异的是几乎大多数史著却仍把它当作冰心"散文"的代表作而加以论析；另外，这些文学史的具体编撰者持怎样的"散文意识"，有怎样的"散文观念"，模糊不清。而没有较高文体素养、独到见地和鲜明学术个性的编撰者，文学史的高质量、高水平是很难保证的。其次，由于诸体不"辨"而带来了总体估价上的过分乐观、宽容的偏颇。如动辄言"空前丰收""兴盛繁荣"，轻易说"黄金期""鼎盛时期""形成了散文创作的春天"等等，有的更把散文创作描绘为一个"热潮"接着一个"热潮"，说它"呈现一片兴旺的景象"，用语虽佳，与创作实际却不相符。这种总体估价的失当我认为是一个较大的问题，关乎史家"眼识"。再次，在散文发展线索的描述中，对"左"的干扰、破坏估计不足，批"左"的贯穿也不够；个别时期或个别问题上，甚至还有不够合适的认识。如有本较好的史作在谈到"反右斗争"对散文创作的影响时，认为"仅伤其枝叶，尚未毁其根"。这种"仅伤枝叶"论我不敢苟同，恐怕很多人也会有疑议的。在谈到"大跃进"时又说："（虽）出现了一些浮华不实之作，但另一方面，人民群众的冲天干劲、昂扬斗志，也促进了革命浪漫主义的发展。"这种看法至少是值得商榷的。

　　和艺术散文同为"向内"文体的散文诗，是"诗"和"散文"的联姻，它以"诗意"为内在神魂，却取散文"自由"的表达为外在风貌，兼有二者之优长。散文诗成就于《野草》，它作为鲁迅"全部哲学"的艺术外观，那种思索的深邃、想象的奇颖、象征的超拔、语言的灵动，都矗起了一座难以逾越的"里程碑"。当代散文诗的创作很不景气：十七年间只有郭风、柯蓝等少数作家在此"拾荒"，由于"向内"文体"客观化"的影响，多数作品流于浮光掠影的肤浅吟诵，厚重、成熟的篇章难得一见；新时期虽有所转机，但时至今日亦无大手笔、大作品出现。散文诗对心灵的"自由度"要求很高；同时，哲学底蕴欠缺，思想、艺术积累不足，亦难成大器。看来，只有待以时日，寄望新人了。

　　"当代文学史"对散文诗的描述、评价，一般说都较为简略，篇幅稍多的即表现出泛"乐观"倾向，这与"史笔"的精神尚有不小距离。

　　…………

♀ 延伸阅读 ♀

　　1. 孙玉石《中国现代主义诗歌潮流的回顾与评析》，载《中国现代诗歌艺术》，人民文学出版社1992年版。

2. 朱自清《论现代中国的小品散文》，见俞元桂编《中国现代散文理论》，广西人民出版社1983年版。

3. 朱德发、张光芒《"五四"文学文体新论》，《中国社会科学》1999年第5期。

4. 王爱松《都市的五光十色——三十年代都市题材小说之比较》，《文学评论》1995年第4期。

5. 沈从文《论中国创作小说》，《沈从文文集》第11卷，花城出版社1992年版。

6. 王彬彬《林道静、刘世吾、江玫与露沙——当代文学对知识分子与革命的叙述》，《文艺争鸣》2002年第2期。

7. 徐敬亚《崛起的诗群》，《当代文学思潮》1983年第1期。

8. 丁晓原《文化生态视镜中的百年中国报告文学流变》，《文艺争鸣》2003年第5期。

9. 王兆胜《超越与局限——论八十年代以来中国女性散文》，《文学评论》2002年第6期。

10. 傅谨《二十世纪中国戏剧的现代性与本土化》，《中国社会科学》2003年第4期。

11. 胡适《〈尝试集〉自序》，《尝试集》，安徽教育出版社2006年版。

12. 钱玄同《〈尝试集〉序》，《尝试集》，安徽教育出版社2006年版。

13. 郭沫若《论节奏》，《文艺论集》（汇校本），湖南人民出版社1984年版。

14. 姜涛《小大由之：谈卞之琳40年代的文体选择》，《新诗评论》2005年第1辑。

15. 宇文所安《什么是世界诗歌》，洪越译，《新诗评论》2006年第1辑。

♀ 问题与思考 ♀

1. 试论述"五四""文体大解放"在中国文学由古典到现代转型中的意义。

2. 试以戴望舒、卞之琳等为例，论述二十世纪三十年代中国现代主义诗歌创作在中、西审美传统的结合方面做出了怎样的贡献。

3. 论述二十世纪三十年代小说较之二十年代小说在文体形式上有了哪些显著的发展。

4. 试思考中国现代时期戏剧这一文体形式的发展历程取得了哪些成功的审美经验,又有哪些不足。

5. 试以杨朔、秦牧、刘白羽"散文三大家"为例,谈谈十七年散文在艺术上的缺陷。

6. 论述"新写实"小说创作在文体艺术上的特点。

7. 谈谈你对二十世纪九十年代"文化散文热"这一文学现象的看法。

8. 胡适所谓"历史的文学进化观念"是否是汉语诗歌发展的确切描述?是否有偏颇之处?

9. 文中提到的"内部的组织"与节奏的构建有何关系?试进一步思考和阐述。

10. 文中认为诗歌的载体变为文字以后,诗是不可唱的,因此也不需要"外在律",你是否同意这个推理?

11. 郭沫若把诗歌形式与内容的关系比喻为衣裳与身体的关系,甚至提倡"不穿衣服的裸体",你是否同意这个比喻?它的背后意味着什么理念?

12. 卞之琳说的"小处敏感,大处茫然",这里的"小处"和"大处"分别指什么?这是否意味着作者对"小"与"大"的一种价值判断?

13. "归化的翻译"和"异化的翻译"有何区别?为什么"异化的翻译"有利于推动汉语诗歌语言的发展?

14. 宇文所安认为中国新诗是"翻译的翻译",你如何看待这个问题?

研究实践

(一)体验与分析:《雷雨》的戏剧艺术

(1)熟读《雷雨》第二幕。

(2)由八个同学分别准备扮演剧中八个人物角色。

(3)扮演者背诵各自扮演角色的台词,并体会其动作、语气、神态、表情变化等,尤需注意对话的"潜台词"及心灵动作性。

(4)布置简易舞台,扮演者上场表演。

(5)师生对表演者进行讨论评价。

(6)分析《雷雨》的艺术特色,并由此进一步总结曹禺剧作的成就和贡献。

(二)比较与鉴别

阅读丁玲《莎菲女士的日记》、张洁《爱,是不能忘记的》、林白《一个人的战争》、卫慧《上海宝贝》,比较四部女性小说的异同,并以这四个不同时期的个案为例描述一下二十世纪女性主义小说的演变轨迹。

线索提示:

(1)注意联系每个作品不同的社会思想背景。

(2)注意比较其对欲望、爱情、婚姻的不同态度。

(3)注意小说叙述视角与叙事方式的变化。